DEAN R. KOONTZ

DIE KÄLTE DES FEUERS

DEAN R. KOONTZ

DIE KÄLTE DES FEUERS

ROMAN

WILHELM HEYNE VERLAG
MÜNCHEN

Band-Nr. 41/32

Titel der Originalausgabe
COLD FIRE
Aus dem Amerikanischen übersetzt
von Andreas Brandhorst

DEUTSCHE ERSTAUSGABE

Printed in Germany 1991
Umschlagillustration: Don Brautigam, New York
Umschlaggestaltung: Atelier Ingrid Schütz, München
Gesamtherstellung: Ebner Ulm

ISBN 3-453-05062-2

Für meine Nachbarn und Freunde
Nick und Vicky Page.

Für Dick und Pat Karlan,
die zu den wenigen in Hollywood
gehören, die ihre Seele nicht
verkaufen.

Durch sie ist mein Leben schöner –
aber auch aufregender.

Erster Teil

DER HELD, DER FREUND

In der richtigen Welt,
so wie im Traum,
sehen wir nicht alles,
was wir beschau'n.

Das Buch Gezählten Leids

Bedeutungsloses Leben
bietet nichts als Leere dar.
Wir finden eine Aufgabe
und nehmen sie wahr –
oder folgen willig
des Todes Schar.
Ohne das Schimmern
von Bedeutung im Leben
sind wir ohne Visionen
und dem Leid ergeben –
oder die Klinge
des Freitods wir heben.

Das Buch Gezählten Leids

12. August

1

Schon vor den Ereignissen im Supermarkt hätte Jim Ironheart wissen müssen, daß sich Probleme ankündigten. Während der Nacht träumte er, von einem Schwarm großer schwarzer Vögel über ein Feld gejagt zu werden. Sie kreischten um ihn herum, schlugen mit den Flügeln, trafen ihn mit krummen, skalpellscharfen Schnäbeln. Als er erwachte, litt er an Atemnot und trat in der Schlafanzughose auf den Balkon, um frische Luft zu schnappen. Doch um halb zehn morgens betrug die Temperatur bereits mehr als dreißig Grad, und dadurch verstärkte sich Jims Gefühl, langsam zu ersticken.

Er duschte lange, rasierte sich, und danach ging es ihm besser.

Der Kühlschrank enthielt nur einen zerlaufenen Sara-Lee-Kuchen. Er sah aus wie die Laborkultur einer neuen und besonders virulenten Form von Botulinusbazillen. Jim überlegte – entweder verhungerte er, oder er wagte sich nach draußen in die Backofenhitze.

Der Augusttag war so heiß, daß die Vögel – sie gehörten nicht zu seinem düsteren Alptraum – schattenspendende Bäume den glühenden Weiten des südkalifornischen Himmels vorzogen. Reglos hockten sie auf Zweigen und Ästen, zwitscherten nur gelegentlich und ohne große Begeisterung. Hunde liefen katzenflink über Bürgersteige, die sich in Backbleche verwandelt zu haben schienen. Die Passanten blieben nicht stehen, um festzustellen, ob man Eier auf dem Beton braten könnte; niemand zweifelte daran.

Jim frühstückte unter dem Sonnenschirm eines Strandcafés in Laguna Beach, und anschließend fühlte er sich kräftiger. Ein dünner Schweißfilm bildete sich auf seiner Stirn. Es war eine jener seltenen Tage, an denen nicht einmal eine leichte Brise vom Pazifik wehte.

Vom Café aus begab er sich zum Supermarkt, der ihm zunächst wie ein Paradies vorkam. Er trug nur eine weiße Baumwollhose und ein blaues T-Shirt und genoß den kalten Luftstrom aus den Gittern der Klimaanlage, die Frische der langen Kühlvitrinen.

In der Süßwarenabteilung verglich Jim die Ingredienzen von

Makronen und Ananas-Kokosnuß-Mandel-Riegeln. Er versuchte herauszufinden, was die geringere diätetische Sünde war, als die plötzliche Veränderung begann. Es handelte sich nicht um einen sehr schlimmen Anfall: Es gab weder heftige Zuckungen noch schmerzhafte Muskelkrämpfe. Er brach nicht in Schweiß aus und formulierte keine Worte in fremden Sprachen – doch er wandte sich abrupt einer mehrere Meter entfernt stehenden Kundin zu und sagte. »Rettungsleine.«

Die Frau mochte etwa dreißig sein, trug Shorts und ein rückenfreies Oberteil. Sie wirkte attraktiv genug, um viele Annäherungsversuche von Männern erlebt zu haben, und vielleicht glaubte sie, daß er eine Chance suchte. Sie bedachte ihn also mit einem wachsamen Blick. »Wie bitte?«

Laß dich treiben, dachte Jim. *Hab' keine Angst.*

Er zitterte, und das lag nicht etwa an der Kühle im Supermarkt. Der Grund war eine *innere* Kälte, etwas Frostiges, das wie ein Aal in ihm hochkroch. Seine Hände erschlafften, und er ließ eine Schachtel mit Keksen fallen.

Verlegenheit erfaßte ihn, aber er hatte keine Kontrolle über sich. »Rettungsleine«, wiederholte er.

»Ich verstehe nicht«, sagte die Frau.

»Ich auch nicht«, erwiderte er, obwohl so etwas schon mehrmals geschehen war.

Die Kundin hob ein Päckchen mit Vanillewaffeln hoch und schien es als Wurfgeschoß verwenden zu wollen. Vielleicht sah sie schon eine Schlagzeile vor sich: AMOKLÄUFER ERSCHOSS SECHS PERSONEN IM SUPERMARKT. Trotzdem war sie genug barmherzige Samariterin, um zu fragen: »Ist alles in Ordnung mit Ihnen?«

Jim stellte sich sein leichenhaft blasses Gesicht vor. Er hatte das Gefühl, als sei ihm das Blut aus den Wangen gewichen. Er versuchte, beruhigend zu lächeln, doch es wurde eine Grimasse daraus. »Muß gehen«, kam es von seinen Lippen.

Er ließ den Einkaufswagen stehen, verließ den Supermarkt und trat in die sengende Augusthitze. Ein Temperaturunterschied von fast zwanzig Grad raubte ihm den Atem. Der dunkle Asphalt auf dem Parkplatz war an einigen Stellen weich und klebrig geworden. Greller Sonnenschein verlieh den Windschutzscheiben der Autos einen silbrigen Glanz und spiegelte sich fast funkenstiebend auf Stoßstangen aus Chrom und Kühlerverzierungen wider.

Jim schritt zu seinem Ford. Der Wagen verfügte über eine Klimaanlage, aber sie kämpfte vergeblich gegen die Hitze an. Der Luftzug aus den Belüftungsschlitzen im Armaturenbrett blieb warm und konnte nur dann als erfrischend bezeichnet werden, wenn man ihn mit der erdrückenden Hitze im Auto verglich. Jim kurbelte das Seitenfenster herunter.

Zuerst kannte er sein Ziel nicht, doch nach einigen Minuten gewann er den vagen Eindruck, daß er nach Hause zurückkehren sollte. Aus diesem diffusen Empfinden wurde eine Ahnung, und die Ahnung verwandelte sich in eine Überzeugung, die kurze Zeit später zu einem Zwang metamorphierte. Er *mußte* nach Hause.

Jim fuhr zu schnell, wechselte immer wieder die Fahrspuren und ließ sich zu riskanten Überholmanövern hinreißen, was ganz und gar nicht seiner Art entsprach. Wenn ihn ein Verkehrspolizist angehalten hätte, wäre er kaum in der Lage gewesen, den seltsamen Drang zu erklären, der ihn antrieb. Er blieb ihm selbst ein Rätsel.

Eine fremde Kraft schien ihn zu lenken, so wie er den Wagen.

Erneut beschloß er, sich treiben zu lassen. Eine leichte Wahl: Es blieb ihm gar nichts anderes übrig. Er trachtete auch danach, sich von der Furcht zu befreien, doch die Angst klebte an ihm fest.

Als er die Zufahrt vor seinem kleinen Haus in Laguna Niguel erreichte, wirkten die spitzen schwarzen Schatten der Palmwedel wie Risse im schneeweißen Mauerputz, so als sei das Gebäude in der Hitze ausgedörrt und geborsten. Die roten Ziegel ragten wie erstarrte Flammen über den Dachrand.

Im Schlafzimmer filterte das Sonnenlicht durch Rauchglasscheiben und nahm eine kupferne Tönung an. Es bildete pennyfarbene Streifen auf dem Bett, dem gebrochenen Weiß des Teppichs und stand in krassem Kontrast zu den Schatten der halbgeöffneten Fensterläden.

Jim schaltete die Nachttischlampe ein.

Er wußte nicht, daß ihm eine Reise bevorstand – bis er einen Koffer aus dem Schrank holte. Zuerst griff er nach dem Rasierzeug und den Toilettenartikeln. Er hatte keine Ahnung, wohin er unterwegs war und wie lange er fortbleiben würde, hielt es jedoch für besser, genug Kleidung zum Wechseln mitzunehmen. Für gewöhnlich dauerten die Aufträge – Abenteuer, Missionen, wie auch immer man sie nennen mochte – nicht länger als zwei oder drei Tage.

Er zögerte und fragte sich, ob der Inhalt des Koffers genügte. Die Reisen waren gefährlich – jede konnte seine letzte sein. Und in dem Fall spielte es keine Rolle, ob er genug oder zuwenig eingepackt hatte.

Er klappte den Deckel zu, horchte in sich hinein und überlegte, wie es jetzt weitergehen sollte. »Muß fliegen«, sagte er plötzlich, und daraufhin wußte er Bescheid.

Die Fahrt zum John Wayne Airport am südöstlichen Rand von Santa Ana nahm weniger als eine halbe Stunde in Anspruch. Unterwegs sah er deutlich, daß Südkalifornien eine Wüste gewesen war, bevor man Wasser mit Hilfe von Aquädukten importiert hatte. Eine Hinweistafel forderte zum sparsamen Umgang mit dem Wasser auf. Gärtner pflanzten widerstandsfähige Kakteen und Eiskraut vor einem neuen Apartmenthaus im Southwestern-Stil. Die Vegetation der ungenutzten Gebiete zwischen den Grüngürteln und parkähnlichen Anlagen großer Anwesen war braun und verdorrt, sie schien auf das Streichholz in der Hand eines jener Pyromanen zu warten, die in jedem Jahr für verheerende Brandkatastrophen sorgten.

Im Hauptterminal des Flughafens eilten Reisende von und zu den Flugsteigen. Die bunt gemischte Menge widerlegte den anhaltenden Mythos, Orange County sei kulturell homogen und die Bevölkerung bestehe allein aus angelsächsischen Protestanten. Auf dem Weg zu den Monitoren, die Auskunft über alle PSA-Flüge dieses Tages gaben, hörte Jim nicht nur Englisch, sondern auch vier andere Sprachen.

Er blickte auf einen Bildschirm und las die Flugziele von oben nach unten. Die vorletzte Stadt – Portland in Oregon – berührte etwas in ihm, und er ging zum nächsten Ticket-Schalter.

Der junge Mann dahinter wirkte auf den ersten Blick so anständig, ordentlich und zuverlässig wie ein Angestellter von Disneyland.

»Der Flug nach Portland . . .«, begann Jim. »Die Maschine startet in zwanzig Minuten. Ist sie voll belegt?«

Der junge Mann prüfte mit Hilfe des Computers nach. »Sie haben Glück, Sir. Es gibt noch drei freie Plätze.«

Als er die Kreditkarte entgegennahm und das Ticket ausstellte, bemerkte Jim seine durchstochenen Ohrläppchen. Während der Arbeit verzichtete er wohl auf Ohrringe, aber die Löcher waren ziemlich groß und deuteten darauf hin, daß er in der Freizeit schweren Schmuck trug. Der junge Mann gab die Kreditkarte zurück, und dabei rutschte der Hemdsärmel weit genug nach oben, um eine bunte Tätowierung zu zeigen. Sie stellte einen feuerspeienden Drachen dar, und vermutlich reichte sie über den ganzen Arm. Schorf bedeckte die Fingerknöchel, vielleicht stammte er von einem Kampf.

Jim schritt zum Flugsteig und überlegte, zu welcher Subkultur der Mann gehörte, wenn er nach der Arbeit die Uniform ablegte und zivile Kleidung anzog. Wahrscheinlich war er etwas so Banales wie ein Motorrad-Punker.

Die Maschine startete, flog zunächst nach Süden und setzte Jim, der an einem Fenster Platz genommen hatte, dem gnadenlosen Glanz der Sonne aus. Dann drehte sie nach Westen und Norden ab, und Jim Ironheart sah das helle Strahlen nur noch als glitzernde Reflexe auf dem Meer. Es schien den Ozean in eine Masse aus brodelnder Lava zu verwandeln, die aus der Kruste des Planeten quoll.

Nach einer Weile merkte Jim, daß er die Lippen zusammenpreßte. Er starrte auf die Armlehnen des Sessels und stellte fest, daß sich seine Finger wie die Klauen eines Adlers darum geschlossen hatten.

Er versuchte, sich zu entspannen.

Vor dem Flug fürchtete er sich nicht. Die Angst betraf Portland – und den Tod, der dort in irgendeiner Form auf ihn warten mochte.

2

An jenem Donnerstagnachmittag suchte Holly Thorne eine private Grundschule im westlichen Teil von Portland auf, um eine Lehrerin zu interviewen. Sie hieß Louise Tarvohl und hatte ein Buch mit Gedichten an einen großen Verlag in New York verkauft – eine bemerkenswerte Leistung, wenn man bedachte, daß sich die Poesie-Kenntnisse der meisten Leute auf die Lyrik von Popsongs und Reime in der Fernsehwerbung für Hundefutter, Achseldeodorants und Stahlgürtelreifen beschränkten. Ein Kollege kümmerte sich um Louises Schüler, so daß Holly mit der Dichterin sprechen konnte.

Sie nahmen an einem Redwood-Picknicktisch auf dem Schulhof Platz. Holly setzte sich erst, nachdem sie die Bank abgewischt hatte – sie wollte vermeiden, daß Flecken auf ihrem weißen Baumwollkleid entstanden. Links erhob sich ein Klettergerüst, und rechts gab es mehrere Schaukeln. Es war ein angenehm warmer Tag, und die leichte Brise wehte den würzigen Duft von Douglastannen heran.

»Riechen Sie das?« Louise holte so tief Luft, daß die Knöpfe ihrer Bluse nachzugeben drohten. »Es wird einem sofort klar, daß wir uns am Rand von fünftausend Morgen Grasland aufhalten, nicht wahr? Der Makel des Menschen hat diese Luft noch nicht verdorben.«

Holly hatte einen Vorabdruck des Buches *Seufzende Zypressen und andere Gedichte* ausgehändigt bekommen, als ihr Tom Corvey, Redakteur der Unterhaltungsabteilung beim *Portland Kurier,* den Interviewauftrag gab. Sie bemühte sich, es zumindest interessant zu finden. Holly mochte es, erfolgreiche Menschen kennenzulernen, vielleicht deshalb, weil ihre Karriere als Journalistin eher unbefriedigend war und sie gelegentlich daran erinnert werden wollte, daß man tatsächlich Erfolg erringen konnte. Leider erwiesen sich die Gedichte als geistlos und unerträglich sentimental. Sie schienen von jemandem geschrieben worden zu sein, der Robert Lee Frost nacheiferte, ohne seinen Stil zu beherrschen. Und was die Bearbeitung des Manuskripts betraf ... Der dafür zuständige Redakteur zeichnete sich offenbar durch das Feingefühl eines Menschen aus, der normalerweise Glückwunschkarten entwarf.

Trotzdem beabsichtigte Holly, einen unkritischen Artikel zu verfassen. Im Lauf der Jahre hatte sie zu viele Reporter kennengelernt, die Neid, Bitterkeit oder ein unangebrachtes Gefühl moralischer Überlegenheit zur Grundlage ihrer Arbeit machten und Interviewpartner ganz bewußt als Narren darstellten. Wenn Holly es nicht gerade mit außergewöhnlich abscheulichen Kriminellen oder Politikern zu tun bekam, empfand sie nie genug Haß, um auf diese Weise zu schreiben. Das war einer der Gründe dafür, warum sie nur kurze Zeit für drei wichtige Zeitungen in drei großen Städten gearbeitet hatte und nun auf der Gehaltsliste des provinziellen *Portland Kurier* stand. Voreingenommener Journalismus weckte häufig mehr Interesse als ausgewogene Berichterstattung; er erzielte höhere Verkaufszahlen, provozierte Kommentare und Bewunderung.

Auf jeden Fall – schon nach kurzer Zeit fand Holly die Dichterin Louise Tarvohl zwar noch gräßlicher als ihre Werke, aber sie entschied dennoch, ihr Buch nicht zu verreißen.

»Nur in der Wildnis lebe ich, weit entfernt von allem, was die Zivilisation bietet. Ich muß die Stimmen der Natur hören, in Bäumen und Büschen, in abgelegenen Teichen, im Boden.«

Stimmen im Boden? dachte Holly und hätte fast laut gelacht.

Louise wirkte zäh, robust, vital und lebendig. Die Dichterin war fünfunddreißig, nur zwei Jahre älter als Holly, obgleich der Altersunterschied mindestens zehn Jahre zu betragen schien. Die Falten in den Augen- und Mundwinkeln sowie die ledrige, sonnengebräunte Haut ließen vermuten, daß sie sich oft im Freien aufhielt. Außerdem schien sie gern zu lachen. Das von der Sonne gebleichte Haar war zu einem Pferdeschwanz zusammengebunden, und sie trug Jeans und eine karierte blaue Bluse.

»Im Waldboden gibt es eine Reinheit, mit der sich nicht einmal die gründlich geschrubbten und sterilisierten Fliesen eines Operationssaals messen können«, behauptete Louise. Sie neigte den Kopf zurück und genoß das warme Licht der untergehenden Sonne. »Die Reinheit der natürlichen Welt läutert die Seele. Und die neugewonnene Lauterkeit der Seele ermöglicht den erhabenen Dunst großer Poesie.«

»Erhabenen Dunst?« wiederholte Holly, als sei sie nicht ganz sicher, ob der Kassettenrecorder jeden genialen Ausdruck aufzeichnete.

»Erhabenen Dunst«, bestätigte Louise und lächelte.

Holly fühlte sich in erster Linie von der inneren Louise abgestoßen. Sie hatte einen weltfernen Standpunkt entwickelt und wirkte in diesem Zusammenhang wie eine geisterhafte Projektion, stellte mehr Oberfläche dar als Substanz. Ihren Meinungen und Einstellungen fehlte es an Gewicht. Sie basierten nicht auf Fakten und Erkenntnissen, sondern auf Launen und Marotten, die Louise als Offenbarung anbot. Darüber hinaus verkündete sie ihre Weisheiten in einer Sprache, die ebenso extravagant wie ungenau war, schwülstig und leer.

Auch Holly legte großen Wert auf Umweltschutz, und es bereitete ihr einen gewissen Kummer festzustellen, daß Louise und sie in einigen Punkten die gleiche Ansicht vertraten. Es gefiel ihr nicht, Verbündete zu haben, die ihr dämlich erschienen – dadurch stellte man seine eigenen Meinungen in Frage.

Louise beugte sich vor und faltete die Hände auf dem Redwood-Tisch. »Die Erde lebt. Sie könnte mit uns sprechen, wenn sie uns für würdig hielte. Sie wäre imstande, in Steinen, Pflanzen und Teichen einen Mund zu öffnen und so mit uns zu reden wie ich mit Ihnen.«

»Was für eine aufregende Vorstellung«, kommentierte Holly.

»Menschen sind nichts weiter als Läuse.«

»Läuse?«

»Ja«, erwiderte Louise verträumt. »Und sie kriechen auf der lebenden Erde umher.«

»Mit dieser Perspektive bin ich nicht vertraut«, sagte Holly vorsichtig.

»Gott ist nicht nur *in* jedem Schmetterling – Gott *ist* jeder Schmetterling. Das gilt auch für Vögel, Hasen und alle anderen freien Tiere. Ich würde eine Million Menschen opfern – ach, sogar zehn Millionen und mehr! –, um einige unschuldige Wiesel zu retten. Denn Gott *ist* jedes Wiesel.«

»Ich spende in jedem Jahr für den Naturschutzbund«, entgegnete Holly. Es klang so, als sei sie beeindruckt von Louises Rhetorik, als hielte sie ihre Ausführungen nicht für Öko-Faschismus. »Ich sehe mich ebenfalls als Umweltschützerin, aber leider habe ich noch keine so hohe Bewußtseinsstufe erreicht wie Sie.«

Die Dichterin überhörte den Sarkasmus, streckte den Arm aus und drückte Hollys Hand. »Keine Sorge, Teuerste. Sie schaffen es bestimmt. Ich spüre bei Ihnen die Aura einer ausgeprägten spirituellen Potentialität.«

»Wenn ich Sie richtig verstehe ... Gott *ist* Schmetterlinge, Hasen und alle freien Tiere. Außerdem ist Gott Steine, Erde und Wasser – aber wir bleiben von ihm völlig unberührt?«

»Ja. Aufgrund unserer einen *unnatürlichen* Eigenschaft.«

»Und die wäre?«

»Unsere Intelligenz.«

Holly blinzelte überrascht. »Intelligenz ist unnatürlich?«

»Zumindest eine hohe Intelligenz. Es gibt sie in keinen anderen Geschöpfen der natürlichen Welt. Deshalb scheut uns die Natur. Deshalb hassen wir sie unbewußt und versuchen, sie zu zerstören. Hohe Intelligenz ermöglicht das Konzept des Fortschritts. Der Fortschritt wiederum führt zu Atomwaffen, Gentechnik, Chaos und letztendlich zu umfassender Vernichtung.«

»Haben wir unsere Intelligenz nicht Gott zu verdanken ... beziehungsweise der natürlichen Evolution?« fragte Holly.

»Sie ist das Ergebnis einer unerwarteten Mutation. Wir sind Mutanten. Ungeheuer.«

»Anders ausgedrückt: Je weniger Intelligenz ein Geschöpf hat ...«

»... desto natürlicher ist es«, beendete Louise den Satz.

Holly nickte nachdenklich, als ziehe sie ernsthaft in Betracht, daß eine dümmere Welt besser sein könne. In Wirklichkeit fragte sie sich fast verzweifelt, was für einen Artikel sie schreiben sollte. Sie fand Louise Tarvohl so grotesk, daß sie sich außerstande sah, wohlwollende Worte für sie und ihr Werk zu finden und gleichzeitig an ihrer Integrität festzuhalten. Aber es war ihr auch unmöglich, Louise ganz offen als Spinnerin zu entlarven. Hollys Problem bestand nicht etwa in einem hartnäckigen Zynismus – sie hatte schlicht und einfach ein zu weiches Herz. Kein lebendes Wesen auf der Erde litt mehr an Frustrationen und Unzufriedenheit als ein bitterer Zyniker, der tief in seinem Innern Mitleid empfand.

Sie ließ den Kugelschreiber sinken und beschloß, sich keine Notizen zu machen. Eigentlich verspürte sie nur noch den Wunsch, Louise und den Schulhof zu verlassen, in die reale Welt zurückzukehren – obgleich ihr jene reale Welt nur geringfügig weniger verrückt erschien als die Dichterin. Aber sie schuldete Tom Corvey wenigstens sechzig oder neunzig Minuten eines aufgezeichneten Interviews; dann bekam ein anderer Reporter genug Material, um etwas zu schreiben.

»Louise«, sagte sie langsam. »Angesichts Ihrer bisherigen Ausführungen halte ich Sie für die natürlichste Person, der ich jemals begegnet bin.«

Louise interpretierte diese Bemerkung nicht etwa als einen Affront, sondern verstand sie als Kompliment. Sie strahlte übers ganze Gesicht.

»Bäume sind unsere Schwestern«, erklärte die Dichterin, versessen darauf, einen weiteren Aspekt ihrer Philosophie zu enthüllen. Anscheinend hatte sie vergessen, daß Menschen Läuse waren und keine Bäume. »Würden Sie Ihrer Schwester ein Glied abhacken, ihr Fleisch zerreißen und aus den Leichenteilen ein Haus bauen?«

»Nein, ich glaube nicht«, antwortete Holly aufrichtig. »Außerdem: Ich bezweifle, ob die Stadtverwaltung Baugenehmigungen für derart ungewöhnliche Gebäude erteilt.«

Holly ging kein Risiko ein. Louise hatte nicht den geringsten Sinn für Humor, und daher fehlte ihr die Fähigkeit, sich von Witzeleien beleidigen zu lassen.

Die Dichterin plapperte weiter. Holly stützte die Ellenbogen auf den Picknicktisch und gab sich interessiert, während sie an ihr bisheriges Leben als Erwachsene dachte. Den größten Teil dieser kostbaren Zeit hatte sie in der Gesellschaft von Idioten, Narren und Übergeschnappten verbracht, sich ihre verrückten oder soziopathischen Pläne und Träume angehört und vergeblich nach einem Körnchen Weisheit in den einfältigen, psychotischen Geschichten gesucht.

Niedergeschlagen grübelte Holly über ihr persönliches Leben nach. Sie hatte sich nicht bemüht, gute Freundinnen in Portland zu finden – vielleicht weil sie glaubte, diese Stadt sei nur eine weitere Zwischenstation auf ihrer langen journalistischen Reise. Ihre Erfahrungen mit Männern waren noch entmutigender als die beruflichen Erlebnisse mit Interviewpartnern beider Geschlechter. Zwar hoffte sie noch immer, eines Tages zu heiraten, Kinder zu bekommen und einen familiären Haushalt zu führen, aber sie fragte sich, ob sie jemals einen netten, anständigen, intelligenten und wirklich interessanten Mann kennenlernen würde.

Wahrscheinlich nicht.

Und wenn tatsächlich ein Wunder geschah und ein solcher Mann ihren Lebenspfad kreuzte ... Vermutlich war sein angenehmes, freundliches Gebaren nur eine Maske, hinter der sich ein Lustmörder verbarg, der Kettensägen liebte.

3

Jim Ironheart verließ den Portland International Airport und stieg in ein Taxi der New Rose Cab Company. Der Name deutete darauf hin, daß es sich um ein Überbleibsel der längst vergessenen Hippie-Epoche handelte; vielleicht war die Gesellschaft in den Jahren der freien Liebe und des Flower Power gegründet worden. Doch der Fahrer – auf der Zulassungskarte stand der Name Frazier Tooley – erklärte, Portland gelte als Stadt der Rosen, die überall blühten und Erneuerung und Wachstum symbolisierten. »Auf die gleiche Weise sind Straßenbettler Symbole für den Zerfall und Ruin in New York«, sagte der Mann mit einer charmanten Selbstgefälligkeit, die für viele Portlander typisch war.

Tooley sah aus wie ein italienischer Operntenor in der Art von Luciano Pavarotti und runzelte verwirrt die Stirn, als Jim seine Frage nach dem Fahrtziel beantwortete.

»Ich soll einfach nur eine Weile herumfahren?«

»Ja. Ich möchte mir die Stadt ansehen, bevor ich das Hotel aufsuche. Bin zum erstenmal hier.«

Die Wahrheit lautete: Er hatte noch gar kein Hotel gewählt und wußte nicht, wann ihm die Konfrontation mit dem Tod bevorstand – heute oder erst morgen? Jim hoffte, Klarheit zu gewinnen, wenn er sich entspannte und auf eine Eingebung wartete.

Tooley war gern bereit, Jims Wünsche zu erfüllen – allerdings ging es dabei nicht um Erleuchtung, sondern um eine Tour durch Portland. Einerseits stand ein hoher Fahrpreis in Aussicht, und andererseits freute er sich, seine Heimatstadt zu zeigen. Sie war tatsächlich außergewöhnlich attraktiv. Guterhaltene historische Backsteingebäude und gußeiserne Umzäunungen gaben sich ein Stelldichein mit modernen Hochhäusern. Es gab viele Parkanlagen mit Springbrunnen und Bäumen, und dadurch erweckte Portland den Eindruck, in einem großen Wald erbaut zu sein. Überall sah Jim Rosen. Sie zeigten nicht so viele Blüten wie im Frühsommer, aber ihre Farbenpracht bot einen herrlichen Anblick.

Nach einer knappen halben Stunde hatte Jim plötzlich das Gefühl, daß die Zeit knapp wurde. Er beugte sich im Fond vor und hörte sich sagen: »Kennen Sie die McAlbury School?«

»Natürlich«, erwiderte Tooley.

»Was hat es damit auf sich?«

»Oh, Ihre Frage klang so, als wüßten Sie Bescheid. Es handelt sich um eine private Grundschule im westlichen Teil von Portland.«

Jims Herz schlug schneller und lauter. »Bringen Sie mich dorthin.«

Tooley blickte in den Rückspiegel und hob die Brauen. »Stimmt was nicht?«

»Ich muß zu der Schule.«

Der Fahrer bremste vor einer roten Ampel und sah über die Schulter. »Ist was nicht in Ordnung?«

»Ich muß zur Schule«, wiederholte Jim etwas schärfer.

»Schon gut . . .«

Furcht vibrierte in Jim, seit er vor vier Stunden »Rettungsleine« zu der Frau im Supermarkt gesagt hatte. Jetzt schwoll sie an, schlug hohe Wellen, die ihn zur McAlbury School trugen. »Ich muß *in fünfzehn Minuten* dort sein«, fügte er mit einem Drängen hinzu, für das er keine Erklärung hatte.

»Warum haben Sie mich nicht früher darauf hingewiesen?«

Weil ich es bis eben nicht wußte, dachte Jim. Laut antwortete er: »Schaffen wir es rechtzeitig?«

»Es wird knapp.«

»Ich zahle den dreifachen Fahrpreis.«

»Den dreifachen?«

»Wenn wir das Ziel vor Ablauf von fünfzehn Minuten erreichen«, bestätigte Jim und holte seine Brieftasche hervor. Er entnahm ihr einen Hundert-Dollar-Schein und reichte ihn Tooley. »Nehmen Sie dies als Vorschuß.«

»Ist es so wichtig?«

»Es geht um Leben und Tod.«

Der Fahrer bedachte ihn mit einem verwunderten Blick und schien den Mann im Fond für verrückt zu halten.

»Die Ampel ist gerade umgesprungen«, brummte Jim. »Wir verlieren wertvolle Zeit.«

Die skeptischen Falten fraßen sich tiefer in Tooleys Stirn, aber er sah wieder nach vorn, bog an der Kreuzung nach links ab und trat aufs Gas.

Jim starrte immer wieder auf seine Armbanduhr, und als das Taxi vor der Schule hielt, blieben ihm noch drei Minuten. Er gab Tooley eine weitere Banknote und zahlte sogar mehr als den dreifachen Fahrpreis. Dann öffnete er die Tür, griff nach dem Koffer und stieg aus.

Tooley beugte sich durchs offene Seitenfenster. »Soll ich auf Sie warten?«

Jim stieß die Tür wieder zu. »Nein, danke. Ich brauche Sie nicht mehr.«

Er drehte sich um und hörte, wie das Taxi fortfuhr, als er besorgt die McAlbury School beobachtete: ein großes weißes Gebäude aus der Kolonialzeit, mit einer langen Veranda. Man hatte zwei eingeschossige Anbauten hinzugefügt, um mehr Platz für Klassenzimmer zu schaffen. Douglastannen und große alte Ahornbäume spendeten Schatten. Zusammen mit Rasen und Schulhof beanspruchte das Anwesen die ganze Länge des Blocks.

Eine breite Tür öffnete sich, und Kinder liefen auf die Veranda und die Treppe herunter. Sie lachten laut, trugen Bücher, Zeichenblöcke und bunte, mit Zeichentrickfiguren geschmückte Lunchkästen. Jim begegnete ihnen auf dem Weg und sah ihnen nach, als sie das Tor im eisernen Speerspitzenzaun passierten. Auf dem Bürgersteig wandten sie sich nach rechts und links, gingen am Hang des Hügels hinauf oder hinab.

Noch zwei Minuten. Jim brauchte gar nicht mehr auf die Uhr zu blicken. Sein Herz schlug zweimal in jeder Sekunde, und er *wußte* die Zeit so genau, als trüge er ein inneres Chronometer.

Sonnenschein filterte durch die Zwischenräume der hohen Bäume und projizierte ein feines Muster auf die Szene und die Menschen darin. Es sah aus, als werde alles von einem langen, hauchzarten und aus goldenen Fäden gesponnenen Tuch bedeckt. Das netzartige Gespinst aus Licht schien im Rhythmus der lachenden Kinderstimmen zu pulsieren, und eigentlich hätte sich daraus ein Eindruck von Frieden und Idylle ergeben sollen.

Doch der Tod kam.

Plötzlich begriff Jim, daß die Schwärze einen der Schüler bedrohte und nicht etwa die drei Lehrer vor der Veranda. Der Tod kam, um ein Kind zu holen. Wie? Nein, keine große Katastrophe, keine Explosion, keine Flammen, auch kein abstürzendes Flugzeug, dessen Trümmer Dutzende von Jungen und Mädchen umbringen würden. Nur eine kleine Tragödie. Aber *wen* betraf sie?

Jim wandte seine Aufmerksamkeit von der allgemeinen Szene ab und konzentrierte sie auf die einzelnen Personen. Er musterte die Kinder, während sie sich ihm näherten, hielt in ihren jungen, unschuldigen Gesichtern nach Anzeichen für den unmittelbar bevorstehenden Tod Ausschau. Doch sie alle wirkten so, als erwarte sie ein ewiges Leben.

»Wer?« fragte Jim laut, sprach weder mit sich selbst noch zu den Schülern. Vielleicht richtete er die Frage an Gott. »Wer?«

Einige Kinder wanderten zu dem Fußgängerüberweg an der Kreuzung; andere liefen nach unten, zum anderen Ende des Blocks. In beiden Richtungen standen Frauen, die orangefarbene Signalwesten und rote, paddelartige Schilder mit der Aufschrift ›Stop‹ trugen. Sie begannen nun damit, die Schüler in kleinen Gruppen über die Straße zu führen. Es rollten keine Autos oder Lastwagen heran, und der Verkehr hätte selbst ohne die wachsamen Frauen kaum eine Gefahr dargestellt.

Noch anderthalb Minuten.

Jim bemerkte zwei gelbe Transporter, die weiter unten am Straßenrand parkten. Die McAlbury School schien im Grunde genommen eine Nachbarschaftsschule zu sein, die von den meisten Schülern zu Fuß erreicht werden konnte, aber einige von ihnen stiegen nun in die Kleinbusse. Die beiden Fahrer standen an den Türen, lächelten und scherzten mit den überschwenglichen, lebhaften Passagieren. Keines der Kinder schien bedroht zu sein, und Jim verglich die fröhlich-gelben Fahrzeuge nicht mit Leichenwagen.

Doch der Tod kam näher. Er war fast da.

Eine seltsame Veränderung erfaßte die Szenerie. Sie fand keinen Niederschlag in der objektiven Realität, sondern beschränkte sich auf Jims Wahrnehmung. Das goldene Gespinst des Lichtes verlor einen Teil seines Glanzes, und die schwarzen Zonen im komplexen Filigranmuster wuchsen: kleine Schatten in Form von Blättern oder Bündeln aus immergrünen Nadeln; größere Schatten von Baumstämmen, Zweigen und Ästen; finstere Streifen von den Gitterstäben im eisernen Zaun. Jeder dunkle Punkt öffnete ein mögliches Tor für den Tod.

Noch eine Minute.

Jim hastete einige Schritte weit über den Hang, erreichte die Kinder, spürte ihre verwirrten Blicke, als er sie nacheinander ansah und nicht wußte, nach welchem Zeichen er suchte. Der Koffer baumelte hin und her, stieß ihm mehrmals ans Knie.

Noch fünfzig Sekunden.

Jim beobachtete, wie sich die Schatten ausdehnten und miteinander verschmolzen.

Er verharrte, drehte sich um und blickte am Hügelhang empor zum Ende des Blocks. Dort stand eine der Verkehrswächterinnen: Mit der einen Hand hob sie ihr rotes Stoppschild, mit der anderen winkte sie mehreren Schülern zu. Fünf Kinder gingen über die Straße, und weitere sechs näherten sich der Ecke.

»Stimmt was nicht, Mister?« fragte einer der Kleinbusfahrer.

Vierzig Sekunden.

Jim ließ den Koffer fallen und lief nach oben zur Kreuzung. Er wußte noch immer nicht, was sich anbahnte und welchem Kind Gefahr drohte. Die Richtung wurde von jener unsichtbaren Hand bestimmt, die ihn veranlaßt hatte, seine Sachen zu packen und nach Portland zu fliegen. Erschrockene Kinder wichen ihm aus.

Am Rande seines Blickfelds war alles tintenschwarz, und er sah nur noch das, was sich direkt vor ihm befand. Von einer Straßenseite zur anderen wirkte die Kreuzung wie eine Bühne, auf die das Licht eines Scheinwerfers fiel, während rechts und links alles finster blieb.

Eine halbe Minute.

Zwei Frauen hoben überrascht den Kopf und machten nicht schnell genug Platz. Jim versuchte, ihnen auszuweichen, stieß jedoch gegen eine Blondine in einem leichten weißen Sommerkleid und warf sie fast zu Boden. Er eilte weiter, spürte den Tod als unmittelbare, kalte Präsenz.

An der Kreuzung verließ er den Bürgersteig und rannte über den Asphalt. Vier Kinder auf der Straße, eins von ihnen das Opfer. Aber welches? Und was stand ihm bevor?

Zwanzig Sekunden.

Die Verkehrswächterin starrte ihn groß an.

Drei der vier Kinder setzten den Weg zum gegenüberliegenden Straßenrand fort, und Jim gewann den Eindruck, daß der Gehsteig Sicherheit bot. Die Straße hingegen war das Revier des Todes.

Er musterte das zurückgebliebene Kind, ein kleines rothaariges Mädchen, das sich zu ihm umwandte und verwundert blinzelte.

Fünfzehn Sekunden.

Nein, nicht das Mädchen. Jim sah in seine jadegrünen Augen und begriff, daß es leben würde. Er *wußte* es einfach.

Die anderen Kinder erreichten den Bürgersteig.

Vierzehn Sekunden.

Jim wirbelte herum und blickte in die andere Richtung. Vier weitere Kinder betraten die Straße.

Dreizehn Sekunden.

Die vier Schüler wanderten in einem weiten Bogen um ihn herum und warfen ihm dabei argwöhnische Blicke zu. Jim ahnte, daß er wie ein Verrückter wirkte: Er stand mitten auf der Straße, die Augen weit aufgerissen, und Furcht verwandelte sein Gesicht in eine Grimasse.

Elf Sekunden.

Keine Wagen in Sicht. Aber nur etwa hundert Meter trennten die Kreuzung von der Hügelkuppe. Vielleicht näherte sich auf der anderen Seite ein leichtsinniger Fahrer, der mit Vollgas heranraste. Als Jim dieses Bild vor dem inneren Auge betrachtete, wußte er sofort, daß es einer prophetischen Vision gleichkam. Jetzt war ihm klar, welches Instrument der Tod benutzte: einen betrunkenen Autofahrer.

Acht Sekunden.

Er wollte schreien, den Kindern zurufen, sich in Sicherheit zu bringen. Aber vielleicht gerieten sie dadurch in Panik. Vielleicht hätte eine Warnung dazu geführt, daß der betreffende Schüler direkt *in* die Gefahr lief, anstatt sich davon zu entfernen.

Noch sieben Sekunden.

Jim vernahm das dumpfe Brummen eines Motors, das kurz darauf zu einem lauten Dröhnen wurde, dann zu einem überdrehten Schrillen. Ein Kleinlieferwagen sauste über die Hügelkuppe, und für einen Sekundenbruchteil verlor er tatsächlich den Bodenkontakt. Das Licht der Nachmittagssonne glitzerte über die Windschutzscheibe und funkelte auf den Chromteilen, ließ das Fahrzeug wie einen flammenden Streitwagen erscheinen, der am Tag des Jüngsten Gerichts vom Himmel herabdonnerte. Es quietschte, als die Vorderreifen wieder den Asphalt berührten, und der Heckbereich touchierte mit einem fast ohrenbetäubenden Krachen die Straße.

Fünf Sekunden.

Die Kinder stoben davon – bis auf einen blonden Jungen, dessen violette Augen an die Farbe von verblaßten Rosenblüten erinnerten. Er blieb einfach stehen und hielt einen Lunchkasten mit bunten Zeichentrickfiguren, bei seinem einen Turnschuh hatten sich die Schnürsenkel gelöst. Der Knabe rührte sich nicht von der Stelle, er schien zu spüren, daß der ihm entgegenrasende Lieferwagen sein Schicksal verkörperte, dem er unmöglich entrinnen konnte. Er mochte acht oder neun Jahre alt sein, und die Zukunft hielt nur ein Grab für ihn bereit.

Zwei Sekunden.

Jim sprang nach vorn und packte den erstarrten Jungen. Es fühlte sich an wie ein quälend langsamer Schwalbenschwung von einer hohen Klippe, als er den Knaben zu Boden riß und mit ihm zum Rinnstein rollte. Er merkte den Aufprall überhaupt nicht. Schrecken und Adrenalin betäubten seine Nerven, schützten ihn vor dem Schmerz; ebensogut hätte er über eine Wiese mit samtweichem Gras rollen können.

Das Röhren des Motors wurde noch lauter und füllte seinen ganzen Wahrnehmungskosmos. Das Donnern schien *in* ihm zu sein, und er fühlte, wie ihn etwas am linken Fuß berührte, mit der Wucht eines Vorschlaghammers. Gleichzeitig spürte er ein erbarmungsloses Zerren, das brodelndes Feuer durch sein Bein schickte, zur Hüfte emporkochte und wie eine Feuerwerksrakete in den Gelenken explodierte.

Zornig lief Holly dem Mann nach, der sie fast zu Boden gestoßen hätte, sie war fest entschlossen, ihm die Meinung zu sagen. Aber bevor sie die Kreuzung erreichte, raste ein grauroter Kleinlieferwagen über die Hügelkuppe wie ein Geschoß, das eine Kanone abgefeuert hatte. Die Journalistin blieb am Straßenrand stehen.

Das Kreischen und Heulen des Fahrzeugs übte einen sonderbaren Zauber aus, der den Fluß der Zeit verlangsamte und jede Sekunde zu einer Minute dehnte. Der Fremde riß den Jungen beiseite und bewegte sich dabei mit einer erstaunlich agilen Anmut, als tanze er ein exotisches Zeitlupenballett auf dem Asphalt. Die Stoßstange des Wagens traf seinen linken Fuß, und Holly beobachtete entsetzt, wie der eine Schuh des Mannes hoch in die Luft geschleudert wurde und sich dabei mehrmals um die eigene Achse drehte. Ein Teil ihres Selbst nahm auch andere Dinge zur Kenntnis: Mann und Junge rollten zum Rinnstein, der Lieferwagen schleuderte nach rechts, die Verkehrswächterin ließ ihr rotes Stoppschild sinken, der Wagen prallte an einem geparkten Auto ab, Mann und Junge blieben dicht neben dem Bürgersteig liegen, der Wagen kippte auf die Seite, glitt am Hang nach unten und ließ eine Kaskade aus gelben und blauen Funken hinter sich zurück ... Aber der größte Teil von Hollys Aufmerksamkeit galt dem Schuh, der nach oben segelte, sich als dunkle Silhouette vor dem blauen Himmel abzeichnete, eine Stunde lang am Scheitelpunkt seiner Flugbahn zu verharren schien und dann ganz langsam herabfiel. Sie konnte den Blick nicht davon abwenden, war wie hypnotisiert und gab sich dem makabren Empfinden hin, daß der Fuß noch immer im Schuh steckte, zusammen mit Knochensplittern, fransigen Fleischfetzen und zerrissenen Adern. Er neigte sich nun der Straße entgegen, schwebte wie ein vom Wind getragenes Blatt, und die Journalistin spürte das Vibrieren eines Schreis in ihrer Kehle.

Nach unten ... unten ...

Der lädierte Schuh fiel vor Holly auf die Straße, und sie senkte zögernd den Kopf, starrte widerstrebend darauf hinab, betrachtete ihn so wie ein Ungeheuer in einem Alptraum. Eigentlich wollte sie ihn gar nicht sehen, aber sie war wie in einem Bann gefangen, aus dem sie sich vergeblich zu befreien versuchte. Der Schuh war leer. Er enthielt keinen abgetrennten Fuß, wies nicht einmal Blutflecke auf.

Holly verschluckte den lautlosen Schrei. Ein bitterer Geschmack klebte an ihrem Gaumen, und sie schluckte erneut.

Der Kleinlieferwagen blieb einen halben Block entfernt liegen, und Holly wandte sich um, eilte zu den beiden Gestalten am Rinnstein und erreichte sie, als sich Mann und Junge aufrichteten.

Bis auf einige Hautabschürfungen an den Händen und am Kinn schien der Knabe unverletzt zu sein. Er weinte nicht einmal.

Holly sank vor ihm auf die Knie. »Ist alles in Ordnung mit dir?«

Der Junge wirkte benommen, verstand jedoch und nickte. »Ja. Nur meine Hand tut ein bißchen weh.«

Der Mann in der weißen Hose und dem blauen T-Shirt setzte sich auf, rollte die Socke zurück und massierte vorsichtig den linken Fuß. Der Knöchel war bereits deutlich angeschwollen, aber Holly stellte verblüfft fest, daß sich nirgends Blut zeigte.

Die Verkehrswächterin, mehrere Lehrer und andere Kinder kamen näher; überall erklangen aufgeregte Stimmen. Eine Lehrerin half dem Jungen auf die Beine und umarmte ihn.

Der verletzte Mann zuckte zusammen, als er weiterhin den linken Fuß massierte. Nach einer Weile hob er den Kopf und begegnete Hollys Blick. Für einen Sekundenbruchteil erschienen ihr seine hellblauen Augen so kalt, als seien es nicht die Pupillen eines Menschen, sondern die visuellen Sensoren einer Maschine.

Dann lächelte der Fremde, und der Eindruck von Kälte wich sofort dem von Wärme. Holly war überwältigt von der Schönheit seiner Augen, verglich ihre Farbe mit der eines klaren Morgenhimmels und hatte das Gefühl, in eine sanfte, freundliche Seele zu blicken. Als Zynikerin mißtraute sie Nonnen ebenso wie skrupellosen Verbrechern, wenn sie ihnen zum erstenmal begegnete, doch von diesem Mann ging eine einzigartige Anziehungskraft aus, der sie sofort erlag. Zwar liebte sie Worte und hatte sie zum Gegenstand ihres Berufs gemacht, aber sie brachte keinen Ton hervor.

»Das war knapp«, sagte der Fremde, und sein Lächeln forderte Holly zu einem Schmunzeln heraus.

4

Holly wartete auf Jim Ironheart und stand im Flur der Schule, vor der Jungen-Toilette. Stille herrschte im Gebäude, nur gestört vom elektrischen Summen der Poliermaschine, die im Obergeschoß Vinylfliesen reinigte. Es roch nach Kreidestaub, Desinfektionsmitteln mit Fichtennadelduft und Knetmasse, die im Werkunterricht Verwendung fand.

Draußen beaufsichtigte die Polizei wahrscheinlich noch immer zwei Angestellte eines Abschleppunternehmens, die den umgekippten Kleinlieferwagen aufrichteten und fortbrachten. Der Fahrer war betrunken gewesen. Derzeit befand er sich im Krankenhaus, wo Ärzte sein gebrochenes Bein und mehrere Quetschungen behandelten.

Holly hatte nahezu alle Informationen, die sie für einen Artikel brauchte: der familiäre Hintergrund des Jungen – Billy Jenkins –, der fast ums Leben gekommen wäre, alle Fakten des Zwischenfalls, die Reaktionen der Augenzeugen, die Stellungnahme der Polizei, eine gelallte Aussage des betrunkenen Fahrers, in der sowohl Bedauern als auch Selbstmitleid zum Ausdruck kamen. Doch das wichtigste Element fehlte ihr noch: Sie mußte unbedingt mehr über den Helden Jim Ironheart in Erfahrung bringen. Die Zeitungsleser wollten sicher alles über ihn wissen. Derzeit konnte Holly nur seinen Namen nennen und schreiben, daß er in Südkalifornien wohnte.

Sein brauner Koffer stand an der Wand neben ihr; sie sah immer wieder darauf hinab und spielte mit dem Gedanken, ihn zu öffnen und den Inhalt zu erforschen. Zuerst verstand sie nicht, warum sie einen solchen Wunsch empfand – doch dann fiel ihr ein, daß es recht ungewöhnlich für einen Mann war, mit Gepäck in einem Wohnviertel unterwegs zu sein. Als Journalistin hatte sie längst die Neigung entwickelt, auf ungewöhnliche Dinge zu achten; es handelte sich um eine unabdingbare Voraussetzung ihres Berufs.

Als Ironheart die Toilette verließ, starrte Holly noch immer auf den Koffer. Sie zuckte schuldbewußt zusammen und fühlte sich irgendwie ertappt.

»Wie geht es Ihnen?« fragte sie.

»Gut.« Der Mann hinkte. »Aber wie ich Ihnen schon sagte ... Ich möchte nicht interviewt werden.«

Er hatte sich das dichte braune Haar gekämmt und den größten Teil des Schmutzes von der weißen Baumwollhose geklopft. Außerdem trug er nun wieder beide Schuhe, obgleich der linke übel zugerichtet und an einer Stelle sogar aufgerissen war.

»Es dauert nicht lange«, versprach Holly.

»Dafür wäre ich Ihnen dankbar«, erwiderte Ironheart und lächelte.

»Ach, kommen Sie, seien Sie nett.«

»Tut mir leid. Ich gäbe ohnehin nur schlechten Lesestoff.«

»Sie haben dem Jungen das Leben gerettet!«

»Abgesehen davon bin ich langweilig.«

Irgend etwas an ihm stand in einem auffallenden Gegensatz zu dieser Behauptung. Allerdings fiel es Holly zunächst schwer herauszufinden, warum Ironheart einen solchen Reiz auf sie ausübte. Er war etwa fünfunddreißig, knapp eins achtzig groß, schlank und dennoch muskulös. Er wirkte durchaus attraktiv, sah jedoch nicht wie ein Filmstar aus. Holly fand seine Augen wunderschön, ja, doch sie fühlte sich nie aufgrund des Erscheinungsbilds zu einem Mann hingezogen; ein außergewöhnliches Merkmal genügte sicher nicht.

Ironheart griff nach seinem Koffer und humpelte durch den Flur.

»Sie sollten sich von einem Arzt untersuchen lassen«, schlug Holly vor und folgte ihm.

»Schlimmstenfalls ist der Knöchel verstaucht.«

»Es wäre besser, ihn trotzdem behandeln zu lassen.«

»Ich kaufe mir im Flughafen eine elastische Binde. Oder zu Hause.«

Vielleicht ging die Anziehungskraft von seinem Verhalten aus. Er sprach ruhig und sanft, lächelte ungezwungen, wirkte wie ein Gentleman aus dem Süden, ohne daß die Journalistin einen besonderen Akzent bemerkte. Darüber hinaus bewegte er sich mit verblüffender Anmut, obwohl er hinkte. Holly erinnerte sich daran, die Eleganz eines Balletttänzers beobachtet zu haben, als er den Knaben auf der Straße zur Seite riß und ihn vor dem heranrasenden Lieferwagen rettete. Sie fand so etwas sehr reizvoll, und hinzu kam Ironhearts offene, ungekünstelte Freundlichkeit. Aber es waren nicht diese Eigenschaften, die sie faszinierten. Es ging dabei um etwas Subtileres.

»Wenn Sie wirklich nach Hause zurückkehren möchten ...«, begann Holly, als sie die vordere Tür erreichten. »Was halten Sie davon, wenn ich Sie zum Flughafen fahre?«

»Danke, sehr nett von Ihnen. Aber ich komme auch allein zurecht.«

Sie trat mit ihm zusammen auf die Veranda. »Zu Fuß ist der Weg ziemlich lang.«

Ironheart blieb stehen und runzelte die Stirn. »O ja. Nun, bestimmt gibt's hier irgendwo eine Telefonzelle. Ich rufe ein Taxi.«

»He, Sie brauchen keine Angst vor mir zu haben. Ich bin keine wahnsinnige Mörderin. In meinem Wagen würden Sie vergeblich nach einer Kettensäge suchen.«

Einen Augenblick lang starrte sie der Mann groß an, und dann lächelte er entwaffnend. »Eigentlich scheinen Sie mehr der Typ zu sein, der stumpfe Gegenstände benutzt, um seine Opfer zu erschlagen.«

»Ich bin Journalistin. Wir verwenden Schnappmesser. Doch in dieser Woche habe ich noch niemanden umgebracht.«

»Und in der letzten?«

»Zwei. Aber es waren Vertreter, die von Tür zu Tür gingen.«

»Es ist trotzdem Mord.«

»Aber mildernde Umstände lassen sich nicht leugnen.«

»Na schön, ich nehme Ihr Angebot an.«

Hollys blauer Toyota stand auf der anderen Straßenseite, nur zwei Fahrzeuge von dem geparkten Auto entfernt, das der betrunkene Fahrer gerammt hatte. Weiter unten am Hügel brachte der

Abschleppdienst den Schrotthaufen des Kleintransporters fort, und der letzte Polizist stieg gerade in den Streifenwagen. Auf dem Asphalt glitzerten noch einige Glassplitter im Licht der späten Nachmittagssonne.

Einige Minuten lang schwiegen die Journalistin und ihr Begleiter.

»Haben Sie Freunde in Portland?« fragte Holly, als sie die ersten Blocks passiert hatten.

»Ja. Vom College.«

»Sind Sie bei ihnen untergekommen?«

»Ja.«

»Und sie konnten Sie nicht zum Flughafen bringen?«

»Bei einem Flug am Morgen wäre das durchaus möglich gewesen, aber heute nachmittag arbeiten sie beide.«

»Oh.« Holly wies Jim auf einige gelbe Rosen hin, die büschelartig am Zaun eines Hauses wuchsen, und fragte ihn dann, ob ihm bekannt sei, daß man Portland die Stadt der Rosen nenne. Er bestätigte. Nach einer kurzen Stille kam sie auf das eigentliche Thema zurück. »Das Telefon hat nicht funktioniert, oder?«

»Bitte?«

»Der Anschluß Ihrer Freunde.« Die Journalistin zuckte mit den Schultern. »Sonst hätten Sie von dort aus ein Taxi rufen können.«

»Ich wollte zu Fuß gehen.«

»Bis zum Flughafen?«

»Zu jenem Zeitpunkt war mit meinem Knöchel alles in Ordnung.«

»Es ist trotzdem ein weiter Weg.«

»Oh, ich bin für Fitneß.«

»Ein sehr langer Weg – erst recht mit einem Koffer.«

»Das Ding ist nicht ganz so schwer, wie Sie glauben. Wenn ich mir Bewegung verschaffe, trage ich meistens Gewichte in den Händen, um auch die Muskeln im Oberkörper zu belasten.«

»Ich jogge ebenfalls«, sagte Holly und hielt an einer roten Ampel. »Früher bin ich jeden Morgen gelaufen, aber dann bekam ich Schmerzen in den Knien.«

»Das war auch bei mir der Fall. Deshalb gehe ich nur noch. Das hat die gleiche Wirkung aufs Herz, wenn man nicht gerade gemütlich schlendert.«

Einige Meilen fuhr Holly ganz langsam, um das Ziel nicht zu schnell zu erreichen und mehr Zeit mit Ironheart zu haben. Sie sprachen über körperliche Fitneß und fettfreie Nahrungsmittel.

Schließlich gab ihr eine Bemerkung des Mannes die Möglichkeit, wie beiläufig nach den Namen seiner Freunde in Portland zu fragen.

»Nein«, sagte er.

»Nein was?«

»Nein, ich verrate Ihnen die Namen nicht. Es sind nette Leute, und ich möchte vermeiden, daß man sie belästigt.«

»Ich belästige niemanden«, erwiderte Holly.

»Nichts für ungut, Miß Thorne, aber es würde meinen Freunden bestimmt nicht gefallen, in der Zeitung erwähnt zu werden. Sie führen ein zurückgezogenes Leben und wollen nicht gestört werden.«

»Viele Leute *mögen* es, ihre Namen in der Zeitung zu lesen.«

»Ausnahmen bestätigen die Regel.«

»Vielleicht würden sie mir gern etwas über ihren Freund erzählen, den großen Helden.«

»Tut mir leid«, entgegnete Ironheart freundlich und lächelte.

Holly begann allmählich zu verstehen, warum sie diesen Mann so anziehend fand. Seine unerschütterliche Gelassenheit machte ihn unwiderstehlich. Die Journalistin hatte zwei Jahre lang in Los Angeles gearbeitet und kannte Männer, die sich als ruhige Südkalifornier gaben. Jeder von ihnen hielt sich für Mr. Cool, den Inbegriff der Selbstsicherheit: *Verlaß dich auf mich, Schätzchen, dann kann uns die Welt nichts anhaben. Zusammen sind wir jenseits des Schicksals.* Aber niemand von ihnen besaß wirklich die zur Schau gestellte innere Stärke. Eine Bruce-Willis-Garderobe, perfekte Bräune und gut einstudierte Sorglosigkeit genügten nicht, um zu einem Bruce Willis zu *werden.* Selbstsicherheit mußte durch Erfahrung gewonnen werden, doch was echte Gelassenheit betraf: Entweder wurde man mit ihr geboren, oder man lernte irgendwann, sie als eine Maske zu tragen – die einen aufmerksamen Beobachter nie ganz überzeugte. Wenn man Jim Ironhearts natürliche Gelassenheit gleichmäßig an alle Männer in Rhode Island verteilen würde, entstünde dadurch ein Staat aus unerschütterlich coolen Typen. Sein Gleichmut galt sowohl heranrasenden Wagen als auch den bohrenden Fragen einer Journalistin. Außerdem hatte seine Präsenz eine seltsam entspannende Wirkung.

»Sie haben einen interessanten Namen«, sagte Holly.

»Jim?«

Er zog sie auf.

»Ironheart. Klingt indianisch.«

»Ich hätte nichts gegen ein wenig Apachenblut. Dadurch wäre ich weniger langweilig, etwas exotischer und mysteriöser. Aber es handelt sich nur um die anglisierte Version des deutschen Familiennamens: Eisenherz.«

Als sie den East Portland Freeway erreichten und sich rasch der Killingsworth-Street-Ausfahrt näherten, empfand Holly zunehmendes Unbehagen bei der Vorstellung, Ironheart am Flughafen abzusetzen. Die Journalistin in ihr hatte noch immer viele unbeantwortete Fragen. Außerdem: Er faszinierte die Frau namens Holly mehr als jeder andere Mann. Sie überlegte kurz, ob sie eine längere Nebenstraße zum Flughafen nehmen sollte; vielleicht kannte er die Gegend nicht gut genug, um Verdacht zu schöpfen. Dann stellte sie fest, daß bereits die ersten großen Schilder auf den Airport hinwiesen. Selbst wenn Ironheart ihnen keine Beachtung schenkte: sicher fielen ihm die Flugzeuge auf, die weiter vorn am dunkelblauen Himmel emporstiegen.

»Was machen Sie dort unten in Kalifornien?« erkundigte sie sich.

»Ich genieße das Leben.«

»Ich meine: Womit verdienen Sie sich Ihren Lebensunterhalt?«

»Was glauben Sie?« erwiderte Ironheart.

»Nun, eines steht fest: Sie sind kein Bibliothekar.«

»Wie kommen Sie darauf?«

»Sie wirken irgendwie geheimnisvoll.«

»Können Bibliothekare nicht geheimnisvoll sein?«

»Ich habe nie einen kennengelernt, auf den diese Beschreibung zutrifft.« Widerstrebend lenkte Holly ihren Toyota zur Ausfahrt. »Vielleicht sind Sie eine Art Polizist.«

»Was veranlaßt sie zu dieser Vermutung?«

»Wirklich gute Polizisten sind völlig ruhig und cool.«

»Lieber Himmel, ich dachte immer, ich sei umgänglich und offen. Sie halten mich für cool?«

Auf der Zufahrt herrschte ziemlich dichter Verkehr. Holly nutzte die Gelegenheit, um noch langsamer zu fahren.

»Sie sind sehr selbstsicher«, antwortete sie.

»Seit wann arbeiten Sie als Journalistin?«

»Seit zwölf Jahren.«

»Immer in Portland?«

»Nein. Ich bin erst seit einem Jahr hier.«

»Und vorher?«

»Chicago, Los Angeles, Seattle . . .«

»Gefällt Ihnen Ihre Arbeit?«

Holly begriff plötzlich, daß sie die Kontrolle über das Gespräch verloren hatte. »He, dies ist kein Quiz.«

»Oh, wirklich nicht?« entgegnete Ironheart amüsiert.

Holly ärgerte sich über die Sturheit des Mannes, über die undurchdringliche Barriere, die sie von ihm trennte. Sie war nicht daran gewöhnt, auf solche Hindernisse zu stoßen. Doch sie spürte weder Gehässigkeit in ihm noch eine ausgeprägte Fähigkeit, andere Menschen zu täuschen. Es ging ihm nur darum, seine Privatsphäre zu schützen. Als Journalistin, die immer mehr an ihrem Recht zweifelte, die Nase in fremde Angelegenheiten zu stecken, verstand sie seine Zurückhaltung. Sie sah ihn an und lachte leise. »Sie sind gut.«

»Sie auch.«

Holly hielt vor dem Terminal. »Nein. Wenn ich gut wäre, hätte ich wenigstens herausgefunden, welcher Arbeit *Sie* nachgehen.«

Ironheart lächelte bezaubernd. Einmal mehr bewunderte sie seine Augen. »Ich habe nicht behauptet, daß Sie so gut sind wie ich.« Er stieg aus, holte seinen Koffer und kehrte zur offenen Beifahrertür zurück. »Wissen Sie, ich bin nur zur richtigen Zeit am richtigen Ort gewesen. Ein Zufall versetzte mich in die Lage, den Jungen zu retten. Es wäre nicht fair, wenn die Medien deshalb mein ganzes Leben unter die Lupe nähmen.«

»Vielleicht haben Sie recht«, räumte Holly ein.

»Danke.« Es klang erleichtert.

»Eines muß ich Ihnen sagen: Ihre Bescheidenheit ist erfrischend.«

Er sah sie einige Sekunden lang an, musterte sie aus seinen hinreißenden blauen Augen. »Das gilt auch für Sie, Miß Thorne.«

Dann schloß er die Tür, wandte sich um und betrat das Terminal.

Holly wiederholte die letzten Worte in Gedanken.

Ihre Bescheidenheit ist erfrischend.

Das gilt auch für Sie, Miß Thorne.

Sie starrte zum Flughafeneingang, durch den Ironheart verschwunden war. Er erschien ihr plötzlich zu gut, um wirklich zu existieren, und sie überlegte kurz, ob ein Phantom neben ihr gesessen hatte. Leichter Dunst filterte und trübte den Sonnenschein des späten Nachmittags, und Holly glaubte, ein goldenes Glühen wahrzunehmen. Es erinnerte sie an alte Gruselfilme, an das kurze Schimmern nach dem Erscheinen eines Geistes.

En lautes Pochen brachte sie in die unmittelbare Realität zurück.

Ruckartig drehte sie den Kopf und bemerkte einen Sicherheitsbeamten des Flughafens, der aufs Dach des Wagens klopfte. Als sie ihn ansah, deutete er auf ein Schild: PARKEN VERBOTEN.

Holly fragte sich, wie lange sie stumm und erstarrt am Steuer gesessen hatte, hypnotisiert von ihren Gedanken an Jim Ironheart. Sie löste die Handbremse, legte den ersten Gang ein und gab Gas.

Ihre Bescheidenheit ist erfrischend.

Das gilt auch für Sie, Miß Thorne.

Während der Rückfahrt nach Portland fühlte sie eine Aura des Unheimlichen und gewann den Eindruck, daß etwas Übernatürliches ihr Leben berührt hatte. Es beunruhigte sie, daß ein Mann sie so sehr beeindrucken konnte. Holly kam sich wie ein pubertäres Mädchen vor, sogar wie eine Närrin. Gleichzeitig genoß sie dieses angenehm gespenstische Empfinden und versuchte nicht, es zu verdrängen.

Das gilt auch für Sie, Miß Thorne.

5

Hollys Apartment befand sich im dritten Stock und bot einen guten Blick auf den Council Crest Park. An jenem Abend kochte sie Vermicelli mit Pesto, Piniennüssen, frischem Knoblauch und kleingehackten Tomaten. Plötzlich fragte sie sich, wie Jim Ironheart gewußt haben konnte, daß dem kleinen Billy Jenkins Gefahr drohte – noch bevor der betrunkene Fahrer mit seinem Lieferwagen die Hügelkuppe erreicht hatte.

Sie ließ das Messer sinken und blickte aus dem Küchenfenster. Purpurnes Zwielicht senkte sich auf den Rasen weiter unten. Von den Parklampen zwischen den Bäumen ging ein bernsteinfarbener Glanz aus und fiel warm auf die Wege und Pfade.

Als Ironheart über den Bürgersteig vor der McAlbury School gelaufen, gegen die Journalistin geprallt war und sie fast zu Boden gestoßen hatte, war Holly dem Mann gefolgt, um ihm die Meinung zu sagen. Doch er stand bereits auf der Straße, als sie die Kreuzung erreichte, wandte sich erst nach rechts, dann nach links, wirkte aufgeregt, völlig außer sich. Tatsächlich erschien er so seltsam, daß ihm die Kinder in einem weiten Bogen auswichen. Holly erinnerte sich an die Panik in Ironhearts Zügen und die Reaktion der Kinder, *bevor* der Wagen des Betrunkenen über die Hügelkuppe gerast war. Erst danach richtete der Mann seine Aufmerksamkeit auf Billy Jenkins und riß den Jungen zur Seite.

Vielleicht hatte er das Heulen des Motors gehört und begriffen, daß sich ein Fahrzeug mit viel zu hoher Geschwindigkeit der Kreuzung näherte – und sofort gehandelt, weil er instinktiv Gefahr spürte. Holly versuchte, sich daran zu entsinnen, ob sie das Dröhnen bereits vernommen hatte, als Ironheart gegen sie stieß, aber sie war nicht sicher. *Habe ich es gehört, ohne ihm irgendeine Bedeutung beizumessen?* überlegte sie. *Vielleicht ist mir gar nichts aufgefallen, weil ich ganz darauf konzentriert war, die Nervensäge namens Louise Tarvohl loszuwerden. Sie bestand darauf, mich zum Wagen zu begleiten.* Holly hatte befürchtet, von einer Sekunde zur anderen überzuschnappen, wenn sie noch länger dem unerträglichen Geschwätz der Dichterin ausgesetzt bliebe, und dachte nur daran, ihr zu entkommen.

In der Küche hörte sie nur ein Geräusch: das energische Brodeln des Wassers im großen Kochtopf. Sie sollte das Gas herunterdrehen, die Nudeln in den Topf geben und die Uhr einstellen ... Stattdessen verharrte sie an der Arbeitsplatte, die Tomate in der einen Hand, das Messer in der anderen, starrte in den Park und sah die fatale Kreuzung unweit der McAlbury School vor sich.

Selbst wenn Ironheart das Kreischen des Motors bemerkt hatte, obgleich der Wagen noch mehr als einen halben Block entfernt gewesen war – wie konnte er so rasch die Richtung feststellen? Wie fand er heraus, daß der Fahrer unter dem Einfluß von Alkohol stand und daß den Kindern Gefahr drohte? Die Verkehrswächterin hätte das Dröhnen eher hören müssen, doch der heranrasende Lieferwagen überraschte sie ebenso wie die Kinder.

Nun gut, manche Menschen zeichneten sich durch schärfere Sinne aus als andere. Komponisten waren zum Beispiel in der Lage, komplexere Harmonien und Rhythmen zu hören als der durchschnittliche Konzertbesucher. Manche Baseballspieler sahen einen kurzen, hohen Ball vor dem grellen Himmel eher als andere. Ein guter Weinkenner unterschied zwischen den subtilsten Geschmacksrichtungen, während es Alkoholikern nur auf die Wirkung ankam. Das traf auch auf individuelle Reflexe zu. Manche Leute reagierten schneller als andere; aus diesem Grund war Wayne Gretzky Millionen Dollar im Jahr für eine professionelle Eishockeymannschaft wert. Holly hatte beobachtet, daß Ironheart die blitzschnellen Reflexe eines Athleten besaß, und hinzu kam zweifellos ein außergewöhnlich gutes Gehör. Die meisten Menschen mit bemerkenswerten physischen Vorteilen wiesen auch andere hervorragende Eigenschaften auf – letztendlich ließ sich das alles auf gute Gene zurückführen. Das war die Erklärung. Ganz einfach. Nichts Anomales. Nichts Geheimnisvolles. Und schon gar nichts Übernatürliches. Nur gute Gene.

Draußen im Park wurden die Schatten länger. Die Wege und Pfade verschwanden in der Dunkelheit, abgesehen von den Stellen, die das Licht der Lampen erreichte. Die Bäume schienen sich zu ducken.

Holly legte das Messer beiseite und ging zum Herd. Sie drehte das Gas unter dem großen Topf herunter, und das zornige Brodeln verwandelte sich in ein sanfteres Zischen. Anschließend gab sie die Nudeln hinein.

Dann kehrte sie zur Arbeitsplatte zurück, griff nach dem Messer und sah wieder aus dem Fenster. Erste Sterne erschienen am Himmel, als das purpurne Glühen der Abenddämmerung verblaßte und die scharlachfarbenen Flecken am Horizont eine burgundrote Tönung annahmen. Im Park dehnte sich die Finsternis aus, hüllte ihn in einen Mantel aus Schwärze.

Plötzlich glaubte Holly, daß Jim Ironheart jeden Augenblick aus der Dunkelheit kommen und in eine Lache aus bernsteinbraunem Licht treten könne. Sie stellte sich vor, wie er in einem erleuchteten Bereich stehenblieb, den Kopf hob und zum Fenster hochsah. Vielleicht hatte er irgendwie herausgefunden, wo sie wohnte. Die Journalistin schüttelte den Kopf – was für eine törichte Idee. Trotzdem spürte sie, wie es ihr kalt über den Rücken lief, und sie schauderte heftig.

Später, gegen Mitternacht, saß Holly auf der Bettkante, schaltete die Nachttischlampe aus und wandte sich dem Schlafzimmerfenster zu, durch das man ebenfalls den Park sehen konnte. Erneut fröstelte sie. Sie wollte sich hinlegen, zögerte jedoch und stand statt dessen auf. In Slip und T-Shirt – ihre übliche Kleidung für die Nacht – ging sie durch das dunkle Zimmer zum Fenster und schob die Gardinen ein wenig beiseite.

Vergeblich hielt sie nach Ironheart Ausschau. Holly wartete eine Minute lang, dann noch eine. Der Mann erschien nicht. Verwirrt kehrte sie zum Bett zurück.

Nach einigen Stunden erwachte Holly und zitterte. Die Einzelheiten des Traums blieben ihr verborgen. Sie erinnerte sich nur an klare blaue Augen, an einen Blick, der sie so mühelos durchdrang wie ein Messer weiche Butter.

Sie stand auf und ging ins Bad, nur geleitet von dem sanften Mondschein, der durch die Gardinen glühte. Im Badezimmer verzichtete sie darauf, das Licht einzuschalten, benützte die Toilette, wusch sich die Hände und beobachtete eine Zeitlang ihr Spiegelbild. Erneut hielt sie die Hände unter den Hahn, trank ein Glas kaltes Wasser – und begriff, daß sie ihre Rückkehr ins Schlafzimmer hinauszögerte.

Fürchtete sie sich davor, ans Fenster zu treten und in den Park zu schauen?

Lächerlich, dachte Holly. *Himmel, was ist bloß in dich gefahren?*

Sie verließ das Bad, doch im Schlafzimmer wandte sie sich nicht dem Bett zu. Behutsam strich sie die Gardine zur Seite.

Von Jim Ironheart war weit und breit keine Spur.

Holly spürte eine seltsame Mischung aus Erleichterung und Enttäuschung.

Während sie in den nächtlichen Council Crest Park starrte, fühlte sie eine neuerliche Kühle, die sie schaudern ließ. Nur ein Teil davon ging auf vage Furcht zurück.

Eine ganz eigentümliche Aufregung erfaßte sie, eine angenehme Ahnung ...

Worauf bezog sie sich?

Holly wußte keine Antwort auf diese Frage.

Jim Ironheart übte eine starke und nachhaltige Wirkung auf sie aus, und mit so etwas hatte Holly nie gerechnet. Sie bemühte sich, ihre Gefühle zu verstehen, doch sie blieben rätselhaft. Sexueller Reiz genügte nicht als Erkärung. Sie war eine erwachsene Frau: Weder das periodische Drängen der Hormone noch der mädchenhafte Wunsch nach Romantik konnte sie auf diese Weise beeinflussen.

Schließlich legte sie sich wieder ins Bett, in der sicheren Überzeugung, keine Ruhe mehr zu finden. Es überraschte sie, daß sie schon nach wenigen Minuten einzuschlafen begann. Als sich ihre bewußten Gedanken langsam verloren, murmelte sie: »Was für Augen ...«

Jim schlief in seinem eigenen Bett in Laguna Niguel und erwachte kurz vor dem Morgengrauen. Das Herz klopfte ihm bis zum Hals empor. Es war kühl im Zimmer. Aber trotzdem fühlte er sich schweißgebadet. Seit einiger Zeit litt er an Alpträumen, und auch diesmal erinnerte er sich nur an eine erbarmungslose, mächtige und böse Kraft, die ihn verfolgte . . .

Er glaubte den Tod so nahe, daß er das Licht einschaltete und sich im Zimmer umsah. Nein, es befand sich keine unmenschliche und mörderische Präsenz im Raum. Er war allein.

»Aber nicht mehr lange«, sagte er laut.

Jim fragte sich, was diese Worte bedeuten mochten.

20. bis 22. August

1

Jim Ironheart blickte besorgt durch die schmutzige Windschutzscheibe des gestohlenen Camaro. Die Sonne hing als lodernder Ball am Himmel, und ihr Licht war so weiß und bitter wie Kalkpulver. Heiße Luft schimmerte über dem Asphalt und bildete Fata Morganen von Menschen, Autos und Seen.

Jim spürte das bleierne Gewicht der Müdigkeit, und seine Augen brannten. Von der Hitze geschaffene Trugbilder und gelegentlich aufgewirbelte Staubwolken behinderten die Sicht. In der endlos scheinenden Weite der Mohavewüste fiel es schwer, ein Gefühl für die Geschwindigkeit zu bewahren. Jim hatte überhaupt nicht den Eindruck, daß der Camaro mit hundert Meilen in der Stunde über die Straße raste. In seinem gegenwärtigen Zustand wäre es besser gewesen, langsamer zu fahren.

Doch tief in ihm wuchs die Furcht, daß er zu spät kam, daß er nicht rechtzeitig eingreifen konnte. Jemand würde sterben, weil er zu spät eintraf.

Er warf einen kurzen Blick auf die geladene Schrotflinte, die vor dem anderen Schalensitz lehnte. Der Kolben ruhte auf dem Boden, und der Lauf zeigte von ihm fort. Direkt daneben lag eine Schachtel mit Munition.

Die Angst wuchs, und er trat noch fester aufs Gaspedal. Die Nadel des Tachometers zitterte über die Hundert-Marke.

Kurze Zeit später erreichte er die Kuppe einer weiten Anhöhe. Dahinter erstreckte sich ein schüsselförmiges Tal, das zwanzig oder dreißig Meilen durchmaß und dem Auge des Betrachters ein alkalisches Weiß darbot. Die Vegetation bestand nur aus Steppengesträuch und einigen Wüstengrasbüscheln. Vielleicht verdankte das Tal seine Existenz dem Einschlag eines Asteroiden; vergangene Jahrtausende der Erosion hatten die Konturen sanfter und weicher gestaltet, aber es wirkte dennoch urzeitlich.

Der schwarze Highway mit den zitternden, vibrierenden Wasser-Fata-Morganen teilte das Tal. An den Hängen schimmerten träge Hitzephantome. Nach einer Weile bemerkte Jim das Fahrzeug. Es handelte sich um einen Kombiwagen, der eine Meile weiter vorn an der rechten Straßenseite stand, neben einem Abzugskanal, in dem nur während seltener Gewitter Wasser floß.

Sein Puls beschleunigte sich, und er brach in Schweiß aus, obwohl kühle Luft aus den Schlitzen im Armaturenbrett wehte. *Dies war der Ort.*

Dann sah er auch das Wohnmobil, etwa eine halbe Meile vor dem Wagen. Es kam gerade hinter einem der Trugbilder zum Vorschein, die Seen vorgaukelten, und rollte zum anderen Ende des Tals, wo die Straße eine dunkle Schlange zwischen nackten roten Felsen bildete.

Jim nahm den Fuß vom Gas, als er sich dem Kombi näherte und überlegte, ob man hier Hilfe brauchte. Seine Aufmerksamkeit galt nicht nur diesem Fahrzeug, sondern auch dem Wohnmobil.

Die Tachonadel ging langsam zurück, und der Mann am Steuer wartete darauf, einen deutlicheren Hinweis auf seine Mission zu erhalten. Er bekam keine Antwort auf die stummen Fragen. Für gewöhnlich verspürte er den Zwang zu handeln, als erhielte er Anweisungen von einer inneren Stimme, die nur auf einer unterbewußten Ebene zu ihm sprach – oder als sei er eine Maschine, deren Aktivitäten von einem Programm bestimmt wurden. Doch diesmal geschah nichts.

Jims Verzweiflung wuchs, als er bremste und neben dem Chevy hielt. Er nahm sich nicht die Zeit, den Camaro auf dem Seitenstreifen zu parken, sah nur kurz zu der Schrotflinte hinüber und wußte irgendwie, daß er sie nicht benötigte. Noch nicht.

Er stieg aus und eilte zu dem Kombi. Mehrere Koffer und Reisetaschen befanden sich im Ladebereich, und als er durchs Seitenfenster starrte, fiel sein Blick auf einen reglosen Mann. Er öffnete die Tür – und zuckte zusammen. Soviel Blut . . .

Der arme Kerl war dem Tode näher als dem Leben. Man hatte ihm zweimal in die Brust geschossen. Sein Kopf lehnte an der Beifahrertür und erinnerte Jim an das zur Seite geneigte Haupt von Jesus Christus, der am Kreuz hing. Die Lider des Mannes zitterten, als er sich auf Jim zu konzentrieren versuchte.

Die Stimme klang drängend und brüchig. »Lisa . . . Susie . . . Meine Frau und Tochter . . .«

Seine Augen trübten sich. Er schnaufte noch einmal, erschlaffte und starb.

Jim taumelte von der offenen Tür zurück, fühlte sich auf eine fast lähmende Weise für den Tod des Fremden verantwortlich. Einige Sekunden lang blieb er auf dem schwarzen Asphalt stehen und spürte, wie die Sonne auf ihn herabbrannte. Wenn er sich noch mehr beeilt hätte ... Vielleicht wäre er dann einige Minuten eher eingetroffen, rechtzeitig genug, um diesem Mann das Leben zu retten.

Ein Laut des Kummers entrang sich seiner Kehle, dumpf und unartikuliert. Zuerst war er kaum mehr als ein Flüstern, wurde dann zu einem leisen Stöhnen. Doch als sich Jim von dem Toten im Kombi abwandte und über den Highway starrte, in Richtung des Wohnmobils, stieß er einen zornigen Schrei aus, denn plötzlich wußte er, was sich hier zugetragen hatte.

Und er wußte auch, worauf es nun ankam.

Im Camaro füllte er seine Hosentaschen mit den großen Schrotpatronen und vergewisserte sich, daß die bereits geladene Schrotflinte – ein fünfschüssiger Repetierer Kaliber 12 – in Reichweite war.

Er sah in den Rückspiegel. An diesem Mittwochmorgen herrschte auf dem Wüsten-Highway praktisch überhaupt kein Verkehr. Jim blieb auf sich allein gestellt, er durfte nicht mit Hilfe rechnen.

Am anderen Ende des Tals verschwand das Wohnmobil hinter flimmernder Luft, die wie ein wogender Vorhang aus Glasperlen wirkte.

Er legte den ersten Gang ein und gab Gas. Die Räder drehten kurz durch, ließen breite Streifen aus abgeriebenem Gummi auf dem dunklen Asphalt zurück und verursachten ein Kreischen, das gespenstisch laut durch die leere Öde hallte. Es klang nach einem Schrei. Jim fragte sich, wie der Fremde und seine Familie geschrien hatten, als man ihn gnadenlos umbrachte.

Abrupt schoß der Camaro nach vorn.

Jim trat das Gaspedal bis zum Anschlag durch, blickte durch die Windschutzscheibe und hielt nach dem Wohnmobil Ausschau. Einige Sekunden später teilte sich der Hitzevorhang, und das große Fahrzeug geriet wieder in Sicht – wie ein Schiff, das über ein trokkenes Meer segelte.

Der große Wagen war nicht annähernd so schnell wie der Camaro, und schon nach kurzer Zeit schloß Jim zu ihm auf. Er erkannte ihn als einen neun Meter langen Roadking, der bereits viele Meilen hinter sich hatte. Schmutz klebte an den verbeulten weißen Aluminiumflanken, und an einigen Stellen zeigten sich dicke Rostflecken. An den Fenstern hingen gelbe Gardinen, die einst weiß gewesen sein mochten. Man hätte den Roadking für das Heim von Rentnern halten können, die gern reisten und von der Sozialhilfe lebten, aber nicht genug Geld erübrigen konnten, um das Wohnmobil mit dem gleichen Stolz zu pflegen, den sie beim Kauf vor vielen Jahren empfunden hatten.

Aber das Motorrad paßte nicht in dieses Bild. Links neben der aufs Dach führenden Leiter befand sich ein schmiedeeisernes Haltegestell, und darin war eine Harley festgebunden. Es handelte sich nicht um das größte Modell, aber die Maschine schien über einen leistungsstarken Motor zu verfügen – und Rentner spielten normalerweise nicht mit solchen Dingen herum.

Der Rest des Wohnmobils wirkte völlig unverdächtig. Doch als Jim Ironheart ihm in einem Abstand von wenigen Metern folgte, spürte er eine so starke Präsenz des Unheils, als ströme ihm eine wuchtige schwarze Flutwelle entgegen. Er schnappte nach Luft und glaubte, das Böse zu riechen, das von den Eigentümern des Roadking ausging.

Zuerst zögerte er und fürchtete, die Frau und das Kind in Gefahr zu bringen, wenn er etwas unternahm – er zweifelte nicht daran, daß sie von den Unbekannten entführt worden waren. Doch er durfte sich auf keinen Fall zuviel Zeit lassen. Je länger Mutter und Tochter den Leuten im Wohnmobil ausgeliefert blieben, desto geringer wurde die Chance, daß sie diese Sache lebend überstanden.

Jim scherte nach links aus. Er beabsichtigte, das Wohnmobil zu überholen, einige Meilen weit zu fahren und die Straße dann mit seinem Wagen zu blockieren.

Der Fahrer des Roadking mußte im Rückspiegel beobachtet haben, wie Jim neben dem Kombi gehalten hatte, und das hatte offenbar seinen Argwohn geweckt. Er wartete, bis sich der Camaro fast auf einer Höhe mit dem Roadking befand, bevor er das Steuer herumriß. Die beiden Fahrzeuge prallten aneinander.

Metall schabte über Metall, und Jims Wagen schleuderte.

Das Lenkrad in seinen Händen zuckte zur Seite. Er schloß die Finger fester darum und versuchte, den Camaro unter Kontrolle zu halten.

Der Roadking schwenkte nach rechts, kehrte zurück und stieß erneut gegen den Sportwagen, drängte ihn zum unbefestigten Seitenstreifen ab. Einige hundert Meter weit setzten sie die Fahrt mit hoher Geschwindigkeit fort. Das Wohnmobil fuhr auf der falschen Seite und riskierte einen frontalen Zusammenstoß mit Fahrzeugen, die praktisch jederzeit aus den flirrenden Hitzevorhängen kommen konnten; der Camaro wirbelte dichte Staubwolken auf und raste gefährlich nahe am Straßenrand entlang, neben dem die erhöhte Straße etwa sechzig Zentimeter tief zum Wüstenboden abfiel.

Selbst ein vorsichtiges Bremsmanöver konnte dazu führen, daß der Wagen einige Zoll weit nach links rutschte und sich überschlug. Jim wagte es nur, etwas weniger Gas zu geben, so daß der Camaro allmählich langsamer wurde.

Der Fahrer des Roadking reagierte, verringerte ebenfalls die Geschwindigkeit und wich nicht von Jims Seite. Wie in Zeitlupe drängte ihn das Wohnmobil nach links, Zentimeter um Zentimeter, und zwang Jim, immer mehr zum Sockelrand auszuweichen.

Der Camaro war kleiner und nicht annähernd so schwer wie der Roadking. Er gab dem zunehmenden Druck nach, obgleich Jim versuchte, ihn auf dem Seitenstreifen zu halten. Das linke Vorderrad erreichte den Rand zuerst, und der Wagen neigte sich zur Seite. Ironheart trat auf die Bremse, aber es war bereits zu spät. Noch während er den Fuß aufs Pedal rammte, drehte das linke Rad leer durch. Der Camaro kippte.

Jim hatte die Angewohnheit, sich immer anzuschnallen, und der Gurt hielt ihn fest. Er verlor seine Sonnenbrille, prallte jedoch nicht mit dem Kopf an den Fensterholm und brach sich auch nicht das Brustbein am Lenkrad. Dünne Risse entstanden in der Windschutzscheibe, wie das Werk einer amphetaminsüchtigen Spinne. Ironheart kniff die Augen zu und spürte, wie ihm Glassplitter über Wangen und Stirn strichen. Der Wagen überschlug sich erneut, begann mit einer dritten Rolle und fiel aufs Dach zurück.

Jim hing mit dem Kopf nach unten im Gurt, war aber nicht verletzt, nur desorientiert. Er hustete, als weißer Staub durch die zerbrochene Windschutzscheibe wallte.

Sie kommen bestimmt, um mich zu erledigen.

Hastig versuchte er, den Gurt zu lösen, fand die Taste, sank einige Zentimeter weit nach unten und fühlte die Schrotflinte unter sich. Er konnte wirklich von Glück sagen, daß sich die Waffe nicht entladen hatte, als der Camaro über den Rand des hohen Seitenstreifens gestürzt war.

Sie kommen, um mich zu erledigen.

Es dauerte einige Sekunden, bis er den Türgriff entdeckte, der sich nun über ihm befand. Er zog an ihm und hörte ein Klicken. Zuerst klemmte die Tür, dann schwang sie mit einem metallenen Knarren und Quietschen auf.

Jim kroch nach draußen auf den Boden der Wüste und hatte das Gefühl, in einer surrealistischen, von Dalí geschaffenen Welt mit verzerrten Perspektiven gefangen zu sein. Er biß die Zähne zusammen und bemühte sich, nicht mehr zu husten. Er mußte mucksmäuschenstill sein, wenn er überleben wollte.

Ironheart war nicht annähernd so schnell und unauffällig wie die kleinen Eidechsen, die vor ihm davonhuschten, als er geduckt zum nächsten Arroyo eilte. Kurz darauf erreichte er den Rand des natürlichen Abwasserkanals und stellte fest, daß er nur gut einen Meter tief war. Er ließ sich hineinfallen, und seine Füße verursachten ein dumpfes Pochen, als sie den harten Boden berührten.

Er hockte in der kleinen Mulde, hob langsam den Kopf, spähte über den Wüstenboden und blickte in Richtung Camaro. Die weiße Staubwolke hatte sich noch nicht ganz gelegt. Der Roadking hatte gewendet und hielt jetzt auf einer Höhe mit dem Wrack des Wagens.

Die Tür öffnete sich, und ein Mann trat auf die Straße. Ein zweiter – offenbar war er auf der anderen Seite ausgestiegen – kam mit langen Schritten hinter der breiten Kühlerhaube des Wohnmobils hervor und gesellte sich dem ersten hinzu. Jim sah auf den ersten Blick, daß er es nicht mit freundlichen Rentnern zu tun hatte. Die Fremden schienen gut dreißig und so hart zu sein wie der ausgedörrte Wüstenboden. Einer von ihnen hatte sein dunkles Haar nach hinten gekämmt und in jenem Stil zu einem Pferdeschwanz zusammengebunden, den Kinder und Jugendliche als ›Türknauf‹ bezeichneten. Bei dem anderen beobachtete Jim stacheliges Haar, doch nur im Bereich des Scheitels. Die Seiten des Kopfes waren kahlgeschoren, und dadurch wirkte der Mann wie einer der Typen aus den alten Mad-Max-Filmen. Beide trugen ärmellose T-Shirts, Jeans, Cowboyhüte und Revolver. Vorsichtig gingen sie zum Camaro und näherten sich ihm von zwei verschiedenen Seiten.

Jim wich in den Arroyo zurück, wandte sich nach rechts – nach Westen – und lief geduckt durch den niedrigen Kanal. Er warf einen Blick über die Schulter, um festzustellen, ob er Spuren hinterließ, doch in dem granithart gebackenen Boden blieben keine Fußabdrücke zurück. Nach etwa fünfzehn Metern knickte der Arroyo abrupt nach links und setzte sich in südlicher Richtung fort. Nach weiteren zwanzig Metern endete er in einem Abzugskanal, der unter den Highway reichte.

Hoffnung erfaßte Ironheart, verbannte jedoch nicht ganz die Furcht. Sie zitterte in ihm, seit er den Sterbenden im Kombi gefunden hatte. Übelkeit quoll in ihm empor, doch er hatte kein Frühstück zu sich genommen und konnte gar nichts erbrechen. Ganz gleich, was die Diätetiker behaupteten: Manchmal war es von Vorteil, eine Mahlzeit auszulassen.

Der aus Beton bestehende Abzugskanal lag zum größten Teil im Schatten und bot relative Kühle. Jim fühlte die Versuchung, sich dort zu verstecken – und zu hoffen, daß die beiden Männer die Suche nach ihm einstellten.

Aber so etwas kam natürlich nicht in Frage. Er war kein Feigling. Selbst wenn ihm sein Gewissen in diesem Fall ein wenig Feigheit gestattet hätte: jene mysteriöse Kraft, die ihn antrieb, ließ nicht zu, daß er sich vor einer Aufgabe drückte. Er kam einer Marionette gleich, die an unsichtbaren Fäden geführt wurde und einem namenlosen Puppenspieler gehorchen mußte. Doch was die Aufführung betraf, an der er als Protagonist teilnahm: Plot und Leitmotiv des Stücks entzogen sich seinem Verständnis.

Einige Steppenbüsche hatten sich in den Kanal verirrt, und ihre Dornen stachen Jim, als er diese natürliche Barriere passierte. Kurz darauf erreichte er die gegenüberliegende Seite des Highways, kroch in einen anderen Arroyo und kletterte dort empor.

Einige Sekunden lang lag er flach auf dem Wüstenboden, schob sich dann zum Rand der Straße, blickte über den Asphalt und beobachtete das Wohnmobil. Hinter dem Roadking lag der Camaro auf dem Dach. Die beiden Männer standen daneben, sie hatten den Wagen offenbar gerade überprüft und festgestellt, daß er leer war.

Sie führten ein erregtes Gespräch, doch angesichts der Entfernung verstand Jim nicht, was sie sagten. Er hörte nur einige von der Hitze verzerrte Wortfetzen, die keinen Sinn für ihn ergaben.

Schweiß tropfte ihm in die Augen und verschleierte die Konturen der Umgebung. Mit dem Ärmel wischte er sich das Gesicht ab und starrte erneut zu den Fremden hinüber.

Sie gingen jetzt langsam von dem Camaro und der Straße fort. Der eine erwies sich als besonders wachsam, er drehte den Kopf von einer Seite zur anderen. Der andere sah auf den Boden und suchte nach Spuren. *Wenn einer von ihnen bei indianischen Scouts aufgewachsen ist, erwischen sie mich schneller als ein Leguan einen Sandkäfer,* fuhr es Ironheart durch den Sinn.

Im Westen ertönte das Brummen eines Motors. Erst war es leise, wurde jedoch rasch lauter, als Jim in die entsprechende Richtung blickte. Ein Peterbilt kam aus der Fata Morgana eines Wasserfalls. Aus Jims Perspektive betrachtet, wirkte der Lastwagen so gewaltig, daß er ihm wie eine futuristische Kriegsmaschine erschien, die aus dem zweiundzwanzigsten Jahrhundert in seine subjektive Gegenwart gereist war.

Der Fahrer des Peterbilt konnte den umgestürzten Camaro gewiß nicht übersehen. Auf der Straße zeigten die meisten Trucker Hilfsbereitschaft, bestimmt würde auch dieser seine Hilfe anbieten. Jim stellte sich bereits vor, wie die Ankunft des Fahrers die beiden Mörder verunsicherte, wie er sich an sie heranschlich, während sie abgelenkt waren.

Doch die Wirklichkeit sah ganz anders aus. Der Peterbilt wurde nicht langsamer, als er heranrollte, und Jim begriff, daß er ihn irgendwie anhalten mußte. Aber bevor er aufstehen konnte, war der Laster bereits mit lautem Donnern vorbei, zog eine heiße Sturmbö hinter sich und fuhr weitaus schneller, als es die Geschwindigkeitsbeschränkung zuließ – wie ein Unheilskoloß, der von einem Dämon gesteuert wurde und dessen Fracht aus Seelen bestand, die der Teufel *jetzt sofort* in der Hölle erwartete.

Jim widerstand der Versuchung, aufzuspringen und zu rufen: *Was ist mit deiner traditionellen Hilfsbereitschaft, du verdammter Mistkerl?*

Stille kehrte in den heißen Tag zurück.

Die beiden Mörder auf der anderen Straßenseite sahen kurz dem Peterbilt nach und setzten dann die Suche fort.

Wütend und gleichzeitig besorgt wich Jim vom Rand des Highways zurück und streckte sich wieder flach auf dem Boden aus. Er kroch nach Osten, in Richtung des Wohnmobils, und zog die Schrotflinte mit. Die erhöhte Straße befand sich nun zwischen ihm und den beiden Männern. Sie konnten ihn unmöglich sehen, aber er fürchtete trotzdem, daß sie ganz plötzlich über den Asphalt stürmen und ihn voll Blei pumpen würden.

Als er es wagte, erneut den Kopf zu heben, hatte er den Roadking erreicht: Der große Wagen schützte ihn vor den Blicken der Killer. *Wenn ich sie nicht sehen kann, sind auch sie wohl kaum in der Lage, mich zu entdecken.* Ironheart stand auf und lief einige Schritte zur rechten Seite des Wohnmobils.

Die dortige Tür war nicht auf einer Höhe mit der des Fahrers, sondern nach hinten versetzt. Sie stand einen Spaltbreit offen.

Jim streckte die Hand nach dem Knauf aus – und dann fiel ihm ein, daß vielleicht ein dritter Mann den beiden Entführten Gesellschaft leistete. Er durfte den Roadking erst betreten, wenn er die beiden Kerle auf der gegenüberliegenden Straßenseite außer Gefecht gesetzt hatte. Andernfalls riskierte er, ins Kreuzfeuer zu geraten.

Lautlos eilte er zur Kühlerhaube des Wohnmobils und hörte auf einmal Stimmen. Er erstarrte und wartete darauf, daß der Typ mit dem teilweise kahlgeschorenen Kopf an der vorderen Stoßstange vorbeiging. Aber die Männer blieben auf der anderen Seite stehen.

»Is' doch verdammt egal . . .«

»Vielleicht hat er sich unser Kennzeichen gemerkt.«

»Bestimmt wurde er verletzt.«

»Wir haben kein Blut im Wagen gesehen.«

Jim sank neben dem Vorderrad auf die Knie und warf einen Blick unter das Fahrzeug. Die beiden Männer standen in unmittelbarer Nähe der Fahrertür.

»Wir nehmen die nächste Straße nach Süden.«

»Und werden dabei von den Bullen verfolgt.«

»Bis der Kerl Gelegenheit bekommt, die Polizei zu verständigen, sind wir längst in Arizona.«

»Das hoffst du.«

»Ich *weiß* es.«

Jim erhob sich wieder und schlich langsam an der Kühlerhaube des Roadking vorbei. Vorsichtig passierte er die Scheinwerfer auf der Beifahrerseite.

»Und von Arizona geht's weiter nach New Mexico.«

»Dort gibt's ebenfalls Polizei.«

»Und dann nach Texas. Wir durchqueren einige Staaten und fahren die ganze Nacht, wenn's sein muß.«

Jim war dankbar dafür, daß der Seitenstreifen aus festgebackenem Boden und nicht etwa aus Kies bestand. Er verursachte überhaupt kein Geräusch, als er die Scheinwerfer auf der Fahrerseite erreichte.

»Du weißt ja, wie schlecht die Bullen verschiedener Staaten zusammenarbeiten . . .«

»Verdammt, der Kerl versteckt sich irgendwo dort draußen.«

»Bei einer Million Skorpionen und Klapperschlangen.«

Jim trat hinter der breiten Kühlerhaube hervor und hob die Schrotflinte. »Keine Bewegung!«

Ein oder zwei Sekunden lang starrten ihn die beiden Männer so groß an, als sei er ein dreiäugiger Marsianer mit einem Mund in der Stirn. Sie waren nur gut zwei Meter entfernt, nahe genug, um sie anzuspucken – was sie auch zu verdienen schienen. Vorher hatten sie so gefährlich gewirkt wie Schlangen mit Beinen, und sie sahen noch immer so abscheulich aus wie etwas, das in der Wüste kroch.

Die Läufe ihrer Revolver deuteten zu Boden. Jim zielte mit der Schrotflinte. »Laßt die verdammten Dinger fallen!« donnerte er.

Entweder waren die beiden Mörder wirklich knallhart, oder vollkommen verrückt – die Flinte beeindruckte sie überhaupt nicht. Der Bursche mit dem Pferdeschwanz warf sich zu Boden und rollte zur Seite. Gleichzeitig riß der Mad-Max-Typ seine Waffe hoch, aber Jim gab ihm nicht genug Zeit, den Abzug zu betätigen. Er feuerte, und die Ladung schleuderte den Killer zurück und direkt in die Hölle.

Die Stiefel des Überlebenden verschwanden unter dem Roadking.

Um zu vermeiden, am Fuß getroffen zu werden, griff Jim nach der offenen Tür und sprang auf die Stufe vor dem Fahrersitz. Einen Sekundenbruchteil später knallte es zweimal unter dem Wohnmobil, und eine Kugel zerfetzte den Reifen, neben dem Jim eben noch gestanden hatte.

Ironheart wich nicht etwa in den Roadking zurück, sondern ließ sich zu Boden fallen, hielt die Schrotflinte unter das Fahrzeug und hoffte, seinen Gegner zu überraschen. Doch der Kerl war bereits wieder auf den Beinen. Jim sah zwei Cowboystiefel, die auf der anderen Seite zum Heck des Wohnmobils liefen und plötzlich verschwanden.

Die Leiter. An der rechten hinteren Ecke. Neben dem Haltegerüst mit der Harley.

Der Hurensohn wollte aufs Dach.

Jim sprang aus dem Wagen und schob sich hastig unter den Roadking, bevor der Mörder über den Dachrand sah, ihn entdeckte und schoß. Es erwartete ihn kein kühler Schatten, denn der vom heißen Sonnenschein gebratene Seitenstreifen strahlte die gespeicherte Hitze ab.

Auf der Straße fuhren zwei Wagen vorbei, dicht hintereinander. Jim hatte sie gar nicht gehört – vielleicht weil sein Herz so laut schlug, daß er sich im Innern einer Kesselpauke glaubte. Er verfluchte die gleichgültigen Autofahrer lautlos, dachte dann aber daran, daß sie aus gutem Grund darauf verzichteten, in der Nähe des Roadking anzuhalten: Vermutlich hatten sie Mister Pferdeschwanz gesehen, der mit einem Revolver auf dem Dach des Wohnmobils hockte.

Ironheart begriff, daß er nur dann eine Chance hatte, wenn er seinem Widersacher nicht die Initiative überließ. Auf dem Bauch kroch er zum Heck des Roadking. Flink wie eine Eidechse. Dort angelangt, drehte er sich auf den Rücken, schob den Kopf unter der hinteren Stoßstange hervor und starrte an dem Motorrad vorbei zu den Sprossen, die sich weiter oben im grellen Glanz der Sonne aufzulösen schienen.

Nichts. Die Leiter war leer. Der Mörder befand sich bereits auf dem Dach. Vielleicht nahm er an, den Verfolger mit seinem jähen Verschwinden verwirrt zu haben, und bestimmt rechnete er nicht damit, daß Jim so tollkühn sein würde, ebenfalls nach oben zu klettern.

Ironheart zog sich ganz unter dem Wohnmobil hervor und trat zur Leiter. Mit der einen Hand griff er nach der heißen Führungsstange, in der anderen hielt er die Schrotflinte. Er versuchte, völlig lautlos zu sein, als er langsam nach oben stieg. Von seinem Gegner war nichts zu hören, nur das gelegentliche Knarren der halbverrosteten Sprossen klang unangenehm laut.

Dicht unter dem Dach hob Jim den Kopf und spähte über den Rand. Der Mörder hockte über dem vorderen Drittel des Roadking, auf der rechten Seite, und starrte nach unten. Er bewegte sich auf Händen und Knien, was sicher alles andere als angenehm war. Der alte weiße Lack reflektierte zwar einen großen Teil des Sonnenlichts, aber das Metall darunter hatte genug Wärme gesammelt, um auch an schwieligen Händen Brandblasen entstehen zu lassen und blauen Jeansstoff zu durchdringen. Doch der Typ gab durch nichts zu erkennen, daß er Schmerzen empfand. Offenbar war auch er ein selbstmörderischer Macho, so wie sein toter Komplize.

Jim brachte eine weitere Sprosse hinter sich.

Der Killer sank auf den Bauch, und Ironheart wußte, daß ihm nun das heiße Dach die Brust versengte. Ein dünnes, ärmelloses T-Shirt stellte keinen ausreichenden Schutz dar. Der Bursche wollte ein möglichst kleines Ziel bilden, während er darauf wartete, daß sich Jim unten zeigte.

Noch eine Sprosse, das Dach reichte jetzt bis an Ironhearts Nabel. Er wandte sich ein wenig zur Seite und klemmte das eine Knie hinter die Führungsstange, so daß er beide Hände frei hatte und nicht riskierte, durch den Rückstoß von der Leiter zu fallen.

Vielleicht besaß der Bursche auf dem Dach einen sechsten Sinn – oder das Glück kam ihm zu Hilfe. Alles blieb still, aber der Kerl sah plötzlich zurück und entdeckte Jim.

Ironheart fluchte und schwang die Flinte herum.

Der Killer sprang zur Seite und nach unten.

Jim kam nicht dazu, auf ihn zu zielen und abzudrücken. Er zog das Knie hinter der Stange hervor und ließ sich fallen. Der Aufprall war recht hart, aber er wahrte das Gleichgewicht, warf sich um die Ecke des Wohnmobils und schoß.

Doch der Mörder sprang bereits in die Seitentür. Wahrscheinlich hatte er keine Verletzung davongetragen; schlimmstenfalls einige Schrotkörner am Bein.

Er wollte zu der Frau und dem Kind.

Geiseln.

Oder er beabsichtigte schlicht und einfach, sie umzubringen, bevor er selbst dran glauben mußte. Die letzten beiden Jahrzehnte hatten das Aufkommen einer Vielzahl von vagabundierenden Soziopathen erlebt, die das ganze Land durchstreiften, nach leichter Beute suchten und lange Listen von Opfern auf dem Gewissen hatten. Solche Leute fanden ihre sexuelle Befriedigung sowohl bei brutalem Mord als auch bei Vergewaltigungen.

Jim hörte noch einmal die entsetzte Stimme des Sterbenden im Kombi: *Lisa ... Susie ... Meine Frau und Tochter ...*

Der Zorn in ihm wurde größer als die Furcht, und außerdem hatte er nicht mehr genug Zeit, vorsichtig zu sein. Er folgte dem Killer und stürmte durch die Tür in den Roadking, am Fahrerabteil vorbei. Nach dem hellen Glanz der Sonne nahm er im Wohnmobil kaum mehr als ein diffuses Halbdunkel wahr. Der psychotische Mistkerl war ein Schemen, das in den hinteren Bereich des Wohnmobils hastete, den kleinen Salon passierte und die Küche erreichte.

Jim sah nur ein dunkles Oval dort, wo er das Gesicht vermutete, als sich der Mörder umdrehte und feuerte. Die Kugel traf einen Wandschrank links von Ironheart; Holz- und Kunststoffsplitter regneten auf ihn herab.

Er wußte nicht, wo die Frau und das Kind eingesperrt waren, und fürchtete, sie zu verletzen – eine Schrotflinte war keine besonders präzise Waffe.

Der Killer schoß erneut. Die zweite Kugel sauste so dicht an Jim vorbei, daß er einen heißen Windzug spürte, einem feurigen Kuß auf die rechte Wange gleich.

Er drückte ab, und es krachte so laut, daß die dünnen Wände um ihn herum erzitterten. Der Typ mit dem Pferdeschwanz schrie und stieß an die Küchenspüle. Aus einem Reflex heraus krümmte Jim den Zeigefinger noch einmal um den Abzug, und das neuerliche Donnern zerriß ihm fast das Trommelfell. Der Killer wurde von den Beinen gerissen und nach hinten an die Rückwand geschleudert. Neben einer geschlossenen Tür, die den Wohnbereich vom Schlafzimmer trennte, sank er zu Boden.

Jim holte einige Patronen aus der Tasche und lud die Schrotflinte nach. Langsam setzte er einen Fuß vor den anderen und schlich an einem alten, verbeulten Sofa vorbei.

Er wußte, daß der Mann tot war, aber in dem Halbdunkel konnte er nicht gut genug sehen, um ganz sicher zu sein. Lichtschäfte der Mohavesonne ragten wie heiße Brandeisen durch die Windschutzscheibe und die offenen Türen, aber die dicken Vorhänge an den Seitenfenstern sorgten dafür, daß der hintere Bereich des Roadking im Schatten blieb. Von den Schüssen stammender beißender Rauch zog in trägen Schwaden umher.

Ironheart erreichte das Ende der schmalen Kammer, blickte nach unten und zweifelte nicht mehr daran, daß der auf dem Boden liegende Mann sein Leben ausgehaucht hatte. Menschlicher Müll, eben noch lebendig, jetzt tot. Blutiger Müll.

Als Jim die halbzerfetzte Leiche sah, spürte er eine wilde Ekstase, eine wütende Genugtuung, die ihn sowohl faszinierte als auch erschreckte. Er wollte angesichts seines eigenen Verhaltens Abscheu empfinden, aber obwohl der Mörder den Tod verdient hatte, fühlte er sich keineswegs davon abgestoßen – obgleich ihm bei dem entsetzlichen Anblick übel wurde. Die Begegnung konfrontierte ihn mit dem absoluten Bösen in menschlicher Form. Eigentlich hätten beide Männer ganz langsam und unter Qualen sterben sollen. Jim sah sich in der Rolle eines Racheengels, der mit heiligem Zorn Vergeltung übte. Er ahnte zumindest, daß er selbst am Rande einer Psychose wandelte – nur Verrückte glaubten, auch dann im Recht zu sein, wenn sie zerstörten und töteten –, aber er horchte vergeblich nach einer inneren Stimme, die Zweifel äußerte. Das Brodeln in ihm nahm so sehr zu, als sei er Gottes Sendbote, der direkt den apokalyptischen Zorn des Allmächtigen weiterleitete.

Er wandte sich der geschlossenen Tür zu.

Dahinter lag das Schlafzimmer.

Dort mußten die Mutter und das Kind gefangen sein.

Lisa ... Susie ...

Aber wer sonst noch?

Für gewöhnlich blieben soziopathische Killer allein, aber

manchmal wählten sie einen Gefährten, so wie in diesem Fall. Größere Gruppen waren sehr selten. Jim dachte an Charles Manson und seine ›Familie‹, und es gab auch andere Beispiele. Er mußte mit allem rechnen. Immerhin hatte er es mit einer Welt zu tun, in der angeblich, wie moderne Philosophieprofessoren lehrten, Ethik ganz von den Umständen abhing; die Einstellungen einer jeder Person seien prinzipiell richtig und müßten daher respektiert werden – ungeachtet ihrer Logik und des Haßquotienten. Es handelte sich um eine Welt, die Ungeheuer schuf, und vielleicht bekam es Ironheart in diesem Fall mit einer Hydra zu tun.

Die Situation verlangte nach Vorsicht, aber der gerechte Zorn in ihm war so stark, daß er ihm ein Gefühl der Unverwundbarkeit gab. Er trat zur Schlafzimmertür, stieß sie auf und schob sich durch den kleinen Zugang. Er wußte, daß er ein erhebliches Risiko einging, aber er scherte sich nicht darum und hob die Schrotflinte, bereit, zu töten und getötet zu werden.

Abgesehen von der Frau und dem Kind befand sich niemand im Zimmer. Sie lagen auf dem schmutzigen Bett, mit festem Klebeband an Händen und Füßen gefesselt. Und geknebelt.

Die Frau – Lisa – war etwa dreißig, schlank, blond und ungewöhnlich attraktiv. Doch die Tochter Susie erwies sich als noch weitaus schöner, wirkte wie gestaltgewordene Anmut. Sie mochte etwa zehn sein, hatte glänzende grüne Augen, zarte, sanfte Züge und eine Haut, deren Makellosigkeit Jim mit der Membran an den Innenflächen einer Eischale verglich. Das Mädchen wirkte auf ihn wie die Verkörperung von Unschuld, Güte und Reinheit – ein Engel, der in eine Jauchegrube gefallen war. Neuer Zorn wuchs in ihm, als er dieses makellose Geschöpf gefesselt sah, dem Dreck des Schlafzimmers ausgesetzt.

Tränen strömten über die Wangen des Mädchens, und es schluchzte leise hinter dem Klebeband, das über seine Lippen lief. Die Mutter weinte nicht, doch in ihren Augen glühten Grauen und Furcht. Ihr Verantwortungsbewußtsein für die Tochter und eine Wut, die der Jims ähnelte, bewahrten sie wohl davor, ein Opfer von Hysterie zu werden.

Ironheart begriff plötzlich, daß sie Angst vor ihm hatten. Vielleicht hielten sie ihn für einen Komplizen der beiden Entführer.

Er lehnte seine Waffe an die Frisierkommode. »Es ist alles in Ordnung. Sie brauchen jetzt nichts mehr zu befürchten. Ich habe die Kerle umgebracht, alle beide.«

Die Mutter starrte ihn aus weit aufgerissenen, ungläubigen Augen an.

Jim konnte es ihr nicht verdenken, daß sie zweifelte. Seine Stimme klang seltsam: Zorn vibrierte in ihr, und bei jedem dritten oder vierten Wort überschlug sie sich; sie pendelte zwischen tonlosem Flüstern und scharfem Zischen.

Er suchte nach einer Möglichkeit, die Fesseln zu zerschneiden. Auf dem Frisiertisch lagen eine Rolle mit Klebeband und eine Schere.

Als Ironheart nach der Schere griff, bemerkte er mehrere Videokassetten. Erst jetzt fielen ihm die vielen obszönen Fotos an den Wänden auf, die offenbar aus Sex-Magazinen stammten, und er erkannte sie als Schund besonderer Art: Kinderpornographie. Die Bilder zeigten erwachsene Männer mit verhüllten Gesichtern, aber es gab keine erwachsenen Frauen, nur Mädchen und Jungen, die meisten nicht älter als Susie, viele von ihnen weitaus jünger. Sie wurden auf jede nur denkbare Weise mißbraucht.

Die erschossenen Männer hätten sich die Mutter wohl nur für kurze Zeit vorgenommen, hätten sie vergewaltigt und gefoltert, um das Kind vollends einzuschüchtern. Jim stellte sich vor, wie sie Lisa anschließend die Kehle durchgeschnitten und ihre sterblichen Überreste auf irgendeinen abgelegenen Platz in der Wüste geworfen hätten, die Leiche ein Fraß für Eidechsen, Ameisen und Geier. Ihr eigentliches Interesse galt dem Mädchen; während der nächsten Monate oder Jahre hätte Susie die reinste Hölle erlebt.

Jims Zorn erfuhr eine sonderbare Verwandlung, er wurde noch heißer und wuchs über das Niveau reiner Wut hinaus. Lichtlose Finsternis wogte in ihm wie schwarzes Rohöl, das aus einem Bohrturm spritzt.

Es entsetzte ihn, daß Susie diese Fotos gesehen hatte und gezwungen gewesen war, auf dem fleckigen, stinkenden Bett zu liegen, umgeben von unbeschreiblichen Obszönitäten. Er spürte den verrückten Wunsch, die Schrotflinte zu nehmen und erneut auf die Toten zu schießen.

Sie haben das Mädchen nicht angerührt. Dem Himmel sei Dank dafür. Es blieb ihnen nicht genug Zeit, ihm etwas anzutun.

Aber das Zimmer ... Allein der Aufenthalt in einem solchen Raum kam unmittelbarer Notzucht gleich.

Jim bebte am ganzen Leib.

Und er sah, daß auch die Mutter zitterte.

Es dauerte einige Sekunden, bis ihm klar wurde, daß ihr Zittern nicht ebenfalls auf Zorn basierte. Sie fürchtete sich. Vor *ihm*. Vielleicht jagte er ihr sogar einen noch größeren Schrecken ein als die beiden Entführer.

Er war froh darüber, daß die Kammer keinen Spiegel enthielt. Ihm lag nichts daran, sein eigenes Gesicht zu sehen. Bestimmt zeigte sich Wahnsinn darin.

Jim versuchte, die Fassung wiederzugewinnen.

»Es ist alles in Ordnung«, wiederholte er. »Ich bin gekommen, um Ihnen zu helfen.«

Er wollte so schnell wie möglich die Fesseln lösen, um Mutter und Tochter von der Furcht zu befreien. Neben dem Bett sank er auf die Knie, schnitt das Klebeband an den Füßen der Frau durch und riß die Fetzen fort. Anschließend nahm er sich die Streifen an den Händen vor und überließ Lisa den Rest.

Als er sich dem Mädchen zuwandte, wich es ängstlich zurück. Er griff sanft nach den Füßen, doch Susie trat nach ihm und wand sich auf den grauen, übelriechenden Laken. Er trat sofort zurück.

Lisa zog das Band von den Lippen, nahm einen Lappen aus dem Mund und schnappte keuchend nach Luft. Sie sprach mit einer heiseren Stimme, die sowohl verzweifelt als auch resigniert klang. »Mein Mann, im Kombi ... Mein Mann!«

Jim blickte sie an und gab keine Antwort; er sah sich außerstande, ihr in Anwesenheit des Kindes die schreckliche Wahrheit zu sagen.

Die Frau erkannte sie in seinen Augen, und für einige Sekunden wurde ihr Gesicht zu einer Fratze aus Kummer und Schmerz. Doch um ihrer Tochter willen unterdrückte sie das Schluchzen, verschluckte es zusammen mit der inneren Qual.

»O mein Gott«, hauchte sie nur, und in jedem Wort hallte Trauer wider.

»Können Sie Susie tragen?«

Lisas Gedanken waren noch immer bei ihrem toten Mann.

»Können Sie Susie tragen?« fragte Jim noch einmal.

Die Frau blinzelte verwirrt. »Wieso kennen Sie ihren Namen?«

»Ihr Mann nannte ihn mir.«

»Aber ...«

»Vorher«, sagte Ironheart scharf und meinte, *bevor er starb*. Er wollte keine falschen Hoffnungen in Lisa wecken. »Sind Sie in der Lage, Ihre Tochter nach draußen zu tragen?«

»Ja, ich glaube schon. Vielleicht.«

Jim hätte das Mädchen selbst tragen können, aber er hielt es für besser, ihm nicht zu nahe zu kommen. In diesem Zusammenhang spürte er eine irrationale und emotionale Reaktion: Aus irgendeinem Grund glaubte er, daß alle Männer Verantwortung für das trugen, was die beiden Entführer mit Susie angestellt hatten beziehungsweise mit ihr angestellt *hätten.* Auch ihn traf eine gewisse Schuld.

Der einzige Mann, der Susie jetzt berühren durfte, war ihr Vater. Und seine Leiche lag einige Meilen entfernt in einem Kombi.

Er wandte sich ganz vom Bett ab und blieb neben einem Wandschrank stehen, dessen Tür langsam aufschwang.

Das weinende Mädchen kroch von Lisa fort, die es von den Klebebändern befreite; es stand unter einem solchen Trauma, daß es sich sogar von der eigenen Mutter bedroht fühlte. Dann streifte es die Ketten des Entsetzens ab und warf sich in die Arme der Frau. Lisa sprach leise und beruhigend auf ihre Tochter ein, strich ihr übers Haar und hielt sie fest.

Die Klimaanlage funktionierte nicht mehr, seit die Entführer das Wohnmobil geparkt hatten, um sich den Camaro anzusehen. Mit jeder verstreichenden Sekunde stieg die Temperatur im Schlafzimmer, und der Gestank wurde nahezu unerträglich. Jim roch abgestandenes Bier und Schweiß und nahm auch den Geruch von geronnenem Blut wahr, der von einigen dunkelbraunen Flecken auf dem Teppich ausging. Außerdem stieg ihm noch etwas anderes in die Nase, das er nicht zu identifizieren wagte.

»Ich schlage vor, wir gehen nach draußen.«

Lisa wirkte nicht sehr kräftig, aber sie hob ihre Tochter so mühelos hoch wie ein Kissen. Mit Susie in den Armen näherte sie sich der Tür.

»Das Mädchen soll nicht nach links sehen, wenn Sie an der Küche vorbeikommen«, sagte Jim. »Einer der beiden Toten liegt neben der Tür und bietet keinen besonders angenehmen Anblick.«

Lisa nickte kurz und war offenbar dankbar für die Warnung.

Als sich Ironheart umdrehte, um ihr zu folgen, sah er den Inhalt des Schranks, der sich neben ihm geöffnet hatte. In den Regalen standen kleine Kassetten, wie man sie für Videokameras verwendete. An den Rückseiten klebten Titelstreifen mit handschriftlichen Hinweisen. Namen. CINDY. TIFFANY. JOEY. CISSY. TOMMY. KEVIN. Zwei mit SALLY gekennzeichnete Kassetten. Drei mit WENDY. Weitere Namen. Insgesamt etwa dreißig. Jim wußte, um was es sich handelte, aber er wollte es nicht glauben. Aufzeichnungen von Brutalität und Perversion. Opfer.

Die bittere Dunkelheit in ihm flutete höher.

Er verließ den Roadking und trat ins grelle Licht der heißen Wüstensonne hinaus.

2

Lisa wartete im weißgoldenen Sonnenschein am Rand des Highways, hinter dem Wohnmobil. Susie stand neben ihr und hielt sich an ihr fest. Das Licht übte eine seltsame Wirkung auf sie beide aus: Es strömte schimmernd durch ihr flachsfarbenes Haar, betonte die Farbe der Augen – so wie die Schaufensterlampe eines Juweliers die Schönheit von auf schwarzem Samt ruhenden Smaragden hervorhebt. Darüber hinaus verlieh es der Haut einen fast mystischen Glanz. Während Jim Mutter und Tochter beobachtete, fiel es ihm schwer zu glauben, daß jenes Licht nicht aus ihrem Innern kam, daß Finsternis in ihr Leben gekrochen war, so umfassend und allgegenwärtig wie die Nacht von der Abend- bis zur Morgendämmerung.

Ironheart empfand ihre Gegenwart immer mehr als Belastung. Wenn er den Blick auf sie richtete, erinnerte er sich jedesmal an den Toten im Kombi, und dann entstand mitleidiger Kummer in ihm, so schmerzhaft wie ein Messerstich.

Im Roadking hatte er einen Schlüsselbund gefunden und öffnete damit das Haltegerüst, an der die Harley-Davidson festgebunden war: eine FXRS-SP, 1340 Kubikzentimeter Hubraum, ein Vergaser, V-II-Motor mit jeweils zwei Ventilen. Das Getriebe wies fünf Gänge auf, und zur Kraftübertragung diente nicht etwa eine geschmierte Kette, sondern ein breiter Riemen. Jim hatte schon bessere und stärkere Maschinen gefahren. Bei diesem Motorrad handelte es sich um ein Standardmodell, aber ihm kam es in erster Linie auf Geschwindigkeit und einfache Handhabung an, und die SP erfüllte beide Voraussetzungen, wenn sie in einem guten Zustand war.

Als Ironheart die Harley aus dem Gestell zog und überprüfte, trat Lisa besorgt näher. »Sie bietet nicht für uns alle Platz.«

»Nein«, bestätigte er. »Nur für mich.«

»Bitte lassen Sie uns nicht allein.«

»Jemand hält an, bevor ich aufbreche.«

Ein Wagen rollte über die Straße, und die drei Insassen machten große Augen. Der Fahrer beschleunigte.

»Bestimmt fahren sie alle weiter«, sagte Lisa niedergeschlagen.

»Da irren Sie sich. Ich warte, bis jemand hält.«

Die Frau schwieg einige Sekunden lang. Dann: »Ich möchte nicht mit Fremden unterwegs sein.«

»Warten wir ab, wer neugierig genug ist, um auf die Bremse zu treten.«

Lisa schüttelte heftig den Kopf.

»Ich weiß, ob man den Betreffenden vertrauen kann oder nicht.«

»Ich . . .«, sie zögerte, holte tief Luft und brachte sich wieder unter Kontrolle, »ich vertraue niemandem.«

»Es gibt auch gute Menschen auf der Welt. Eigentlich sind sogar die meisten gut. Wie dem auch sei: Wenn Leute halten, weiß ich, ob sie in Ordnung sind.«

»Aber wie? Lieber Himmel, *wie* wollen Sie das herausfinden?«

»Ich weiß es einfach.« Jim konnte es ihr ebensowenig erklären wie die Sicherheit, mit der er gewußt hatte, daß sie und ihre Tochter in der Wüste Hilfe brauchten.

Er nahm auf der Harley Platz und drückte den Knopf des Anlassers. Sofort erklang ein gleichmäßiges Grollen. Er gab mehrmals Gas und stellte den Motor dann wieder ab.

»Wer sind Sie?« fragte Lisa.

»Das kann ich Ihnen nicht sagen.«

»Warum nicht?«

»Diese Sache erregt zuviel Aufsehen. Sie wird im ganzen Land Schlagzeilen machen.«

»Ich verstehe nicht.«

»Überall würden Bilder von mir erscheinen. Ich lege großen Wert auf meine Privatsphäre.«

Die Harley verfügte über einen kleinen Gepäckträger. Jim schnallte die Schrotflinte daran fest.

»Wir verdanken Ihnen soviel«, sagte Lisa, und Ironheart hörte das hilflose Zittern in ihrer Stimme.

Er sah sie an, richtete den Blick dann auf Susie. Das Mädchen hatte einen dünnen Arm um seine Mutter geschlungen und klammerte sich noch immer an ihr fest. Es hörte dem Gespräch überhaupt nicht zu. Die grünen Augen starrten ins Leere; in Gedanken weilte das Kind an einem ganz anderen Ort. Es hob die freie Hand zum Mund und biß so fest auf einen Knöchel, daß Blut hervorquoll.

Jim wandte sich wieder dem Motorrad zu.

»Sie schulden mir nichts«, erwiderte er.

»Aber Sie haben uns gerettet!«

»Nur Sie«, murmelte er. »Nicht alle. Ein Mensch starb, obwohl er leben sollte.«

Ironheart drehte den Kopf und sah nach Osten, als er das langsam lauter werdende Brummen eines Wagens hörte. Ein aufgemotzter schwarzer Trans Am kam aus der flimmernden Hitze. Die Reifen blockierten und quietschten, als der Fahrer bremste. Rote Flammenmuster gingen vom Vorderrad aus, und breite Chromstreifen schützten die Ränder beider Radkästen. Im hellen Licht der Wüstensonne funkelte der ebenfalls aus Chrom bestehende doppelte Auspuff wie Quecksilber.

Der Fahrer stieg aus: etwa dreißig Jahre alt, das dichte schwarze Haar nach hinten gekämmt, voll an den Seiten, im Nacken zusammengebunden. Er trug Jeans und ein weißes T-Shirt mit hochgerollten Ärmeln. Tätowierungen zeigten sich auf dem Bizeps.

»Stimmt was nicht?« fragte er und blieb auf seiner Seite des Wagens stehen.

Jim musterte ihn kurz und antwortete dann: »Die Mutter und ihre Tochter müssen irgendwie in die nächste Stadt gelangen.«

Als der Mann um den Trans Am herumging, öffnete sich die Beifahrertür, und eine Frau stieg aus. Sie war einige Jahre jünger als ihr Begleiter, trug weite, hellbraune Shorts, ein rückenfreies Shirt und ein weißes Halstuch. Einige lange Strähnen des blondgefärbten Haars reichten darüber hinweg und umrahmten ein so stark geschminktes Gesicht, daß es wie ein Werbefoto der kosmetischen Industrie wirkte. Hinzu kam üppiger Schmuck: große hin und her baumelnde Ohrringe, drei Ketten aus Glasperlen in verschiedenen Rottönungen, zwei Armreifen an jedem Handgelenk, eine Uhr und vier Ringe. Auf der oberen Wölbung der linken Brust bemerkte Jim die bunte Darstellung eines Schmetterlings.

»Haben Sie eine Panne?« fragte die Frau.

»Ein Reifen des Wohnmobils ist platt«, erwiderte Ironheart.

»Ich bin Frank«, sagte der Fahrer. »Das ist Verna.« Er hatte einen Kaugummi im Mund. »Ich helfe Ihnen beim Radwechsel.«

Jim schüttelte den Kopf. »Wir können den Roadking ohnehin nicht benutzen. Ein Toter liegt darin.«

»Ein Toter?«

»Außerdem gibt's noch eine zweite Leiche, dort drüben.« Jim deutete auf die andere Seite des Wohnmobils.

Verna riß die Augen auf.

Franks Kiefer erstarrten kurz. Er sah zu der Schrotflinte am Gepäckträger der Harley hinüber und richtete seinen Blick dann wieder auf Jim. »Haben Sie geschossen?«

»Ja. Diese Frau und ihr Kind wurden von den beiden Männern entführt.«

Frank beobachtete ihn eine Zeitlang und wandte sich dann an Lisa. »Stimmt das?«

Sie nickte.

»Donnerwetter!« entfuhr es Verna.

Jim sah Susie an. Sie wandelte durch eine andere Welt und brauchte vermutlich die Hilfe eines Psychologen, um in diese zurückzukehren. Bestimmt hörte sie überhaupt nichts.

Sonderbarerweise fühlte er sich ebenso entrückt wie das Kind. Er sank noch immer in die innere Finsternis, und es dauerte sicher nicht mehr lange, bis sie ihn völlig verschlang. »Die erschossenen Männer . . .«, sagte er zu Frank. »Sie haben den Ehemann und Vater umgebracht. Seine Leiche liegt in einem Kombi einige Meilen westlich von hier.«

»Verdammter Mist!« brummte Frank. »Ziemlich üble Sache.«

Verna trat näher an ihn heran und schauderte.

»Ich möchte, daß Sie Mutter und Tochter so schnell wie möglich zum nächsten Ort bringen. Zu einem Arzt. Verständigen Sie anschließend die Polizei.«

»In Ordnung«, bestätigte Frank.

»Nein, warten Sie«, warf Lisa ein. »Ich kann nicht . . .« Jim ging zu ihr, und sie flüsterte: »Sie sehen aus wie . . . Ich kann unmöglich . . . Himmel, ich fürchte mich zu sehr . . .«

Jim legte der Frau die Hand auf die Schulter und sah ihr direkt in die Augen. »Die Dinge sind nicht immer das, was sie zu sein scheinen. Mit Frank und Verna ist alles in Ordnung. Vertrauen Sie mir?«

»Ja. Jetzt. Natürlich.«

»Dann glauben Sie mir. Sie können auch ihnen vertrauen.«

»Wieso sind Sie so sicher?« fragte Lisa mit brüchiger Stimme.

»Ich *weiß* es«, entgegnete er fest.

Sie musterte ihn zwei oder drei Sekunden lang und nickte dann. »Na schön.«

Der Rest war einfach. Susie war so fügsam, als habe man sie mit Drogen betäubt, und leistete überhaupt keinen Widerstand, als sie in den Fond des Trans Am getragen wurde. Lisa setzte sich dort neben sie und umarmte sie. Als Frank wieder am Steuer saß und Verna sich auf dem Beifahrersitz zurücklehnte, nahm Jim dankbar eine Dose Bier aus dem Kühlfach entgegen. Dann schloß er Vernas

Tür, blickte durchs offene Seitenfenster und verabschiedete sich von dem jungen Paar.

»Ich nehme an, Sie wollen hier nicht auf die Polizei warten, oder?« fragte Frank.

»Nein.«

»Sie haben nichts zu befürchten. Immerhin sind Sie hier der Held.«

»Ich weiß. Aber ich breche trotzdem auf.«

Frank nickte. »Bestimmt gibt es gute Gründe dafür. Sollen wir Sie als kahlköpfigen Burschen mit dunklen Augen beschreiben, der sich von einem Trucker nach Osten mitnehmen ließ?«

»Nein. Sie brauchen nicht zu lügen. Nicht für mich.«

»Wie Sie meinen«, sagte Frank.

»Seien Sie unbesorgt«, ließ sich Verna vernehmen. »Bei uns sind die beiden gut aufgehoben.«

»Ich weiß«, erwiderte Jim.

Er trank das Bier und sah dem Trans Am nach, bis er außer Sicht geriet.

Dann schwang er sich auf die Harley, betätigte den Anlasser und schaltete in den ersten Gang. Er gab ein wenig Gas, ließ die Kupplung kommen und fuhr über den Highway. Auf der anderen Seite verließ er die Straße, rollte den Sockel hinunter und fuhr durch die weite Mohavewüste nach Süden.

Mit mehr als siebzig Meilen in der Stunde raste er durch die Ödnis, obgleich er überhaupt nicht vor dem Fahrtwind geschützt war – der Harley fehlte eine Verkleidung. Er wurde heftig durchgeschüttelt, und seine Augen füllten sich immer wieder mit Tränen; er führte sie allein auf die heiße, brennende Luft zurück.

Seltsamerweise machte ihm die Hitze gar nichts aus. Jim spürte sie nicht einmal. Er schwitzte und empfand doch eine angenehme Kühle.

Bald verlor er das Zeitgefühl. Nach etwa einer Stunde stellte er fest, daß er die Ebene verlassen hatte und durch eine Landschaft aus kahlen, rostbraunen Hügeln fuhr. Er nahm Gas weg. Der Weg führte nun an hohen, schroffen Felsen vorbei, doch die SP eignete sich gut für dieses Gelände. Sie war besser gefedert als die gewöhnliche FXRS, und das Vorderrad verfügte über doppelte Scheibenbremsen. Damit brauchte er nicht einmal die schärfsten Kurven zu fürchten.

Nach einer Weile empfand er keine Kühle mehr, sondern regelrechte *Kälte.*

Das Sonnenlicht schien zu verblassen, obwohl es noch immer früher Nachmittag war. Die Dunkelheit in ihm dehnte sich aus.

Schließlich hielt er im Schatten eines gewaltigen Monolithen, der eine Viertelmeile lang und fast hundert Meter hoch sein mochte. Das Wetter von Äonen – Wind, Sonne, gelegentlicher flutartiger Regen in der Mohavewüste – hatten ihm eine gespenstisch anmutende Form verliehen: Er sah aus wie ein uralter Tempel, der nun halb im Sand versunken war.

Jim trat den Seitenständer nach unten und stieg ab.

Einige Sekunden später ließ er sich zu Boden sinken, zog die Knie an und verschränkte die Arme.

Er hatte nicht zu früh angehalten. Die Finsternis füllte ihn nun vollständig aus, und er fiel in einen Abgrund der Verzweiflung.

3

Später, knapp eine Stunde vor der Abenddämmerung, saß Jim wieder auf der Harley und fuhr über eine graue und rosafarbene Ebene. Hier und dort wuchsen Mesquitsträucher. Abgestorbene, in der Sonne verdorrte Steppenläufer folgten ihm in einer Brise, die nach pulvrigem Eisen und Salz roch.

Er erinnerte sich vage daran, einen Kaktus aufgeschnitten und die Flüssigkeit aus der weichen Masse im Innern der Pflanze gesaugt zu haben, doch jetzt war sein Gaumen wieder trocken. Er hatte schrecklichen Durst.

Als er eine niedrige Anhöhe erreichte und die Geschwindigkeit reduzierte, sah er zwei Meilen weiter vorn eine kleine Ortschaft aus Gebäuden, die sich an den Highway drängten. Er bemerkte mehrere Bäume, die ihm nach der – physischen und spirituellen – Trostlosigkeit der letzten Stunden geradezu unnatürlich grün erschienen. Jim hielt den Ort fast für ein Trugbild, aber trotzdem setzte er die Fahrt in der entsprechenden Richtung fort.

Die Dämmerung begann, und der Himmel gewann eine purpurne und rötliche Tönung, vor der sich plötzlich die Silhouette einer Kirche abzeichnete. Der Spitzturm endete in einem Kreuz. Jim ahnte zwar, daß er sich wenigstens teilweise im Delirium befand, hervorgerufen vom Flüssigkeitsmangel, aber dennoch wandte er sich sofort der Kirche zu. Sie versprach Trost, den er vielleicht noch dringender benötigte als Wasser.

Eine halbe Meile vor dem Ort lenkte er die Harley in einen Arroyo und ließ sie dort auf der Seite liegen. Die weichen Sandwände des Grabens gaben unter seinen Händen nach, und einige Minuten später war von der Maschine nichts mehr zu sehen.

Jim nahm zunächst an, den Rest des Weges relativ leicht zurücklegen zu können, doch es ging ihm schlechter, als er sich eingestanden hatte. Immer wieder verschwamm das Ziel vor seinen Augen. Die Lippen brannten, die Zunge klebte am völlig trockenen Gaumen fest, und Flammen schienen in der Kehle zu knistern – er fühlte sich wie in einem heftigen Fieber gefangen. Krämpfe entstanden in den Beinmuskeln, und wenn er die Füße hob, mußte er gegen ein bleiernes Gewicht ankämpfen.

Offenbar verlor er das Bewußtsein, ohne zu Boden zu sinken. Als er wieder zu sich kam, trennten ihn nur noch wenige Schritte von der weißen Kirche, und er versuchte vergeblich, sich an die letzten hundert Meter seiner Wanderung zu erinnern. Die Worte ›Jungfrau Maria in der Wüste‹ standen auf einem Messingschild neben der Doppeltür.

Jim war einst Katholik gewesen, und tief im Herzen hatte er sich den katholischen Glauben bewahrt. Aber sein religiöses Empfinden beschränkte sich nicht nur darauf. Er fühlte sich auch als Methodist, Jude, Buddhist, Baptist, Moslem, Hindu und Taoist. Hinzu kamen viele andere Religionen. Er praktizierte sie nicht mehr, doch ihre Erfahrungen gehörten nach wie vor zu seinem Wesen.

Die Tür schien so schwer zu sein wie der Felsen vor dem Grab Jesu Christi, aber es gelang ihm trotzdem, sie zu öffnen und einzutreten.

Im Innern der Kirche herrschte eine wesentlich niedrigere Temperatur als in der dunkler werdenden Mohavewüste, aber sie war nicht im eigentlichen Sinne kühl. Es roch nach Myrrhe und Spiköl, und Ironheart nahm auch den besonderen Duft brennender Weihekerzen wahr. Er weckte Erinnerungen an seine Zeit als Katholik, und dadurch fühlte er sich wie zu Hause.

Am Zugang zwischen Vorhalle und Hauptschiff tauchte er zwei Finger ins Weihwasser und bekreuzigte sich. Mit gewölbten Händen schöpfte er die kalte Flüssigkeit, führte sie an den Mund und trank. Das Wasser schmeckte wie Blut. Erschrocken starrte Jim in das weiße Marmorbecken, davon überzeugt, dort eine rote, schleimige Masse zu sehen. Aber es enthielt tatsächlich nur Wasser und ein zitterndes Spiegelbild seines Gesichts.

Einige Sekunden lang beobachtete er die brennenden, aufgeplatzten Lippen und beleckte sie. Das Blut stammte von ihm selbst.

Dann kniete er vor dem Hauptschiff, stützte sich auf das Geländer und betete. Erneut fehlten ihm Erinnerungen an die letzten Meter – offenbar hatte er wieder das Bewußtsein verloren.

Der Rest des Tages war wie ein blasser Hauch aus Staub fortgeweht worden, und ein heißer Nachtwind seufzte an den Kirchenfenstern. Das einzige Licht ging von einer Glühbirne in der Vorhalle und mehreren Weihekerzen in roten Glasbehältern aus. Außerdem gab es noch eine kleine Spotlampe, die aufs Kreuz strahlte.

Ironheart betrachtete sein eigenes Gesicht auf der Christusgestalt. Er blinzelte, rieb sich die tränenden Augen und sah noch einmal hin. Diesmal erkannte er die Züge des Toten im Kombi. Die sakrale Darstellung erlebte eine neuerliche Metamorphose und zeigte Jims Mutter, seinen Vater, das Mädchen namens Susie, Lisa. Und dann war es überhaupt kein Gesicht mehr, nur noch ein schwarzes Oval, wie die Miene des Killers, als er im dunklen Roadking auf Jim schoß.

Es hing nicht mehr Jesus am Kreuz, sondern der Mann mit dem Pferdeschwanz. Er hob die Lider, starrte auf Ironheart herab und lächelte. Mit einem jähen Ruck riß er die Füße vom vertikalen Balken: Im rechten steckte noch immer ein Nagel, und der linke wies ein häßliches Loch auf. Er löste auch die Hände, ohne auf die Wunden in ihnen zu achten, *schwebte* dem Boden entgegen, als sei er nicht den Gesetzen der Schwerkraft unterworfen. Vom Altar her näherte er sich dem Geländer, hinter dem Jim hockte.

Ironhearts Puls raste, und er versuchte sich davon zu überzeugen, daß er nur ein Trugbild sah. *Es liegt am Fieber,* dachte er. *Die Gestalt existiert nicht wirklich.*

Der Killer erreichte ihn. Berührte sein Gesicht. Die Hand war so weich wie verfaultes Fleisch, so kalt wie flüssiges Eis.

Jim schauderte so heftig wie ein wahrer Gläubiger, der in einer Zeltmission die barmherzige Hand eines Wunderheilers spürt. Von einem Augenblick zum anderen wogte Dunkelheit heran.

4

Ein Zimmer mit weißen Wänden.

Ein schmales Bett.

Spärliche und einfache Möbel.

Nacht an den Fenstern.

Jims Geist irrte durch Alpträume. Wenn er das Bewußtsein wiedererlangte, nie länger als für ein oder zwei Minuten, sah er einen Mann, der sich über ihn beugte: etwa fünfzig, lichtes Haar, dicklich, mit dichten Brauen und flacher Nase.

Manchmal rieb ihm der Fremde Salbe auf die Wangen; gelegentlich behandelte er ihn mit kalten Umschlägen. Er hob Jims Kopf vom Kissen und forderte ihn auf, mit einem Strohhalm kühles Wasser zu trinken. Jim erhob keine Einwände, weil er Sorge und Freundlichkeit in den Augen des Mannes sah.

Außerdem fehlte ihm die Kraft, Widerstand zu leisten. Seine Kehle fühlte sich so an, als hätte er erst Kerosin und dann ein Streichholz geschluckt. Er war sogar zu schwach, um die Hand auch nur einen Zentimeter von der Decke zu heben.

»Bleiben Sie ruhig liegen«, riet ihm der Fremde. »Ein Hitzschlag sowie ein schlimmer Sonnenbrand – mit so etwas ist nicht zu spaßen.«

Der Fahrtwind in der Wüste, dachte Jim und erinnerte sich an die Harley SP ohne Verkleidung.

Licht an den Fenstern. Ein neuer Tag.

Die Augen brannten noch immer.

Das Gesicht fühlte sich schlimmer an als jemals zuvor. Aufgedunsen.

Der Fremde trug einen weißen Kragen.

»Sie sind Priester«, brachte Jim heiser hervor. Seine Stimme klang so seltsam, daß er sie überhaupt nicht wiedererkannte.

»Ich habe Sie bewußtlos in der Kirche gefunden.«

»Jungfrau Maria in der Wüste.«

Erneut hob der Geistliche Jims Kopf vom Kissen. »Ja, genau. Ich bin Pater Geary. Leo Geary.«

Diesmal konnte sich Jim auch aus eigener Kraft bewegen. Das Wasser schmeckte süß.

»Was führte Sie in die Wüste?« fragte Pater Geary.

»Ich bin gewandert.«

»Warum?«

Jim antwortete nicht.
»Woher kommen Sie?«
Ironheart blieb still.
»Wie heißen Sie?«
»Jim.«
»Sie hatten keinen Ausweis dabei.«
»Nein, diesmal nicht.«
»Wie meinen Sie das?«
Jim schwieg.
»Ihre Brieftasche enthielt dreitausend Dollar in bar«, sagte der Priester.
»Nehmen Sie sich, was Sie brauchen.«
Pater Geary starrte ihn groß an und lächelte. »Sie sollten mit Ihren Angeboten vorsichtig sein, Sohn. Diese Kirche ist arm. Wir benötigen alles, was wir bekommen können.«

Später erwachte Jim erneut. Der Priester war nicht zugegen, und es herrschte Stille im Haus. Nach einer Weile knarrte ein Dachsparren, und der Wüstenwind strich mit leisem Zischen über die Fenster.
Als der Geistliche zurückkehrte, sagte Ironheart: »Ich möchte Sie etwas fragen, Pater.«
»Ich bin ganz Ohr.«
Jims Stimme klang noch immer heiser, aber sie hörte sich wieder wie seine eigene an. »Wenn es einen Gott gibt, warum läßt Er dann soviel Leid zu?«
»Geht es Ihnen schlechter?« erkundigte sich Pater Geary besorgt.
»Nein, nein. Besser. Ich meine nicht mich selbst, nur . . . Warum läßt Er das Leid im allgemeinen zu?«
»Um uns auf die Probe zu stellen«, erwiderte der Priester.
»Warum müssen wir auf die Probe gestellt werden?«
»Um herauszufinden, ob wir würdig sind.«
»Würdig? Und worauf bezieht sich das?«
»Auf den Himmel natürlich. Auf die Erlösung und das ewige Leben.«
»Warum hat uns Gott nicht würdig *erschaffen*?«
»Oh, das hat er. Wir waren perfekt und ohne Makel. Doch dann sündigten wir und fielen in Ungnade.«
»Wie konnten wir sündigen, wenn wir wirklich perfekt gewesen sind?«

»Weil wir einen freien Willen haben.«

»Ich verstehe nicht.«

Pater Geary runzelte die Stirn. »Ich bin ein einfacher Priester, kein großer Theologe, und deshalb kann ich Ihnen nur folgendes sagen: Es gehört alles zum göttlichen Mysterium. Wir fielen in Ungnade, und deshalb müssen wir uns das Paradies verdienen.«

»Was mich betrifft: Ich muß meine Blase entleeren.«

»In Ordnung.«

»Nein, nicht die Bettpfanne. Ich glaube, diesmal schaffe ich es zur Toilette.«

»Vielleicht haben Sie recht. Sie erholen sich gut, Gott sei Dank.«

»Freier Wille«, sagte Jim.

Erneut bildeten sich dünne Falten auf der Stirn des Priesters.

Fast vierundzwanzig Stunden waren vergangen, seit Jim die Kirche erreicht hatte, und sein Fieber ging auf eine normale Temperatur zurück. Er litt nicht mehr an Muskelkrämpfen, und die Schmerzen in den Gelenken ließen ebenfalls nach. Es brannte kein Feuer mehr in den Lungen, wenn er tief Luft holte, und der Benommenheitsdunst lichtete sich. Nur die Wangen brannten noch immer ein wenig. Wenn er sprach, achtete er darauf, die Gesichtsmuskeln möglichst wenig zu bewegen. Die Risse in Lippen und Mundwinkeln platzten leicht, obgleich Pater Geary in Abständen von einigen Stunden Kortisonsalbe auftrug.

Jim konnte sich von ganz allein im Bett aufsetzen und brauchte kaum mehr Hilfe, um im Zimmer umherzugehen. Als er wieder Appetit bekam, gab ihm der Priester Hühnersuppe und Eiskrem. Ironheart aß vorsichtig, nahm Rücksicht auf die Lippen und vermied es, den Geschmack der Speisen mit seinem Blut zu verderben.

»Ich habe noch immer Hunger«, sagte er und deutete auf den leeren Teller.

»Lassen Sie uns erst mal sehen, ob Sie dies im Magen behalten.«

»Ich bin in Ordnung. Schließlich war's nur ein Sonnenstich mit Dehydration.«

»Ein Sonnenstich kann tödlich sein, Sohn. Sie brauchen noch mehr Ruhe.«

Als der Priester später nachgab und mehr Eiskrem brachte, sprach Jim durch halb zusammengebissene Zähne und erstarrte Lippen. »Warum töten manche Menschen? Ich meine keine Polizisten, Soldaten oder Leute, die aus Notwehr handeln, sondern Mörder. Warum töten sie?«

Pater Geary nahm im hochlehnigen Schaukelstuhl neben dem Bett Platz und musterte ihn mit gewölbten Brauen. »Das ist eine seltsame Frage.«

»Finden Sie? Vielleicht. Haben Sie eine Antwort?«

»Nun, die einfachste lautet: Weil das Böse in ihnen ist.«

Eine Minute lang schwiegen die beiden Männer. Jim aß Eiskrem, und der untersetzte Priester schaukelte stumm hin und her. Erneut kroch Zwielicht über den Himmel jenseits der Fenster.

»Morde, Unfälle, Krankheiten, Senilität im Alter ...«, sagte Jim schließlich. »Warum hat uns Gott als Sterbliche erschaffen? Warum fallen wir eines Tages dem Tod zum Opfer?«

»Der Tod bedeutet nicht das Ende. Das glaube ich zumindest. Der Tod ist nur ein Übergang, ein Tor, hinter dem der Lohn auf uns wartet.«

»Sie meinen den Himmel.«

Der Priester zögerte. »Oder die Hölle.«

Jim schlief einige Stunden lang. Als er erwachte, stand Pater Geary am Fußende des Bettes und beobachtete ihn aufmerksam.

»Sie haben im Schlaf gesprochen.«

Jim setzte sich auf. »Tatsächlich? Über was?«

»Sie sagten: ›Es gibt einen Feind.‹«

»Und sonst?«

»Dann fügten Sie hinzu: ›Er kommt und wird uns alle töten.‹«

Ein Hauch von Entsetzen ließ Ironheart schaudern. Zwar entfalteten die Worte allein keine Macht, und er verstand sie nicht, aber gleichzeitig spürte er, daß ihm ihre Bedeutung auf einer unterbewußten Ebene nur zu klar war.

»Ein Traum, nehme ich an«, kommentierte er. »Ein übler Traum, weiter nichts.«

Doch kurz nach drei Uhr morgens, während der zweiten Nacht im Pfarrhaus, schreckte er plötzlich hoch, richtete sich kerzengerade auf und hörte, wie er hervorstieß: *»Er wird uns alle töten.«*

Dunkelheit herrschte im Zimmer.

Jim tastete nach der Lampe, betätigte den Schalter.

Er war allein.

Er blickte aus den Fenstern, sah nur Finsternis.

Ironheart gewann den seltsamen und beharrlichen Eindruck, daß etwas Schreckliches und Gnadenloses in der Nähe gelauert hatte, ein fremdes Etwas, das weitaus gefährlicher und seltsamer war als alle Geschöpfe, die man aus der überlieferten Geschichte oder aus Legenden und Sagen kannte. Zitternd verließ er das Bett und stellte fest, daß er einen schlecht passenden Pyjama des Priesters trug. Eine Zeitlang verharrte er stumm, lauschte und überlegte, was er unternehmen sollte.

Schließlich schaltete er das Licht aus, ging barfuß zum einen Fenster, dann zum anderen. Er befand sich im zweiten Stock, starrte in eine friedliche, stille Nacht. Wenn sich draußen irgend etwas manifestiert hatte, so war es nun verschwunden.

5

Am folgenden Morgen zog Jim seine eigene Kleidung an, die Pater Geary für ihn gewaschen hatte. Den größten Teil des Tages verbrachte er im Wohnzimmer. Er saß in einem großen, bequemen Sessel, stützte die Füße auf einen Schemel und las Magazine oder döste, während der Geistliche seinen priesterlichen Pflichten nachging.

Die sonnenverbrannte und windgegerbte Haut im Gesicht verhärtete sich und schien eine Maske zu formen.

An jenem Abend bereiteten sie das Essen gemeinsam zu. Pater Geary stand vor der Küchenspüle und wusch Kopfsalat, Sellerie und Tomaten. Jim deckte den Tisch, öffnete eine Flasche mit billigem Chianti, um den Wein atmen zu lassen, schnitt Pilze und gab sie in einen Topf mit Spaghettisoße auf dem Herd.

Sie arbeiteten in einem angenehmen Schweigen, und Jim dachte an die seltsame Beziehung, die zwischen ihnen entstanden war. Die letzten beiden Tage erschienen ihm wie ein Traum, so als habe er nicht nur in einem kleinen Wüstenort Zuflucht gefunden, sondern in einer Oase des Friedens außerhalb der eigentlichen Realität, in einem Haus, das zur Twilight-Zone gehörte. Der Priester stellte jetzt keine Fragen mehr. Jim glaubte sogar, daß Pater Geary nicht annähernd so neugierig war, wie es die Umstände verlangten. Darüber hinaus bezweifelte er, ob die christliche Gastfreundschaft des Geistlichen auch unter normalen Umständen verletzten und verdächtigen Fremden galt. Er fand es rätselhaft, daß ihm Geary so vorbehaltlos Hilfe gewährte, und gleichzeitig war er sehr dankbar dafür.

Als er die Hälfte der Pilze geschnitten hatte, sagte er plötzlich: »Rettungsleine.«

Pater Geary wandte sich mit einer Stange Sellerie von der Spüle ab. »Wie bitte?«

Ironheart fröstelte und hätte fast das Messer in die Soße fallen lassen. Er legte es auf die Arbeitsplatte.

»Jim?«

Er schauderte und sah den Priester an. »Ich muß zu einem Flughafen.«

»Einem Flughafen?«

»Und zwar sofort, Pater.«

Verwirrung zeigte sich im fleischigen Gesicht des Priesters. Die Falten in der Stirn reichten über den kaum mehr erkennbaren Haaransatz hinweg. »Aber hier gibt es keinen Flughafen.«

»Wie weit ist es bis zum nächsten?« fragte Jim hastig.

»Nun, Las Vegas. Etwa zwei Stunden mit dem Wagen.«

»Bitte fahren Sie mich dorthin.«

»Was? Jetzt?«

»Ja«, bestätigte Jim.

»Aber . . .«

»Ich muß nach Boston.«

»Sie sind krank gewesen . . .«

»Inzwischen bin ich wieder gesund.«

»Ihr Gesicht . . .«

»Es tut sehr weh und sieht ziemlich mies aus, aber daran läßt sich im Augenblick nichts ändern. Ich *muß* nach Boston, Pater.«

»Warum?«

Ironheart zögerte und beschloß dann, wenigstens einen Teil der Wahrheit zu enthüllen. »Wenn ich nicht rechtzeitig in Boston eintreffe, wird jemand sterben. Jemand, der leben soll.«

»Wer? Wen meinen Sie?«

Jim leckte sich über die brüchigen Lippen. »Ich weiß es nicht.«

»Sie wissen es nicht?«

»Aber ich erfahre es, wenn ich Boston erreiche.«

Pater Geary starrte ihn groß an. »Jim«, sagte er nach einer Weile, »Sie sind der seltsamste Mann, den ich jemals kennengelernt habe.«

Ironheart nickte. »Ich bin der seltsamste Mann, den *ich* kenne.«

Als sie die Pfarrei im sechs Jahre alten Toyota des Priesters verließen, blieb noch eine Stunde Licht an diesem heißen Augusttag. Allerdings war die Sonne hinter Wolken verborgen, die wie blaue Flecken am Himmel aussahen.

Nach dreißig Minuten zuckten erste Blitze und tanzten auf Zakkenbeinen am düsteren Wüstenhorizont entlang. Immer häufiger flackerte es, so hell, daß Jim mehrmals geblendet die Augen zukniff. Es verstrichen weitere zehn Minuten, und der Himmel wurde dunkel. Regen fiel in silbernen Katarakten, vergleichbar mit einem Wolkenbruch, den Noah kurz vor der Fertigstellung seiner Arche erlebt hatte.

»Unwetter im Sommer sind hier recht selten«, sagte Pater Geary und schaltete die Scheibenwischer ein.

»Wir dürfen dadurch keine Zeit verlieren«, erwiderte Jim besorgt.

»Ich bringe Sie zum Flughafen«, versprach der Geistliche.

»Abends starten bestimmt nur wenige Maschinen. Die meisten Flüge finden tagsüber statt. Ich kann nicht in Las Vegas übernachten, ich muß *morgen* in Boston sein.«

Der ausgedörrte Sand saugte den Regen auf, aber manche Stellen waren felsig oder während monatelanger Hitze festgebacken. Dort floß das Wasser über Hänge und formte Bäche in schmalen Niederungen. Aus den Bächen wurden Flüsse, aus den Flüssen breite, reißende Ströme – bis unter jeder Arroyobrücke braune Fluten brodelten, auf denen nicht nur entwurzelte Bartgrasbüschel schwammen, sondern auch zerfetzte Steppenläufer, Treibholz und schmutziger Schaum.

Pater Geary hatte zwei Kassetten mit seiner Lieblingsmusik im Wagen: eine Sammlung von Rock-'n'-Roll-Oldies und ein Best-of-Album von Elton John. Er entschied sich für die zweite. Sie fuhren erst durch den Rest des stürmischen Tages, dann durch eine regnerische Nacht und hörten dabei die Songs ›Funeral for a Friend‹, ›Daniel‹ und ›Benny and the Jets‹.

Pfützen glitzerten wie Quecksilberlachen auf dem Asphalt. Jim erschien es gespenstisch, daß die Wasser-Fata-Morganen von den Tagen zuvor Wirklichkeit geworden waren.

Seine Anspannung wuchs von Minute zu Minute. Boston rief, aber viele hundert Meilen trennten ihn von der Stadt, und nichts war tückischer als ein schwarzer Highway während einer sturmgepeitschten Nacht in der Wüste – sah man einmal von dem menschlichen Herzen ab.

Der Priester beugte sich vor, spähte durch die Windschutzscheibe und summte Eltons Melodien.

»Gab es nicht einen Arzt im Ort, Pater?« fragte Jim nach einer Weile.

»Ja.«

»Aber Sie haben ihn nicht gerufen.«

»Das Kortisonrezept stammt von ihm.«

»Ich konnte einen Blick auf die Tube werfen. Das Rezept war für Sie und wurde vor drei Monaten ausgestellt.«

»Nun ... Ich kenne mich mit Sonnenstichen aus und weiß, worauf es bei der Behandlung ankommt.«

»Zuerst schienen Sie sich große Sorgen zu machen.«

Einige Minuten lang schwieg der Priester und lenkte seinen Toyota stumm durch die Nacht. Dann sagte er: »Ich weiß nicht, wer Sie sind, woher Sie kommen oder warum Sie so dringend nach Boston müssen. Aber ich weiß, daß Sie Probleme haben, vielleicht sogar enorm große Probleme. Und ich *glaube* zumindest, daß Sie im Grunde Ihres Herzens gut sind. Wie dem auch sei: Ich dachte mir, daß einem Mann in Schwierigkeiten nichts daran liegt, Aufmerksamkeit zu erregen.«

»Das stimmt. Danke.«

Nach einigen Meilen wurde der Regen so stark, daß die Scheibenwischer nicht mehr mithalten konnten. Es blieb Geary keine andere Wahl, als langsamer zu fahren.

»Sie haben die Frau und das Mädchen gerettet«, sagte er.

Jim versteifte sich, ohne Antwort zu geben.

»Im Fernsehen wurde jemand beschrieben, der genauso aussieht wie Sie«, fügte der Priester hinzu.

Erneut schwiegen sie eine Zeitlang.

»Ich lasse mich von Wundern nicht zum Narren halten«, bemerkte Pater Geary.

Diese Worte verblüfften Jim.

Der Geistliche schaltete den Kassettenrecorder aus. Die einzigen Geräusche stammten nun vom Zischen der Reifen auf nassem Asphalt und dem metronomischen Pochen der Scheibenwischer.

»Ich glaube an die in der Bibel erwähnten Wunder, ja«, erklärte der Priester und hielt den Blick auf die Straße gerichtet. »Ich bin davon überzeugt, daß sie sich wirklich zutrugen. Aber ich bezweifle, ob irgendeine Statue der Jungfrau Maria in einer Kirche von Cincinnati, Peoria oder Teaneck nach den Bingospielen am vergangenen Mittwoch echte Tränen weinte, die nur von zwei Jugendlichen und der Putzfrau beobachtet wurden. Es erscheint mir lächerlich, daß ein von Glühwürmchen an eine Garagenwand projizierter Jesusschatten die drohende Apokalypse ankündigt. Gottes Wege sind unerfindlich, aber für gewöhnlich verzichtet er darauf, Seine Botschaften mit dem Licht von Leuchtkäfern auf Garagenwänden zu übermitteln.«

Der Priester schwieg wieder. Jim wartete und fragte sich, worauf er hinauswollte.

»Als ich Sie vor dem Altargeländer in der Kirche fand«, fuhr Geary fort, und seine Stimme klang fast gepreßt, »wies Ihr Körper die Wundmale Jesu Christi auf. In jeder Hand gab es ein Nagelloch ...«

Jim starrte auf seine Hände hinab und sah keine Wunden.

»Ihre Stirn war so zerkratzt, als hätten Sie eine Dornenkrone getragen.«

Ironhearts Gesicht war noch immer in einem so verheerenden Zustand, daß ein Blick in den Rückspiegel sinnlos blieb. Wenn die von dem Priester erwähnten geringfügigen Wunden tatsächlich existierten, so verloren sie sich in der Vielzahl schorfiger Blasen, die an den Sonnenbrand erinnerten.

»Ich ... fürchtete mich«, gestand Geary ein. »Und gleichzeitig war ich fasziniert.«

Sie erreichten eine mehr als zehn Meter lange Betonbrücke, und Jim beobachtete braune Fluten, die den tiefen Arroyo vollkommen füllten. Ein See hatte sich geformt und schwappte über den Straßenrand. Geary fuhr einfach weiter. Wasser spritzte, reflektierte das Licht der Scheinwerfer und bildete kurzlebige Bugwellen auf beiden Seiten.

»Ich habe noch nie zuvor Stigmata gesehen«, sagte der Priester, als sie den überschwemmten Bereich hinter sich zurückließen. »Ich kenne das Phänomen nur aus Berichten. Nun, ich knöpfte Ihr Hemd auf ... betrachtete die Seite – und fand die entzündete Narbe einer Speerwunde.«

Die Ereignisse der vergangenen Monate waren so voller Überraschungen und Rätsel gewesen, daß sich Jim kaum mehr über etwas wunderte. Doch die Worte des Priesters berührten den Kern seines Selbst, und er schauderte unwillkürlich.

Geary flüsterte jetzt nur noch: »Die Male verschwanden, als ich Sie in die Pfarrei brachte und ins Bett legte. Aber ich weiß, daß ich sie mir nicht eingebildet habe. Es gab sie wirklich, und ich sah sie als Zeichen dafür, daß Sie etwas Besonderes sind.«

Es flackerten längst keine Blitze mehr. Am dunklen Himmel fehlte der Schmuck aus greller Elektrizität, die spinnwebartige Muster bildete. Der Regen ließ nun ebenfalls nach. Pater Geary gab Gas und schaltete die Scheibenwischer eine Stufe herunter.

Eine Zeitlang herrschte neuerliche Stille im Wagen. Schließlich räusperte sich der Priester. »Haben Sie so etwas schon einmal erlebt? Die Stigmata, meine ich.«

»Nein. Ich glaube nicht. Andererseits – auch diesmal weiß ich nur davon, weil Sie mich darauf hinwiesen.«

»Die Male an den Händen fielen Ihnen nicht auf, als Sie vor dem Altargeländer das Bewußtsein verloren?«

»Nein.«

»Aber ich nehme an, dies ist nicht Ihre einzige ungewöhnliche Erfahrung in der letzten Zeit.«

Das leise Lachen Jims gründete sich nicht etwa auf Erheiterung, sondern auf humorlose Ironie. »Nein, ganz sicher nicht.«

»Möchten Sie mir davon erzählen?«

Ironheart dachte darüber nach, bevor er antwortete: »Ich möchte schon. Aber ich kann nicht.«

»Ich bin Priester. Sie dürfen mir vertrauen. Selbst die Polizei kann mich nicht zwingen, Auskunft zu geben.«

»Oh, ich weiß, Pater. Meine Sorge gilt keineswegs der Polizei.«

»Wem oder was dann?«

»Wenn ich Ihnen alles erzähle ... kommt der Feind«, sagte Jim und runzelte die Stirn, als er diese Worte hörte. Jemand anders schien sie mit Hilfe seiner Zunge zu formulieren.

»Welcher Feind?«

Jim starrte in die dunkle Wüste. »Ich weiß es nicht.«

»Der Feind, den Sie während der letzten Nacht im Schlaf erwähnten?«

»Vielleicht.«

»Sie meinten, er würde uns alle töten.«

»Ja, das stimmt.« Jim holte tief Luft, er war noch mehr an seinen Antworten interessiert als der Priester, die ihm erst dann klar wurden, wenn er sie aussprach. »Wenn er mich entdeckt, wenn er herausfindet, daß ich Leben rette, besondere Leben ... Dann kommt er, um mich zu erledigen.«

Pater Geary warf ihm einen kurzen Blick zu. »Besondere Leben? Was hat es damit auf sich?«

»Ich weiß es nicht.«

»Wenn Sie ganz offen zu mir sind ... Ich verspreche Ihnen, mit niemandem darüber zu reden, alles für mich zu behalten ... Was auch immer der Feind sein mag – wie kann er Sie entdecken, nur weil Sie sich mir anvertrauen?«

»Ich weiß es nicht.«

»Sie wissen es nicht?«

»Nein.«

Der Priester seufzte enttäuscht.

»Ich mache Ihnen nichts vor, Pater. Ich versuche auch nicht, mich absichtlich vage auszudrücken.« Jim rutschte ein wenig zur Seite und rückte den Sicherheitsgurt zurecht, um es bequemer zu haben. Doch sein Unbehagen war in erster Linie geistiger Natur, und es gab kein wirksames Mittel dagegen. »Haben Sie jemals den Begriff ›unbewußtes Schreiben‹ gehört?«

Geary blickte auf die Straße. »Davon reden Medien und Leute, die übersinnliche Fähigkeiten für sich beanspruchen. Abergläubischer Unsinn. Angeblich kontrolliert ein Geist die Hand des Mediums, während es in Trance ist, es schreibt dann Nachrichten aus dem Jenseits.« Der Priester schnaubte abfällig. »Die gleichen Leute, die es für absurd halten, mit Gott zu sprechen – sie leugnen sogar die Existenz Gottes –, bejubeln jeden Schwindler, der behauptet, mit den Toten reden zu können.«

»Nun, was mich betrifft . . .« Jim seufzte leise. »Manchmal habe ich das Gefühl, als benutze mich jemand als Sprachrohr. Es ist eine Art orale Form des unbewußten Schreibens. Ich weiß nur deshalb, was ich sage, weil ich die Worte höre.«

»Sie sind dabei nicht in Trance?«

»Nein.«

»Sehen Sie sich als Medium?«

»Nein, das bin ich ganz gewiß nicht.«

»Glauben Sie, daß die Toten durch Sie sprechen?«

»Nein.«

»Wer dann?«

»Ich weiß es nicht.«

»Gott?«

»Vielleicht.«

»Aber Sie wissen es nicht«, sagte Geary fast verzweifelt.

»Nein, ich weiß es nicht.«

»Sie sind nicht nur der seltsamste Mann, den ich jemals kennengelernt habe, Jim – Sie sind auch der frustrierendste.«

Um zehn Uhr abends erreichten sie den McCarran International Airport in Las Vegas. Nur wenige Taxis standen am Rand der Zufahrt. Inzwischen regnete es nicht mehr. Die Palmen neigten sich in einer leichten Brise hin und her, und alles wirkte wie abgeschrubbt und gereinigt.

Jim öffnete die Beifahrertür des Toyotas, als Pater Geary vor dem Terminal bremste. Er stieg aus, drehte sich um und sah durchs Seitenfenster, um noch einige letzte Worte mit dem Priester zu wechseln.

»Danke, Pater. Wahrscheinlich haben Sie mir das Leben gerettet.«

»Ganz so dramatisch war's nicht.«

»Ich würde der Jungfrau Maria in der Wüste gern einen Teil der dreitausend Dollar spenden, die sich in meiner Brieftasche befinden, aber vielleicht brauche ich die ganze Summe. Ich weiß nicht, was mich in Boston erwartet, was ich dort kaufen und bezahlen muß.«

Der Priester schüttelte den Kopf. »Schon gut. Sie schulden mir nichts.«

»Wenn ich wieder zu Hause bin, schicke ich Ihnen etwas. Banknoten in einem Umschlag ohne Absender. Aber keine Sorge: Es ist ehrliches Geld. Sie können es annehmen, ohne ein schlechtes Gewissen zu bekommen.«

»Das ist nicht nötig, Jim. Es genügt mir völlig, Ihnen begegnet zu sein. Vielleicht sollten Sie wissen ... Nun, Sie haben etwas Mystisches in das Leben eines müden Priesters zurückgebracht, der an seiner Berufung zu zweifeln begann – und der sie jetzt nie wieder in Frage stellen wird.«

Sie wechselten einen Blick gegenseitiger Zuneigung, der sie beide überraschte. Jim beugte sich in den Wagen, und Geary ergriff seine Hand, drückte fest zu.

»Gott sei mit Ihnen«, sagte er.

»Das hoffe ich.«

24. bis 26. August

1

Holly saß an ihrem Schreibtisch in der Nachrichtenredaktion des *Portland Kurier*. Es war nach Mitternacht, bereits Freitagmorgen, und sie starrte auf den leeren Computermonitor. Die Journalistin fühlte sich so deprimiert, daß sie nur noch den Wunsch verspürte, nach Hause zu gehen, sich ins Bett zu legen und die Decke für einige Tage über den Kopf zu ziehen. Sie verachtete Menschen, die dauernd Selbstmitleid empfanden. Mehrmals versuchte sie, die gedrückte Stimmung abzustreifen, spürte jedoch, daß sie sich zu bemitleiden begann, weil sie auf das Niveau des Selbstmitleids gesunken war. Natürlich bemerkte sie das Komische an dieser Situation, aber sie brachte nicht genug Kraft auf, um zu lächeln. Statt dessen hatte sie Mitleid mit sich selbst, weil sie es zuließ, zu einer törichten Witzfigur zu werden.

Glücklicherweise befand sich die Morgenausgabe der Zeitung bereits im Druck. Die Redaktion war fast leer, es gab also keine Kollegen, die Holly in ihrem gegenwärtigen Zustand beobachten konnten. Nur zwei andere Personen hielten sich in dem großen Raum auf: Tommy Weeks – ein schlaksiger Mann, der Abfallkörbe leerte und fegte – sowie George Fintel.

George sammelte Nachrichten von und über die Stadtverwaltung, saß am anderen Ende des Raums, hatte den Kopf auf die verschränkten Arme gestützt und schlief. Gelegentlich schnarchte er so laut, daß ihn Holly hörte. Nach Feierabend kehrte George manchmal in die Redaktion zurück, anstatt seine Wohnung aufzusuchen. Er verhielt sich wie ein altes Pferd: Wenn man die Zügel lockerließ, zog es den Karren über den vertrauten Weg zu einem Ort, den es für sein Heim hielt. Manchmal erwachte er in der Nacht, sah sich verwirrt um und beschloß dann, für einige Stunden ins Bett zu kriechen. »Politiker sind die niedrigste aller Lebensformen«, sagte er häufig. »Sie haben sich vom ersten schleimigen Geschöpf zurückentwickelt, das aus der Ursuppe an Land kroch.« Mit siebenundfünfzig war er zu ausgebrannt, um noch einmal von vorn zu beginnen. Er verbrachte seine Tage damit, über Mitglieder des Stadtrates zu schreiben, die er insgeheim haßte, und dieser Haß erweiterte sich schließlich auf ihn selbst, bis er Trost in einem erheblichen Tageskonsum an Wodka-Martinis suchte.

Wenn Holly Gefallen an Alkohol gefunden hätte, wäre sie besorgt gewesen, so zu enden wie George Fintel. Aber ein Drink sorgte bereits dafür, daß ihr der Kopf schwirrte. Nach einem zweiten war sie beschwipst, und der dritte ließ sie schlafen.

Ich verabscheue mein Leben, dachte sie.

»Du miese, dich selbst bemitleidende Närrin«, sagte sie laut.

Himmel, ich ertrage es nicht mehr. Alles ist so schrecklich hoffnungslos.

»Verdammt, gib dich doch nicht so der Verzweiflung hin«, fügte Holly etwas leiser hinzu.

»Meinen Sie mich?« fragte Tommy Weeks und schob einen Besen durch den Gang, der an Hollys Schreibtisch vorbeiführte.

»Nein, Tommy. Ich spreche mit mir selbst.«

»Sie? Meine Güte, worüber sollten *Sie* unglücklich sein?«

»Über mein Leben.«

Weeks blieb stehen, lehnte sich auf den Besen und verlagerte das Gewicht auf ein Bein. Mit den vielen Sommersprossen im Gesicht, den großen Ohren und seinem dichten Schopf aus möhrenrotem Haar wirkte er nett, unschuldig und freundlich. »Sind die Dinge nicht so gelaufen, wie Sie es sich erhofften?«

Holly griff nach einer halbleeren Tüte, schob sich ein Bonbon in den Mund und seufzte. »Als ich die Universität von Missouri mit einem Abschluß in Journalismus verließ, wollte ich die ganze Welt aus den Angeln heben, großartige Stories schreiben und Pulitzerpreise sammeln. Sehen Sie mich jetzt an. Wissen Sie, womit ich heute abend beschäftigt gewesen bin?«

»Was auch immer es war – offenbar haben Sie keinen großen Gefallen daran gefunden.«

»Ich fuhr zum Hilton, um am Jahresbankett des Großen Portland-Verbands für Holzprodukte teilzunehmen. Dort habe ich Hersteller von Fertigteilen für Einfamilienhäuser, Sperrholz-Verkäufer und Anbieter von Redwood-Furnieren interviewt. Man verlieh die sogenannte Nutzholztrophäe, und zwar dem ›besten Holz-Mann des Jahres‹. Auch mit ihm führte ich ein kurzes Gespräch. Anschließend kehrte ich so schnell wie möglich hierher zurück, um den Artikel rechtzeitig für die Morgenausgabe zu schreiben. Derartige wichtige Nachrichten muß man sofort zu Papier bringen, bevor sie einem die Typen von der *New York Times* wegschnappen.«

»Ich dachte, Sie sind für schöne Künste und Freizeit zuständig.«

»Hab's satt. Wissen Sie, Tommy, der falsche Dichter kann einem die Freude an der Kunst auf Jahre hinaus verderben.«

Holly nahm ein zweites Bonbon. Normalerweise aß sie keine Süßigkeiten, weil sie nicht die Gewichtsprobleme bekommen wollte, mit der ihre Mutter immer zu kämpfen hatte. Derzeit suchte sie Trost darin, weil sie sich so niedergeschlagen und elend fühlte. Sie begriff, in einer nach unten gerichteten Spirale des Kummers gefangen zu sein.

»In Filmen wird der Journalismus immer als ruhmvoll und abenteuerlich dargestellt«, sagte sie. »Aber die Wirklichkeit sieht ganz anders aus.«

»Ich führe auch nicht das Leben, das ich mir eigentlich gewünscht habe«, verkündete Tommy Weeks. »Dachten Sie vielleicht, es sei mein Traum gewesen, in der Nachrichtenredaktion des *Portland Kurier* zu fegen?«

»Wohl kaum«, erwiderte Holly und empfand so etwas wie Schuld. *Ich bejammere mein Schicksal, obgleich Tommy noch weitaus schlimmer dran ist.*

»Nein, ganz sicher nicht. Schon als kleiner Junge habe ich davon geträumt, irgendwann einmal einen großen Müllwagen zu fahren. Immer wieder stellte ich mir vor, im hohen Fahrerabteil zu sitzen und den Knopf zu drücken, der den hydraulischen Kompressor betätigt.« Tommys Stimme klang sehnsüchtig. »Hoch über der Welt – und der riesige Laster gehorcht mir allein. Ja, das war mein Traum, und ich versuchte, ihn zu verwirklichen. Aber leider fiel ich bei der städtischen Gesundheitsprüfung durch. Wegen eines kleinen Nierenproblems. Oh, nichts Ernstes, aber es genügte den Ärzten, um mich auszumustern.«

Er stützte sich noch immer auf den Besen, sah verträumt in die Ferne und lächelte schief. Vielleicht dachte er erneut daran, am Steuer eines Müllwagens zu sitzen, wie ein König auf dem Thron.

Holly starrte ihn ungläubig an und kam zu dem Schluß, daß sein Gesicht nicht nett, unschuldig und freundlich wirkte. Sie hatte den Ausdruck darin falsch gedeutet. Es war ein *dummes* Gesicht.

Was bist du doch für ein Idiot! wollte die Journalistin rufen. *Ich habe davon geträumt, Pulitzerpreise zu gewinnen, und jetzt muß ich über banale Nutzholztrophäen schreiben. Das ist eine wahre Tragödie! Du schwingst jetzt einen Besen, anstatt einen Müllwagen zu fahren. Glaubst du etwa, das ließe sich mit mir vergleichen?*

Aber sie brachte keinen Ton hervor, weil sie plötzlich begriff, daß es durchaus Parallelen gab. Ein unerfüllter Traum – ob anspruchsvoll oder bescheiden – war tragisch für denjenigen, der ihn aufgeben mußte. Nicht gewonnene Pulitzerpreise und nie gefahrene Müllwagen konnten gleichermaßen Verzweiflung und Schlaflosigkeit erzeugen. Dieser Gedanke deprimierte Holly mehr als alles andere.

Tommys Blick kehrte ins Hier und Jetzt zurück. »Man darf einfach nicht darüber nachdenken, Miß Thorne. Das Leben ist so ... als bekäme man einen Blaubeerkuchen im Café, obgleich man ein Stück Aprikosentorte mit Nüssen bestellt hat. Man erhält weder Aprikosen noch Nüsse, aber wenn man sich überlegt, was einem fehlt ... Nun, dann sollte man sich daran erinnern, daß Blaubeeren ebenfalls gut schmecken.«

Auf der anderen Seite des Raums furzte George Fintel im Schlaf. Es klang wie eine mittelschwere Explosion. Wenn der *Kurier* eine große und wichtige Zeitung gewesen wäre, mit Journalisten, die gerade aus Beirut oder einem anderen Kriegsgebiet zurückkehrten – bestimmt hätten sich die Korrespondenten sicherheitshalber zu Boden geworfen.

Lieber Himmel, dachte Holly betrübt. *Mein Leben ist nichts weiter als die schlechte Imitation einer Damon-Runyon-Story. Schäbige Redaktionen nach Mitternacht. Blödsinnige Besenschwinger, die sich als Philosophen entpuppen. Betrunkene Reporter, die an ihren Schreibtischen schlafen. Doch in diesem Fall handelt es sich um einen Runyon-Roman, den zwei Autoren überarbeitet hatten: Der eine neigte zum Absurden, und der andere war ein hoffnungsloser Existentialist.*

»Das Gespräch mit Ihnen hat mir sehr geholfen«, log Holly. »Besten Dank, Tommy.«

»Gern geschehen, Miß Thorne.«

Als Tommy Weeks die Arbeit mit dem Besen fortsetzte und langsam durch den Gang schritt, schob sich Holly ein drittes Bonbon in den Mund und überlegte, ob sie die Gesundheitsprüfung für angehende Müllwagenfahrer bestanden hätte. Jene Tätigkeit unterschied sich von dem Journalismus, den sie kannte: Man sammelte Müll, anstatt ihn zu verteilen. *Außerdem hätte ich die Genugtuung, daß mich zumindest eine Person in Portland beneiden würde.*

Sie warf einen Blick auf die Wanduhr. Ein Uhr dreißig. Holly war nicht müde. Sie wollte nicht nach Hause zurückkehren, wach im Bett liegen und an die Decke starren, während sie sich erneut dem Selbstmitleid hingab. Nein, das stimmte nicht ganz. Eigentlich *entsprach* es ihrem Wunsch; ihre gegenwärtige Stimmung verlangte, daß sie sich auf die mentale Anklagebank setzte. Aber gleichzeitig wußte sie, daß so etwas alles nur noch schlimmer machte. Leider gab es keine Alternative: Mitten in der Woche beschränkte sich das späte Nachtleben in Portland auf einige rund um die Uhr geöffnete Imbißstuben.

Weniger als ein Tag trennte Holly von ihrem Urlaub, und sie brauchte ihn dringend. Sie hatte keine Pläne, wollte sich nur entspannen, herumhängen und keine Zeitung anrühren. Vielleicht ging sie ins Kino oder las einige Bücher. *Vielleicht sollte ich das Betty Ford Center aufsuchen und mit Psychologen sprechen, um mich von den Depressionen befreien zu lassen.*

Sie erreichte das gefährliche Stadium, in dem sie über ihren Namen nachzugrübeln begann. Holly Thorne. Einfallsreich. Ja, wirklich fantasievoll. *Bei allen Heiligen, was hat meine Eltern veranlaßt, mir so etwas anzutun?* Sie versuchte, sich ein Pulitzerkomitee vorzustellen, das seinen Preis einer Frau verlieh, deren Name sich eher für eine Zeichentrickfigur eignete. Manchmal – nie am Tag, immer mitten in der Nacht – spielte sie mit dem Gedanken, ihre Eltern anzurufen und sie zu fragen, warum sie einen derartigen Namen gewählt hatten. Deutete er nur auf schlechten Geschmack hin? Handelte es sich um einen schlechten Scherz oder bewußte Grausamkeit?

Doch Hollys Vater und Mutter waren hart arbeitende Menschen, die viele Opfer gebracht hatten, um ihrer Tochter eine erstklassige Ausbildung zu ermöglichen. Sie wollten nur das Beste für sie. Vermutlich hielten sie den Namen für clever und kultiviert, und es hätte sie sicher bestürzt zu erfahren, daß Holly ihn verabscheute. Sie liebte ihre Eltern von ganzem Herzen, und nur dann, wenn sie in den tiefsten Gräben der Depression hockte, ließ sie sich dazu hinreißen, in ihnen die Ursache für ihre Probleme zu sehen.

Sie fürchtete fast, nach dem Telefon zu greifen und sie anzurufen, wandte sich rasch wieder dem Computer zu und öffnete die Datei der aktuellen Ausgabe. Das Datenzugriffssystem des *Portland Kurier* ermöglichte es den Reportern, allen Artikeln durch die Phasen Bearbeitung, Satz und Produktion zu folgen. Die Zeitung für den nächsten Tag – *für diesen Tag,* erinnerte sich die Journalistin – war bereits formatiert und im Druck, und deshalb konnte Holly jede Seite auf den Schirm holen. Nur die Schlagzeilen fielen auf, aber es gab die Möglichkeit, beliebige Stellen zu vergrößern. Manchmal munterte sich Holly ein wenig auf, indem sie eine wichtige Story las, bevor die Zeitung zum Verkauf gelangte; dadurch gewann sie zumindest für kurze Zeit den Eindruck, ein Insider zu sein – ein Aspekt des Jobs, der alle jungen Leute faszinierte, die sich zum Journalismus berufen fühlten.

Doch als Holly die Schlagzeilen der ersten Seiten las und nach einem interessanten Artikel Ausschau hielt, verstärkte sich ihre Niedergeschlagenheit. Ein großes Feuer in St. Louis, neun Tote. Kriegsangst im Nahen Osten. Ein Tanker, der vor der japanischen Küste Rohöl verlor. Ein Taifun, der in Indien zu einer Überschwemmung führte; Zehntausende von Obdachlosen. Die Bundesregierung plante eine neuerliche Steuererhöhung. Holly stöhnte lautlos. Sie wußte schon seit einer ganzen Weile, daß die Nachrichtenindustrie mit Katastrophen, Skandalen, brutaler Gewalt und ähnlichen Dingen florierte, aber plötzlich erschien ihr das alles greulich und ekelhaft. Sie wollte gar kein Insider mehr sein, nicht zu den ersten gehören, die von diesen schrecklichen Angelegenheiten erfuhren.

Als sie beschloß, die Datei zu schließen und den Computer auszuschalten, fiel ihr eine andere Schlagzeile auf: GEHEIMNISVOLLER FREMDER RETTET JUNGEN. Die Ereignisse bei der McAlbury School lagen noch nicht ganz zwölf Tage zurück, und jene vier Worte weckten besondere Assoziationen in Holly. Sie wurde neugierig und wies den Computer an, die Spalte mit dem Anfang des Artikels zu vergrößern.

›Boston‹ stand in der Datumszeile, und es gehörte auch ein Foto zum Bericht. Es war zwar dunkel und undeutlich, aber die derzeitige Vergrößerungsstufe genügte, um den Text darunter zu lesen. Hollys Finger berührten einmal mehr die Tasten, und daraufhin erfuhr die Spalte ein horizontales und vertikales Wachstum. Die Buchstaben gewannen klarere Konturen.

Holly richtete sich kerzengerade auf, als sie die ersten Zeilen las. *Ein mutiger Passant, der nur ›Jim‹ als Namen nannte, rettete Nicholas O'Connor, 6, als Mittwochabend unter dem Bürgersteig eines Wohnviertels in Boston eine Starkstromstation der New England Power and Light Company explodierte.*

»Zum Teufel auch . . .«, stieß Holly hervor.

Wieder betätigte sie mehrere Tasten, und das Bild auf dem Monitor glitt nach rechts und zeigte ihr das Foto. Sie wählte eine noch höhere Vergrößerung, bis das Gesicht den ganzen Schirm ausfüllte.

Jim Ironheart.

Einige Sekunden lang saß die Journalistin wie gelähmt und starrte verblüfft auf die Darstellung. Dann spürte sie den jähen Wunsch, mehr zu erfahren. Das Gefühl beschränkte sich nicht auf ein intellektuelles Bedürfnis, gewann die ausgeprägte Intensität von physischem Hunger.

Sie konzentrierte sich auf den Text, überflog den Artikel und las ihn noch einmal. Der O'Connor-Junge hockte auf dem Bürgersteig vor dem Haus seiner Eltern, direkt auf dem einen Quadratmeter großen Betondeckel über der unterirdischen Starkstromstation, die groß genug war, um vier Technikern Platz zu bieten. Der Knabe spielte mit kleinen Autos, und die Eltern beobachteten ihn von der vorderen Veranda aus, als plötzlich ein Mann über die Straße lief. »Er eilte direkt auf Nicky zu und packte ihn«, sagte der Vater später. »Ich hielt ihn für einen Verrückten, der es auf Kinder abgesehen hat und meinen Sohn entführen wollte.« Der Mann hob den schreienden Jungen hoch und sprang über den niedrigen Palisadenzaun auf den Rasen der O'Connors, als das 17000-Volt-Kabel in der Starkstromstation explodierte. Die Druckwelle schleuderte den Betondeckel hoch in die Luft, als sei er nicht schwerer als ein Penny, und lodernde Flammen folgten ihm. Nickys dankbare Eltern und die Nachbarn, die alles gesehen hatten, überhäuften den Fremden mit Dankesworten. Er behauptete, den Geruch verschmorender Isolierungen und ein Zischen wahrgenommen zu haben. Er wußte, daß eine Explosion bevorstand, weil er »einmal für ein Elektrizitätswerk gearbeitet« hatte, stellte sich nur als Jim vor und bestand darauf, den Ort zu verlassen, bevor Reporter eintrafen. Als Grund dafür gab er an: »Ich lege großen Wert auf meine Privatsphäre.«

Die Rettung in letzter Sekunde fand um 19.40 Uhr am Donnerstagabend in Boston statt – 16.40 Uhr Portland-Zeit am vergangenen Nachmittag. Erneut sah Holly auf die Wanduhr. 2.02 Uhr am Freitagmorgen. Der Fremde hatte Nicky O'Connor vor knapp neuneinhalb Stunden vom fatalen Betondeckel gerissen.

Die Spur ist noch frisch.

Sie hätte dem *Globe*-Reporter, von dem der Artikel stammte, gern einige Fragen gestellt. Aber in Boston war es erst kurz nach fünf; wahrscheinlich lag er noch im Bett und schlief.

Holly schloß die Datei der aktuellen *Kurier*-Ausgabe. Auf dem Bildschirm wich der vergrößerte Text dem Standardmenü.

Mit Hilfe eines Modems schaltete sich die Journalistin in das weite Netzwerk aus Datendiensten, die dem *Portland Kurier* zur

Verfügung standen. Sie wies Newsweb an, alle Berichte zu überprüfen, die während der vergangenen drei Monate von den Nachrichtenagenturen herausgegeben worden und in den wichtigsten amerikanischen Zeitungen erschienen waren. Als Auswahlbedingung gab sie an, daß der Name ›Jim‹ in einem Abstand von höchstens zehn Worten mit den Begriffen ›Rettung‹ oder ›das Leben gerettet‹ genannt wurde. Sie bat um einen Ausdruck der betreffenden Artikel und die Vermeidung von Wiederholungen.

Während Newsweb ihren Auftrag erfüllte, griff Holly nach dem Telefon auf ihrem Schreibtisch, rief die Auskunft an und fragte nach Informationen in bezug auf die Vorwahlnummern 818, 213, 714 und 619. Sie suchte nach dem Namen Jim Ironheart, und zwar in den Counties von Los Angeles, Orange, Riverside, San Bernardino und San Diego. Holly erzielte nicht den gewünschten Erfolg. Wenn Ironheart wirklich in Südkalifornien lebte, wie er behauptet hatte, so war sein Telefon nicht verzeichnet.

Der Laserdrucker, den sie mit drei anderen Arbeitsplätzen teilte, summte leise. Die ersten Entdeckungen von Newsweb glitten ins Ausgabefach.

Holly wollte zu dem niedrigen Tisch eilen, auf dem der Drucker stand, um das erste Blatt zu nehmen und es sofort zu lesen. Doch sie widerstand der Versuchung und richtete ihre Aufmerksamkeit statt dessen aufs Telefon. Gab es eine andere Möglichkeit, Jim Ironheart in jenem Teil von Kalifornien zu finden, den die Einheimischen ›Southland‹ nannten?

Vor wenigen Jahren hätte sie sich einfach mit dem Computer des kalifornischen Department of Motor Vehicles in Verbindung setzen können und gegen eine kleine Gebühr die Adresse jedes Führerscheininhabers in dem Staat bekommen. Aber nachdem die Schauspielerin Rebecca Schaeffer von einem fanatischen Verehrer ermordet worden war, der sie auf diese Weise gefunden hatte, schützte ein neues Gesetz die DMV-Aufzeichnungen.

Einem erfahrenen Hacker, der sich bestens mit der Daten-Magie auskannte, wäre es sicher nicht sehr schwer gefallen, alle Sicherheitsschranken zu überwinden, den DMV-Computer anzuzapfen und an die gewünschten Informationen zu gelangen. Er hätte auch in den Datenbanken von Kreditagenturen nach einer Ironheart-Datei Ausschau halten können. Holly kannte Journalisten, die ihre Computerkenntnisse nur aus diesem Grund auf dem neuesten Stand hielten, während sie es vorzog, alle notwendigen Auskünfte zu erhalten, ohne mit dem Gesetz in Konflikt zu geraten.

Aus diesem Grund schreibst du über so aufregende Dinge wie die Nutzholztrophäe, dachte sie in einem Anflug von Bitterkeit.

Sie suchte nach einer Lösung für dieses Problem, als sie in den Aufenthaltsraum ging, an den Kaffeeautomaten herantrat und beobachtete, wie sich ein Becher mit braunschwarzer Flüssigkeit füllte. Sie schmeckte wie Galle. Holly trank sie trotzdem, weil sie das Koffein brauchte, um die Nacht durchzustehen. Mit einem zweiten Becher kehrte sie in die Redaktion zurück.

Der Laserdrucker summte nicht mehr. Sie nahm die Seiten aus dem Ausgabefach und setzte sich an ihren Schreibtisch.

Newsweb hatte einen dicken Stapel aus Berichten der nationalen Presse gefunden, in denen der Name ›Jim‹ im Zusammenhang mit den Worten ›Rettung‹ oder ›das Leben gerettet‹ erschien. Holly zählte sie rasch – insgesamt neunundzwanzig.

Der erste Artikel war eine rührende Story von der *Chicago Sun-Times,* und sie las den ersten Satz laut: »Jim Foster aus Oak Park hat über hundert Katzen gerettet, die . . .«

Sie warf das Blatt in den Papierkorb und sah aufs nächste hinab. Dieser Bericht stammte vom *Philadelphia Inquirer:* ›Jim Pilsbury warf für die Phillies und rettete seine Mannschaft vor einer demütigenden Niederlage . . .‹

Holly zerknüllte auch diesen Ausdruck und nahm sich den dritten vor. Es handelte sich um eine Filmrezension, und deshalb hielt sie sich gar nicht erst damit auf, nach dem Namen Jim zu suchen. Der vierte Artikel bezog sich auf den Romanschriftsteller Jim Harrison. Im fünften ging es um einen Politiker aus New Jersey: Er benutzte den Heimlich-Handgriff*, um in einer Bar das Leben eines Mafiabosses zu retten, mit dem er ein Bier trank. Der Gangster wäre fast an dem Stück eines pikanten Slim-Jim-Würstchens erstickt.

Holly befürchtete allmählich, daß der Stapel überhaupt keine brauchbaren Informationen enthielte, aber der sechste Artikel, vom *Houston Chronicle,* öffnete ihre Augen weiter als der bittere Kaffee:

›FRAU VOR DEM RACHSÜCHTIGEN EHEMANN GERETTET. Amanda Cutter setzte ihre Scheidung durch und bekam das Sorgerecht für die Kinder, während ihr Mann zu hohen Unterhaltszahlungen verurteilt wurde. Am 14. Juli, kurz nach dem Scheidungsprozeß, lauerte Cosmo Cutter seiner Frau vor ihrem Haus im

* Heimlich-Handgriff: eine Erste-Hilfe-Maßnahme bei Erstickungsgefahr durch Fremdkörper in den Luftwegen. – Anmerkung des Übersetzers.

vornehmen River-Oaks-Viertel in der Stadt auf, um mit ihr abzurechnen. Nach den ersten beiden Schüssen, die das Ziel verfehlten, wurde Amanda von einem Fremden gerettet, der ›wie aus dem Nichts erschien‹, den übergeschnappten Cosmo zu Boden warf und ihn entwaffnete.‹ Als sie den Unbekannten nach seinem Namen fragte, antwortete er nur ›Jim‹ und ging fort, bevor die Polizei eintraf. Die dreißigjährige Geschiedene war offenbar sehr beeindruckt gewesen, denn sie beschrieb den Fremden als ›attraktiv und muskulös, wie ein Superheld aus einem Film. Und er hatte traumhafte blaue Augen.‹

Holly erinnerte sich deutlich an Jim Ironhearts blaue Augen. Sie gehörte nicht zu den Frauen, die sie als ›traumhaft‹ bezeichnet hätten, obwohl sie tatsächlich hinreißend wirkten ... *Himmel, sie waren traumhaft,* ging es ihr durch den Sinn. Sie gestand sich nicht gern die pubertäre Reaktion ein, die Ironheart bei ihr bewirkt hatte, aber sie konnte sich selbst ebenso schlecht täuschen wie andere Menschen. Sie entsann sich an den flüchtigen Eindruck einer unmenschlichen Kühle, als sie zum erstenmal Ironhearts Blick begegnet war, doch sein Lächeln hatte den emotionalen Frost sofort verschwinden lassen.

Der siebte Artikel betraf einen anderen bescheidenen Jim, der nicht blieb, um Dank und Lob – und die Aufmerksamkeit der Medien – in Empfang zu nehmen, nachdem er Carmen Diaz, 30, am fünften Juli aus einem brennenden Apartmenthaus in Miami gerettet hatte. Auch in diesem Fall wies man auf blaue Augen hin.

Holly ging die restlichen zweiundzwanzig Berichte durch und fand zwei weitere über Ironheart, obwohl nur immer sein Vorname Erwähnung fand. Am 21. Juni wäre Thaddeus Johnson, 12, fast vom Dach eines achtstöckigen Wohnblocks in Harlem gestoßen worden, und zwar von vier Mitgliedern einer Jugendbande, die seine Weigerung, bei ihrem Drogenhandel eine aktive Rolle zu spielen, als persönliche Beleidigung auffaßten. Ein blauäugiger Mann rettete ihn und setzte die vier Burschen mit einer raschen Folge aus Taekwondo-Schlägen außer Gefecht. »Er war wie Batman ohne Kostüm«, erzählte Thaddeus dem *Daily-News*-Reporter. Zwei Wochen vorher, am 7. Juni, wurde ein anderer blauäugiger Jim aktiv, ›materialisierte einfach so‹ auf dem Grundstück von Louis Andretti, 28, in Corona, Kalifornien, und warnte den Hauseigentümer gerade rechtzeitig, nicht unter das Gebäude zu kriechen, um ein leckes Rohr zu reparieren. »Er sagte mir, dort gebe es ein Nest mit Klapperschlangen«, teilte Andretti dem Journalisten mit. Später, als Beamte der örtlichen Vector Control den Bereich unterm Haus mit einer Halogenlampe ausleuchteten, sahen sie nicht nur ein Nest, sondern etwas, ›das geradewegs aus einem Alptraum‹ zu stammen schien. Schließlich brachten sie einundvierzig Schlangen fort. Andretti kommentierte diesen Vorgang mit folgenden Worten: »Ich verstehe nicht, wieso der Mann von all den Klapperschlangen wußte, obwohl ich in dem Haus *wohne* und nie etwas bemerkte.«

Damit hatte Holly vier Zwischenfälle registriert, bei denen Jim Ironheart eine zentrale Rolle spielte. Hinzu kamen die Rettungen von Nicky O'Connor in Boston und von Billy Jenkins in Portland, ebenfalls im Juni. Sie wandte sich erneut an Newsweb und bat darum, die Suche auf März, April und Mai zu erweitern.

Die Journalistin brauchte mehr Kaffee. Als sie aufstand, um in den Aufenthaltsraum zu gehen, stellte sie fest, daß George Fintel nicht mehr an seinem Schreibtisch schlief. Offenbar war er erwacht und nach Hause zurückgekehrt. Sie hatte ihn überhaupt nicht gehört. Auch von Tommy fehlte jede Spur. Außer Holly befand sich niemand in der Redaktion.

Sie holte sich einen weiteren Becher, und der Kaffee schmeckte nicht mehr ganz so schlecht wie vorher. Sie bezweifelte eine plötzliche Verbesserung des Aromas. *Wahrscheinlich haben die ersten beiden Becher meine Geschmacksnerven betäubt.*

Newsweb lieferte elf Artikel, die den Zeitraum von März bis Mai betrafen und die genannten Voraussetzungen erfüllten. Holly las sie nacheinander, fand jedoch nur einen Artikel, der sie interessierte.

Am 15. Mai hatte ein blauäugiger Jim in Atlanta, Georgia, einen kleinen Lebensmittelladen betreten, als dort gerade ein bewaffneter Raubüberfall stattfand. Er erschoß den Verbrecher, Norman Rink, der gerade zwei Kunden umbringen wollte: Sam Newsome, 25, und seine fünfjährige Tochter Emily. Rink stand unter der Wirkung von Kokain, Ice und Methamphetamin; aus einer Laune heraus hatte er bereits den Verkäufer und zwei andere Kunden getötet. Jim erledigte ihn, vergewisserte sich, daß die Newsomes wohlauf waren, und verschwand, bevor die Polizei eintraf.

Die Sicherheitskamera lieferte ein undeutliches Bild des mutigen Mannes. Es war erst das zweite Foto, das Holly in den Artikeln fand. Eine schlechte Aufnahme – aber sie erkannte Jim Ironheart auf den ersten Blick.

Einige Details dieses Zwischenfalls beunruhigten sie. Wenn

Ironheart über eine besondere Fähigkeit verfügte – vielleicht eine Art Zweites Gesicht –, mit der er fatale Momente im Leben fremder Menschen rechtzeitig genug vorhersah, um dem Schicksal ein Schnippchen zu schlagen ... Warum hatte er den Lebensmittelladen dann nicht einige Minuten vorher aufgesucht, um den Tod des Verkäufers und der beiden Kunden zu verhindern? *Warum hat er die Newsomes gerettet und die anderen sterben lassen?*

Als Holly las, wie Ironheart gegen Rink vorgegangen war, lief es ihr kalt über den Rücken. Er hatte eine Automatic-Schrotflinte vom Kaliber 12 viermal auf den Verrückten abgefeuert. Anschließend war Rink zweifellos tot, aber Jim lud nach und schoß noch fünfmal. »Nie zuvor habe ich einen solchen Zorn gesehen«, erklärte Sam Newsome. »Schweiß glänzte in seinem roten Gesicht, und die Adern in den Schläfen und an der Stirn traten vor. Er wimmerte leise, aber die Tränen ... Durch sie wirkte er nicht weniger wütend.« Schließlich ließ Ironheart die Waffe sinken und entschuldigte sich dafür, Rink in Gegenwart der kleinen Emily so übel zugerichtet zu haben. Er fügte hinzu, solche Männer, die unschuldige Menschen umbrächten, »erzeugen auch in mir ein wenig Wahnsinn«. Newsome erzählte dem Reporter: »Er hat uns das Leben gerettet, ja, aber ich muß sagen, der Bursche war *unheimlich*, fast so erschreckend wie Rink.«

Holly dachte an die Möglichkeit, daß Ironheart bei anderen Gelegenheiten vielleicht sogar darauf verzichtet hatte, seinen Vornamen zu nennen. Sie wies Newsweb an, nach Artikeln zu suchen, in denen Ausdrücke wie ›Rettung‹ und ›das Leben gerettet‹ im Zusammenhang mit ›blau‹ standen. Als Zeitraum gab sie die letzten sechs Monate an. Ihr war aufgefallen, daß einige Zeugen nur vage physische Beschreibungen lieferten, sich jedoch gut an Ironhearts einzigartige blaue Augen erinnerten.

Sie ging zur Toilette, holte sich noch mehr Kaffee und blieb am Drucker stehen. Dort nahm sie jedes einzelne Blatt, überflog es, warf es in den Abfallkorb, wenn es ohne Interesse für sie blieb, oder las es, wenn der Artikel von einer weiteren Rettung im letzten Augenblick berichtete. Newsweb fand vier andere Fälle, die zweifellos Ironheart betrafen, obwohl in den Meldungen der Name des blauäugigen Fremden fehlte.

Nach einer Weile setzte sich die Journalistin wieder an den Schreibtisch und forderte Newsweb auf, in den nationalen Artikeln des vergangenen halben Jahres nach dem Namen ›Ironheart‹ zu suchen.

Während sie auf das Ergebnis wartete, ordnete sie die Ausdrucke, erstellte eine chronologische Liste der Personen, denen Jim Ironheart das Leben gerettet hatte, und fügte ihr auch die vier neuen Fälle hinzu. Sie verzeichnete Namen, Alter, Ort des Zwischenfalls und die Art des Todes, vor dem die Betreffenden bewahrt worden waren.

Nachdenklich betrachtete Holly die Aufstellung und bemerkte einige interessante Muster, wandte sich jedoch davon ab, als Newsweb den letzten Auftrag erfüllte.

Sie stand auf, um zum Laserdrucker zu gehen – und erstarrte plötzlich. Erst jetzt merkte sie, daß sie nicht mehr allein in der Redaktion war. Drei Journalisten und ein Redakteur saßen an ihren Plätzen, alles Leute, die in dem Ruf standen, früh auf den Beinen zu sein. Zu ihnen gehörte auch Hank Hawkins, zuständig für den Wirtschaftsteil; er begann gern mit der Arbeit, wenn die Börsen an der Ostküste öffneten. Holly hatte sie überhaupt nicht kommen gehört. Zwei von ihnen lachten laut über einen Witz, und Hawkins telefonierte. Sie blinzelte verwirrt und warf einen Blick auf die Wanduhr: zehn Minuten nach sechs. Frühes Morgenlicht glitzerte an den Fenstern; es war Holly überhaupt nicht aufgefallen, daß die Nacht einem neuen Tag gewichen war. Sie starrte auf ihren Schreibtisch und sah zwei weitere Kaffeebecher, ohne sich daran zu erinnern, sie aus dem Aufenthaltsraum geholt zu haben.

Eine andere Erkenntnis gesellte sich hinzu: Sie spürte keine Verzweiflung mehr. Sie fühlte sich besser als seit Tagen, Wochen und *Jahren*. Endlich war sie wieder eine echte Journalistin.

Sie ging zum Laserdrucker, entleerte das Ausgabefach und kehrte mit den Blättern zum Tisch zurück. Offenbar machten Ironhearts keine Schlagzeilen. In den letzten sechs Monaten waren nur fünf Artikel erschienen, bei denen es um Leute mit diesem Nachnamen ging.

Kevin Ironheart – Buffalo, New York. Senator. Gab seine Absicht bekannt, für das Amt des Gouverneurs zu kandidieren.

Anna Denise Ironheart – Boca Raton, Florida. Fand einen lebenden Alligator in ihrem Wohnzimmer.

Lori Ironheart – Los Angeles, Kalifornien. Liedermacherin. Ihr stand der Academy Award für den besten Song des Jahres in Aussicht.

Valerie Ironheart – Cedar Rapids, Iowa. Brachte gesunde Vierlinge zur Welt.

Und dann Jim Ironheart.

Holly las die Kopfzeile. Die Story war am 10. April im *Register* des Orange County erschienen, und andere Zeitungen im ganzen Land hatten ähnliche Meldungen gebracht. Aufgrund ihrer Anweisungen lieferte Newsweb in diesem Fall nur einen Artikel und ersparte ihr die anderen Berichte, in denen es um die gleiche Angelegenheit ging.

Sie sah auf die Datumszeile. Laguna Niguel. Kalifornien. *Süd*kalifornien. Southland.

Leider fehlte ein Foto, aber die Bescheibungen des Reporters enthielten auch einen Hinweis auf blaue Augen und dichtes braunes Haar. Holly war sicher, daß es sich um *ihren* James Ironheart handelte.

Es überraschte sie nicht, ihn gefunden zu haben. Sie hatte gewußt, daß sie ihn mit entschlossenen Bemühungen früher oder später lokalisieren würde. Aber sie runzelte verblüfft die Stirn, als sie feststellte, um was es in dem Bericht ging. Er schilderte keineswegs eine weitere mutige Rettung. Auf diese Schlagzeile war Holly nicht vorbereitet: BÜRGER VON LAGUNA NIGUEL GEWINNT SECHS MILLIONEN DOLLAR IN DER LOTTERIE.

2

Auf die Rettung von Nicholas O'Connor folgte für Jim eine ruhige, ungestörte Nacht, die erste seit vier Tagen. Am Morgen des 24. August – einem Freitag – verließ er Boston. Beim Flug quer über die Staaten gewann er drei Stunden und traf um 15.10 Uhr auf dem John Wayne Airport ein. Eine halbe Stunde später war er zu Hause.

Er ging sofort ins Arbeitszimmer und hob eine Ecke des Teppichs. Darunter kam ein in den Boden integrierter Safe zum Vorschein. Er wählte die Kombination, öffnete die Klappe und holte fünftausend Dollar hervor – zehn Prozent des Bargeldes, das er dort bereithielt.

Am Schreibtisch schob er die Hundert-Dollar-Scheine in einen gepolsterten Jiffy-Umschlag und schloß ihn. Er schrieb Pater Leo Gearys Adresse, Kirche Jungfrau Maria in der Wüste, klebte genügend Briefmarken darauf und beschloß, den Umschlag gleich am nächsten Morgen aufzugeben.

Dann begab er sich ins Wohnzimmer und schaltete den Fernseher ein. Die Kabelkanäle brachten mehrere Spielfilme, aber keiner interessierte ihn. Eine Zeitlang sah er sich die Nachrichten an, konnte sich jedoch nicht richtig auf sie konzentrieren. Er erhitzte eine Pizza im Mikrowellenherd, zog eine Dose Bier auf und nahm mit einem guten Buch Platz – und legte es wieder beiseite. Gelangweilt blätterte er in einigen ungelesenen Zeitschriften.

Als der Abend dämmerte, nahm er eine zweite Dose Bier und setzte sich auf die Veranda. Die Palmwedel raschelten im leichten Wind. Ein süßer Duft ging von dem Jasmin an der Grundstücksmauer aus. Das rote, purpurne und rosafarbene Springkraut lumineszierte fast im Zwielicht. Als die Sonne hinter dem Horizont versank, verblaßte das Schimmern; es sah aus, als würden Hunderte von winzigen und an ein Rheostat angeschlossene Glühbirnen erlöschen.

Eine friedliche Szene, und doch fand Jim keine Ruhe. Seit er Sam Newsome und seine Tochter Emily am 15. Mai das Leben gerettet hatte, fiel es ihm Tag für Tag und Woche für Woche schwerer, zur normalen Routine zurückzukehren und sich zu entspannen. Immer wieder dachte er daran, wieviel Gutes er bewirken, wie viele Menschen er vor dem Tod bewahren könnte. Er war in der Lage, unmittelbaren Einfluß auf das Schicksal auszuüben, wenn der Ruf erklang: ›Rettungsleine.‹ Im Vergleich dazu wirkten andere Beschäftigungen banal.

Er war das Instrument einer höheren Macht, und er konnte sich kaum mehr mit Geringerem begnügen.

Holly schlief nur zwei Stunden, um die lange Nacht zu kompensieren. Nachdem sie den größten Teil des Tages damit verbracht hatte, möglichst viele Informationen über James Madison Ironheart zu sammeln, begann sie ihren lange erwarteten Urlaub mit einem Flug zum Orange County. Am dortigen Flughafen mietete sie einen Wagen und steuerte das Laguna Hills Motor Inn an, wo sie ein Zimmer reserviert hatte.

Laguna Hills befand sich landeinwärts und war kein eigentlicher Urlaubsort. Doch in Laguna Beach, Laguna Niguel und anderen Kleinstädten an der Küste wurden im Sommer alle Unterkünfte weit im voraus gebucht. Holly beabsichtigte ohnehin nicht, im Meer zu baden oder am Strand in der Sonne zu liegen. Normalerweise forderte sie den Hautkrebs mit der gleichen Begeisterung heraus wie alle anderen, aber diesmal plante sie eine Art Arbeitsurlaub.

Als sie das Motel erreichte, schien sie die Augen voller Sand zu haben. Sie trug ihren Koffer ins Zimmer, und dabei spielte ihr die Schwerkraft einen gemeinen Streich, indem sie das Gewicht des Gepäcks verfünffachte.

Der Raum war sauber und schlicht, die Klimaanlage leistungsfähig genug, um Alaska-Temperaturen zu erzeugen – vielleicht für den Fall, daß hier jemals ein Eskimo wohnen sollte, der an Heimweh litt.

Sie ging zu den Automaten im Flur, kaufte eine Schachtel mit Käsekeksen und eine Dose Diet Dr. Pepper und stillte dann ihren Hunger, während sie auf dem Bett saß. Sie war so müde, daß sie sich wie betäubt fühlte. Tiefe Benommenheit reduzierte ihre Wahrnehmungsfähigkeit auf ein Minimum, und das galt auch für den Geschmackssinn. Sie hätte ebensogut brüchigen Kunststoff essen und ihn mit Eselschweiß hinunterspülen können.

Der Kontakt mit Bett und Kissen schien den Aus-Schalter in ihr zu betätigen; Holly schlief von einem Augenblick zum anderen ein.

Sie träumte, und es war ein seltsamer Traum, denn er fand an einem Ort statt, wo völlige Finsternis herrschte. Er zeigte ihr keine Bilder, konfrontierte sie nur mit Dingen, die Ohren, Nase und Haut betrafen. Vielleicht träumten so Menschen, die von Geburt an blind waren. Holly spürte Kühle und roch etwas, das sie an Kalkstein erinnerte. Zuerst fürchtete sie sich nicht, fühlte sich nur verwirrt und tastete mit den Händen vorsichtig über die Wände der Kammer. Sie bestanden aus Steinblöcken mit schmalen Mörtelfugen. Nachdem sie ihre Umgebung eine Zeitlang erforscht hatte, kam sie zu dem Schluß, daß es eigentlich nur eine Wand gab, die sich nach innen wölbte und überhaupt keine Ecken aufwies. Also mußte das Zimmer rund sein. Sie hörte nur die Geräusche, die sie selbst verursachte – und ein leises Zischen im Hintergrund. Hinzu kam das dumpfe Pochen von Regentropfen, die auf das Schieferdach über ihr fielen.

Im Traum wich sie von der Wand fort und ging über einen festen Holzboden, die Arme weit ausgestreckt. Zwar stieß sie an keine Hindernisse, aber ihre Neugier wurde allmählich zu nagendem Unbehagen. Sie verharrte, rührte sich nicht mehr von der Stelle, davon überzeugt, etwas Unheilvolles gehört zu haben.

Ein subtiles Geräusch. Vielleicht das leise, doch beharrliche Prasseln des Regens? Es erklang erneut. Ein Quietschen.

Für einen Sekundenbruchteil dachte Holly an eine große, dicke Ratte, aber das seltsame Quietschen hielt zu lange an, als daß es von einer Ratte stammen konnte. Es war mehr ein Knarren, doch als Ursache kamen nicht die Dielen unter ihr in Frage. Stille. Einige Sekunden später wiederholte sich das Geräusch ... wurde leiser ... kehrte zurück ... bildete einen Rhythmus.

Holly begriff, daß sie den Protest irgendeiner ungeölten mechanischen Vorrichtung vernahm, und das hätte sie erleichtern sollen. Statt dessen fühlte sie, wie ihr Herz schneller schlug, als sie in dem finsteren Raum stand und sich die seltsame Maschine vorzustellen versuchte. Das Knarren wurde nur ein wenig lauter, aber es ertönte in kürzeren Abständen. Zuerst hörte Holly es alle drei oder vier Sekunden, dann in jeweils zwei oder drei – schließlich erklang es jede Sekunde.

Plötzlich kam ein seltsames *Wusch-wusch-wusch* hinzu, synchron mit dem Knarren. Holly dachte an ein langes, flaches Objekt, das durch die Luft strich.

Wusch.

Ganz nahe. Doch die Journalistin spürte keinen Luftzug.

Wusch.

Vor ihrem inneren Auge sah sie eine Klinge.

Wusch.

Eine große Klinge. Riesig. Scharf. Schnitt durch die Luft.

Wusch.

Etwas Schreckliches näherte sich, eine so seltsame Wesenheit, daß selbst Licht – und ein klarer Anblick der Wesenheit – kein Verstehen bringen konnte. Zwar war sich Holly ihres Traums bewußt, aber sie begriff, daß sie diesen dunklen, steinernen Ort so schnell wie möglich verlassen mußte, wenn sie überleben wollte. Einem Alptraum entkam man nicht, indem man weglief, es blieb ihr also keine andere Wahl, als zu erwachen. Doch die Müdigkeit lastete noch immer schwer auf ihr, und sie sah sich außerstande, die Fesseln des Schlafs zu zerreißen. Die lichtlose Kammer schien sich zu drehen, und Holly gewann den Eindruck, daß ein großer Mechanismus in Bewegung geriet (Knarren, *Wusch*), in die regnerische Nacht ragte (Knarren, *Wusch*), sich von einer Seite zur anderen neigte (Knarren, *Wusch*), durch die Luft schnitt (Knarren, *Wusch*), sie versuchte zu schreien (Knarren, *Wusch*), aber ihre Kehle war wie zugeschnürt *(Wusch-wusch-wusch)*, sie konnte nicht erwachen und um Hilfe rufen. *WUSCH!*

»Nein!«

Jim setzte sich ruckartig im Bett auf, als er dieses eine Wort hervorstieß. Schweiß glänzte in seinem Gesicht, und er bebte am ganzen Leib.

Er war rasch eingeschlafen, und die Nachttischlampe brannte noch immer. Dahinter steckte kein Zufall, sondern bewußte Absicht. Seit mehr als einem Jahr litt er an Alpträumen, die ihm verschiedene Orte und finstere Gestalten zeigten; an die meisten davon erinnerte er sich nicht mehr, wenn er erwachte. Das namen- und gestaltlose Wesen, das er den ›Feind‹ nannte und von dem er geträumt hatte, während er sich in der Kirche Jungfrau Maria in der Wüste erholte, war die entsetzlichste Erscheinung in der visionären Welt, wenn auch nicht das einzige Ungeheuer.

Doch diesmal galt sein Grauen nicht etwa einer einzelnen Person oder einem Monstrum, sondern einem Ort. Der Windmühle.

Jim sah auf die Uhr neben dem Bett. Viertel vor vier morgens.

Er trug nur die Pyjamahose, als er aufstand und in die Küche ging.

Das fluoreszierende Licht brannte ihm in den Augen. Gut. Er wollte, daß sich der Rest des Schlafs auflöste, ihn ganz von der Benommenheit befreite.

Die verdamme Windmühle.

Er schaltete die Kaffeemaschine ein, verwendete eine kolumbianische Mischung und kochte sich einen starken Mokka. Die Hälfte der ersten Tasse trank Jim, während er noch an der Arbeitsplatte stand. Er füllte die Tasse erneut, nahm am Küchentisch Platz und beabsichtigte, auch den Rest zu trinken – weil er nicht riskieren wollte, wieder ins Bett zu gehen und eine Wiederholung des Traums zu erleben.

Jeder Alptraum verringerte die Ruhe, die er sich vom Schlaf erhoffte, doch die Bilder und übrigen Eindrücke von der Windmühle belasteten ihn nicht nur geistig, sondern auch körperlich. Wenn er erwachte, schmerzte ihm die Brust so sehr, als sei fast das Herz zerrissen. Manchmal dauerte es Stunden, bis er nicht mehr zitterte. Außerdem litt er häufig an Kopfschmerzen, so wie jetzt; sie erfaßten den oberen Teil des Schädels und pochten so heftig, als versuche ein fremdes Etwas, sich aus dem Gehirn zu lösen. Jim wußte, welcher Anblick ihn im Spiegel erwartete: ein kalkweißes, eingefallenes und hohlwangiges Gesicht mit blauschwarzen Ringen unter den Augen – wie das Gesicht eines Krebspatienten, dessen Krankheit alle Lebenssäfte aus ihm herausgesaugt hatte.

Die Visionen von der Windmühle gehörten nicht zu den häufigsten Alpträumen, die ihn plagten – tatsächlich suchten sie ihn nur ein- oder zweimal im Monat heim. Aber sie waren mit Abstand die schlimmsten.

Sonderbarerweise geschah darin nicht viel. Er war wieder ein zehnjähriger Junge, der auf dem staubigen Holzboden der oberen Kammer saß, über dem Hauptraum mit den alten Mühlsteinen. Das einzige Licht stammte von einer dicken gelben Kerze. Die Finsternis der Nacht preßte sich an schmale Fenster, die wie Schießscharten einer Festung aussahen. Regen klopfte ans Glas. Plötzlich knarrte ein ungeölter, halbverrosteter Mechanismus, und draußen drehten sich die vier großen Windmühlenflügel, schneller und immer schneller, schnitten wie Sensen durch die feuchte Luft. Die senkrechte Antriebswelle – sie ragte aus der Decke und verschwand in einem Loch im Boden – drehte sich ebenfalls und schuf damit die Illusion, daß die Kammer selbst in Bewegung geriet, wie ein Karussell. Unten schabten die alten Mühlsteine aneinander und verursachten ein Geräusch, das wie fernes Gewittergrollen klang.

Das war's. Mehr nicht. Und trotzdem reagierte Jim mit ausgeprägtem Entsetzen darauf.

Er trank einen großen Schluck Kaffee.

Seltsam: In der Wirklichkeit, im realen Leben hatte er die Mühle gemocht; sie wurde nie zu einem Ort des Schreckens für ihn. Sie stand auf der Farm seiner Großeltern, zwischen einem Teich und einem weiten Kornfeld. Für einen Jungen, der in der Stadt geboren und aufgewachsen war, verkörperte die Windmühle etwas Exotisches und Geheimnisvolles – ein perfekter Platz, um zu spielen und der Fantasie freien Lauf zu lassen. Darüber hinaus bot sie ihm Zuflucht, die Möglichkeit, mit sich und seinen Gedanken allein zu sein. Jim verstand nicht, warum sich der grauenhafte Alptraum auf einen Ort bezog, mit dem er nur angenehme Erinnerungen verband.

Der Traum ging zu Ende, ohne daß Holly erwachte. Während der nächsten Stunden schlief sie ruhig und friedlich, so reglos wie ein Stein auf dem Grunde des Meeres.

3

Am Samstagmorgen frühstückte Holly in einer Nische des Motelcafés. Die meisten anderen Anwesenden waren ganz offensichtlich Urlauber: Familien in Uniformen aus Shorts oder weißen Baumwollhosen und bunten Hemden. Einige Kinder trugen Mützen und T-Shirts, die für Sea World, Disneyland oder Knots Berry Farm warben. Eltern brüteten über Straßenkarten und Broschüren, während sie aßen, planten Routen zu einer der zahlreichen Touristenattraktionen in Kalifornien. In dem Restaurant gab es so viele farbenprächtige Polohemden, daß Besucher von einem anderen Planeten zwangsläufig zu dem Schluß gelangen mußten, Ralph Lauren sei entweder die Gottheit der wichtigsten Religion oder aber Herrscher über die ganze Welt.

Holly verspeiste einen Blaubeer-Pfannkuchen und blickte dabei auf die Liste der Personen, die Jim Ironheart vor dem Tod bewahrt hatte:

15. MAI
Sam (25) und Emily (5) Newsome; Atlanta, Georgia (Mord)

7. JUNI
Louis Andretti (28); Corona, Kalifornien (Schlangenbiß)

21. JUNI
Thadddeus Johnson (12); New York (Mord)

30. JUNI
Rachael Steinberg (23); San Francisco, Kalifornien (Mord)

5. JULI
Carmen Diaz (30); Miami, Florida (Feuer)

14. JULI
Amanda Cutter (30); Houston, Texas (Mord)

20. JULI
Steven Aimes (57); Birmingham; Alabama (Mord)

1. AUGUST
Laura Lenaskian (28); Seattle, Washington (Ertrinken)

8. AUGUST
Doogie Burkette (11); Peoria, Illinois (Ertrinken)

12. AUGUST
Billy Jenkins (8); Portland, Oregon (Verkehrsunfall)

20. AUGUST
Lisa (30) und Susan (10) Jawolski; Wüste von Nevada (Mord)

Gewisse Muster fielen sofort auf. Unter den dreizehn Geretteten befanden sich fünf Kinder. Die anderen waren zwischen dreiundzwanzig und dreißig Jahre alt. Es gab nur eine Ausnahme: der siebenundfünfzigjährige Steven Aimes. Offenbar galten Ironhearts Bemühungen in erster Linie jungen Leuten. Außerdem schien er immer aktiver zu werden: eine Rettung im Mai, drei im Juni, drei im Juli und schon vier im August, obwohl dieser Monat erst in einer Woche zu Ende ging.

Hollys Interesse bezog sich insbesondere auf die Anzahl der Personen, die ohne Ironhearts Hilfe *ermordet* worden wären. In jedem Jahr starben weitaus mehr Menschen an den Folgen von Unfällen als aufgrund von Gewaltverbrechen. Dem Straßenverkehr fielen mehr Männer, Frauen und Kinder zum Opfer als irgendwelchen wahnsinnigen Mördern. Dennoch griff Ironheart bei Mordversuchen wesentlich häufiger ein als bei drohenden Verkehrsunfällen: Acht Personen auf der Liste waren von Kriminellen bedroht worden – über sechzig Prozent.

Vielleicht wiesen ihn seine Vorahnungen häufiger auf Mord und seltener auf andere Todesursachen hin. Vielleicht lag es daran, daß Gewalt stärkere psychische Vibrationen erzeugte als Unfälle ...

Holly kaute nicht mehr und erstarrte, während sie mit der rechten Hand ein weiteres Stück Blaubeer-Pfannkuchen zum Mund führte. Sie begriff plötzlich, wie seltsam diese Geschichte war. Bisher hatte sie sich kaum Zeit genommen, um gründlich darüber nachzudenken, hatte sich allein von journalistischem Ehrgeiz und professioneller Neugier leiten lassen. Aufregung und dann Erschöpfung verhinderten, daß ihr die tiefere Bedeutung von Ironhearts Aktivitäten bewußt wurde. Sie ließ die Gabel sinken und starrte auf den Teller, als könne sie in den Krümeln und Flecken eine Erklärung sehen – so wie Zigeuner Kaffeesatz und Handlinien deuteten.

Wer war Jim Ironheart? Besaß er übernatürliche Kräfte?

Holly hatte sich nie sehr für übersinnliche Wahrnehmungen und paranormale Fähigkeiten interessiert. Sie wußte von Menschen, die behaupteten, einen Mörder zu ›sehen‹, indem sie die Kleidung des Opfers berührten. Manchmal halfen sie der Polizei, um Vermißte zu finden. Der *National Inquirer* bezahlte sie gut, um Weltereignisse und zukünftige Entwicklungen im Leben von Berühmtheiten vorherzusagen. Andere behaupteten, den Lebenden einen Kontakt mit den Toten ermöglichen zu können. Aber Holly begegnete diesen Phänomenen mit derartiger Gleichgültigkeit, daß sie sich nicht einmal eine Meinung über sie gebildet hatte. Sie hielt die entsprechenden Personen nicht alle für Schwindler und Aufschneider, doch dieses Thema langweilte sie so sehr, daß sie kaum darüber nachdachte.

Hollys beharrliche Rationalität – und ihr Zynismus – mochten tolerant genug sein, um zumindest in Erwägung zu ziehen, daß es wirklich Menschen mit übersinnlichen Fähigkeiten gab, aber sie bezweifelte, ob man Jim Ironheart als eine Art Medium bezeichnen konnte. Er wandte sich nicht an irgendein Revolverblatt, um zu verkünden, daß Steven Spielberg im nächsten Jahr einen neuen erfolgreichen Film drehen würde (was für eine Überraschung!), oder daß Schwarzenegger noch immer mit Akzent spräche, oder daß sich Tom Cruise von seiner gegenwärtigen Freundin trennte, oder daß sich in absehbarer Zeit nichts an Eddie Murphys dunkler Haut veränderte. Ironheart kannte alle Einzelheiten der drohenden Tragödien – wer, wann, wo, wie –, und zwar früh genug, um das Schicksal in eine andere Richtung zu lenken. Er ließ sich nicht dazu herab, mit geistiger Kraft Löffel zu verbiegen. Er sprach nicht mit der rauhen Stimme eines uralten Geistes namens Rama-Lama-Dingsbums. Er sagte nicht die Zukunft voraus, indem er Knochensplitter warf, Wachsmuster interpretierte oder Tarotkarten legte. Himmel, er *rettete das Leben von Menschen,* schützte sie vor dem Verhängnis, übte damit einen nachhaltigen Einfluß nicht nur auf diejenigen aus, die er vor dem Tod bewahrte, sondern auch auf ihre Freunde und Familienangehörigen. Und seine Macht reichte dreitausend Meilen weit von Laguna Niguel bis nach Boston!

Vielleicht beschränkten sich seine Heldentaten nicht einmal auf die Grenzen des Kontinents der Vereinigten Staaten. Holly dachte daran, die Suche nach Meldungen und Artikeln auf die internationale Presse auszudehnen. Vielleicht hatte Ironheart auch in Italien, Frankreich, Deutschland, Japan, Schweden und den Südeeinseln Leben gerettet.

Nein, das Etikett ›Medium‹ konnte sie ihm gewiß nicht anhängen. Es fiel Holly kein Wort ein, das Jims Fähigkeiten treffend genug beschrieb.

Zu ihrer Überraschung fühlte sie ein tiefes, kindliches Staunen, das sie in dieser Intensität seit vielen Jahren nicht mehr gespürt hatte. Ehrfurcht gesellte sich hinzu, und sie schauderte plötzlich.

Wer war dieser Mann? *Was* war er?

Vor rund dreißig Stunden, als sie den Artikel über Nicholas O'Connor in Boston gelesen hatte, wußte Holly, daß es sich um eine wichtige Sache handelte. Während sie das von Newsweb gelieferte Material las und die Liste zusammenstellte, gewann sie immer mehr den Eindruck, daß dies die größte Story in ihrem journalistischen Leben sein mochte. Jetzt begann sie zu glauben, daß die Geschichte vielleicht zum größten Knüller des ganzen Jahrzehnts wurde.

»Ist alles in Ordnung?«

»Alles ist überaus seltsam«, erwiderte Holly, bevor sie feststellte, daß die Frage nicht von ihr selbst stammte.

Die Kellnerin – ihre Uniformbluse wies den gestickten Namenszug ›Bernice‹ auf – stand neben dem Tisch und wirkte besorgt. Holly begriff, daß sie die ganze Zeit über auf den Teller gestarrt und nichts gegessen hatte, während sie an Jim Ironheart dachte. Ihr Verhalten war Bernice aufgefallen, und vielleicht nahm sie an, mit der Mahlzeit stimme etwas nicht.

»Seltsam?« wiederholte Bernice und runzelte die Stirn.

»Äh ja. Ich finde es seltsam, in einem Café, das ganz normal zu sein scheint, die besten Blaubeer-Pfannkuchen meines Lebens zu bekommen.«

Bernice zögerte und schien zu argwöhnen, daß sich Holly einen Scherz erlaubte. »Sie . . . schmecken Ihnen wirklich?«

»Ich bin *verrückt* danach«, antwortete Holly, schob sich ein Stück in den Mund und kaute den kalten Brocken hingebungsvoll.

»Das freut mich! Möchten Sie sonst noch etwas?«

»Nur die Rechnung«, sagte Holly.

Sie aß weiter, nachdem Bernice gegangen war, und gab schlicht und einfach ihrem Appetit nach.

Gleichzeitig sah sie sich im Restaurant um und beobachtete die bunt gekleideten Urlauber, die über erlebte und noch bevorstehende Vergnügungen sprachen. Zum erstenmal seit Jahren spürte sie wieder Erregung darüber, ein Insider zu sein. Sie wußte etwas, von dem die anderen nichts ahnten. Sie war eine Journalistin, die ein Geheimnis hütete. Wenn sie ihre Ermittlungen abgeschlossen hatte, wenn die Story auf dem Papier stand, in einem so direkten und doch beschwörenden Stil wie die besten journalistischen Arbeiten Hemingways (Holly wollte es zumindest *versuchen*) – bestimmt erschien sie dann in dicken Schlagzeilen auf der Titelseite jeder wichtigen Zeitung in der ganzen Welt. Holly spürte ein angenehmes inneres Kribbeln, als sie dachte: *Und das Schönste daran ist – mein Geheimnis hat nichts mit politischen Skandalen, Umweltverschmutzung oder anderen Formen tragischen Schreckens zu tun, die das Getriebe der internationalen Medien schmieren. In meiner Geschichte geht es um ein modernes Wunder, um Mut und Hoffnung, um* verhinderte *Tragödien. Es ist eine Geschichte von geretteten Menschen, vom besiegten Tod.*

Das Leben ist so herrlich, fügte Holly in Gedanken hinzu und strahlte übers ganze Gesicht.

Nach dem Frühstück blätterte Holly in einem Buch mit Straßenkarten – es hieß *Thomas Guide* – und suchte nach Jim Ironhearts Haus in Laguna Niguel. Sie hatte seine Adresse noch von Portland aus festgestellt, indem sie mit Hilfe des Computers die öffentlichen Daten aller Immobilien-Transaktionen im Orange County seit dem Beginn des Jahres durchging. Ihre Annahme: Wer sechs Millionen Dollar in der Lotterie gewann, gab vermutlich einen Teil des Geldes für ein neues Haus aus. Das war tatsächlich der Fall. Ironheart gewann das Geld – vermutlich aufgrund seiner hellseherischen Fähigkeiten – Anfang Januar, und am 3. Mai kaufte er ein Haus am Bougainvillea Way. Die elektronisch erfaßten Dokumente wiesen nicht darauf hin, daß er Grundbesitz verkaufte, offenbar hatte er vorher zur Miete gewohnt.

Sein eher bescheidenes Heim überraschte sie ein wenig. Es handelte sich um ein neues Wohnviertel, unweit des Crown Valley Parkway, das den Traditionen der guten Planung und Landschaftsgestaltung im südlichen Orange County entsprach. Die breiten Straßen wanden sich in weiten, anmutigen Kurven hin und her. Junge Palmen und Myrtengewächse säumten sie, und die Häuser waren im mediterranen Stil errichtet, mit roten beziehungsweise sand- und pfirsichfarbenen Dachschindeln. Aber selbst in diesem Bereich von Laguna Niguel, wo eine kleine Villa fast ebensoviel kostete wie ein luxuriöses Penthouse in Manhattan, hätte sich Ironheart etwas Besseres leisten können. Das Grundstück gehörte zu den kleinsten in der Nachbarschaft, war nur etwas mehr als tausend Quadratmeter groß. Cremeweißer Putz; große Flügelfenster ohne Verzierungen; ein grüner Rasen, jedoch kaum mehr als ein Fleck; Azaleen, Springkraut und zwei graziöse Königspalmen, die im morgendlichen Sonnenschein lange, seidene Schatten an die Wände projizierten.

Holly fuhr langsam an dem Haus vorbei und beobachtete es. Auf der Zufahrt stand kein Wagen, und die heruntergelassenen Jalousien verwehrten einen Blick durch die Fenster. Die Journalistin konnte nicht feststellen, ob Ironheart zu Hause war – es sei denn, sie ging zur Tür und klingelte. Sie würde nicht zögern, eine solche Entscheidung zu treffen, *aber jetzt war es noch zu früh.*

Am Ende des Blockes wendete sie und passierte das Haus noch einmal. Einerseits erweckte es einen attraktiven, gemütlichen Eindruck, doch andererseits erschien es ihr so *schlicht.* Es war kaum zu glauben, daß hinter jenen Mauern ein außergewöhnlicher Mann mit erstaunlichen Geheimnissen lebte.

Viola Morenos Reihenhaus befand sich in einer jener parkähnlichen Anlagen Irvines, die von der Irvine Company während der sechziger und siebziger Jahre geschaffen worden waren. Im Laufe der Zeit hatten sich die ursprünglichen Lücken in den jetzt hohen Hecken geschlossen; Eukalyptus- und Lorbeerbäume spendeten selbst an hellen, wolkenlosen Sommertagen angenehmen Schatten. Die Einrichtung des Hauses gab nicht etwa Stil den Vorrang, sondern Bequemlichkeit: ein üppig gepolstertes Sofa, weiche Sessel, Schemel für die Füße, alles in braunen oder beigefarbenen Tönen; Landschaftsgemälde, die beruhigend wirken, Auge und Geist nicht herausfordern sollten. Hier und dort bildeten Zeitschriften hohe Stapel, und überall gab es Regale mit Büchern. Als Holly eintrat, fühlte sie sich sofort wohl.

Violas herzlicher Empfang wurde der allgemeinen Atmosphäre gerecht. Sie war etwa fünfzig und mexikanisch-amerikanischer Abstammung. Ihre makellose Haut hatte die Farbe von leicht angelaufenem Kupfer, und die tintenschwarzen Augen blickten fröhlich. Man konnte sie nicht gerade als groß bezeichnen, und im Laufe der Jahre hatte sie Polster an den Hüften entwickelt, aber Holly sah auf den ersten Blick, wie hinreißend schön sie einst gewesen sein mußte – schön genug, daß sich Männer den Hals verrenkten, wenn sie ihr nachsahen. Selbst im reiferen Alter wirkte sie noch immer sehr attraktiv. Viola griff nach Hollys Hand, hakte sich bei ihr ein und führte sie durch das kleine Haus auf die Veranda – als sei die Besucherin eine alte Freundin und keine Fremde, die sie am vergangenen Tag angerufen hatte.

Die Veranda erstreckte sich am Rand eines Gemeinschaftsgartens, und auf dem Tisch standen zwei Gläser neben einer Karaffe mit eisgekühlter Limonade. Die Baststühle waren mit dicken gelben Kissen gepolstert.

»Den größten Teil des Sommers verbringe ich hier draußen«, sagte Viola, als sie Platz nahmen. Es herrschte eine recht angenehme Temperatur, und die Luft war sauber und trocken. »Eine herrliche kleine Ecke der Welt, nicht wahr?«

Ein breites, flaches Tal trennte diese Hausreihe von der nächsten. Hohe Bäume spendeten Schatten; rotes und purpurnes Springkraut bildete einige dekorative Kreise. Zwei Eichhörnchen liefen über den sanft geneigten Hang und einen sich dahinschlängelnden Fußweg.

»Ja, Sie haben recht«, bestätigte Holly, als Viola Limonade einschenkte.

»Mein Mann und ich kauften das Haus, als die Bäume gerade erst gepflanzt worden waren und man den Grüngürtel anzulegen begann. Aber wir konnten uns vorstellen, wie es hier eines Tages aussehen würde, und wir brachten die notwendige Geduld auf, trotz unserer Jugend.« Sie seufzte. »Manchmal werde ich traurig und denke voller Bitterkeit daran, warum er so früh sterben mußte, ohne eine Gelegenheit zu bekommen, diese Pracht zu genießen. Aber meistens genieße ich sie einfach und tröste mich mit dem Wissen, daß Joe im Himmel ist und sich über meine Zufriedenheit freut.«

»Tut mir leid«, sagte Holly. »Ich wußte nicht, daß sie Witwe sind.«

»Natürlich wußten Sie das nicht, meine Liebe. Woher auch? Nun, seit seinem Tod sind viele Jahre vergangen. Er starb 1969, als ich gerade erst dreißig war und er zweiunddreißig. Mein Mann diente bei den Marines, und zwar voller Stolz. Leider fiel er in Vietnam.«

Holly begriff plötzlich, daß viele früher Opfer jenes Krieges jetzt um die Fünfzig gewesen wären. Die Witwen hatten weitaus mehr Jahre ohne ihre Ehemänner verbracht als mit ihnen. Wie lange dauerte es noch, bis der Konflikt in Vietnam ebenso historisch wurde wie die Kreuzzüge von Richard Löwenherz oder die peloponnesischen Kriege?

»So schade«, murmelte Viola, und die Journalistin vernahm ein leichtes Vibrieren in ihrer Stimme, das sofort verschwand, als sie hinzufügte. »Es ist so lange her ...«

Holly hatte sich bei dieser Frau ein ruhiges und friedliches Leben vorgestellt, warm und behaglich, mit kleinen Freuden und häufigem Lächeln, aber offenbar war das nur ein Aspekt der Wirklichkeit. Der feste, liebevolle Tonfall, in dem Viola von Joe als ›mein Mann‹ sprach, wies darauf hin, daß die Zeit ihre Erinnerungen an ihn nicht trüben konnte und daß sie seit damals keinen anderen Mann geliebt hatte. Joes Tod hatte wohl zu einer grundsätzlichen Veränderung in ihrem Leben geführt. Ganz offensichtlich war sie von Natur aus optimistisch und offen, aber in ihrem Herzen verharrte ein tragischer Schatten.

Jeder gute Journalist mußte sich gleich zu Anfang seiner Karriere einer wichtigen Erkenntnis stellen: Menschen sind praktisch nie nur das, was sie zu sein scheinen; ihre individuelle Komplexität steht der des Lebens in nichts nach.

Viola nippte an ihrer Limonade. »Zu süß. Ich gebe immer zuviel Zucker hinein. Entschuldigen Sie bitte.« Sie stellte das Glas ab. »Erzählen Sie mir jetzt von dem Bruder, den Sie suchen. Ich bin wirklich neugierig darauf.«

»Wie ich schon sagte, als ich Sie von Portland aus anrief: Man hat mich als Kind adoptiert. Meine Pflegeeltern waren wunderbar, und ich liebe sie ebenso, wie ich meine leiblichen Elten geliebt hätte, aber ...«

»Sie wünschen sich natürlich, Ihre richtigen Eltern kennenzulernen.«

»Ich ... ich habe das Gefühl, daß tief in mir etwas leer und ... dunkel ist«, erklärte Holly und versuchte, nicht zu dick aufzutragen.

Sie war nicht von der Mühelosigkeit überrascht, mit der sie log. Es verblüffte sie vielmehr, mit welchem Geschick sie dabei vorging. Täuschung war ein nützliches Werkzeug, um Informationen von jemandem zu bekommen, der unter anderen Umständen vielleicht nicht die Bereitschaft zeigte, offen Auskunft zu geben. So bekannte und verdienstvolle Journalisten wie Joe McGinnes, Joseph Wambaugh, Bob Woodward und Carl Bernstein hatten an irgendeinem Punkt ihrer beruflichen Laufbahn auf die Notwendigkeit hingewiesen, bei Gesprächen mit Interviewpartnern unehrlich zu sein, um der Wahrheit auf den Grund zu kommen. Aber Holly war nie besonders gut darin gewesen. Zumindest blieb genug Anstand in ihr, um sich zu schämen – ein Gefühl, das sie sorgfältig vor Viola verbarg.

»Die Adoptionsdokumente enthielten nur die notwendigsten Angaben, aber ich konnte trotzdem herausfinden, daß meine leiblichen Eltern vor fünfundzwanzig Jahren starben, als ich acht war.« Diese Angaben betrafen Jim Ironhearts Eltern, die ums Leben kamen, als er gerade erst seinen zehnten Geburtstag hinter sich gebracht hatte. Die Informationen stammten aus Berichten über seinen Lotteriegewinn. »Ich habe also keine Möglichkeit mehr, sie kennenzulernen.«

»Wie schrecklich. Jetzt tun Sie *mir* leid.« Echtes Mitgefühl klang in der sanften Stimme Violas.

Holly fühlte sich immer elender. Mit dieser falschen Tragödie schien sie Violas Kummer zu verspotten. Aber sie folgte dem eingeschlagenen Weg und fuhr fort: »Es ist nicht so schlimm, wie ich zunächst dachte. Immerhin habe ich einen Bruder, wie ich Ihnen am Telefon sagte.«

Viola stützte die Ellenbogen auf den Tisch und beugte sich vor. »Kann ich Ihnen irgendwie helfen, Ihren Bruder zu finden?«

»Nein, ich glaube nicht. Wissen Sie, ich habe ihn bereits gefunden.«

»Das ist ja wundervoll!«

»Aber ... ich fürchte mich davor, mit ihm zu sprechen.«

»Sie fürchten sich? Warum?«

Holly blickte über den Rasen, schluckte mehrmals und erweckte dadurch den Eindruck, mit ihren aufgewühlten Gefühlen zu ringen. *Himmel, ich habe nicht gewußt, daß ich eine so gute Schauspielerin bin.* Tief in ihrem Innern verachtete sie sich dafür. Als sie sprach, gelang ihr ein subtiles und überzeugendes Zittern in der Stimme. »Soweit ich weiß, habe ich keinen anderen Blutsverwandten auf der ganzen Welt. Nur er verbindet mich mit meinen toten Eltern. Er ist mein Bruder, Mrs. Moreno, und ich liebe ihn. Ja, ich liebe ihn, obwohl ich ihm nie begegnet bin. Aber wenn ich jetzt an ihn herantrete, ihm mein Herz öffne ... Vielleicht weist er mich ab. Vielleicht will er überhaupt keine Schwester. Vielleicht mag er mich nicht.«

»Gütiger Himmel, natürlich wird er Sie mögen! Warum sollte er eine nette junge Frau wie Sie nicht sympathisch finden? Warum sollte er nicht *entzückt* darüber sein, jemanden wie Sie als Schwester zu bekommen?«

Ich werde dafür in der Hölle schmoren, dachte Holly zerknirscht.

Laut sagte sie: »Nun, es mag töricht klingen, aber ich bin wirklich besorgt. Mein erster Eindruck, den ich auf andere Leute mache, ist nie besonders gut ...«

»Auf mich haben Sie einen ausgezeichneten Eindruck gemacht.«

Jemand soll mich bespucken. »Ich halte es für besser, kein Risiko einzugehen. Ich möchte soviel wie möglich über ihn erfahren, bevor ich an seine Tür klopfe. Ich möchte wissen, was ihm gefällt oder nicht, was er von ... von verschiedenen Dingen hält und so weiter. Himmel, Mrs. Moreno, diese Sache darf ich auf keinen Fall verpatzen.«

Viola nickte. »Vermutlich sind Sie zu mir gekommen, weil ich Ihren Bruder kenne. Ging er irgendwann in eine meiner Klassen?«

»Sie unterrichten hier in Irvine Geschichte an einer Mittelschule ...«

»Ja, das stimmt. Dort arbeite ich seit Joes Tod.«

»Nun, mein Bruder war keiner Ihrer Schüler, sondern Englischlehrer in der gleichen Schule. Ich habe seine Spuren bis dorthin verfolgt und festgestellt, daß Ihr Unterricht zehn Jahre lang neben seinem Zimmer stattfand. Sie kennen ihn gut.«

Viola lächelte erfreut. »Sie meinen Jim Ironheart!«

»Ja, so heißt er. Mein Bruder.«

»Meine Güte, das ist herrlich und *perfekt!«* entfuhr es Viola.

Ihre Reaktion erschien Holly so übertrieben, daß sie verwirrt blinzelte und nicht wußte, was sie sagen sollte.

»Er ist ein guter Mann«, fügte Viola mit ehrlicher Zuneigung hinzu. »Ich hätte mir einen Sohn wie ihn gewünscht. Ab und zu kommt er zum Abendessen, allerdings nicht mehr so häufig wie früher. Ich koche für ihn, bemuttere ihn. Oh, ich bin wirklich froh.« Ein Hauch von Melancholie zeigte sich in Violas Gesicht, und sie schwieg einige Sekunden lang. »Wie dem auch sei ... Sie könnten sich keinen besseren Bruder vorstellen. Er gehört zu den nettesten Leuten, die ich jemals kennengelernt habe. Ein hingebungsvoller Lehrer, sanft, freundlich und geduldig.«

Holly dachte an Norman Rink, den Psychopathen, der im vergangenen Mai in einem Lebensmittelladen von Atlanta den Verkäufer und zwei Kunden umgebracht hatte und dann seinerseits getötet wurde – von dem sanften, freundlichen Jim Ironheart. Acht Schüsse aus einer Schrotflinte, aus kürzester Entfernung. Vier Schüsse, nachdem Rink bereits tot war. Viola Moreno kannte den Mann sicher gut, aber offenbar ahnte sie nicht, zu welchem Zorn er fähig war.

»Ich habe viele gute Lehrer gesehen, aber keiner nahm solchen Anteil an seinen Schülern wie Jim Ironheart. Er kümmerte sich so um sie, als seien es seine eigenen Kinder.« Viola lehnte sich zurück, hing Erinnerungen nach und schüttelte den Kopf. »Er gab ihnen viel und wollte ihnen ein besseres Leben ermöglichen, und nur die schlimmsten Außenseiter reagierten nicht auf ihn. Er unterhielt Beziehungen zu den Schülern, für die seine Kollegen ihre Seele verkauft hätten. Viele von uns versuchen, Kumpel der Kinder zu sein, aber das klappt eigentlich nie.«

»Warum unterrichtet er nicht mehr?«

Viola zögerte, und ihr Lächeln verblaßte. »Teilweise lag es an der Lotterie.«

»Lotterie?«

»Sie wissen nichts davon?«

Holly runzelte die Stirn und schüttelte den Kopf.

»Im Januar hat er sechs Millionen Dollar gewonnen«, sagte Viola.

»Donnerwetter!«

»Das erste Los seines Lebens – und gleich ein Volltreffer.«

Holly verwandelte ihre gespielte Überraschung langsam in Besorgnis. »O Gott! Er denkt bestimmt, daß ich nur zu ihm komme, weil er plötzlich reich geworden ist.«

Viola versuchte, sie zu beruhigen. »Nein, nein. Er denkt nie das Schlechteste von jemand.«

»Ich habe keine finanziellen Probleme«, behauptete Holly. »Ich brauche Jims Geld nicht, würde es nicht einmal nehmen, wenn er es mir anböte. Meine Adoptiveltern sind Ärzte, nicht reich, aber wohlhabend. Ich bin Rechtsanwältin und habe eine kleine Praxis.«

Na schön, du willst sein Geld wirklich nicht, dachte Holly mit solchem Abscheu vor sich selber, daß es wie Säure ätzte. *Aber du bleibst eine verdammte Lügnerin mit einem erschreckenden Talent für Details. Wahrscheinlich verbringst du die Ewigkeit damit, bis zur Hüfte in Scheiße zu stehen und die Stiefel des Teufels zu putzen.*

Violas Stimme veränderte sich, als sie den Stuhl zurückschob, aufstand und zum Rand der Veranda ging. Sie zupfte einen Grashalm aus einem großen Terrakottatopf, in dem Begonien, Schleierkraut und kupfergelbe Ringelblumen wuchsen. Geistesabwesend rieb sie den Halm zwischen Daumen und Zeigefinger der rechten Hand, während sie nachdenklich über die Parklandschaft starrte.

Sie schwieg, gab keinen Ton von sich.

Holly befürchtete, daß sie etwas Falsches gesagt und sich dadurch verraten hatte. Mit jeder verstreichenden Sekunde wurde sie nervöser und widerstand nur mit Mühe der Versuchung, sich für alle ihre Lügen zu entschuldigen.

Eichhörnchen liefen über den Rasen. Ein Schmetterling flatterte unters Verandadach, landete kurz auf der Karaffe und flog weiter.

»Mrs. Moreno?« fragte Holly schließlich, und diesmal war das Zittern in ihrer Stimme nicht gespielt. »Stimmt was nicht?«

Viola warf den zusammengerollten Grashalm fort. »Ich überlege nur, wie ich es ausdrücken soll.«

»Was meinen Sie?« erkundigte sich die Journalistin beunruhigt.

Viola kehrte langsam zum Tisch zurück. »Sie haben mich gefragt, warum Jim – Ihr Bruder – nicht mehr unterrichtet. Ich antwortete, es liege an seinem Lotteriegewinn, aber eigentlich stimmt das nicht. Wenn er heute an der Arbeit des Lehrers ebensolchen Gefallen fände wie vor einigen Jahren – wie noch vor *einem* Jahr –, so wäre er selbst dann in der Schule geblieben, wenn er hundert Millionen Dollar gewonnen hätte.«

Sie hat mich nicht durchschaut, dachte Holly, und tiefe Erleichterung durchströmte sie. »Weshalb kündigte er?«

»Er verlor einen Schüler.«

»Ich verstehe nicht ganz . . .«

»Jemand aus der achten Klasse, Larry Kakonis. Ein sehr intelligenter Junge mit einem guten Herzen. Aber er hatte familiäre Probleme. Sein Vater schlug die Mutter, schon seit Jahren, und Larry glaubte, ihn daran hindern zu müssen. Doch dazu war er nicht in der Lage. Er fühlte sich verantwortlich, obwohl ihn überhaupt keine Schuld traf. Diese Einstellung beschreibt ihn ziemlich gut: Er zeichnete sich durch großes Verantwortungsbewußtsein aus.«

Viola griff nach ihrem Limonadenglas, ging wieder zum Rand der Veranda und blickte erneut über den Rasen. Auch diesmal schwieg sie eine Zeitlang.

Holly wartete.

»Die Mutter war ein willfähriges Opfer«, erklärte Viola nach einer Weile. »Sie versuchte überhaupt nicht, sich zu wehren. Ganz im Gegenteil: Sie forderte die brutale Behandlung durch ihren Mann geradezu heraus. In dieser Hinsicht wies sie eine ähnliche Verhaltensstörung auf wie der Vater. Larry liebte und respektierte seine Mutter, aber er begriff allmählich, daß sie auf einer unterbewußten Ebene geschlagen werden *wollte,* und diese Erkenntnis kam einem Schock für ihn gleich.«

Plötzlich wußte Holly, was geschehen war, und alles in ihr sträubte sich dagegen, den Rest zu hören.

»Jim hat sich mit dem Jungen so große Mühe gegeben, und damit meine ich nicht nur den Englischunterricht beziehungsweise das Akademische. Larry öffnete sich ihm auf eine Art und Weise, wie er sich noch nie zuvor jemandem geöffnet hatte. Jim half ihm zusammen mit Dr. Lansing, einem Psychologen, der in mehreren Schuldistrikten tätig ist, auch in unserem. Larry schien gute Fortschritte zu machen, seine Mutter und sich selbst besser zu verstehen. Doch eines Abends, am 15. Mai im letzten Jahr – meine Güte, sind wirklich schon fünfzehn Monate vergangen? –, nahm Larry Kakonis ein Gewehr aus der Sammlung seines Vaters, lud es, schob sich den Lauf in den Mund und drückte ab.«

Holly zuckte heftig zusammen und fühlte sich innerlich getroffen, gleich zweimal. Erstens: Es erschütterte sie, daß ein Dreizehnjähriger, der noch sein ganzes Leben vor sich hatte, Selbstmord beging. In jenem Alter erschienen kleine Probleme groß und gewaltig, und wirklich ernste Schwierigkeiten kamen einer Katastrophe gleich, die keinen Platz für Hoffnung ließ. Holly trauerte um Larry Kakonis, obwohl sie ihn überhaupt nicht kannte, und gleichzeitig spürte sie Zorn: Dem Jungen war nicht genug Zeit geblieben, um zu lernen, daß man alle Probleme lösen konnte und daß das Leben letztendlich mehr Freude bot als Verzweiflung. Zweitens: Etwas in ihr versteifte sich, als sie das Todesdatum hörte.

Der fünfzehnte Mai.

Zwölf Monate später, am 15. Mai dieses Jahres, bewahrte Jim Ironheart zum erstenmal jemanden vor dem Tod. Sam und Emily Newsome. Atlanta, Georgia. Ohne sein Eingreifen wären sie von dem Soziopathen Norman Rink erschossen worden.

Holly war plötzlich nicht mehr imstande, still zu sitzen. Sie erhob sich und ging zu Viola, die noch immer am Ende der Veranda stand. Gemeinsam beobachteten sie die Eichhörnchen.

»Jim gab sich die Schuld«, sagte Viola leise.

»An Larry Kakonis' Tod? Er trug überhaupt keine Verantwortung dafür.«

»Trotzdem machte er sich Vorwürfe. So ist er eben. Aber die Reaktion erschien zu heftig, selbst für Jim. Nach Larrys Selbstmord verlor er das Interesse am Unterricht. Er glaubte nicht mehr, dort wirklich etwas leisten zu können. Er erzielte viele Erfolge, mehr als jeder andere Lehrer, den ich kenne, aber jener eine Fehlschlag war zuviel für ihn.«

Holly erinnerte sich an die Kühnheit, mit der Ironheart den jungen Billy Jenkins zur Seite gerissen und vor dem heranrasenden

Kleinlieferwagen gerettet hatte. *Dabei hat er gewiß nicht versagt,* dachte sie.

»Er gab sich ganz dem Kummer hin«, fügte Viola hinzu, »konnte sich einfach nicht von seiner Niedergeschlagenheit befreien.«

Der Mann, den Holly in Portland gesehen hatte, wirkte keineswegs deprimiert. Geheimnisvoll, ja, und distanziert. Aber er bewies einen Sinn für Humor und zeigte ein freundliches Lächeln.

Viola trank einen Schluck Limonade. »Seltsam, jetzt schmeckt sie zu bitter.« Sie stellte das Glas auf den Beton zu ihren Füßen und wischte sich die feuchte Hand an der Hose ab. Erneut begann sie zu sprechen, zögerte und brachte schließlich hervor: »Dann wurde er ein wenig . . . seltsam.«

»Seltsam? Wie meinen Sie das?«

»Er kapselte sich ab. Schwieg fast immer. Er begann mit einer Kampfsport-Ausbildung. Taekwondo. Nun, ich nehme an, daß sich viele Leute dafür interessieren, aber es war so untypisch für Jim.«

Nicht für den Jim Ironheart, den ich kenne, dachte Holly.

»Außerdem steckte mehr dahinter als nur ein Hobby, ein Zeitvertreib«, fuhr Viola fort. »Jeden Tag nach der Schule übte er irgendwo in Newport Beach. Es gewann fast das Ausmaß einer Besessenheit, und ich machte mir Sorgen um ihn. Deshalb freute ich mich sehr, als er im Januar in der Lotterie gewann. Sechs Millionen Doller! Was für ein enormes Glück! Soviel Geld . . . Ich hoffte, daß er dadurch wieder zu sich selbst fände, die Depressionen überwinden würde.«

»War das der Fall?«

»Nein. Jim schien weder überrascht noch glücklich zu sein. Er gab seine Stellung auf, kaufte sich ein Haus, verließ das Apartment . . . und zog sich noch weiter von seinen Freunden zurück.« Viola sah Holly an und lächelte zum erstenmal seit einer ganzen Weile. »Aus diesem Grund war ich so aufgeregt, als Sie mir erzählten, daß Sie seine Schwester sind – eine Schwester, von der er überhaupt nichts weiß. Vielleicht können *Sie* bewerkstelligen, was dem Lotteriegewinn nicht gelang.«

Erneut flutete Schuld angesichts der Lüge in Holly empor, und sie spürte, wie ihr das Blut ins Gesicht schoß. Sie hoffte, daß Viola nur ein Zeichen geschmeichelter Verlegenheit darin sah. »Das wäre wunderbar.«

»Sie können bestimmt helfen. Er ist allein. Oder hat zumindest das Gefühl, allein zu sein. Darin besteht ein Teil seines Problems.

Nun, eine Schwester würde seine Einsamkeit beenden. Gehen Sie noch heute zu ihm.«

Holly schüttelte den Kopf. »Heute nicht, aber bald. Ich ... muß erst eine Vertrauensbasis schaffen. Sie erzählen Jim doch nicht von mir, oder?«

»Natürlich nicht, meine Liebe. Es ist Ihr gutes Recht, als erste mit ihm zu reden. Bestimmt wird es ein wundervoller Augenblick sein.«

Hollys Lächeln schien von zwei Kunststofflippen zu stammen, die sie sich auf den Mund geklebt hatte, so falsch, als gehörten sie zu einem Halloweenkostüm.

Einige Minuten später, als sich Holly an der Eingangstür verabschiedete, legte ihr Viola die Hand auf die Schulter. »Bitte verstehen Sie mich richtig: Es dürfte alles andere als leicht sein, Jim von seinem Kummer zu befreien, ihn wieder auf den richtigen Weg zu bringen. Seit ich ihn kenne, habe ich das Gefühl, daß tief in ihm Trauer wohnt, wie ein Fleck, den man nicht fortwaschen kann. Eigentlich kein Wunder, wenn man bedenkt, was mit seinen Eltern geschehen ist – daß er schon als zehnjähriger Knabe zur Waise wurde.«

Holly nickte. »Danke. Sie haben mir sehr geholfen.«

Viola umarmte sie impulsiv und hauchte ihr einen Kuß auf die Wange. »Ich würde mich sehr freuen, wenn Sie und Jim so bald wie möglich zum Essen kämen. Ich biete Ihnen die besten Tamales aus grünem Mais, die Sie je gekostet haben. Außerdem bringe ich schwarze Bohnen und so feurigen Jalapenoreis auf den Tisch, daß Ihre Zahnplomben schmelzen!«

Holly war zugleich erfreut und betroffen – erfreut, weil sie diese Frau kennengelernt hatte, die ihr wie eine liebenswerte, seit vielen Jahren vertraute Tante erschien; betroffen, weil sie mit Lügen zu ihr gekommen war.

Auf dem Weg zum Mietwagen verfluchte sich die Journalistin. Und es mangelte ihr nicht an Kraftausdrücken und Schimpfworten. Zwölf Jahre hatte sie in Nachrichtenredaktionen verbracht, in der Gesellschaft von Reportern. Während dieser Zeit war ein Vokabular entstanden, das es ihr problemlos ermöglichte, bei einem Fluch-Wettbewerb alle Rivalen zu schlagen und den ersten Preis zu gewinnen.

In den Gelben Seiten stand nur eine Taekwondo-Schule in Newport Beach. Sie befand sich in einem Einkaufszentrum am

Newport Boulevard, zwischen einem Gardinenladen und einer Bäckerei.

Die Schule hieß Dojo – das japanische Wort für die Übungshalle des Kampfsports. Genausogut hätte man ein Restaurant ›Restaurant‹ oder ein Bekleidungsgeschäft ›Bekleidungsgeschäft‹ nennen können. Die allgemeine Bezeichnung überraschte Holly; für gewöhnlich stellten asiatische Geschäftsleute eine fast poetische Sensibilität unter Beweis, wenn es um die Namen für ihre Unternehmen ging.

Drei Personen standen auf dem Bürgersteig vor dem breiten Dojo-Fenster. Sie aßen Eclairs und nahmen sicher den appetitanregenden Duft wahr, der aus der nahen Bäckerei wehte. Stumm beobachteten sie sechs Schüler, die mit einem koreanischen Unterweiser übten. Der Lehrer trug schwarze, pyjamaartige Kleidung, und trotz seiner stämmigen Statur erwies er sich als bemerkenswert agil. Wenn er einen Schüler auf die Matte warf, zitterten die Tafelglasscheiben im Fenster.

Holly trat ein. Die Aromen von Schokolade, Zimt, Zucker und Hefe blieben hinter ihr zurück, wichen dem Geruch von verbranntem Weihrauch und Schweiß. Die Journalistin hatte einmal über einen Jugendlichen aus Portland geschrieben, der bei einem nationalen Wettbewerb gewonnen hatte, und daher wußte sie, daß Taekwondo eine aggressive koreanische Form des Karate war. Dabei nutzte man kräftige Fausthiebe, blitzschnelle Stöße, Handkantenschläge, Würgegriffe und enorm gefährliche Tritte. Der Lehrer hielt sich zurück, aber dennoch hörte Holly dumpfes Stöhnen, zischendes Schnaufen, unartikuliertes Ächzen und lautes Klatschen, wenn Schüler auf die Matte fielen.

In der gegenüberliegenden rechten Ecke des Saals saß eine Brünette hinter einem Tresen und kümmerte sich um die Schreibarbeiten. Das ganze Erscheinungsbild der Frau stellte einen Hinweis auf ihre Sexualität dar. Das knappe rote T-Shirt betonte die vollen Brüste, und es zeichneten sich deutlich kirschgroße Brustwarzen ab. Holly registrierte außerdem: eine dichte Mähne aus kastanienbraunem Haar, darin einige schimmernde blonde Strähnen; subtilen und exotischen Lidschatten; glänzenden roten Lippenstift; genau die richtige Sonnenbräune, nicht zuviel und nicht zuwenig; genug silbernen Modeschmuck, um ein kleines Schaufenster zu füllen. Die Brünette wäre eine perfekte Werbung gewesen, wenn Frauen als Produkte in jedem Supermarkt zum Verkauf gestanden hätten.

»Dauert das Ächzen und Stöhnen den ganzen Tag über?« fragte Holly.

»Ja, fast.«

»Wie können Sie das nur aushalten?«

»Oh, ich weiß, was Sie meinen«, erwiderte die Brünette und zwinkerte bedeutungsvoll. »Die Männer sind wie Stiere, die sich ständig gegenseitig auf die Hörner nehmen. Meistens bin ich schon nach einer Stunde so scharf, daß ich es kaum mehr ertrage.«

Darum ging es Holly nicht. Sie fand die Geräusche keineswegs erregend und befürchtete vielmehr, bereits nach wenigen Sekunden Kopfschmerzen davon zu bekommen. Aber sie zwinkerte ebenfalls, von Frau zu Frau. »Ist der Boß hier?« fragte sie dann.

»Eddie?« vergewisserte sich die Brünette und fügte geheimnisvoll hinzu: »Er steigt gerade einige hundert Treppen hoch. Was führt Sie hierher?«

Holly stellte sich als Journalistin vor und behauptete, an einer Story zu arbeiten, in der es eine Verbindung zum Dojo gab.

Die Empfangsdame – wenn diese Bezeichnung zutraf – bedachte Holly nicht etwa mit einem finsteren Blick, sondern strahlte übers ganze Gesicht. Eddie, so erklärte sie, nehme jede Gelegenheit wahr, um Publicity für die Schule zu bekommen. Sie stand auf und ging auf eine Tür hinter dem Tresen zu. Dabei gab sie zu erkennen, daß sie Sandalen mit hohen Absätzen und so enge weiße Shorts trug, daß sie wie aufgetragene Farbe wirkten.

Holly fühlte sich allmählich wie ein Junge.

Eddie freute sich tatsächlich darüber, daß sein Dojo in der Zeitung erwähnt werden sollte, wenn auch nur am Rande; er wollte sich auch gern interviewen lassen, während er weiterhin Treppen erklomm. Er war kein Asiate, was vielleicht den einfallslosen Namen der Schule erklärte. Holly sah einen hochgewachsenen blonden Mann mit zotteligen Haaren und blauen Augen vor sich, dessen Kleidung nur aus Muskeln und einer kurzen Spandex-Hose bestand, wie sie von Radsportlern getragen wurde. Er stand auf einer Stairmaster-Übungsmaschine und stieg energisch ins Nichts.

»Es ist großartig«, sagte er, während sich seine ausgezeichnet geformten Beine wie Kolben bewegten. »Noch sechs Treppen, und ich bin ganz oben im Washington-Monument.«

Er keuchte und schnaufte, aber nicht annähernd so laut wie Holly, wenn sie die sechs Treppen zu ihrem Portland-Apartment im dritten Stock hinter sich gebracht hatte.

Sie nahm auf einem nahen Stuhl Platz, saß dadurch genau vor

dem Stairmaster und beobachtete den Mann. Schweiß glänzte auf seiner sonnengebräunten Haut und ließ das Haar im Nacken dunkler erscheinen. Die Spandex saß ebenso eng wie die Shorts der Brünetten. Man konnte fast den Eindruck gewinnen, als habe Eddie von Hollys bevorstehendem Besuch gewußt und alles so vorbereitet, um eine möglichst große Wirkung zu erzielen.

Zwar benutzte Holly erneut das Instrument der Täuschung, aber sie fühlte sich dabei nicht so schlecht wie Viola Moreno gegenüber. Es lag unter anderem daran, daß ihre Geschichte diesmal weniger fantasievoll war: Sie plante, einen langen, ausführlichen Artikel über James Ironheart zu schreiben (wahr), wobei sie feststellen wolle, welche Folgen der Lotteriegewinn auf sein Leben gehabt hatte (gelogen). Sie betonte auch, sein Einverständnis zu haben (gelogen). Ein Wahrheitsgehalt von dreiunddreißig Prozent genügte, um sie vor einem ausgeprägten Schuldbewußtsein zu bewahren – was keine besonders schmeichelhaften Rückschlüsse auf die Qualität ihres Gewissens zuließ.

»Achten Sie darauf, Dojo richtig zu schreiben«, sagte Eddie. Er blickte an seinem rechten Bein hinab und fügte glücklich hinzu: »Sehen Sie sich die Wade an, hart wie Granit.«

Holly betrachtete sie schon seit einer ganzen Weile.

»Die Fettschicht zwischen Haut und Muskel existiert praktisch nicht mehr. Hab' sie völlig weggebrannt.«

Auch aus diesem Grund machte es der Journalistin nichts aus, Eddie zu belügen: Er war ein eitler, selbstgefälliger Blödmann.

»Noch drei Treppen, und ich habe das Ende des Monuments erreicht«, sagte er. Eddie sprach im Rhythmus seines Atmens, hob und senkte die Stimme, wenn er Luft holte und ausatmete.

»Nur drei? Dann warte ich.«

»Nein, nein. Stellen Sie ruhig ihre Fragen. Ich begnüge mich nicht mit dem Washington-Monument, nehme mir anschließend das Empire State Building vor.«

»Ironheart gehörte zu Ihren Schülern?«

»Ja. Hab' ihn selbst unterrichtet.«

»Er kam zu Ihnen, bevor er in der Lotterie gewann.«

»Das stimmt. Ist jetzt ungefähr ein Jahr her.«

»Mai des vergangenen Jahres, glaube ich.«

»Möglich.«

»Hat er Ihnen erklärt, warum er Taekwondo lernen wollte?«

»Nein. Aber er zeigte ziemliches Engagement.« Eddie schrie die nächsten Worte fast, als erreiche er nun das Ende tatsächlich existierender Treppen. »Ende des Monuments!« Er wurde nicht etwa langsamer, sondern trat noch schneller. »Im Empire State, nach oben.«

»War Ironheart gut?«

»Besser als nur gut! Hätte ein echtes As werden können.«

»Hätte?« wiederholte Holly. »Soll das heißen, er hörte auf?«

Eddie atmete jetzt schneller und stieß die Worte in einem raschen Rhythmus hervor. »Sieben oder acht Monate lang kam er zu uns. Jeden Tag. Ein echter Masochist. Gewichtheben, Aerobic *und* Kampfsport. Fraß sich durch den Schmerz. Der Kerl war hart genug, um einen verdammten Felsen zu ficken. Entschuldigung. Aber es stimmt. Dann machte er plötzlich Schluß. Zwei Wochen nach dem Lotteriegewinn.«

»Oh, ich verstehe.«

»Ziehen Sie keine falschen Schlußfolgerungen. Er hörte nicht etwa auf, weil er die Kohle gewann.«

»Aus welchem Grund dann?«

»Er meinte, ich hätte ihm alles gegeben, was er brauchen könne. Das genüge ihm.«

»Was brauchte er?« fragte Holly.

»Genug Taekwondo für seine Zwecke.«

»Sagte er Ihnen, was es mit seinen ›Zwecken‹ auf sich hat?«

»Nein. Vermutlich wollte er jemanden gehörig in den Arsch treten.«

Eddie gab sich nun wirklich Mühe. Er rammte die Füße auf den Stairmaster, pumpte und pumpte, schwitzte so sehr, daß sein Körper mit Öl eingerieben zu sein schien. Wenn er den Kopf schüttelte, stoben Tropfen davon. Die Muskeln in den Armen und breiten Schultern traten fast ebenso deutlich hervor wie die in den Oberschenkeln und Waden.

Holly saß rund zweieinhalb Meter vor dem Mann und glaubte sich dicht vor der Bühne eines miesen Stripclubs, in dem die Rollen vertauscht waren. Sie stand auf.

Eddie starrte direkt an die Wand. Runen der Anstrengung bildeten ein komplexes Muster auf seinem Gesicht, doch die Augen blickten verträumt ins Leere. Vielleicht sah er nicht die Wand, sondern endlose Treppen im Empire State Building.

»Hat Ironheart jemals etwas erzählt, das Ihnen ... interessant und ungewöhnlich erschien?« fragte die Journalistin.

Eddie gab keine Antwort, konzentrierte sich ganz auf seine Übungen. Die Adern im Hals schwollen an und pulsierten.

Als sie die Tür erreichte, brummte Eddie: »Drei Dinge.«
Sie drehte sich noch einmal zu ihm um. »Ja?«
Der Mann sah sie nicht an, starrte noch immer in die Ferne. Seine Beine pumpten weiterhin, und die Stimme erklang aus dem Treppenhaus des Wolkenkratzers im fernen Manhattan. »Ich bin nie einem anderen Mann begegnet, der noch besessener sein kann als ich. Ironheart bildet die einzige Ausnahme.«
Holly runzelte die Stirn und dachte darüber nach. »Was sonst noch?«
»Nur einmal versäumte er mehrere Lektionen. Im September fuhr er für zwei Wochen nach Norden, zu irgendeinem Ort im Marin County. Nahm dort an einem Kurs für aggressives Fahren teil.«
»Wie bitte?«
»Dort bringt man Diplomaten, reichen Geschäftsleuten und Chauffeuren von Politikern bei, einen Wagen wie James Bond zu fahren, um Terroristen und Entführern zu entkommen. Humbug, wenn Sie mich fragen.«
»Hat er Ihnen einen Grund für diese Art von Ausbildung genannt?«
»Er meinte nur, sie mache bestimmt Spaß.«
»Das sind zwei von drei Dingen.«
Eddie schüttelte den Kopf. Schweißtropfen flogen, fielen auf den Teppich und einige nahe Einrichtungsgegenstände. Holly befand sich gerade außerhalb ihrer Reichweite. Der Mann auf dem Stairmaster sah sie noch immer nicht an. »Nummer drei: Nachdem er glaubte, genug Taekwondo-Kenntnisse gesammelt zu haben, wollte er lernen, mit Waffen umzugehen.«
»Mit Waffen?«
»Er fragte mich, ob ich jemanden kenne, der ihm zeigen würde, wie man mit verschiedenen Schießeisen umgeht: mit Revolvern, Pistolen, Gewehren, Schrotflinten . . .«
»Zu wem haben Sie ihn geschickt?«
Eddie keuchte immer lauter, aber es gelang ihm trotzdem, einigermaßen verständlich zu sprechen. »Zu niemandem. Waffen sind nicht mein Fachgebiet. Wissen Sie, was ich glaube? Wahrscheinlich gehört er zu den Typen, die *Soldiers of Fortune* lesen. Ließ sich zu sehr davon faszinieren. Wollte ein Söldner werden. Himmel, der Kerl bereitete sich auf einen Krieg vor.«
»Machte es Sie nicht besorgt, einem solchen Mann zu helfen?«
»Er bezahlte die Lektionen, und das genügte mir.«

Holly öffnete die Tür, zögerte und beobachtete Eddie. »Verfügt der Apparat über einen Zähler?«

»Ja.«

»In welchem Stockwerk sind Sie jetzt?«

»Im zehnten«, sagte Eddie, und ein zischendes Schnaufen verzerrte diese beiden Worte. Als er zum nächsten Mal ausatmete, triumphierte er: »Jesus, ich habe Beine aus Stein, aus verdammtem Granit! Wenn ich jemanden in die Schere nehme, könnte ich ihm allein mit den Beinen das Kreuz brechen. Erwähnen Sie das in Ihrem Artikel, einverstanden? Ich bin in der Lage, jemanden einfach zu zerquetschen, nur mit den Beinen.«

Holly verließ das Zimmer und schloß die Tür leise.

Im Hauptraum waren die Schüler der Kampfsportklasse noch aktiver als vorher. Eine Gruppe versuchte, den koreanischen Lehrer anzugreifen, aber er blockierte ihre Hiebe und Tritte, sprang wie ein Derwisch umher und warf seine Gegner nacheinander auf die Matte.

Die Brünette hatte ihren silbernen Modeschmuck abgelegt, sie trug jetzt Reeboks, weitere Shorts, ein anderes T-Shirt und einen Büstenhalter. Sie streckte sich vor dem Tresen und machte einige Kniebeugen.

»Ein Uhr«, erklärte sie Holly. »Mittagspause. Aber ich esse nichts, laufe dafür vier oder fünf Meilen. Tschüs.« Sie trabte zur Tür und sprintete in den warmen Augusttag.

Holly ging ebenfalls nach draußen und blieb eine Zeitlang im Sonnenschein stehen. Erst jetzt fiel ihr die gute körperliche Verfassung vieler Kunden auf, die zwischen dem Parkplatz und den Eingängen des Supermarkts unterwegs waren. Seit etwa anderthalb Jahren wohnte sie in Portland und hatte ganz vergessen, welchen Wert die Südkalifornier auf ihre Gesundheit legten. Im Orange County gab es weitaus weniger Hängebacken, Bäuche, birnenförmige Hinterteile und Rettungsringe an den Hüften als im Nordwesten.

Gut auszusehen und sich gut zu fühlen waren wichtige Bestandteile des südkalifornischen Lebensstils. Gerade das liebte Holly so an dieser Region – und gleichzeitig haßte sie es.

Sie beschloß, ihr Mittagessen in der Bäckerei einzunehmen, stand dort vor der Vitrine und wählte ein Schokoladeneclair, ein cremegefülltes Törtchen mit Kiwi, ein Käsestück mit Nüssen und Sahne, ein Zimtrad und ein Orangenröllchen. »Und eine Diät-Coke«, sagte sie zu der Verkäuferin.

Sie trug ihr Tablett zu einem Fenstertisch, um die Parade sommerlich gekleideter, schlanker, geschmeidiger und sonnengebräunter Körper zu beobachten. Die verschiedenen Kuchenteile schmeckten hervorragend. Holly probierte sie nacheinander, genoß jeden einzelnen Bissen und war fest entschlossen, keinen Krümel übrigzulassen.

Nach einer Weile fühlte sie sich beobachtet. Zwei Tische entfernt saß eine dicke, etwa fünfunddreißig Jahre alte Frau, die Holly mit einer Mischung aus Verblüffung und Neid anstarrte. Auf ihrem Teller lag nur ein kleines Obsttörtchen, das diätetische Äquivalent eines besonders kalorienarmen Kräckers.

Holly spürte sowohl Mitleid als auch die Notwendigkeit, eine Erklärung abzugeben. »Ich kann der Versuchung einfach nicht widerstehen. Wenn ich scharf bin und mich nicht abreagieren kann, haue ich mir immer den Bauch voll.«

Die korpulente Frau nickte. »Mir ergeht es ebenso.«

Holly fuhr zu Ironhearts Heim am Bougainvillea Way. Inzwischen wußte sie genug über ihn, um eine direkte Begegnung zu wagen, und genau darin bestand ihre Absicht. Aber sie hielt nicht etwa auf seiner Zufahrt, sondern ließ den Wagen langsam am Haus vorbeirollen.

Instinktiv begriff sie, daß der richtige Zeitpunkt noch nicht gekommen war. Sie hatte ein umfassendes Bild von Ironheart bekommen, aber es *schien* nur vollständig zu sein. Irgendwo gab es einen fehlenden Faktor. Solange sie ihn nicht fand, mochte es gefährlich sein, einen direkten Kontakt herzustellen.

Sie kehrte zum Motel zurück und verbrachte den Rest des Nachmittags und auch den frühen Abend damit, am Fenster zu sitzen. Erst trank sie Alka-Seltzer, dann eine Diät 7-UP, starrte auf den kobaltblauen Pool im großzügig gestalteten Garten – und überlegte konzentriert.

Na schön, dachte Holly, *bisher sieht die Story folgendermaßen aus. Ironheart ist ein Mann mit Kummer tief in seinem Herzen. Wahrscheinlich liegt es daran, daß er als zehnjähriger Knabe zum Waisen wurde. Nun, vielleicht hat er einen großen Teil seines Lebens damit verbracht, über den Tod nachzugrübeln, insbesondere über die Ungerechtigkeit eines zu frühen Todes. Als engagierter Lehrer versucht er, Kindern zu helfen – weil niemand für* ihn *da war, als er mit dem Tod seiner Eltern fertig werden mußte. Dann begeht Larry Kakonis Selbstmord. Ironheart ist zutiefst bestürzt und fühlt sich verantwortlich. Der Tod des Jungen schürt in ihm das Feuer eines verdrängten*

Zorns: Zorn auf das Schicksal, die biologische Schwäche des Menschen – Zorn auf Gott. In einem Zustand tiefer Verzweiflung, der an eine Neurose grenzt, beschließt er, zu einer Art Rambo zu werden und den Kampf gegen das Schicksal aufzunehmen. Damit offenbart er eine Reaktion, die man zumindest als seltsam bezeichnen muß, vielleicht sogar als vollkommen verrückt. Mit Gewichtheben, aerobischem Ausdauertraining und Taekwondo verwandelt er sich in eine Kampfmaschine. Er lernt, wie ein Stuntman zu fahren und mit allen Arten von Waffen umzugehen. Er ist bereit. Nur eins fehlt noch. Er bringt sich das Hellsehen bei, gewinnt damit in der Lotterie und wird finanziell unabhängig. Das versetzt ihn in die Lage, mit einem ganz persönlichen Kreuzzug zu beginnen. Und seine besonderen Fähigkeiten ermöglichen es ihm, genau zu wissen, *wann und wo ein vorzeitiger Tod droht.*

Genau an dieser Stelle fiel alles auseinander. Oh, sicher, man konnte eine Kampfsportschule besuchen, um Taekwondo zu lernen, aber die Gelben Seiten listeten keine Lehrinstitute fürs Hellsehen auf. *Zum Teufel auch, woher stammt sein übersinnliches Talent?*

Holly betrachtete diese Frage von allen denkbaren Seiten. Sie suchte nicht nach einer direkten und unmittelbaren Antwort, sondern hätte sich damit zufriedengegeben, einen Weg zu finden, der zu möglichen Erklärungen führte. Aber Magie blieb Magie. Das Unerklärliche ließ sich nicht logisch begründen.

Allmählich begann sie, sich wie die Angestellte eines schäbigen Revolverblatts zu fühlen. Sie kam sich wie jemand vor, der über Außerirdische schreibt, die in Höhlen unter Cleveland leben, über die von einer Tierpflegerin zur Welt gebrachten Babys, die halb Gorilla und halb Mensch waren, über ein sonderbares Unwetter in Tadschikistan, bei dem es Frösche und Hühner regnete. Aber in diesem Fall gab es unleugbare Tatsachen: Mit seinen hellseherischen Fähigkeiten hatte Jim Ironheart dreizehn Personen das Leben gerettet, in allen Ecken der Vereinigten Staaten – und immer im letzten Augenblick.

Gegen acht Uhr abends verspürte Holly den Wunsch, mit dem Kopf an den Tisch zu stoßen, an die Wand, an die Betoneinfassung des Pools – an irgend etwas, das hart genug war, um die Barrieren in ihrem Bewußtsein zu zerschmettern und ihr endlich echtes Verstehen zu bringen. Sie hielt es für besser, nicht mehr zu grübeln und etwas zu essen.

Erneut aß sie im Café des Restaurants. Um für den Kuchen in der Bäckerein zu sühnen, beschränkte sie sich auf ein gebratenes Hähnchen und einen schlichten Salat. Sie versuchte, an den anderen Gästen Interesse zu finden, sie zu beobachten, aber ihre Gedanken kehrten immer wieder zu Ironheart und seinem Zauber zurück.

Er dominierte ihre Überlegungen auch später, als Holly im Bett lag und sich nach der Ruhe des Schlafs sehnte. Sie starrte zur Decke hoch, beobachtete die von den Gartenlampen projizierten Schatten – die Jalousien am Fenster waren nicht ganz geschlossen – und gestand sich ein, daß Ironheart nicht nur ihr journalistisches Ich faszinierte. Er bot ihr die wichtigste Story ihres Leben, ja. Und er war so mysteriös, daß er jeden interessiert hätte, ob Reporter oder nicht. Doch Holly fühlte sich auch zu ihm hingezogen, weil sie schon seit Jahren allein lebte, weil sie eine Leere in sich spürte. Außerdem: Kein anderer Mann hatte sie so sehr beeindruckt wie Jim Ironheart.

Das ist doch verrückt, dachte sie.

Und: *Vielleicht ist* er *verrückt.*

Sie gehörte nicht zu den Frauen, die einem Mann nachliefen, der überhaupt nicht zu ihnen paßte, die sich unterbewußt danach sehnten, benutzt, verletzt und schließlich verlassen zu werden. Holly war in dieser Hinsicht sehr wählerisch – *und genau deshalb bin ich allein. Nur wenige Männer genügen meinen Ansprüchen.*

Wählerisch, wiederholte sie in Gedanken. *Aus diesem Grund reizt dich ein Typ, der sich für eine Art Superman ohne Kostüm hält. Sei vernünftig, Holly. Himmel, bleib mit beiden Beinen auf der Erde.*

Sich in bezug auf Jim Ironheart irgendwelchen romantischen Vorstellungen hinzugeben ... Das war nicht nur unverantwortlich, kurzsichtig und nutzlos, sondern auch schlicht und einfach dumm.

Aber seine Augen ...

Als Holly einschlief, schwebte ein Abbild von Ironhearts Gesicht vor ihrem inneren Auge. Es wirkte wie ein Porträt auf einer riesigen Fahne, die sanft vor einem tiefblauen Himmel wogte. Seine Augen waren noch blauer als der Hintergrund.

Irgendwann kehrte sie in den Traum zurück, in dem Dunkelheit sie einschloß. Das runde Zimmer. Der Holzboden. Ein Geruch von feuchtem Kalkstein. Das Prasseln von Regen auf dem Dach. Rhythmisches Knarren. *Wusch.* Etwas näherte sich, ein Teil der Dunkelheit, der gespenstisches Leben entwickelte, eine monströse Präsenz, die sie nicht hören und sehen, dafür aber deutlich fühlen konnte. Der Feind. *Wusch.* Erbarmungslos schob er sich heran, böse und grausam, strahlte ebenso Kälte aus wie ein Ofen Hitze.

Wusch. Holly war dankbar für ihre Blindheit, denn sie wußte: Das Erscheinungsbild der Wesenheit war so fremdartig und entsetzlich, daß allein sein Anblick tödlich wirkte. *Wusch.* Etwas berührte sie. Ein feuchter, eiskalter Tentakel. An ihrem Nacken. Ein bleistiftdünner Tentakel. Holly schrie; Kälte kroch ihr über die Haut, bohrte sich in den hinteren Teil des Schädels ...

Wusch.

Sie schrie erneut – und erwachte plötzlich. Es folgte keine Phase der Verwirrung. Sie begriff sofort, wo sie sich befand – im Motel, Laguna Hills.

Wusch.

Die Geräusche des Traums begleiteten sie noch immer. Eine große Klinge schnitt durch die Luft, und sie *existierte wirklich.* Das Zimmer war so kalt wie der pechschwarze Ort in ihrem Alptraum. Vergeblich trachtete sie danach, sich zu bewegen, doch das tonnenschwere Gewicht des Schreckens fesselte sie ans Bett. Sie roch feuchten Kalkstein. Unter ihr – als gebe es riesige Kammern im Kellerbereich des Motels – erklang ein dumpfes Knirschen. Aus irgendeinem Grund wußte sie, daß es von großen Steinen ausging, die übereinanderschabten.

Wusch.

Nach wie vor tastete etwas Gräßliches an Hollys Nacken, kroch ihr in den Kopf und wand sich dort hin und her: ein abscheulicher Parasit, der sie als Wirtskörper gewählt hatte, seine Eier in ihrem Gehirn ablegen wollte. Sie konnte sich noch immer nicht bewegen.

Wusch.

Sie sah nur einige blasse Lichtschäfte an der dunklen Decke – das matte Schimmern der Gartenlampen projizierte die Konturen der Jalousien. Verzweifelt wünschte sie sich, daß es heller würde.

Wusch.

Holly hörte, wie sie entsetzt wimmerte, und verachtete sich gleich darauf so sehr für ihre Schwäche, daß es ihr gelang, die Lähmung abzustreifen. Sie schnappte nach Luft und setzte sich auf. Hob eine Hand zum Nacken, um das glitschige, kalte und wurmartige Etwas fortzureißen. Doch die Finger griffen ins Leere, berührten nur nackte Haut. Sie schwang die Beine über den Bettrand. Griff nach der Lampe. Stieß sie fast um. Fand den Schalter. Licht.

Wusch.

Holly sprang auf und betastete noch einmal die Rückseite ihres Kopfes. Dann den Hals. Zwischen die Schulterblätter. Nichts. Überhaupt nichts. Aber sie *fühlte* es.

Wusch.

Sie taumelte über die Grenze zur Hysterie und hatte keine Möglichkeit, ins Territorium der Vernunft zurückzukehren. Ihrer Kehle entrangen sich Laute der Angst und des Grauens. Aus den Augenwinkeln sah sie eine Bewegung und drehte sich um. Die Wand hinter dem Bett. Sie schwitzte. Und glänzte. Die ganze Wand wölbte sich ihr entgegen, einer Membran gleich, die dem Druck einer gewaltigen, schrecklichen Masse ausgesetzt war. Sie pulsierte wie das riesige innere Organ in den offenen und dampfenden Gedärmen eines prähistorischen Behemoth.

Wusch.

Holly wich von der feuchten, bösartig-lebendigen Wand fort. Wandte sich um. Lief. Mußte das Zimmer verlassen. Schnell. Der Feind. Er kam. War ihr gefolgt. Aus dem Traum in die Wirklichkeit. Die Tür. Verschlossen. Verriegelt. Den Schlüssel drehen. Mit zitternden Händen. Der Feind. Er kam. Er näherte sich. Sicherheitskette aus Messing. Sie rasselte. Löste sich aus der Schiene. Tür. Aufreißen. Etwas wartete auf der Schwelle, füllte die ganze Tür, breiter und größer als Holly, ein Entsetzen, das plötzlich Substanz gewann, gleichzeitig Insekt, Spinne und Reptil, es zitterte und bebte und vibrierte, eine wirre Masse aus Spinnenbeinen, Fühlern, Schlangenschuppen, käferartigen Greifzangen, Facettenaugen, Klauen und einem weit aufgerissenen Rachen, tausend Alpträume, die in dieser einen Monströsität Ausdruck fanden, aber Holly schlief nicht, sie war *wach.* Das Wesen sprang durch die offene Tür, packte sie, Schmerz explodierte dort, wo die Klauen über ihre Haut kratzten, und sie schrie ...

... kühler Wind, eine nächtliche Brise.

Mehr kam nicht durch die Tür. Das leise Flüstern einer nächtlichen Sommerbrise.

Holly stand vor der Schwelle, schauderte und schnappte nach Luft, blickte erstaunt zur Betonpromenade des Motels. Königspalmen, australischer Baumfarn und andere Pflanzen neigten sich im lauen Wind träge hin und her. Im Pool kräuselte sich die Wasseroberfläche, bildete zahllose, in einem ständigen Wechsel begriffene Muster, die im Licht der Lampen funkelten und glitzerten. Man hätte meinen können, das Schwimmbecken enthielte nicht etwa Wasser, sondern einen großen Piratenschatz aus schillernden Saphiren.

Das entsetzliche Geschöpf war fort, als hätte es nie existiert. Es kroch nicht weg, stakte nicht auf stelzenartigen Beinen davon, zog sich nicht in irgendein Versteck zurück. Es löste sich einfach auf.

Holly spürte weder den zuckenden Tentakel am Nacken noch den Wurm im Kopf.

Einige andere Gäste hatten ebenfalls die Türen ihres Zimmers geöffnet, offenbar von Hollys Schrei geweckt.

Sie trat zurück, wollte jetzt keine Aufmerksamkeit erregen.

Ein furchtsamer Blick über die Schulter – die Wand hinter dem Bett war wieder eine Wand.

Die digitale Uhr auf dem Nachtschränkchen zeigte 5:08 an.

Holly schloß die Tür und lehnte sich dagegen, als ihr die Knie weich wurden.

Sie spürte keine Erleichterung darüber, daß sie die seltsame Tortur überstanden hatte, fühlte statt dessen eine tiefe Bestürzung. Holly schlang die Arme um den Leib und zitterte so heftig, daß ihr die Zähne klapperten. Erneut begann sie leise zu schluchzen, nicht aus Furcht angesichts der jüngsten Erfahrungen, auch nicht aus Sorge um ihre gegenwärtige Sicherheit. Sie hatte vielmehr den Eindruck, körperlich und geistig vergewaltigt worden zu sein. Für kurze Zeit – und doch viel zu lange – war sie ein vollkommen hilfloses Opfer gewesen, in Schrecken gefangen, von einem Etwas kontrolliert, das die Grenzen ihrer Vorstellungskraft sprengte. Die grauenhafte Wesenheit hatte ihr mentale Fesseln angelegt, sie völlig unterworfen, ihr den eigenen Willen geraubt und innere Spuren hinterlassen, die ihre Seele befleckten.

Nur ein Traum, dachte Holly und versuchte, sich selbst Mut zu machen. Aber sie hatte nicht geträumt, als sie sich im Bett aufsetzte und die Lampe einschaltete. Der Alpdruck folgte ihr ins Hier und Jetzt, in die greifbare Realität.

Nur ein Traum, wiederholte Holly. *Sei doch nicht närrisch. Reiß dich zusammen,* fügte sie hinzu, während sie versuchte, sich wieder zu fassen. *Der Traum hat dir zunächst einen finsteren Ort gezeigt, und dann hast du* geträumt, *dich aufzusetzen und die Lampe einzuschalten. In deinem Traum wölbte sich dir die Wand entgegen, woraufhin du zur Tür gelaufen bist. Du hast noch immer geschlafen, als dein Blick auf das Ungeheuer fiel, und schließlich haben dich deine eigenen Schreie geweckt.*

Sie wollte diesen Erklärungen glauben, aber sie klangen zu glatt. Normalerweise waren Alpträume nicht annähernd so detailliert. Außerdem neigte Holly nicht zum Schlafwandeln.

Etwas Reales hatte sich ihr genähert. Vielleicht nicht die Mischung aus Insekt, Spinne und Reptil vor der Tür ... Vielleicht handelte es sich dabei um ein Bild, in das sich die Wesenheit kleidete, um sie zu erschrecken. Aber eines stand fest: *Etwas* war in diese Welt gekrochen, und es stammte ...

Woher stammte es?

Das spielte keine Rolle. Aus dem Draußen. Aus dem Jenseits. Aus einer anderen Dimension. Und es hätte Holly fast erwischt.

Nein. Das war lächerlich. Stoff für eine Boulevardzeitung, für die Sensationspresse. Sogar der *National Inquirer* brachte keinen derartigen Blödsinn mehr. EIN WESEN AUS EINER ANDEREN DIMENSION HAT MEINE SEELE VERGEWALTIGT. So einen Quatsch fand man drei Stufen unter CHER GIBT ZU, EINE AUSSERIRDISCHE ZU SEIN, zwei Stufen unter JESUS SPRICHT AUS DEM MIKROWELLENHERD ZU EINER NONNE, sogar eine Stufe unter ELTON HAT SICH EINER GEHIRNOPERATION UNTERZOGEN UND LEBT NUN ALS ROSEANNE BARR.

Je dümmer ihr diese Überlegungen erschienen, desto ruhiger wurde sie. Es fiel ihr leichter, mit den jüngsten Erlebnissen fertig zu werden, wenn sie glauben konnte, daß sie nur das Produkt überschäumender Fantasie waren. Als stimulierender Auslöser diente vermutlich der zweifellos fantastische Ironheart-Fall

Schließlich fand Holly genug Kraft, um wieder auf den Beinen zu stehen, ohne sich an der Tür abzustützen. Sie schloß wieder ab und hakte die Sicherheitskette ein.

Als sie sich umdrehte, spürte sie einen heißen, stechenden Schmerz in der linken Seite. Er war nicht besonders schlimm, aber sie schnitt eine Grimasse, als sie merkte, daß auch an ihrer rechten Seite etwas brannte.

Sie griff nach dem T-Shirt, um es sich über den Kopf zu ziehen – und starrte auf einige lange Risse. Drei links und zwei rechts. Dunkle Flecken hatten sich auf dem Stoff gebildet.

Neuerliches Entsetzen keimte in Holly, als sie das Bad aufsuchte und die Neonröhre einschaltete. Vor dem Spiegel blieb sie stehen, zögerte kurz und streifte das T-Shirt ab.

Blut tropfte aus drei Wunden in ihrer linken Seite. Die erste befand sich dicht unter der Brust, und die beiden anderen folgten in Abständen von vier bis fünf Zentimetern. Rechts gab es zwei weitere Kratzer, nicht ganz so tief wie die anderen.

Holly dachte an die Klauen des Ungeheuers.

Jim erbrach sich in der Toilette, spülte und gurgelte mit Mundwasser, das nach Pfefferminz schmeckte.

Das Gesicht im Spiegel wirkte wie eine Fratze, und er wandte rasch den Blick davon ab.

Erschöpft beugte er sich über das Waschbecken, und mindestens zum tausendsten Mal seit einem Jahr überlegte er, was mit ihm geschah.

Im Schlaf war er wieder in der Windmühle gewesen. Nie zuvor hatte ihn der gleiche Alptraum zwei Nächte hintereinander gequält. Für gewöhnlich vergingen Wochen, bevor er sich wiederholte.

Außerdem kam jetzt ein beunruhigendes neues Element hinzu. Die Szene beschränkte sich nicht auf Regen, schmale Fenster, die flackernde Flamme einer Kerze, tanzende Schatten, das Geräusch der großen Windmühlenflügel, die sich draußen drehten, das dumpfe Knirschen der Mühlsteine weiter unten und die unerklärliche Furcht. Diesmal spürte Jim eine böse Präsenz, die er nicht sehen konnte, aber ständig näher kam – etwas so Fremdartiges und Unheilvolles, daß er nicht imstande war, sich Gestalt und Absichten der Wesenheit vorzustellen. Er rechnete damit, daß sie einfach die Kalksteinwand und den Holzboden durchbrach, vielleicht auch die aus dicken Brettern bestehende Tür am Ende der Treppe zertrümmerte, um ihn anzugreifen. Eine Zeitlang fragte er sich, in welche Richtung er fliehen sollte. Schließlich riß er die Tür auf – und erwachte mit einem Schrei. Wenn er irgend etwas gesehen hatte, so erinnerte er sich nicht mehr daran.

Aber ganz abgesehen von der Gestalt des Fremdartigen – Jim wußte, daß es sich um *den Feind* handelte. Allerdings gab es jetzt einen Unterschied: jenes amorphe Wesen, das ihn in den anderen Alpträumen heimsuchte – es hatte jetzt einen Weg in den Windmühlentraum gefunden, obwohl es ihm dort noch nie zuvor erschienen war.

So verrückt es auch sein mochte: Ironheart spürte, daß die Wesenheit nicht von seinem Unterbewußtsein geschaffen wurde, während er schlief. Sie erschien ihm ebenso real wie der Rest der Wirklichkeit. Früher oder später würde sie die Barriere zwischen der Traumwelt und der des wachen Bewußtseins durchdringen, so wie sie bereits von einem Alptraum in einen anderen gelangen konnte.

4

Holly dachte überhaupt nicht daran, sich wieder ins Bett zu legen. Sie wußte, daß sie während der nächsten Stunden keine Ruhe fand – bis sie schließlich so erschöpft war, daß ihr trotz mehrerer Tassen mit pechschwarzem Kaffee die Augen zufielen. Der Schlaf bot kein Refugium mehr – statt dessen drohte er mit Gefahren, stellte eine Straße dar, die zur Hölle oder einem noch schlimmeren Ort führte. Und irgendwo am Wegesrand wartete ein monströser Reisender.

Dieser Gedanke erfüllte sie mit Zorn. Jeder Mensch brauchte und verdiente den Frieden des Schlafs.

Als der Morgen dämmerte, duschte sie lange und reinigte vorsichtig die Kratzwunden an ihren Seiten, obwohl Seife und heißes Wasser neuerlichen Schmerz hervorriefen. Plötzlich befürchtete sie eine Infektion, die ebenso sonderbar und schrecklich war wie jenes Monstrum, das die Wunden verursacht hatte.

Daraufhin nahm das Brodeln der Wut in ihr zu.

Holly hielt es für angebracht, auf alles vorbereitet zu sein. Wenn sie reiste, nahm sie nicht nur ihren Lady-Remington-Rasierer mit, sondern auch einen Erste-Hilfe-Kasten, der folgende Dinge enthielt: Jod, Verbandsmull, Pflaster, Klebestreifen, eine Spraydose mit einem desinfizierenden Mittel und Salbe für leichte Verbrennungen. Sie trat unter der Dusche hervor, trocknete sich ab, setzte sich nackt auf die Bettkante, griff nach der Spraydose und sprühte einen Teil ihres Inhalts auf die Wunden. Dann behandelte sie die Kratzer mit Jod.

Sie war auch deshalb Reporterin geworden, weil sie als junge Frau glaubte, der Journalismus sei in der Lage, die Welt zu erklären, Ordnung in ein oft unüberschaubares Chaos aus Ereignissen zu bringen. Nach zehn Jahren Berufserfahrung mußte sie sich der bitteren Erkenntnis stellen, daß es für die menschlichen Verhaltensweisen nur selten befriedigende Erklärungen gab. Das hinderte sie jedoch nicht daran, den Schreibtisch aufzuräumen, Akten zu ordnen und ihre Notizen in einem Karteikasten zu sammeln. In den Schränken zu Hause war die Kleidung erst nach der Jahreszeit, dann nach Anlaß (förmlich, halboffiziell und leger) und schließlich nach Farbe sortiert. Wenn die Welt darauf bestand, chaotisch zu sein, wenn ihr selbst der Journalismus kein geeignetes Werkzeug lieferte, um Ordnung zu schaffen ... Das hinderte sie nicht daran, sich auf Routine und Angewohnheit zu verlassen, um im Ozean der Verwirrung eine persönliche Insel der Stabilität zu schaffen, auf der sie vor dem tumultartigen Durcheinander des Lebens geschützt blieb.

Das Jod brannte.

Holly wurde noch wütender. Sie kochte regelrecht.

Unter der Dusche hatten sich einige kleine geronnene Klumpen in den tieferen Wunden an der rechten Seite aufgelöst, und darunter quoll frisches Blut hervor. Eine Zeitlang blieb Holly still auf der Bettkante sitzen und hielt ein Papiertaschentuch auf die Kratzer, bis die Blutung nachließ.

Als sie sich angezogen hatte, lohfarbene Jeans und eine smaragdgrüne Bluse trug, war es halb acht.

Sie wußte bereits, wie sie den Tag beginnen wollte. Ihr Beschluß stand fest; nichts konnte sie davon abbringen. Sie verspürte überhaupt keinen Appetit, und deshalb entschied sie, auf das Frühstück zu verzichten. Als sie nach draußen trat, erwarteten sie ein wolkenloser Morgen und eine selbst für das Orange County milde Temperatur. Doch das angenehme Wetter wirkte keineswegs besänftigend auf sie, es führte sie nicht in Versuchung, stehenzubleiben und den Sonnenschein zu genießen. Sie steuerte ihren Mietwagen über den Parkplatz, erreichte die Straße und fuhr in Richtung Laguna Niguel, in der festen Absicht, an Ironhearts Tür zu klingeln und Antworten von ihm zu verlangen.

Sie wollte seine ganze Geschichte, eine Erklärung dafür, wieso er wußte, wann bestimmte Menschen der Tod drohte und warum er sich so großen Gefahren aussetzte, um Fremde zu retten. Damit noch nicht genug. Sie wollte auch herausfinden, warum ihr Alptraum in der vergangenen Nacht schreckliche Wirklichkeit geworden war, wie und warum die Schlafzimmerwand wie feuchtes Fleisch geglänzt und pulsiert hatte, was für ein Wesen sich plötzlich manifestierte und sie mit *echten* Klauen gepackt hatte.

Nicht eine Sekunde lang zweifelte sie daran, daß ihr Ironheart Auskunft geben konnte. In der vergangenen Nacht war sie zum zweitenmal mit dem Unbekannten und Übernatürlichen konfrontiert worden. Die erste Begegnung dieser Art hatte am 12. August stattgefunden, als Jim den Jungen Billy Jenkins davor bewahrte, vor der McAlbury School überfahren zu werden. Erst später begriff Holly, daß Ironheart dabei direkt aus der Twilight-Zone gekommen war. Sie brachte die Bereitschaft mit, sich selbst ihre Schwäche einzugestehen, aber Dummheit gehörte gewiß nicht dazu. Nur ein kompletter Idiot hätte keine Verbindung zwischen den beiden paranormalen Ereignissen gesehen: hier Ironheart und dort ein real werdender Alptraum.

Holly war nicht nur verärgert, sondern stinksauer.

Als sie über den Crown Valley Parkway fuhr, dachte sie daran, daß es auch noch einen anderen Grund für ihren Zorn gab. In der großen Story, von der sie sich einen Durchbruch in ihrer journalistischen Karriere erhoffte, ging es nicht nur um Mut, Hoffnung, Wunder und Triumph über den Tod. Wie bei vielen anderen Artikeln, die seit dem Erfinden der Druckerpresse auf den Titelseiten der Zeitungen erschienen waren, gab es auch in diesem Fall einen dunklen Aspekt.

Jim duschte und zog sich für die Kirche an. Er war kein regelmäßiger Besucher der Sonntagsmesse und nahm auch nicht mehr an den zeremoniellen Ritualen der anderen Religionen teil, die im Laufe der Jahre sein Interesse geweckt hatten. Aber seit dem letzten Mai, als er nach Florida geflogen war, um Sam und Emily Newsome zu retten, wurde er von einer höheren Macht beherrscht – Grund genug, um öfters über Gott nachzudenken. Er erinnerte sich an Pater Geary und die Stigmata, die der Priester an ihm beobachtet hatte, als er vor einer knappen Woche bewußtlos vor dem Altargeländer der Kirche Jungfrau Maria in der Wüste lag. Die Wundmale Jesu Christi ... Zum erstenmal seit einigen Jahren spürte Jim wieder den Reiz des Katholizismus. Eigentlich glaubte er nicht, daß er in der Kirche eine Möglichkeit fände, die Rätsel der letzten Ereignisse zu lösen, aber er konnte wenigstens hoffen.

Er ging in die Küche, und als er dort die Autoschlüssel vom Haken nahm, hörte er sich sagen: »Rettungsleine.« Sofort änderten sich seine Pläne für diesen Tag. Er erstarrte und wußte nicht genau, was er unternehmen sollte. Nach einigen Sekunden spürte er das vertraute Gefühl, eine Marionette zu sein, und daraufhin hängte er die Schlüssel zurück.

Jim ging ins Schlafzimmer und legte die aus Halbschuhen, grauer Hose, dunkelblauer Sportjacke und weißem Hemd bestehende Kleidung ab. Nach kurzem Zögern wählte er eine weite Hose und ein bequemes Hawaii-Hemd.

Er brauchte Bewegungsfreiheit. Ja, darauf kam es an. Der Grund dafür stand mit dieser neuen Mission in Zusammenhang und blieb ihm zunächst verborgen.

Er setzte sich vor dem Schrank auf den Boden und griff nach einem ausgetretenen und daher besonders bequemen Paar Rockports. Schnell verknotete er die Schnürsenkel – aber nicht zu fest –, stand auf und ging versuchsweise einige Schritte. In Ordnung.

Als sein Blick auf den Koffer im oberen Fach fiel, zögerte er erneut. Er war nicht sicher, ob er Gepäck benötigte. Kurze Zeit später *wußte* er, daß er darauf verzichten konnte. Er schloß den Schrank, ohne den Koffer herauszunehmen.

Kein Gepäck bedeutete folgendes: Er konnte das Ziel mit dem Wagen erreichen, und die Rundreise – einschließlich der Zeit, die er für sein aktives Eingreifen benötigte – nahm nicht mehr als vierundzwanzig Stunden in Anspruch. Aber als er sich vom Schrank abwandte, kam ihm das Wort »Flughafen« von den Lippen. Nun, es gab natürlich viele Orte, die er mit dem Flugzeug erreichen konnte, ohne länger als einen Tag von zu Hause fortzubleiben.

Er holte die Brieftasche hervor und wartete, um festzustellen, ob ihn ein inneres Drängen dazu aufforderte, sie beiseite zu legen. Als er nichts spürte, steckte er sie ein. Offenbar benötigte er sowohl Geld als auch den Ausweis – andernfalls hätte er nicht riskiert, Papiere mitzunehmen, die ihn identifizieren konnten.

Als er wieder in die Küche ging und nach den Autoschlüsseln griff, fühlte er, wie sich Furcht in ihm regte. Allerdings war sie nicht so intensiv wie zu Beginn der letzten Mission. An jenem Tag war er ›aufgefordert‹ worden, einen Wagen zu stehlen – so daß man seine Spuren nicht zurückverfolgen konnte – und in die Mohavewüste zu fahren. Diesmal bekam er es vielleicht mit Gegnern zu tun, die eine noch größere Gefahr darstellten als die beiden Männer im Roadking, aber er machte sich nicht so große Sorgen. Er wußte, daß auch er eines Tages sterben würde. Das Werkzeug einer höheren Macht hatte nicht die Garantie der Unsterblichkeit. Nach wie vor war er nur ein Mensch: Man konnte sein Fleisch zerreißen, ihm die Knochen brechen, das Herz mit einer gutgezielten Kugel zerfetzen. Die geringere Furcht verdankte er in erster Linie seiner ein wenig mystischen Reise mit der Harley, den beiden Tagen mit Pater Geary, den Wundmalen Jesu Christi, die der Priester an ihm beobachtet hatte – und seiner daraus resultierenden Überzeugung, daß durch ihn etwas Göttliches wirksam wurde.

Holly befand sich auf dem Bougainvillea Way, noch einen Block von Ironhearts Haus entfernt, als ein dunkelgrüner Ford aus seiner Zufahrt rollte. Sie wußte nicht, welchen Wagen er fuhr, aber da er allein lebte, nahm sie an, daß der Ford ihm gehörte.

Sie beschleunigte in der Absicht, den Mann zu überholen und

vor ihm zu bremsen, direkt auf der Straße eine Konfrontation mit ihm herbeizuführen. Doch dann nahm sie den Fuß vom Gas und begriff, daß Diskretion und Zurückhaltung nur selten fatale Fehler waren. Vielleicht bekam sie Gelegenheit herauszufinden, was er plante.

Als sie das Haus passierte, kam gerade die automatische Garagentür herab. Bevor sie sich schloß, sah Holly, daß die Garage keinen anderen Wagen enthielt. Also saß Ironheart im Ford.

Sie hatte nie den Auftrag erhalten, in bezug auf paranoide Drogenhändler, bestochene Politiker oder korrupte Geschäftsleute Ermittlungen anzustellen, und aus diesem Grund wußte sie nicht, wie man jemandem durch dichten Verkehr folgte. Solche Kenntnisse waren nicht notwendig, wenn man über Nutzholztrophäen, Torten-Wettessen und Performance-Künstler schrieb, die auf der Treppe des Rathauses mit lebenden Mäusen jonglierten. Holly erinnerte sich auch daran, daß Ironheart im Marin County an einem zweiwöchigen Kurs für aggressives Fahren teilgenommen hatte. Wenn er gut genug mit einem Wagen umzugehen verstand, um Terroristenfallen zu entgehen – *dann hängt er mich sofort ab, wenn er merkt, daß ich ihm folge.*

Die Journalistin blieb so weit zurück, wie sie es wagte. Glücklicherweise war der Verkehr an diesem Sonntagmorgen dicht genug, um ihr die Möglichkeit zu geben, sich hinter anderen Fahrzeugen zu verbergen. Gleichzeitig bestand nicht die Gefahr, daß es zu einem plötzlichen Stau kam, durch den sie Ironheart aus den Augen verlor.

Er fuhr auf dem Crown Valley Parkway nach Osten, wechselte erst auf die Interstate 5 und dann zur 405 in Richtung Los Angeles.

Als sie die Hochhäuser im Bereich der South Coast Plaza hinter sich zurückließen – es handelte sich um das wichtigste Einkaufs- und Bürozentrum für die zwei Millionen Einwohner im urbanen Komplex des Orange County –, verbesserte sich Hollys Stimmung. Ganz offensichtlich war sie durchaus in der Lage, jemanden im Wagen zu verfolgen: Sie blieb zwei bis sechs Autos hinter Ironheart, nahe genug, um rechtzeitig zu reagieren, wenn er den Ford plötzlich über eine Ausfahrt lenkte. Das Vergnügen angesichts ihres bewiesenen Geschicks kühlte die Hitze des Zorns. Ab und zu bewunderte sie sogar den klaren blauen Himmel und den blühenden rosaroten und weißen Oleander, der den Freeway an einigen Stellen säumte.

Doch nach Long Beach fragte sie sich voller Unbehagen, ob

Ironheart den ganzen Tag auf der Straße verbringen wollte. Vielleicht fand Holly schließlich heraus, daß die Fahrt in keinem Zusammenhang mit seinem Geheimnis stand. Auch ein selbsternannter Superheld mit hellseherischen Fähigkeiten besuchte Theatermatineen und ließ sich manchmal auf kein größeres Abenteuer ein, als szetschuanische Spezialitäten mit dem schärfsten Senf des Chefkochs zu essen.

Kurze Zeit später überlegte Holly, ob er mit seiner übersinnlichen Wahrnehmung ihre Präsenz gespürt hatte. Es erschien ihr viel einfacher, eine bestimmte Person zu bemerken, die einige Autos weiter hinten fuhr, als den drohenden Tod eines kleinen Jungen in Boston vorherzusehen. Andererseits: Vielleicht war Ironhearts Hellseherei nicht konstant, keine Gabe, die man nach Belieben ein- und ausschalten konnte. Vielleicht funktionierte sie nur bei wichtigen Dingen, zeigte ihm Visionen von Gefahr, Zerstörung und Tod – oder überhaupt nichts. Eine vernünftige Vorstellung, fand die Journalistin. Wahrscheinlich schnappte man früher oder später über, wenn man ständig in die Zukunft blickte und bereits im voraus wußte, ob man an einem Film im Kino Gefallen fand, ob das Essen in einem Restaurant wirklich gut sein würde oder später höchst unangenehme Blähungen verursachte. Trotzdem beschloß Holly, vorsichtig zu sein; sie vergrößerte den Abstand zum Ford.

Als Ironheart den Freeway an der Ausfahrt zum International Airport von Los Angeles verließ, prickelte Aufregung in ihr. Vielleicht beabsichtigte er nur, jemanden abzuholen. Aber sie hielt es für wahrscheinlicher, daß er an Bord einer Maschine gehen wollte, um mit einer neuen Rettungsmission zu beginnen – so wie er am 12. August, vor fast zwei Wochen, nach Portland geflogen war, um Billy Jenkins vor dem Tod zu bewahren. Holly hatte sich nicht auf eine Reise vorbereitet, sie führte nicht einmal Kleidung zum Wechseln bei sich. Aber ihre Handtasche enthielt Bargeld und Kreditkarten, und eine frische Bluse konnte sie sich überall kaufen. Die Aussicht, Ironheart bis zum Schauplatz seines Eingreifens zu folgen, übte einen erheblichen Reiz auf sie aus. Es versetzte sie in die Lage, später mit größerem Sachverstand über ihn zu schreiben, als Augenzeugin von *zwei* Rettungen.

Holly erschrak, als der Mann von der Flughafenstraße abbog und sich einem Parkhaus näherte: Jetzt gab es keine anderen Autos mehr, hinter denen sie sich verstecken konnte. Die Alternative bestand darin, weiterzufahren, woanders zu parken und ihn dadurch zu verlieren. Sie preße die Lippen zusammen, verringerte ihre Geschwindigkeit ein wenig und nahm nur wenige Sekunden nach Ironheart ein Ticket vom Automaten an der Schranke entgegen.

Im dritten Stock fand Jim einen leeren Stellplatz, und Holly parkte etwa zwanzig Meter entfernt. Sie rutschte in ihrem Sitz nach unten und blieb im Wagen, gab ihm einen Vorsprung – um zu vermeiden, daß er sich umdrehte und sie sah.

Sie wartete fast zu lange. Als Holly ausstieg, beobachtete sie, wie sich Ironheart nach rechts wandte und hinter der Wand am Ende der Rampe verschwand.

Sie eilte ihm nach, und das leise Pochen ihrer Schritte hallte dumpf von der niedrigen Betondecke wider. Unten an der Ecke sah sie, daß er ein Treppenhaus betrat. Als sie ihm durch die Tür folgte, hörte sie, wie er die Stufen des letzten Absatzes hinter sich brachte.

Sein buntes Hawaii-Hemd gab ihr einen wichtigen Vorteil: Es viel so sehr auf, daß Holly ein ganzes Stück hinter ihm bleiben und sich unter die anderen Reisenden mischen konnte, als er zum United-Airlines-Terminal ging. Sie hoffte inständig, daß kein Flug nach Hawaii bevorstand – journalistische Recherchen ohne die finanzielle Unterstützung der Zeitung waren schon so teuer genug. Wenn Ironheart an diesem Tag jemanden retten wollte, so hoffentlich in San Diego und nicht in Honolulu.

Im Terminal nutzte Holly einige hochgewachsene Schweden als Deckung, während Jim eine Zeitlang vor den Monitoren stand und die Angaben der nächsten Flüge las. Die gerunzelte Stirn deutete darauf hin, daß er vergeblich nach seinem Ziel Ausschau hielt. Oder wußte er noch nicht, wohin die Reise ging? Vielleicht wiesen seine Vorahnungen Lücken auf; vielleicht offenbarten sie ihm nicht sofort alle notwendigen Informationen. Möglicherweise mußte er sich behutsam durch ein Gewirr aus präkognitiven Bildern tasten und erfuhr erst dann, wann und wo er wen retten sollte, wenn er den betreffenden Ort erreichte.

Nach einigen Minuten wandte er sich von den Monitoren ab und schritt durch den breiten Gang zum Ticketschalter. Holly wahrte weiterhin eine sichere Distanz zu ihm – bis sie begriff, daß sie nur dann sein Ziel in Erfahrung brachte, wenn sie dicht genug hinter ihm stand, um sein Gespräch mit der Angestellten zu hören. Widerstrebend verkürzte sie den Abstand.

Natürlich konnte sie warten, bis er das Ticket bezahlt hatte und zum Flugsteig ging, um anschließend einen Platz an Bord der gleichen Maschine zu buchen. Aber wenn das Flugzeug startete, bevor sie das Terminal erreichte? Sie dachte auch daran, die Angestellte nach Ironhearts Reiseziel zu fragen und ihre Neugier damit zu begründen, daß er eine Kreditkarte verloren hatte. Aber wenn sich die Fluggesellschaft anbot, ihm die Karte zu bringen? *Außerdem – vielleicht wirke ich dabei so verdächtig, daß man die Sicherheitsbeamten verständigt.*

In der Schlange vor dem Ticketschalter wagte es Holly, so dicht zu Ironheart aufzuschließen, daß sie nur noch eine Person von ihm trennte. Der große, untersetzte und dickbäuchige Mann vor ihr wirkte wie ein ehemaliger Footballspieler, der wie Hefe aufgegangen war. Ein unangenehmer Geruch ging von ihm aus, aber seine Masse genügte, um sich dahinter zu verbergen.

Die kurze Schlange schrumpfte rasch. Als Ironheart an den Tresen trat, schob sich Holly ein wenig hinter dem Dicken hervor und reckte den Hals, um zu hören, welches Ziel Jim nannte.

Genau in diesem Augenblick knackte es in einem nahen Lautsprecher. Die sinnliche und gleichzeitig zombieartige Stimme einer Frau gab bekannt, man habe ein verirrtes Kind gefunden. Gleichzeitig kam eine Gruppe geschwätziger New Yorker vorbei; sie verspotteten die kalifornische *Wir wünschen Ihnen einen angenehmen Tag*-Dienstleistungsphilosophie und sehnten sich offenbar nach der allgemeinen Feindseligkeit in ihrer Heimat. Ihre lauten Klagen übertönten Ironhearts Stimme.

Holly wagte sich noch weiter nach vorn.

Der Dicke starrte mit einem finsteren Blick auf sie herab und schien zu argwöhnen, daß sie sich vordrängeln wollte. Sie versicherte ihm mit einem versöhnlichen Lächeln, daß sie keineswegs derartige Absichten hegte und wußte, daß er groß und kräftig genug war, um sie wie ein lästiges Insekt zu zerquetschen.

Wenn Ironheart jetzt den Kopf drehte, sah er ihr direkt ins Gesicht. Sie hielt den Atem an und hörte, wie die Angestellte sagte: »... O'Hare Airport in Chicago. Die Maschine startet in zwanzig Minuten ...« Rasch wich Holly hinter den Dicken zurück, der sie über die Schulter hinweg musterte und weiterhin mißtrauisch blieb.

Sie fragte sich, warum Ironheart Los Angeles aufgesucht hatte, um einen Flug nach Chicago zu buchen. Der John Wayne Airport im Orange County bot zahlreiche Verbindungen zum O'Hare-Flughafen. Nun ... Chicago war weiter entfernt als San Diego, aber immer noch besser – und billiger – als Hawaii.

Ironheart bezahlte sein Ticket und eilte fort, ohne einen Blick in Hollys Richtung zu werfen.

Komischer Hellseher, dachte sie, zufrieden mit sich selbst.

Vor dem Tresen holte sie ihre Kreditkarte hervor und bat um einen Platz an Bord der gleichen Maschine. Zwei oder drei Sekunden lang hatte sie das schreckliche Gefühl, daß ihr die Angestellte antworten würde, das Flugzeug sei voll belegt. Doch das war glücklicherweise nicht der Fall; sie bekam ihr Ticket.

Im Warteraum der Abflughalle hielten sich nur wenige Personen auf. Die meisten Passagiere befanden sich bereits an Bord. Von Ironheart fehlte jede Spur.

Als Holly durch den tunnelartigen Zugang zur Eingangsluke des Flugzeugs schritt, dachte sie besorgt daran, daß Ironheart sie vielleicht sah, wenn sie zu ihrem Platz ging. Sie konnte den Anschein erwecken, ihn nicht zu bemerken oder ihn nicht zu erkennen, wenn er sich ihr näherte, aber sie bezweifelte, ob er ihre Präsenz an Bord für einen Zufall halten würde. Vor anderthalb Stunden war sie fest entschlossen gewesen, eine Konfrontation mit ihm herbeizuführen; jetzt verspürte sie nur noch den Wunsch, eine unmittelbare Begegnung zu vermeiden. Wenn er sie bemerkte, verließ er die Maschine vielleicht und gab seine Absicht auf, nach Chicago zu fliegen. Bestimmt bekam sie dann keine andere Chance, ihn bei einer seiner mysteriösen Rettungsaktionen zu beobachten.

Das Flugzeug war eine breite DC-10 mit zwei Gängen. Jede Reihe aus neun Sitzen wies drei verschiedene Sektionen auf: zwei am linken Fenster, zwei am rechten und fünf in der Mitte. Holly gehörte zur dreiundzwanzigsten Reihe, Sitz H – nur ein Sessel trennte sie vom Fenster. Als sie durch den Gang wanderte, musterte sie die anderen Passagiere und hoffte, daß ihr ein Blickkontakt mit Ironheart erspart blieb. Sie zog es vor, ihn während des Fluges überhaupt nicht zu sehen und erst im O'Hare-Flughafen zu versuchen, ihn ausfindig zu machen. Die DC-10 war ein enorm großes Flugzeug. Zwar blieben viele Plätze unbesetzt, aber es befanden sich mehr als zweihundertfünfzig Personen an Bord. In dieser Maschine konnten Ironheart und sie um die ganze Welt reisen, ohne sich über den Weg zu laufen; die wenigen Stunden bis nach Chicago sollten eigentlich kein Problem sein.

Dann sah sie ihn. Er saß in der Mittelsektion von Reihe sechzehn, am Rand des linken Ganges, auf der anderen Seite des Flugzeugs. Er blätterte gerade in der Zeitschrift der Fluggesellschaft, und Holly betete darum, daß er weiterhin darin las – bis sie an ihm vorbei war. Zwar mußte sie zur Seite treten, um einer Stewardeß

Platz zu machen, die einen allein reisenden Knaben begleitete, aber ihr stummes Gebet wurde erhört. Sie erreichte 23-H, setzte sich und seufzte erleichtert. Selbst wenn Ironheart zur Toilette ging oder nur aufstand, um sich die Beine zu vertreten ... Es gab kaum Grund für ihn, den Steuerbordgang zu benutzen. Perfekt.

Holly richtete ihren Blick auf den Mann, der neben ihr am Fenster saß. Er war gut dreißig, schlank, gebräunt und ernst. Er trug einen dunkelblauen Anzug und ein weißes Hemd mit Krawatte. Keine einzige Falte zeigte sich in dem Anzug, ganz im Gegensatz zur Stirn. Seine Finger huschten über die Tasten eines Laptop-Computers. Die Kopfhörer wiesen darauf hin, daß er keine Gespräche mit anderen Reisenden führen wollte, und sein kühles Lächeln vermittelte die gleiche Botschaft.

Das kam Holly nur gelegen. Wie viele Reporter neigte sie nicht zu Schwatzhaftigkeit. Ihre Arbeit erforderte es, gut und aufmerksam zuzuhören, zum richtigen Zeitpunkt die richtige Frage zu stellen. Sie hatte nichts dagegen, den Flug in Gesellschaft einer Zeitschrift und ihrer eigenen Gedanken zu verbringen.

Zwei Stunden vergingen, und Jim wußte noch immer nicht, wen er retten sollte, wenn er die Maschine im O'Hare-Flughafen verließ. Er machte sich deshalb keine Sorgen, hatte er doch längst gelernt, geduldig zu sein und sich darauf zu verlassen, daß er die erforderlichen Informationen früher oder später bekommen würde.

Das Magazin der Fluggesellschaft interessierte ihn nicht, und die Beschreibung des Films im Bordkino klang so, als verspreche er ebensoviel Spaß wie ein Urlaub in einem sowjetischen Gefängnis. Die beiden Sitze rechts von ihm waren leer, was ihm höfliche Konversation mit Fremden ersparte. Er neigte die Rückenlehne ein wenig nach hinten, faltete die Hände auf dem Bauch, schloß die Augen und vertrieb sich die Zeit – zwischen den wiederholten Besuchen der Stewardessen, die sich mit nicht nachlassendem Eifer nach seinen Wünschen erkundigten –, indem er über den Windmühlentraum nachdachte. Die Bedeutung jener Vision, falls es überhaupt eine gab, blieb ihm noch immer rätselhaft.

Nun, er *versuchte*, darüber nachzugrübeln, aber aus irgendeinem unbekannten Grund glitten seine Gedanken immer wieder zu der Journalistin Holly Thorne.

Nein, das stimmte nicht ganz: Er wußte genau, warum er seit ihrer Begegnung so häufig an sie dachte. Sie war eine Augenweide – und auch intelligent. Ein Blick genügte, um festzustellen, daß sich hinter ihrer Stirn eine Million Zahnräder drehten, alle gut geschmiert und bestens aufeinander abgestimmt.

Außerdem mangelte es ihr nicht an Sinn für Humor. Jim wünschte sich sehr, seine Tage und seine langen, von Alpträumen heimgesuchten Nächte mit einer solchen Frau zu teilen. Das Lachen erforderte Gesellschaft: eine Beobachtung, ein Witz, ein besonderer Augenblick. Man lachte nicht viel, wenn man allein war. Und wenn doch ... In dem Fall sollte man sich besser darauf vorbereiten, die nächsten Wochen und Monate in einer Gummizelle zu verbringen.

Beim Umgang mit Frauen hatten sich immer Probleme für Jim ergeben, und deshalb war er häufig allein geblieben. Er mußte zugeben, daß es auch vor der seltsamen Veränderung schwierig gewesen war, mit ihm zu leben. Er neigte nicht etwa zu Depressionen, fühlte jedoch zu deutlich, daß der Tod überall seine dunkle Präsenz zeigte. Oft grübelte er über die bevorstehende Finsternis nach, ließ günstige Augenblicke verstreichen und gab sich nicht dem Vergnügen hin. Wenn ...

Er öffnete die Augen und richtete sich ruckartig auf, als es plötzlich zu der erwarteten Offenbarung kam. Zumindest zu einem Teil davon. Er wußte noch immer nicht, was in Chicago geschehen würde, aber er kannte jetzt die Namen der Personen, die er retten sollte: Christine und Casey Dubrowek.

Zu seiner großen Überraschung stellte er fest, daß sie sich an Bord dieses Flugzeugs befanden – woraufhin er vermutete, daß die Schwierigkeiten im O'Hare-Airport beziehungsweise kurz nach der Landung beginnen würden. Andernfalls hätte er nicht schon jetzt die Nähe der Bedrohten gespürt. Normalerweise begegnete er den betreffenden Menschen erst unmittelbar vor der kritischen Phase.

Jim stand auf, gelenkt von der Kraft, die ihn seit dem Mai des vergangenen Jahres als Werkzeug benutzte. Er schritt zum vorderen Teil der DC-10, wechselte dort zum Steuerbordgang und kehrte nach hinten zurück. Er hatte nicht die geringste Ahnung, was er unternehmen sollte – bis er Reihe zweiundzwanzig erreichte und Mutter und Tochter auf den Sitzen H und J sah. Die Frau mochte Ende Zwanzig sein, und ihre Züge wirkten sanft; keine Schönheit, aber attraktiv. Das Kind war fünf oder sechs Jahre alt.

Die Mutter sah neugierig zu ihm auf, und Jim hörte sich sagen: »Mrs. Dubrowek?«

Sie blinzelte überrascht. »Ja ... Kennen wir uns?«

»Nein, aber Ed hat mir erzählt, daß Sie mit dieser Maschine nach Chicago fliegen, und er bat mich, Ihnen Gesellschaft zu leisten.« Als er jenen Namen aussprach, begriff er, daß Ed ihr Ehemann war; er *wußte* es ganz plötzlich. Er ging neben dem Sitz in die Hocke und zeigte sein bestes Lächeln. »Ich bin Steve Harkman. Ed ist im Verkauf, ich in der Werbeabteilung. Bei einem Dutzend Konferenzen und Besprechungen pro Woche bringen wir uns gegenseitig um den Verstand.«

Christine Dubroweks Madonnengesicht erhellte sich. »O ja, er hat Sie erwähnt. Sie arbeiten erst seit kurzer Zeit für die Gesellschaft, nicht wahr? Seit einem Monat, glaube ich.«

»Inzwischen sind's schon sechs Wochen«, erwiderte Jim. Er ließ sich treiben und vertraute darauf, daß ihm rechtzeitig die richtigen Antworten einfielen. »Ich nehme an, dies ist Casey.«

Das kleine Mädchen saß am Fenster. Es hob den Kopf und sah von einem Märchenbuch auf. »Morgen ist mein Geburtstag. Ich werde sechs, und wir besuchen Oma und Opa. Ziemlich alte Leute, aber recht nett.«

Jim lachte. »Ich wette, sie sind sehr stolz auf eine so süße Enkelin.«

Holly beobachtete, wie sich Ironheart durch den Steuerbordgang näherte – und erschrak so heftig, daß sie fast aus dem Sitz gefallen wäre. Zuerst glaubte sie, daß er käme, um sie zur Rede zu stellen. Alles in ihr drängte danach, ein Geständnis abzulegen, noch bevor er sie erreichte: ›Ja, in Ordnung, ich bin Ihnen gefolgt, habe Nachforschungen über Sie angestellt und überhaupt keine Rücksicht auf Ihre Privatsphäre genommen.‹ Sie kannte kaum andere Journalisten, die sich in diesem Zusammenhang schuldig gefühlt hätten, aber einmal mehr regte sich jener Rest von Anstand in ihr, der auf dem journalistischen Karriereweg so viele Hindernisse für sie geschaffen hatte. Erneut ruinierte er fast alles – bis Holly begriff, daß Ironheart den Blick nicht etwa auf sie richtete, sondern sich an die Brünette in der Reihe vor ihr wandte. Sie schluckte krampfhaft und rutschte einige Zentimeter weit nach unten, anstatt aufzuspringen und sich selbst anzuklagen. Viel zu hastig griff sie nach dem Magazin der Fluggesellschaft, das sie wenige Sekunden vorher zur Seite gelegt hatte. Sie zwang sich zur Ruhe, als sie es betont langsam hob; zu schnelle Bewegungen erweckten vielleicht seine Aufmerksamkeit, bevor es ihr gelang, das Gesicht hinter den glänzenden Blättern zu verbergen.

Die Zeitschrift bot ihr visuellen Schutz, aber sie konnte deutlich hören, was Ironheart sagte, und vernahm auch die Antworten der Frau. Er stellte sich als Steve Harkman vor und behauptete, in der Werbeabteilung eines bestimmten Unternehmens zu arbeiten. Holly fragte sich, was ihn zu solchen Lügen veranlaßte.

Nach einer Weile wagte sie es, den Kopf ein wenig zur Seite zu drehen und an dem Magazin vorbeizuspähen. Ironheart hockte neben dem Sitz der Frau, so nahe, daß ihn Holly hätte anspucken können – obgleich sie im Zielspucken ebenso unerfahren war wie im Beschatten und Verfolgen.

Ihre Hände zitterten so sehr, daß die Blätter leise knisterten. Sie lehnte sich behutsam zurück, starrte auf die Seiten und versuchte, ruhig zu sein.

»Meine Güte, wie haben Sie mich erkannt?« fragte Christine Dubrowek.

»Nun, Ed hat die Wände seines Büros mit Bildern von Ihnen und Casey tapeziert«, entgegnete Ironheart.

»Oh, ich verstehe.«

»Mrs. Dubrowek . . .«

»Nennen Sie mich Christine.«

»Danke. Christine . . . Ich habe noch einen anderen Grund dafür, hierherzukommen und Sie zu belästigen. Ed meinte, Sie hätten erhebliches Talent als Ehestifterin.«

Das war offenbar genau die richtige Bemerkung. Das sanfte Gesicht der jungen Frau strahlte. »Nun, ich bringe Leute zusammen, wenn ich glaube, daß sie zueinander passen. Und ich muß zugeben, daß ich dabei nicht unerheblichen Erfolg habe.«

»Was stiftest du, Mami?« fragte Casey Dubrowek.

Christine schien genau zu wissen, wie der Verstand ihrer Tochter funktionierte. »Kein Unheil, Schatz.«

»Oh, gut.« Casey konzentrierte sich wieder auf ihr Märchenbuch.

»Wissen Sie«, fuhr Jim fort, »ich wohne erst seit acht Wochen in Los Angeles und fühle mich dort noch immer als Fremder. Ich bin der klassische einsame Typ, der an Bars für Singles keinen Gefallen findet und darauf verzichtet, sich einem Sportverein anzuschließen, nur um die Bekanntschaft von netten Frauen zu machen. Außerdem schrecke ich davor zurück, einen Computerdienst in Anspruch zu nehmen; wer so etwas benutzt, ist vermutlich ebenso verzweifelt und verkorkst wie ich.«

Christine lachte. »Sie erscheinen mir alles andere als verzweifelt und verkorkst.«

»Bitte entschuldigen Sie«, sagte eine Stewardeß mit freundlicher Entschlossenheit und berührte Jim an der Schulter. »Ich kann nicht zulassen, daß Sie den Gang blockieren.«

»Oh, natürlich«, erwiderte Jim und stand auf. »Geben Sie mir nur einige Sekunden.« Und zu Christine: »Es ist mir sehr peinlich, aber ... Ich würde wirklich gern mit Ihnen sprechen und erklären, nach welcher Frau ich suche. Vielleicht kennen Sie jemanden ...«

»Es wäre mir ein Vergnügen, Ihnen zu helfen.« Christine klang so begeistert, daß sie die Reinkarnation einer Landpomeranze sein mußte, die entweder eine geschätzte Kupplerin oder die erfolgreiche Inhaberin eines Heiratsbüros in Brooklyn gewesen war.

»Nun, die beiden Sitze neben meinem sind frei«, sagte Jim. »Wenn Sie dort für den Rest des Fluges Platz nehmen ...«

Er rechnete damit, daß Christine nicht ohne weiteres bereit war, die Sessel am Fenster aufzugeben, und Furcht vibrierte in seiner Magengrube, als er auf eine Antwort wartete.

Doch die Frau zögerte nur ein oder zwei Sekunden lang. »Ja, warum nicht?«

Die nahe Stewardeß gab ihr Einverständnis mit einem Nicken zu erkennen.

Christine wandte sich an Jim. »Ich dachte, Casey würde gern aus dem Fenster sehen, aber das scheint sie nicht besonders zu interessieren. Wie dem auch sei: Wir sitzen hier fast am Ende der Tragfläche, die einen großen Teil der Aussicht blockiert.«

Jim wußte nicht, warum er tiefe Erleichterung verspürte, als die junge Frau auf das Angebot einging. Sein Gefühl war ihm selbst ein Rätsel, das sich vielen anderen hinzugesellte. »Gut, großartig. Danke.«

Als er zurücktrat, damit Christine Dubrowek aufstehen konnte, bemerkte er den Passagier mit Sitz hinter ihr. Allem Anschein nach hatte die Frau enorme Angst vor dem Fliegen. Sie hielt sich eine Ausgabe des *Vis-à-vis* vors Gesicht und versuchte, ihre Furcht zu überwinden, indem sie ein wenig las. Aber ihre Hände zitterten so sehr, daß die Zeitschrift immerzu knisterte und raschelte.

»Wo ist Ihr Platz?« fragte Christine.

»Am anderen Gang, Reihe sechzehn. Kommen Sie, ich zeige es Ihnen.«

Jim nahm einen kleinen Koffer, während Christine und Casey nach einigen anderen Gegenständen griffen, und führte sie dann nach vorn und in den Backbordgang. Casey erreichte Reihe sechzehn vor ihrer Mutter.

Bevor sich Jim setzte, zwang ihn irgend etwas dazu, noch einmal zum rückwärtigen Teil der Maschine zu sehen und die an Flugangst leidende Frau in Reihe dreiundzwanzig zu beobachten. Sie hatte die Zeitschrift sinken lassen und begegnete seinem Blick. Er erkannte sie sofort.

Holly Thorne.

Jim war verblüfft.

»Steve?« fragte Christine Dubrowek.

Die Journalistin begriff, daß Jim sie bemerkt hatte. Sie riß die Augen auf und erstarrte wie ein Reh im hellen Scheinwerferlicht.

»Steve?«

»Äh, wenn Sie mich kurz entschuldigen würden, Christine . . .«, antwortete er unsicher. »Nur eine Minute. Bitte warten Sie hier auf mich, in Ordnung? Ich bin gleich wieder da.«

Erneut schritt er durch den Gang auf der Steuerbordseite.

Sein Herz klopfte so heftig, als wolle es ihm die Brust zerreißen. Ein seltsamer, unerklärlicher Anflug von Panik schnürte ihm die Kehle zu. Jim fürchtete sich nicht vor Holly Thorne. Ihm wurde sofort klar, daß ihre Anwesenheit an Bord nicht auf einen Zufall zurückging; sie wußte von seinem Geheimnis und war ihm gefolgt. Doch das spielte derzeit keine Rolle. Seine plötzliche Angst basierte nicht etwa auf dem Umstand, entlarvt worden zu sein. Er hatte keine Ahnung, *was* ihn so sehr besorgte, doch dieses Gefühl gewann eine solche Intensität, daß in seinen Adern mehr Adrenalin als Blut floß.

Als er auf die Journalistin zuging, stand sie langsam auf. Dann fiel ein Schatten von Resignation auf ihr Gesicht, und sie setzte sich wieder. Ihre Attraktivität entsprach Jims Erinnerungsbildern, aber es fielen ihm dunkle Ringe unter den Augen auf. Schlafmangel?

Er erreichte Reihe dreiundzwanzig und griff nach Hollys Hand. »Kommen Sie.«

Sie blieb sitzen.

»Wir müssen miteinander reden«, fügte Jim hinzu.

»Wir können uns hier unterhalten.«

»Nein, unmöglich.«

Die Stewardeß von vorhin näherte sich.

Als Holly die Hand zurückzog, packte Jim sie am Arm und hoffte, daß ihn die Journalistin nicht zwang, sie aus dem Sitz zu zerren. Inzwischen hielt ihn die Stewardeß wahrscheinlich für einen Perversen, der während des Fluges die schönsten Frauen um sich versammelte, um Chicago mit einer Art Harem zu erreichen. Zum Glück leistete Holly keinen Widerstand und erhob sich.

Jim führte sie zur Toilette. In dem kleinen Raum hielt sich niemand auf, und deshalb zögerte er nicht, seine Begleiterin durch die Tür zu schieben. Er warf einen raschen Blick über die Schulter und befürchtete, daß ihn die Stewardeß beobachtete, aber sie kümmerte sich gerade um einen anderen Passagier. Rasch folgte er Holly in den winzigen Raum und schloß die Tür.

Holly drückte sich in eine Ecke und versuchte, eine möglichst große Distanz zu ihm zu wahren. Trotzdem standen sie sich fast Nase an Nase gegenüber.

»Ich fürchte mich nicht vor Ihnen«, sagte sie.

»Gut. Dazu gibt es auch keinen Grund.«

Die polierten Stahlwände der Toilette vibrierten. Das dumpfe Brummen der Triebwerke war hier ein wenig lauter als im großen Passagierabteil.

»Was wollen Sie?« fragte Holly.

»Sie müssen genau das tun, was ich Ihnen sage.«

Holly runzelte die Stirn. »Hören Sie, ich . . .«

»Und zwar *ganz genau,* ohne Widerrede«, fügte Jim scharf hinzu. »Für eine verbale Auseinandersetzung bleibt uns nicht genug Zeit.« Er rätselte über seine eigenen Worte nach.

»Ich weiß um Ihre . . .«

»Es ist mir völlig gleich, was Sie wissen oder nicht. Das spielt jetzt keine Rolle.«

Hollys Verwunderung wuchs. »Sie zittern wie Espenlaub.«

Jim zitterte nicht nur; er schwitzte auch. In der Toilette war es recht kühl, aber trotzdem bildeten sich Schweißperlen auf seiner Stirn. Einige von ihnen erreichten die rechte Schläfe und rannen zur Braue.

»Ich möchte, daß Sie Ihren gegenwärtigen Platz verlassen«, stieß Jim hervor. Er sprach hastig und drängend. »Kommen Sie in den vorderen Teil des Flugzeugs; dort gibt es einige freie Sitze.«

»Aber ich . . .«

»Sie dürfen nicht in der Reihe dreiundzwanzig bleiben.«

Holly war keine leicht zu beeindruckende Frau. Sie hatte ihren eigenen Willen und lehnte es ab, sich einfach so zu fügen. »Auf meinem Ticket steht ›Dreiundzwanzig H‹. Sie können mich nicht zwingen . . .«

Jim unterbrach die Journalistin ungeduldig. »Wenn Sie weiterhin dort sitzen, werden Sie sterben.«

Sie wirkte ebenso verblüfft, wie sie sich fühlte. »Sterben? Was soll das heißen?«

»Ich weiß es nicht«, erwiderte Jim. Unmittelbar darauf durchströmte ihn unverlangtes Wissen. »O Jesus. Lieber Himmel! Ein Unglück.«

»Was?«

»Das Flugzeug.« Ironhearts Herz schlug schneller, als sich die Schaufeln der Turbinen drehten, die der Maschine den notwendigen Auftrieb verliehen. »Nach unten. Ganz nach unten.«

Die Verwirrung in Hollys Zügen wich wachsendem Schrecken. »Wir stürzen ab?«

»Ja.«

»Wann?«

»Keine Ahnung. Bald. Hinter Reihe zwanzig überlebt kaum jemand.« Er wußte erst Bescheid, als er diese Antwort gab, und sie erfüllte ihn mit Entsetzen. »Die Passagiere in den ersten neun Reihen haben eine bessere Überlebenschance, aber sie ist nicht gut, nicht gut genug. Sie müssen in meinem Bereich Platz nehmen.«

Die DC-10 erbebte.

Holly erstarrte und sah sich dann furchtsam um – als rechnete sie damit, daß breite Risse in den Wänden der kleinen Kammer entstehen würden.

»Turbulenzen«, sagte Jim. »Nur Turbulenzen. Wir haben noch ... einige Minuten.«

Offenbar hatte die Journalistin genug über ihn in Erfahrung gebracht, um seinen Aussagen zu vertrauen. Sie brachte keinen Zweifel zum Ausdruck. »Ich möchte nicht sterben.«

Jim spürte, wie das Zittern auch sein Inneres erfaßte. Er schloß die Hände fest um Hollys Schultern. »Deshalb müssen Sie nach vorn kommen und einen Sitz in meiner Nähe wählen. Für die Passagiere der Reihen zehn bis zwanzig besteht keine Gefahr. Einige von ihnen werden verletzt, manche schwer, aber in jener Sektion wird niemand sterben. Die meisten überstehen alles ohne einen Kratzer. Kommen Sie jetzt, um Himmels willen!«

Er griff nach dem Türknauf.

»Warten Sie. Sie müssen den Piloten warnen.«

Jim schüttelte den Kopf. »Das hätte keinen Sinn.«

»Vielleicht kann er irgend etwas unternehmen. Vielleicht ist er imstande, das Unglück zu verhindern.«

»Er würde mir nicht glauben. Und selbst wenn er bereit wäre, auf mich zu hören ... Ich weiß nicht, was ich ihm sagen soll. Wir stürzen ab, ja, aber der Grund dafür ist mir unbekannt. Vielleicht eine Kollision mit einem anderen Flugzeug. Vielleicht führt Materialermüdung dazu, daß die DC-10 auseinanderbricht. Vielleicht befindet sich eine Bombe an Bord. Es gibt viele mögliche Ursachen.«

»Aber Sie haben übersinnliche Kräfte«, wandte Holly ein. »Bestimmt sind Sie in der Lage, mehr Einzelheiten zu sehen, wenn Sie sich bemühen.«

»Wenn Sie mich für eine Art Medium halten, wissen Sie weniger über mich, als Sie glauben.«

»Versuchen Sie es wenigstens.«

»Himmel, Miß Thorne, ich wäre sofort bereit, mir verdammt große Mühe zu geben, wenn das irgendeinen Sinn hätte. Aber das ist nicht der Fall.«

In Hollys Gesicht rangen Entsetzen und Neugier miteinander. »Wenn Sie kein Medium sind ... was dann?«

»Ein Werkzeug.«

»Ein Werkzeug?«

»Jemand oder etwas benutzt mich.«

Das Flugzeug erzitterte noch einmal. Holly und Jim erstarrten, aber die Maschine neigte sich nicht plötzlich nach unten. Sie flog weiter, und ihre drei Triebwerke brummten gleichmäßig. Nur weitere Turbulenzen.

Die Journalistin griff nach Jims Arm. »Sie dürfen die vielen Menschen an Bord nicht einfach sterben lassen.«

Ein schweres Gewicht senkte sich auf Ironhearts Schultern und schuf eine seltsame Leere in seiner Magengrube. Er konnte die Vorstellung, für den Tod der anderen Passagiere verantwortlich zu sein, kaum ertragen.

»Ich bin hier, um die Frau und das Mädchen zu retten, niemanden sonst«, sagte er.

»Wie schrecklich!«

Jim öffnete die Tür der Toilette. »Es gefällt mir ebensowenig wie Ihnen, aber so ist es nun einmal.«

Holly ließ seinen Arm nicht los und zerrte wütend daran. In ihren grünen Augen flackerte es; vielleicht sah sie grauenhafte Bilder, die ihr zerfetzte Leichen in einem Gewirr aus qualmenden Trümmerstücken zeigten. Ihre Stimme klang noch schärfer, obwohl sie diesmal nur flüsterte: »Sie dürfen die vielen Menschen an Bord nicht einfach sterben lassen!«

»Entweder begleiten Sie mich«, erwiderte Jim ungeduldig, »oder Sie kommen zusammen mit den anderen ums Leben.«

Er trat aus der kleinen Kammer, und Holly folgte ihm. Aber er wußte nicht, ob sie bereit war, in seiner Sektion Platz zu nehmen. Er hoffte es inständig. Ironheart fand es absurd, von ihr für den Tod der übrigen Passagiere verantwortlich gemacht zu werden, denn sie wären auch gestorben, wenn er sich nicht an Bord befunden hätte. Seine Aufgabe bestand keineswegs darin, auch *ihr* Schicksal zu ändern. Er konnte unmöglich die ganze Welt retten, er mußte sich auf die Weisheit der höheren Macht verlassen, die ihn lenkte. Aber eines ließ sich nicht leugnen: Er trug die Verantwortung für den möglichen Tod Hollys, denn ohne seine Präsenz hätte sie nicht an diesem Flug teilgenommen.

Als er durch den Backbordgang schritt, blickte er zu den Fenstern auf der linken Seite und beobachtete einen klaren blauen Himmel. Auf eine sehr intensive Weise wurde ihm die Leere unter den Füßen bewußt, und tief in ihm verkrampfte sich etwas.

Kurz darauf erreichte er seinen Platz in Reihe sechzehn und wagte es, in die Richtung zurückzusehen, aus der er kam. Erleichterung vertrieb seine Besorgnis, als er feststellte, daß ihm Holly tatsächlich folgte.

Er deutete auf zwei leere Sitze unmittelbar hinter seinem eigenen Sessel und dem Christines.

Die Journalistin schüttelte den Kopf. »Nur wenn Sie sich zu mir setzen. Wir müssen miteinander reden.«

Jim sah Christine an und dann Holly; er verglich die erbarmungslos verstreichende Zeit mit Wasser, das durch ein Abflußrohr gluckerte. Der fatale Augenblick rückte näher. Er fühlte sich versucht, Holly zu packen, sie in einen der beiden freien Sitze zu pressen, ihr den Sicherheitsgurt anzulegen und irgendwie zu verhindern, daß sie wieder aufstand.

Er biß die Zähne zusammen und konnte seinen Ärger nicht länger im Zaum halten. »Ich werde bei ihnen gebraucht«, sagte er und meinte damit Christine und Casey Dubrowek.

Jim hatte ebenso leise gesprochen wie Holly, aber einige Passagiere warfen ihnen bereits neugierige Blicke zu.

Christine runzelte die Stirn und reckte den Hals, um Holly anzusehen. »Stimmt was nicht, Steve?«

»Oh, es ist alles in bester Ordnung«, log er.

Erneut richtete er seine Aufmerksamkeit auf die Backbordfenster. Blauer Himmel. Grenzenlos. Leer. Wie viele Meilen war es bis zum Boden tief unter dem Flugzeug?

»Sie sind blaß und schwitzen«, sagte Christine.

Erst jetzt merkte Jim, daß auf der Stirn und an den Schläfen noch immer ein klebriger Feuchtigkeitsfilm haftete. »Mir ist nur ein wenig warm. Äh, ich habe eben eine alte Bekannte getroffen. Geben Sie mir fünf Minuten, um mit ihr zu sprechen?«

Christine lächelte. »Natürlich. Ich bin noch immer damit beschäftigt, eine geistige Liste all der Frauen zu erstellen, die für Sie in Frage kommen.«

Einige Sekunden lang hatte Jim nicht die geringste Ahnung, was sie meinte. Dann fiel ihm ein, daß er sie gebeten hatte, eine Partnerin für ihn zu finden. »Gut«, antwortete er. »Großartig. Ich bin gleich wieder da, und dann unterhalten wir uns darüber.«

Er drängte Holly zur Reihe siebzehn und nahm links neben ihr Platz. Rechts von ihr saß eine korpulente, großmütterliche Frau, die ein weites Kleid mit Blumenmustern trug. Das graue Haar war dunkel getönt und bot sich als eine wirre Lockenmasse dar. Sie schlief fest und schnarchte leise. Eine Brille mit goldenem Rand hing von der Perlenkette an ihrem Hals, ruhte auf dem üppigen Busen und hob und senkte sich im Rhythmus des gleichmäßigen Atmens.

Holly beugte sich zu Ironheart und sprach so leise, daß ihre Stimme nicht auf der anderen Seite des Ganges zu hören war. Trotzdem kam darin die Überzeugungskraft einer leidenschaftlichen politischen Rednerin zum Ausdruck: »Sie dürfen die vielen Menschen an Bord nicht einfach sterben lassen.«

»Diesen Punkt haben wir bereits erörtert«, erwiderte Jim unruhig und flüsterte ebenfalls.

»Es ist Ihre Verantwortung . . .«

»Was kann ein einzelner Mann tun?«

»Sie sind ein *besonderer* Mann.«

»Ich bin nicht Gott«, seufzte Jim.

»Sprechen Sie mit dem Piloten.«

»Himmel, Sie haben wirklich kein Erbarmen, oder?«

»Warnen Sie den Piloten«, hauchte Holly.

»Er würde mir nicht glauben.«

»Dann warnen Sie die Passagiere.«

»In dieser Sektion sind nicht genug Sitze frei, um ihnen allen Platz zu bieten.«

Die Journalistin war zornig auf ihn – und gleichzeitig so still und ernst, daß er weder den Blick abwenden noch ihre eindringlichen Worte überhören konnte. Sie legte ihm die Hand auf den Arm und drückte so fest zu, daß es schmerzte. »Zum Donnerwetter, wollen Sie ihnen denn überhaupt keine Chance geben?«

»Ich würde nur eine Panik verursachen.«

»Wenn Sie imstande wären, mehr Menschen zu retten, jedoch darauf verzichten, diese Möglichkeit wahrzunehmen . . .«, raunte Holly, und in ihren Augen blitzte es. »Das wäre Mord.«

Dieser Vorwurf traf ihn schwer und hatte die gleiche Wirkung wie ein Fausthieb in den Magen. Für einige Sekunden stockte ihm der Atem. Als er schließlich Antwort gab, klang seine Stimme rauh und heiser. »Ich hasse den Tod. Ich hasse es, daß Menschen sterben. Meine Güte, ich hasse es von ganzem Herzen. Ich möchte sie retten, das Leiden beenden und auf der Seite des Lebens stehen. Aber mir sind die Hände gebunden. Ich bin nicht allmächtig.«

»Mord«, wiederholte Holly.

Damit bürdete sie ihm eine unerträgliche Last auf. Er konnte unmöglich die Verantwortung für alle Passagiere an Bord übernehmen. Wenn er imstande war, die Dubroweks zu retten, so bewirkte er zwei Wunder, bewahrte Mutter und Tochter vor dem frühen Tod, den das Schicksal für sie plante. Aber Holly Thorne wußte nichts von seinen Fähigkeiten und lehnte es ab, sich mit zwei Wundern zu begnügen – sie wollte drei, vier, fünf, zehn, hundert! Jim spürte, wie das imaginäre Gewicht auf seinen Schultern zunahm, wie sich die ganze Masse des Flugzeugs auf ihn herabsenkte, ihn langsam zerquetschte. Er fand es falsch, daß die Journalistin ihm die Schuld gab – es war nicht fair. Wenn sie einen Schuldigen suchte, so sollte sie sich an Gott wenden; nur er wußte, warum seine heiligen Pläne einen Flugzeugabsturz vorsahen.

»Mord.« Hollys Finger übten einen noch stärkeren Druck aus.

Jim spürte ihre Wut wie die Hitze der Sonne, die von glänzendem Metall reflektierte. *Reflektierte.* Er begriff plötzlich, daß dieser Vergleich zutreffend war. Hollys Zorn angesichts seiner Weigerung, alle Menschen im Flugzeug zu retten, entsprach Jims eigenem Ärger darüber, nicht dazu fähig zu sein. Mit anderen Worten: Ihre Wut spiegelte seine eigene wider.

»Mord«, flüsterte die Journalistin noch einmal und wußte offenbar, welche profunde Wirkung sie mit diesem Vorwurf erzielte.

Ironheart sah in ihre wundervollen Augen und wollte ihr eine schallende Ohrfeige versetzen. Und damit noch nicht genug. Er verspürte plötzlich den Wunsch, ihr die Faust mit aller Kraft ins Gesicht zu rammen, sie bewußtlos zu schlagen – damit sie endlich damit aufhörte, seine eigenen Gedanken in Worte zu kleiden. Sie war zu aufmerksam und scharfsinnig. Er haßte sie, weil sie *recht hatte.*

Jim schlug nicht etwa zu, sondern stand auf.

»Wohin gehen Sie?« fragte Holly.

»Ich spreche mit einer Stewardeß.«

»Was wollen Sie ihr sagen?«

»Sie haben gewonnen, in Ordnung? Sie haben gewonnen.«

Auf dem Weg in den hinteren Bereich des Flugzeugs musterte Jim die Personen, an denen er vorbeilief. Es rann ihm eiskalt über den Rücken, als er daran dachte, daß viele von ihnen bald sterben würden. Seine Verzweiflung wuchs und zeigte ihm Schreckensvisionen: die Schädel unter der Haut, geborstene Knochen. *Es sind Zombies,* dachte er. *Lebende Tote.* Die Furcht wurde so intensiv, daß Übelkeit in ihm hochstieg. Aber die Furcht bezog sich nicht etwa auf ihn selbst, sondern galt diesen Menschen.

Die DC-10 erbebte und wackelte so heftig, als sei sie in ein Schlagloch des Himmels geraten. Jim hielt sich an der Rückenlehne eines Sessels fest. *Nein, noch ist es nicht soweit.*

Die Stewardessen hatten sich in ihrem Arbeitsabteil versammelt und trafen gerade Vorbereitungen dafür, die Tabletts mit dem Mittagessen zu verteilen. Jim bemerkte auch einige Stewards. Er versuchte, das Alter der Uniformierten zu schätzen: Zwei von ihnen waren erst Anfang Zwanzig, die übrigen über fünfzig.

Jim wandte sich an die älteste Frau, ›Evelyn‹ stand auf ihrem Namensschild.

»Ich muß mit dem Piloten sprechen«, sagte er leise, obgleich die nächsten Passagiere mehrere Meter entfernt saßen.

Evelyn gab durch nichts zu erkennen, überrascht zu sein. Ihr Gesicht zeigte nur ein professionelles Lächeln. »Tut mir leid, Sir, aber das ist nicht möglich. Ganz gleich, um welche Probleme es geht: Ich kann Ihnen bestimmt helfen . . .«

»Ich war eben in der Toilette und habe etwas gehört, ein *falsches* Geräusch«, log Jim. »Es ging von den Triebwerken aus.«

Evelyns Lächeln wurde ein wenig breiter und wirkte weniger ehrlich. Innerlich schaltete sie in den Beruhige-den-nervösen-Passagier-Modus um. »Nun, während des Fluges ist es völlig normal, daß sich das Brummen der Triebwerke verändert, wenn der Pilot die Geschwindigkeit reduziert oder erhöht . . .«

»Ich weiß.« Jim versuchte, wie ein vernünftiger Mann zu klingen, dem man zuhören sollte. »Ich habe viele Flugreisen hinter mir. Aber in diesem Fall ist es anders.« Er log erneut: »Ich arbeite für McDonnell Douglas und kenne mich daher mit Düsentriebwerken aus. Wir haben die DC-10 entworfen und gebaut. Ich weiß bestens um diese Maschine Bescheid, und was ich eben gehört habe, war *falsch.*«

Das Lächeln der Stewardeß verblaßte. Vermutlich nahm sie seine Warnung noch immer nicht ernst und hielt ihn nur für einen an Flugangst leidenden Passagier, der besonders einfallsreich war.

Die anderen Stewardessen und Stewards wandten sich von den Tabletts ab, starrten ihn groß an und überlegten wahrscheinlich, ob er Schwierigkeiten machen würde.

»Nun«, erwiderte Evelyn behutsam, »ich darf Ihnen versichern, daß alles in bester Ordnung ist. Abgesehen von den Turbulenzen . . .«

»Es geht um das Hecktriebwerk«, sagte Jim. Das war keine Lüge. Er bekam weitere Hinweise, wurde zum Sprachrohr der unbekannten Informationsquelle. »Das Ansaugmodul der Turbine lockert sich. Gelöste Schaufeln sind nicht weiter schlimm, aber wenn das ganze Modul auseinanderbricht . . . Das wäre eine Katastrophe.«

Diese genauen Angaben bildeten einen auffallenden Kontrast zu dem typischen ängstlichen Flugreisenden. Die Stewards und Stewardessen musterten Jim, wenn nicht respektvoll, so doch wenigstens nachdenklich.

»Es ist alles in Ordnung«, wiederholte Evelyn automatisch. »Selbst wenn wir ein Triebwerk verlieren – die beiden anderen genügen völlig, um Chicago sicher zu erreichen.«

Ironhearts Aufregung wuchs. Jene höhere Macht, die ihn als Instrument benutzte, hatte offenbar entschieden, ihn überzeugend wirken zu lassen. Vielleicht konnte er *tatsächlich* mehr als nur zwei Personen – die Dubroweks – retten.

Er gab sich alle Mühe, ruhig zu bleiben, als er fortfuhr: »Es handelt sich um eine sehr leistungsstarke Turbine, deren Schub vierzigtausend Pfund beträgt. Wenn sie hochgeht, entfaltet sie die Explosionskraft einer schweren Bombe. Der Kompressorendruck kann sich umkehren, und dann platzen die achtunddreißig Titanschaufeln des Ansaugmoduls auseinander. Stellen Sie sich vor, wie ihre Splitter Löcher in den Rumpf reißen, die Höhen- und Seitenruder beschädigen . . . Meine Güte, der ganze Heckbereich des Flugzeugs würde zerstört werden.«

»Vielleicht sollte jemand Flugkapitän Delbaugh darauf hinweisen«, sagte der Steward.

Evelyn schwieg.

»Ich kenne die Triebwerke«, betonte Jim. »Ich bin in der Lage, ihm alles zu erklären. Sie brauchen mich nicht ins Cockpit zu führen. Es genügt, wenn ich die Gegensprechanlage benutzen darf.«

»McDonnell Douglas?« vergewisserte sich Evelyn.

»Ja«, behauptete Ironheart. »Seit zwölf Jahren arbeite ich als Flugzeugingenieur.«

Die Stewardeß begann ernsthaft daran zu zweifeln, ob mit den Triebwerken wirklich alles in Ordnung war. Jim hatte Unsicherheit in ihr geweckt.

»Der Kapitän muß das Triebwerk Nummer zwei abschalten«, fügte Ironheart hoffnungsvoll hinzu. »Wenn er den Flug nur mit den beiden anderen fortsetzt, droht keine Gefahr.«

Evelyn sah ihre Kollegen an, und einige von ihnen nickten. »Nun, es kann sicher nicht schaden, wenn . . .«

»Kommen Sie«, drängte Jim. »Wir haben nicht mehr viel Zeit.«

Er folgte der Stewardeß aus dem Arbeitsabteil und ließ sich von ihr durch den Steuerbordgang zur Sektion der Touristenklasse führen.

Eine Explosion erschütterte die Maschine.

Evelyn wurde zu Boden geschleudert. Jim verlor ebenfalls das Gleichgewicht und griff nach einem Sitz, um nicht auf die Frau zu fallen, drehte sich um die eigene Achse, stieß gegen einen Passagier und stürzte ebenfalls, als sich das Flugzeug ruckartig von einer Seite zur anderen neigte. Hinter ihm klapperten die Tabletts mit dem Mittagessen; erschrockene Stimmen erklangen, und irgendwo schrie jemand. Ironheart stemmte sich in die Höhe und spürte, daß der Boden unter ihm nicht mehr horizontal war. Die DC-10 verlor an Höhe.

Holly verließ Reihe siebzehn, nahm neben Christine Dubrowek Platz und stellte sich als eine Freundin Steve Harkmans vor. Sie stürzte fast aus dem Sessel, als die Hand eines Riesen das Flugzeug zu packen und zu schütteln schien. Einen Sekundenbruchteil später vernahm sie ein dumpfes Pochen, als sei die DC-10 von etwas getroffen worden.

»Mami!« Casey war angeschnallt, obgleich die entsprechenden Anzeigen nicht leuchteten. Der Gurt hielt sie fest, doch das Märchenbuch fiel zu Boden. Christines Tochter riß die Augen auf.

Das Flugzeug verlor an Höhe.

»Mami?«

»Keine Angst«, sagte die Mutter und gab sich alle Mühe, ihre eigene Furcht zu verbergen. »Nur Turbulenzen. Ein Luftloch.«

Sie sanken schnell.

»Macht euch keine Sorgen«, sagte Holly und beugte sich an Christine vorbei, um sicherzustellen, daß auch Casey ihre beruhigenden Worte vernahm. »Euch droht keine Gefahr, wenn ihr hierbleibt. In dieser Sektion seid ihr sicher.«

Es ging weiter nach unten. Fünfhundert Meter . . . tausend . . .

Holly schnallte sich ebenfalls an.

Tausendfünfhundert . . . zweitausend . . .

Eine erste Welle aus Entsetzen und Panik spülte über die Passagiere hinweg, doch kurz darauf wich sie atemloser Stille. Männer und Frauen schlossen ihre Hände krampfhaft fest um die Armlehnen der Sessel und warteten: Gelang es dem Piloten rechtzeitig, das beschädigte Flugzeug unter Kontrolle zu bringen, oder stürzte es weiterhin ab?

Zu Hollys Überraschung kam der Bug langsam nach oben, und schließlich flog die DC-10 wieder in einer stabilen Höhe.

Dutzende von Passagieren seufzten erleichtert. Lauter Applaus erklang.

Die Journalistin wandte sich an Christine und Casey. »Es ist alles in Ordnung. Wir schaffen es.«

Die Stimme des Flugkapitäns drang aus den Lautsprechern und teilte mit, daß sie ein Triebwerk verloren hätten. Sie könnten den Flug aber problemlos mit den beiden anderen fortsetzen, versicherte er, schlug jedoch vor, den Kurs zu ändern und auf einem näheren Airport zu landen, um kein Risiko einzugehen. Er klang ruhig und zuversichtlich, dankte den Passagieren für ihre Geduld und meinte, schlimmstenfalls stünden ihnen einige Unannehmlichkeiten bevor.

Wenige Sekunden später erschien Jim Ironheart im Gang und ging neben Holly in die Hocke. Sie bemerkte einen Blutfleck in seinem Mundwinkel; offenbar war er gefallen.

Die Journalistin fühlte sich so erleichtert, daß sie ihn am liebsten geküßt hätte. Doch sie sagte nur: »Ich wußte es. Ihr Eingreifen hat alles verändert.«

Jim musterte sie ernst. »Nein.« Er beugte sich ganz nahe zu Holly heran, so daß sie sich flüsternd verständigen konnten. Aber vielleicht hörte Christine Dubrowek trotzdem etwas. »Es ist zu spät.«

Holly versteifte sich unwillkürlich. »Aber wir stürzen nicht mehr ab.«

»Teile des explodierten Triebwerks haben Löcher in den Heckbereich gerissen, die meisten hydraulischen Systeme zerstört und den Rest beschädigt. Bald ist es nicht mehr möglich, die Maschine zu steuern.«

Hollys Furcht war geschmolzen. Jetzt kehrte sie zurück wie Eiskristalle, die auf der grauen Oberfläche eines winterlichen Teichs zu einer dicken Schicht zusammenwuchsen.

Das eigentliche Grauen stand ihnen noch bevor.

»Sie wissen *genau,* was geschehen ist und was geschehen wird«, brachte Holly hervor. »Sie sollten nicht hier sein, sondern beim Piloten.«

»Es ist vorbei. Ich habe zu spät eingegriffen.«

»Nein. Sie . . .«

»Ich kann jetzt nichts mehr tun.«

»Aber . . .«

Eine Stewardeß kam näher. Sie wirkte erschüttert, doch ihre Stimme klang ruhig. »Bitte kehren Sie zu Ihrem Platz zurück, Sir.«

»Ja, natürlich«, erwiderte Jim. Er drückte Hollys Hand. »Haben Sie keine Angst.« Er sah Christine an, dann auch Casey. »Sie und Ihre Tochter werden überleben.«

Er wählte einen Sitz in der Reihe siebzehn, direkt hinter Holly. Es gefiel ihr ganz und gar nicht, ihn aus den Augen zu verlieren. Allein sein Anblick genügte, um ihr Vertrauen einzuflößen.

Seit sechsundzwanzig Jahren verdiente sich Flugkapitän Sleighton Delbaugh seinen Lebensunterhalt in den Cockpits ziviler Flugzeuge, achtzehn davon als Pilot. Er hatte es mit vielen verschiedenen Problemen zu tun bekommen, manche von ihnen ernst genug, um als echte Krisen bezeichnet zu werden. In diesem Zusammenhang profitierte er von dem kontinuierlichen Ausbildungs- und Instruktionsprogramm der United Airlines, von der Notwendigkeit, ständig seine Fähigkeiten unter Beweis zu stellen. Er fühlte sich auf alles vorbereitet, was in einem modernen Flugzeug passieren konnte, aber es fiel ihm schwer zu glauben, was mit Flug 246 geschehen war.

Nach der Explosion des Hecktriebwerks fiel der große Vogel und ließ sich kaum mehr kontrollieren. Es gelang ihm zwar, den ungeplanten Sturzflug zu beenden, doch es gab ernstere Probleme als einen Höhenverlust von mehr als dreitausend Metern.

»Wir schwenken nach rechts«, sagte Bob Anilow. Er war Delbaughs Erster Offizier, dreiundvierzig Jahre alt und ein ausgezeichneter Pilot. »Rechtsdrift hält an und läßt sich nicht ausgleichen, Slay.«

»Teilweiser Ausfall der hydraulischen Systeme«, meldete der Bordingenieur Chris Lodden. Er war der jüngste von ihnen, und neue Stewardessen verliebten sich fast sofort in ihn. Dafür gab es zwei Gründe. Erstens: Er sah wie ein naiver Bauernjunge aus, der in Frauen mütterliche Instinkte weckte. Und zweitens: Ein Hauch von Schüchternheit unterschied ihn von seinen häufig übertrieben selbstsicheren Kollegen. Chris saß hinter Anilow und kümmerte sich um die mechanischen Bordsysteme.

»Noch stärker nach rechts«, sagte Anilow.

Delbaugh drehte das Ruderjoch weiter nach achtern. »Verdammt!«

»Keine Reaktion«, brummte Anilow.

»Es ist schlimmer als ein teilweiser Ausfall«, sagte Chris Lodden, rejustierte seine Instrumente und starrte ungläubig auf die Anzeigen. »Wie kann so etwas möglich sein?«

Aus Sicherheitsgründen verfügte die DC-10 über drei unabhängige hydraulische Systeme. Es war praktisch unmöglich, daß sie alle gleichzeitig funktionsunfähig wurden, doch genau das schien der Fall zu sein.

Pete Yankowski – er hatte schütteres Haar, einen roten Schnurrbart und arbeitete als Fluglehrer im Ausbildungszentrum der United Airlines – wollte seinen Bruder in Chicago besuchen und nahm als OMC (observing member of crew; beobachtendes Besatzungsmitglied) am Flug teil. Er saß auf dem Notsitz hinter Delbaugh und blickte dem Kapitän praktisch über die Schulter. »Ich gehe in den Heckbereich und sehe mir den Schaden an«, sagte er.

Links von ihm antwortete Lodden: »Wir haben jetzt nur noch den Schub zur Verfügung, um die Maschine zu steuern.«

Delbaugh hatte bereits damit begonnen, diese Möglichkeit zu nutzen. Vorsichtig drosselte er das rechte Triebwerk und erhöhte die Leistung des anderen auf der linken Seite, um die Rechtsdrift auszugleichen. Als sie zu weit nach links schwenkten, veränderte er die Schubkraft der beiden Triebwerke erneut.

Mit Hilfe des Bordingenieurs stellte Delbaugh fest, daß die Höhenruder im Heck nicht mehr auf die Kontrollen reagierten. Das galt auch für die Querruder in den Tragflächen sowie für die Brems- und Landeklappen.

Die DC-10 hatte eine Spannweite von über fünfzig Metern. Der Rumpf war fast sechzig Meter lang. Sie stellte nicht nur ein Flugzeug dar, sondern ein Schiff, das am Himmel segelte – ein wahrer Jumbo-Jet. Und jetzt konnte man sie nur noch mit den beiden General Electric/Pratt & Whitney-Triebwerken steuern. Ebensogut hätte der Fahrer eines außer Kontrolle geratenen Wagens versuchen können, ihn zu lenken, indem er sein Gewicht von einer Seite zur anderen verlagerte.

Seit der Explosion des Hecktriebwerks waren einige Minuten verstrichen, und sie befanden sich noch immer in der Luft.

Holly glaubte an Gott, nicht etwa aufgrund einer beeindruckenden religiösen Erfahrung, sondern weil es ihr zu düster erschien, Seine Existenz zu leugnen und damit alle Hoffnung auf ein Leben nach dem Tod aufzugeben. Sie war als Methodistin aufgewachsen und hatte eine Zeitlang mit dem Gedanken gespielt, zum Katholizismus zu konvertieren. Aber sie wußte noch immer nicht genau, welchen Gott sie bevorzugte – eine der grauen Spielarten des Protestantismus, den leidenschaftlicheren Allmächtigen der Katholiken oder eine ganz andere heilige Wesenheit. In ihrem täglichen Leben wandte sie sich nicht an Gott, um seine Hilfe bei der Lösung ihrer Probleme zu erbitten, und sie sprach nur dann Tischgebete, wenn sie ihre Eltern in Philadelphia besuchte. Sie wäre sich wie eine Heuchlerin vorgekommen, wenn sie jetzt in Gebeten Zuflucht gesucht hätte, aber sie hoffte trotzdem, daß Gott in einer gnädigen Stimmung war und über die DC-10 wachte. *Sein* oder *Ihr* Geschlecht spielte dabei keine Rolle für Holly, ebensowenig wie *Seine* oder *Ihre* Vorliebe für Gläubige.

Christine las zusammen mit Casey im Märchenbuch, kommentierte die Abenteuer der Tierfiguren mit lustigen Bemerkungen und versuchte, ihre Tochter von den Erinnerungen an die Explosion und den anschließenden Sturzflug abzulenken. Sie konzentrierte sich so sehr auf das Kind, daß sie damit ihre wahren Empfindungen verriet: Sie fürchtete sich sehr und wußte, daß ihnen das Schlimmste noch bevorstand.

Mit jeder verstreichenden Minute wuchs Hollys Trotz; sie lehnte es ab, Ironhearts Antworten als unumstößliche Tatsachen zu akzeptieren. Sie zweifelte nicht etwa daran, daß die Dubroweks, Jim und sie selbst überleben würden. Er hatte bereits mehrfach bewiesen, daß er große Erfolge erzielte, wenn er sich auf einen Kampf gegen das Schicksal einließ, und daraus schloß die Journalistin, daß ihnen im vorderen Teil der Touristenklasse wirklich keine unmittelbare Gefahr drohte. Doch sie konnte sich nicht damit abfinden, daß viele andere Passagiere sterben mußten. Sie fand es unerträglich, sich vorzustellen, daß Alte und Junge, Männer und Frauen, Unschuldige und Schuldige, Anständige und Verdorbene, Freundliche und Böse durch das gleiche Unglück umkommen sollten, daß alle der gleiche Friedhof erwartete: eine öde Felslandschaft, oder eine Wiese mit wilden Blumen, die in brennendem Kerosin verkohlten. War das der Lohn für diejenigen, die ein Leben in Würde und Respekt vor ihren Mitmenschen geführt hatten?

Über Iowa verließ Flug 246 Minneapolis Center, die Flugverkehr-Überwachung nach Denver Center, und erreichte den Zuständigkeitsbereich von Chicago Center. Die hydraulischen Systeme reagierten noch immer nicht; Chicago und das Büro von United Airlines gaben Delbaugh die Erlaubnis, den Kurs zu ändern und den nächsten Airport anzufliegen: Dubuque, Iowa. Der Kapitän überließ Anilow die Kontrolle über das Flugzeug und versuchte, zusammen mit Chris Lodden, eine Lösung für das Problem zu finden.

Zunächst einmal setzte er sich mit der System Aircraft Maintenance (SAM) in San Francisco in Verbindung. SAM war die zentrale Wartungsstation der United Airlines, ein hochmoderner Komplex, in dem über zehntausend Techniker und Ingenieure arbeiteten.

»Wir sind in Schwierigkeiten«, sagte Delbaugh ruhig. »Ausfall aller hydraulischen Systeme. Wir können noch eine Weile in der Luft bleiben, aber wir sind nicht mehr manövrierfähig.«

In SAM waren nicht nur die Angestellten der UA tätig – und zwar rund um die Uhr –, sondern auch Spezialisten der Unternehmen, deren Flugzeuge im Linienverkehr der United Airlines eingesetzt wurden. Zu ihnen gehörten auch Personal von General Electric, dem Entwickler der CF-6-Triebwerke, und ein Fachmann vom Hersteller der DC-10, McDonnell Douglas. Den Leuten in SAM standen Handbücher, andere schriftliche Unterlagen und ein elektronisch gespeicherter Datenberg zur Verfügung; hinzu kam eine detaillierte Wartungsgeschichte jeder Maschine in der UA-Flotte. Die Techniker konnten Delbaugh und Lodden über jedes einzelne mechanische Problem Auskunft geben, zu dem es irgendwann an Bord ihres Flugzeugs gekommen war. Sie wußten, was man beim letzten Wartungsintervall unternommen hatte und wann zum letztenmal die Bezüge der Sitze erneuert worden waren. Auf Anfrage nannten sie sogar die exakte Summe des Wechselgeldes, das die Passagiere während der letzten zwölf Monate an Bord verloren hatten.

Delbaugh hoffte, daß sie ihm mitteilen würden, wie er ein riesiges Flugzeug ohne die Hilfe von Rudern, Klappen und anderen notwendigen Manövriervorrichtungen fliegen sollte. Selbst die besten Trainingsprogramme gingen von der Annahme aus, daß bei Katastrophen dank der Ersatzsysteme zumindest eine *gewisse* Kontrolle blieb. Zuerst wollten die SAM-Spezialisten kaum glauben, daß alle hydraulischen Anlagen ausgefallen waren; sie nahmen an, Delbaugh meine einen teilweisen Funktionsverlust. Er mußte sie schließlich anschreien, um ihnen die Situation zu verdeutlichen – was er sofort bedauerte. Es wäre ihm lieber gewesen, sich ein Beispiel an dem kühlen Professionalismus zu nehmen, den andere Piloten vor ihm unter ähnlichen Umständen gezeigt hatten, und der Klang seiner nervösen Stimme erschreckte ihn. Anschließend konnte er sich nicht mehr selbst einreden, wirklich so ruhig zu sein, wie er sich gab.

Der Fluglehrer Pete Yankowski kehrte aus dem Heckbereich zurück und berichtete, durch ein Fenster habe er ein fast vierzig Zentimeter breites Loch im horizontalen Teil des Rumpfendes beobachtet. »Wahrscheinlich sind die Beschädigungen noch weitaus größer. Stellen Sie sich Schrapnellsplitter vor, die hinter dem Heckschott alles zerfetzt haben – Sie wissen ja, daß sich dort die wichtigsten hydraulischen Komponenten befinden. Wir können von Glück sagen, daß es nicht zu einem plötzlichen Druckabfall kam.«

Delbaugh spürte ein flaues Gefühl in der Magengrube und dachte kummervoll daran, daß er die Verantwortung für zweihundertdreiundfünfzig Passagiere und zehn andere Besatzungsmitglieder trug. Er gab Yankowskis Informationen an SAM weiter und fragte noch einmal, wie er die praktisch manövrierunfähige DC-10 fliegen solle. Die Experten in San Francisco berieten sich, und Delbaugh war nicht sonderlich überrascht, als sie ihm keinen Rat anbieten konnten. Er bat sie um etwas Unmögliches. Schubkraft allein genügte nicht, um die riesige Maschine zu beherrschen – doch Gott konfrontierte ihn mit dieser unlösbaren Aufgabe.

Er blieb weiterhin mit dem Aufsichtsbüro der United Airlines in Kontakt – dort überwachte man die gesamte UA-Hardware, die sich in der Luft befand. Darüber hinaus waren beide Kanäle – zum Büro und zu SAM – mit dem UA-Hauptquartier in der Nähe des

O'Hare-Flughafens von Chicago verbunden. Per Funk sprach Delbaugh mit vielen interessierten und besorgten Personen, aber sie wußten ebensowenig Rat wie die Spezialisten in San Francisco.

Nach einer Weile wandte er sich an Yankowski. »Sagen Sie Evelyn, sie soll den Burschen von McDonnell Douglas holen, von dem sie uns erzählt hat. Ich möchte mit ihm reden.«

Als Pete das Cockpit verließ und Anilow die Hände fester um das Steuer schloß – als könne er die hydraulischen Systeme mit einem entschlossenen Griff zum Gehorsam zwingen –, informierte Delbaugh SAM von der Anwesenheit eines McDonnell Douglas-Ingenieurs an Bord. »Kurz vor der Explosion wies er darauf hin, mit dem Hecktriebwerk sei etwas nicht in Ordnung. Angeblich hat er irgendein seltsames Geräusch bemerkt.«

Der von General Electric stammende Fachmann für die CF-6-Turbomotoren antwortete: »Ein seltsames Geräusch? Was soll das heißen? Wieso soll irgendein Geräusch darauf hingedeutet haben, daß mit dem Triebwerk etwas nicht in Ordnung war? Wie klang es?«

»Keine Ahnung«, entgegnete Delbaugh. »Wir haben überhaupt nichts bemerkt, und die Stewards und Stewardessen ebensowenig.«

Es knisterte und knackte in Delbaughs Kopfhörer. »Das ergibt doch keinen Sinn.«

Der von McDonnell Douglas entsandte DC-10-Spezialist in SAM schien nicht minder verblüfft zu sein. »Wie heißt der Typ?«

»Das wird sich gleich herausstellen«, erwiderte Sleighton Delbaugh. »Bisher kennen wir nur seinen Vornamen: Jim.«

Als der Flugkapitän bekanntgab, daß sie aufgrund von mechanischen Problemen in Dubuque landen würden, sah Jim, daß sich Evelyn durch den Backbordgang näherte. Sie schwankte, weil die Maschine nicht mehr so ruhig flog wie vorher. Er ahnte, mit welchem Anliegen die Stewardeß kam.

»... könnten wir ein wenig durchgeschüttelt werden«, beendete Delbaugh die Durchsage.

Der Pilot drosselte ein Triebwerk und erhöhte die Leistung des anderen. Die Tragflächen wackelten, und das Flugzeug schaukelte wie ein Boot auf hohen Wellen. Nach den einzelnen Schubveränderungen dauerte es nicht lange, bis die DC-10 in eine stabile Lage zurückkehrte, aber wenn sie zwischen den Kurswechselphasen in Turbulenzen geriet ... Die Maschine glitt nicht mehr einfach hindurch, sondern erbebte so heftig, als könne sie jeden Augenblick auseinanderbrechen.

»Flugkapitän Delbaugh bittet Sie darum, das Cockpit aufzusuchen«, sagte Evelyn mit sanfter Stimme und lächelte so, als überbringe sie eine Einladung zum Tee.

Jim wollte ablehnen. Er war nicht sicher, ob Christine und Casey – oder Holly – die Bruchlandung und den Schrecken unmittelbar danach ohne seine direkte Präsenz überleben würden. Er wußte, daß sich beim Aufprall ein zehn Reihen langer Teil des Rumpfes direkt hinter der Ersten Klasse vom Rest des Flugzeugs lösen würde; in den Bug- und Hecksektionen drohten weniger starke Beschädigungen. Vor seinem Eingreifen in das Schicksal des Fluges 246 hatte das Verhängnis für die Passagiere in jenen Bereichen nur leichte Wunden oder überhaupt keine Verletzungen vorgesehen. Er hielt an der Überzeugung fest, daß die nicht für den Tod bestimmten Reisenden mit dem Leben davonkamen, fragte sich jedoch, ob in bezug auf die Dubroweks ein Aufenthalt in der Sicherheitszone genügte, um ihr Überleben zu gewährleisten. Vielleicht mußte er unmittelbar nach der katastrophalen Landung zugegen sein, um sie durch Feuer und Rauch nach draußen zu bringen – und dazu war er nicht imstande, wenn er sich im Cockpit befand.

Außerdem wußte er nicht, welches Schicksal die Besatzung erwartete. Wenn sie starb und wenn er ihr während der kritischen Phase Gesellschaft leistete . . .

Trotzdem beschloß Jim, Evelyn zu begleiten. Eigentlich blieb ihm gar keine andere Wahl, seit Holly darauf bestanden hatte, daß er nicht nur eine Frau und ihre Tochter retten, sondern dem Tod eine weitaus größere Niederlage beibringen solle. Zu deutlich erinnerte er sich an den Sterbenden im Kombi, an die drei ermordeten Unschuldigen im Lebensmittelladen von Atlanta – Menschen, die überlebt hätten, wenn es ihm erlaubt gewesen wäre, eher zur Stelle zu sein.

Als er die Reihe sechzehn passierte, sah er kurz zu den Dubroweks hinüber, die in einem Märchenbuch lasen, und begegnete dann Hollys Blick. Ihre Furcht war fast greifbar.

Während er Evelyn folgte, spürte er die nachdenkliche Aufmerksamkeit der anderen Passagiere. Er gehörte zu ihnen, und das derzeitige Dilemma verlieh ihm offenbar einen besonderen Status – was darauf hindeutete, daß die Situation problematischer war, als der Flugkapitän behauptet hatte. Vermutlich überlegten die Reisenden, welches spezielle Wissen seine Gegenwart im Cockpit wünschenswert erscheinen ließ. Jim spürte ihre stummen Fragen.

Die DC-10 schwankte erneut.

Ironheart beobachtete Evelyn und ahmte sie nach. Die Stewardeß taumelte nicht einfach, wenn sich der Boden unter ihr neigte. Sie versuchte, sich dem Schlingern anzupassen, beugte sich in die andere Richtung und verlagerte den Schwerpunkt ihres Körpers.

Einige Passagiere erbrachen sich möglichst diskret in dafür vorgesehene Tüten. Den meisten anderen gelang es, ihre Übelkeit im Zaum zu halten. Überall fiel Jims Blick auf bleiche und blasse Gesichter.

Als er das enge, instrumentenglitzernde Cockpit erreichte, fühlte er die Kälte eines eisigen Schreckens. Der Bordingenieur blätterte in einem Handbuch, und seine Züge brachten stille Verzweiflung zum Ausdruck. Die beiden Piloten – Evelyn trat ebenfalls ein und stellte sie als Delbaugh und den Ersten Offizier Anilow vor – rangen mit den Kontrollen und versuchten, den immer wieder nach rechts driftenden Jumbo-Jet auf den richtigen Kurs zurückzubringen. Ein Mann mit schütterem rotem Haar half ihnen dabei, sich auf diese Aufgabe zu konzentrieren. Er kniete zwischen ihnen, und auf die Anweisungen des Kapitäns hin betätigte er die Gashebel und nutzte die Schubkraft der beiden noch funktionierenden Triebwerke, um das Flugzeug zu steuern.

»Wir verlieren erneut an Höhe«, sagte Anilow.

»Ist nicht weiter schlimm«, erwiderte Delbaugh. Er merkte, daß jemand hereingekommen war, drehte kurz den Kopf und musterte Jim. An der Stelle des Kapitäns hätte Irionheart wie ein erschöpftes Rennpferd geschwitzt, aber auf Delbaughs Gesicht glänzte nur ein dünner Schweißfilm, so als habe ihn jemand mit einem Zerstäuber besprüht. Seine Stimme klang ruhig und gefaßt: »Sie sind Jim?«

»Ja«, bestätigte er.

Delbaugh sah nach vorn. »Wir schwenken wieder herum«, sagte er zu Anilow, und der Copilot nickte. Delbaugh ordnete eine neuerliche Schubveränderung an, und der kniende Mann bewegte die Gashebel. Dann wandte sich der Flugkapitän noch einmal an Jim, ohne den Blick auf ihn zu richten. »Sie wußten, was geschehen würde.«

»Ja.«

»Was können Sie mir sonst sagen?«

Ironheart stützte sich an der Wand ab, als die Maschine einmal mehr erbebte und sich regelrecht schüttelte. »Alle hydraulischen Systeme sind ausgefallen.«

»Himmel, das ist mir klar«, erwiderte Delbaugh und fügte mit kühlem Sarkasmus hinzu: »Ich wäre für Informationen dankbar, die ich noch nicht habe.« Es hätte ein zorniges Brummen sein können, aber der Kapitän beherrschte sich gut. Eine Zeitlang sprach er mit der Flugkontrolle in Dubuque und bekam neue Instruktionen.

Jim hörte stumm zu und begriff, daß der Tower die DC-10 mit einigen 360-Grad-Schleifen herunterholen und zur Landebahn bringen wollte. Da den Piloten eine echte Kontrolle über die Maschine fehlte, kam ein direkter Anflug wie sonst nicht in Frage. Die Neigung des Flugzeugs, ständig nach rechts zu driften, mußte in einem komplizierten Plan berücksichtigt werden; es sollte von ganz allein den Weg zum Stall finden, wie ein widerspenstiger Stier, der nicht dem Hirten gehorchte und entschlossen war, eine eigene Route nach Hause zu wählen. Wenn man sowohl den Radius der Schleifen als auch den Sinkflug genau berechnete, mochte es möglich sein, daß die Maschine genau zur richtigen Zeit den Anfang der Landebahn erreichte und sicher landete.

Aufprall in fünf Minuten.

Jim zuckte schockiert zusammen und sprach diese vier Worte fast laut aus.

Als Delbaugh das Gespräch mit dem Tower beendete, fragte Ironheart: »Funktioniert das Fahrwerk?«

»Ja«, sagte der Flugkapitän. »Es ist ausgefahren und eingerastet.«

»Dann schaffen wir es vielleicht.«

»Wir *werden* es schaffen«, erwiderte Delbaugh. »Es sei denn, uns stehen weitere Überraschungen bevor.«

»Ich fürchte, das ist der Fall«, meinte Jim.

Delbaugh bedachte ihn mit einem durchdringenden Blick. »Ich höre.«

Aufprall in vier Minuten.

»Zunächst einmal: Beim Landeanflug wird es zu plötzlichen Böen kommen. Sie treffen das Flugzeug von der Seite, pressen es also nicht zu Boden. Aber der dadurch entstehende Aufwind beschert Ihnen einige schwierige Augenblicke. Stellen Sie sich vor, über ein Waschbrett zu fliegen.«

»Wovon reden Sie da?« entfuhr es Anilow.

»Einige hundert Meter vor dem Anfang der Landebahn ist die Maschine noch immer nicht gerade ausgerichtet«, fuhr Jim fort und gestattete es der allwissenden höheren Macht, durch ihn zu sprechen. »Aber Sie müssen den Anflug fortsetzen; Ihnen bleibt keine andere Wahl.«

»Woher wollen Sie das wissen?« fragte der Bordingenieur.

Ironheart ignorierte ihn. Zunge und Lippen bewegten sich von ganz allein, brachten die Worte hastiger hervor. »Die DC-10 neigt sich plötzlich nach rechts, und die Tragfläche berührt den Boden, wodurch sich das ganze Flugzeug um die eigene Achse dreht. Es rutscht über die Landebahn in ein Feld, bricht auseinander und gerät in Brand.«

Der rothaarige und zivil gekleidete Mann, der die Gashebel bediente, sah ungläubig zu Jim auf. »Was ist das für ein verdammter Blödsinn? Für wen halten Sie sich?«

»Er wußte um das Hecktriebwerk Bescheid, bevor es explodierte«, sagte Delbaugh kühl.

Ironheart stellte fest, daß sie mit der zweiten von insgesamt drei vorgesehenen Schleifen begannen. »Von Ihnen im Cockpit stirbt niemand, aber Sie verlieren hundertsiebenundvierzig Passagiere und vier Stewardessen.«

»O Gott«, murmelte Delbaugh.

»Das kann er doch gar nicht *wissen*«, wandte Anilow ein.

Aufprall in drei Minuten.

Der Flugkapitän gab dem Rothaarigen an den Schubreglern weitere Anweisungen. Ein Triebwerk brummte lauter, das andere leiser, und die große Maschine flog durch die zweite Schleife, verlor dabei an Höhe.

»Aber Sie werden gewarnt, kurz bevor die DC-10 nach rechts kippt«, sagte Jim.

»Wodurch?« erkundigte sich Delbaugh. Er sah Ironheart noch immer nicht an, hielt den Blick auf die Instrumente gerichtet.

»Sie wissen nicht, was es bedeutet. Es ist ein seltsames Geräusch, und Sie hören es zum erstenmal in Ihrem Leben, hervorgerufen von Materialermüdung im Tragflächenstutzen, dort, wo er am Rumpf befestigt ist. Ein scharfes *Doing*, wie von der zerreißenden Saite einer riesigen Gitarre. Wenn Sie es hören, sofort die Leistung des Backbordtriebwerks erhöhen und nach links kompensieren, damit verhindern Sie, daß sich das Flugzeug überschlägt.«

Anilow verlor die Geduld. »Was für ein Unsinn! Slay, ich kann nicht *denken*, solange dieser Kerl hier ist.«

Jim wußte, daß der Erste Offizier recht hatte. Sowohl die System Aircraft Maintenance in San Francisco als auch das UA-

Aufsichtsbüro schwiegen seit einer ganzen Weile, um nicht die Konzentration der Piloten zu stören. Selbst wenn er blieb, ohne ein weiteres Wort zu sagen: Es bestand die Gefahr, daß er Delbaugh und seine Begleiter im entscheidenden Augenblick ablenkte. Außerdem glaubte er, daß es keine weiteren wichtigen Hinweise gab.

Er verließ das Cockpit und kehrte so rasch wie möglich zur Reihe sechzehn zurück.

Aufprall in zwei Minuten.

Holly hielt ständig nach Jim Ironheart Ausschau und hoffte, daß er sich wieder zu ihnen setzen würde. Sie wollte ihn in der Nähe wissen, wenn es zum Schlimmsten kam. Deutlich erinnerte sie sich an den bizarren Alptraum in der vergangenen Nacht, an das Ungeheuer, das sie in die Wirklichkeit des Motelzimmers zu verfolgen schien; sie entsann sich auch daran, wie viele Menschen Ironheart bei seinem Bemühen getötet hatte, anderen Personen das Leben zu retten – sie dachte in diesem Zusammenhang an Norman Rink in Atlanta. Doch seine lichte Seite überstrahlte das Dunkle an ihm. Zwar war er in eine Aura der Gefahr gehüllt, aber in seiner Begleitung fühlte sich Holly seltsam sicher, wie im Bereich eines Schutzengels.

Eine der Stewardessen benutzte die Lautsprecheranlage, um Notfallmaßnahmen zu erklären. Ihre Kollegen und Kolleginnen standen in anderen Sektionen und vergewisserten sich, daß alle Passagiere verstanden, worum es ging.

Die DC-10 schlingerte und bebte erneut. Zwar gab es in ihrer Struktur kein Holz, aber sie knarrte und knackte wie ein Segelschiff auf einem sturmgepeitschten Meer. Hinter den Fenstern erstreckte sich blauer Himmel, doch die Luft war nicht ruhig. Die Turbulenzen wurden jetzt immer heftiger.

Die Reisenden gaben sich keinen Illusionen mehr hin. Sie wußten, daß eine Landung unter denkbar schlechten Umständen bevorstand. Bestimmt vermuteten einige von ihnen, daß sich eine Katastrophe anbahnte. Überraschenderweise war es in dem großen Flugzeug fast völlig still, so als säßen die Passagiere in einer Kathedrale und nähmen dort an einer feierlich-ernsten Zeremonie teil. Vielleicht stellten sie sich ihre eigenen Totenmessen vor.

Jim erschien im Bereich der Ersten Klasse und schritt durch den Backbordgang. Es erleichterte Holly zutiefst, ihn zu sehen. Er blieb nur kurz stehen, um den Dubroweks ein beruhigendes Lächeln zu schenken, der Journalistin die Hand auf die Schulter zu legen und ihr mit dieser stummen Geste Mut zu machen. Dann nahm er in Reihe siebzehn Platz.

Die Maschine geriet in besonders heftige Turbulenzen. Holly gewann immer mehr den Eindruck, daß sie nicht länger flogen, sondern über Wellblech rutschten.

Christine nahm Hollys Hand und hielt sie kurz, als seien sie alte Freundinnen. In gewisser Weise war das auch der Fall: Der drohende Tod führte sie zusammen.

»Viel Glück, Holly.«

»Das wünsche ich Ihnen auch«, erwiderte die Journalistin.

Die auf der anderen Seite neben ihrer Mutter sitzende Casey wirkte klein und zierlich.

Inzwischen saßen auch die Stewards und Stewardessen in der Haltung, die sie vorher den Passagieren gezeigt hatten. Schließlich folgte Holly ihrem Beispiel und nahm eine Position ein, die bei einem Unglück die besten Überlebenschancen bot: den Gurt angelegt, nach vorn gebeugt, den Kopf zwischen den Knien, die Hände fest um die Waden geschlossen.

Die DC-10 ließ die Zone mit den Turbulenzen hinter sich zurück, und eine Zeitlang flog sie völlig ruhig. Doch Holly bekam keine Gelegenheit, Erleichterung zu empfinden. Von einem Augenblick zum anderen schien der ganze Himmel zu beben, so als stünden Kobolde an den vier Ecken und schüttelten ihn wie eine lose Decke.

Über den Sitzen öffneten sich die Fächer fürs Handgepäck. Es regnete kleine Koffer, Reisetaschen, Jacken und persönliche Gegenstände. Irgend etwas traf Holly am Rücken und prallte ab. Es war kein besonders schweres Objekt und verursachte kaum Schmerzen, aber sie stellte sich plötzlich einen mit Make-up und Gesichtscreme gefüllten Kosmetikkoffer vor, der sie genau im richtigen Winkel traf, um ihr das Rückgrat zu brechen.

Flugkapitän Sleighton Delbaugh wandte sich mit neuen Anweisungen an Yankowski, der weiterhin auf dem Boden des Cockpits kniete und die Gashebel betätigte, während die beiden Piloten versuchten, zumindest eine geringe Kontrolle über das Flugzeug zu gewinnen. Delbaugh trachtete danach, sich innerlich vorzubereiten, aber er wußte zu genau, wie schlimm eine Bruchlandung sein konnte.

Sie beendeten gerade die dritte und letzte 360-Grad-Schleife. Die Landebahn befand sich vor ihnen, doch sie näherten sich ihr nicht in einem völlig geraden Anflug, so wie es Jim – Delbaugh konnte sich nicht an den Nachnamen des Mannes erinnern – vorhergesehen hatte.

Eine weitere Prophezeiung des Fremden bestätigte sich. Die DC-10 sank durch außergewöhnlich starke Turbulenzen, sie zitterte und bebte so heftig, als säßen sie alle in einem alten Bus mit gebrochenen Achsen, der über eine steile und ungepflasterte Bergstraße fuhr. So etwas hatte der Kapitän noch nie zuvor erlebt. Selbst mit einer völlig intakten Maschine wäre er nicht ohne weiteres bereit gewesen, angesichts so starker Seiten- und Aufwinde zu landen.

Aber er konnte den Flug nicht zu einem anderen Airport fortsetzen und auf bessere Wetterbedingungen hoffen. Seit der Explosion des Hecktriebwerks war es ihnen gelungen, den Jumbo-Jet dreiundvierzig Minuten lang in der Luft zu halten – eine Leistung, auf die sie stolz sein durften. Doch Geschick, Entschlossenheit, Intelligenz und Mut genügten nicht, um die Maschine sicher zu steuern. Delbaugh hatte immer mehr das Gefühl, einen gewaltigen Felsen zu fliegen, den nur ein Wunder davor bewahrte, zu Boden zu stürzen.

Zweitausend Meter trennten sie vom Anfang der Landebahn, und sie näherten sich schnell.

Der Kapitän dachte an seine Frau und den siebzehnjährigen Sohn zu Hause in Westlake Village, im Norden von Los Angeles. Er dachte auch an seinen anderen Sohn Tom, der in Willamette studierte. Und er sehnte sich danach, ihre Gesichter zu berühren, sie zu umarmen.

Doch Delbaughs Furcht galt nicht dem eigenen Schicksal. Wenigstens nicht ganz. Die geringe Sorge im Hinblick auf seine Sicherheit war keineswegs das Ergebnis der Voraussage, daß im Cockpit niemand sterben würde – immerhin konnte er kaum sicher sein, daß alle Vorahnungen des Fremden eine konkrete Entsprechung in der Wirklichkeit fanden. Vielleicht lag es daran, daß ihm gar keine Zeit blieb, sich Sorgen zu machen.

Noch eintausendfünfhundert Meter.

Seine Gedanken drehten sich in erster Linie um die Passagiere und Besatzungsmitglieder, die ihm ihr Leben anvertrauten. Wenn er auch nur teilweise Verantwortung für das Unglück trug – aufgrund von mangelnder Entschlossenheit oder falschen Reaktionen –, so konnten seine bisherigen Verdienste keinen Ausgleich für diese eine Katastrophe schaffen. Diese Einstellung bewies vielleicht, daß er zu hart mit sich selbst war, wie einige Freunde behaupteten, aber er wußte, daß viele Piloten ein so stark ausgeprägtes Verantwortungsbewußtsein entwickelten.

Delbaugh erinnerte sich an die Worte des Fremden: ». . . *Sie verlieren hundertsiebenundvierzig Passagiere . . .«*

In seinen Händen brannte dumpfer Schmerz, als er sie fester um das heftig vibrierende Steuer schloß.

». . . und vier Stewardessen . . .«

Noch zwölfhundert Meter.

»Der Vogel will erneut nach rechts schwenken«, sagte Delbaugh.

»Halten Sie ihn auf Kurs!« knurrte Anilow. In dieser geringen Höhe hing alles vom Flugkapitän ab.

Einhunderteinundfünfzig Tote. Leidende, trauernde Familien, zahllose andere Leben von einer Tragödie gezeichnet.

Elfhundert Meter.

Aber zum Teufel auch: Woher wollte der Bursche wissen, wie viele Menschen starben? Absurd. Behauptete er vielleicht, Hellseher zu sein? Unfug und Blödsinn – Yankowski hatte recht. Andererseits . . . Der Fremde hatte vorher vom explodierten Hecktriebwerk gewußt und auch die Waschbrett-Turbulenzen vorhergesagt. Nur ein Narr würde seine Warnungen einfach ignorieren.

Tausend Meter.

»Es geht los«, murmelte Delbaugh.

Jim Ironheart beugte sich in seinem Sitz vor, neigte den Kopf zwischen die Knie, griff nach den Waden und dachte dabei an die Pointe eines alten Witzes: Gib deinem eigenen Arsch einen Abschiedskuß.

Er hoffte inständig, die Flut des Schicksals durch sein Eingreifen nicht so sehr verändert zu haben, daß sie sowohl ihn selbst als auch die Dubroweks und andere Passagiere fortspülte, die eigentlich überleben sollten. Mit seinen Hinweisen an den Piloten hatte er direkten Einfluß auf die Zukunft genommen, und was sich jetzt anbahnte, war vielleicht *schlimmer* als die ursprünglich vom Verhängnis geplanten Ereignisse.

Die höhere Macht schien seine Versuche, mehr Menschen zu retten als nur Christine und Casey, letztendlich zu billigen. Doch Natur und Identität jener Macht blieben so rätselhaft, daß nur ein Idiot angenommen hätte, ihre Motive und Absichten zu verstehen.

Das Flugzeug zitterte wie ein ängstliches Wesen, und aus dem Brummen der Triebwerke wurde ein fast schrilles Heulen.

Jim starrte auf den Boden zu seinen Füßen und rechnete damit, daß sich plötzlich große Löcher darin bildeten.

Er machte sich vor allen Dingen um Holly Thorne Sorgen. Ihre Präsenz an Bord war im Drehbuch des Schicksals nicht vorgesehen. Vielleicht gelang es Jim tatsächlich, mehr Passagiere zu retten, als seine Mission vorsah, aber er fürchtete sich davor, daß Holly beim Aufprall sterben würde.

Als das Flugzeug einmal mehr erbebte und sich der Landebahn näherte, krümmte sich Holly noch weiter zusammen und schloß die Augen. In ihrer privaten Finsternis sah sie Gesichter: Vater und Mutter, was zu erwarten gewesen war; Lenny Callaway, ihre erste große Teenagerliebe (eine Überraschung – seit ihrem sechzehnten Lebensjahr hatte sie ihn nicht mehr getroffen); Mrs. Rooney, eine Lehrerin an der Oberschule, die sich mit besonderem Engagement um sie gekümmert hatte; Lori Cugar, eine gute Freundin während der Zeit am College, bevor das Leben sie in eine andere Ecke des Landes geführt hatte. Hinzu kamen noch viele andere Personen, denen Holly spezielle Empfindungen entgegenbrachte. Die individuellen Reminiszenzen verharrten jeweils nur für ein oder zwei Sekunden im inneren Zentrum ihrer Aufmerksamkeit, aber der nahe Tod verzerrte die Zeit, und dadurch gewann Holly den Eindruck, daß sie viele Minuten lang über jene Menschen nachdachte. Sie erlebte nicht etwa eine filmartige Rückschau auf ihr Leben, sondern entsann sich an die Protagonisten darin – was kaum einen Unterschied machte.

Die DC-10 knackte und knarrte, heulte und kreischte, zitterte und bebte, und Hollys Blick blieb nach innen gerichtet. Trotzdem hörte sie Christine Dubrowek, die sich kurz vor der Landung an ihre Tochter wandte: »Ich hab' dich lieb, Casey.«

Holly begann zu weinen.

Dreihundert Meter.

Delbaugh zog das Steuer ein wenig nach hinten und richtete den Bug auf.

Alles schien in Ordnung zu sein – wenn man die besonderen Umstände berücksichtigte.

Ihr Anflugvektor bildete einen knappen Winkel zur Landebahn, aber vielleicht konnte Delbaugh die Maschine ausrichten, sobald sie auf dem Boden waren. Wenn nicht ... Nun, dann rollten sie drei oder vier Kilometer weit über den Beton, bevor sie von der

Piste abkamen und ein Feld erreichten, das den Eindruck erweckte, als habe man dort vor einigen Tagen Korn geerntet. Es handelte sich nicht gerade um ein wünschenswertes Ziel, aber bis dorthin hatte sich ihr Bewegungsmoment bestimmt stark reduziert. Vielleicht brach das Flugzeug trotzdem auseinander – es hing davon ab, über was für einen Boden die Räder des Fahrwerks rollten –, doch die Wahrscheinlichkeit dafür, daß der ganze Rumpf zerfetzt wurde, war recht gering.

Zweihundert Meter.

Keine Turbulenzen mehr.

Die DC-10 schwebte wie eine Feder.

»Na schön«, brummte Anilow, und Delbaugh sagte gleichzeitig: »Ruhig, ruhig.« Beide Piloten dachten: *Es sieht gut aus; wir schaffen es.*

Hundert Meter.

Der Bug noch immer oben.

Perfekt.

Landung und ...

DOING!

Ein lautes Quietschen der Reifen untermalte dieses seltsame Geräusch. Delbaugh entsann sich an die Warnung des Fremden. »Schub auf Nummer eins!« stieß er hervor und riß das Steuer nach links. Yankowski erinnerte sich ebenfalls und zögerte nicht, den entsprechenden Gashebel zu betätigen – obwohl er die Prophezeiungen für Unsinn gehalten hatte. Die rechte Tragfläche kippte nach unten – ›Jim‹ behielt erneut recht –, aber das rechtzeitige Ausgleichmanöver sorgte dafür, daß sie sich sofort wieder nach oben neigte. Es bestand die Gefahr einer Überkompensation, und deshalb gab Delbaugh einen neuen Schubbefehl, während er noch immer versuchte, die Maschine nach links zu drücken. Sie rollten, rollten über die Runway, das Flugzeug zitterte, und Delbaugh ordnete die Schubumkehr an, weil angesichts ihrer hohen Geschwindigkeit nach wie vor eine Katastrophe drohte, sie rollten und rollten, nicht in einer geraden Linie auf der Landebahn, sondern in einem leichten Winkel, allmählich wurden sie langsamer, aber sie rollten noch immer ... Die rechte Tragfläche kippte erneut, begleitet von einem metallischen Kreischen, als müder Stahl – *Probleme im Tragflächenstutzen, dort, wo er am Rumpf befestigt ist,* hatte der Fremde gesagt – den enormen Belastungen erlag. Sie rollten und rollten, aber Delbaugh konnte nichts gegen die breiter und länger werdenden Risse im Stutzen unternehmen; es war ihm nicht möglich, nach draußen zu klettern und die verdammten Nieten festzuhalten. Sie rollten und rollten, und die Geschwindigkeit verringerte sich, aber die rechte Tragfläche schwang wie in Zeitlupe dem Boden entgegen, reagierte nicht mehr auf die Gegenmaßnahmen, nur noch wenige Zentimeter trennten ihre Spitze vom Boden, o Gott, die Tragfläche ...

Holly spürte, wie sich das Flugzeug noch weiter nach rechts neigte. Sie hielt den Atem an – oder glaubte es zumindest –, und gleichzeitig schnappte sie verzweifelt nach Luft.

Das Knacken und Kreischen überlasteten Metalls dröhnte seit einigen Minuten durch den Rumpf, doch jetzt wurde es plötzlich lauter. Noch weiter nach rechts. Ein kanonenartiges Donnern ertönte, die Maschine erbebte heftiger als jemals zuvor. Das Fahrwerk gab nach.

Sie rollten nicht mehr, sondern *rutschten* über die Landebahn. Die Passagiere wurden in ihren Sitzen hin und her geworfen. Dann drehte sich die DC-10; Hollys Puls raste, und tief in ihrem Innern verkrampfte sich etwas. Sie fühlte sich wie in einem riesigen Karussell, aber es machte überhaupt keinen Spaß. Der Gurt kam einer scharfen Klinge an ihrer Taille gleich, schien zu versuchen, sie langsam in Stücke zu schneiden.

Sie empfand den Lärm als unerträglich. Die entsetzten Stimmen der anderen Passagiere waren nicht einmal das Schlimmste. Das Kreischen des Flugzeugs übertönte sie, als sein stählerner Bauch über den Beton der Piste schabte, als Verbindungsstellen platzten und Metallplatten fortgerissen wurden. Vielleicht hatten Dinosaurier, die in mesozoischen Teergruben versanken, ähnliche Schreie ausgestoßen, doch seit jener Ära gab es nichts auf der Erde, das Schmerz und Pein so ohrenbetäubend deutlich zum Ausdruck bringen konnte. Es handelte sich nicht nur um ein mechanisches Geräusch – es war metallisch und auch lebendig, so gespenstisch und schrecklich, als kreischten alle Bewohner der Hölle, als wimmerten Millionen von gequälten Seelen. Holly rechnete jeden Augenblick damit, daß ihre Trommelfelle rissen.

Sie mißachtete die Anweisungen der Stewards und Stewardessen, sah auf und blickte sich um. Kaskaden aus weißen, gelben und türkisfarbenen Funken stoben an den Fenstern vorbei; es sah aus, als fliege die DC-10 durch ein besonders farbenprächtiges Feuerwerk. Sechs oder sieben Reihen weiter vorn öffnete sich der Rumpf wie die Schale eines Eies, das man an einem Teller aufschlug.

Holly hatte genug gesehen und ließ den Kopf wieder zwischen die Knie sinken.

Zunge und Lippen bewegten sich, aber die Journalistin war in einem solchen Strudel aus Entsetzen gefangen, daß sie die eigenen Worte zunächst nicht verstand. Sie konzentrierte sich auf ihre Stimme und versuchte, den Rest der Kakophonie zu filtern. »Nein, nein, nein, nein, nein, nein . . .«

Vielleicht verlor sie für einige Sekunden das Bewußtsein. Vielleicht entstand eine mentale Barriere, die ihre Sinne vor einer Überbelastung schützte. Als sie die Aufmerksamkeit wieder nach außen richtete, herrschte plötzliche Stille. Seltsame Gerüche erfüllten die Luft, und Holly bemühte sich vergeblich, sie zu identifizieren. Ein Ende des Chaos – und doch erinnerte sie sich nicht daran, daß die Maschine zur Ruhe gekommen war.

Sie lebte.

Ekstatische Freude durchflutete sie. Holly hob den Kopf und setzte sich auf, holte tief Luft, um laut zu jubeln. Dann sah sie das Feuer.

Die DC-10 überschlug sich nicht. Es hatte sich ausgezahlt, Flugkapitän Delbaugh zu warnen.

Doch Jim wußte, daß die jetzt beginnende Phase ebenso gefährlich war wie die Bruchlandung selbst.

Auf der Steuerbordseite des Flugzeugs lief Treibstoff aus den geplatzten Tanks, und orangefarbene Flammen leckten über die Fenster. Die Maschine schien sich in ein Unterseeboot zu verwandeln, das auf einer fremden Welt durch ein Meer aus Feuer glitt. Einige Fensterscheiben waren gesplittert, und die Glut prasselte durch jene Öffnungen, auch durch den breiten Riß im Rumpf, zwischen der Touristenklasse und dem vorderen Teil der DC-10.

Jim löste den Sicherheitsgurt, erhob sich und beobachtete, wie einige Sitze auf der Steuerbordseite in Brand gerieten. Die Passagiere dort ließen sich auf Hände und Knie fallen, krochen unter den sich rasch ausbreitenden Flammen umher.

Ironheart trat in den Gang, zog Holly von ihrem Platz hoch und umarmte sie. Über ihre Schulter hinweg sah er zu den Dubroweks hin. Mutter und Tochter waren unverletzt, aber Casey weinte.

Er hielt die Hand der Journalistin und suchte nach einer Möglichkeit, das Flugzeug so schnell wie möglich zu verlassen. Rasch wandte er sich dem rückwärtigen Teil der Maschine zu, und für einige Sekunden begriff er nicht, was sich seinen Blicken darbot.

Eine amorphe Masse wogte aus dem gräßlich deformierten und halbzerfetzten Heck heran, wie ein gefräßiges Monstrum aus einem Horrorfilm. Das schwarze, wallende Etwas verschlang alles: Sitze, Wände, den Boden, Menschen – Qualm. Doch der Rauch wirkte so dicht und *massiv*, daß er auf den ersten Blick wie eine Wand aus Öl oder Schlamm aussah.

Im Heckbereich des Flugzeugs drohte der Erstickungstod. Es blieb ihnen nichts anderes übrig, als den vorderen Teil aufzusuchen, trotz des Feuers. Auf der Steuerbordseite knisterten Flammen über den zerrissenen Rumpf und reichten mehrere Meter weit in den Passagierraum. Auf der Backbordseite schien bisher noch keine Gefahr zu bestehen, von der Glut erfaßt zu werden.

»Schnell«, sagte Jim und wandte sich an Christine und Casey, als sie Reihe sechzehn verließen. »Nach vorn. Beeilt euch. Los!«

Andere Reisende aus den ersten sechs Reihen der Touristenklasse versperrten ihnen den Weg. Jeder wollte aus dem Flugzeug fliehen. Eine junge Stewardeß gab sich alle Mühe, den Passagieren zu helfen, aber trotzdem kamen sie nur langsam voran. Dutzende von kleinen Koffern, Handtaschen, Büchern und andere aus den Handgepäckfächern gefallenen Gegenstände lagen im Gang, und Jim mußte sehr darauf achten, nicht zu stolpern.

Der dichte Rauch glitt von hinten heran, erreichte und umhüllte sie, brannte so sehr in den Augen, daß ihnen Tränen über die Wangen rannen. Jim hustete, als die ersten tentakelartigen Ausläufer des Qualms nach ihm tasteten. Einen Sekundenbruchteil später würgte er voller Abscheu und versuchte, nicht daran zu denken, was hinter ihnen brannte – abgesehen von Polstern, Kunststoff, Teppichboden und anderen Innenausstattungsteilen des Flugzeugs.

Der ätzende Rauch wogte weiter, schob sich gnadenlos in die vorderen Bereiche der DC-10, und die Passagiere verschwanden darin. Sie schienen durch einen Vorhang aus schwarzem Samt zu hasten.

Bevor die Sichtweite auf einige wenige Zentimeter schrumpfte, ließ Jim Hollys Hand los und berührte Christine an der Schulter. »Ich nehme das Kind«, sagte er, hob Casey hoch und drückte sie fest an sich.

Vor ihm im Gang lag eine aufgeplatzte Papiertüte. Sie enthielt unter anderem ein weißes T-Shirt mit der Aufschrift I LOVE L. A., und daneben zeigte sich die Darstellung rosaroter, pfirsichfarbener und hellgrüner Palmen.

Jim griff nach dem Shirt und drückte es Casey in die kleinen Hände. Keuchend brachte er hervor: »Halt es vors Gesicht. Benutz es als Atemfilter!«

Dann wurde er praktisch blind. Die Qualmwolke um ihn herum war so dicht, daß er nicht einmal mehr das Kind in seinen Armen sah. Ebensowenig konnte er Luftströmungen innerhalb des Rauchs feststellen; er schien statisch zu sein, die ganze Welt zu umfassen. Die Schwärze war noch dunkler als jene Finsternis, die Jim sah, wenn er die Augen schloß, denn hinter den Lidern formte buntes Glitzern seltsame Muster und erhellte seinen inneren Kosmos.

Etwa sechs Meter trennten sie von dem breiten Riß im Rumpf. Er konnte sich kaum verirren, denn der Gang bot den einzigen möglichen Weg dorthin.

Ironheart versuchte, nicht zu atmen. Normalerweise fiel es ihm leicht, die Luft eine Minute lang anzuhalten, und das sollte eigentlich genügen. Allerdings gab es ein Problem: Ein Teil des beißenden Rauchs war ihm bereits in die Lungen geraten und brannte so sehr, als hätte er Säure verschluckt. Der Würgreiz wurde immer stärker, und jeder Krampf in der Speiseröhre zwang ihn dazu, zumindest flach zu atmen.

Noch etwa vier Meter.

Jim wollte die Passagiere weiter vorn anschreien: *Bewegt euch endlich, verdammt!* Er wußte, daß sie nicht trödelten und ebenfalls versessen darauf waren, die Maschine zu verlassen, aber er spürte trotzdem den Wunsch, sie zu verfluchen. Zorn brodelte in ihm, und er begriff, daß er hysterisch zu werden begann.

Er trat auf einige kleine zylindrische Objekte und schwankte wie jemand, der auf Murmeln stand. Aber es gelang ihm, das Gleichgewicht zu wahren.

Casey erlitt einen Hustenanfall. Jim hörte sie nicht, fühlte jedoch, daß sie heftig zitterte und sich hin und her wand, während sie die schlecht gefilterte Luft durch das weiße T-Shirt saugte.

Kaum eine Minute war verstrichen, seit er seinen Platz verlassen hatte, und Casey hielt er erst seit etwa dreißig Sekunden in den Armen. Trotzdem glaubte er, schon eine Ewigkeit lang durch einen dunklen Tunnel unterwegs zu sein.

Furcht und Zorn schufen ein wirres Durcheinander hinter seiner Stirn, aber er dachte noch immer klar genug, um sich an etwas zu erinnern. Er hatte einmal gelesen, daß Rauch in einem brennenden Zimmer nach oben steigt und sich an der Decke sammelt. Jim beschloß, auf Händen und Knien über den Boden des Gangs zu kriechen, wenn sie sich während der nächsten Sekunden nicht in Sicherheit bringen konnten. Vielleicht fanden sie unten etwas reinere Luft, die es ihnen ermöglichte, lange genug zu überleben, um den Riß im Rumpf zu erreichen.

Plötzliche Hitze schlug ihm entgegen.

Er stellte sich vor, in einen Schmelzofen zu treten, der ihm innerhalb eines Sekundenbruchteils die Haut verbrannte und das Fleisch darunter verkohlte. Sein Herz schien zu einem wilden Tier zu werden, das versuchte, aus dem Käfig zu springen. Es pochte jetzt noch schneller und lauter.

Jim war davon überzeugt, daß sie sich jetzt in unmittelbarer Nähe des Risses befanden, und er öffnete die tränenden Augen. Vollkommen undurchdringliche Schwärze wich dunklem Grau aus dahintreibendem Rauch, in dem rotes Glühen pulsierte. Es ging von Flammen aus, die im Qualm verborgen blieben und deren Licht sich an Millionen von Aschepartikeln widerspiegelte. Das Feuer konnte jederzeit neue Nahrung finden, ihm jäh entgegenwogen und ihn bis auf die Knochen verbrennen.

Er schaffte es nicht.

Keine atembare Luft.

Tödliche Glut auf allen Seiten.

Ja, er würde verbrennen wie eine lebende Talgkerze. In einer Vision, die nicht etwa auf den Einfluß der höheren Macht zurückging, sondern aus Entsetzen und Grauen wuchs, beobachtete Jim, wie er resigniert auf die Knie sank. Das Kind in den Armen. Ein Teil der Flammen ...

Ein Windstoß traf ihn. Irgend etwas saugte den Rauch nach links.

Ironheart sah Tageslicht, kühl und grau, leicht vom schrecklichen Flackern des brennenden Treibstoffs zu unterscheiden.

Die Angst davor, im letzten Augenblick einer Stichflamme zum Opfer zu fallen, verlieh ihm neue Kraft. Er eilte in das Sicherheit verheißende Grau und fiel aus dem Flugzeug. Es wartete keine Treppe auf ihn, auch keine Notrutsche, nur Erde. Glücklicherweise hatte man dort erst vor kurzer Zeit Getreide geerntet und die Stoppeln untergepflügt. Der bestellte Boden war hart genug, um Jim die Luft aus den Lungen zu pressen, aber er brach sich nichts.

Er drückte Casey weiterhin an sich und rang nach Atem. Nach einer Weile rollte er auf die Knie, stand auf und hielt das Kind in den Armen, als er von der DC-10 forttaumelte und die Korona aus Hitze verließ, die von dem Flugzeug ausstrahlte.

Einige Überlebende liefen fort, als gebe es an Bord der Maschine eine große Ladung Dynamit, die jeden Augenblick explodieren und halb Iowa zerstören konnte. Andere wanderten ziellos umher, offensichtlich unter schwerem Schock. Jim sah auch mehrere Passagiere, die auf dem Boden lagen – zu schwach, um aufzustehen – verletzt – vielleicht tot.

Dankbar atmete Jim die frische Luft und hustete sich letzte Qualmreste aus den Lungen, während er nach Christine Dubrowek Ausschau hielt. Er drehte den Kopf hin und her, rief ihren Namen, bekam jedoch keine Antwort. Befand sie sich noch immer im Flugzeug? Ironheart dachte plötzlich daran, daß er im Gang vielleicht nicht nur über *Dinge* hinweggestolpert war, sondern auch über gefallene *Menschen*.

Casey schien zu ahnen, was ihm durch den Kopf ging. Sie ließ das weiße T-Shirt mit den Palmen fallen, keuchte einige Male, klammerte sich an Jim fest und rief ebenfalls nach ihrer Mutter. Die ängstliche Stimme des Mädchens schien anzudeuten, daß es das Schlimmste erwartete.

Ironheart hatte einen ersten Hauch von Triumph gespürt, aber jetzt klirrte neue Furcht in ihm, wie Eiswürfel in einem hohen Glas. Der warme Augusttag schien vor ihm zurückzuweichen, und auch die Hitze des brennenden Flugzeugs ließ nach. Arktische Kälte kroch heran.

»Steve?«

Zuerst reagierte er nicht auf diesen Namen.

»Steve?«

Dann fiel ihm ein, daß er sich als Steve Harkman vorgestellt hatte – ein Rätsel, das sowohl die Dubroweks als auch den *echten* Steve Harkman für den Rest ihres Lebens begleiten würde –, und er wandte sich der Stimme zu. Christine taumelte über den bestellten Acker, Rußflecken auf der Kleidung und im Gesicht, ohne Schuhe, die Arme nach Casey ausgestreckt.

Jim überließ ihr das Mädchen.

Mutter und Kind umarmten sich glücklich.

Christine weinte und blickte über Caseys Schulter. »Danke. Danke dafür, daß Sie meine Tochter gerettet haben. Mein Gott, Steve, dafür kann ich Ihnen gar nicht genug danken.«

Er wollte keinen Dank. Er wollte Holly Thorne, lebend und unverletzt.

»Haben Sie Holly gesehen?« fragte er besorgt.

»Ja. Sie hörte ein Kind, das um Hilfe rief, und sie dachte, es sei vielleicht Casey.« Christine bebte am ganzen Leib und sah sich wie gehetzt um. Sie schien zu glauben, daß sie noch nicht alles überstanden hatten, daß sich jeden Augenblick die Erde öffnen, heiße Lava spucken und ein neues Kapitel des Alptraums beginnen konnte. »Wieso wurden wir getrennt? Ich bin Ihnen gefolgt, fand mich plötzlich draußen wieder, und Sie ... waren nicht in der Nähe.«

»Holly«, sagte Jim ungeduldig. »Wohin ging sie?«

»Sie wollte wieder nach hinten, um Casey zu holen, aber dann begriff sie, daß die Stimme des Kindes von weiter vorn kam.« Christine hob eine Handtasche und fuhr fort: »Sie nahm ihre Tasche mit, ohne es zu merken, gab sie mir schließlich und kehrte zurück – sie wußte, daß es nicht Casey sein konnte, aber sie ging trotzdem.«

Christine streckte den Arm aus, und erst jetzt stellte Jim fest, daß sich der vordere Teil des Flugzeugs, bis hin zum Bereich der Ersten Klasse, vollständig von der Sektion mit den Reihen sechzehn und siebzehn gelöst hatte. Er lag sechzig Meter vor dem Rest der Maschine, zwar brannte er nicht ganz so heftig wie der mittlere Abschnitt der auseinandergebrochenen DC-10, aber er war schlimm genug zugerichtet. Das galt insbesondere für die hintere Hälfte.

Jim war entsetzt, daß Holly es gewagt hatte, in *irgendeinen* Teil des Wracks zurückzuklettern. Das Cockpit und die geborstene Rumpfsektion sahen aus wie ein exotischer Monolith auf dem Friedhof eines fernen Planeten. Der deformierte Bug des Flugzeugs schien hier völlig fehl am Platz zu sein, er wirkte sonderbar, unheilvoll und drohend.

Ironheart stürmte darauf zu und rief Hollys Namen.

Holly wußte, daß es sich um die gleiche Maschine handelte, die vor einigen Stunden in Los Angeles gestartet war, aber sie konnte sich kaum vorstellen, daß dieser vordere Bereich der DC-10 irgendwann einmal Teil eines funktionsfähigen Flugzeugs gewesen war. Er schien eher das Werk eines verrückten Bildhauers zu sein, der diverse Metallfragmente zusammengeschweißt hatte: Bratpfannen, Kuchenformen, Mülltonnen, Rohrleitungen, Autokühler, alte Drähte und Kabel, Aluminiumplatten und Bestandteile eines schmiedeeisernen Zauns. Die Journalistin sah gelöste Nieten, gesplittertes Glas, aus den Verankerungen gerissene Sitze, die barrikadenartige Haufen in einer Ecke bildeten; verbogenes Metall, an einigen Stellen fast pulverisiert, wie von einem Hammer zerschmetterte Kristalle. Innere Verkleidungsplatten hatten sich gelöst, und dahinter kamen dicke, nach innen geneigte Stützstreben zum Vorschein. Hier und dort mußte die Journalistin großen Löchern im Boden ausweichen, deren Ränder nach oben gewölbt waren – Explosionen unter der DC-10? Überall wimmelte es von scharfkantigen Metallobjekten; der Anblick erinnerte an einen Schrottplatz für alte Flugzeuge kurz nach einem Orkan.

Holly verharrte, lauschte dem Weinen eines ängstlichen Kindes und versuchte festzustellen, aus welcher Richtung sie diese Geräusche vernahm. Sie konnte nicht überall aufrecht stehen. Manchmal mußte sie sich ducken, durch enge Passagen kriechen und Hindernisse beiseite schieben. Die gleichmäßig angeordneten Sitzreihen und Gänge hatten sich in ein verwirrendes, unüberschaubar komplexes Labyrinth verwandelt.

Die Journalistin erschrak, als sie gelbe und rote Flammen auf der linken Seite und rechts neben dem Schott sah, das den Passagierraum vom Cockpit trennte. Aber es war ein eher zahmes, träges Feuer, nicht so zornig wie die lodernde Glut, die sie vor einigen Minuten erlebt hatte. Natürlich konnte es innerhalb weniger Sekunden zu einer unmittelbaren Gefahr werden, aber derzeit fand es gerade genug brennbares Material und Sauerstoff, um nicht zu erlöschen.

Graue Rauchstreifen tasteten nach ihr, stellten jedoch kaum eine Bedrohung dar. Es gab genug atembare Luft, und Holly hustete nur selten.

Die Konfrontation mit den Leichen belastete sie sehr. Ohne Ironhearts Eingreifen wäre die Bruchlandung sicher schlimmer gewesen, aber nicht alle Reisenden hatten überlebt, und im Bereich der Ersten Klasse fand Holly mehrere Tote. Sie sah einen Mann, der am Sitz festgenagelt war: Ein dreißig Zentimeter langes und zweieinhalb Zentimeter dickes Stahlrohr durchdrang seinen Hals. In den erstarrten Gesichtszügen zeigte sich Überraschung. Auf der anderen Seite bemerkte Holly eine fast geköpfte und noch immer angeschnallte Frau, deren Sessel sich aus dem Boden gelöst hatte. In der Nähe lagen einige andere Sitze, und dort beobachtete die Journalistin vier oder fünf Verletzte und Tote, die übereinander lagen. Die Verwundeten ließen sich nur von den Leichen unterscheiden, wenn man feststellte, wer stöhnte.

Irgendwann wurde das Entsetzen zuviel für Holly, und ihr Unterbewußtsein formte einen Schild, der das Grauen auf Distanz hielt. Sie sah das Blut, ohne es wirklich wahrzunehmen. Sie wandte ihren Blick von den gräßlichsten Wunden ab, verdrängte die alptraumhaften Bilder der getöteten Passagiere aus dem Fokus der Aufmerksamkeit. Die menschlichen Körper gewannen eine abstrakte Qualität, als seien sie überhaupt nicht real, sondern nur vage Formen und Farben, geschaffen von einem Kubisten, der Picasso imitierte. Wenn sie sich erlaubt hätte, über das nachzudenken, was sich ihren Blicken darbot ... dann wäre sie wahrscheinlich übergeschnappt und mit einem hysterischen Kreischen aus dem Wrack geflohen.

Unterwegs begegnete sie mehreren Personen, die man aus den Trümmern hätte befreien müssen und die sofortige medizinische Hilfe benötigten. Aber Holly konnte ihnen nicht helfen: Sie waren entweder zu schwer oder zu sehr eingeklemmt. Außerdem ließ sie sich in erster Linie von dem mitleiderweckenden Weinen leiten, gab einem Instinkt nach, der verlangte, zuerst die Kinder zu retten – eine genetisch programmierte Überlebensversicherung der Natur.

In der Ferne heulten Sirenen, und Holly runzelte die Stirn. Bisher hatte sie überhaupt nicht daran gedacht, daß Rettungsmannschaften unterwegs sein mochten. Nun, es spielte keine Rolle. Sie konnte nicht zurückkehren und darauf warten, daß sich speziell ausgebildete Personen um diese Sache hier kümmerten. Vielleicht bedeuteten zwei oder drei Minuten für das Kind den Unterschied zwischen Leben und Tod.

Holly schob sich weiter. Ab und zu sah sie anämische, aber trotzdem besorgniserregende Flammen im Irrgarten der Verheerung. Nach einer Weile hörte sie Jim Ironheart, der ihren Namen rief; offenbar stand er dort, wo der Bug des Flugzeugs vom Rest der Maschine amputiert worden war. Im Anschluß an das Chaos in der mittleren Sektion der DC-10 war die dichte Rauchwolke an verschiedenen Stellen ausgeströmt, und Holly hatte vergeblich nach Ironheart gesucht. Sie vertraute darauf, daß ihm und Casey keine Gefahr drohte, daß es Jim gelang, dem Schicksal auch in bezug auf sich selbst ein Schnippchen zu schlagen – trotzdem nagte Furcht an ihrer Seele. Deshalb erleichterte es sie, seine Stimme zu hören.

»Hier drin!« rief sie zurück. Die vielen Trümmer hinderten sie daran, einen Blick auf Ironheart zu werfen.

»Was machen Sie da?«

»Ich halte nach einem kleinen Jungen Ausschau«, antwortete sie. »Ich höre seine Stimme und nähere mich ihm langsam, aber ich kann ihn noch nicht sehen.«

»Kommen Sie raus!« brüllte Jim noch lauter, um das Heulen der Sirenen zu übertönen. »Die Rettungsmannschaften treffen gleich ein. Dies fällt in ihren Zuständigkeitsbereich.«

»Hier gibt es Leute, die *sofort* Hilfe brauchen«, erwiderte Holly und setzte ihren Weg fort.

Sie sah jetzt den vorderen Teil der Erste-Klasse-Sektion. Dort waren die stählernen Rippen des Rumpfes ebenfalls nach innen geknickt, wenn auch nicht ganz so stark wie weiter hinten. Vor dem Cockpit hatten sich losgerissene Sitze, Reisetaschen und kleinere Trümmerstücke gesammelt und bildeten einen hohen Haufen, zu dem auch Tote und Verletzte gehörten.

Als Holly einen leeren Sessel beiseite schob und kurz innehielt, um nach Luft zu schnappen, hörte sie, wie Jim hinter ihr ins Wrack kletterte.

Die Journalistin rollte auf die Seite, schob sich durch eine schmale Lücke, hinter der es etwas mehr Platz gab – und starrte in das Gesicht des Jungen, dessen Weinen sie gehört hatte. Er mochte etwa fünf Jahre alt sein, und in seinem Gesicht fielen enorm große dunkle Augen auf. Er blinzelte verwirrt und unterdrückte ein Schluchzen; vielleicht hatte er gar nicht mehr damit gerechnet, daß jemand kam, um ihm zu helfen.

Der Knabe lag unter mehreren umgekippten Sesseln in einem zeltartigen, sich nach oben hin verjüngenden Bereich, dessen ›Wände‹ ebenfalls aus Sitzen bestanden. Er lag auf dem Bauch und erweckte den Eindruck, als sollte es ihm nicht weiter schwerfallen, ins Freie zu kriechen.

»Irgend etwas hält mich am Fuß fest«, sagte er. Der Junge fürchtete sich noch immer, schien sich jedoch nicht von der Angst beherrschen zu lassen. Den größten Teil seines Entsetzens überwand er in dem Augenblick, als er Holly sah. Ganz gleich, ob man den fünften oder fünfzigsten Geburtstag hinter sich hatte – am schlimmsten war es, allein zu sein. »Es hält den Fuß fest, läßt ihn nicht los.«

Die Journalistin hustete kurz. »Ich hole dich da raus. Verlaß dich drauf.«

Sie hob den Kopf und bemerkte weitere Sitze, in die Sessel darunter verkeilt. Einige aus der herabgewölbten Decke ragenden Stahlstreben blockierten die Barriere; Holly fragte sich, ob dieser

Teil des Flugzeugs übers Feld gerollt war, bevor er mit der rechten Seite nach oben liegengeblieben war.

Mit den Fingerspitzen strich sie dem Jungen einige Tränen von den Wangen. »Wie heißt du?«

»Norwood. Die anderen Kinder nennen mich Norby. Es tut nicht weh. Der Fuß meine ich.«

Das freute Holly zunächst – doch als sie das Durcheinander um ihn herum beobachtete und sich fragte, wie sie dem Knaben helfen konnte, fügte er hinzu: »Ich spüre ihn nicht.«

»Was spürst du nicht, Norby?«

»Den Fuß. Komisch. Irgend etwas hält ihn fest, denn sonst könnte ich zu dir kriechen. Aber ich fühle den Fuß gar nicht, als sei er . . . verschwunden.«

Diese Worte beschworen ein Vorstellungsbild, das Holly schaudern ließ. Vielleicht war es nicht so schlimm. *Vielleicht ist sein Fuß nur eingeklemmt und taub,* dachte sie – und begriff, daß sie schleunigst etwas unternehmen mußte. Wenn der Fuß wirklich fehlte, wenn Norby Blut verlor . . .

Sie hatte nicht genug Platz, um sich an dem Jungen vorbeizuschieben, überlegte kurz, rollte sich auf den Rücken, winkelte die Beine an und stemmte ihre Füße gegen die Sitze über dem Jungen.

»In Ordnung, Norby. Ich werde jetzt versuchen, die Sessel ein wenig anzuheben, nur um einige Zentimeter. Kriech darunter hervor, wenn du spürst, daß sie in Bewegung geraten.«

Eine Schlange aus dünnem Rauch glitt aus der Dunkelheit hinter Norwood und tastete ihm übers Gesicht. Er schnaufte leise. »Da drüben l-liegen auch einige T-tote.«

»Denk nicht daran, Norby«, erwiderte Holly und streckte die Beine versuchsweise, um festzustellen, welches Gewicht sie anheben mußte. »Du bleibst dort nicht mehr lange. Gleich bist du frei.«

»Mein Sitz, ein leerer Sessel und dann die Toten«, sagte der Knabe mit zittriger Stimme.

Holly fragte sich, wie lange das Trauma dieser Erlebnisse seine Alpträume prägen würde. Vielleicht litt er noch in Jahren daran.

»Es geht los«, kündigte sie an.

Holly streckte die Beine und drückte fest zu. Der Haufen aus Sesseln, Trümmerstücken und Leichen war schwer genug, aber hinzu kam die herabgewölbte Decke – sie gab nicht nach. Holly strengte sich noch mehr an, bis der metallene Boden, nur von einem dünnen Teppich bedeckt, stechende Schmerzen im Rücken hervorrief. Ein leises Stöhnen entrang sich ihrer Kehle. Sie biß die

Zähne zusammen, stemmte sich mit ganzer Kraft gegen den Haufen, zornig darüber, daß er sich nicht von der Stelle rührte. Sie wurde regelrecht *wütend,* und . . .

. . . die Barriere bewegte sich.

Nur um wenige Millimeter.

Aber das genügte, um sie mit neuer Hoffnung zu erfüllen.

Holly drückte noch fester zu, fand eine Energie, von deren Existenz sie bisher überhaupt nichts gewußt hatte. Sie zwang die Füße nach oben, achtete nicht auf das Stechen, das nun auch die Beine erfaßte. Die Stützstreben und Aluminiumplatten an der Decke knarrten – und neigten sich einen Zentimeter weit zur Seite, dann noch einen. Die Sessel wackelten.

»Ich stecke noch immer fest«, sagte der Junge.

Mehr Rauch quoll aus der Finsternis hinter ihm. Er war nicht mehr grau, sondern dunkler, rußiger, öliger – und er stank. Holly betete zu Gott, daß die Flammen keine neue Nahrung gefunden hatten. Wenn sie den Schaumstoff und die Polsterung der Sitze erreichten, unter denen der hilflose Junge lag . . .

Die Muskeln in ihren Beinen zitterten. Der Schmerz im Rücken fraß sich zur Brust. Jeder Herzschlag war ein Pochen der Pein, jeder Atemzug eine Qual.

Holly glaubte nicht, daß sie die Masse noch höher stemmen konnte. Es fiel ihr immer schwerer, dem enormen Gewicht standzuhalten. Doch dann gab es nach, ruckte noch einige Zentimeter weiter nach oben.

Norby stieß einen schmerzerfüllten, wilden Schrei aus und kroch nach vorn. »Ich hab's geschafft. Es hat mich losgelassen!«

Holly ließ die Sitze langsam nach unten sinken, versetzte sich in die Lage des Jungen und begriff seinen besonderen Schrecken. Vielleicht war er die ganze Zeit über sicher gewesen, daß einer der Toten eiskalte Finger um seinen Fuß geschlossen hatte.

Sie schob sich zur Seite, damit Norby ganz unter den Sesseln hervorkriechen konnte. Er blieb keuchend neben ihr liegen und schmiegte sich an sie.

»Holly!« rief Jim weiter hinten im Flugzeug.

»Ich habe ihn gefunden!«

»Ich kümmere mich um eine verletzte Frau und bringe sie nach draußen.

»Gut«, erwiderte die Journalistin.

Das Heulen der nahen Sirenen wurde dumpfer und verstummte ganz, als die Rettungsmannschaften eintrafen.

Vorn quoll schwarzer Rauch unter den Sitzen hervor, aber Holly nahm sich trotzdem die Zeit, Norbys Fuß zu untersuchen. Er hing zur Seite und baumelte entsetzlich locker hin und her, wie der Fuß einer alten Puppe. Am Knöchel gebrochen. Sie streifte den entsprechenden Turnschuh ab und stellte eine rasch dicker werdende Schwellung fest. Blut bildete dunkle Flecken auf der weißen Socke, doch als sich Holly die Haut darunter ansah, bemerkte sie nur Abschürfungen und einige harmlose Kratzer. Es bestand nicht die Gefahr, daß der Knabe verblutete, aber sicher würde er bald heftige Schmerzen verspüren.

»Komm, wir gehen nach draußen«, sagte sie.

Holly wollte den Jungen in die Richtung bringen, aus der sie gekommen war, aber als sie den Kopf drehte, bemerkte sie links einen weiteren Riß im Rumpf, direkt neben dem Cockpitschott, nur zwei oder drei Meter entfernt. Er reichte über die ganze Wand, setzte sich jedoch nicht in der Decke fort. Eine Explosion hatte mehrere Verkleidungsplatten, Isoliermaterial und Verstrebungen zum einen Teil nach innen und zum anderen nach draußen geschleudert. Das dadurch entstandene Loch war gerade groß genug, um Holly und Norby Durchlaß zu gewähren.

Als sie am Rand balancierte, erschien ein Angehöriger der Rettungsmannschaften auf dem gepflügten Feld vier Meter weiter unten. Er streckte die Arme nach dem Jungen aus.

Norby sprang. Der Mann fing ihn auf und taumelte zurück.

Holly stieß sich ebenfalls ab und landete auf den Beinen.

»Sind Sie seine Mutter?« fragte der Mann.

»Nein. Ich habe ihn nur weinen gehört und ihm geholfen. Sein Fuß ist gebrochen.«

»Ich war mit Onkel Frank unterwegs«, sagte Norby.

»Nun gut«, erwiderte der Mann und versuchte, fröhlich zu klingen. »Suchen wir deinen Onkel.«

Der Junge ließ die Schultern hängen. »Er ist tot.«

Der Mann sah Holly an, als erwarte er einen Kommentar von ihr.

Die Journalistin schwieg erschüttert, verzweifelt darüber, daß ein fünfjähriger Junge derartigen Schrecken erleben mußte. Sie wollte Norby umarmen, ihn fest an sich drücken, ihm versprechen, daß mit der Welt alles wieder in Ordnung kam.

Aber die Welt ist eben nicht in Ordnung, dachte sie. *Weil der Tod zu ihr gehört. Adam mißachtete den Willen Gottes und ließ sich dazu hinreißen, den Apfel zu essen, die Frucht des Wissens. Woraufhin der Allmächtige beschloß, ihm verschiedene Dinge zu zeigen, das Licht ebenso wie die Finsternis. Adams Kinder lernten, zu jagen, den Boden zu bestellen, sich vor der Kälte des Winters zu schützen, das Essen mit der Hitze des Feuers zuzubereiten, Werkzeuge herzustellen und Hütten zu bauen. Gott wollte ihnen eine* vielseitige *Bildung gönnen, machte sie mit einer Million Möglichkeiten vertraut, zu leiden und zu sterben. Er ermutigte sie, Sprachen zu lernen, Schreiben und Lesen, Biologie, Chemie, Physik, die Geheimnisse des genetischen Codes. Und er setzte sie dem Entsetzen von Gehirntumoren, Muskeldystrophie, Beulenpest, wucherndem Krebs – und von Flugzeugunglücken aus. Man wollte Erleuchtung und Wissen? Oh, Gott ist gern bereit, alle entsprechenden Wünsche zu erfüllen. Er ist ein hingebungsvoller Lehrer, der seinen Schülern* alles *beibringt, ihnen das Wissen mit so vielen exotischen Details aufbürdet, daß sie manchmal das Gefühl haben, unter der gewaltigen Last zermalmt zu werden.*

Als sich der Mann umdrehte und Norby über den Acker zu einem weißen Krankenwagen auf der Landebahn trug, verwandelte sich Hollys Verzweiflung in Zorn. Es war ein nutzloser Zorn, denn sie konnte ihn nur auf Gott richten, ohne daß sich etwas änderte. Der Allmächtige würde die Menschheit nicht vom Fluch des Todes befreien, nur weil Holly Thorne das Sterben für eine krasse Ungerechtigkeit hielt.

Sie begriff plötzlich, daß sie jene Art von Wut schmeckte, die Jim Ironheart motivierte. Sie erinnerte sich an seine Worte, als sie in Reihe siebzehn miteinander geflüstert, als sie ihn zu überzeugen versucht hatte, nicht nur die Dubroweks zu retten, sondern auch die anderen Passagiere des Fluges 246: *»Ich hasse den Tod. Ich hasse es, daß Menschen sterben.«* Einige der Personen, die er vor dem Tod bewahrt hatte, berichteten später von ähnlichen Ausrufen. Holly entsann sich in diesem Zusammenhang auch an das Gespräch mit Viola Moreno, die vermutete, der Kummer tief in Ironhearts Herz ginge auf den Umstand zurück, daß er als Zehnjähriger zur Waise geworden war. Er gab die Stellung als Lehrer auf und unterrichtete nicht mehr, weil ihm durch Larry Kakonis' Selbstmord alle seine Bemühungen sinnlos erschienen. Holly hatte diese Reaktion zunächst für extrem und übertrieben gehalten, aber jetzt verstand sie Ironhearts Beweggründe. Sie verspürte ebenfalls das Bedürfnis, das normale, *banale* Leben aufzugeben und etwas Bedeutungsvolles zu tun, die absolute Herrschaft des Schicksals in Frage zu stellen, die von Gott bestimmte Struktur des Universums zu verändern.

Während sie auf dem Iowa-Acker stand und einen Wind spürte,

der ihr den Gestank des Todes entgegenwehte, während sie beobachtete, wie der Mann Norby forttrug, der fast gestorben wäre ... da fühlte sie sich für einige Sekunden Jim Ironheart näher als allen anderen Menschen.

Sie machte sich auf die Suche nach ihm.

In der Nähe des auseinandergebrochenen Flugzeugs herrschte jetzt ein noch größeres Chaos als unmittelbar nach der Bruchlandung. Feuerwehrwagen standen auf dem Feld. Dicke Schläuche spritzten dichten weißen Schaum, der weite Bögen über dem Wrack bildete, sich in schlagsahneartigen Klumpen am Rumpf sammelte und die Flammen erstickte. Noch immer drang fetter Rauch aus der mittleren Sektion, aus allen Rissen und gesplitterten Fenstern. Er blieb den Launen des Windes unterworfen, formte einen dunklen Baldachin über dem Acker und projizierte gespenstisch wechselnde Schatten, als er das Licht der Nachmittagssonne filterte. Vor Hollys innerem Auge entstand das Bild eines düsteren Kaleidoskops, in dem alle Glasfacetten entweder grau oder schwarz waren. Angehörige der Rettungsmannschaften, Ärzte und Krankenpfleger suchten in den Resten der DC-10 nach Überlebenden. Die Anzahl der Retter schien in keinem Verhältnis zu der Arbeit zu stehen, die auf sie wartete, und einige der unverletzten Passagiere halfen ihnen. Andere Reisende – einige schmutzig und schockiert, andere so unberührt von den jüngsten Ereignissen, daß sie den Eindruck erweckten, gerade geduscht und frische Kleidung angezogen zu haben – standen allein oder in kleinen Gruppen und warteten auf die Busse, die sie zum Dubuque-Terminal bringen sollten. Sie führten nervöse Gespräche oder schwiegen betroffen. Nur die vom Knattern der Statik untermalten Stimmen, die aus Funkgeräten und Walkie-talkies drangen, verbanden die einzelnen Aspekte der Szene miteinander und gaben ihr Kohärenz.

Holly suchte nach Jim Ironheart, aber statt dessen fand sie eine junge Frau, die ein gelbes Hemdblusenkleid trug – Anfang Zwanzig, schlank, kastanienbraunes Haar und ein porzellanartiges Gesicht. Sie war unverletzt, aber ganz offensichtlich brauchte sie Hilfe. Die Fremde starrte auf den rückwärtigen Teil des Flugzeugs und rief immer wieder einen Namen: »Kenny! Kenny! Kenny!« Sie hatte ihn so oft gerufen, daß ihre Stimme zu einem heiseren Krächzen geworden war.

Holly legte ihr die Hand auf die Schulter. »Wer ist er?«

Die Augen der Frau waren so blau wie Kornblumen. Es flackerte in ihnen. »Haben Sie Kenny gesehen?«

Holly wiederholte ihre Frage. »Wer ist er?«

»Mein Mann.«

»Wie sieht er aus?«

»Wir haben gerade unsere Flitterwochen begonnen«, brachte die Fremde benommen hervor.

»Ich helfe Ihnen bei der Suche nach ihm.«

»Nein!«

»Kommen Sie. Es wird alles gut.«

»Ich möchte nicht nach ihm suchen«, sagte die Frau und ließ sich von Holly zu einem der Krankenwagen führen. Das Wrack blieb hinter ihnen zurück. »Ich will ihn nicht sehen. Nicht so, wie er jetzt ist. Tot. Zerfetzt und verbrannt und tot.«

Sie gingen zusammen über den weichen, umgepflügten Acker. Im späten Winter würde man hier eine neue Saat ausbringen, die im Frühling grüne Keime trieb. Bis dahin waren sicher alle Spuren des Todes verschwunden und die Illusion des immerwährenden, sich ständig erneuernden Lebens wiederhergestellt.

5

Irgend etwas geschah mit Holly. Eine grundsätzliche Veränderung fand in ihr statt. Noch verstand sie nicht, worum es dabei ging, was der Wandel bedeutete und wie sehr sich die neue Holly von der alten unterschied. Aber sie spürte profunde Bewegungen in den Fundamenten des Herzens und der Seele.

Da in ihrem inneren Kosmos ein solches Durcheinander herrschte, konnte sie kaum Energie für die externe Welt erübrigen. Sie verhielt sich ebenso wie die anderen Passagiere: Sanft wie ein Lamm folgte sie dem Standard-Notfallprogramm.

Die emotionale, psychologische und praktische Hilfe, die man den Überlebenden des Fluges 246 gewährte, beeindruckte sie sehr. Die medizinischen Einsatzzentren sowie der Katastrophenschutz von Dubuque hatten sich offenbar auf einen solchen Fall vorbereitet und reagierten sofort. Darüber hinaus trafen wenige Minuten nach ihrer Ankunft im Terminal Psychologen, Berater, evangelische Pfarrer, katholische Priester und auch ein Rabbiner ein, die mit den unverletzten Passagieren sprachen. Man stellte ihnen einen großen VIP-Aufenthaltsraum mit Mahagonitischen und blauen Polstersesseln zur Verfügung und schaltete zwölf zusätzliche Telefonleitungen. Krankenschwestern hielten nach Anzeichen für verzögerte Schocks Ausschau.

Die Angestellten der United Airlines erwiesen sich als besonders dienstbeflissen, kümmerten sich um die Buchung von Hotelzimmern und Anschlußflügen. Alle versuchten, den Unverletzten so schnell wie möglich Kontakte zu Freunden und Verwandten zu ermöglichen, die in Krankenhäusern untergebracht worden waren. Voller Mitgefühl übermittelte man Nachrichten vom Tode geliebter Menschen. Die Helfer schienen ebenso entsetzt und erschüttert zu sein wie die Passagiere; offenbar bestürzte es sie, daß so etwas mit einer ihrer Maschinen geschehen konnte. Holly beobachtete eine junge Frau, die eine UA-Jacke trug, plötzlich zu schluchzen begann und den Raum hastig verließ. Überall sah sie blasse, hohlwangige Gesichter. Holly fühlte sich versucht, die Angestellten zu trösten, den Arm um ihre Schultern zu legen und ihnen zu sagen, daß es früher oder später selbst an Bord der sichersten und am besten gewarteten Flugzeuge zu Fehlfunktionen kommen mußte, da das Wissen des Menschen unvollständig war und Dunkelheit in der Welt lauerte.

Unter diesen besonderen Umständen waren Mut, Würde und Mitleid so deutlich präsent, daß Holly die regelrechte Invasion der Medien zutiefst verabscheute. Sie wußte, daß die Würde eines der ersten Opfer sein würde. Nun, die Journalisten gingen natürlich nur einer Arbeit nach, deren Probleme und Notwendigkeiten Holly gut kannte. Aber der Prozentsatz von Reportern, die ihre Arbeit richtig erledigten, war nicht größer als der von wirklich kompetenten Klempnern oder von Tischlern. In dieser Hinsicht gab es jedoch einen wichtigen Unterschied: Unfähige oder schlichtweg feindselige Journalisten konnten ihre Gesprächspartner in erhebliche Schwierigkeiten bringen, in manchen Fällen Unschuldige verleumden und dem Ruf einzelner Personen großen Schaden zufügen. Das war weitaus schlimmer als ein falsch angebrachtes Rohr oder Lücken zwischen Holzteilen, die nicht zueinander paßten.

Ein ganzes Heer aus Fernseh-, Radio- und Zeitungsreportern stürmte in den Flughafen und erreichte schon nach kurzer Zeit die mit Zugangsbeschränkungen geschützten Bereiche. Einige von ihnen respektierten den emotionalen und psychischen Zustand der Überlebenden, doch viele andere bedrängten die UA-Angestellten mit Fragen nach ›Verantwortung‹ und ›moralischer Verpflichtung‹. Oder sie versuchten, das Entsetzen der Passagiere bloßzulegen, ihr Grauen einzufangen, damit sensationslüsterne Zuhörer und

Zuschauer an ihrem Schrecken teilhaben konnten. Holly kannte diese Routine und verstand sich darauf, gierige Neugier abzuwehren, was sie jedoch nicht davor bewahrte, daß ihr innerhalb von fünfzehn Minuten vier verschiedene Journalisten die gleiche Frage stellten: »Wie fühlen Sie sich?« Wie fühlte man sich, wenn man erfuhr, daß eine Bruchlandung drohte? Wie *fühlte* man sich, wenn man die eisige Kälte des nahen Todes spürte? Wie fühlte man sich, wenn man sah, daß viele andere Menschen gestorben waren?

Ein hartnäckiger und überaus gepflegt wirkender CNN-Reporter namens Anlock trieb Holly schließlich an einem breiten Panoramafenster in die Enge, durch das man die Starts und Landungen beobachten konnte. Es schien ihm ein Rätsel zu sein, daß ihr sein Interesse nicht schmeichelte. »Fragen Sie mich, was ich gesehen habe oder denke«, sagte sie ihm. »Fragen Sie mich wer, was, wo, warum und wie. Aber bei Gott: Fragen Sie nicht, wie ich mich fühle, denn wenn Sie ein Mensch sind, müßten sie *genau* wissen, was ich empfinde. Das sollten Sie sich eigentlich vorstellen können, wenn Sie auch nur einen Hauch von Mitgefühl haben.«

Anlock und sein Kameramann wichen zurück und begannen mit der Suche nach einem anderen Opfer. Holly merkte, daß sich viele Personen im Aufenthaltsraum umgedreht hatten, um festzustellen, was die Aufregung zu bedeuten hatte. Es war ihr völlig gleich. Sie wollte Anlock nicht einfach so gehen lassen, stand auf und folgte ihm.

»Sie wollen keine Fakten, sondern ein Drama. Sie wollen Blut und Schmerzen. Sie wollen, daß Ihnen die Leute ihre Seelen zeigen. Und dann nehmen Sie sich das, was Sie interessiert, verändern und verdrehen es, stellen es so zusammen, wie es Ihnen paßt, was meistens überhaupt nichts mit der Realität zu tun hat. Das kommt einer geistigen Vergewaltigung gleich, verdammt!«

Holly stellte fest, daß der gleiche Zorn in ihr brodelte, den sie auch am Wrack der DC-10 gespürt hatte. Ihre Wut galt nur zu einem geringen Teil Anlock, sie richtete sich hauptsächlich gegen den Allmächtigen, so sinnlos das auch sein mochte. Der Reporter bot nur ein besseres Ziel als Gott, der sich jederzeit in einer schattigen Ecke des Himmels verbergen konnte. Holly hatte geglaubt, den Zorn überwunden zu haben, doch jetzt begriff sie, daß er noch immer in ihr wogte, so dunkel wie die Qualmwolke in der brennenden Maschine.

Sie taumelte über die Grenze der Selbstbeherrschung und begegnete dieser Tatsache mit Gleichgültigkeit – bis sie merkte, daß

CNN live sendete. Das zufriedene Blitzen in Anlocks Augen und ein angedeutetes ironisches Lächeln teilten ihr mit, daß er ihren emotionalen Ausbruch sogar zu schätzen wußte. Sie gab ihm genau das, was er sich erhoffte: ein Drama aus erster Hand. Und er benutzte es bereitwillig, obgleich er selbst im Fokus von Hollys Wut stand. Später würde er ihr Verhalten großzügig entschuldigen, sein Verständnis mit einem Hinweis auf ihr Trauma zum Ausdruck bringen und sich dadurch als furchtloser Reporter und mitfühlender Mensch darstellen.

Holly wandte sich von der Kamera ab, verärgert darüber, daß sie Anlocks Erwartungen entsprochen hatte – obwohl sie genau wußte, daß nur der Journalist gewann. Als sie fortging, hörte sie ihn sagen: »... völlig verständlich, wenn man bedenkt, was die arme Frau erlebt hat ...«

Sie wollte zu ihm zurückkehren, ihm eine schallende Ohrfeige versetzen ...

Was ist los mit dir, Thorne? dachte sie. *Normalerweise bleibst du immer du selbst, aber jetzt hast du vollkommen die Fassung verloren. Warum?*

Sie versuchte, die Reporter zu ignorieren, ihr plötzliches Interesse an einer Selbstanalyse zu unterdrücken und begann erneut mit der Suche nach Jim Ironheart. Doch er blieb spurlos verschwunden und gehörte auch nicht zu der letzten Gruppe, die den Aufenthaltsraum erreichte. Es überraschte Holly kaum, daß die UA-Angestellten vergeblich in den Passagierlisten blätterten – dort war sein Name nicht verzeichnet.

Vielleicht hielt er sich noch immer in unmittelbarer Nähe des Flugzeugs auf und half den Rettungsmannschaften. Holly wünschte sich nichts sehnlicher, als mit ihm zu sprechen, aber sie mußte sich in Geduld fassen.

Nach dem verbalen Angriff auf Anlock gingen ihr einige Reporter aus dem Weg, aber Holly kannte die Denk- und Verhaltensweise von Journalisten gut genug, um sie zu manipulieren. Sie trank bitteren schwarzen Kaffee aus einem Becher – obwohl sie überhaupt kein Koffein brauchte, um wach zu bleiben –, wanderte sowohl im Aufenthaltsraum als auch im breiten Flur umher und sprach mit den Reportern, ohne sich als Kollegin zu erkennen zu geben. Auf diese Weise brachte sie einige Dinge in Erfahrung. Bisher hatte man fast zweihundert Überlebende registriert, und wahrscheinlich gab es nicht mehr als fünfzig Tote – eine bemerkenswert geringe Anzahl von Opfern, wenn man bedachte, daß die Maschine auseinandergebrochen und anschließend in Brand geraten war. Jims Eingreifen hatte es dem Flugkapitän ermöglicht, weitaus mehr Menschen zu retten, als es dem Plan des Schicksals entsprach, aber seltsamerweise konnte sich Holly nicht recht darüber freuen. Sie grübelte über jene Personen nach, die trotzdem gestorben waren.

Sie hörte auch, daß die Besatzung – das gesamte Flugpersonal hatte überlebt – nach einem Passagier suchte, der allen eine große Hilfe gewesen war. Sie beschrieben den Mann als ›Jim Soundso, eine Art Kevin Costner mit auffallenden blauen Augen‹. Da die ersten eintreffenden Bundesbeamten ebenfalls mit Jim Soundso sprechen wollten, interessierten sich auch die Medien für ihn.

Allmählich begriff Holly, daß Ironheart nicht im Aufenthaltsraum erscheinen würde. Er plante sicher, einfach zu verschwinden, wie nach seinen anderen Missionen. Bestimmt lag ihm nichts daran, mit den Reportern und Untersuchungsbeamten zu sprechen. Die einzige Spur, die er zurückließ, bestand aus dem Namen ›Jim‹.

Holly war die erste und einzige Person, der er auf einem Rettungsschauplatz seinen vollständigen Namen genannt hatte. Sie runzelte die Stirn und fragte sich, warum er ihr mehr preisgegeben hatte als anderen Menschen.

Vor der nächsten Damentoilette traf sie Christine Dubrowek. Sie gab Holly die Handtasche zurück und erkundigte sich nach Steve Harkman – ohne zu wissen, daß er der mysteriöse Fremde war, nach dem alle suchten.

»Er muß heute abend in Chicago sein und ist bereits mit einem Leihwagen unterwegs«, log Holly.

»Ich wollte ihm danken«, sagte Christine. »Aber damit muß ich wahrscheinlich warten, bis wir wieder in Los Angeles sind. Mein Mann und Steve arbeiten in dem gleichen Unternehmen.«

Casey stand dicht neben ihrer Mutter, hatte sich den Ruß aus dem Gesicht gewaschen und das Haar gekämmt. Sie knabberte an einem Schokoladeriegel, schien jedoch kaum Gefallen daran zu finden.

Holly nahm die erste Gelegenheit wahr, um sich zu entschuldigen und zum Hilfszentrum zurückzukehren, das United Airlines in einer Ecke des VIP-Aufenthaltsraums eingerichtet hatte. Sie wollte einen Flug buchen, der sie – wenn auch auf Umwegen – noch an diesem Abend nach Los Angeles zurückbrachte. Aber man konnte Dubuque nicht gerade als Mittelpunkt des Universums bezeichnen, und alle Plätze nach Südkalifornien waren bereits besetzt. Die einzige Alternative bestand darin, am nächsten Morgen nach Denver zu reisen und dort in eine Maschine umzusteigen, die mittags startete und nach Los Angeles flog.

UA stellte ihr ein Quartier für die Nacht zur Verfügung, und um achtzehn Uhr fand sich Holly in einem sauberen, schlichten Zimmer der Best Western Midway Motor Lodge wieder. Nun, vielleicht war es gar nicht so schlicht, wie sie zunächst glaubte. In ihrem gegenwärtigen Zustand hätte sie nicht einmal eine Suite im Ritz zu schätzen gewußt.

Sie rief ihre Eltern in Philadelphia an, um sie zu beruhigen, falls sie die Nachrichtensendungen der CNN gesehen hatten oder am nächsten Tag in der Zeitung ihren Namen lasen in der Überlebenden-Liste des Fluges 246. Sie wußten überhaupt nichts von der Bruchlandung, bestanden jedoch auf einer Schilderung aller Einzelheiten und gaben sich einer Furcht hin, die jetzt überhaupt keinen Sinn mehr hatte. Holly spendete Trost, anstatt welchen zu empfangen, und das fand sie rührend: Es bewies, wie sehr ihre Eltern sie liebten. »Es ist mir gleich, wie wichtig die Story sein mag, an der du arbeitest«, sagte ihre Mutter. »Fahr mit dem Bus; dann besteht überhaupt keine Gefahr.«

Die Gewißheit, geliebt zu werden, blieb ohne Einfluß auf Hollys Stimmung.

Ihr Haar bildete eine wirre Masse, und sie roch nach Ruß und Rauch. Trotzdem begab sie sich ins nächste Einkaufszentrum, um mit ihrer Visa-Karte frische Kleidung zu kaufen: Socken, Unterwäsche, blaue Jeans, eine weiße Hose und eine leichte Denim-Jacke. Sie wählte auch ein Paar Reeboks, weil sie argwöhnte, daß die dunklen Flecken an ihren Schuhen von Blut stammten.

Wieder im Zimmer, nahm sie die längste Dusche ihres Lebens und schrubbte sich mehrmals ab, bis das Stück Seife auf einen kümmerlichen Rest geschrumpft war. Sie drehte das Wasser ab, obwohl sie sich noch immer nicht sauber fühlte, und begriff schließlich, daß sie inneren Schmutz fortzuwaschen versuchte.

Beim Zimmerservice bestellte sie ein Sandwich, Salat und Obst. Als man ihr das Tablett brachte, verspürte sie keinen Appetit mehr und rührte nichts an.

Eine Zeitlang saß sie stumm da und starrte an die Wand.

Es fehlte ihr der Mut, den Fernseher einzuschalten. Sie wollte nicht riskieren, sich eine Nachrichtensendung über den Flug 246 anzusehen.

Wenn sie in der Lage gewesen wäre, sich mit Jim Ironheart in

Verbindung zu setzen, hätte sie ihn ohne zu zögern angerufen, immer wieder, alle zehn Minuten, Stunde um Stunde – bis er zu Hause eintraf und abnahm. Aber sie wußte bereits, daß seine Nummer nicht verzeichnet war.

Schließlich ging sie in die Cocktailbar, nahm an der Theke Platz und bestellte sich ein Bier – eine gefährliche Entscheidung für jemanden, der keinen Alkohol vertrug. Angesichts ihres leeren Magens hatte eine Flasche wahrscheinlich die gleiche Wirkung wie ein starkes Betäubungsmittel.

Ein Handelsvertreter aus Omaha versuchte, ein Gespräch mit ihr zu beginnen. Er war gut vierzig, nicht unattraktiv und recht nett, aber Holly wollte keine falschen Hoffnungen in ihm wecken. Möglichst höflich gab sie ihm zu verstehen, daß sie die Nacht allein verbringen wollte.

»Ich ebenfalls«, erwiderte der Mann und lächelte. »Ich möchte mich nur mit jemandem unterhalten.«

Holly glaubte ihm, und ihre Instinkte täuschten sie nicht. Zwei Stunden lang saßen sie nebeneinander an der Theke, sprachen über Filme und Fernsehshows, über Komiker und Sänger, übers Wetter und gutes Essen. Die Themen Politik, Flugzeugunglücke und allgemeines Weltgeschehen klammerten sie aus. Zu ihrer großen Überraschung trank Holly drei Flaschen Bier und spürte nur eine leichte Benommenheit.

»Ich werde Ihnen für den Rest meines Lebens dankbar sein, Howie«, sagte sie ernsthaft, als sie sich von ihm verabschiedete.

Allein kehrte sie in ihr Zimmer zurück, entkleidete sich, schlüpfte unter die Decke und fühlte, wie der Schlaf herankroch, als ihr Kopf das Kissen berührte. Sie zog die Decke höher, um vor dem kühlen Luftstrom der Klimaanlage geschützt zu sein, und mit einer von Erschöpfung geprägten Stimme murmelte sie: »In meinem Kokon ist es nicht kalt, sei ein Schmetterling bald.« Verwirrt von diesen Worten und ihrer rätselhaften Bedeutung schlief sie ein.

Wusch, wusch, wusch, wusch, wusch . . .

Holly befand sich wieder in der runden Kammer, aber diesmal gab es in dem Traum erhebliche Unterschiede. Zunächst einmal: Sie war nicht blind. Eine dicke gelbe Kerze stand auf einem blauen Teller, und ihre zitternde orangefarbene Flamme enthüllte steinerne Wände, Fenster so schmal wie Schießscharten, hölzernen Boden, einen sich drehenden Schaft, der aus der Decke kam und durch ein Loch im Boden verschwand. Hinzu kam eine massive

Tür mit eisernen Beschlägen. Aus irgendeinem Grund wußte sie, daß es sich um den oberen Raum einer alten Windmühle handelte und daß das Geräusch – *Wusch, wusch, wusch* – von langen Windmühlenflügeln stammte, die durch windige Nachtluft schnitten. Hinter der Tür erstreckte sich eine Wendeltreppe mit Kalksteinstufen, die in den Mühlraum führte. Sie stand, als der Traum begann, doch nach einer jähen Veränderung saß sie plötzlich. Allerdings nicht auf einem gewöhnlichen Stuhl, sondern angeschnallt im Sessel an Bord eines Flugzeugs. Sie drehte den Kopf und sah Jim Ironheart, der neben ihr Platz genommen hatte. »Diese alte Mühle schafft es nicht bis nach Chicago«, sagte er ernst. Es schien völlig logisch zu sein, daß sie in einem steinernen Gebäude flogen, das von vier langen, propellerartigen Windmühlenflügeln in der Luft gehalten wurde. »Aber wir überleben, nicht wahr?« fragte Holly. Während sie Jim beobachtete, löste er sich auf und wich einem zehnjährigen Jungen. Diese magische Verwandlung erstaunte sie. Als sie das dichte braune Haar des Jungen und seine elektrischblauen Augen sah, kam sie zu dem Schluß, daß sie Jim als Kind musterte. Träume boten eine ganz spezielle Freiheit, und der Anblick eines Ironheart aus einer anderen Epoche ließ die Metamorphose weniger seltsam, fast sogar logisch erscheinen. Der Junge sagte: »Wir überleben, wenn *er* nicht kommt.« Woraufhin sie erwiderte: »Wer ist *er*?« Der Knabe antwortete: »Der Feind.« Die Mühle um sie herum reagierte auf seine Worte, dehnte sich, schrumpfte, pulsierte wie lebendiges Fleisch, so wie die Zimmerwand im Motel von Laguna Hills. Holly glaubte, eine monströse Fratze zu erkennen, eine Gestalt, die aus dem Kalkstein wuchs. »Wir sterben hier«, sagte der Junge. »Wir alle.« Er erweckte den Anschein, sich über das Ungeheuer zu freuen, das nun durch die Wand glitt. *WUSCH!*

Holly erwachte plötzlich, so wie auch während der vergangenen drei Nächte. Doch diesmal folgte ihr kein Element des Traums in die reale Welt, und sie fürchtete sich nicht so sehr. Sie war beunruhigt, ja, aber dieses Empfinden kam eher einem vagen Unbehagen gleich und grenzte keineswegs an Hysterie.

Und noch wichtiger: Ihre Gedanken kehrten mit einem Gefühl der Befreiung aus dem Traum zurück. Sie setzte sich auf, lehnte den Rücken ans Kopfteil und verschränkte die Arme unter den nackten Brüsten. Sie zitterte nicht etwa aus Angst oder weil sie fror – der Grund war Aufregung.

Vor einigen Stunden, die Zunge vom Bier gelöst, hatte sie eine wichtige Wahrheit ausgesprochen, bevor sie in den Schlaf sank. *In meinem Kokon ist es nicht kalt, sei ein Schmetterling bald.* Jetzt begriff sie, was diese Worte bedeuteten, verstand auch die Veränderung, die begonnen hatte, als sie Ironhearts Geheimnis auf die Spur gekommen war. Die ersten Konsequenzen des Wandels hatte sie kurz nach der Bruchlandung gespürt, im VIP-Aufenthaltsraum des Flughafens.

Sie würde nicht zum *Portland Kurier* zurückkehren.

Sie lehnte es ab, noch einmal für eine Zeitung zu arbeiten.

Sie wollte keine Journalistin mehr sein.

Aus diesem Grund hatte sie so scharf auf den CNN-Reporter Anlock reagiert. Sie verachtete ihn, und auf einer unterbewußten Ebene regte sich gleichzeitig ein Gefühl der Schuld: Er sammelte Material für eine wichtige Story, die sie ignorierte, obgleich sie *Teil* davon war. Als Journalistin hätte sie ihre Mitreisenden interviewen und rasch einen Artikel für den *Kurier* schreiben sollen. Doch sie verspürte keinen solchen Wunsch, nicht einmal für einen Sekundenbruchteil, nahm statt dessen den groben Stoff ihrer unbewußten Verachtung und schneiderte daraus ein Gewand des Zorns, mit breiten Schultern und großen Aufschlägen. Sie streifte es über, posierte darin zornig vor der CNN-Kamera und versuchte zu vergessen, daß der Journalismus überhaupt keinen Reiz mehr auf sie ausübte, daß sie ihre bisherige berufliche Laufbahn aufgeben und sich damit von etwas abwenden wollte, von dem sie sich bisher Erfüllung für ihr Leben erhofft hatte.

Holly konnte nicht mehr still sitzen, stand auf und wanderte unruhig umher.

Sie war keine Reporterin mehr.

Sie wiederholte diese Worte in Gedanken: *Ich bin keine Reporterin mehr.*

Freiheit. Als Kind einfacher Eltern aus der Arbeiterklasse war sie regelrecht davon besessen gewesen, sich wichtig zu fühlen und ein Insider zu werden. Als intelligentes Mädchen, das zu einer noch intelligenteren Frau heranwuchs, fühlte sie sich vom offensichtlichen Chaos des Lebens verwirrt und hielt es für notwendig, es mit den unzureichenden Werkzeugen des Journalismus so gut wie möglich zu erklären. Die gleichzeitige Suche nach Anerkennung und Erklärungen hatte sie dazu veranlaßt, siebzig oder achtzig Stunden pro Woche zu studieren und zu arbeiten. Doch die späteren Konsequenzen bestanden darin, daß sie nirgendwo Wurzeln schlug, ohne einen Partner blieb, ohne Kinder und ohne echte

Freunde. Darüber hinaus suchte sie vergeblich nach Antworten auf ihre schwierigen Fragen, die sich um den Sinn des Lebens drehten. Jetzt hatte sie endlich die Fesseln ihrer Besessenheit abgestreift. Es spielte keine Rolle mehr, ob sie zu einer elitären Gruppe gehörte oder nicht; es war nicht mehr notwendig, die manchmal recht sonderbaren Verhaltensmuster der Menschen zu erklären.

Zunächst glaubte sie, den Journalismus zu hassen, aber das stimmte nicht. Sie haßte in erster Linie ihr Versagen als Reporterin. Und ihr Versagen gründete sich auf die Tatsache, daß sich der Journalismus nie für sie geeignet hatte.

Um sich selbst zu verstehen und die Ketten der Angewohnheit zu zerreißen, genügte es, ein schreckliches Flugzeugunglück zu überleben – und einen Mann kennenzulernen, der Wunder bewirkte.

»Was bist du doch für eine *flexible* Frau, Thorne«, sagte sie laut und verspottete sich selbst. »So einsichtig.«

Lieber Himmel! fuhr es ihr durch den Sinn. *Wenn es wirklich ausreichte, Jim Ironheart zu begegnen und ein brennendes Flugzeug lebend zu verlassen, um endlich das Licht zu sehen und zu verstehen – vermutlich hätte ich das gleiche Ziel erreicht, wenn ich bereit gewesen wäre, mit einem guten Psychologen zu sprechen. Verdammt, warum ist es manchmal so schwer, sich dem Offensichtlichen zu stellen?*

Holly lachte. Sie zog die Decke vom Bett, schlang sie um ihren nackten Leib und nahm in einem der beiden Sessel Platz. Sie streckte die Beine aus und lachte erneut, so laut wie ein fröhlicher, unbeschwerter Teenager.

Halt. Augenblick. Genau dort begann das Problem: Sie war nie ein fröhlicher, unbeschwerter Teenager gewesen. Unerschütterlicher Ernst begleitete die ersten Jahre ihrer Jugend. Sorgen erfüllten sie: über den dritten Weltkrieg, weil es hieß, daß sie mit ziemlicher Sicherheit im atomaren Inferno sterben würde, noch bevor sie die Schule verließ; über das viel zu starke Bevölkerungswachstum, weil es hieß, eine Hungersnot würde bis zum Jahre 1990 anderthalb Milliarden Opfer verlangen, die Hälfte aller Menschen auf der Erde umbringen und selbst in den Vereinigten Staaten schwere Verheerungen anrichten; über die Umweltverschmutzung, die den Planeten stark abkühlte, eine neue Eiszeit verursachte und die Zivilisation damit in *wenigen Jahren* zerstörte – diese Befürchtungen machten in den siebziger Jahren Schlagzeilen, bevor man den Treibhauseffekt entdeckte und feststellte, daß eher eine allgemeine Erwärmungsphase bevorstand. Holly hatte ihre Jugend und ersten Jahre als Erwachsene damit verbracht, sich zu viele Sorgen zu machen und sich zuwenig zu vergnügen. Ohne Freude verlor sie die Perspektive fürs Leben und konzentrierte sich ganz auf sensationelle Nachrichten – ob sie nun auf echten Problemen beruhten oder frei erfunden waren.

Jetzt lachte sie wie ein Kind. Bis sie die Pubertät erreichten und von Hormonen zu einer neuen Existenz programmiert wurden, wußten Kinder, wie schrecklich, düster und seltsam das Leben sein konnte. Aber sie begriffen auch, daß es lustig war und Spaß machte – eine abenteuerliche Reise über eine lange Straße der Zeit, das ferne Ziel unbekannt, geheimnisvoll und wunderbar.

Holly Thorne, die plötzlich Gefallen an ihrem Namen fand, wußte, wohin sie unterwegs war. Und sie kannte auch den Grund dafür.

Sie verband ganz bestimmte Hoffnungen mit Jim Ironheart. Es ging dabei nicht um eine gute Story, journalistischen Ruhm oder gar den Pulitzerpreis. Sie wünschte sich etwas Lohnenderes und Dauerhafteres, und sie konnte es kaum mehr abwarten, ihr Anliegen an ihn zu richten.

Doch bei dieser Sache gab es auch noch einen anderen Aspekt. Wenn Ironheart auf sie einging, wenn er ihren Wunsch erfüllte, so wurden ihr nicht nur Aufregung, Freude und Bedeutung im Leben zuteil. Gefahr gehörte ebenfalls dazu. In einem Jahr konnte sie tot sein, vielleicht schon in einem Monat – oder gar in der nächsten Woche. Aber derzeit galten Hollys Gedanken allein der Aussicht, Erfüllung zu finden; sie ließ sich nicht von Gedanken an den Tod und ewige Dunkelheit ablenken.

Zweiter Teil

DIE WINDMÜHLE

Ein Geheimnis kann bleiben nimmer,
besser geheim und sicher, für immer,
so wie es in der Vergangenheit schlief,
um zu ruhen, vergraben tief.

Behalte es in deinem Herzen, dem dunkeln,
denn sonst beginnt man bald zu munkeln.

Nachdem unter vielen Jahren begraben ist,
das Geheimnis, das so an deiner Seele frißt,
kann kein Vertrauter verraten die Worte,
die du bewahrt hast an sicherem Orte.

Nur du kannst die Geheimnisse holen
aus dem sicheren Grabe, nie gestohlen,
wo die Erinnerung ständig wacht,
und harret deiner Macht.

Das Buch Gezählten Leids

In der richtigen Welt,
so wie im Traum,
sehen wir nicht alles,
was wir beschau'n.

Das Buch Gezählten Leids

27. bis 29. August

1

In Denver wechselte Holly die Maschine, brachte während des Fluges nach Westen zwei Zeitzonen hinter sich und traf um elf Uhr am Montagmorgen in Los Angeles ein. Es behinderte sie kein Gepäck, als sie den Leihwagen aus dem Parkhaus holte, an der Küste entlang nach Süden fuhr in Richtung Laguna Niguel und Jim Ironhearts Haus um halb eins erreichte.

Sie stellte das Auto vor seiner Garage ab, ging über den mit Fliesen ausgelegten Weg zur Eingangstür und klingelte. Er reagierte nicht. Sie klingelte erneut. Wieder blieb alles stumm. Entschlossen betätigte Holly den Knopf, bis er einen roten Abdruck auf ihrem rechten Daumen hinterließ.

Schließlich trat sie zurück, ließ ihren Blick über die Fenster im Erd- und Obergeschoß schweifen und bemerkte die breiten Rippen der Jalousien.

»Ich weiß, daß Sie da drin sind«, sagte Holly ruhig.

Sie kehrte zum Wagen zurück, kurbelte die Seitenfenster herunter, saß am Steuer und wartete. Früher oder später würde Ironheart das Haus verlassen, um Lebensmittel, Seife, Toilettenpapier oder irgend etwas zu kaufen, und dann mußte er sich ihr stellen.

Leider eignete sich das Wetter nicht für eine längere Belagerung. Die vergangenen Tage waren recht mild gewesen, doch jetzt kehrte die Augusthitze wie der böse Drachen eines Märchens zurück, der das Land mit seinem feurigen Odem verbrannte. Palmwedel hingen schlaff herab, und Blumen verwelkten in der Glut. Hinter den Bewässerungsanlagen wartete die Wüste darauf, üppiges Grün zu verschlingen.

Schon nach kurzer Zeit fühlte sich Holly wie eine tiefgefrorene Pizza im Mikrowellenherd. Sie drehte die Seitenfenster wieder hoch, startete den Motor und schaltete die Klimaanlage ein. Der kalte Windzug war herrlich, aber es dauerte nicht lange, bis die Anzeigenadel des Kühlwasser-Temperaturmessers in den roten Bereich geriet.

Um ein Uhr fünfzehn, nur fünfundvierzig Minuten nach ihrer

Ankunft, legte Holly den Rückwärtsgang ein, lenkte den Wagen auf die Straße und fuhr wieder zum Laguna Hills Motor Inn. Dort wählte sie neue Kleidung: beigefarbene Shorts und eine bauchfreie kanariengelbe Bluse. Sie zog die neuen Turnschuhe an, diesmal ohne Socken. In einem nahen Drugstore kaufte sie einen mit Vinyl bezogenen Liegestuhl, ein großes Handtuch, eine Tube mit Sonnencreme, eine kleine Kühltasche, Eis, einen Sechserpack kalorienarme Limonade und einen Travis-McGee-Roman von John D. MacDonald. Eine Sonnenbrille hatte sie bereits.

Noch vor halb drei war sie wieder bei Jim Ironhearts Haus am Bougainvillea Way. Auch diesmal reagierte er nicht aufs Klingeln.

Irgendwie spürte Holly seine Präsenz. *Vielleicht habe ich übersinnliche Fähigkeiten,* dachte sie in einem Anflug von Sarkasmus.

Sie trug ihre Ausrüstung am Haus vorbei und zum Rasen dahinter. Dort stellte sie den Liegestuhl auf, direkt neben der mit Redwood überdachten Veranda. Innerhalb weniger Minuten hatte sie es bequem.

Der MacDonald-Roman schilderte einen Travis McGee, der in Fort Lauderdale schwitzte – dort herrschte eine solche Hitze, daß sogar die Strandschönheiten in den Schatten zurückwichen. Holly kannte das Buch bereits. Sie las es jetzt noch einmal, weil sie sich daran erinnerte, daß die Handlung vor dem Hintergrund tropischen, schwülen Klimas spielte. MacDonalds anschauliche Prosa beschrieb das dampfende Florida so deutlich, daß die trockene Luft von Laguna Niguel im Vergleich dazu weniger heiß erschien, obwohl die Temperatur über dreißig Grad betrug.

Nach einer halben Stunde blickte sie zum Haus und sah Jim Ironheart am großen Küchenfenster. Er beobachtete sie.

Holly winkte.

Der Mann starrte nur.

Er wandte sich vom Fenster ab, kam jedoch nicht nach draußen.

Holly öffnete eine Limonadendose, konzentrierte sich wieder auf das Buch und genoß den warmen Sonnenschein an ihren nackten Beinen. Angesichts der schon ein wenig gebräunten Haut befürchtete sie keinen Sonnenbrand. Zwar war sie blond, aber offenbar hatte sie ein spezielles Bräunungs-Gen, das sie schützte, solange sie nicht auf einem Sonnenbad-Marathon bestand.

Nach einer Weile, als sie aufstand und den Liegestuhl so zurechtrückte, daß sie auf dem Bauch liegen konnte, sah sie Jim Ironheart auf der Veranda, dicht vor der gläsernen Schiebetür des Wohnzimmers. Er trug eine weite Hose, ein zerknittertes T-Shirt und war unrasiert. Das Haar war zerzaust, er wirkte fast verwahrlost.

Es trennten sie nur knapp fünf Meter voneinander, und deshalb fiel es Holly nicht schwer, ihn zu verstehen. »Was machen Sie hier?«

»Ich liege in der Sonne.«

»Bitte gehen Sie, Miß Thorne.«

»Ich muß mit Ihnen reden.«

»Wir haben nichts zu besprechen.«

»So!«

Ironheart kehrte ins Haus zurück und schloß die Tür. Holly hörte, wie das Schloß zuschnappte.

Fast eine Stunde lang lag sie auf dem Bauch und döste, anstatt zu lesen. Dann beschloß sie, ihr Sonnenbad zu beenden. Um halb vier nachmittags gab es ohnehin keine gute Bräunungsmöglichkeit mehr.

Sie brachte den Liegestuhl, die Kühltasche und den Rest ihrer Habseligkeiten zur schattigen Veranda. Dort öffnete sie eine zweite Limonadendose und griff wieder nach dem MacDonald-Roman.

Um vier Uhr hörte sie, wie sich die Schiebetür wieder öffnete. Ironhearts Schritte kamen näher, und er verharrte hinter ihr. Eine Zeitlang blieb er ruhig stehen, und Holly vermutete, daß er auf sie herabsah. Niemand von ihnen sprach, und sie gab vor, weiterhin zu lesen.

Jims Schweigen erschien ihr immer unheimlicher. Sie dachte an seine dunkle Seite – zum Beispiel an die acht Schüsse, mit denen er Norman Rink in Atlanta erledigt hatte – und wurde immer nervöser, bis sie zu dem Schluß gelangte, daß er sie beunruhigen *wollte*.

Als Holly die Limonade aus der Kühltasche nahm, einen Schluck trank, wohlig seufzte und die Dose zurückstellte, ohne daß ihr dabei die Hand zitterte, ging Ironheart am Liegestuhl vorbei und zeigte sich ihr. Er war nach wie vor unrasiert und schlampig, und unter seinen Augen hatten sich dunkle Ringe gebildet. Außerdem wirkte er unnatürlich blaß.

»Was wollen Sie von mir?« fragte er.

»Es dauert eine Weile, um Ihnen das zu erklären.«

»Ich habe nicht viel Zeit.«

»Wieviel geben Sie mir?«

»Eine Minute«, sagte er.

Holly zögerte und schüttelte den Kopf. »Eine Minute reicht nicht aus. Ich warte, bis Sie mehr Zeit erübrigen können.«

Ironheart bedachte sie mit einem durchdringenden Blick.

Holly blickte wieder auf den Roman.

»Ich könnte die Polizei verständigen und Sie von meinem Grundstück fortbringen lassen«, brummte Jim.

»Nur zu.«

Er blieb noch einige Sekunden lang stehen, verärgert und unschlüssig, ging dann wieder ins Haus, schob die Tür zu und schloß ab.

»Warte nicht zu lange«, murmelte Holly. »In etwa einer Stunde muß ich dein Bad benutzen.«

Ganz in der Nähe saugten zwei Kolibris Nektar aus Blütenkelchen. Die Schatten wuchsen allmählich in die Länge, und die zerplatzenden Kohlensäurebläschen knisterten leise in der Dose.

Unten in Florida gab es ebenfalls Kolibris, kühle Schatten und kalte Dos-Equis-Flaschen anstatt von Limonade. Travis McGee geriet mit jedem Absatz in größere Schwierigkeiten.

Hollys Magen knurrte. Sie hatte im Flughafen von Dubuque gefrühstückt, davon überrascht, daß die gräßlichen Erinnerungsbilder der Bruchlandung ihren Appetit keineswegs beeinträchtigten. Die kurze Belagerung gegen zwölf führte dazu, daß sie aufs Mittagessen verzichtete. Jetzt verschmachtete sie fast – das Leben ging weiter.

Fünfzehn Minuten vor ihrem Toilettentermin kehrte Ironheart auf die Veranda zurück. Er hatte geduscht und sich rasiert, trug nun ein leichtes T-Shirt, eine weiße Baumwollhose und ebenfalls weiße Kanevasschuhe.

Sein Versuch, besser auszusehen, schmeichelte Holly.

»Na schön«, sagte er. »Was wollen Sie?«

»Zunächst muß ich in Ihr Bad.«

Jim verzog wie in Zeitlupe das Gesicht. »In Ordnung, meinetwegen, aber dann sprechen wir miteinander und bringen es hinter uns. Anschließend gehen Sie.«

Sie folgte ihm ins Wohnzimmer, das an einen offenen Frühstücksbereich grenzte. Dahinter befand sich die Küche. Holly bemerkte einfache, billige Möbel, die Ironheart bei einem Ausverkauf erworben zu haben schien – wohl unmittelbar nach dem College und vor seiner Tätigkeit als Lehrer. Alles wirkte sauber, aber abgenutzt. Frei stehende Regalwände enthielten Hunderte von Büchern. Doch an den Wänden hingen keine Bilder, und es fehlten auch andere Schmuckgegenstände wie Vasen, dekorative Schalen, Skulpturen oder Topfpflanzen, die einem Zimmer Wärme verleihen.

Er führte sie zur Toilette am Flur, unmittelbar neben dem Eingang. Keine Tapeten, nur weiße Farbe. Keine wie Rosenblüten geformte Designer-Seife, nur ein schlichter weißer Riegel. Keine bunten oder bestickten Handtücher, nur eine Rolle Saugpapier.

Bevor Holly die Tür schloß, richtete sie noch einmal den Blick auf Ironheart. »Vielleicht können wir uns bei einem frühen Abendessen unterhalten. Ich bin halb verhungert.«

Als sie im Bad fertig war, sah sie sich neugierig im ›Salon‹ um und fragte sich, ob eine solche Bezeichnung auch nur annähernd gerechtfertigt war. Wenn man der Einrichtung – sie war noch spartanischer als im ersten Wohnzimmer – einen Stil zubilligen konnte, so zeichnete er sich in erster Linie durch einen geringen Preis aus. Für einen Mann, der sechs Millionen Dollar in der Lotterie gewonnen hatte, lebte Ironheart bemerkenswert bescheiden. Im Vergleich zu den Möbeln wirkte das ebenfalls schlichte Haus wie eine Rockefeller-Villa.

Holly ging zur Küche und stellte fest, daß Jim am runden Frühstückstisch auf sie wartete.

»Ich dachte, Sie würden irgend etwas zubereiten«, sagte sie, zog sich einen Stuhl heran und nahm auf der anderen Seite Platz.

Ironheart blieb ernst. »Was wollen Sie?«

»Ich möchte Ihnen zuerst sagen, was ich *nicht* will«, erwiderte Holly. »Ich möchte nicht über Sie schreiben; ich habe den Journalismus über Bord geworfen und bin keine Reporterin mehr. Ob Sie's glauben oder nicht: es ist die Wahrheit. Neugierige Typen von den Medien würden Sie bei Ihrem guten Werk nur behindern. Belästigungen dieser Art könnten dazu führen, daß Menschen sterben, die Sie sonst vielleicht gerettet hätten. Das sehe ich nun ein.«

»Gut.«

»Und ich will Sie nicht erpressen. Ganz abgesehen davon: der unerhörte Luxus, mit dem sie sich hier umgeben haben, deutet darauf hin, daß Sie nahezu pleite sind.«

Ironheart lächelte nicht. Er starrte sie weiterhin aus seinen gasflammenblauen Augen an.

»Es liegt mir auch fern, mich in Ihre Arbeit einzumischen oder Sie dabei zu behindern«, fuhr Holly fort. »Ich möchte Sie nicht als Wiederkunft Christi verehren, Sie heiraten, Ihre Kinder zur Welt bringen oder von Ihnen die Bedeutung des Lebens erfahren. Nun, nur Elvis Presley kennt die Bedeutung des Lebens, und er liegt als Scheintoter in einem marsianischen Hibernationsgewölbe.«

Kein Muskel rührte sich in Ironhearts Gesicht. *Himmel, er ist wirklich zäh,* dachte Holly.

»Mir geht es nur darum, meine Neugier zu befriedigen«, fügte sie hinzu. »Ich möchte wissen, wie und warum Sie Menschen retten.« Sie zögerte, holte tief Luft und ließ die Katze aus dem Sack: »Und ich möchte daran teilnehmen.«

»Was soll das heißen?«

Holly sprach so hastig, daß die einzelnen Sätze ineinander übergingen. Sie fürchtete, daß Ironheart sie unterbrechen, ihr keine zweite Chance geben würde, alles zu erklären. »Ich möchte mit Ihnen arbeiten, Ihnen helfen, Beiträge zu Ihrer Mission leisten, oder wie auch immer Sie es nennen, ich möchte ebenfalls Menschen retten oder *Ihnen* dabei helfen, sie vor dem Tod zu bewahren.«

»Sie sind nicht imstande, mir irgendeine Art von Hilfe anzubieten.«

»Es muß doch irgend etwas geben«, beharrte Holly.

»Sie wären nur im Weg.«

»Hören Sie, ich bin intelligent . . .«

»Na und?«

». . . gebildet . . .«

»Ich auch.«

». . . hartnäckig, entschlossen . . .«

»Ich brauche Sie nicht.«

». . . kompetent, tüchtig . . .«

»Tut mir leid.«

»Verdammt!« entfuhr es Holly. Es klang nicht verärgert, eher enttäuscht. »Nehmen Sie mich als Sekretärin, auch wenn Sie keine benötigen. Nehmen Sie mich als Mädchen für alles, als Ihre rechte Hand. Lassen Sie mich wenigstens eine *Freundin* sein.«

Ihre Bitten schienen wirkungslos an Ironheart abzuprallen. Er sah sie auch weiterhin stumm an, und ihre Unsicherheit wuchs, aber sie wich seinem Blick nicht aus. Deutlich spürte sie, daß er das Starren als ein Werkzeug der Kontrolle und Einschüchterung benutzte, und sie lehnte es ab, auf diese Weise manipuliert zu werden. Holly wollte auf keinen Fall zulassen, daß er ihre Begegnung dominierte, noch bevor sie richtig begonnen hatte.

Schließlich sagte Jim: »Sie möchten also meine Lois Lane sein.«

Einige Sekunden lang hatte Holly keine Ahnung, was er damit meinte. Dann erinnerte sie sich: Metropolis, der *Daily Planet,* Jimmy Olson, Perry White, Lois Lane, Clark Kent, Superman.

Holly wußte, daß Ironheart versuchte, sie zu verärgern. Er griff also nur zu einem anderen Mittel, um sie zu manipulieren. Wenn sie aggressiv wurde, bekam er einen Vorwand, um sie fortzuschikken. Woraus folgte: sie mußte ruhig und freundlich bleiben, um die Tür zwischen ihnen offenzuhalten.

Aber sie sah sich außerstande, still zu sitzen und gleichzeitig ihr Temperament im Zaum zu halten. Sie brauchte Gelegenheit, um zumindest einen Teil der zornigen Energie abzuleiten, die ihre inneren Batterien überlud. Holly schob den Stuhl zurück, stand auf und wanderte umher. »Nein, genau das möchte ich *nicht* sein«, antwortete sie. »Ich will auf keinen Fall zu Ihrer Chronistin werden, zu Ihrer ganz persönlichen unerschrockenen Reporterin.« Sie fügte sofort eine Erklärung hinzu. »Ich möchte nicht so sehr von Ihnen schwärmen, daß mir ständig die Sinne schwinden, wenn ich Sie sehe. Ich möchte auch nicht das wohlmeinende, aber ungeschickte Mädchen sein, das ständig in Schwierigkeiten gerät und Ihre Hilfe braucht, um nicht dem bösen Lex Luthor in die Hände zu fallen. Hier geschieht etwas Erstaunliches, und ich möchte Teil davon werden. Es ist auch gefährlich, ja, aber ich will trotzdem dazugehören, weil Ihr Werk solche ... Bedeutung hat. Ich möchte irgendeinen Beitrag leisten und mit meinem Leben etwas Besseres anfangen als bisher.«

»Weltverbesserer sind meistens nur auf sich selbst konzentriert und voller unbewußter Arroganz«, kommentierte Ironheart. »Sie richten eher Schaden an.«

»Ich bin kein Weltverbesserer. Nein, so sehe ich mich nicht. Ich habe kein Interesse daran, für meine Großzügigkeit und die Bereitschaft zur Selbstaufopferung gepriesen zu werden. Ich fühle mich nicht moralisch überlegen. Ich will mich nur *nützlich* machen.«

»Die Welt ist voller Humanitätsapostel«, sagte Ironheart erbarmungslos. »Wenn ich einen Assistenten brauche – was nicht der Fall ist –, warum sollte ich mich dann ausgerechnet für Sie entscheiden?«

Der Kerl ist unmöglich, fand Holly. Sie hätte ihn am liebsten geschlagen.

Statt dessen ging sie weiterhin auf und ab. »Als ich gestern ins Flugzeug zurückkehrte, um den kleinen Jungen zu suchen, um Norby zu helfen ... Nun, ich war verblüfft über mich selbst. Ich wußte gar nicht, daß ich zu so etwas in der Lage bin. Von Tapferkeit kann in diesem Zusammenhang keine Rede sein. Die meiste Zeit über hatte ich enorme Angst. Aber ich habe den Jungen trotzdem gerettet, und nachher fühlte ich mich viel besser.«

»Sie mögen es, von den Leuten für eine Heldin gehalten zu werden«, erwiderte Ironheart knapp.

Holly schüttelte den Kopf. »Nein, das stimmt nicht. Abgesehen von einem Angehörigen der Rettungsmannschaften hat niemand gewußt, daß ich Norby aus der Maschine geholt habe. Die Reaktionen anderer Leute spielten überhaupt keine Rolle. *Ich* war mit mir zufrieden, und das genügte.«

»Sie lieben also das Risiko«, brummte Jim. »Sie sehnen sich nach Heldentum und dergleichen. Sie sind süchtig nach Mut und Courage.«

Jetzt fühlte sich Holly versucht, ihn gleich zweimal zu schlagen. Direkt ins Gesicht. *Zack, zack!* Hart genug, daß ihm fast die Augen aus dem Kopf fielen. Sie konnte sich kaum mehr beherrschen.

»In Ordnung. Na schön. Wenn Sie unbedingt wollen: Ich bin also süchtig nach Mut und Courage.«

Ironheart entschuldigte sich nicht. Er schwieg, starrte sie einfach nur an.

»Aber das ist immer noch besser, als jeden Tag ein Pfund Kokain zu konsumieren, oder glauben Sie nicht?«

Jim gab keine Antwort.

Verzweiflung wuchs in Holly, aber sie trachtete danach, sich nichts anmerken zu lassen. »Als gestern alles überstanden war, als der Mann von der Rettungsmannschaft Norby fortbrachte ... Wissen Sie, was ich da empfand? Wissen Sie, welches Gefühl besonders intensiv wurde? Nicht Begeisterung darüber, den Jungen vor dem Tod bewahrt zu haben – das auch, aber nicht hauptsächlich. Auch kein Stolz darauf, daß ich ganz allein die Pläne des Schicksals vereitelt hatte. Nein, in erster Linie spürte ich *Zorn*. Dieses Gefühl überraschte mich, jagte mir sogar Schrecken ein. Zorn darüber, daß ein kleiner Junge fast gestorben wäre, daß sein Onkel neben ihm den Tod gefunden hatte, daß er unter mehreren Sitzen feststeckte, in der Gesellschaft blutiger Leichen. Zorn darüber, daß er seine Unschuld verloren hatte, daß er sich nie wieder so übers Leben freuen kann wie andere Kinder in seinem Alter. Ich wollte jemanden verprügeln, jemanden zwingen, sich für all das Leid bei Norby zu entschuldigen. Aber leider ist es nicht möglich, dem Schicksal die Arme auf den Rücken zu drehen oder es so in die Enge zu treiben, daß es Abbitte leistet, und deshalb bleibt einem nichts anderes übrig, als im Saft der eigenen Wut zu schmoren.«

Holly sprach nicht lauter, aber immer eindringlicher. Sie wanderte schneller und immer nervöser umher, spürte dabei, daß Leidenschaft den Zorn verdrängte – ein noch deutlicherer Hinweis auf ihre Verzweiflung. Aber sie konnte jetzt nicht wieder Platz nehmen und schweigen.

»Im Saft der eigenen Wut schmoren«, wiederholte sie. »Es sei denn, man heißt Jim Ironheart. *Sie* können etwas unternehmen und einen Unterschied schaffen, zu dem niemand sonst in der Lage ist. Ich weiß jetzt über Sie Bescheid, und deshalb bin ich nicht in der Lage, mein Leben so fortzusetzen, als sei überhaupt nichts geschehen. Sie haben mir die Möglichkeit gegeben, eine Kraft zu finden, von deren Existenz ich bis vor kurzer Zeit überhaupt nichts ahnte. Sie gaben mir Hoffnung, als ich nicht einmal wußte, daß ich mich danach sehne. Sie zeigten mir einen Weg, um Bedürfnisse zu befriedigen, die mir bis gestern verborgen blieben. Ich *wünsche mir,* Widerstand zu leisten und zu kämpfen, dem Tod ins Gesicht zu spuken. Verdammt, Sie dürfen jetzt nicht die Tür schließen und mich draußen in der Kälte stehenlassen!«

Ironheart starrte sie an.

Herzlichen Glückwunsch, Thorne, dachte Holly und verspottete sich selbst. *Das war ein ausgezeichnetes Beispiel für Ruhe, Fassung und Selbstbeherrschung.*

Jim starrte sie weiterhin an.

Sie hatte seinem kühlen Gebaren Hitze entgegengesetzt, sein überaus wirkungsvolles Schweigen mit einem Wortschwall beantwortet. *Meine einzige Chance – und ich habe sie verspielt.*

Holly fühlte sich plötzlich elend, und die brodelnde Energie in ihr wich dunkler Leere. Sie setzte sich wieder, stemmte die Ellenbogen auf den Tisch, stützte das Kinn auf die Hände und überlegte, ob sie schreien oder weinen sollte. Statt dessen seufzte sie nur.

»Möchten Sie ein Bier?« fragte Jim.

»Himmel, ja.«

Die Sonne sank dem westlichen Horizont entgegen, war wie ein feuriger Pinsel, der durch die Lücken zwischen den Jalousienrippen am Fenster des Frühstückszimmers glitt und an der Decke kupferfarben glühende Streifen entstehen ließ. Holly saß erschöpft auf ihrem Stuhl, und Jim beugte sich vor. Sie beobachtete ihn, während er auf seine halbleere Flasche Corona hinabsah.

»Wie ich Ihnen schon an Bord des Flugzeugs sagte«, begann er. »Ich bin kein Medium. Ich kann nicht in die Zukunft sehen, weil ich es möchte. Ich habe keine Visionen. Eine höhere Macht benutzt mich als Werkzeug.«

»Könnten Sie das ein wenig genauer erklären?«

Jim zuckte mit den Schultern. »Gott.«

»Gott spricht zu Ihnen?«

»Nein, er spricht nicht zu mir. Ich höre keine Stimme, weder seine noch irgendeine andere. Ab und zu fühle ich mich dazu gezwungen, bestimmte Orte zu einer bestimmten Zeit aufzusuchen ...«

Er versuchte zu erläutern, wieso er rechtzeitig genug die McAlbury School in Portland und andere Schauplätze seiner Rettungsmissionen erreicht hatte. Er berichtete auch von Pater Geary, der ihn am Altargeländer seiner Kirche fand, mit den Wundmalen Christi an Stirn, Händen und der einen Körperseite.

Es klang ziemlich seltsam, wie ein besonders exotischer Mystizismus, zusammengebraut von einem ketzerischen Katholiken, der dabei die geistliche Unterstützung eines rauschgiftsüchtigen indianischen Medizinmannes und eines draufgängerischen Clint-Eastwood-Typs fand. Holly war fasziniert. Trotzdem sagte sie: »Ich kann mir kaum vorstellen, daß in dieser Sache Gottes große Hände im Spiel sind.«

»Ich schon«, erwiderte Jim ruhig und ließ keinen Zweifel daran, daß es in erster Linie auf seine Meinung ankam, daß er ihre Billigung nicht brauchte.

»Manchmal mußten Sie erhebliche Gewalt anwenden«, erinnerte sie ihn. »Zum Beispiel bei den Burschen, die Susie und ihre Mutter in der Wüste entführten.«

»Sie bekamen, was sie verdienten«, entgegnete Jim ungerührt. »In manchen Menschen gibt es zuviel Finsternis, eine Verdorbenheit, gegen die nicht einmal eine tausendjährige Rehabilitierung etwas ausrichten könnte. Das Böse existiert wirklich; es wandelt auf der Erde. Manchmal begnügt sich der Teufel damit, in Versuchung zu führen. Und manchmal schickt er Soziopathen, denen das Gen für Mitleid und Erbarmen fehlt.«

»Ich behaupte nicht, daß Sie in *jedem* Fall auf Gewaltanwendung verzichten können. In einigen Situationen blieb Ihnen überhaupt keine Wahl. Ich meine nur ... Ist Gott wirklich fähig, Seinen Boten aufzufordern, von einer Schrotflinte Gebrauch zu machen?«

Jim trank einen Schluck Bier. »Haben Sie jemals die Bibel gelesen?«

»Ja.«

»Dort heißt es, daß Gott die bösen Menschen in Sodom und Gomorrha mit Vulkanausbrüchen, Erdbeben und Feuerregen strafte.

Einmal hat er sogar die ganze Welt überflutet, nicht wahr? Er ließ das Rote Meer über die Soldaten des Pharaos zurückfluten, auf daß sie alle ertranken. Ich glaube kaum, daß er zimperlich ist, wenn's nur um eine Schrotflinte geht.«

»Ich dachte eher an den Gott des Neuen Testaments. Vielleicht haben Sie von ihm gehört – verständnisvoll, mitfühlend, gnädig.«

Jim sah sie wieder aus seinen blauen Augen an und richtete seinen Blick auf sie, der so hinreißend sein konnte, daß ihr die Knie weich wurden – und der sie bei anderen Gelegenheiten innerlich zu Eis erstarren ließ. Vor wenigen Sekunden hatte sie Wärme von ihm gespürt, doch jetzt kehrte die Kälte zurück. Die frostige Reaktion zeigte ihr deutlich, daß er noch nicht bereit war, sie in seinem Leben zu akzeptieren. »Ich habe Menschen kennengelernt, die so abscheulich sind, daß die Tiere eigentlich beleidigt sein müßten, als Tiere bezeichnet zu werden. Wenn Gott ihnen gegenüber ständige Gnade walten ließe, so würde ich mich von ihm abwenden.«

Holly stand an der Küchenspüle, wusch Pilze und schnitt Tomaten, während Jim das Eiweiß vom Eigelb trennte, um zwei relativ kalorienarme Omeletts zuzubereiten.

»Die ganze Zeit über sterben Menschen in bequemer Nähe, sozusagen direkt in Ihrem Hinterhof. Aber Sie reisen weit durchs Land, um Männer, Frauen und Kinder zu retten.«

»Einmal in Frankreich«, erwiderte Jim und bestätigte damit Hollys Vermutung, daß sich seine Rettungsmissionen nicht nur auf die Vereinigten Staaten beschränkten. »Einmal in Deutschland, zweimal in Japan und einmal in England.«

»Warum gibt Ihnen die höhere Macht nicht nur Aufträge, die Südkalifornien betreffen?«

»Keine Ahnung.«

»Haben Sie sich jemals gefragt, ob die von Ihnen geretteten Menschen etwas Besonderes darstellen? Ich meine: Warum ausgerechnet sie und keine anderen?«

»Ja, darüber habe ich häufig nachgedacht. In den Nachrichtensendungen ist ständig die Rede von unschuldigen Menschen, die hier im Süden Kaliforniens ermordet werden oder bei Unfällen sterben, und ich frage mich, warum er möchte, daß ich statt dessen einen Jungen in Boston rette. Vielleicht wollte ihn der Teufel vorzeitig holen. Vielleicht hat Gott mich benutzt, um das zu verhindern.«

»Sie haben viele junge Personen gerettet.«
»Das ist mir ebenfalls aufgefallen.«
»Aber den Grund dafür kennen Sie nicht?«
»Nein.«
In der Küche roch es nach bratenden Eiern, Zwiebeln, Pilzen und grünem Pfeffer. Jim entschied sich für ein großes Omelett in der Pfanne, das er später in zwei Hälften schneiden wollte.
Holly steckte Vollkornbrotscheiben in den Toaster. »Warum sollte Gott daran gelegen sein, daß Sie in der Wüste Susie und ihre Mutter retten – aber nicht den Vater des Mädchens?«
»Ich weiß es nicht.«
»Der Vater war doch kein böser Mann, oder?«
»Nein, ich glaube nicht.«
»Warum mußte er sterben?«
»Wenn Er möchte, daß ich eine Antwort auf diese Frage bekomme, wird Er sie mir mitteilen.«
Jims Sicherheit, daß Gott durch ihn wirkte, daß Gott einige Menschen sterben lassen wollte und andere nicht, erfüllte Holly mit Unbehagen.
Andererseits: Konnte er auf seine außergewöhnlichen Erfahrungen anders reagieren? Es hatte wohl kaum Sinn, ein Streitgespräch mit Gott zu führen.
Sie erinnerte sich an eine Redensart, an eine alte Kamelle, die während der psychedelischen Bewegung zu einem Klischee wurde: »Gott hat mir den Mut gegeben, die Dinge zu verändern, die ich nicht akzeptiere, und jene Dinge zu akzeptieren, die ich nicht verändern kann; außerdem schenkte Er mir die Weisheit, den Unterschied zu erkennen.« Klischee oder nicht: Es war eine sehr gesunde Einstellung.
Holly nahm die ersten beiden gerösteten Brotscheiben aus dem Toaster und steckte zwei andere hinein. »Wenn Gott nicht wollte, daß Nicholas O'Connor bei lebendigem Leib gebraten wird, so hätte Er doch einfach die Explosion der Starkstromstation verhindern können.«
Jim zuckte mit den Schultern.
»Erscheint es Ihnen nicht seltsam, daß Gott Sie benutzen muß, Sie quer durchs ganze Land schickt, um den O'Connor-Jungen beiseite zu reißen, kurz bevor das 17000-Volt-Kabel hochgeht? Warum hat Er nicht ... darauf gespuckt, die ersten Flammen mit göttlichem Speichel erstickt? Warum holte Er Sie nach Atlanta, um Norman Rink im Lebensmittelladen zu erschießen? Warum hat Er

ihm nicht ins Gehirn gekniffen, ihm einen rechtzeitigen Schlaganfall beschert?«

Jim neigte geschickt die Pfanne und drehte das Omelett um. »Warum hat Er Mäuse geschaffen, um Frauen zu erschrecken, und Katzen, die die Mäuse fressen? Warum schuf Er Blattläuse, die Pflanzen töten, und Marienkäfer, die Blattläuse für Leckerbissen halten? Warum gab Er uns keine Augen im Hinterkopf, obgleich wir sie so dringend benötigen?«

Holly strich Margarine auf die ersten beiden Brotscheiben. »Ich weiß, was Sie meinen. Gottes Wege sind unerforschlich.«

»In der Tat.«

Sie aßen am Frühstückstisch. Abgesehen vom Toast gab es auch noch geschnittene Tomaten und kühles Bier zum Omelett.

Das purpurne Tuch des Zwielichts glitt draußen über die Welt, enthüllte langsam die nackte Gestalt der Nacht.

»Bei Ihren Missionen sind Sie nicht nur eine Marionette«, sagte Holly.

»Doch, das bin ich.«

»Nein. Sie können zumindest einen gewissen Einfluß auf das Ergebnis ausüben.«

»Nein.«

»Nun, Gott hat Sie aufgefordert, am Flug zwei-vier-sechs teilzunehmen, damit Sie die Dubroweks retten.«

»Das stimmt.«

»Aber dann beschlossen Sie, die Sache selbst in die Hand zu nehmen, wodurch Sie nicht nur Christine und Casey vor dem Tod bewahrt haben. Wie viele Personen an Bord sollten sterben?«

»Hunderteinundfünfzig.«

»Na bitte. Sie haben hundertzwei mehr Menschen gerettet, als es Sein Plan vorsah.«

»Hundertdrei, wenn man Sie mitzählt. Aber nur, weil Er es erlaubte, weil Er mir dabei half.«

»Wie bitte? Soll das heißen, daß Er durch Sie zunächst nur die Dubroweks retten wollte und es sich dann anders überlegte?«

»Ich glaube schon.«

»Weiß Gott nicht genau, was Er will?«

»Keine Ahnung.«

»Ist Gott manchmal verwirrt?«

»Keine Ahnung.«

»Ist er ein Quatschkopf?«

»Ich weiß es nicht, Holly.«

»Das Omelett schmeckt gut.«

»Danke.«

»Es fällt mir schwer zu verstehen, warum Gott jemals seine Meinung über irgend etwas ändern sollte. Immerhin ist Er unfehlbar, oder? Also kann Er überhaupt keine falschen Entscheidungen treffen.«

»Ich beschäftige mich nicht mit solchen Fragen. Ich denke einfach nicht darüber nach.«

»Das ist mir bereits aufgefallen«, sagte Holly.

Jim starrte sie an, und sie spürte die volle Wirkung seines auf Eis umgeschalteten Blicks. Einige Sekunden später konzentrierte er sich auf Essen und Bier und ignorierte Hollys Versuche, das Gespräch fortzusetzen.

Sie begriff plötzlich, daß sie noch immer weit davon entfernt war, sein Vertrauen zu gewinnen. Seit ihrem Sonnenbad im Garten hatte sich kaum etwas zwischen ihnen verändert. Er versuchte noch immer, sie einzuschätzen, und Holly befürchtete, daß sie dabei nicht besonders gut abschnitt. Sie brauchte eine Möglichkeit, alle seine Barrieren zu durchbrechen. Sie glaubte, ein entsprechendes Werkzeug zu haben, aber sie wollte es erst im richtigen Augenblick benutzen.

Als Jim seine Mahlzeit beendete, sah er vom leeren Teller auf und sagte: »Na schön. Ich habe mir alles angehört, und inzwischen dürfte keine Gefahr mehr bestehen, daß Sie verhungern. Ich möchte jetzt, daß Sie gehen.«

»Nein, das möchten Sie nicht.«

Er blinzelte. »Miß Thorne . . .«

»Sie haben mich schon einmal Holly genannt.«

»Miß Thorne, bitte zwingen Sie mich nicht, Sie *hinauszuwerfen.*«

»Sie wollen gar nicht, daß ich gehe«, erwiderte Holly und versuchte, ihre Stimme überzeugender klingen zu lassen, als sie sich fühlte. »Bei den bisherigen Rettungsmissionen haben Sie immer nur Ihren Vornamen genannt. Niemand hat mehr von Ihnen erfahren. Ich bin die einzige Ausnahme. Sie sagten mir, daß Sie in Südkalifornien leben. Und Sie vertrauten mir auch ihren Nachnamen an: Ironheart.«

»Ich habe nie behauptet, daß Sie eine schlechte Journalistin seien. Sie verstehen sich darauf, Ihren Gesprächspartnern Informationen zu entlocken . . .«

»Davon kann bei Ihnen keine Rede sein. Ich brauchte nicht zu bohren, um mehr in Erfahrung zu bringen. Sie gaben bereitwillig Auskunft. Niemand könnte Sie zwingen, irgend etwas zu verraten; dafür haben Sie einfach ein zu dickes Fell. Übrigens: Ich möchte noch ein Bier.«

»Bitte gehen Sie jetzt.«

»Bleiben Sie ruhig sitzen. Ich weiß, wo Sie die Getränke aufbewahren.«

Holly stand auf, ging zum Kühlschrank und entnahm ihm eine Flasche Corona. Sie wagte sich jetzt aufs Glatteis, aber die dritte Flasche Bier gab ihr einen Vorwand – wenn auch keinen sehr guten –, um noch etwas zu bleiben und mit Ironheart zu reden. Am vergangenen Abend, in der Cocktailbar des Hotels in Dubuque, hatte sie ebenfalls drei Bier getrunken, aber zu jenem Zeitpunkt war sie infolge eines hohen Adrenalinspiegels so wachsam und nervös gewesen wie eine von Benzedrin aufgeputschte Siamkatze. Dem Alkohol blieb gar keine Zeit, auf sie zu wirken. Trotzdem sank sie später so müde ins Bett wie ein Holzfäller, der an einem Tag das Pensum einer ganzen Woche erledigt hatte. Wenn sie hier am Tisch einschlief, fand sie sich einige Stunden später bestimmt in ihrem Wagen auf der Straße wieder, ohne jemals in Ironhearts Haus zurückkehren zu können. Holly öffnete die Flasche und setzte sich.

»Sie *wollten*, daß ich Sie finde«, sagte sie.

Er beobachtete sie mit der Wärme eines toten Pinguins, der auf einer Eisscholle festgefroren war. »Ach, tatsächlich?«

»Ja. Deshalb nannten Sie mir Ihren Nachnamen und Wohnort.«

Jim schwieg.

»Erinnern Sie sich an die letzten Worte, die Sie vor dem Flughafen in Portland an mich richteten?«

»Nein.«

»Es war die beste Einladung, die ich jemals von einem Mann gehört habe.«

Jim wartete.

Holly stellte seine Geduld auf die Probe, indem sie sich Zeit ließ und aus der Flasche trank. »Bevor Sie die Wagentür schlossen und ins Terminal gingen, sagten Sie: ›Das gilt auch für Sie, Miß Thorne.‹«

»Klingt nicht gerade nach einer Einladung.«

»Es hätte gar nicht romantischer sein können.«

»›Das gilt auch für Sie, Miß Thorne.‹ Und was haben Sie vorher zu mir gesagt? ›Sie sind ein Arschloch, Mr. Ironheart!‹«

»Ho, ho, ho«, machte Holly. »Es hat keinen Sinn zu versuchen, Ihre Worte ins Lächerliche zu ziehen. Ich meinte, Ihre Bescheidenheit sei erfrischend, und Ihre Antwort lautete: ›Das gilt auch für Sie, Miß Thorne.‹ Lieber Himmel, mein Herz schlug mindestens doppelt so schnell wie sonst. Oh, Sie wußten ganz genau, welche Wirkung Sie damit auf mich erzielten. Sie nannten mir Namen und Wohnort, sahen mich aus Ihren so verdammt beeindruckenden blauen Augen an, gaben sich schüchtern, schleuderten mir dann ein ›Das gilt auch für Sie, Miß Thorne‹ entgegen und gingen wie Humphrey Bogart fort.«

»Ich schätze, Sie haben jetzt genug Bier getrunken.«

»Ja? Nun, ich glaube, ich bleibe hier die ganze Nacht sitzen und trinke eine Flasche nach der anderen.«

Jim seufzte. »Wenn das so ist, genehmige ich mir auch noch eine.«

Er stand auf, holte sich ein Bier und nahm wieder Platz.

Holly kam zu dem Schluß, daß sie erste Fortschritte erzielte.

Oder bereitete Ironheart eine Falle für sie vor? War es ein Trick, beim Bier zu plaudern? An seiner Intelligenz konnte kein Zweifel bestehen. Vielleicht wollte er sie unter den Tisch trinken. Nun, in dem Fall stand ihre Niederlage bereits fest, Holly würde lange vor ihm unter dem Tisch enden!

»Sie wollten, daß ich Sie finde«, wiederholte sie.

Er schwieg.

»Und wissen Sie, warum Sie wollten, daß ich Sie finde?«

Er blieb still.

»Sie wollten, daß ich Sie finde, weil Sie mich tatsächlich für erfrischend hielten, weil Sie der einsamste und traurigste Mann diesseits von Hardrock, Missouri, sind.«

Ironheart gab keine Antwort. Er war ein ausgezeichneter Schweiger und hatte die einzigartige Fähigkeit, genau zum richtigen Zeitpunkt nichts zu sagen.

»Sie lassen den Wunsch in mir entstehen, Sie zu schlagen«, bemerkte Holly.

Jim schwieg.

Die vom Alkohol geweckte Zuversicht in Holly verflüchtigte sich, und sie spürte, daß sie erneut zu verlieren begann. Einige Runden lang hatte sie nach Punkten gewonnen, doch jetzt drohte ihr ein Knockout durch Ironhearts Schweigen.

»Warum gehen mir diese Box-Metaphern durch den Kopf?« fragte sie. »Ich hasse Boxen.«

Jim nippte an seinem Bier und deutete dann auf Hollys noch immer zu zwei Dritteln gefüllte Flasche. »Wollen Sie wirklich alles trinken?«

»Und ob.« Sie spürte bereits eine gewisse Benommenheit, war jedoch noch immer nüchtern genug, um zu begreifen, daß sich ihr jetzt die Möglichkeit bot, Ironhearts psychischen Schild zu durchstoßen. »Wenn Sie mir nicht von jenem Ort erzählen, bleibe ich hier sitzen und trinke, bis ich eine fette, verlotterte alte Alkoholikerin werde. Ich sterbe hier im Alter von zweiundachtzig Jahren, mit einer Leber so groß wie Vermont.«

»Ort?« Jim musterte sie verwirrt. »Was für ein Ort?«

Jetzt. Holly senkte die Stimme und flüsterte, um eine noch größere Wirkung zu erzielen. »Die Windmühle.«

Ironheart fiel nicht vom Stuhl, und es wirbelten ihm auch keine Zeichentricksterne um den Kopf, aber Holly sah deutlich, daß er zutiefst erschüttert war.

»Sie sind in der Windmühle gewesen?« fragte er.

»Nein. Existiert sie wirklich?«

»Wenn Sie das fragen ... Wieso wissen Sie dann überhaupt davon?«

»Träume. Ich habe von einer Windmühle geträumt. In jeder der drei letzten Nächte.«

Jim erblaßte. Die Glühbirne über dem Tisch brannte nicht; sie saßen im Schatten. Das einzige Licht stammte aus der Küche und von einer Lampe im Wohnzimmer. Trotzdem bemerkte Holly in aller Deutlichkeit, wie Ironheart erbleichte. Sein Gesicht schwebte in der Düsternis vor ihr wie der ovale Flügel einer schneeweißen Motte.

Der Alptraum war nicht nur außergewöhnlich, sondern hatte auch so erschreckend echt gewirkt – ganz zu schweigen davon, daß ihr ein Teil des Grauens nach dem Erwachen ins Motelzimmer gefolgt war –, daß sie eine Verbindung mit Jim Ironheart zu erkennen geglaubt hatte. Zwei Begegnungen mit dem Paranormalen innerhalb derart kurzer Zeit *mußten* miteinander in Zusammenhang stehen. Trotzdem empfand Holly eine seltsame Erleichterung, als Jims schockierte Reaktion ihre Vermutung bestätigte.

»Kalksteinwände«, sagte sie. »Hölzerner Boden. Eine schwere, eisenbeschlagene Holztür, dahinter eine Wendeltreppe mit Kalksteinstufen. Eine gelbe Kerze auf einem blauen Teller.«

»Schon seit vielen Jahren träume ich davon«, murmelte Jim. »Ein- oder zweimal im Monat. Bis zu den letzten drei Nächten. Aber wie können wir den gleichen Traum haben?«

»Wo befindet sich die Windmühle?«
»Auf der Farm meiner Großeltern. Im Norden von Santa Barbara. Im Santa Ynez Valley.«
»Haben Sie dort etwas Schreckliches erlebt?«
Ironheart schüttelte den Kopf. »Nein, ganz und gar nicht. Ich liebte jenen Ort. Er war wie ein . . . Refugium für mich.«
»Warum wurden Sie dann blaß, als ich ihn erwähnte?«
»Bin ich das?«
»Stellen Sie sich eine Albinokatze vor, die eine Maus verfolgt und sich hinter der nächsten Ecke plötzlich einem Dobermann gegenübersieht. So blaß.«
»Nun, wenn ich von der Windmühle träume, so ist damit immer irgend etwas Grauenhaftes verbunden . . .«
»Darauf brauchen Sie mich nicht extra hinzuweisen. Aber wenn sich bei Ihnen angenehme Erinnerungen auf die Mühle beziehen – warum erscheint sie dann in Alpträumen?«
»Keine Ahnung.«
»Geht das schon wieder los?«
»Ich weiß es wirklich nicht«, sagte Jim. »Wieso träumen *Sie* davon, obwohl Sie nie dort waren?«
Holly trank einen Schluck Bier, obwohl es ihr kaum dabei half, konzentriert nachzudenken. »Vielleicht projizieren Sie Ihren Traum auf mich. Um eine Verbindung zwischen uns zu schaffen, um mich hierherzubringen.«
»Was sollte mir daran gelegen sein, Sie hierherzubringen?«
»Oh, herzlichen Dank.«
»Nun, wie ich Ihnen schon mehrfach sagte: Ich bin kein Medium, sondern nur ein Werkzeug. Ich habe keine übersinnlichen Fähigkeiten.«
»Dann ist es jene höhere Macht«, sagte Holly. »Sie schickt mir den gleichen Traum, weil sie möchte, daß wir zusammenarbeiten.«
Ironheart rieb sich die Augen. »Derzeit ist das alles zuviel für mich. Ich bin so verdammt müde.«
»Ich auch. Aber es ist erst halb zehn, und es gibt noch viel zu besprechen.«
»Gestern nacht habe ich nur eine Stunde geschlafen«, erwiderte Jim.
Er schien tatsächlich sehr erschöpft zu sein. Nach der Dusche und Rasur wirkte er einigermaßen akzeptabel, doch die Ringe unter seinen Augen wurden immer dunkler, und es kehrte keine Farbe in die Wangen zurück. Er war noch immer leichenblaß.

»Können wir unser Gespräch morgen fortsetzen?« fragte er.

Holly runzelte die Stirn. »Nein. Wenn ich morgen früh zurückkehre, stoße ich bestimmt auf verschlossene Türen.«

»Ich lasse Sie herein.«

»Das behaupten Sie jetzt.«

»Wenn Sie von der Windmühle geträumt haben, so betrifft diese Angelegenheit auch Sie, ob es mir gefällt oder nicht.«

Seine Stimme klang nicht mehr nur kühl, sondern wieder eiskalt. Holly verstand ›ob es mir gefällt oder nicht‹ als freundliche Umschreibung für ›obgleich es mir nicht gefällt‹.

Ironheart war ein Einzelgänger, schon seit vielen Jahren. Viola Moreno mochte ihn und behauptete, seine Schüler und Kollegen hätten ihn sehr geschätzt. Allerdings wies sie auf einen tief in ihm verborgenen Kummer hin, der ihn von anderen Menschen trennte; seit er nicht mehr als Lehrer arbeitete, unterhielt er kaum Kontakte zu Viola oder seinen anderen Freunden. Zweifellos verblüffte es ihn, daß er und Holly den gleichen Traum teilten; er fand sie ›erfrischend‹ und fühlte sich zumindest in gewisser Weise zu ihr hingezogen, aber trotzdem gefiel es ihm nicht, daß sie in seine Einsamkeit vordrang.

»Nein«, bekräftigte Holly noch einmal. »Wenn ich morgen früh an der Tür klingle, haben Sie sich längst aus dem Staub gemacht. Und vielleicht kehren Sie nie zurück.«

Es fehlte Jim die Kraft, um weitere Einwände zu erheben. »Dann übernachten Sie hier.«

»Haben Sie ein Gästezimmer?«

»Ja. Aber kein zweites Bett. Sie können auf dem Sofa im Wohnzimmer schlafen. Allerdings ist es ziemlich alt und nicht sehr bequem.«

Holly ging mit ihrem Bier ins Nebenzimmer und nahm versuchsweise auf dem durchgesessenen braunen Sofa Platz. »Scheint soweit in Ordnung zu sein.«

»Wie Sie meinen«, brummte Jim. Holly spürte, daß seine Gleichgültigkeit nur gespielt war.

»Könnten Sie mir einen Pyjama leihen?«

»Lieber Himmel!«

»Tut mir leid, aber ich habe keine Sachen mitgebracht.«

»Meine Schlafanzüge sind Ihnen bestimmt zu groß.«

»Um so besser – dann bieten sie wenigstens genug Platz. Ich würde auch gern duschen. Ich bin ganz verschwitzt vom Sonnenbad heute nachmittag.«

Mit der gequälten Leidensmiene eines Mannes, der den nicht angekündigten Besuch seiner unsympathischsten Verwandten hinnimmt, führte Jim Holly nach oben, zeigte ihr das Gästebad und holte dann Handtücher und einen Pyjama.

»Bitte seien Sie leise«, sagte er. »In fünf Minuten möchte ich fest eingeschlafen sein.«

Holly genoß das heiße, auf sie herabprasselnde Wasser und die wallenden Dampfwolken, stellte aber zufrieden fest, daß die Dusche nichts an der vom Alkohol erzeugten Benommenheit änderte. Zwar hatte sie in der vergangenen Nacht besser geschlafen als Ironheart, aber die letzten acht Stunden ungestörter Ruhe lagen schon einige Tage zurück, und sie freute sich auf einen vom Bier erleichterten Schlaf, selbst auf dem alten Sofa.

Gleichzeitig beunruhigte sie der graue Nebel hinter ihrer Stirn. Sie hielt es für wichtig, bei klarem Verstand zu bleiben. Immerhin befand sie sich im Haus eines sehr seltsamen Mannes, der ein ungelöstes Rätsel darstellte, ein wandelndes Mysterium. Holly wußte nicht, wie es in seinem Herzen aussah, durch das mehr Geheimnisse und Schatten gepumpt wurden als Blut. Trotz der Kühle ihr gegenüber schien er sanft und freundlich zu sein und keine schlechten Absichten zu hegen. Im Grunde genommen hielt sie die Vorstellung für absurd, daß er eine Gefahr für sie darstellen konnte. Andererseits: In den Zeitungen und übrigen Nachrichtenmedien wurde häufig von wahnsinnigen Massenmördern berichtet, die Freunde, Familienangehörige und Kollegen niedermetzelten und von erstaunten Nachbarn als ›eigentlich ganz nett‹ beschrieben worden waren. Jim Ironheart behauptete, der Beauftragte Gottes zu sein, und er riskierte sein Leben, um Fremde zu retten – doch vielleicht neigte er des Nachts dazu, kleine Katzen mit sadistischer Freude zu quälen.

Dennoch verzichtete Holly nicht auf den Rest des Biers. Als sie sich mit dem sauber riechenden Frotteehandtuch abgetrocknet hatte, griff sie wieder nach der Flasche Corona und trank einen Schluck. Ein langer, traumloser und erholsamer Schlaf lohnte ihrer Ansicht nach das Risiko, im Bett ermordet zu werden.

Sie zog den Pyjama an und rollte Beine und Ärmel hoch.

Dann nahm sie die Flasche – sie enthielt noch einen oder zwei Schluck Bier –, öffnete leise die Badezimmertür und trat in den Flur des Obergeschosses. Gespenstische Stille herrschte im Haus.

Als sie zur Treppe ging, kam sie an Ironhearts Schlafzimmer

vorbei und warf einen Blick hinein. Zu beiden Seiten des Bettes waren aus Messing bestehende Leselampen befestigt, und eine von ihnen warf einen schmalen Keil aus bernsteinfarbenem Licht auf das zerknitterte Laken. Jim lag auf dem Rücken, Hände und Arme unter den beiden Kopfkissen; er schien noch wach zu sein.

Holly zögerte, gab sich einen Ruck und trat durch die offene Tür. »Danke«, sagte sie und sprach leise, für den Fall, daß er doch schon schlief. »Jetzt fühle ich mich viel besser.«

»Freut mich für Sie.«

Holly blieb so dicht vor dem Bett stehen, daß sie beobachten konnte, wie sich das Lampenlicht in Ironhearts blauen Augen widerspiegelte. Die Decke reichte ihm bis zum Nabel, aber er trug keine Schlafanzugjacke. Brust und Arme waren schlank und muskulös.

»Ich dachte, Sie wollten nach fünf Minuten fest eingeschlafen sein.«

»Das war meine Absicht. Aber leider kann ich die Gedanken nicht einfach abschalten.«

Holly sah auf ihn hinab. »Viola Moreno meinte, tiefe Trauer wohnt in Ihnen.«

»Sie sind bei Ihren Ermittlungen ziemlich gründlich vorgegangen, nicht wahr?«

Holly trank einen Schluck Corona – noch einer übrig – und nahm auf der Bettkante Platz. »Haben Ihre Großeltern noch immer die Farm mit der Muhle?«

»Sie sind tot.«

»Tut mir leid.«

»Großmutter starb vor fünf Jahren, Großvater acht Monate später – als sei das Leben ohne sie sinnlos für ihn. Sie hatten viele ausgefüllte Jahre hinter sich. Ich vermisse sie sehr.«

»Haben Sie Verwandte?«

»Zwei Cousins in Akron«, antwortete Jim.

»Stehen Sie miteinander in Verbindung?«

»Schon seit zwanzig Jahren nicht mehr.«

Holly trank den Rest Bier und stellte die leere Flasche aufs Nachtschränkchen.

Einige Minuten lang sprach niemand von ihnen. Die Stille war nicht etwa unbehaglich, sondern angenehm.

Schließlich stand Holly auf, ging ums Bett herum, zog die Decke zurück, streckte sich neben Jim aus und legte den Kopf auf die anderen beiden Kissen.

Ironheart schien ebensowenig überrascht zu sein wie sie selbst.

Nach einer Weile faßten sie sich an den Händen, lagen Seite an Seite und starrten zur Decke hoch.

»Es muß dich hart getroffen haben, als Zehnjähriger deine Eltern zu verlieren.« Holly ging zum Du über; unter den gegenwärtigen Umständen erschien ihr das Sie nicht mehr angemessen.

»Ja.«

»Was geschah damals?«

Er zögerte kurz. »Ein Verkehrsunfall.«

»Und anschließend hast du bei deinen Großeltern gelebt?«

»Ja. Das erste Jahr war am schlimmsten. Es ... ging mir nicht besonders gut. Verbrachte viel Zeit in der Mühle. Sie gewann eine ganz besondere Bedeutung für mich. Ich spielte dort, zog mich in sie zurück, wenn ich ... allein sein wollte.«

»Ich wünschte, wir wären als Kinder zusammen gewesen«, sagte Holly.

»Warum?«

Sie dachte an Norby, jenen Jungen, den sie im Flugzeug gerettet hatte. »Dann hätte ich dich kennengelernt, bevor deine Eltern starben. Dann wüßte ich heute, wie du damals gewesen bist, unberührt von der Tragödie.«

Neuerliches Schweigen folgte diesen Worten.

Als Jim sprach, war seine Stimme so leise, daß sich Holly anstrengen mußte, um ihn trotz ihres laut pochenden Herzens zu verstehen. »Tief in ihrem Innern trauert auch Viola. Sie wirkt wie die glücklichste Frau auf der ganzen Welt, aber sie verlor ihren Mann in Vietnam, und darüber kam sie nicht hinweg. Pater Geary – der Geistliche, von dem ich dir erzählt habe – sieht aus wie der fromme Priester eines sentimentalen katholischen Films aus den dreißiger oder vierziger Jahren, aber als ich ihm begegnete, war er müde und zweifelte an seiner Berufung. Und du ... Nun, du bist hübsch und amüsant, scheinst außerordentlich tüchtig zu sein, aber ich hätte nicht geglaubt, daß du so unerbittlich sein kannst. Du erweckst den Eindruck einer Frau, die problemlos durchs Leben schreitet, sich nicht nur für ihre Arbeit interessiert, sondern auch für alles andere, jedoch immer darauf achtet, mit dem Strom zu schwimmen, nie dagegen. Meine Güte, wenn du Blut geleckt hast, bist du wie ein hungriger Wolf.«

Holly betrachtete das fleckenartige Muster aus Licht und Schatten an der Decke, sie hielt Jims starke Hand. Eine Zeitlang dachte sie über seine letzten Bemerkungen nach. »Worauf willst du hinaus?« fragte sie.

»Menschen sind immer viel ... komplexer, als man zunächst glaubt.«

»Ist das eine Beobachtung – oder eine Warnung?«

Diese Frage schien Jim zu verwirren. »Warnung?«

»Vielleicht gibst du mir zu verstehen, daß du nicht das bist, was du zu sein scheinst.«

Nach einer langen Pause erwiderte er: »Ja, vielleicht.«

Holly schwieg ebenfalls. »Ich glaube, es ist mir gleich«, sagte sie dann.

Jim wandte sich ihr zu, mit einer Scheu, die sie schon seit Jahren nicht mehr gespürt hatte. Sein erster Kuß war sanft und berauschender als drei Flaschen oder gar drei Kisten Corona.

Holly begriff erst jetzt, daß sie sich selbst etwas vorgemacht hatte. Sie brauchte das Bier nicht, um ihre Nerven zu beruhigen und einen langen, tiefen Schlaf zu gewährleisten, sondern um genug Mut aufzubringen: Sie wollte Jim verführen oder von ihm verführt werden. Sie fühlte seine tiefe Einsamkeit und hatte ihn auch darauf hingewiesen, doch jetzt merkte sie, daß sie vielleicht noch einsamer war als er; nur ein Teil ihrer Trostlosigkeit ging auf den Umstand zurück, daß der Journalismus überhaupt keinen Reiz mehr auf sie ausübte. *Während meines Lebens als Erwachsene bin ich praktisch immer allein gewesen*, dachte sie. *Daran liegt es.*

Zwei Pyjamahosen und ein Oberteil verschwanden, lösten sich auf wie Kleidung in einem erotischen Traum. Mit wachsender Erregung glitten Hollys Hände über Jims Leib, erstaunt darüber, daß der Tastsinn so intensive Gefühle vermitteln, eine derartige Sehnsucht wecken konnte.

Sie hatte geradezu lächerlich romantische Vorstellungen in Hinsicht auf den ersten Geschlechtsakt mit Jim. Eine verklärte, mädchenhafte Fantasie zeigte ihr einmalige Leidenschaft, sanfte Zärtlichkeit und heißen Sex in perfekter Balance, Muskeln, die einmal in sublimer Harmonie zitterten, dann einen atemberaubenden Kontrapunkt bildeten; die Bewegungen der Lenden kündeten von gegenseitiger Hingabe; zwei Menschen, die eins wurden, die jene äußere Welt aus Vernunft und Ratio verließen, um durch eine innere zu gleiten, die nur aus Empfindungen bestand; kein falsches Wort erklang, und jedes Seufzen ertönte genau zum richtigen Zeitpunkt; die beiden Körper schienen miteinander zu verschmelzen, paßten sich dem mysteriösen Rhythmus jener Gezeitenkräfte an, die Ebbe und Flut des Universums bestimmten; die Vereinigung ging über alles Biologische hinaus, wurde zu einer mystischen Erfahrung.

Hollys Erwartungen fanden natürlich keine Entsprechungen in der Wirklichkeit. Die Realität war zärtlicher, feuriger und weitaus besser als ihre Fantasie.

Sie schliefen wie Löffel in der Schublade: Hollys Bauch an Jims Rücken, ihre Lenden an seinem warmen Po. Stunden später, in den Sphären der Nacht, die für gewöhnlich – aber jetzt nicht mehr – besondere Einsamkeit brachten, erwachten sie gleichzeitig, als sie den Ruf erneuerten Verlangens hörten. Jim drehte sich zu ihr um, und sie hieß ihn willkommen. Diesmal bewegten sie sich noch hektischer, als sei ihre Lust nicht geringer geworden, sondern stärker und intensiver. Das erste Mal war wie eine Dosis Heroin gewesen, die im Süchtigen nur den Wunsch nach mehr weckte.

Als Holly in Jims wundervolle Augen sah, hatte sie zunächst den Eindruck, in das Feuer seiner Seele zu blicken. Dann ergriff er sie an den Seiten, hob sie halb von der Matratze und glitt tief in sie hinein. Sie spürte ein heftiges Brennen und dachte an die Klauen des Ungetüms, das ihr aus dem Traum ins Motelzimmer gefolgt war. Für einige Sekunden veränderte der Schmerz die Perspektive ihrer Wahrnehmung, und sie hatte das sonderbare Gefühl, kaltes blaues Feuer zu sehen, das ohne Flammen loderte. Doch dabei handelte es sich nur um eine Reaktion auf die von Grauen begleiteten Erinnerungen an den Alptraum. Als sie Jims Hände behutsam von der Taille löste, die Arme anwinkelte und das Becken hob, ihm entgegen, als sie ihn ganz in sich aufnahm, war er nur noch Wärme. Nicht der geringste Frost ging von ihm aus. Gemeinsam schufen sie genug Hitze, um auch eine Seele aus Eis zu schmelzen.

Das blasse Glühen des Mondes erhellte pechschwarze Wolken, die rasch über den nächtlichen Himmel zogen.

Im Gegensatz zu ihren früheren Träumen stand Holly auf einem Kiespfad, der sich zwischen Teich und Kornfeld erstreckte und zur Tür der alten Windmühle führte. Das Kalksteingebäude ragte steil empor, auf den ersten Blick als Mühle zu erkennen – trotzdem wirkte es fremdartig und unheimlich.

Die Flügel – an manchen Stellen existierte ihre Bespannung nur noch in Form fransiger Fetzen – zeichneten sich als dunkle Silhouette vor dem düsteren Himmel ab und sahen aus wie ein zur Seite gekipptes Kreuz. Zwar wehte ein stürmischer Wind, der die Wasseroberfläche des tintenschwarzen Sees kräuselte und das nahe Korn hin und her wogen ließ, aber die Windmühlenflügel rührten sich nicht von der Stelle. Offenbar hatte man die Mühle schon vor vielen Jahren stillgelegt; vermutlich waren ihre mechanischen Teile längst verrostet.

Ein geisterhaftes, blaßgelbes Licht flackerte an den schmalen Fenstern im oberen Raum. Hinter den Scheiben glitten sonderbare Schatten über die inneren Wände der hohen Kammer.

Holly wollte sich dem Gebäude nicht nähern, hatte noch nie zuvor solche Furcht vor einem Ort empfunden, aber sie konnte nicht stehenbleiben. Gegen ihren Willen ging sie weiter, wie gefangen im magischen Bann eines mächtigen Zauberers.

Der Mondschein erzeugte seltsame Reflexe auf dem Teich links von ihr, und sie drehte neugierig den Kopf. Das Muster aus Licht und Dunkelheit auf dem Wasser wirkte wie ein Negativbild. Der Mühlenschatten bot sich nicht als eine dunkle geometrische Form dar, an den Kanten umschmiegt vom perlmuttenen Glühen des Mondes – statt dessen war er heller als die restliche Wasseroberfläche, so als strahle die Mühle, als sei sie das hellste Objekt in der Nacht, obgleich sie eine pechschwarze, gespenstische Masse bildete. In den hohen Fenstern der echten Mühle tanzte unstetes Licht, doch das Spiegelbild zeigte finstere Rechtecke wie die leeren Augenhöhlen in einem Totenschädel.

Irgend etwas knarrte.

Holly sah auf.

Die langen Flügel gaben dem Druck des Windes nach und begannen sich zu drehen. Sie zwangen verrostete Zahnräder und den vertikalen Schaft der Welle zu widerstrebender Bewegung, und schließlich knirschten auch die Mühlsteine im unteren Raum aneinander.

Holly wollte erwachen, und da ihr das nicht gelang, verspürte sie den Wunsch, über den Kiespfad zu fliehen. Trotzdem ging sie weiter in Richtung Mühle. Die Flügel drehten sich im Uhrzeigersinn, wurden schneller, und das Knarren ließ allmählich nach. Sie erschienen Holly wie die Finger einer monströsen Hand, und in den rissigen Teilen am Ende eines jeden Flügels sah sie Klauen.

Kurz darauf erreichte sie die Tür.

Alles in ihr sträubte sich dagegen, das Gebäude zu betreten. Bestimmt erwartete sie im Innern eine Art Hölle, mindestens so schlimm wie die Foltergruben, von denen jeder Feuer-und-Schwefel-Prediger berichtete, der jemals in Salem zu entsetzten Gläubigen gesprochen hatte. Holly wußte: wenn sie die Mühle betrat, drohte ihr der Tod.

Die Flügel rasten herab, strichen nur einen halben Meter über ihrem Kopf hinweg. Gesplittertes Holz streckte sich ihr entgegen. *Wusch, wusch, wusch, wusch.*

Sie öffnete die Tür in einer Trance, die ihr noch festere Fesseln anlegte als der Schrecken. Langsam trat sie ein und blickte sich um. Hinter ihr entwickelte die Tür plötzlich jene Art von boshaftem Eigenleben, das Objekte nur in Träumen entwickeln; mit einem dumpfen Knall fiel sie wieder zu.

Vor ihr erstreckte sich ein dunkler Raum, in dem alte Steinräder mahlten.

Links führte eine Treppe nach oben, deren Konturen sich in der Düsternis verloren. Lautes Kreischen und Heulen erklang von oben wie das nächtliche Konzert in einem Dschungel, doch diese Stimmen stammten nicht von Leoparden, Affen, Vögeln oder Hyänen. Auch elektronische Geräusche ertönten in der Kakophonie – hinzu kam ein insektenartiges Zirpen, das aus den Lautsprechern einer voll aufgedrehten Stereoanlage zu dringen schien. Im Hintergrund vernahm Holly einen monotonen, pochenden Refrain, der aus drei Baß-Tönen bestand und von den steinernen Wänden des Treppenhauses widerhallte. Auf halbem Weg nach oben fühlte ihn Holly bis in die Knochen.

Sie kam an einem schmalen Fenster auf der linken Seite vorbei. Mehrere Blitze zuckten durch das Gewölbe der Nacht, und der Teich neben der Mühle schien sich plötzlich in einen Trickspiegel zu verwandeln, wurde transparent und offenbarte seine Tiefen, so als reiche das Licht der Blitze bis zum Grund. Holly sah ein völlig fremdartiges Etwas. Sie blinzelte mehrmals und versuchte, Einzelheiten des Objekts zu erkennen, doch das letzte Flackern am Himmel verblaßte, wich neuerlicher Finsternis.

Der kurze Anblick genügte, um Holly frösteln zu lassen. Es rann ihr eiskalt über den Rücken.

Sie wartete und hoffte auf weitere Blitze, aber die Nacht blieb so undurchsichtig wie Teer. Nach einer Weile prasselte schwarzer Regen ans Fenster. Sie hatte fast das Obergeschoß erreicht, und deshalb war das blaßgelbe, flackernde Licht etwas heller geworden. Die Fensterscheibe allerdings wirkte dadurch völlig schwarz und zeigte ein Abbild der unmittelbaren Umgebung.

Holly betrachtete sich selbst.

Aber das Gesicht im Traum gehörte nicht ihr, sondern einer anderen Frau, die gut zwanzig sein mochte und keine Ähnlichkeit mit ihr aufwies.

Sie hatte noch nie zuvor geträumt, im Körper einer anderen Person zu sein. Jetzt begriff sie, warum es ihr unmöglich gewesen war, draußen auf dem Kiesweg stehenzubleiben, und warum sie sich jetzt nicht daran hindern konnte, das Obergeschoß aufzusuchen. Ihr Mangel an Kontrolle hatte nichts mit der üblichen Hilflosigkeit zu tun, die Träume zu Alpträumen werden ließ, es ging vielmehr darauf zurück, daß sie im Leib eines fremden Menschen steckte.

Die Frau wandte sich vom Fenster ab und setzte den Weg nach oben fort, während im flackernden Licht weiterhin das schauerliche Kreischen, Heulen und Flüstern erklang. In den Kalksteinwänden um sie herum pochte ein dumpfer, dreifacher Herzschlag – als sei die Mühle lebendig und verfüge über ein Herz mit drei Kammern.

Halt, kehr zurück, dort oben erwartet dich der Tod! rief Holly, aber die Frau hörte sie nicht. Holly war nur eine Beobachterin in ihrem eigenen Traum, keine aktive Teilnehmerin. Sie blieb ohne Einfluß auf das Geschehen.

Schritt für Schritt. Höher.

Die eisenbeschlagene Tür stand offen.

Sie trat über die Schwelle, erreichte den hohen Raum.

Sofort sah sie den Jungen, der erschrocken in der Mitte des Zimmers stand. Er hatte die kleinen Hände an den Seiten zu Fäusten geballt. Vor ihm stand eine dicke Schmuckkerze auf einem blauen Teller. Daneben lag ein Buch – ein gebundenes Buch –, und Holly las das Wort ›Mühle‹ auf dem bunten Schutzumschlag.

Der Junge drehte sich zu ihr um; Entsetzen glühte in seinen wunderschönen blauen Augen. »Ich habe Angst. Hilf mir. Die Wände, die *Wände*!«

Sie stellte fest, daß das Licht in der Kammer nicht nur von der Kerze stammte. Auch die Wände selbst schimmerten, als bestünden sie nicht aus massivem Kalkstein, sondern aus halbtransparentem Quarz, der bernsteinfarben glitzerte. Sie begriff, daß etwas darin *lebte,* etwas Funkelndes, das ebenso leicht durch festen Stein glitt wie ein Schwimmer durch Wasser.

Die Wand pulsierte.

»Es kommt«, sagte der Junge. Seine offensichtliche Furcht vermischte sich mit sonderbarer Aufregung. »Und niemand kann es aufhalten!«

Plötzlich schob es sich aus der Wand. Die gewölbte Fläche aus Steinen und Mörtel platzte wie die schwammige Membran eines Insekteneies, gab den Blick auf eine weiche, schlammartige Masse frei, in der etwas Gestalt annahm . . .

»Nein!«

Holly schrie und erwachte.

Sie setzte sich im Bett auf und wich ruckartig zur Seite, als sie eine Berührung spürte. Das Licht des Morgens erhellte den Raum, und sie sah Jim an ihrer Seite.

Ein Traum. Nur ein Traum.

Aber wie vor zwei Nächten im Laguna Hills Motor Inn versuchte das Geschöpf des Traums, einen Weg in die reale Welt zu finden. Diesmal kam es nicht durch eine Wand. Es wählte die Decke, direkt über dem Bett. Die weiße Trockenmauer war nicht mehr weiß oder trocken, sondern wies braune und bernsteinfarbene Flecken auf; sie schimmerte, wurde so halbtransparent wie der Stein in ihrem Traum. Stinkender Schleim tropfte davon herab, und die Decke wölbte sich nach unten, als eine finstere Wesenheit versuchte, das Schlafzimmer zu erreichen.

Ein donnernder, dreifacher Herzschlag hallte durchs Haus: *Bumm-Bumm-BUMM, Bumm-Bumm-BUMM.*

Jim rollte vom Bett und war mit einem Satz auf den Beinen. Während der Nacht hatte er wieder die Pyjamahose angezogen, so wie Holly das Oberteil, das ihr bis zu den Knien reichte. Sie kroch ebenfalls unter der Decke hervor und blieb neben ihm stehen. Gemeinsam starrten sie zu dem pulsierenden Geburtssack empor, in den sich die Decke verwandelt hatte, beobachteten das dunkle, sich hin und her windende Etwas, das versuchte, die zitternde Membran zu durchdringen.

Holly konnte es kaum fassen, daß diese Erscheinung am hellichten Tag stattfand. Die Jalousien am Fenster waren nicht ganz geschlossen, und Sonnenlicht strömte herein. Mitten in der dunklen, schwarzen Nacht mochte man damit rechnen, daß sich etwas Unheimliches manifestierte, doch vom Tageslicht erwartete man, daß es alle dämonischen Ungeheuer fernhielt.

Jims Hand tastete nach Hollys Rücken und schob sie zur offenen Tür. »Raus hier!«

Sie kam nur zwei Schritte weit, bevor die Tür plötzlich zufiel. Ein außergewöhnlich mächtiger Poltergeist schien am Werk zu sein: Eine hohe Kommode, so alt und abgenutzt wie alles im Haus, löste sich von der Wand neben Holly und stieß sie fast zu Boden. Das

Möbelstück flog durchs Zimmer und prallte an die Tür. Ein kleiner Schrank und ein Stuhl folgten ihm, verbarrikadierten den einzigen Ausgang.

Das Fenster in der gegenüberliegenden Wand bot eine Möglichkeit, aus dem Zimmer zu fliehen, aber inzwischen neigte sich der mittlere Deckenteil so weit nach unten, daß sie sich tief ducken mußten, um ihn zu passieren. Holly hatte sich mit der Unlogik dieses wachen Alptraums abgefunden und wollte dem gräßlichen Beutel auf keinen Fall zu nahe kommen. Sie fürchtete, daß er sich direkt über ihr öffnete und ein Schreckenswesen freigab.

Jim zog sie ins nahe Badezimmer und trat die Tür zu.

Holly wirbelte um die eigene Achse. Das einzige Fenster befand sich hoch in der Wand und war viel zu klein, um nach draußen zu klettern.

Im Bad zeigte sich nichts von der organischen Metamorphose, die im Schlafzimmer stattfand, aber die Wände vibrierten im Takt des dumpfen, dreifachen Herzschlags.

»Zum Teufel auch, was ist das?« fragte Jim.

»Der Feind«, sagte Holly sofort, überrascht davon, daß er nicht Bescheid wußte. »Der Feind aus dem Traum.«

Die weiße Decke über der Tür verfärbte sich, als fließe rotes Blut und braune Galle näher. Sie begann zu glänzen, gewann eine biologische Qualität und pulsierte im Rhythmus des dumpfen Pochens.

Jim schob Holly in eine Ecke neben dem Frisiertisch, und sie schmiegte sich hilflos an ihn. Ein Teil der Decke wölbte sich ebenso herab wie im Schlafzimmer, formte einen neuerlichen Beutel, in dem sie abscheuliche Bewegungen wahrnahm, wie von einer Million Maden.

Der dröhnende Herzschlag wurde noch lauter, donnerte um sie herum.

Holly hörte noch ein eigentümliches Geräusch: es klang so, als risse ein feuchtes Gummiband. All dies konnte, *durfte* nicht geschehen, aber es handelte sich keineswegs um Visionen, sondern um die schreckliche Wirklichkeit. Und das Geräusch machte alles noch realer. Es war grauenhaft, so gräßlich nahe, viel zu deutlich, um zu einem Traum zu gehören.

Die Tür sprang auf, und oben platzte die Decke auseinander. Steine fielen herab.

Doch mit dieser Explosion schien sich die Kraft des anhaltenden Alptraums erschöpft zu haben. Die Wirklichkeit setzte sich durch, gewann wieder unerschütterliche Stabilität. Nichts Monströses kam durch die offene Tür; nur Sonnenlicht glänzte im Schlafzimmer dahinter. Die Decke hatte durch und durch organisch gewirkt, als sie explodiert war, doch jetzt erinnerte nichts mehr an diese Verwandlung. Zu den herabregnenden Trümmern gehörten Sperrholzfragmente, pulverisierter Verputz, geborstene Mauersteine und isolierende Glaswolle – nichts Lebendiges.

Doch das Loch war erstaunlich genug, fand Holly.

Vor zwei Nächten im Motel hatte sich die Wand vorgewölbt und wie lebendig pulsiert, aber nachher nahm sie wieder ihre ursprüngliche Form an, wies nicht einmal einen schmalen Riß auf. Das schauderhafte Wesen aus dem Alptraum ließ keine Spuren zurück – abgesehen von den Kratzern an Hollys Seiten. Ein Psychologe wäre vermutlich zu dem Schluß gelangt, daß sie von ihr selbst stammten. Als sich die Staubwolken lichteten, rechnete sie damit, daß sich alles als Halluzination herausstellen würde, als ein besonders detailliertes Trugbild.

Doch das Durcheinander, in dem sie nun standen, war zweifellos real. Das galt auch für den weißen Staub in der Luft.

Jim griff entsetzt nach Hollys Hand und führte sie aus dem Bad. In der Decke des Schlafzimmers zeigte sich kein Loch. Sie war ebenso beschaffen wie am vergangenen Abend: glatt, weiß. Aber die Möbel ... Sie bildeten nach wie vor eine Barriere an der Tür, schienen von einer Flutwelle dorthin gespült worden zu sein.

Der Wahnsinn liebte die Finsternis, doch das Licht gab Vernunft den Vorzug. Wenn die wache Welt keinen Schutz vor Alpträumen gewährte, wenn Tageslicht nicht den Schrecken fernhielt, dann gab es nirgends Sicherheit, für niemanden.

2

Eine Sechzig-Watt-Birne hing von einem hohen Balken des Dachbodens, und ihr Licht genügte nicht, um alle Ecken der weiten, staubigen Kammer zu erhellen. Jim schaltete seine Taschenlampe ein und leuchtete in die vielen entlegenen Winkel. Er duckte sich unter Heizungsrohren hinweg, blickte hinter die beiden Schornsteine und suchte ... nach dem Etwas, das die Badezimmerdecke zerstört hatte. Abgesehen von der Taschenlampe trug er auch noch einen geladenen und entsicherten Revolver bei sich. Das gräßliche Geschöpf war nicht ins Bad gekrochen – woraus folgte, daß es irgendwo auf dem Dachboden sein mußte. Jims Habe bestand nur aus wenigen Dingen, und deshalb gab es kaum etwas, das er auf dem Dachboden verstaute – was die Anzahl der Versteckmöglichkeiten auf ein Minimum reduzierte. Schon nach kurzer Zeit stellte er fest, daß auf dem Speicher nur Spinnen und Wespen wohnten, die im Gebälk ein wabenartiges Nest gebaut hatten.

Nichts konnte aus dieser Kammer geflohen sein. Abgesehen von der Falltür, durch die er geklettert war, gab es nur zwei denkbare Ausgänge: die Belüftungsöffnungen in den gegenüberliegenden Dachvorsprüngen. Jede von ihnen war sechzig Zentimeter lang und dreißig Zentimeter hoch, und die Gitter davor saßen fest, ließen sich nur mit einem Schraubenzieher entfernen.

Hier und dort bestand der Boden aus Dielen, aber an anderen Stellen lag nur isolierende Glaswolle zwischen den Trägern. Jim balancierte auf den Balken, näherte sich dem Loch in der Badezimmerdecke und starrte nach unten. Deutlich sah er den Schutt, genau dort, wo Holly und er gestanden hatten.

Lieber Himmel, was ist hier geschehen?

Schließlich fand er sich damit ab, daß er auf dem Dachboden keine Antworten finden würde. Er kehrte zur Falltür zurück, ließ sich in den Wandschrank des Obergeschosses hinab, klappte die Leiter zurück und schloß die Schranktür.

Holly wartete im Flur auf ihn. »Nun?«

»Nichts«, sagte Jim.

»Das dachte ich mir.«

»Was ist hier passiert?«

»Es war wie im Traum.«

»Welchen Traum meinst du?« erkundigte sich Jim.

»Du hast doch ebenfalls von der Windmühle geträumt, oder?«

»Ja.«

»Dann kennst du sicher den Herzschlag in den Wänden.«

»Nein.«

»Und auch die seltsame Veränderung der Steine.«

»Nein. Um Himmels willen, davon höre ich jetzt zum erstenmal! In meinem Traum bin ich in der hohen Kammer der Windmühle. Vor mir brennt eine Kerze, und Regen prasselt an die Scheiben.«

Holly erinnerte sich daran, wie überrascht Jim gewesen war, als die Schlafzimmerdecke zu glühen begann und sich nach unten wölbte.

»In meinem Traum habe ich das Gefühl, daß etwas kommt, etwas Schreckliches und Grauenhaftes . . .«

»Der Feind«, sagte Holly.

»Ja! Was auch immer das bedeuten mag. Aber er kommt nie, nicht in *meinen* Träumen. Ich wache immer vorher auf.«

Jim schritt durch den Flur und betrat das Schlafzimmer. Holly folgte ihm. Neben den beiseite geschobenen Möbeln blieb er stehen und blickte verwirrt zur Decke hoch.

»Ich habe es deutlich gesehen«, sagte er und schien zu fürchten, daß Holly ihn einen Lügner nannte.

»Ja«, erwiderte sie. »Ich auch.«

Er drehte sich zu ihr um und wirkte noch verzweifelter als an Bord der DC-10. »Erzähl mir von deinen Träumen. Ich möchte alles über sie wissen, selbst die unwichtigsten Einzelheiten.«

»Später. Ich schlage vor, wir duschen zuerst und ziehen uns an. Und dann verlassen wir dieses Haus. Hier fühle ich mich nicht mehr wohl.«

»Mir geht es ebenso.«

»Dir dürfte klar sein, welchen Ort wir aufsuchen müssen.«

Jim zögerte.

Holly beantwortete die Frage für ihn. »Die Windmühle.«

Er nickte.

Sie duschten gemeinsam im Gästebad, nur um Zeit zu sparen – und weil sie beide viel zu nervös waren, um allein zu bleiben. In einer anderen Stimmung hätte Holly diese Erfahrung vermutlich als angenehm erotisch empfunden. Angesichts der feurigen Leidenschaft während der vergangenen Nacht erwies sich das Erlebnis aber als überraschend platonisch.

Jim berührte sie erst, als sie die Duschkabine verließen und sich abtrockneten. Er küßte sie auf den Mundwinkel und sagte: »In was habe ich dich da verwickelt, Holly Thorne?«

Später, als Jim rasch einen Koffer packte, ging Holly durch den Flur und betrat das Arbeitszimmer. Offenbar wurde es nicht oft benutzt: Ein dünner Staubfilm bedeckte den Schreibtisch.

Der Raum war ebenso schlicht eingerichtet wie der Rest des Hauses. Der einfache, billige Schreibtisch stammte vermutlich aus dem Ausverkauf eine Büroausstatters. Hinzu kamen zwei Lampen, ein Drehsessel, zwei freistehende Regale mit alten Büchern und ein leerer Arbeitstisch.

In den mehr als zweihundert Büchern ging es ausschließlich um das Thema Religion: historische Darstellungen des Islam, Judaismus, Buddhismus, Zen-Buddhismus, des Christentums, Hinduismus, Taoismus, Schintoismus – die Liste war endlos. Holly sah die gesammelten Werke von Martin Luther und des heiligen Thomas von Aquin; *Scientists and Their Gods* – Wissenschaftler und ihre Götter; die Bibel in verschiedenen Versionen: Douai, King James, American Standard; der Koran; die Thora mit dem Alten Testament und dem Talmud; die Tipitake des Hinajana-Buddhismus; das Agama des Hinduismus; das Awesta des Zoroaster und der Weda des Brahmanismus.

Dieser Teil von Jims persönlicher Bibliothek erschien Holly bemerkenswert vollständig und weckte ihre Neugier, doch noch interessanter waren die vielen Fotografien an zwei Wänden. Es handelte sich um 8 x 10-cm-Abzüge, die meisten in Schwarzweiß, nur einige wenige in Farbe, und sie alle stellten drei Personen dar: eine auffallend attraktive Brünette, einen gutaussehenden Mann mit ausdrucksstarkem Gesicht und lichtem Haar, und einen Jungen, der nur Jim Ironheart sein konnte. Jene Augen ... Ein Bild zeigte Jim zusammen mit den beiden Erwachsenen – vermutlich seine Eltern –, als er ein Säugling war, in eine Decke gehüllt. Auf den anderen Fotos schien er nicht viel jünger als vier und nie älter als etwa zehn zu sein.

Natürlich, dachte Holly. *Als Zehnjähriger wurde er zur Waise.*

Jim war nie allein. Entweder leistete ihm sein Vater Gesellschaft, oder die Mutter stand neben ihm; wahrscheinlich hielt das fehlende Elternteil die Kamera. Mehrere Aufnahmen zeigten die Ironhearts zusammen. Im Laufe der Jahre gewann die Schönheit der Mutter eine noch deutlichere Ausprägung. Der Vater verlor noch mehr Haar, schien jedoch immer glücklicher zu werden. Jim nahm sich ein Beispiel an seiner Mutter und sah ständig besser aus.

Häufig bildeten bestimmte Wahrzeichen oder Hinweise darauf den Hintergrund der Fotografien: der sechsjährige Jim und beide Eltern vor der Radio City Music Hall. Jim und sein Vater auf der hölzernen Uferpromenade von Atlantic City, als der Junge etwa vier Jahre alt war. Jim und seine Mutter vor einem Wegweiser zum Nationalpark des Grand Canyon, hinter ihnen ein Panorama der Schlucht. Alle drei Ironhearts vor dem Dornröschenschloß mitten in Disneyland, als Jim sieben oder acht gewesen sein mochte. Beale Street in Memphis. Das im Sonnenschein glitzernde Fontainebleau Hotel in Miami Beach. Eine Beobachtungsplattform, die einen prächtigen Blick auf den Mount Rushmore gewährte. Buckingham Palace in London. Der Eiffelturm. Das Tropicana Hotel in Las Vegas. Die Niagarafälle. Sie schienen überall gewesen zu sein.

Und ganz gleich, wer die Kamera hielt oder wo sie sich befanden: sie wirkten immer glücklich. Nie zeigten die Gesichter ein eingefrorenes, unaufrichtiges Lächeln. Holly hielt vergeblich nach den Mach-das-verdammte-Foto-Mienen Ausschau, die man so häufig in Familienalben sah. Oft lachten die Ironhearts, anstatt nur zu lächeln, und manchmal überraschte sie der Schnappschuß bei irgendwelchen Scherzen. Darüber hinaus gefiel es ihnen anscheinend, sich zu berühren. Sie standen nicht einfach nebeneinander oder posierten steif, sondern umarmten sich, küßten sich auf die Wangen oder brachten mit anderen Gesten Zärtlichkeit zum Ausdruck.

Der Junge auf den Bildern gab durch nichts jene Verdrossenheit zu erkennen, die er später als Erwachsener entwickelte, und Holly begriff, daß ihn der frühe Tod seiner Eltern stark verändert hatte. Der unbekümmerte, fröhliche Knabe existierte nicht mehr.

Eine Schwarzweiß-Aufnahme weckte ihr besonderes Interesse. Sie zeigte Mr. Ironheart auf einem Stuhl mit hoher Rückenlehne. Ein etwa siebenjähriger Jim saß auf dem Schoß seines Vaters. Beide trugen einen Smoking. Mrs. Ironheart stand hinter ihrem Mann und hatte ein reizvolles, mit Pailletten besetztes Cocktailkleid an, das ihre ausgezeichnete Figur betonte. Alle drei sahen direkt in die Kamera. Im Gegensatz zu den anderen Fotos nahmen sie eine sorgfältige Pose ein, und als Hintergrund diente nur ein drapiertes Tuch. Offenbar stammte dieses Bild von einem professionellen Fotografen.

»Sie waren wundervoll«, sagte Jim von der Tür her. Holly hatte ihn überhaupt nicht gehört. »Kein Kind kann sich bessere Eltern wünschen.«

»Ihr seid viel gereist?«

»Ja. Sie waren praktisch ständig unterwegs und liebten es, mir neue Orte zu zeigen, mir Erfahrungen aus erster Hand zu ermöglichen. Eines steht fest: Meine Eltern wären sehr gute Lehrer gewesen.«

»Womit verdienten sie sich ihren Lebensunterhalt?«

»Mein Vater war Buchhalter bei Warner Brothers.«

»Meinst du die Filmstudios?«

»Ja.« Jim lächelte. »Wir wohnten damals in Los Angeles. Meine Mutter wollte Schauspielerin werden, aber sie bekam nur wenige Angebote. Sie gab sich schließlich damit zufrieden, als Kellnerin in einem Restaurant an der Melrose Avenue zu arbeiten, nicht weit von Paramount entfernt.«

»Ihr seid glücklich gewesen, nicht wahr?«

»Immer.«

Holly deutete auf das Bild mit den drei förmlich gekleideten Ironhearts. »Eine besondere Gelegenheit?«

»Bei Anlässen, die eigentlich nur meine Eltern betrafen – zum Beispiel Hochzeitstage –, bestanden sie darauf, daß ich ebenfalls an der Feier teilnahm. Sie gaben mir ständig das Gefühl, etwas Spezielles zu sein und geliebt zu werden. Als jene Aufnahme entstand, war ich sieben; ich erinnere mich daran, daß sie große Pläne hatten. Sie wollten hundert Jahre lang verheiratet bleiben und in jedem Jahr glücklicher sein – sie wollten die ganze Welt sehen, bevor sie zusammen im Schlaf starben. Aber nur drei Jahre später schlug der Tod zu.«

»Es tut mir leid, Jim.«

Er zuckte mit den Schultern. »Es ist lange her. Fünfundzwanzig Jahre sind seitdem vergangen.« Er sah auf die Armbanduhr. »Komm, es wird Zeit. Wir brauchen vier Stunden, um die Farm zu erreichen, und es ist schon neun.«

Im Laguna Hills Motor Inn zog sich Holly rasch um – sie wählte Jeans und eine blaue, karierte Bluse – und packte dann die restlichen Sachen zusammen. Jim nahm ihre Reisetasche entgegen und legte sie in den Kofferraum.

Als sie am Empfangstresen den Zimmerschlüssel zurückgab und die Rechnung bezahlte, saß er am Steuer des Wagens, und Holly spürte seinen Blick auf sich ruhen. Nun, sie wäre enttäuscht gewesen, wenn er sie nicht beobachtet hätte. Aber als sie den Kopf drehte und durch das große Glasfenster sah, wirkte Jim so kühl und unnahbar, daß sie seine intensive Aufmerksamkeit mit Unbehagen erfüllte.

Sie fragte sich, ob es richtig war, ihn zum Santa Ynez Valley zu begleiten. Wenn sie das Motel verließ und auf dem Beifahrersitz seines Wagens Platz nahm, gab es außer ihm niemand, der ihren Aufenthaltsort kannte. Ihre Notizen über ihn befanden sich in der Reisetasche und mochten mit ihr zusammen verschwinden. *Dann bin ich eine von vielen Frauen, die sich während des Urlaubs in Luft auflösten, keine Spuren hinterließen.*

Als der Angestellte das Kreditkartenformular ausfüllte, überlegte Holly, ob sie ihre Eltern in Philadelphia anrufen und ihnen mitteilen sollte, mit wem sie wohin fuhr. *Nein, ich würde sie nur beunruhigen und müßte ihnen während der nächsten halben Stunde immer wieder versichern, daß alles in Ordnung ist.*

Außerdem hatte sie bereits entschieden, daß die Dunkelheit in Jim weniger wichtig war als das Licht. Und sie fühlte sich ihm gegenüber verpflichtet. Wenn er ab und zu eine gewisse Nervosität in ihr weckte . . . Nun, das gehörte zu den Aspekten, die ihn so faszinierend erscheinen ließen. Ein Hauch von Gefahr erhöhte nur den Reiz, den er auf sie ausübte. Tief in seinem Herzen war er ein guter Mann.

Holly fand es närrisch, um ihre Sicherheit besorgt zu sein, nachdem sie bereits mit Jim geschlafen hatte. Für eine Frau spielte die erste gemeinsame Nacht eine weitaus größere Rolle als für einen Mann: Die sexuelle Hingabe gehörte zu den Augenblicken größter Verwundbarkeit in einer Beziehung. Vorausgesetzt natürlich, die Hingabe diente nicht nur zur Befriedigung eines körperlichen Bedürfnisses, sondern basierte auch auf Liebe. *Ja,* dachte Holly, *ich liebe ihn.*

»Ich liebe ihn«, sagte sie laut und überrascht, weil sie sich davon überzeugt hatte, daß Jims Anziehungskraft in erster Linie auf außergewöhnlichen männlichen Charme, animalischen Magnetismus und etwas Geheimnisvolles zurückging.

Der Angestellte war zehn Jahre jünger als Holly und neigte daher zu der Annahme, daß es sich bei der Liebe um eine allgegenwärtige Präsenz handelte. Er sah auf und lächelte. »Großartig, nicht wahr?«

Holly unterschrieb das Formular. »Glauben Sie an Liebe auf den ersten Blick?«

»Warum nicht?«

»Nun, vom ersten Blick kann kaum die Rede sein. Ich kenne ihn schon seit dem zwölften August, seit . . . sechzehn Tagen.«

»Und Sie sind noch nicht verheiratet?« scherzte der junge Mann.

Holly verabschiedete sich, ging zum Ford und setzte sich neben Jim. »Wenn wir unser Ziel erreichen . . . Du hast doch nicht vor, mich mit einer Kettensäge zu zerschneiden und unter der Windmühle zu begraben, oder?«

Allem Anschein nach verstand er ihre Unsicherheit und nahm keinen Anstoß daran. »O nein«, antwortete er mit gespieltem Ernst. »Unter der Mühle ist bereits alles voll. Ich muß die Einzelteile deiner Leiche an verschiedenen Stellen auf der Farm verbuddeln.«

Holly lachte. *Wie dumm von mir, ihn zu fürchten.*

Jim beugte sich zur Seite und küßte sie. Es war ein langer, liebevoller Kuß.

Als sie wieder voneinander zurückwichen, sagte er: »Ich gehe ein ebenso großes Risiko ein wie du.«

»Ich schwöre hoch und heilig, daß ich noch nie jemanden mit einer Axt in Stücke geschlagen habe.«

»Im Ernst – in der Liebe hatte ich bisher kein Glück.«

»Ich auch nicht.«

»Diesmal ist es für uns beide anders.«

Er küßte sie erneut, nicht ganz so lange, dafür aber noch zärtlicher, startete dann den Motor und setzte aus der Parklücke zurück.

Er hat nicht gesagt, daß er mich liebt, dachte Holly in einem entschlossenen Versuch, die sterbende Zynikerin in ihr am Leben zu erhalten. Jim drückte sich vorsichtig aus, beschrieb seine Gefühle mit vagen Formulierungen. Vielleicht war er nicht zuverlässiger als die anderen Männer, denen Holly vertraut hatte?

Aber auch ich habe ihm gegenüber nicht direkt von Liebe gesprochen, ermahnte sie sich. Sie war keine größeren Verpflichtungen eingegangen als er. Nach wie vor hielt sie es für erforderlich, sich zu schützen; vielleicht zog sie es aus diesem Grund vor, dem Hotelangestellten ihr Herz auszuschütten und Jim gegenüber auf entsprechende Bemerkungen zu verzichten.

Unterwegs hielten sie an einem Lebensmittelladen, spülten Blaubeertörtchen mit schwarzem Kaffee hinunter und setzten die Fahrt über den San Diego Freeway nach Norden fort. Die Rush-hour an diesem Dienstagmorgen war vorbei, aber trotzdem kam es manchmal zu Verkehrsstauungen, und dann krochen die Autos wie Schlangen, die man zu einem Gourmet-Restaurant trieb.

Holly lehnte sich auf dem Beifahrersitz zurück und erzählte Jim wie versprochen von ihren vier Alpträumen. Sie begann mit der seltsamen Blindheit, die sie während des Traums in der Freitagnacht erlebt hatte, und beendete ihren Bericht mit den besonders schrecklichen Visionen in der vergangenen Nacht.

Es faszinierte Jim ganz offensichtlich, daß sie von der Windmühle geträumt hatte, ohne zu wissen, daß sie wirklich existierte. Und damit noch nicht genug – Sonntagnacht, nach dem Flugzeugunglück, sah sie ihn *als zehnjährigen Jungen* in der Mühle, obwohl sie zu jenem Zeitpunkt unmöglich wissen konnte, daß jenes Gebäude in seiner Kindheit eine große Rolle gespielt hatte.

Doch seine meisten Fragen galten dem jüngsten Alptraum. »Wer war die Frau, in deren Körper du dich befunden hast?« erkundigte er sich und blickte weiterhin auf die Straße.

»Ich weiß es nicht«, antwortete Holly und verspeiste das letzte Törtchen. »Ihre Identität blieb mir verborgen.«

»Kannst du sie beschreiben?«

»Ich habe nur ihr Spiegelbild im Fenster gesehen, mehr nicht.« Holly trank einen Schluck Kaffee aus dem großen Becher und dachte nach. Es fiel ihr wesentlich leichter, sich an die einzelnen Szenen zu erinnern, als es eigentlich der Fall sein sollte; normalerweise verflüchtigten sich Traumbilder schon nach kurzer Zeit. Doch in diesem Fall entsann sie sich so deutlich an die Details, als sei es ein echtes, reales Erlebnis gewesen. »Sie hatte ein breites, offenes Gesicht, nach weiblichen Maßstäben nicht schön, eher apart. Weite Augen, ein voller Mund. Ein Schönheitsfleck hoch auf der rechten Wange. Ja, ein runder Fleck – ich glaube nicht, daß es eine schmutzige Stelle auf der Fensterscheibe war. Lockiges Haar. Kennst du sie?«

»Nein«, erwiderte Jim. »Ich glaube nicht. Sag mir, was du am Grund des Teichs gesehen hast, als das Licht pulsierte.«

»Ich bin nicht sicher, was es gewesen sein könnte.«

»Beschreib es so gut wie möglich.«

Holly überlegte erneut, schüttelte dann aber den Kopf. »Nein. An das Gesicht der Frau erinnere ich mich gut, denn als ich es im Traum sah, erkannte ich es sofort als menschliches Gesicht. Aber das Objekt am Grund des Teichs ... Es war so seltsam, daß mir keine passenden Vergleiche einfallen. Ich wußte nicht, um was es sich handelte, und ich konnte nur einen kurzen Blick darauf werfen ... Jetzt entsinne ich mich nicht mehr an Einzelheiten. Hat es mit dem Teich irgend etwas Besonderes auf sich?«

»Nicht daß ich wüßte«, sagte Jim. »Vielleicht hast du ein versunkenes Ruderboot oder etwas in der Art gesehen.«

»Nein«, widersprach Holly. »Ich glaube kaum. Das Objekt war wesentlich größer. Ist jemals ein Boot im Teich versunken?«

»Keine Ahnung. Ich habe nie entsprechende Geschichten gehört. Allerdings täuscht der Anblick des Wassers. Normale Mühlteiche sind seicht, aber dieser ist tief, fast fünfzehn Meter in der Mitte. Er trocknet nie aus, schrumpft auch nicht während trockener Jahre. Der Grund: Er verdankt seine Existenz keinem einfachen Grundwasservorkommen, sondern einem artesischen Brunnen.«

»Wo liegt der Unterschied?«

»Gewöhnliches Grundwasser muß man hochpumpen, doch bei einem artesischen Brunnen steht das Wasser unter solchem Druck, daß es von ganz allein nach oben kommt. Man braucht also keine Pumpe, sondern ein *Ventil*, das es daran hindert, ständig emporzuspritzen.«

Der Verkehr war jetzt nicht mehr so dicht, aber Jim nutzte nur wenig Möglichkeiten, die Fahrbahn zu wechseln und zu überholen. Hollys Antworten interessierten ihn mehr als eine höhere Geschwindigkeit.

»Als du – beziehungsweise die Frau – im Traum das Ende der Treppe erreichtest, als dein Blick auf den zehnjährigen Jungen fiel ... Du wußtest sofort, daß ich es war?«

»Ja.«

»Wie hast du mich erkannt? Ich meine, ich sehe heute nicht mehr wie der zehn Jahre alte Jim Ironheart aus, oder?«

»Es lag größtenteils an deinen Augen«, erwiderte Holly. »Sie haben sich kaum verändert und sind unverkennbar.«

»Ich bin nicht der einzige Mensch mit blauen Augen.«

»Soll das ein Witz sein? Zwischen *deinen* blauen Augen und denen anderer Personen gibt es ebenso große Unterschiede wie zwischen Sinatras Stimme und der Donald Ducks, Schatz.«

»Du bist voreingenommen. Nun, was hast du in der Wand gesehen?«

Holly beschrieb es erneut.

»Etwas Lebendiges in den Steinen? Meine Güte, diese Sache wird immer seltsamer.«

»Ich habe mich seit Tagen nicht mehr gelangweilt«, bestätigte Holly.

Nach dem Anschluß an die Interstate 10 nahm der Verkehr auf dem San Diego Freeway noch weiter ab, und daraufhin zeigte Jim, wie gut er fahren konnte. Er ging so mit dem Wagen um wie ein erstklassiger Jockey mit einem Vollblutpferd und entlockte ihm jenes Quentchen an zusätzlicher Leistung, das über ein Rennen entscheidet. Der Ford war nur ein Standardmodell ohne irgendwelche Veränderungen, aber er reagierte wie ein Porsche auf Jim.

Nach einer Weile begann Holly damit, eigene Fragen zu stellen. »Wie kommt es, daß ein Millionär wie du so relativ bescheiden lebt?«

»Ich habe meinen Job aufgegeben, die alte Wohnung verlassen und mir ein Haus gekauft.«

»Ja. Aber ein einfaches Haus. Und deine Möbel geben nicht viel her.«

»Ich brauchte die Ruhe und Zurückgezogenheit eines eigenen Heims, um nachzudenken und mich zwischen meinen ... Missionen entspannen zu können. Mit einer ebenso ausgefallenen wie teuren Einrichtung kann ich nichts anfangen.«

Einige Minuten lang schwiegen sie, und schließlich fragte Holly: »Bin ich dir in Portland ebenso aufgefallen wie du mir? Auf den ersten Blick, meine ich?«

Jim lächelte, ohne den Blick von der Straße abzuwenden. »›Das gilt auch für Sie, Miß Thorne.‹«

»Du gibst es also zu«, sagte Holly zufrieden. »Es *war* eine Einladung.«

Den Weg vom westlichen Los Angeles bis nach Ventura legten sie innerhalb recht kurzer Zeit zurück, aber dann nahm Jim immer mehr den Fuß vom Gas. Meile um Meile fuhr er weniger aggressiv.

Zuerst glaubte Holly, daß ihn die Aussicht ablenkte. Nach Ventura führte die Route 10 an wunderschönen Küstenabschnitten vorbei. Sie passierte Pitas Point, dann Rincon Point und die Strände von Carpinteria. Das blaue Meer stieg höher, der blaue Himmel senkte sich herab, und goldenes Land schob sich dazwischen. Die einzige sichtbare Unruhe in dieser friedlichen Sommerszenerie stammte von der Brandung: Schaumgekrönte Wellen rollten ans Ufer, brachen dort und schufen sprühende Gischt.

Doch auch in Jim Ironheart gab es Unruhe. Holly bemerkte seine neuerliche Nervosität erst, als sie feststellte, daß er überhaupt nicht auf die Umgebung achtete. Er fuhr nicht etwa deshalb langsamer, um das Panorama zu genießen, sondern um nicht so schnell die Farm zu erreichen.

Als sie den Superhighway verließen, den Weg landeinwärts in Richtung Santa Barbara fortsetzten und sich den Santa Ynez Mountains näherten, wurde Jims Stimmung immer gedrückter. Er gab nur noch knappe Antworten auf Hollys Fragen und wirkte in sich gekehrt.

Nach den Bergen führte die State Routc 154 durch eine reizende Landschaft aus niedrigen Hügeln und Feldern, denen trockenes Sommergras eine goldene Tönung verlieh. Hier und dort sah Holly immergrüne Eichen und Pferderanches mit hübschen weißen Holzzäunen. Hier herrschte nicht die intensive Landwirtschaft-muß-sich-lohnen-Atmosphäre wie in San-Joaquin-Tal und in gewissen anderen Tälern. An einigen Stellen gab es zwar Weinberge, die nicht nur zur Zierde dienten, aber die meisten Farmen schienen nur Landsitze reicher Männer in Los Angeles zu sein, die einen pittoresken Lebensstil kultivierten und nicht etwa Getreide anbauen wollten.

»Wir halten in New Svenborg, um einige Sachen zu kaufen, bevor wir zur Farm weiterfahren«, sagte Jim.

»Was für Sachen?«

»Keine Ahnung. Aber wenn wir im Ort sind ... weiß ich, welche Dinge wir benötigen.«

Sie kamen im Osten am Lake Cachuma vorbei, passierten die Straße nach Solvang im Westen und wichen Santa Ynez aus. Vor Los Olivos fuhren sie über eine andere State Route nach Osten und erreichten schließlich New Svenborg; von dort aus war es nur noch ein Katzensprung zur Ironheart Farm.

Vor rund achtzig Jahren hatten sich einige Gruppen dänischer Einwanderer aus dem Mittelwesten im Santa Ynez Valley niedergelassen, viele von ihnen mit der Absicht, Traditionen, Bräuche und die allgemeine Kultur ihrer Heimat zu erhalten. Die erfolgreichste dieser Siedlungen hieß Solvang – Holly entsann sich daran, einmal eine Story darüber geschrieben zu haben. Aufgrund der malerischen dänischen Architektur und spezieller Läden und Restaurants hatte jener Ort inzwischen die Bedeutung einer Touristenattraktion gewonnen.

New Svenborg mit knapp zweitausend Bewohnern war nicht so betont, so gründlich, so authentisch und so *beharrlich* dänisch wie Solvang. Eher deprimierend wirkende Gebäude im Wüstenstil – weiß verputzte Wände, Dächer aus weißen Steinen, verwitterte Fensterläden, einfache, nicht gestrichene Veranden, die Holly ans ländliche Texas erinnerten, schlichte Bungalows und weiße viktorianische Häuser mit überflüssigen Ornamenten – standen neben Bauten, die mit Fachwerkwänden, Schindeln und Bleiglasfenstern eindeutig dänisch waren. Sechs Windmühlen gehörten zu der Ortschaft, und ihre Wetterhähne zeichneten sich vor dem hellen Augusthimmel ab. Im Grunde genommen handelte es sich um eine der außergewöhnlichen kalifornischen Mischungen, aus denen manchmal ebenso angenehme wie unerwartete Harmonien resultierten. Doch bei New Svenborg stimmte das Mischungsverhältnis nicht, und dadurch entstand eine Atmosphäre der Diskordanz.

»Ich habe hier einen Teil meiner Kindheit und die ganze Jugend verbracht«, sagte Jim, als er langsam über die stille, schattige Hauptstraße fuhr.

Holly vermutete, daß seine schlechte Stimmung nicht nur auf die tragische Familiengeschichte zurückging, sondern auch in einer direkten Beziehung zu New Svenborg stand.

Nein, jetzt bin ich nicht ganz fair, dachte sie. Hohe Bäume säumten die Straße, und die Lampen rechts und links schienen direkt aus Dänemark importiert worden zu sein. Die meisten Bürgersteige waren elegant gewölbt, bildeten lange Bänder aus abgewetzten Backsteinen. Etwa zwanzig Prozent des Ortes stammten direkt aus dem nostalgischen Mittelwesten eines Bradbury-Romans, doch der Rest hätte sich bestens als Kulisse für einen David-Lynch-Film geeignet.

»Ich schlage vor, wir machen eine kleine Besichtigungstour«, sagte Jim.

»Wir sollten zur Farm fahren.«

»Sie befindet sich nördlich von hier und ist nur zwei Meilen entfernt. Wir erreichen sie innerhalb weniger Minuten.«

Für Holly war das ein Grund mehr, die Fahrt fortzusetzen. Sie hatte es satt, im Wagen zu sitzen.

Offenbar wollte ihr Jim aus irgendeinem Grund den Ort zeigen; es ging ihm nicht nur darum, die Ankunft auf der Ironheart-Farm zu verzögern. Holly erhob keine Einwände, sondern hörte ihm sogar interessiert zu. Sie wußte inzwischen, daß es ihm recht schwerfiel, über sich selbst zu sprechen, und manchmal gab er persönliche Dinge indirekt oder in einem anderen Zusammenhang preis.

Er fuhr an Handahls Apotheke am östlichen Ende der Main Street vorbei; dort kauften die Einheimischen rezeptpflichtige Arzneien, wenn sie nicht zwanzig Meilen bis nach Solvang fahren wollten. Den Handahls gehörte auch eins der beiden Restaurants in New Svenborg, und Jim meinte, dort gebe es ›die beste Eisbar seit 1955‹. Gleichzeitig diente das Gebäude als Postamt und einziger Zeitungsstand. Es wirkte beeindruckend. Holly beobachtete mehrere Firste und Giebel, ein kupfernes Kuppeldach, das Grünspan angesetzt hatte, und Fenster aus geschliffenem Glas.

Jim ließ den Motor laufen, als er vor der Bibliothek an der Copenhagen Lane parkte. Sie befand sich in einem der kleineren viktorianischen Häuser, das weitaus weniger Ornamente aufwies als die anderen. Es war frisch gestrichen, und die Büsche und Sträucher an den Seiten erweckten einen gutgepflegten Eindruck. Am Bürgersteig ragte eine hohe Messingstange auf, und daran hingen sowohl die Fahne der Vereinigten Staaten als auch die Kaliforniens. Trotzdem schien es sich um eine sehr kleine und alles andere als vollständige Bibliothek zu handeln.

»In einem so winzigen Ort erwartet man eigentlich gar keine«, sagte Jim. »Damals war ich sehr dankbar dafür. Als Junge bin ich oft mit dem Fahrrad zur Bibliothek gefahren. Meine Güte, wenn man all die Meilen addiert, bin ich vermutlich um die halbe Erde geradelt. Nach dem Tod meiner Eltern erfüllten Bücher die Funktion von Freunden, Gesprächspartnern und Psychiatern. Bücher bewahrten mich davor, einfach überzuschnappen. Mrs. Glynn, die Bibliothekarin, war eine großartige Frau. Sie wußte ganz genau, wie man mit einem schüchternen, deprimierten Kind reden muß, ohne es von *oben herab* zu behandeln. Sie führte mich in die exotischsten Regionen der Welt, erlaubte mir, Abenteuer in längst vergangenen Epochen zu erleben – ohne dieses Gebäude verlassen zu müssen.«

Holly hörte jetzt zum erstenmal so liebevolle und schwärmerische Worte von Jim. Die Svenborg-Bibliothek und Mrs. Glenn schienen einen guten und entscheidenden Einfluß auf sein Leben ausgeübt zu haben.

»Warum gehen wir nicht rein und sagen ihr guten Tag?« schlug Holly vor.

Jim runzelte die Stirn. »Oh, ich bin sicher, daß sie nicht mehr als Bibliothekarin arbeitet. Vermutlich ist sie längst tot. Vor fünfundzwanzig Jahren begann ich damit, mir hier Bücher auszuleihen, und vor achtzehn Jahren verließ ich den Ort, um das College zu besuchen. Seitdem habe ich sie nie wiedergesehen.«

»Wie alt war sie?«

Er zögerte. »Ziemlich alt«, antwortete er und beendete den nostalgischen Ausflug in die Vergangenheit, indem er den ersten Gang einlegte und losfuhr.

Kurze Zeit später erreichten sie die sogenannten Tivoli-Gärten, einen kleinen Park an der Ecke Main und Copenhagen, der seinem hochtrabenden Namen nicht einmal annähernd gerecht wurde – keine Springbrunnen, keine Musiker, kein Tanz, keine Spiele, nicht einmal Bierstuben. Nur einige Rosen und Sommerblumen, kleine Rasenflächen und zwei Parkbänke; in der fernen Ecke eine guterhaltene Windmühle.

»Warum drehen sich die Flügel nicht?« fragte Holly. »Es weht eine leichte Brise.«

»Die hiesigen Mühlen pumpen weder Wasser noch mahlen sie Korn«, erklärte Jim. »Da sie vor allen Dingen dekorativen Zwecken dienen, hat es keinen Sinn, mit den von ihnen verursachten Geräuschen zu leben. Man hat die Mechanismen schon vor langer Zeit blockiert.« Als sie am Ende des Parks abbogen, fügte er hinzu: »Hier wurde einmal ein Film gedreht.«

»Von wem?«

»Von einem der großen Studios.«

»Hollywood?«

»Ich weiß nicht mehr.«

»Wie hieß der Film?«

»Hab's vergessen.«

»Und die Schauspieler?«

»Keine berühmten Namen.«

Holly machte sich eine gedankliche Notiz über den Film und vermutete, daß er für Jim und den Ort wichtiger gewesen war, als er zugab. Die beiläufige Erwähnung und seine ausweichenden Antworten deuteten darauf hin, daß sich mehr dahinter verbarg.

Am südöstlichen Rand von Svenborg fuhr Jim langsam an Zaccas Garage vorbei, einer großen Nissenhütte aus Wellblech, die auf einem Betonfundament stand. Davor parkten zwei verstaubte Wagen. Zwar war das Gebäude während seiner Existenz mehrmals gestrichen worden, aber inzwischen hatte es schon seit einigen Jahren keinen Pinsel mehr gesehen. Hier und dort blätterten die diversen Lackschichten ab, und große Rostfladen gesellten sich hinzu, wodurch ein seltsamer Tarneffekt entstand. Der rissige Asphalt vor der Hütte wies mehrere mit losem Kies gefüllte Schlaglöcher auf, und am Straßenrand bemerkte Holly vertrocknetes Gras und Unkraut.

»Ich bin mit Ned Zacca zur Schule gegangen«, sagte Jim. »Damals kümmerte sich sein Vater Vernon um die Reparaturwerkstatt. Es war nie ein Geschäft, das Reichtum versprach, aber früher sah's hier besser aus.«

Die großen Schiebetüren – sie erinnerten Holly an einen Flugzeughangar – standen offen, und Schatten kauerten unter dem langen Wellblechdach. Die hintere Stoßstange eines alten Chevy glänzte im Halbdunkel. Zwar wirkte die Werkstatt ziemlich schäbig, aber nichts deutete auf Gefahr hin. Dennoch schauderte Holly leicht, als sie in den düsteren Innenraum blickte.

»Ned war ein gemeiner, durchtriebener Hurensohn«, sagte Jim. »Der Schulrüpel. Er konnte den anderen Kindern das Leben zur Hölle machen, wenn er wollte. Ich hatte ständig Angst vor ihm.«

»Schade, daß du erst später Taekwondo gelernt hast. Sonst hättest du ihm eine Lektion erteilen können.«

Jim lächelte nicht, er starrte an Holly vorbei zur Werkstatt. Sein seltsamer Gesichtsausdruck weckte Unbehagen in ihr. »Ja. Wirklich schade.«

Als sie wieder zum Gebäude sah, bemerkte sie einen Mann in Jeans und T-Shirt. Er trat aus der Dunkelheit ins graue Zwielicht, ging langsam am Chevy vorbei und wischte sich die Händen an einem schmutzigen Lappen ab. Das Sonnenlicht erreichte ihn nicht, und deshalb blieben seine Züge schattenhaft. Mit einigen Schritten passierte er den Wagen und hatte dabei kaum mehr Substanz als Phantome auf einem mitternächtlichen Friedhof.

Aus irgendeinem Grund wußte Holly, daß jene geisterhafte Erscheinung in der Nissenhütte Ned Zacca hieß. Sie kannte ihn nicht; nur Jim verbanden schlechte Erinnerungen mit ihm. Trotzdem fröstelte sie innerlich und fühlte, wie ihre Handflächen feucht wurden.

Dann trat Jim aufs Gas, und sein Ford rollte an der Werkstatt vorbei. Sie kehrten in den Ort zurück.

»Was hat Zacca mit dir angestellt?«

»Was ihm gerade so einfiel. Führte sich auf wie ein verdammter Sadist. Seit damals war er mehrmals im Gefängnis. Aber ich wußte, daß er zurück ist.«

»Du wußtest es? Woher?«

Jim zuckte mit den Schultern. »Ich habe es irgendwie gespürt. Außerdem: er gehört zu den Kerlen, die nie bei großen Sachen ertappt werden. Hat unverschämtes Glück. Ab und zu gerät er in Schwierigkeiten, aber dabei geht's immer um etwas Banales. Er ist gleichzeitig dumm und schlau.«

»Warum wolltest du dir die Werkstatt ansehen?« fragte Holly.

»Erinnerungen.«

»Die meisten Leute sind nur an guten Erinnerungen interessiert, wenn sie ein wenig Nostalgie möchten.«

Darauf gab Jim keine Antwort. Noch bevor sie in Svenborg eintrafen, hatte er sich eingekapselt wie eine Schildkröte, die unter ihren Panzer zurückweicht. Jetzt war er fast wieder in jener grüblerischen, unnahbaren Stimmung, an die sich Holly vom vergangenen Tag her erinnerte.

Die kurze Besichtigungstour erfüllte sie nicht mit dem Gefühl kleinstädtischer Geborgenheit. Statt dessen verdichtete sich in ihr das unangenehme Empfinden, mitten im Nichts zu sein, vom Rest der Welt abgeschnitten. Sie befand sich nach wie vor in Kalifornien, dem bevölkerungsreichsten Staat in der Union, und nur sechzig Meilen trennten sie von der Stadt Santa Barbara. Svenborg hatte fast zweitausend Einwohner und war damit größer als viele andere Provinznester an den Interstate-Highways. Der Eindruck, isoliert zu sein, ging auf etwas Psychologisches zurück. Ihm fehlte eine reale Grundlage, aber er schwebte wie eine dunkle Wolke über Holly.

Jim hielt am Central, einem florierenden Betrieb, zu dem eine Tankstelle gehörte, ein kleines Sportartikelgeschäft, dessen Kunden in erster Linie aus Anglern und Campern bestanden, und ein Laden, der Lebensmittel, Bier und Wein anbot. Holly füllte den Tank des Ford und folgte Jim in das Geschäft mit den Sportartikeln.

Der Verkaufsraum war so sehr mit Waren vollgestopft, daß er kaum mehr Platz bot. Hunderte von verschiedenen Gegenständen quollen aus den Regalen, hingen von der Decke und bildeten hohe Stapel auf dem Linoleumboden. Ein Gestell zeigte glitzernde Angelköder. Es roch nach Gummistiefeln.

Jim hatte bereits einige Dinge auf den Tresen gelegt: zwei Sommer-Schlafsäcke mit Luftmatratzen, eine Coleman-Laterne samt Gasflasche, eine große Kühltasche, zwei Taschenlampen, mehrere Batterien und andere Objekte. An der Kasse stand ein bärtiger Mann, der eine Brille mit auffallend dicken Gläsern trug und gerade die einzelnen Preise eintippte; Jim wartete mit offener Brieftasche.

»Ich dachte, wir fahren zur Mühle«, sagte Holly.

»Ja«, bestätigte Jim. »Aber wenn wir nicht auf einem *sehr unbequemen* Holzboden schlafen wollen, brauchen wir diese Dinge.«

»Ich wußte gar nicht, daß wir dort übernachten.«

»Ich auch nicht. Bis ich hereinkam und diese Gegenstände auswählte.«

»Wie wär's, wenn wir in irgendeinem Motel unterzukommen versuchten?«

»Das nächste ist drüben in Santa Ynez.«

»Keine besonders weite Fahrt«, sagte Holly. Die Vorstellung, die ganze Nacht in der Mühle zu verbringen, gefiel ihr nicht sonderlich. »Und sie führt durch eine schöne Landschaft.«

Ihr Widerstreben gründete sich nicht nur auf den Umstand, daß die Mühle wenig Komfort in Aussicht stellte – sie war der Schauplatz ihrer Alpträume. Außerdem fühlte sie sich seit ihrer Ankunft in Svenborg . . . bedroht.

»Irgend etwas wird geschehen«, sagte Jim. »Ich weiß nicht, was uns bevorsteht. Etwas . . . bahnt sich an. In der Mühle. Ich spüre es. Wir werden . . . einige Antworten bekommen. Aber vielleicht dauert es eine Weile. Wir müssen bereit sein, zu warten, Geduld zu haben.«

Der Vorschlag, zur Mühle zu fahren, stammte von Holly, aber plötzlich *wollte* sie gar keine Antworten mehr. Eine eigene Vorahnung warnte sie vor einer Tragödie, vor Blut, Tod und Finsternis.

Doch Jim schien das bleierne Gewicht seiner vorherigen Befürchtungen abzustreifen und neuen Elan zu gewinnen. »Es ist gut, Holly – was wir vorhaben, wohin wir fahren. Ich *spüre* es ganz deutlich. Verstehst du? Ich fühle, daß wir die richtige Entscheidung getroffen haben. Etwas Schreckliches erwartet uns, ja, etwas, das uns einen erheblichen Schock versetzen wird. Vielleicht droht sogar eine sehr reale Gefahr. Aber gleichzeitig gibt es einen Faktor, der uns Mut machen und uns helfen wird.« Aufregung glitzerte in seinen Augen. Holly hatte ihn noch nie auf diese Weise erlebt, nicht einmal im Bett, als sie sich geliebt hatten. Die höhere Macht stand in Kontakt mit ihm, wie auch immer. Sie sah sein stilles Entzücken. »Ich spüre eine Art ... Jubel, eine wundervolle Entdekkung, Offenbarungen ...«

Der bebrillte Verkäufer trat von der Kasse fort und zeigte ihnen die Summe. »Frisch vermählt?« fragte er und lächelte.

Im Lebensmittelladen nebenan kauften sie Eis für die Kühltasche, Orangensaft, Mineralwasser, Toast, Senf, Olivenbrot und abgepackte Käsescheiben.

»Olivenbrot«, sagte Holly erstaunt. »Ich habe es nicht mehr gegessen, seit ich vierzehn war.«

»Und dann das hier«, sagte Jim, griff nach einer Schachtel mit großen Schokoladekeksen und legte sie in den Einkaufskorb. »Belegte Brötchen, Schokoladekekse – und natürlich Kartoffelchips. Kein Picknick ohne Kartoffelchips. Und auch Käsekringel. Gehören einfach dazu.«

Holly sah ihn jetzt zum erstenmal auf diese Weise: fast jungenhaft, ohne irgendeine Bürde auf den Schultern. Er wirkte wie jemand, der mit Freunden einen Campingtrip unternahm, ein kleines, harmloses Abenteuer begann.

Sie fragte sich, ob es einen Grund für ihre Befürchtungen gab. Schließlich war Jim derjenige, dessen Vorahnungen sich später bestätigten. Vielleicht stand ihnen in der Mühle tatsächlich etwas Wundervolles bevor. Vielleicht lüftete sich dort das Geheimnis seiner Rettungsmissionen. Vielleicht begegneten sie sogar der höheren Macht, die er immer wieder erwähnte. Vielleicht war *der Feind* trotz der Fähigkeit, seinen Einfluß in Träumen auf die reale

Welt zu erweitern, nicht ganz so gefährlich, wie es zunächst den Anschein haben mochte.

Der Verkäufer packte die Sachen in eine Tüte, und als er das Wechselgeld abzählte, sagte Jim: »Halt, einen Augenblick, das ist noch nicht alles.« Er eilte in den rückwärtigen Teil des Ladens und kehrte kurz darauf mit zwei Schreibblöcken und einem schwarzen Filzstift zurück. »Das benötigen wir heute nacht«, wandte er sich an Holly.

Als sie alles im Wagen verstaut hatten, den Central-Parkplatz verließen und zur Ironheart-Farm fuhren, deutete Holly auf die beiden Schreibblöcke und den Stift in einer separaten Tüte. »Wozu brauchen wir diese Dinge?«

»Ich habe nicht die geringste Ahnung. Ganz plötzlich wußte ich, daß wir sie mitnehmen müssen.«

»Typisch Gott«, kommentierte Holly. »Immer geheimnisvoll und rätselhaft.«

Nach kurzem Schweigen erwiderte Jim: »Ich bin mir nicht mehr sicher, ob Gott zu mir spricht.«

»Ach? Was hat deine Meinung geändert?«

»Nun, zum Beispiel deine Argumente gestern abend. Wenn Gott den Tod des kleinen Nick O'Connor in Boston verhindern wollte – warum hat Er dann nicht einfach dafür gesorgt, daß in der Starkstromstation eine Explosion ausblieb? Du hast völlig recht: Warum hat Er mich durchs ganze Land geschickt, um den Jungen im letzten Augenblick zur Seite zu reißen? Und warum sollte Er Seine Meinung im Hinblick auf die Passagiere der DC-10 ändern? Warum ließ Er mehr überleben, weil ich mich zum Eingreifen entschloß? Das sind Fragen, die ich mir ebenfalls stellte. Es gab nur einen Unterschied: Im Gegensatz zu mir hast du dich nicht mit einfachen Antworten zufriedengegeben.« Als sie den Rand des Ortes erreichten, wandte Jim kurz den Blick von der Straße ab, sah Holly an und lächelte. Dann wiederholte er eine der Fragen, mit denen sie ihn am vergangenen Abend bedrängt hatte: »Ist Gott ein Quatschkopf?«

»Ich hätte eigentlich erwartet . . .«

»Ja?«

»Nun, du warst so sicher, daß bei dieser Angelegenheit etwas Göttliches im Spiel ist . . . Es muß doch enttäuschend für dich sein, weniger erhabene Möglichkeiten in Betracht zu ziehen. Bist du jetzt nicht niedergeschlagen?«

Jim schüttelte den Kopf. »Nein. Weißt du, die Vorstellung, daß

Gott durch mich wirkt, fiel mir immer schwer. Es schien eine verrückte Idee zu sein, aber ich hielt daran fest, weil ich keine andere Erklärung fand. Nun, es fehlt noch immer eine, aber es gibt eine Alternative, die so seltsam und wundervoll ist, daß es mich kaum belastet, Gott als Teampartner zu verlieren.«

»Welche Alternative meinst du?«

»Darüber möchte ich jetzt noch nicht sprechen«, erwiderte Jim, als Sonnenschein und Schatten von Bäumen ein Fleckenmuster auf der Windschutzscheibe und auf seinem Gesicht bildeten. »Ich muß erst noch gründlicher darüber nachdenken, um ganz sicher zu sein, daß es einen Sinn ergibt, bevor ich dir davon erzähle. Ich weiß inzwischen, wie schwer du zu überzeugen bist.«

Er schien glücklich zu sein. Wirklich glücklich. Holly mochte ihn sehr, seit sie ihn zum erstenmal gesehen hatte, trotz seiner Launenhaftigkeit. Sie spürte Hoffnung hinter seiner Verdrossenheit, sanfte Zärtlichkeit unter der Patina des manchmal recht schroffen Gebarens. Doch seine gegenwärtige Freude machte es ihr noch leichter, ihn zu lieben.

Sie kniff ihn in die Wange.

»Womit habe ich das verdient?« fragte er.

»Du bist süß.«

Als sie Svenborg verließen, bemerkte Holly das besondere Verteilungsmuster der Häuser und anderen Gebäude. Der Ort wirkte eigentlich nicht wie eine moderne Kleinstadt, sondern eher wie eine Pioniersiedlung. In den meisten Ortschaften wurden die Abstände zwischen den einzelnen Bauwerken zum Zentrum hin geringer, während sie an der Peripherie wuchsen und einen langsamen Übergang zu den ländlichen Bereichen bildeten. Doch am Rand von Svenborg schien die Grenze zwischen Stadt und Land mit dem Lineal gezogen zu sein: auf der einen Seite die Häuser, auf der anderen Büsche und Sträucher, dazwischen eine Feuerschneise. Holly erinnerte sich an die Pioniere im Wilden Westen, die beim Bau ihrer Vorposten an jene Gefahren dachten, die ihnen aus den gesetzlosen Badlands von allen Seiten drohen mochten.

Im Innern wirkte der Ort ominös und voller dunkler Geheimnisse. Von außen betrachtet – Holly drehte sich um und blickte zurück, als sich die Straße sanft zur Kuppe eines Hügels hob – sah er nicht etwa bedrohlich aus, sondern bedroht, als wüßten die Bewohner, daß in der goldenen Landschaft um sie herum etwas Schreckliches auf sie wartete.

Vielleicht fürchteten sie nur Feuer. Dieser Region erging es ebenso wie dem größten Teil von Kalifornien. Ausgedörrtes Land erstreckte sich dort, wo der Mensch es nicht künstlich bewässerte.

Das Tal lag zwischen den Santa Ynez Mountains im Westen und den San Rafael Mountains im Osten eingebettet; es war so breit und tief, daß es von einer größeren geographischen Vielfalt gekennzeichnet schien als ganze Staaten im Osten. Doch in dieser Jahreszeit – es hatte zum letztenmal im Frühling geregnet – zeigten sich überwiegend braune Töne. Jim und Holly fuhren über anmutig gewölbte goldene Hügel und an lohfarbenen Wiesen vorbei. Die günstigsten Aussichtspunkte während der zwei Meilen langen Fahrt boten einen weiten Blick über höhere, mit Chaparral bewachsene Hügel, über Täler innerhalb des Tals, wo immergrüne Eichen wuchsen; hinzu kamen kleine Weinberge, umgeben von vertrocknetem Gras.

»Es ist wundervoll«, sagte Holly und beobachtete blasse Hügel, goldfarben glänzende Wiesen und öliges Chaparral. Selbst die Eichen – ihre Ansammlungen deuteten auf einen relativ hohen Grundwasserspiegel hin – offenbarten kein sanftiges Grün, sondern ein halbausgetrocknetes mattes Silber. »Wundervoll, ja. Aber ein Pulverfaß. Wie werden die Menschen hier mit dem Feuer fertig?«

Als sie diese Frage stellte, rollte der Ford durch eine Kurve, und dahinter bemerkte sie schwarzes Land neben der zweispurigen Straße. Büsche, Sträucher und Gras bildeten nur noch Spuren aus grauweißer Asche auf dem rußigen Boden. Hier hatten erst vor wenigen Tagen Flammen gezüngelt; der Brandgeruch war noch immer sehr deutlich wahrzunehmen.

»Dieses Feuer kam nicht besonders weit«, erwiderte Jim. »Es scheinen höchstens zehn Morgen verbrannt zu sein. Die Leute hier reagieren schnell, wenn sie irgendwo Rauch sehen. Eine Freiwilligengruppe in Svenborg ist ständig einsatzbereit, und außerdem gibt es im Tal eine Station der Forstverwaltung. Wenn man hier lebt, vergißt man die Gefahr nie – und begreift nach einer Weile, daß man sie in Grenzen halten kann.«

Jim klang recht zuversichtlich. Er hatte hier sieben oder acht Jahre verbracht, Grund genug für Holly, ihre Pyrophobie zu unterdrücken. Aber als sie den verkohlten Landstrich passiert hatten und der durchdringende Brandgeruch hinter ihnen zurückblieb, entstand ein gräßliches Bild vor Hollys innerem Auge: Sie sah ein nächtliches Tal, das vom einen Ende bis zum anderen loderte. Gewaltige orangefarbene Flammen wirbelten wie Tornados und verschlangen alles, was zwischen den Wällen der beiden Bergketten lag.

»Ironheart Farm«, sagte Jim plötzlich, und die Schreckensbilder verflüchtigten sich.

Als er Gas wegnahm, blickte Holly nach links.

Ein Farmhaus stand etwa dreißig Meter von der Straße entfernt hinter einem verdorrten Rasen. Es zeichnete sich nicht durch einen besonderen architektonischen Stil aus, sondern war nur ein normales, aber gemütlich wirkendes zweistöckiges Gebäude mit roten Dachschindeln und einer geräumigen Veranda. Es erweckte den Eindruck, als stamme es direkt aus dem Mittelwesten, denn in den Staaten des Getreidegürtels gab es Tausende von solchen Häusern.

Etwa hundert Meter weiter links erhob sich ein roter Schuppen, dessen spitzes Dach in einer aus angelaufenem Metall bestehenden Wetterfahne endete, die ein Pferd samt Wagen darstellte. Es handelte sich nicht um einen riesigen Schuppen; er war nur etwa anderthalbmal so groß wie das Haus.

Dahinter, sichtbar durch die Lücke zwischen den beiden Gebäuden, funkelte das Wasser des Teichs, und auf der gegenüberliegenden Seite stand das faszinierendste Bauwerk der Farm: die Windmühle.

3

Jim hielt auf der Wendestelle zwischen Haus und Schuppen und stieg aus. Er *mußte* aussteigen, denn der Anblick dieses Ortes wirkte nachhaltiger auf ihn, als er erwartet hatte. Er spürte, wie sein Gesicht zu glühen begann, und gleichzeitig lief es ihm kalt über den Rücken. Trotz der Kühle, die aus den Schlitzen der Klimaanlage wehte, schien die Luft im Innern des Wagens plötzlich warm und verbraucht zu sein, enthielt viel zuwenig Sauerstoff. Jim ging einige Schritte, verharrte, atmete in tiefen Zügen und versuchte, nicht die Fassung zu verlieren.

Die schmucklosen Fenster des Hauses blieben ohne Wirkung auf ihn. Als er sie beobachtete, fühlte er nur eine süße Melancholie, die sich im Laufe der Zeit in bedrückendere Trauer oder gar Verzweiflung verwandeln mochte. Aber er konnte sie betrachten, normal atmen und schließlich den Blick davon abwenden, ohne den Zwang zu verspüren, noch einmal hinzusehen.

Vom Schuppen ging überhaupt keine emotionale Anziehungskraft aus, ganz im Gegensatz zur Windmühle. Als er seine Aufmerksamkeit auf den Kegel aus Kalkstein hinter dem großen Teich richtete, entstand das Gefühl in ihm, sich selbst in Stein zu verwandeln, wie die hilflosen Opfer der mythologischen Medusa, die in ihr von Schlangen gesäumtes Gesicht starrten.

Er hatte vor vielen Jahren von der Medusa gelesen, in einem von Mrs. Glynns Büchern. Damals hatte er sich von ganzem Herzen gewünscht, ebenfalls die schlangenhaarige Frau zu sehen und zu empfindungslosem Stein zu werden ...

»Jim?« Hollys Stimme erklang auf der anderen Seite des Wagens. »Ist alles in Ordnung mit dir?«

In der Mühle gab es besonders hohe Räume – der höchste befand sich im Erdgeschoß –, und dadurch war das Gebäude nicht zwei, sondern eigentlich vier Stockwerke hoch. Aber für Jim wirkte es mindestens so beeindruckend wie ein zwanzigstöckiger Turm. Hundertjähriger Schmutz hatte den einst blassen Steinen eine dunklere Tönung gegeben. Efeu kroch über die Mauern, wuchs aus dem Ufer des Teichs neben der Mühle, fand Halt in den tiefen Ritzen zwischen einzelnen Steinblöcken. Da sich niemand um die Pflege des Gebäudes kümmerte, bedeckten die Blätter einen großen Teil der Außenwand und bildeten grüne Gardinen vor einem schmalen Fenster im Erdgeschoß. Die hölzernen Windmühlenflügel wirkten halb vermodert. Sie waren jeweils neun Meter lang, woraus sich eine Spannweite von insgesamt achtzehn Metern ergab; jeder bestand aus drei Streben und maß in der Breite etwa einen Meter. Seit Jims letztem Besuch auf der Farm hatten sich weitere Bespannungsfetzen gelöst. Die in der Zeit eingefrorenen Flügel bildeten kein Kreuz mehr, sondern ein X: zwei zeigten zum Teich, die beiden anderen nach oben. Selbst im warmen, hellen Tageslicht empfand Jim den Anblick der Mühle als bedrohlich; sie erschien ihm wie eine monströse Vogelscheuche, die mit fleischlosen Knochenhänden nach dem Himmel tastete.

»Jim?« fragte Holly und berührte ihn am Arm.

Er zuckte so heftig zusammen, als sei sie eine Fremde für ihn. Einige Sekunden lang blickte er auf sie herab und sah dabei nicht Holly, sondern ein längst totes Gesicht, das jemand anderem gehörte ...

Die kurze Phase der Verwirrung fand ein rasches Ende, und aus der Frau wurde wieder Holly. Ihre Identität war nicht mehr mit der jener anderen Frau verbunden, so wie in Hollys Traum während der vergangenen Nacht.

»Stimmt was nicht?« erkundigte sie sich.

Er schüttelte den Kopf. »Es sind nur ... Erinnerungen.«

Jim seufzte lautlos und dankbar, als Holly das Farmhaus in den Fokus seiner Aufmerksamkeit rückte, indem sie fragte: »Warst du glücklich bei deinen Großeltern?«

»Lena und Henry Ironheart ... Prächtige Menschen. Sie nahmen mich auf. Und sie litten sehr für mich.«

»Litten?« wiederholte Holly.

Jim begriff, daß er einen zu starken Ausdruck gewählt hatte. »Ich meine, sie brachten große Opfer. Meistens kleine Dinge – aber ihre Summe schuf eine schwere Bürde.«

»Es ist alles andere als leicht, die Verantwortung für einen zehnjährigen Jungen zu übernehmen«, sagte Holly. »Aber wenn du nicht gerade Kaviar und Champagner verlangt hast, sollte es für deine Großeltern nicht allzu schwer gewesen sein.«

»Nach dem Tod meiner Eltern war ich ... in mich zurückgezogen, verschlossen und wortkarg. Oma und Opa gaben sich große Mühe, schenkten mir viel Liebe und versuchten, mich vom ... Kummer zu befreien.«

»Wer wohnt hier heute?«

»Niemand.«

»Du hast doch gesagt, daß deine Großeltern vor fünf Jahren starben.«

»Die Farm wurde nicht verkauft. Es fanden sich keine Interessenten.«

»Wem gehört sie jetzt?«

»Mir. Ich habe sie geerbt.«

Holly ließ einen verwunderten Blick über das Anwesen schweifen. »Es ist schön hier. Wenn man den Rasen bewässert und dafür sorgt, daß er grün bleibt, wenn man das Unkraut jätet ... Dann wäre dieser Ort wirklich wunderbar. Warum sollte die Farm so schwer zu verkaufen sein?«

»Nun, zunächst einmal – das Leben hier draußen ist verdammt ruhig. Selbst viele der Zurück-zur-Natur-Typen, die davon träumen, auf dem Land zu leben, meinen damit eine Farm, die sich in der Nähe von Kinos, Büchereien, guten Restaurants und Reparaturwerkstätten für europäische Wagen befindet.«

Holly lachte. »He, ich glaube, in dir verbirgt sich ein amüsanter kleiner Zyniker.«

»Außerdem kann es ziemlich schwer sein, sich hier den Lebensunterhalt zu verdienen. Die Farm umfaßt nur etwa hundert Morgen, und das genügt nicht für Milchkühe, Schlachtvieh oder einen Getreideanbau im großen Maßstab. Lena und Henry hielten sich Hühner und verkauften die Eier. Und dank des milden Wetters hatten sie zwei Ernten. Erdbeeren trugen von Februar bis Mai Früchte; sie brachten einen großen Teil des Geldes ein. Dann kamen Korn und Tomaten – *echte* Tomaten, nicht die gummiartigen Dinger in Supermärkten.«

Jim stellte fest, daß Holly noch immer von dem Anwesen entzückt war. Sie stand mit den Händen an den Hüften und sah sich so um, als spiele sie mit dem Gedanken, die Farm selbst zu kaufen.

»Aber es gibt doch bestimmt Leute, die einer anderen Arbeit nachgehen und sich nach einem solchen Ort sehnen, um Ruhe und Frieden zu haben«, sagte sie.

»Dies ist keine wohlhabende Region wie Newport Beach oder Beverly Hills. Hier haben die Einheimischen kein Geld übrig, das sie in einen besonderen Lebensstil investieren. Die beste Möglichkeit, eine derartige Farm zu verkaufen, besteht darin, einen reichen Filmproduzenten in Los Angeles zu finden, der sie in erster Linie aufgrund des Landes erwirbt, die Gebäude abreißen und sich dann eine Villa bauen läßt – um mit einem Landsitz im Santa Ynez Valley zu prahlen. So etwas gilt heute als in.«

Während sie miteinander sprachen, spürte Jim, wie er immer unruhiger wurde. Es war drei Uhr. Noch viel Zeit bis zum Sonnenuntergang. Trotzdem fürchtete er den Einbruch der Nacht.

Holly trat nach einigen Unkrautbüscheln, die aus dem rissigen Asphalt der Zufahrt wuchsen. »Nun, wenn man hier Ordnung geschaffen hat . . . Eigentlich sieht alles ganz gut aus. Deine Großeltern sind vor fünf Jahren gestorben? Aber das Haus und der Schuppen sind in einem guten Zustand, als seien sie erst vor ein oder zwei Jahren gestrichen worden.«

»Das ist auch der Fall.«

»Du sorgst dafür, daß die Farm marktfähig bleibt, wie?«

»Ja. Warum nicht?«

Die hohen Berge im Westen würden die Sonne früher verschlingen als der Ozean in Laguna Niguel. Das Zwielicht der Abenddämmerung begann hier eher, dauerte dafür länger. Jim beobachtete die purpurnen Schatten so besorgt wie ein Mann, der in einem Vampirfilm versuchte, sich irgendwo zu verstecken – bevor der Sargdeckel hochklappt.

Was ist nur mit mir los? überlegte er.

»Hast du nie mit dem Gedanken gespielt, hier zu wohnen?« fragte Holly.

»Nein, nie!« entfuhr es ihm so abrupt und scharf, daß er nicht nur Holly überraschte, sondern auch sich selbst. Die Mühle schien eine düstere, magnetische Wirkung zu entfalten, zog seinen Blick an. Er schauderte, als er sie beobachtete.

Holly starrte ihn an.

»Jim«, sagte sie sanft, »was hast du hier erlebt? Bei Gott, was ist vor fünfundzwanzig Jahren in der Mühle geschehen?«

»Ich weiß es nicht«, erwiderte er mit vibrierender Stimme und strich sich mit der einen Hand über die Wange. Die Hand war warm, das Gesicht kalt. »Ich erinnere mich an keine besonderen oder seltsamen Zwischenfälle. Ich habe in der Mühle gespielt. Sie war kühl und still, ein . . . angenehmer Ort. Nichts geschah dort. Nichts.«

»Irgend etwas ist dort passiert«, beharrte Holly.

Holly kannte Jim noch nicht lange genug, um zu wissen, ob seine Stimmungen häufig auf einer emotionalen Achterbahn fuhren, wie es seit der Reise vom Orange County zur Ironheart-Farm der Fall gewesen war, oder ob die Launenhaftigkeit einen integralen Bestandteil seines Wesens bildete. Als er im Central Lebensmittel für ein Picknick gekauft hatte, streifte er mühelos die düstere Niedergeschlagenheit ab, die ihn bei der Überquerung der Santa Ynez Mountains erfaßt hatte, und daraufhin erschien er fast überglücklich. Doch die unmittelbare Konfrontation mit der Farm kam für ihn einem Sprung ins kalte Wasser gleich – und die Windmühle wirkte auf ihn wie Gletschereis auf einen nackten Schwimmer.

Er schien erschüttert und bestürzt zu sein, und Holly wünschte sich eine Möglichkeit, seinen geistigen Frieden wiederherzustellen. Sie fragte sich jetzt, ob es klug gewesen war, mit ihm die Farm aufzusuchen. Ihre – fehlgeschlagene – journalistische Karriere hatte sie gelehrt, plötzlichen Ereignissen und sich anbahnenden Entwicklungen nicht etwa auszuweichen, sondern daran teilzunehmen, günstige Augenblicke zu nutzen und sich im Strom des Geschehens treiben zu lassen. Doch vielleicht verlangte diese Situation größere Vorsicht, Zurückhaltung und sorgfältige Überlegungen.

Sie nahmen wieder im Ford Platz und fuhren zwischen das Haus und den Schuppen, am großen Teich vorbei. Der Kiespfad, den

Holly im Traum während der vergangenen Nacht gesehen hatte, war breit genug für Pferde und Karren und bot dem Auto ausreichend Platz. Jim parkte direkt vor der Windmühle.

Als Holly zum zweitenmal ausstieg, stand sie neben einem Kornfeld, doch nur wenige Halme ragten aus dem unbestellten Boden auf der anderen Seite des Zauns. Holly ging um den Wangen herum, hörte, wie der Kies unter ihr knirschte, und gesellte sich Jim am Ufer des Teichs hinzu.

Das Wasser ähnelte einer blau, grün und grau gefleckten Schieferplatte mit einem Durchmesser von sechzig Metern. Die Oberfläche erweckte den Eindruck einer festen Masse, die sich überhaupt nicht bewegte. Nur Libellen und andere Insekten, die gelegentlich auf ihr landeten, schufen kleine Kräuselungen. Träge Strömungen – viel zu langsam, um Wellen zu verursachen – ließen das Wasser im Uferbereich auf eine subtile Weise schimmern. Hollys Blick fiel auf Algenstränge und kleine Ansammlungen aus Pampasgras.

»Kannst du dich noch immer nicht daran erinnern, was du im Traum gesehen hast?« fragte Jim.

»Nein. Vermutlich spielt es überhaupt keine Rolle. Nicht alles in einem Traum ist wichtig.«

»In diesem Fall gibt es eine ganz bestimmte Bedeutung«, murmelte Jim, als spreche er mit sich selbst.

Zwar wurden Sedimente und Ablagerungen nicht nach oben gespült, aber trotzdem war das Wasser trüb. Holly schätzte, daß ihr Blick nur ein oder zwei Meter weit unter die Oberfläche reichte. Wenn die Tiefe in der Mitte tatsächlich fast fünfzehn Meter betrug, wie Jim behauptet hatte, so konnten sich viele Dinge im Teich verbergen.

»Sehen wir uns die Mühle an«, schlug Holly vor.

Jim holte eine der Taschenlampen aus dem Wagen und schob Batterien hinein. »Selbst am Tag ist es dort drin ziemlich dunkel.«

Die Tür befand sich in einer kleinen Vorkammer an dem konischen Gebäude, vergleichbar mit dem Eingang eines Eskimo-Iglus. Sie war unverschlossen, jedoch verzogen, und an den Angeln hatten sich dicke Rostfladen gebildet. Einige Sekunden lang leistete sie Jim hartnäckigen Widerstand, und dann schwang sie mit einem lauten Quietschen auf, das wie ein gequälter Schrei klang.

Durch die kleine, gewölbte Vorkammer erreichten sie den etwa zwölf Meter durchmessenden Hauptraum der Mühle. Vier Fenster in regelmäßigen Abständen filterten Sonnenlicht durch schmutzige Scheiben, saugten die sommerliche Heiterkeit heraus und verliehen dem Raum winterliches Grau, das ein bedrückendes Halbdunkel entstehen ließ. Jims Taschenlampe riß staubige und von Spinnweben umhüllte mechanische Teile aus dem Zwielicht, die auf Holly ebenso exotisch wirkten wie die Turbinen eines Unterseebootes mit Atomantrieb. Es handelte sich um die massive Technologie eines anderen Jahrhunderts – große Zahnräder und Wellen aus Holz, Schleifsteine, Flaschenzüge, vermoderte Seile –, so riesig und kompliziert, daß sie nicht das Werk von Menschen zu sein schienen, sondern das einer ganz anderen und weniger hochentwickelten Spezies.

Jim war in der Nähe von Mühlen aufgewachsen, und deshalb kannte er die speziellen Bezeichnungen. Er richtete den Lichtkegel der Taschenlampe auf verschiedene Dinge und erklärte Holly alles, sprach vom Stirnrad, Mühleisen, dem Grundstein und anderen Komponenten der komplexen Vorrichtung. »Normalerweise kann man nicht so wie jetzt durch den Mechanismus nach oben sehen. Aber in der Stirnradkammer ist ein großer Teil des Bodens verrottet, und der Rest gab nach, als sich die schweren Steine lösten und nach unten fielen.«

Draußen hatte ihn der Anblick der Mühle mit Furcht erfüllt, doch jetzt schlug seine Stimmung einmal mehr um. Als Jim die Funktionsweise erläuterte, stellte Holly erstaunt fest, daß er die gleiche jungenhafte Begeisterung zeigte wie beim Einkauf im Svenborg. Sein Wissen erfüllte ihn mit Zufriedenheit, und er wollte Holly damit beeindrucken – so wie ein in Bücher vernarrter Knabe mit seinen neuen Kenntnissen prahlt, die er in der Bibliothek gewonnen hat, während die anderen Kinder draußen Baseball spielten.

Er wandte sich der Kalksteintreppe auf der linken Seite zu und stieg ohne zu zögern nach oben, strich dabei mit den Fingerkuppen über die gewölbte Wand. Ein verträumtes Lächeln umspielte seine Lippen, als hinge er nun angenehmen Erinnerungen nach.

Jims wechselnde Launen verwirrten Holly, und sie versuchte sich vorzustellen, wie die Mühle gleichzeitig Freude und Angst in ihm wecken konnte. Widerstrebend folgte sie ihm in einen Raum, den er ›hohe Kammer‹ nannte. Holly selbst verband keine guten Reminiszenzen mit der Mühle, sie entsann sich viel zu deutlich an die entsetzlichen Alptraumbilder, die nun zurückkehrten. Die Wendeltreppe erschien ihr seltsam vertraut, obwohl sie die Stufen jetzt zum erstenmal hinter sich brachte. Es war ein unheimliches Gefühl, weitaus gespenstischer als ein normales Déjà-vu-Erlebnis.

Auf halbem Wege nach oben blieb sie an dem Fenster stehen, durch das man den Teich sehen konnte. Staub bildete eine dicke Schicht auf dem Glas. Sie wischte einen Teil davon fort und beobachtete das Wasser weiter unten. Für einen Sekundenbruchteil glaubte sie, etwas Sonderbares unter der unbewegten Oberfläche zu erkennen – dann begriff sie, daß sie nur das Spiegelbild einer Wolke sah.

»Was ist los?« fragte Jim mit jungenhaftem Eifer. Er wartete einige Stufen über ihr.

»Nichts. Nur ein Schatten.«

Sie setzten den Weg fort und erreichten kurze Zeit später die obere Kammer, die sich als schlichter, knapp fünf Meter durchmessender Raum erwies. An der höchsten Stelle trennten vier Meter die Decke vom Boden. Die gewölbten Wände bestanden ebenfalls aus Kalkstein und neigten sich in einem sanften Winkel nach oben – die Form des Zimmers entsprach der einer Raketenkapsel. Der Stein war nicht halb durchsichtig wie in Hollys Traum – es ging auch kein bernsteinfarbenes Glühen davon aus. Ein merkwürdiges Etwas zeigte sich an der Decke, ein Mechanismus, der die Drehungen der Windmühlenflügel in horizontal wirkende Kraft umsetzte, die schließlich eine vertikale Antriebswelle bewegte. Sie verschwand durch ein Loch in der Mitte des Bodens.

Holly erinnerte sich daran, wie sie unten gestanden und durch die teilweise eingestürzten Decken in verschiedene Ebenen der komplizierten Vorrichtung geblickt hatten. Vorsichtig belastete sie den hölzernen Boden mit ihrem Gewicht. Die Dielen schienen nicht vermodert zu sein, sie wirkten fest und stabil.

»Viel Staub«, sagte Jim. Mit jedem Schritt wirbelte er kleine Wolken auf.

»Und Spinnen«, fügte Holly hinzu.

Sie rümpfte voller Ekel die Nase und beobachtete die Reste ausgesaugter Insekten, die oben in breiten Netzen hingen. Sie hatte keine Angst vor Spinnen, aber sie mochte sie auch nicht besonders.

»Ich schlage vor, wir machen hier sauber, bevor wir unser Nachtlager aufschlagen«, meinte Jim.

»Wir hätten in Svenborg einen Besen und andere Dinge kaufen sollen.«

»Im Haus gibt es genug Reinigungsutensilien. Ich kümmere mich darum, während du die Sachen aus dem Wagen holst.«

»Das Haus!« Holly strahlte plötzlich übers ganze Gesicht. »Als wir hierher fuhren, hatte ich keine Ahnung, daß die Farm dir gehört, daß hier niemand wohnt. Wir bringen die Schlafsäcke einfach ins Haus, übernachten dort und kommen so oft hierher, wie wir wollen.«

»Eine gute Idee«, erwiderte Jim. »Aber so einfach ist das nicht. Irgend etwas wird hier geschehen, Holly, etwas, das uns Antworten gibt – oder eine Möglichkeit, sie zu finden. Ich fühle es. Ich bin ganz sicher. Warum? Es ist so wie mit ... den Rettungsmissionen. Ich weiß es einfach. Aber wir haben nicht die Möglichkeit, den Zeitpunkt der Offenbarung selbst zu bestimmen. Wir müssen geduldig sein – und ständig bereit. Wir können Gott – beziehungsweise die höhere Macht – nicht darum bitten, unsere Fragen nur während der normalen Geschäftszeit zu beantworten. Es bleibt uns nichts anderes übrig, als hierzubleiben und zu warten.«

Holly seufzte. »Na schön. Wenn du ...«

Glocken unterbrachen sie.

Es war kein lautes Getöse, sondern ein sanftes, melodisches Klirren, das nur zwei oder drei Sekunden lang dauerte. Es hörte sich so verspielt an, daß es überhaupt nicht zu dem düsteren Steingebäude zu passen schien. Trotzdem bildete es keinen disharmonischen Kontrast dazu und weckte überaus ernste Assoziationen in Holly; sie dachte an Sünde, Reue und Erlösung.

Das Klimpern verklang, als Holly festzustellen versuchte, wo es seinen Ursprung hatte. Bevor sie Jim danach fragen konnte, ertönte es erneut.

Diesmal verstand Holly, warum sie dieses Geräusch mit etwas Religiösem verband. Es hörte sich ganz nach den Glocken an, die ein Ministrant während der Messe läutete. Das leise Klingeln erinnerte sie an Lavendelöl und Myrrhe aus ihrer Collegezeit, als sie in Erwägung gezogen hatte, zum Katholizismus zu konvertieren.

Die Stille kehrte zurück.

Holly wandte sich an Jim und sah sein Lächeln.

»Was war das?« fragte sie.

»Daran habe ich überhaupt nicht mehr gedacht«, erwiderte er leise und geistesabwesend. »Meine Güte, wie konnte ich das vergessen?«

Einmal mehr klirrten die Glocken, silbrig und rein.

»Was vergessen?« drängte Holly. »Was hat es mit den Glocken auf sich?«

»Es sind keine Glocken«, sagte Jim, als es wieder still wurde. Er zögerte, und als das Geräusch zum viertenmal erklang, fügte er hinzu: »Das Klimpern ertönt im Stein.«

»Klimpernde Steine?« kam es verblüfft von Hollys Lippen.

Als die Glocken erneut läuteten, ging sie in der Kammer umher und neigte den Kopf nach rechts und links, bis sie den Eindruck gewann, daß die Geräusche tatsächlich aus den Wänden stammten – nicht etwa von einem einzelnen Stein, sondern aus der gesamten gewölbten Fläche. Sie waren homogen, an keiner Stelle leiser oder lauter als an anderen.

Steine können nicht klimpern, dachte sie verwundert. *Und erst recht nicht so melodisch.* Nun, Windmühlen stellten ganz besondere Gebäude dar, und vielleicht kam es in ihnen zu ungewöhnlichen akustischen Effekten. Holly erinnerte sich in diesem Zusammenhang an einen Schulausflug nach Washington. Der Reiseführer zeigte ihnen eine Stelle in der Rotunde des Capitols, von der aus geflüsterte Gespräche durch eine Laune der Architektur durch die große Kuppel zur anderen Seite getragen wurden, wo aufmerksame Lauscher jedes einzelne Wort verstehen konnten. Möglicherweise gab es hier ein ähnliches Phänomen. Wenn an der gegenüberliegenden Wand Glocken läuteten oder andere Geräusche erklangen, so mochte eine spezielle Akustik dafür sorgen, daß sie überall im Raum in der gleichen Lautstärke ertönten. Diese Erklärung war weitaus logischer als Vorstellungen von magischen Steinen, die bezaubernde Melodien schufen. Doch dann überlegte Holly, wer insgeheim kleine Glocken schwang – und warum.

Behutsam berührte sie die Wand.

Kühler Kalkstein. Und leichte Vibrationen.

Das Läuten wich neuerlicher Stille.

Und das kaum merkliche Zittern in der Wand ließ nach.

Jim und seine Begleiterin warteten.

Als sich das Klingeln nicht wiederholte, fragte Holly: »Wann hast du es schon einmal gehört?«

»Als zehnjähriger Junge.«

»Und was geschah danach? Welche Bedeutung hatte es?«

»Keine Ahnung.«

»Eben hast du gesagt, daß du dich daran erinnerst.«

Aufregung glitzerte in Jims Augen. »Ja. Ich entsinne mich daran. Aber ich weiß nicht, was es verursachte oder was danach passierte. Ich halte es jedoch für ... ein gutes Zeichen.« Seine Stimme brachte einen Hauch von Verzückung zum Ausdruck. »Es bedeutet, daß alles in Ordnung ist, daß uns etwas ... Wundervolles bevorsteht.«

Holly reagierte mit einer Mischung aus Ärger und Enttäuschung. Trotz des mystischen Aspekts in Jims Rettungsmissionen – und trotz ihrer eigenen paranormalen Erfahrungen mit Träumen und den Geschöpfen darin – hatte sie gehofft, die Farm hielte logische Antworten für alle ihre Fragen bereit. Sie wußte nicht, was für Antworten sie erwartete, vertraute jedoch der wissenschaftlichen Methode. Wenn man gründliche Ermittlungen mit deduktiver und induktiver Rationalität kombinierte, mußten sich früher oder später konkrete Resultate ergeben. Aber jetzt befürchtete Holly, daß sie mit Logik allein nicht weiterkamen. Jims ausgeprägter Mystizismus bereitete ihr Unbehagen; von Anfang an hatte er mit seinem Gerede von Gott den Pfad der Unlogik gewählt, ohne einen Hehl daraus zu machen.

»Wie kannst du etwas so Seltsames vergessen haben? Klimpernde Steine und die darauffolgenden Ereignisse ...«

»Ich glaube nicht, daß ich es einfach vergessen habe. Irgend etwas wollte nicht, daß ich mich daran erinnere.«

»Was?«

»Wer oder was auch immer – irgend etwas sorgte dafür, daß die Steine gerade wie Glocken läuteten«, erwiderte Jim. »Ich meine die *Ursache* der jüngsten Ereignisse.« Er trat zur offenen Tür. »Komm, laß uns hier aufräumen und die Sachen holen. Ganz gleich, was auch passieren wird – wir müssen vorbereitet sein.«

Holly folgte ihm zum oberen Ende der Treppe, doch dort blieb sie stehen und sah Jim nach. Er nahm zwei Stufen auf einmal und wirkte wie ein Kind, das sich auf ein Abenteuer freute. Die unheilvollen Ahnungen im Hinblick auf die Mühle und seine Angst vor *dem Feind* schienen verdunstet zu sein wie Wassertropfen auf einem heißen Bratblech. Jims Wagen auf der emotionalen Achterbahn hatte den bisher höchsten Punkt erreicht.

Nach einer Weile spürte Holly etwas und hob den Kopf. Über der Tür bemerkte sie ein großes Netz, an der Wölbung, wo die Wand zur Decke wurde. Eine dicke Spinne hockte dort, der Körper fingernagelgroß, die Beine so lang wie Hollys kleiner Finger, haarig und häßlich, so dunkel wie ein Tropfen aus geronnenem Blut; gierig saugte sie an dem hellen, zitternden Leib einer gefangenen Motte.

4

Mit Besen, Kehrschaufel, einigen Eimern Wasser, Mop und mehreren Lappen gelang es ihnen innerhalb kurzer Zeit, die hohe Kammer in ein bewohnbares Zimmer zu verwandeln. Jim holte einige Papiertücher aus dem Haus, und damit wischten sie den Schmutz von den Fenstern, die jetzt mehr Licht hereinließen. Holly tötete nicht nur die Spinne über der Tür, sondern sieben weitere. Mit der Taschenlampe leuchtete sie in dunkle Ecken, um ganz sicher zu sein, daß sie alle gefunden hatte.

Nun, in dem großen Raum weiter unten wimmelte es sicher von Spinnen. Holly versuchte, nicht daran zu denken.

Gegen sechs Uhr verblaßte der Tag, doch die Coleman-Laterne erfüllte die Kammer mit angenehmer Helligkeit. Im Schneidersitz saßen sie auf ihren Schlafsäcken, und die große Kühltasche fungierte als Tisch zwischen ihnen. Dort lagen belegte Brötchen sowie Tüten mit Kartoffelchips und Käsekringeln. Hinzu kamen zwei Dosen mit Limonade. Holly hatte auf das Mittagessen verzichtet, aber ihr leerer Magen meldete sich erst, als sie mit der Mahlzeit begannen. Daraufhin wurde sie plötzlich hungriger, als sie es unter diesen Umständen erwartet hätte. Alles schmeckte köstlich, obwohl die Speisen nicht aus einem Gourmet-Laden stammten. Olivenbrot und Käse mit Senf erinnerten sie an den Appetit ihrer Kindheit, an die intensiven Aromen und eine längst vergessene unschuldige Sinnlichkeit der Jugend.

Sie sprachen kaum, während sie aßen. Das Schweigen belastete sie nicht; sie fanden so großen Gefallen an dem Essen, daß ihnen selbst eine besonders geistreiche Konversation keinen zusätzlichen Genuß bereitet hätte. Doch das war nur ein Grund für ihre Stille. Was Holly betraf – sie hätte gar nicht gewußt, was sie in dieser bizarren Situation sagen sollte, während sie in der hohen Kammer einer alten Mühle saß und auf die Begegnung mit einer übernatürlichen Wesenheit wartete. Normale Plaudereien schienen unangemessen, eine ernste Diskussion grotesk.

»Ich komme mir irgendwie närrisch vor«, murmelte sie schließlich.

»Ich auch«, gestand Jim ein. »Ein wenig.«

Um sieben Uhr, als sie die Schachtel mit den großen Schokoladekeksen öffneten, fiel Holly plötzlich ein, daß es in der Mühle keine Toilette gab. »Beim Bau der Mühle hätte man auch an ein Badezimmer denken sollen.«

Jim griff nach dem Schlüsselbund und reichte ihn ihr. »Geh ins Haus. Die sanitären Anlagen funktionieren. Du findest das Bad rechts neben der Küche.«

Holly stellte fest, daß Schatten ins Zimmer glitten; das Zwielicht der Abenddämmerung kroch durchs Fenster. Sie legte die Schachtel mit den Keksen beiseite. »Ich sollte besser sofort ins Haus gehen, um zurück zu sein, bevor es ganz dunkel ist.«

»Nur zu.« Jim hob eine Hand wie zum Fahneneid. »Bei allem, was mir heilig ist: Ich schwöre, daß ich dir wenigstens einen Keks übriglasse.«

»Wenn ich zurückkehre und nicht mindestens die halbe Schachtel übrig ist, trete ich dir so sehr in den Hintern, daß du bis nach Svenborg fliegst, um Nachschub zu besorgen.«

»Du nimmst Schokoladekekse sehr ernst.«

»Da hast du verdammt recht.«

Jim lächelte. »Das gefällt mir bei Frauen.«

Holly nahm eine Taschenlampe, stand auf und näherte sich der Tür. »Bring die Laterne in Schwung.«

»Klar. Ich verspreche dir kompromißlose Gemütlichkeit, wenn du zurück bist.«

Als sie die Treppe hinunterging, fürchtete Holly plötzlich, von Jim getrennt zu werden, und ihre Besorgnis wuchs mit jedem Schritt. Sie hatte keine Angst davor, allein zu sein – aber es behagte ihr nicht, Jim sich selbst zu überlassen. *Lächerlich,* fuhr es ihr durch den Kopf. *Er ist ein erwachsener Mann und kann sich weitaus besser verteidigen als viele andere Leute.*

Unten in der Mühle war es viel dunkler als vorher. Die spinnwebenverhangenen und schmutzigen Fenster hielten das letzte Licht des sterbenden Tages aus dem großen Raum fern.

Als Holly durch den gewölbten Zugang der Vorkammer trat, hatte sie plötzlich das seltsame Gefühl, beobachtet zu werden. Sie wußte, daß sie allein in der Mühle waren, und verspottete sich für ihre Nervosität. Doch als sie die Tür erreichte, konnte sie nicht mehr der Versuchung widerstehen, sich umzudrehen und die Taschenlampe in den Hauptraum zu richten. Schatten umhüllten den alten Mechanismus wie der schwarze Krepp in einer Geisterbahn. Sie glitten beiseite, als sie vom Lichtkegel berührt wurden – und schoben sich anschließend lautlos zurück. In den Ecken lauerten keine Mörder. Aber jemand konnte sich irgendwo hinter den hölzernen Zahnrädern verbergen, und Holly überlegte, ob sie im Durcheinander der großen Vorrichtung nach einem Fremden suchen sollte.

Sie schüttelte den Kopf und kam sich einmal mehr wie eine Närrin vor, der es viel zu leicht gruselte. *Was ist aus der unerschrockenen Reporterin geworden, die ich einmal gewesen bin?* fragte sie sich und verließ die Mühle.

Die Sonne befand sich hinter den Bergen. Der Himmel war purpurn, er zeigte jenes dunkelblaue Schimmern, das man in alten Maxfield-Parrish-Gemälden sehen konnte. Einige Frösche quakten am Ufer des Teichs.

Holly ging an der Wasserfläche vorbei, passierte den Schuppen, näherte sich der Hintertür des Hauses und fühlte sich dabei erneut beobachtet. Nun, vielleicht verbarg sich tatsächlich jemand in der Mühle – diese Möglichkeit konnte sie nicht *ganz* ausschließen –, aber es erschien ihr extrem unwahrscheinlich, daß ein regelrechtes Heer aus Spionen überall auf der Farm Stellung bezogen hatte, um sie ständig im Auge zu behalten.

»Idiot«, flüsterte sie und schloß die Hintertür auf.

Zwar führte sie eine Taschenlampe bei sich, aber aus einem Reflex heraus betätigte sie den Lichtschalter – und stellte überrascht fest, daß die Stromversorgung funktionierte.

Noch verblüffter war sie von dem Anblick, der sich ihr jetzt darbot: eine vollständig eingerichtete Küche. Am Fenster stand ein Frühstückstisch mit vier Stühlen. Kupferne Töpfe und Pfannen hingen von der Decke herab, und neben dem Herd gab es zwei Gestelle mit Messern und anderen Gegenständen. Auf der Arbeitsplatte standen ein Toaster, ein kleiner Backofen und ein Mixgerät. Am Kühlschrank hing eine Einkaufsliste, die fünfzehn Punkte umfaßte.

Hatte Jim die Sachen seiner Großeltern nicht fortgebracht, als sie vor fünf Jahren starben?

Holly strich mit der Fingerkuppe über die Arbeitsplatte und hinterließ eine schmale Spur in der dünnen Staubschicht. Es war nicht der Staub von fünf Jahren, höchstens von drei Monaten.

Nachdem sie die Toilette neben der Küche benutzt hatte, ging sie durch den Flur und das Eßzimmer und blieb im Wohnzimmer stehen, in dem ebenfalls keine Möbel fehlten. Einige Bilder an den Wänden hingen schief. Mit gehäkelten Mustern geschmückte Schutzbezüge bedeckten Sessel und Sofas. Die große Standuhr tickte längst nicht mehr. Der Korb neben dem Lehnstuhl enthielt Dutzende von Zeitschriften, und in der Mahagonivitrine daneben ruhten kleine Porzellanfiguren unter einer eigenen Staubschicht.

Zuerst vermutete Holly, daß Jim die Einrichtung im Haus gelassen hatte, um es zu vermieten, während er nach einem Käufer suchte. Doch an einer Wand im Wohnzimmer hingen Fotografien, die er sicher nicht der Gnade eines Mieters hätte überlassen wollen: Jims Vater als junger Mann von etwa zwanzig Jahren; Jims Eltern in Hochzeitskleidung; Jim im Alter von fünf oder sechs, zusammen mit Vater und Mutter.

Das vierte und letzte Bild zeigte Kopf und Schultern eines sympathisch wirkenden und gut fünfzig Jahre alten Paares. Der Mann war kräftig gebaut und hatte ein kantiges Gesicht; Holly erkannte ihn auf den ersten Blick als einen Ironheart. Die Frau wirkte zierlich und attraktiv, nicht im eigentlichen Sinne hübsch. Einige ihrer Züge fanden sich auch in Jims Gesicht und in dem seines Vaters wieder. *Lena und Henry Ironheart,* dachte Holly. *Jims Großeltern.*

Und sofort gesellte sich eine zweite Erkenntnis hinzu: Im Traum der vergangenen Nacht hatte sich Holly in Lena Ironhearts Körper befunden. Ein breites, offenes Gesicht. Große, weit auseinanderstehende Augen. Voller Mund. Lockiges Haar. Ein natürlicher Schönheitsfleck – eine dunklere Stelle der Haut – hoch auf der rechten Wange.

Trotz der genauen Beschreibung Hollys hatte Jim behauptet, die Frau nicht zu kennen. Vielleicht verband er mit ihr keine Vorstellung von weit auseinanderstehenden Augen oder einem vollen Mund. Vielleicht war ihr Haar nur für kurze Zeit lockig gewesen, nach einem Besuch beim Friseur. Doch die Erwähnung des Schönheitsflecks hätte eigentlich etwas in ihm berühren müssen, selbst fünf Jahre nach dem Tod seiner Großmutter.

Auch im Haus blieb ein Rest des Gefühls, beobachtet zu werden. Als Holly jetzt Lena Ironhearts Gesicht betrachtete, spürte sie so deutlich einen Blick auf sich ruhen, daß sie abrupt herumwirbelte und durchs Wohnzimmer starrte.

Nichts. Sie war allein.

Rasch verließ sie den Raum und sah sich im Flur um.

Leer.

Eine dunkle Mahagonitreppe führte ins Obergeschoß. Die geschlossene Staubschicht auf den Pfosten wies keine Spuren von Fingern oder Händen auf.

Holly spähte nach oben. »Hallo?« rief sie, und ihre Stimme hallte sonderbar dumpf durchs Haus.

Niemand gab Antwort.

Zögernd erklomm sie die ersten beiden Stufen.

»Ist dort jemand?« fragte sie.

Stille.

Holly runzelte die Stirn, und auf der dritten Stufe blieb sie stehen, blickte in den Flur zurück, sah dann wieder nach oben.

Die Stille war unnatürlich, zu absolut. Selbst ein leerstehendes Haus verursachte gewisse Geräusche: das gelegentliche Knarren und Knacken alter Dielen, das leise, kurze Klappern einer lockeren Fensterscheibe, vom Finger des Windes berührt. Doch dieses Gebäude schwieg. Holly hörte sich atmen – andernfalls hätte sie vielleicht geglaubt, taub geworden zu sein.

Noch zwei Stufen. Und wieder verharrte sie.

Sie glaubte *noch immer*, beobachtet zu werden. Das alte Haus selbst schien einen unheilvollen Blick auf sie zu richten, als sei es lebendig und sich seiner eigenen Existenz bewußt, als besäße es tausend Augen, verborgen im Holz und in den Mustern der Tapeten.

Staubflocken schwebten über dem Treppenabsatz.

Das Zwielicht preßte sein purpurnes Gesicht an die Fensterscheiben.

Vier weitere Stufen trennten Holly von dem Absatz, und von ihrer derzeitigen Position aus konnte sie nur einen Teil des Obergeschosses sehen. Aus irgendeinem Grund war sie sicher, daß dort oben etwas auf sie wartete. Es mußte nicht unbedingt *der Feind* sein, nicht einmal etwas Lebendiges und Feindseliges – aber zweifellos handelte es sich um etwas Schreckliches, und die Konfrontation damit würde sie zutiefst erschüttern.

Ihr Puls raste. Als sie schluckte, bildete sich ein Kloß in ihrer Kehle. Keuchend schnappte Holly nach Luft.

Das Gefühl, beobachtet zu werden und dicht vor einer ungeheuerlichen Offenbarung zu stehen, wurde so stark und überwältigend, daß sie sich umdrehte und hastig ins Erdgeschoß zurückkehrte. Holly floh nicht Hals über Kopf aus dem Haus – zunächst schaltete sie überall das Licht aus –, aber sie verlor auch keine Zeit.

Draußen war der Himmel schwarz, wo er sich zu den Bergen im Osten herabsenkte purpurn und rot dort, wo er die Bergkette im Westen berührte. Dazwischen erstreckte er sich in saphirblauen Tönen. Die goldenen Felder und Hügel nahmen ein blasses Grau an, wie Asche – als seien sie verbrannt, während sich Holly im Haus aufhielt.

Als sie den Hof überquerte und am Schuppen vorbeieilte, gewann sie erneut den Eindruck, von Blicken geradezu durchbohrt zu werden. Furchtsam sah Holly zu dem dunklen Rechteck des

Heubodens hinauf, betrachtete kurz die Fenster auf beiden Seiten der roten Doppeltür. Das Gefühl war so unglaublich intensiv, daß es über reinen Instinkt hinausging. Sie glaubte sich in die Rolle eines Versuchstiers gedrängt, aus dessen Kopf Drähte ragten; Wissenschaftler leiteten elektrische Impulse in jene Hirnzentren, die Furchtreflexe steuerten und paranoide Wahnvorstellungen entstehen ließen. Noch nie zuvor hatte sie auf diese Art und Weise empfunden. Sie wußte, daß sie am Abgrund der Panik schwankte, und bemühte sich mit wachsender Verzweiflung, das innere Gleichgewicht zu wahren und nicht in die bodenlose Schlucht nackter Angst zu stürzen.

Holly lief, als sie den Kiesweg am Teich erreichte. Sie hielt die Taschenlampe wie eine Keule, bereit dazu, mit aller Kraft zuzuschlagen, falls ihr irgend etwas entgegensprang.

Die Glocken läuteten. Sie atmete mit lautem Zischen, aber trotzdem hörte sie, wie kleine Klöppel an die Innenwände bestens abgestimmter Glocken schlugen.

Einige Sekunden lang verblüffte es sie, daß dieses Phänomen auch außerhalb der Mühle und aus relativ großer Entfernung zu hören war – immerhin stand das Gebäude praktisch auf der anderen Seite des Teichs. Dann bemerkte sie etwas aus den Augenwinkeln, noch bevor das Klimpern verklang; Holly wandte die Aufmerksamkeit von der Mühle ab und sah statt dessen zum Teich hin.

Blutrotes Licht pulsierte in der Mitte und dehnte sich in konzentrischen Kreisen zu den Ufern hin aus, wie von einem geworfenen Stein verursachte Wellenmuster. Holly blieb ruckartig stehen und wäre fast gefallen, da der Kies unter ihr nachgab.

Als wieder Stille herrschte, verblaßte das Glühen im Teich. Das Wasser war jetzt viel dunkler als am Nachmittag. Ihm fehlten nun die sanften Tönungen von Schiefer; statt dessen sah es aus wie geschliffener Obsidian.

Wieder ertönten die Glocken; das scharlachrote Licht pulsierte einmal mehr aus dem Herzen des Teichs und strahlte nach außen. Die einzelnen Blüten aus Licht entfalteten sich nicht etwa auf der Oberfläche, sondern in der schwarzen Tiefe. Zuerst waren sie trüb, als sie aufstiegen, zerplatzten dann wie heiße Luftblasen und schickten Wellen aus schimmerndem Glanz zu den Ufern.

Das Klimpern verklang.

Das Wasser wurde dunkel.

Die Frösche am Teich quakten nicht mehr. Das allgegenwärtige Murmeln der Natur verstummte, und es herrschte eine ebenso undurchdringliche Stille wie im Farmhaus der Ironhearts. Es heulten keine Kojoten; es zirpten keine Insekten; es schrien keine Eulen. Nirgends knisterten die ledrigen Flügel von Fledermäusen. Nicht einmal das Gras raschelte.

Erneut läuteten die Glocken, und das Licht kehrte zurück. Diesmal war es nicht mehr rot wie Blut, sondern orangefarben und heller. Die fedrig-weißen Rispen des Pampasgrases an der Wassergrenze fingen den sonderbaren Glanz ein und schillerten daraufhin wie Wolken aus lumineszierendem Gas.

Etwas stieg vom Grund des Teichs herauf.

Als sich das Schimmern mit dem nächsten Verklingen der Glokken trübte, stand Holly in einem Kokon aus Ehrfurcht und Angst. Sie wußte, daß sie laufen und fliehen sollte, aber sie konnte keinen Fuß vor den anderen setzen.

Das Klimpern wiederholte sich.

Licht. Diesmal eine Mischung aus gelben und orangefarbenen Tönen. Überhaupt kein Rot mehr. Und noch heller als vorher.

Holly sprengte die Ketten der Furcht und stürmte in Richtung Windmühle.

Auf allen Seiten pulsierte strahlendes Licht in der sich verdichtenden Dunkelheit. Schatten sprangen rhythmisch hin und her wie Apachen, die an einem Lagerfeuer tanzten. Die Kornhalme hinter dem Zaun sahen aus wie die Beine lauernder Gottesanbeterinnen. Eine eigenartige Metamorphose schien die Mühle zu erfassen: Sie verwandelte sich aus Stein in Kupfer, dann in Gold.

Stille kroch heran, und das Funkeln erlosch, als Holly die Tür der Mühle erreichte.

Sie eilte über die Schwelle und blieb in der finsteren unteren Kammer stehen. Jetzt filterte überhaupt kein Licht mehr durch die Fenster, und die Schwärze war klebrig wie weicher Teer. Holly tastete nach dem Einschaltknopf der Taschenlampe, und das Atmen fiel ihr immer schwerer, als dringe die Dunkelheit in ihre Lungen, um sie zu ersticken.

Ein leises Klicken, und die Taschenlampe erleuchtete den großen Raum. Gleichzeitig erklangen wieder die Glocken. Holly wandte sich der Treppe auf der linken Seite zu und eilte nach oben.

Als sie auf halbem Wege das Fenster erreichte, blickte sie durch die Scheibe, die sie vor einer Weile abgeputzt hatte. Das pochende, pulsierende Licht im Teich weiter unten wurde noch heller und nahm nun eine bernsteinfarbene Tönung an.

Holly rief nach Jim und lief die letzten Stufen hoch.

Unterwegs fielen ihr einige von Edgar Allan Poe geschriebene Zeilen ein, die sie während der Schulzeit gelesen hatte. Sie hallten durch die entlegenen Gewölbe ihres Gedächtnisses, fanden einen Pfad in den Fokus des Bewußtseins:

Zu zählen die Zeit, Zeit, Zeit,
in einem Rhythmus geheimnisvoller Munterkeit,
zum Tönen, das so wundervoll geboren,
aus dem Klang der Glocken erkoren,
aus den Glocken, Glocken, Glocken ...

Holly erreichte die hohe Kammer und sah Jim, der im winterweißen Glanz der Coleman-Laterne stand. Er lächelte, drehte sich im Kreis und starrte erwartungsvoll auf die Wände.

Als das Läuten neuerlicher Stille wich, sagte Holly: »Jim, komm schnell! Da ist etwas im Teich.«

Sie hastete zum nächsten Fenster, doch es befand sich zu weit auf der anderen Seite, und von dort aus konnte man den Teich nicht sehen. Von den übrigen wußte sie bereits, daß sie keinen Blick auf die Wasserfläche boten.

»Das Klimpern in den Steinen«, flüsterte Jim verträumt.

Holly kehrte zur Treppe zurück, als die Glocken ertönten. Sie zögerte kurz und vergewisserte sich, daß Jim ihr folgte. Er wirkte benommen, wie in Trance.

Dann eilte sie die Stufen hinunter, und dabei fielen ihr weitere Reime ein, die von Poe stammten:

Hör den lauten Alarm der Glocken,
die schlagen so kühn und unerschrocken!
Mit was für einer Geschichte des Schreckens
sie locken!

Sie fragte sich, warum sie ausgerechnet jetzt an diese Verse dachte. Seit der Zeit am College hatte sie weder aus Gedichten zitiert noch welche gelesen – sah man einmal von Louise Tarvohls zuckersüßem Unsinn ab.

Am Fenster wischte sie rasch die zweite Scheibe ab, um ihnen beiden einen besseren Ausblick zu gewahren. Das Licht war jetzt wieder blutrot und nicht mehr ganz so hell. Was auch immer sich vom Grund gelöst hatte, um nach oben zu steigen: jetzt sank es nach unten.

Oh, die Glocken, Glocken, Glocken!
Mit purem Schrecken sie locken ...

Es erschien ihr verrückt, mitten in einer so sonderbaren und rätselhaften Situation an Poesie zu denken, aber sie hatte noch nie zuvor unter derartigem Streß gestanden. Vielleicht reagierte der menschliche Geist auf diese Weise – indem er längst vergessenes Wissen reaktivierte –, wenn die Begegnung mit einer höheren Macht bevorstand. *Und genau das geschieht jetzt,* dachte Holly. *Die Konfrontation mit einer höheren Macht.* Vielleicht mit Gott – aber wahrscheinlich nicht. Sie konnte sich kaum vorstellen, daß Gott in einem Teich wohnte, obwohl Pfarrer und Priester sicher darauf hingewiesen hätten, daß Gott überall präsent war. *Er ist wie ein achthundert Pfund schwerer Gorilla, der sich überall dort niederlassen kann, wo es ihm gefällt.*

Als Jim an sie herantrat, verstummte das Klimpern, und das karmesinrote Licht im Teich verblaßte sofort. Er beugte sich neben ihr vor und blickte aus dem Fenster.

Sie warteten.

Zwei Sekunden verstrichen. Dann noch einmal zwei oder drei.

»Nichts«, sagte Holly. »Verdammt, ich hätte es dir so gern gezeigt.«

Diesmal wiederholte sich das Klimpern nicht, und der Teich blieb dunkel, umhüllt von der Dämmerung. Nur noch wenige Minuten bis zum Beginn der Nacht.

»Wie sah es aus?« fragte Jim und wandte sich vom Fenster ab.

»Wie etwas in einem Spielberg-Film«, erwiderte Holly aufgeregt. »Es stieg vom Grund auf. Licht, das im Rhythmus des Läutens pulsierte. Ich glaube, von dort stammt das Klimpern, von dem Ding im Teich. Irgendwie wird das Geräusch in die Wände der Mühle übertragen.«

»Spielberg-Film?« wiederholte Jim verwirrt.

Holly versuchte, es zu erklären. »Wundervoll und schrecklich, ehrfurchtgebietend und sonderbar, entsetzlich und gleichzeitig faszinierend.«

»Wie in *Unheimliche Begegnung der dritten Art*? Meinst du eine Art Raumschiff?«

»Ja. Nein. Ich bin nicht sicher. Keine Ahnung. Vielleicht noch etwas Seltsameres.«

»Seltsamer als ein Raumschiff?«

Furcht und Staunen wichen Ärger. Holly war nicht daran gewöhnt, daß ihr Worte fehlten, um etwas zu beschreiben, das sie gesehen oder empfunden hatte. Aber bei diesem Mann und den unvergleichlichen Erfahrungen, die sie irgendwie verarbeiten mußte, stellte ihr umfassendes Vokabular keine geeigneten Instrumente mehr zur Verfügung. Ihre Fähigkeit, unter allen Umständen treffende Formulierungen zu finden, ließ sie plötzlich im Stich.

»Verdammt, ja!« brachte sie schließlich hervor. »Seltsamer als ein Raumschiff. Zumindest seltsamer als die Raumschiffe aus Filmen.«

»Komm«, sagte Jim und stieg wieder die Treppe hoch. »Laß uns in die Kammer zurückkehren.« Als Holly am Fenster zögerte, trat er noch einmal auf sie zu und griff nach ihrer Hand. »Es ist noch nicht vorbei. Ich glaube, es beginnt erst. Wir müssen dort oben warten. Ich *weiß*, daß die Kammer zum Schauplatz der nächsten Ereignisse wird. Komm, Holly.«

5

Sie nahmen auf den Schlafsäcken und Luftmatratzen Platz.

Ein perlmuttener Schein ging von der Gaslampe aus, verlieh dem gelben und beigefarbenen Kalkstein einen weißen Glanz. Die Flamme im Glaskolben brannte mit einem leisen Zischen, und es klang so, als flüsterten Stimmen durch den Boden der hohen Kammer.

Jim befand sich noch immer an der höchsten Stelle seiner emotionalen Achterbahn, war voller kindlicher Freude und froher Erwartung. Jetzt leistete ihm Holly in dieser Stimmung Gesellschaft. Das Licht im Teich hatte sie nicht nur erschreckt, sondern auch noch etwas anderes in ihr bewirkt: Es stimulierte profunde psychologische Reaktionen auf einem unterbewußten Niveau, hielt ein Streichholz an Zündschnüre aus Staunen und Hoffnung. Sie brannten und flackerten nun, kündigten eine lang herbeigesehnte Explosion des Glaubens an, eine Katharsis der Gefühle.

Sie begriff inzwischen, daß nicht nur Jim mit inneren Problemen zu kämpfen hatte. Sein Herz mochte ein größeres Durcheinander beherbergen als das Hollys, aber auf ihre eigene Art und Weise herrschte in ihr die gleiche Leere wie in ihm. Als sie sich zum erstenmal in Portland begegneten, war sie eine ausgebrannte Zynikerin gewesen, die nur noch ein mechanisches Leben geführt hatte, ohne zu versuchen, zu sich selbst zu finden oder das Vakuum in ihrem Herzen zu füllen. Sie hatte keine annähernd so tragischen Erlebnisse hinter sich wie Jim, aber sie wußte nun: Wenn man ein Leben führte, in dem sowohl Tragödien als auch Glück fehlten, so klopfte irgendwann Verzweiflung an die Tür der Seele. Über Monate und Jahre hinweg hatte sie Ziele angestrebt, die eigentlich gar keine Rolle für sie spielten, und dabei eine Entschlossenheit empfunden, die einer Selbsttäuschung gleichkam – doch war sie nie eine feste Bindung eingegangen. Dadurch entstand eine mentale Verarmung, die sie langsam zerfraß. Holly und Jim waren die beiden Teile eines Yin-Yang-Puzzles, so geformt, um die Leere im anderen zu füllen, um sich allein durch den Kontakt miteinander heilen zu können. Sie paßten bemerkenswert gut zueinander – wie zwei Magneten, die sich gegenseitig anzogen. Doch das Puzzle ergäbe kein einheitliches Bild, wenn die beiden Hälften nicht zur richtigen Zeit und am richtigen Ort zusammengeführt worden wären.

Jetzt wartete Holly ebenso ungeduldig wie Jim darauf, daß sich ihnen die höhere Macht offenbarte. Sie war bereit für eine Begegnung mit Gott oder einer anderen wohlmeinenden Wesenheit. Aus irgendeinem Grund glaubte sie nicht, daß sie *den Feind* im Teich gesehen hatte. Jenes Wesen stand zwar mit dieser Angelegenheit in Verbindung, aber derzeit ging keine Gefahr von ihm aus. Selbst ohne Jims Hinweis darauf, daß etwas Wundervolles bevorstand ... Sie spürte nun selbst, daß die Lichterscheinungen im Wasser und das Läuten der Glocken nicht etwa Blut und Tod ankündigten, sondern Freude und Entzücken.

Zuerst wechselten sie nur einige wenige Worte, aus Furcht, ein längeres Gespräch könne die höhere Macht davon abhalten, sich in der Mühle zu manifestieren.

»Wie lange gibt es den Teich schon?« fragte Holly.

»Seit einer ganzen Weile.«

»Existierte er schon vor den Ironhearts?«

»Ja.«

»Vor der Farm?«

»Ich glaube schon.«

»Ist er eine Ewigkeit alt?«

»Vielleicht.«

»Wird er in den hiesigen Legenden erwähnt?«

»Was meinst du damit?«

»Geistergeschichten, Loch Ness und so weiter.«

»Nein. Nicht daß ich wüßte.«

Sie schwiegen und warteten.

Schließlich fragte Holly: »Was ist mit deiner Theorie?«

»Hm?«

»Heute nachmittag hast du eine Theorie erwähnt, etwas Sonderbares und Wundervolles. Aber du wolltest erst gründlich darüber nachdenken, bevor du mich einweihst.«

»O ja. Vielleicht ist es jetzt mehr als nur eine Theorie. Als du erzähltest, in deinem Traum hättest du etwas im Teich gesehen ... Nun, ich weiß nicht warum, aber ich dachte plötzlich an eine Begegnung ...«

»Eine Begegnung?«

»Ja. Wie du selbst gesagt hast. Eine Begegnung mit etwas ... Fremdem.«

»Das nicht von dieser Welt stammt«, murmelte Holly und erinnerte sich an das Klimpern der Glocken, an das Licht im Teich.

»Sie sind irgendwo dort draußen im Universum«, fuhr Jim mit ruhigem Enthusiasmus fort. »Es ist viel zu groß, als daß es sie *nicht* geben könnte. Und eines Tages kommen sie. Jemand wird ihnen begegnen. Warum nicht wir beide?«

»Aber das Fremde muß bereits im Teich gewesen sein, als du zehn Jahre alt warst.«

»Vielleicht.«

»Warum sollte *es* dort soviel Zeit verbringen?«

»Keine Ahnung. Vielleicht ist es schon viel länger dort. Jahrhunderte. Oder gar Jahrtausende.«

»Warum ein Raumschiff am Grund eines Teichs?«

»Vielleicht handelt es sich um eine Beobachtungsstation, von der aus Außerirdische die Entwicklung der menschlichen Zivilisation im Auge behalten – wie einer unserer Außenposten in der Antarktis.«

Holly merkte, daß sie wie Kinder redeten, die in einer Sommernacht zu den Sternen aufsahen und das Unbekannte nutzten, um sich exotische Abenteuer auszumalen. Einerseits fand sie diese Überlegungen lächerlich absurd und konnte einfach nicht glauben, daß so fantasievolle Erklärungen die Wirklichkeit widerspiegelten. Doch andererseits: Das Kind in ihr klammerte sich an der Hoffnung fest, daß es für die märchenhaften Vorstellungen eine reale Grundlage gab.

Zwanzig Minuten verstrichen, ohne daß irgend etwas geschah. Allmählich kehrte Holly von den erhabenen Höhen der Aufregung und freudigen Erwartung zurück, zu denen sie das Licht im Teich emporgetragen hatte. Noch immer fühlte sie ein tiefes Staunen, aber es betäubte jetzt nicht mehr ihren Intellekt. Sie erinnerte sich daran, was sie unmittelbar vor dem Strahlen im Wasser gespürt hatte: an das intensive, überwältigende und fast panikerweckende Empfinden, beobachtet zu werden. Sie wollte Jim darauf ansprechen, als ihr die seltsamen Entdeckungen im Farmhaus einfielen.

»Es ist komplett eingerichtet«, sagte sie. »Nach dem Tod deines Großvaters hast du seine Sachen nicht fortgebracht?«

»Ich habe die Möbel im Haus gelassen, um es vermieten zu können, während ich nach einem Käufer suchte.«

Genau das hatte Holly gedacht, als sie im Haus stand und nach einer Erklärung suchte. »Aber es fehlen nicht einmal die persönlichen Dinge.«

Jim mied ihren Blick, starrte statt dessen an die Wände und hielt nach Anzeichen für eine übernatürliche Präsenz Ausschau. »Ich hätte sie entfernt, wenn ich in der Lage gewesen wäre, einen Mieter zu finden.«

»Du hast alles fast fünf Jahre lang im Haus gelassen?«

Jim zuckte mit den Schultern.

»Dort ist in regelmäßigen Abständen saubergemacht worden, nicht nur kürzlich«, sagte Holly.

»Es könnte jederzeit ein Interessent kommen.«

»Ich finde es gruselig im Haus, Jim.«

Daraufhin sah er sie an. »Warum?«

»Es ist wie ein Mausoleum.«

Der Glanz in seinen blauen Augen ließ sich nicht deuten, aber Holly glaubte dennoch zu erkennen, daß sie ihn verärgert hatte. Weil ihn das viel zu weltliche Gespräch über Mieter, Hausputz und Immobilien von den weitaus faszinierenderen Aspekten einer Begegnung mit Außerirdischen ablenkte?

Er seufzte. »Ja, vielleicht hast du recht.«

»Dann frage ich mich, warum . . .« Holly sprach nicht weiter.

Jim drehte das Einstellrad der Coleman-Laterne, und das Zischen des Gases wurde leiser. Das fast grelle weiße Licht gewann eine blassere Tönung, und die Schatten krochen etwas näher. »Um ganz offen zu sein: Ich konnte es einfach nicht über mich bringen, die Sachen meines Großvaters fortzubringen. Acht Monate lang waren wir vorher gemeinsam die Besitztümer meiner Großmutter durchgegangen. Als er so kurz nach ihr starb, wurde es zuviel für mich. Lange Zeit waren Lena und Henry praktisch alles, was ich hatte, und dann gab es sie plötzlich nicht mehr.«

Ein Schatten aus Schmerz fiel auf sein Gesicht, trübte den Glanz der blauen Augen.

Plötzliches Mitleid regte sich in Holly. Sie streckte den Arm über die Kühltasche und griff nach Jims Hand.

»Ich zögerte und zauderte immer wieder«, fuhr er fort. »Und je länger ich wartete, desto schwerer wurde es für mich, die Sachen meines Großvaters aus dem Haus zu entfernen. Wenn ich einen Mieter oder Käufer gefunden hätte ..., dann wäre ich gezwungen gewesen, Ordnung zu schaffen, ungeachtet meines inneren Widerstands. Aber diese alte Farm ist ebenso marktfähig wie eine Wagenladung Sand in der Mohavewüste.«

Das Haus nach dem Tod des Großvaters zu schließen, vier Jahre und vier Monate lang nichts darin zu berühren, abgesehen davon, dann und wann Staub zu wischen – das war exzentrisch. Holly konnte es nicht aus einer anderen Perspektive sehen. Gleichzeitig ging es dabei um eine Exzentrizität, die sie rührte. Sie hatte es von Anfang an gespürt: Unter Jims Zorn, hinter der Maske des stahlharten Superhelden, verbarg sich ein sanfter, sentimentaler Mann, und sie liebte auch diesen weichherzigen Teil von ihm.

»Dieser Aufgabe stellen wir uns gemeinsam«, schlug Holly vor. »Wenn wir herausgefunden haben, was mit uns beiden geschieht, wenn unsere Fragen beantwortet sind ..., dann bringen wir die Sachen deines Großvaters fort. Es wird dir bestimmt nicht so schwerfallen, wenn ich dir dabei helfe.«

Jim lächelte und drückte ihre Hand.

Etwas anderes fiel Holly ein. »Erinnerst du dich an die Beschreibung der Frau in meinem Traum während der vergangenen Nacht? Ich meine die Frau, deren Körper ich teilte.«

»Ja, ich glaube schon.«

»Du hast gesagt, du würdest sie nicht erkennen.«

»Und?«

»Aber im Haus gibt es ein Foto von ihr.«

»Tatsächlich?«

»Im Wohnzimmer. Es zeigt ein gut fünfzig Jahre altes Paar – deine Großeltern Lena und Henry, nehme ich an.«

»Ja, das stimmt.«

»Lena war die Frau in meinem Traum.«

Jim runzelte die Stirn. »Wenn das nicht seltsam ist ...«

»Mag sein. Aber es erscheint mir noch seltsamer, daß du sie nicht erkannt hast.«

»Vermutlich war deine Beschreibung nicht besonders gut.«

»Ich habe einen Schönheitsfleck erwähnt . . .«

Jim kniff die Augen zusammen, und seine Finger schlossen sich fester um Hollys Hand. »Rasch, die Schreibblöcke.«

»Was?« fragte sie verwirrt.

»Etwas bahnt sich an, ich spüre es. Und wir brauchen die Blöcke, die wir in Svenborg gekauft haben.«

Jim ließ Hollys Hand los, und sie holte sowohl die beiden Blöcke als auch den Filzstift aus der nahen Plastiktüte. Er nahm die Dinge entgegen, zögerte, blickte an die Wände und sah dann zu den Schatten an der Decke hoch, so als warte er auf eine Eingebung.

Die Glocken läuteten.

Jim fröstelte, als er das melodische Klimpern vernahm. Er wußte, daß ihm nun wichtige Entdeckungen bevorstanden; sie betrafen nicht nur die Ereignisse des vergangenen Jahres, sondern einen Zeitabschnitt, der die letzten zweieinhalb Jahrzehnte umfaßte. Und damit noch nicht genug – es erwartete ihn mehr. Viel mehr. Das Läuten kündigte die Offenbarung eines größeren Verstehens an, transzendentale Wahrheiten, Erklärungen in Hinsicht auf die fundamentale Bedeutung seines ganzen Lebens, seiner Vergangenheit und Zukunft, Ursprung und Bestimmung, sogar die Bedeutung der Existenz an sich. Solche Vorstellungen mochten grandios sein, aber Jim fühlte, daß man ihn in die Geheimnisse der Schöpfung einweihen würde, bevor er die Windmühle verließ. Ihn erwartete nun jene Art von Erleuchtung, die er vergeblich in verschiedenen Religionen gesucht hatte.

Als sich das Klingeln wiederholte, stand Holly auf.

Jim vermutete, daß sie zum Fenster an der Treppe gehen und den Teich beobachten wollte. »Nein, warte«, sagte er. »Diesmal wird es *hier* geschehen.«

Sie zögerte und nahm wieder Platz.

Als das Klimpern verklang, spürte Jim den Zwang, die Kühltasche beiseite zu schieben und einen der beiden Schreibblöcke zu nehmen, die zwischen ihm und Holly lagen. Er wußte nicht, wozu er den anderen verwenden sollte, und nach einigen Sekunden der Unentschlossenheit ließ er ihn liegen.

Als das melodische Läuten zum drittenmal ertönte, wurde es von sonderbar pulsierendem Licht im Kalkstein begleitet. Das rote Glühen schien seinen Ursprung in der Wand direkt vor ihnen zu haben, dehnte sich dann im ganzen Zimmer aus und schuf ein zitterndes Band aus strahlender Lumineszenz.

Während das seltsame Schimmern über die Wände glitt, gab Holly einen leisen Laut der Furcht von sich, und Jim erinnerte sich an die Schilderungen ihres Traums in der vergangenen Nacht. Die Frau – ob sie nun Lena Ironheart hieß oder nicht – war die Treppe hochgestiegen, und in der hohen Kammer hatte sie bernsteinfarbenes Licht in Wänden gesehen, die plötzlich aus buntem Glas zu bestehen schienen. Sie gewann dabei den Eindruck, als manifestiere sich etwas Böses und Schreckliches in den massiven Steinblöcken.

»Keine Sorge«, sagte Jim, um Holly zu beruhigen. »Es kommt nicht *der Feind*, sondern *Etwas*. Es droht keine Gefahr. Das Licht ist anders.«

Damit sprach er eine Gewißheit aus, die er von der höheren Macht empfing. Er hoffte bei Gott, daß er sich nicht irrte, daß sie wirklich nicht in Gefahr gerieten. Zu deutlich entsann er sich an die schreckliche biologische Verwandlung der Schlafzimmerdecke in Laguna Niguel vor gut zwölf Stunden, an das pulsierende Licht in einem öligen Geburtssack, der aus einer gewöhnlichen Trockenmauer wuchs, an die schattenhafte Gestalt darin, an das sich hin und her windende gestaltgewordene Entsetzen.

Das Klimpern erklang noch zwei weitere Male, und dabei gewann das Licht eine bernsteinfarbene Tönung. Ansonsten wies es überhaupt keine Ähnlichkeit mit dem gräßlichen Glühen in der Schlafzimmerdecke auf. Jim erinnerte sich an eine ganz andere Farbe: Sie hatte Assoziationen von Fäulnis und dunklem Eiter geweckt, und ein unheilvoller dreifacher Herzschlag hatte das Pulsieren untermalt. Jetzt war nichts dergleichen zu hören.

Trotzdem zitterte Holly vor Furcht.

Jim wünschte sich, sie zu umarmen, aber er mußte seine volle Aufmerksamkeit auf die höhere Macht richten, die nun einen Kontakt zu ihnen herstellen wollte.

Das Läuten verstummte, doch das Licht blieb. Es vibrierte und schimmerte, wurde dunkler, dann wieder heller. Es durchdrang die Wände, bildete zahllose, voneinander getrennte amöbenhafte Erscheinungen, die sich ständig veränderten. Jim dachte in diesem Zusammenhang an die eindimensionale Darstellung der Kaleidoskopmuster einer alten Lampe. Die wechselhaften Formen entstanden überall um sie herum, sie erfaßten nicht nur die Wände, sondern reichten auch über die Decke.

»Man könnte meinen, wir säßen in einer Tauchkugel ganz aus Glas, die durch einen tiefen Ozean gleitet«, sagte Holly. »Große

Schwärme lumineszierender Fische schwimmen auf allen Seiten durch das dunkle Wasser.«

Jim bewunderte ihre Fähigkeit, das Erlebnis in ausdrucksstarke Worte zu kleiden, die dafür sorgten, daß er die beobachteten Bilder nie vergessen würde, selbst wenn er Gelegenheit bekam, seinen hundertsten Geburtstag zu feiern.

Das geisterhafte Leuchten kam zweifellos aus dem Innern der Steine und nicht von ihrer Oberfläche. Jim konnte jetzt *in* den durchsichtig gewordenen Kalkstein sehen, als sei er durch Magie in einen dunklen, aber recht klaren Quarz verwandelt worden. Das bernsteinfarbene Licht glühte heller als die Lampe, die er heruntergedreht hatte. Seine bebenden Hände glänzten in einem goldfarbenen Ton, ebenso wie Hollys Gesicht.

Doch in den Ecken der Kammer hafteten Schatten fest, und das pulsierende Licht verlieh auch ihnen ein eigentümliches Leben.

»Was jetzt?« fragte Holly leise.

Jims Blick fiel auf den Schreibblock zwischen ihnen. »Sieh nur.«

Worte zeigten sich im oberen Drittel der ersten Seite. Sie schienen von einem in Tinte getauchten Finger zu stammen:

ICH BIN BEI EUCH.

6

Das glitzernde Licht hatte Holly abgelenkt – und zutiefst beeindruckt –, aber sie glaubte nicht, daß Jim in der Lage gewesen wäre, jene vier Worte mit dem Filzstift oder einem anderen Instrument aufs Papier zu schreiben, ohne ihre Aufmerksamkeit zu wecken. Dennoch konnte sie kaum glauben, daß es sich um die Botschaft einer körperlosen Präsenz handelte.

»Ich glaube, die Wesenheit erwartet Fragen von uns«, sagte Jim.

»Dann frag sie, was sie ist«, erwiderte Holly sofort.

Jim schrieb etwas auf den zweiten Schreibblock und zeigte ihn anschließend Holly.

Wer bist du?

Die Antwort erschien auf dem ersten Block, der so zwischen ihnen lag, daß sie beide die Worte darauf lesen konnten. Sie brannten sich nicht ins Papier und wurden auch nicht von Tinte geformt, die aus der leeren Luft herabtropfte. Die unregelmäßig geformten, irgendwie krakeligen Buchstaben formten zunächst graue Andeutungen und wurden dann dunkler, schienen aus dem Papier zu fließen, als sei das Blatt nicht papierdünn, sondern eine mehrere Meter tiefe Lache aus schwarzer Flüssigkeit. Holly fühlte sich an den Effekt erinnert, den sie vorher gesehen hatte, als Lichtkugeln in der Teichmitte aufstiegen, zerplatzten und konzentrische Ringe aus hellem Glanz bildeten, die langsam zum Ufer rollten. Außerdem war auf diese Weise das Glühen in den Wänden entstanden, bevor der Kalkstein kristallartig transparent wurde.

DER FREUND.

Wer bist du? – Der Freund.

Holly hielt diese Vorstellung für seltsam. Nicht ›dein‹ oder ›ein‹ Freund, sondern *der* Freund.

Für eine außerirdische Intelligenz – wenn sie es wirklich damit zu tun hatten – enthielt diese Bezeichnung eigentümliche religiöse Andeutungen; sein Begriffsinhalt legte etwas Göttliches nahe. Der Mensch hatte Gott viele Namen – Jehovah, Allah, Brahma, Zeus, Aesir – und noch mehr Titel gegeben: Gott der Allmächtige, der Ewige, der Unendliche, Vater, Erlöser, Schöpfer, das Licht. *Der Freund* schien eine Erweiterung dieser Liste zu sein.

Jim schrieb rasch eine zweite Frage und zeigte sie Holly: *Woher kommst du?*

VON EINER ANDEREN WELT.

Das konnte alles bedeuten, vom Himmel bis zum Mars.

Meinst du einen anderen Planeten?

JA.

»Mein Gott!« entfuhr es Holly. Sie hatte eine ruhige Beobachterin bleiben wollen, aber trotzdem regte sich Ehrfurcht in ihr.

Reiß dich zusammen, dachte sie.

Sie sah vom Block auf und begegnete Jims Blick. Seine Augen glänzten heller als jemals zuvor, und das chromgelbe Licht verlieh ihnen einen außergewöhnlichen grünen Ton.

Zunehmende Aufregung ließ eine Unruhe in ihr entstehen, die Bewegung verlangte. Sie erhob sich, sank dann aber auf die Fersen. Die Auskünfte der Wesenheit beanspruchten das ganze erste Blatt des Schreibblocks. Holly zögerte nur kurz, riß es ab und legte es beiseite, so daß sie die zweite Seite sehen konnten. Rasch las sie Jims Fragen, dann die Antworten.

Kommst du aus einem anderen Sonnensystem?

JA.

Aus einer anderen Galaxis?

JA.

Befindet sich dein Raumschiff im Teich?

JA.

Seit wann bist du hier?

SEIT 10 000 JAHREN.

Holly starrte auf die letzte Zeile und hatte plötzlich das Gefühl, daß diese Situation traumartiger war als tatsächliche Träume. Nach so vielen Rätseln und Geheimnissen erhielten sie endlich Antworten – aber sie kamen irgendwie zu leicht. Sie wußte nicht genau, *was* sie erwartet hatte, aber es erschien ihr seltsam, daß plötzlich alles klar wurde – als sei nur eine kleine Prise des richtigen magischen Waschmittels notwendig gewesen, um in der trüben Brühe der Unwissenheit endlich bis auf den Grund zu sehen.

»Frag sie, warum sie hier ist«, sagte Holly, riß das zweite Blatt ab und legte es zum ersten.

Jim musterte sie überrascht. »Sie?«

»Warum nicht?«

Er strahlte. »Ja, warum nicht?«

Dann wählte er eine neue Seite seines eigenen Blocks und schrieb: *Warum bist du hier?*

Wieder erschienen die Buchstaben wie aus dem Nichts. UM ZU BEOBACHTEN, ZU LERNEN UND DER MENSCHHEIT ZU HELFEN.

Holly räusperte sich. »Weißt du, woran mich das erinnert?«

»Woran?«

»An eine Folge von *Outer Limits.*«

»Die alte Fernsehserie?«

»Ja.«

»Lief sie nicht vor deiner Zeit?«

»Sie wird in einem Kabelkanal wiederholt.«

»Warum denkst du dabei an eine Folge von *Outer Limits*?«

Holly starrte auf die Worte UM ZU BEOBACHTEN, ZU LERNEN UND DER MENSCHHEIT ZU HELFEN, runzelte die Stirn und erwiderte: »Hältst du das nicht für ein wenig . . . banal?«

»Banal?« wiederholte Jim verärgert. »Nein. Ich habe keine Ahnung, wie der Kontakt mit einer außerirdischen Wesenheit erfolgen *sollte.* In dieser Hinsicht mangelt es mir leider an Erfahrung, und deshalb begegne ich derartigen Erlebnissen weder mit einer ausgeprägten Erwartungshaltung noch mit Abgestumpftheit.«

»Entschuldige. Ich weiß nicht . . . Es ist nur . . . Wie dem auch sei: Mal sehen, was sich sonst noch ergibt.«

Holly mußte zugeben, daß ihre Ehrfurcht keineswegs nachgelassen hatte. Ihr Herz klopfte noch immer laut und heftig, und es fiel ihr nach wie vor schwer, tief Luft zu holen. Sie fühlte eine übermenschliche Präsenz, vielleicht sogar die einer höheren Macht, und sie reagierte mit Demut darauf. Holly dachte an das Etwas im Teich, an den Glanz, der noch immer in den Wänden pulsierte, an die auf dem Schreibblock erscheinenden Worte – angesichts dieser Realität wären nur hoffnungslos Dumme *nicht* beeindruckt gewesen.

Doch ihr Staunen wurde von dem Gefühl gemildert, daß die Wesenheit diese Begegnung wie in einem alten Fernsehfilm gestaltete. Jim hatte mit unüberhörbarem Sarkasmus darauf hingewiesen, daß er aufgrund mangelnder Erfahrung mit Außerirdischen keine zu enttäuschenden Erwartungen entwickeln konnte. Aber das stimmte nicht. Er war in den sechziger und siebziger Jahren aufgewachsen, in einer von verschiedenen Medien bestimmten Epoche. Fernsehen, Kino, Zeitschriften und Bücher *mußten* einen nicht unbeträchtlichen Einfluß auf ihn ausgeübt haben. Das galt insbesondere für die Science-fiction, die damals gerade bei der Jugend sehr beliebt gewesen war. Jene Literatur hatte in Jim zweifellos detaillierte Vorstellungen im Hinblick auf den Kontakt mit Extraterrestriern geweckt – und die Wesenheit in der Wand entsprach ihnen allen. Hollys einzige bewußte Annahme lautete: Eine *echte* unheimliche Begegnung der dritten Art würde nicht einmal den fantasievollsten Darstellungen in Filmen und Büchern ähneln. Immerhin ging es dabei um Leben von einer anderen Welt, und fremd *bedeutete* fremd, völlig anders, etwas, für das es keine Vergleiche gab, das man nicht ohne weiteres verstehen konnte.

»Na schön«, sagte Holly. »Vielleicht benutzt die Wesenheit vertraute Begriffe. Ich meine: Möglicherweise greift sie auf unsere modernen Mythen zurück, um sich uns in einem verständlichen Kontext zu präsentieren. Wahrscheinlich unterscheidet sie sich so kraß von uns, daß wir ihre wahre Natur nie verstehen könnten.«

»Genau«, bestätigte Jim. Er schrieb eine weitere Frage: *Was hat es mit dem Licht auf sich, das wir in den Wänden sehen?*

DAS LICHT BIN ICH.

Holly wartete nicht auf Jims nächste Frage und wandte sich direkt an die Wesenheit: »Wie kannst du eine feste Wand durchdringen?«

Die Präsenz schien eine gewisse Förmlichkeit für notwendig zu halten, und deshalb überraschte es Holly, als sie nicht auf einer geschriebenen Frage bestand. Sie antwortete sofort: ICH KANN TEIL VON ALLEM WERDEN, MICH DARIN BEWEGEN UND JEDE BELIEBIGE GESTALT ANNEHMEN.

»Klingt ein wenig angeberisch«, kommentierte Holly.

»Wie bist du nur fähig, unter diesen Umständen sarkastisch zu sein?« tadelte Jim.

»Ich bin nicht sarkastisch«, widersprach sie. »Ich versuche nur zu verstehen.«

Jim bedachte sie mit einem skeptischen Blick.

Holly sprach erneut zu der Wesenheit: »Ist dir klar, welche Probleme ich dabei habe?«

Und auf dem Block: JA.

Holly riß das Blatt ab, und darunter kam eine leere Seite zum Vorschein. Sie wurde immer ruheloser und nervöser, ohne die Ursache dafür zu kennen, stand auf, drehte sich um und betrachtete das wogende Licht in den Wänden, bevor sie die nächste Frage stellte: »Warum wird dein Erscheinen von läutenden Glocken angekündigt?«

Keine Antwort erschien auf dem Papier.

Holly wiederholte die Frage.

Das Blatt blieb leer.

»Vermutlich ein Betriebsgeheimnis«, murmelte Holly.

Kalter Schweiß rann unter der Bluse aus ihrer rechten Achselhöhle. Noch immer erfüllte sie ein kindliches Staunen, doch nun regte sich auch wieder Furcht. Irgend etwas stimmte nicht, etwas, das über die klischeehaften Auskünfte dieser Wesenheit hinausging. Vergeblich versuchte sie, den Faktor zu finden, der ihr solches Unbehagen bescherte.

Jim schrieb eine neue Frage, und Holly beugte sich vor, um sie zu lesen: *Bist du mir in dieser Kammer erschienen, als ich ein zehnjähriger Junge war?*

JA. OFT.

Hast du meine Erinnerungen daran blockiert?

JA.

»Du brauchst die Fragen nicht zu schreiben«, sagte Holly. »Sprich sie einfach laut aus, so wie ich.«

Dieser Vorschlag verblüffte Jim. Außerdem überraschte es ihn, daß er weiterhin Filzstift und Block benutzte, obwohl er festgestellt hatte, daß Hollys Fragen beantwortet wurden. Ein wenig widerstrebend legte er die Schreibutensilien beiseite. »Warum hast du verhindert, daß ich mich erinnere?«

Holly stand zwar, aber sie konnte die auf dem zweiten Block erscheinenden Worte problemlos lesen.

WEIL DU NOCH NICHT BEREIT WARST.

»Unnötig geheimnisvoll«, murmelte Holly. »Du hast recht. Es muß ein männliches Wesen sein.«

Jim riß die volle Seite ab, legte sie zu den anderen, zögerte und kaute auf der Lippe. Offenbar wußte er nicht recht, was er jetzt fragen sollte. »Bist du männlich oder weiblich?« erkundigte er sich schließlich.

ICH BIN MÄNNLICH.

»Wahrscheinlich ist es keins von beiden«, warf Holly ein. »Wir haben es mit einem *außerirdischen* Wesen zu tun. Bestimmt pflanzt es sich durch Parthenogenese fort.«

ICH BIN MÄNNLICH, wiederholte das Geschöpf.

Jim blieb mit überkreuzten Beinen sitzen, war noch immer ganz Staunen und wirkte dadurch jungenhafter als jemals zuvor.

Holly begriff nicht, warum ihre Furcht zunahm, während Jim im wahrsten Sinne des Wortes vor Begeisterung und Entzücken zitterte.

»Wie siehst du aus?« fragte er.

WIE ICH AUSSEHEN MÖCHTE.

»Könntest du uns als Mann oder Frau erscheinen?«

JA.

»Als Hund?«

JA.

»Als Katze?«

JA.

»Als Käfer?«

JA.

Ohne Schreibblock und Stift schien Jim nicht in der Lage zu sein, wenigstens einigermaßen intelligente Fragen zu stellen. Holly rechnete halb damit, daß er die Wesenheit nach ihrer Lieblingsfarbe fragte, ob sie Coca-Cola oder Pepsie vorzog und Barry-Manilow-Musik mochte.

Statt dessen formulierte er folgende Worte: »Wie alt bist du?«

ICH BIN EIN KIND.

»Ein Kind?« Jim wirkte verwirrt. »Aber du hast uns doch gesagt, daß du schon seit zehntausend Jahren hier bist.«

TROTZDEM BIN ICH EIN KIND.

»Ist deine Spezies besonders langlebig?«

WIR SIND UNSTERBLICH.

»Donnerwetter!«

»Eine Lüge«, sagte Holly.

Dieser Vorwurf schockierte Jim. »Holly! Ich bitte dich!«

»Ich meine es ernst.«

Und *darin* bestand der Grund für ihre neuerliche Furcht: Das Wesen war nicht ehrlich; es versuchte, sie zu täuschen, gab ganz bewußt falsche Antworten. Holly glaubte zu spüren, daß es ihnen Verachtung entgegenbrachte. In dem Fall wäre es sicher besser gewesen zu schweigen, stumm seine Macht zu respektieren und darauf zu achten, es nicht zu verärgern.

Aber sie sagte: »Ein unsterbliches Geschöpf würde von sich nicht als Kind reden. So etwas ist völlig unsinnig. Kindheit, Jugend, die Zeit als Erwachsener – das sind Alterskategorien einer Spezies mit begrenzter Lebensspanne. Wenn man unsterblich ist, so wird man vielleicht unschuldig, unwissend und ohne Bildung geboren, aber nicht jung; schließlich altert man nicht.«

»Haarspalterei«, erwiderte Jim fast trotzig.

»Wohl kaum. Ich glaube nach wie vor, daß die Wesenheit lügt.«

»Bestimmt hat sie das Wort ›Kind‹ benutzt, damit wir seine fremde Natur besser verstehen können.«

JA.

»Von wegen.«

»Verdammt, Holly!«

Während Jim ein weiteres Blatt vom Block riß, es vorsichtig am Rand löste, ging Holly zur Wand und richtete ihren Blick auf die wechselnden Lichtmuster. Aus der Nähe betrachtet waren sie seltsam und schön. Es sah nicht nach einer langsam fließenden phosphoreszierenden Flüssigkeit oder feurigen Lavaströmen aus – Holly verglich das Schimmern eher mit einem großen Schwarm funkelnder Glühwürmchen. Sie nahm Millionen von paillettenartigen Punkten wahr und dachte dabei erneut an eine Tauchkugel und glitzernde Fische.

Sie fürchtete plötzlich, daß sich die Wand vorwölbte, aufplatzte und ein monströses Etwas gebar.

Ängstlich wollte sie zurückweichen, aber statt dessen trat sie noch etwas näher, bis ihre Nase fast den verwandelten Stein berührte. Das träge Wogen der vielen glühenden Zellen ließ eine sonderbare Benommenheit in ihr entstehen. Es ging keine Wärme davon aus; dennoch spürte sie Licht und Schatten auf ihrem Gesicht.

»Warum wird dein Erscheinen von läutenden Glocken angekündigt?« fragte sie.

Nach einigen Sekunden sagte Jim hinter ihr: »Keine Antwort.«

Es schien eine völlig harmlose Frage zu sein, leicht zu beantworten. Doch das Wesen gab keine Auskunft – was nach Hollys Ansicht darauf hindeutete, daß die Glocken eine große Rolle für es spielten. *Wenn wir den Grund für das Klimpern verstehen, erfahren wir etwas Wichtiges über dieses Geschöpf.*

»Warum wird dein Erscheinen von läutenden Glocken angekündigt?«

»Keine Antwort«, sagte Jim. »Du solltest diese Frage nicht noch einmal wiederholen, Holly. Ganz offensichtlich hat die Wesenheit nicht die Absicht, darauf zu antworten, und ich halte es für sinnlos, sie zu verärgern. Dies ist nicht *der Feind,* sondern . . .«

»Ja, ich weiß. Der Freund.«

Holly blieb an der Wand stehen und fühlte sich dem Geschöpf von Angesicht zu Angesicht gegenüber – obgleich sich nirgends etwas zeigte, das man als Gesicht bezeichnen konnte. *Ich bin nun im Zentrum seiner Aufmerksamkeit,* dachte Holly. *Es ist hier, direkt vor mir.*

»Warum wird dein Erscheinen von läutenden Glocken angekündigt?«

Sie begriff instinktiv, daß sie sich durch ihre unschuldige Frage und die nicht ganz so unschuldige Wiederholung in große Gefahr begeben hatte. Ihr Herz klopfte so laut, daß selbst Jim das rasende Pochen hören mußte. Und sicher vernahm es auch *der Freund;* vermutlich sah er sogar, wie es einem entsetzten Kaninchen gleich im Käfig von Hollys Brustkasten hin und her hüpfte. *Die Wesenheit weiß, daß ich mich fürchte. Verdammt, vielleicht kann sie sogar meine Gedanken lesen. Ich muß zeigen, daß ich mich nicht von der Angst besiegen lasse.*

Holly preßte eine Hand auf den von Licht erfüllten Stein. Wenn die glühenden Wolken nicht nur eine Projektion des fremden Bewußtseins waren, nicht nur ein Trugbild, das allein demonstrativen Zwecken diente, wenn das Etwas wirklich in der Wand existierte, so repräsentierte der Stein nun seinen Körper. Mit anderen Worten: Holly berührte die Haut des Wesens.

Sie fühlte leichte, strudelartige Vibrationen. Mehr nicht. Keine Hitze. Das Feuer im Kalkstein brannte kalt.

»Warum wird dein Erscheinen von läutenden Glocken angekündigt?«

»Hör auf damit, Holly«, sagte Jim. Zum erstenmal klang Besorgnis in seiner Stimme. Vielleicht begann auch er zu ahnen, daß *der Freund* nicht nur ein Freund war.

Holly argwöhnte, daß es bei dieser Konfrontation in erster Linie auf Willenskraft ankam. Wenn sie feste Entschlossenheit bewies, ergab sich daraus vielleicht eine neue Beziehung zum *Freund.* Sie konnte ihre Gewißheit nicht erklären. Weibliche Intuition? Nein, eher der Instinkt eines Reporters.

»Warum wird dein Erscheinen von läutenden Glocken angekündigt?«

Sie glaubte, eine subtile Veränderung in den Vibrationen festzustellen, aber vielleicht bildete sie sich das nur ein – sie waren ohnehin kaum spürbar. Vor ihrem inneren Augen entstanden gräßliche Bilder: In der Wand bildete sich ein jähes Licht, wurde zu einem Rachen mit langen Zähne, die sich ihr in die Hand bohrten; Blut spritzte; weiße Knochensplitter ragten aus dem Armstumpf ...

Holly bebte am ganzen Leib, aber sie trat nicht zurück, preßte die Hand weiterhin an den kalten, leuchtenden Kalkstein.

Sie fragte sich, ob die entsetzlichen Visionen vom *Freund* stammten.

»Warum wird dein Erscheinen von läutenden Glocken angekündigt?«

»Um Himmels willen, Holly ...« Jim brach ab, fügte dann hinzu: »He, das Wesen antwortet.«

Mit Willenskraft *konnte* man also etwas ausrichten. Aber warum? *Warum sollte sich ein mächtiges Geschöpf aus einer anderen Galaxis von meiner Entschlossenheit beeinflussen lassen?* dachte Holly.

Jim las laut vor: »Hier steht ... ›Um zu beeindrucken?‹«

»Wie bitte?« entfuhr es Holly.

»U-M Z-U B-E-E-I-N-D-R-U-C-K-E-N, gefolgt von einem Fragezeichen.«

Holly wandte sich an das Etwas in der Wand. »Soll das heißen, das Klimpern erfüllt nur den Zweck, Eindruck zu schinden, deinem Erscheinen eine dramatische Note zu geben?«

Nach einigen Sekunden sagte Jim: »Keine Antwort.«

»Und warum das Fragezeichen?« Hollys Worte galten noch immer *dem Freund.* »Weißt du nicht, was die Glocken bedeuten, woher das Läuten stammt und was die Ursache dafür ist? Äußerst du mit ›um zu beeindrucken?‹ nur eine Vermutung? Wie kann dir ein Geräusch rätselhaft sein, das dich immer begleitet?«

»Nichts«, meinte Jim.

Holly starrte an die Wand. Das helle Wirbeln und Wogen verwirrte sie immer mehr, aber sie verzichtete darauf, die Augen zu schließen.

»Eine neue Botschaft«, sagte Jim. ›Ich gehe.‹«

»Feigling«, flüsterte Holly dem amorphen Etwas im Kalkstein zu. Kalter Schweiß klebte an ihrem Leib.

Das bernsteinfarbene Glühen wurde dunkler, gewann eine orangefarbene Tönung.

Holly trat von der Wand fort, taumelte und wäre fast gefallen. Sie kehrte zu den Schlafsäcken zurück und sank auf die Knie.

Neue Worte bildeten sich auf dem Block. ICH KEHRE ZURÜCK.

»Wann?« fragte Jim.

WENN DIE GEZEITEN MIR GEHÖREN.

»Welche Gezeiten?«

ES GIBT GEZEITEN IM RAUMSCHIFF, EBBE UND FLUT, DUNKELHEIT UND LICHT. ICH STEIGE MIT DEM LICHT AUF, DOCH ER KOMMT MIT DER DUNKELHEIT.

»Er?« wiederholte Holly.

DER FEIND.

Das Licht in den Wänden war jetzt eine Mischung aus roten und orangefarbenen Tönen. Es trübte sich weiter und formte dabei neue Muster.

»Du hast einen Begleiter im Schiff?«

JA. ZWEI KRÄFTE. ZWEI WESENHEITEN.

Das Wesen lügt wieder, dachte Holly. *Es ist wie mit dem Rest der Geschichte und den Glocken – reines Theater.*

WARTET AUF MEINE RÜCKKEHR.

»Wir warten«, versprach Jim.

SCHLAFT NICHT.

»Warum sollen wir nicht schlafen?« fragte Holly und ging damit auf das Etwas ein.

VIELLEICHT TRÄUMT IHR.

Die Seite war voll. Jim riß das Blatt ab und legte es zu den anderen.

Blutrotes Licht in den Wänden. Und es verblaßte rasch.

TRÄUME SIND TORE.

»Was soll das heißen?«

Die gleichen drei Worte: TRÄUME SIND TORE.

»Eine Warnung«, hauchte Jim.

TRÄUME SIND TORE.

Nein, dachte Holly. *Es ist keine Warnung, sondern eine Drohung.*

7

Die Windmühle war wieder nur eine Windmühle. Steine und Dielen. Mörtel und Nägel. Dichter Staub, vermoderndes Holz, rostendes Eisen, Spinnen, die in dunklen Ecken lauerten.

Holly saß im Schneidersitz vor Jim, und ihre Knie stießen aneinander. Sie hielt seine Hände; einerseits gab ihr die Berührung dringend benötigte Kraft, und andererseits wollte sie mit dieser Geste verhindern, daß er sich durch ihre nächsten Worte beleidigt fühlte.

»Hör mir gut zu, Jim. Du bist der interessanteste, faszinierendste und, tief in deinem Herzen, auch der sanfteste Mann, den ich jemals kennengelernt habe. Aber als Interviewer gibst du nicht viel her. Deine Fragen sind zum größten Teil nicht gut überlegt. Du kommst nicht auf den Kern der Sache, sondern kratzt nur an der Oberfläche und hältst dich mit Nebensächlichkeiten auf. Dadurch bekommst du keine wichtigen Antworten. Außerdem bist du als Reporter naiv genug, um zu glauben, daß deine Gesprächspartner immer ehrlich sind, obwohl sie meistens jede Möglichkeit nutzen, Fragen auszuweichen. Du mußt beharrlich sein, *bohren,* der Sache auf den Grund gehen.«

Jim wirkte nicht beleidigt. Er lächelte und erwiderte: »Ich sehe mich nicht als Reporter, der ein Interview führt.«

»Aber mit einer solchen Situation hatten wir es zu tun, mein Lieber. *Der Freund,* wie er sich selbst nennt, verfügt über Informationen, die wir brauchen, um zu wissen, woran wir sind, um unseren Job zu erledigen.«

»Ich habe es mir eher ... als eine Art ... göttliche Offenbarung vorgestellt. Als Gott Moses die Zehn Gebote gab ... Nun, ich glaube, er sagte ihm einfach, um was es sich handelte. Und selbst wenn Moses weitere Fragen gehabt hätte: es wäre ihm wohl kaum eingefallen, den Allmächtigen einem Verhör zu unterziehen.«

»Die Erscheinung in den Wänden war nicht Gott.«

»Ja, ich weiß. Daran glaube ich selbst nicht mehr. Aber wir haben mit einer außerirdischen Intelligenz gesprochen, die uns so überlegen ist, daß sie genausogut Gott sein *könnte.*«

»Das steht keineswegs fest«, sagte Holly geduldig.

»Da irrst du dich. Es sind hohe Intelligenz und Jahrtausende der Entwicklung notwendig, um eine Zivilisation entstehen zu lassen, die zur intergalaktischen Raumfahrt in der Lage ist. Lieber Himmel, im Vergleich dazu sind wir kaum mehr als Affen!«

»Siehst du, genau das meine ich. Woher willst du wissen, daß die Wesenheit aus einer anderen Galaxis kommt? Weil sie das behauptet hat. Woher willst du wissen, daß sich ein Raumschiff im Teich befindet? Weil du den Antworten des Wesens glaubst.«

»Warum sollte es uns belügen?« fragte Jim verärgert. »Welche Vorteile hätte es dadurch?«

»Keine Ahnung. Aber wir sollten die Möglichkeit berücksichtigen, daß es uns zu manipulieren versucht. Wenn es sein Versprechen einlöst und zurückkehrt, möchte ich bereit sein. Ich schlage vor, wir verbringen die nächsten zwei oder drei Stunden – wenn uns soviel Zeit bleibt – damit, eine Liste aus Fragen zusammenzustellen, so daß wir ein sorgfältig geplantes Gespräch führen können. Wir brauchen eine Strategie, um *echte* Informationen zu bekommen, Fakten und keine Fantastereien, und unsere Fragen müssen jene Strategie unterstützen.« Jim runzelte die Stirn, und Holly fuhr rasch fort, bevor er sie unterbrach. »Na schön, in Ordnung, vielleicht kann die Wesenheit gar nicht lügen. Vielleicht ist sie erhaben und rein. Vielleicht hat sie uns tatsächlich die Wahrheit gesagt. Aber eins steht fest, Jim: es handelt sich nicht um eine göttliche Offenbarung. *Der Freund* hat die Regeln festgelegt, indem er dich veranlaßte, die Schreibblöcke und den Filzstift zu kaufen. Er bestimmte die Methode aus Frage und Antwort. Wenn er nicht will, daß wir den besten Nutzen daraus ziehen . . ., dann hätte er dich aufgefordert, die Klappe zu halten – und aus einem brennenden Busch zu dir gesprochen!«

Jim starrte sie groß an und kaute nachdenklich auf der Unterlippe.

Nach einer Weile blickte er zu den Wänden, in denen sich das Wesen manifestiert hatte.

»Du hast es nicht einmal gefragt, warum es will, daß du gewisse Menschen vor dem Tod bewahrst und warum andere nicht gerettet werden sollen«, fügte Holly hinzu, um ihren Standpunkt zu verdeutlichen.

Jim sah sie an, offenbar überrascht darüber, daß er nicht nach einer Antwort auf seine wichtigste Frage gesucht hatte. Im milchigen Glanz der leise zischenden Gaslampe waren seine Augen wieder blau; das grüne Schimmern in ihnen hatte sich verflüchtigt. Die Sorge verschwand nun ebenfalls aus ihnen.

»Na gut«, sagte er. »Du hast recht. Ich schätze, ich habe mich einfach überwältigen lassen. Ich meine . . . Was immer es auch sein mag, Holly – es ist erstaunlich.«

»In der Tat«, bestätigte sie.

»Ich bin einverstanden. Wir stellen eine Liste aus gründlich überlegten Fragen zusammen. Und wenn die Wesenheit zurückkehrt, sprichst du mit ihr. Du verstehst dich besser darauf, neue Fragen zu improvisieren, wenn man irgendwo nachhaken muß.«

»Ja«, sagte Holly schlicht, erleichtert darüber, daß sie keinen zusätzlichen Druck auf Jim ausüben mußte.

Im Gegensatz zu ihm wußte sie, worauf es bei Interviews ankam, und darüber hinaus war sie in dieser Situation objektiver, als er es jemals sein konnte. *Der Freund* unterhielt seit vielen Jahren eine Beziehung zu ihm und hatte zugegeben, sein Gedächtnis blokkiert zu haben – um zu verhindern, daß sich Jim an die Begegnungen vor fünfundzwanzig Jahren erinnerte. Holly mußte davon ausgehen, daß Jim nach wie vor unter dem Einfluß des Wesens stand, ob er davon wußte oder nicht. *Der Freund* war während der entscheidenden Jahre von Kindheit und Jugend *in seinem Bewußtsein* präsent gewesen, vielleicht bei Dutzenden oder gar Hunderten von Gelegenheiten. Hinzu kam: damals hatte Jim gerade seine Eltern verloren und stand unter der Wirkung eines starken Schocks, was ihn um so empfänglicher für Einflüsterungen verschiedener Art machte. Möglicherweise war Jim Ironhearts Unterbewußtsein darauf programmiert, die Geheimnisse *des Freundes* zu schützen, anstatt zu helfen, sie zu entschleiern.

Holly wußte, daß sie auf einem schmalen Steg zwischen kluger Vorsicht und Paranoia stand; vielleicht neigte sie bereits zu letzterem. Nun, unter den gegebenen Umständen konnte eine Prise Paranoia sicher nicht schaden; sie war ein gutes Überlebensrezept.

Als Jim sagte, er wolle nach draußen gehen, um sich zu erleichtern, zog es Holly vor, ihn zu begleiten. Sie wollte auf keinen Fall allein in der hohen Kammer bleiben, ging hinter ihm die Treppe hinunter, stand am Ford und kehrte Jim den Rücken zu, während er am Zaun des Kornfelds seine Blase entleerte.

Holly starrte zum dunklen Teich.

Sie lauschte den Fröschen, die nun wieder quakten, dem Zirpen der Zikaden. Die jüngsten Ereignisse hatten die Grundfesten ihres Ichs erschüttert; jetzt schienen sogar die normalen Geräusche der Natur Unheil zu verkünden.

Sie fragte sich, ob sie es mit etwas zu tun hatten, das für eine gescheiterte Journalistin und einen ehemaligen Schullehrer zu seltsam und mächtig war. Sie fragte sich, ob sie die Farm sofort verlassen sollten. Sie fragte sich, ob ihnen das Fremde erlauben würde, in den Wagen zu steigen und fortzufahren.

Nachdem *der Freund* die Mühle verlassen hatte, verringerte sich Hollys Furcht nicht, sie nahm sogar noch weiter zu. Sie glaubte sich direkt unter einer tausend Tonnen schweren Masse, die durch Magie an einem einzelnen menschlichen Haar hing. Doch der Zauber ließ allmählich nach, und das Haar dehnte sich wie ein Glasfaden und drohte zu reißen ...

Bis um Mitternacht aßen sie sechs große Schokoladekekse und füllten sieben Seiten mit Fragen an *den Freund.* Zucker gab Energie, auch Trost in schwierigen Zeiten, aber gegen angespannte Nerven konnte er nichts ausrichten. Irgend etwas schmirgelte Hollys Messer aus Furcht, bis es so scharf wurde wie eine Rasierklinge.

Sie ging mit dem Block in der Hand auf und ab. »Außerdem geben wir uns nicht mehr mit geschriebenen Antworten zufrieden. Das führt nur zu Verzögerungen und läßt der Wesenheit mehr Zeit, sich ihre Reaktionen zu überlegen. Wir bestehen darauf, daß sie zu uns spricht.«

Jim lag auf dem Rücken und hatte die Hände unterm Kopf gefaltet. »Sie kann nicht sprechen.«

»Woher weißt du das?«

»Nun, ich *vermute,* daß sie nicht reden kann. Andernfalls hätte sie sich uns gleich auf diese Weise mitgeteilt.«

»Geh von keinen voreiligen Annahmen aus«, erwiderte Holly. »Wenn das Wesen in der Lage ist, seine Moleküle mit den Wänden zu vermischen und durch Stein zu gleiten – durch *alles,* falls seine Behauptungen stimmen –, wenn es darüber hinaus die Fähigkeit hat, jede beliebige Gestalt anzunehmen ..., dann sollte es auch einen Mund und Stimmbänder bilden können wie alle höheren Mächte, die etwas auf sich halten.«

»Da hast du wahrscheinlich recht«, entgegnete Jim unsicher.

»Es hat uns bereits darauf hingewiesen, daß es imstande ist, uns als Mann oder Frau zu erscheinen, oder?«

»Ja.«

»Ich verlange gar keine leibliche Manifestation, nur eine Stimme. Eine körperlose Stimme, ein wenig Akustik für das visuelle Spektakel.«

Holly lauschte dem Klang ihrer eigenen Worte und gelangte zu dem Schluß, daß sie ihre Nervosität nutzte, um sich aufzustacheln und eine aggressive Einstellung zu gewinnen, die sie gut gebrauchen konnte, wenn *der Freund* zurückkehrte. Diesen alten

Trick hatte sie gelernt, als sie Personen interviewte, die sie beeindruckend fand oder von denen sie sich eingeschüchtert fühlte.

Jim setzte sich auf. »In Ordnung. Die Wesenheit mag durchaus in der Lage sein, zu uns zu sprechen. Aber vielleicht möchte sie es nicht.«

»Wir dürfen nicht zulassen, daß sie alle Regeln bestimmt. Diesen Punkt haben wir doch schon geklärt.«

»Es ist mir nur ein Rätsel, warum wir das Wesen herausfordern müssen.«

»Von irgendwelchen Herausforderungen kann keine Rede sein.«

»Ich meine, wir sollten ihm wenigstens mit etwas Respekt begegnen.«

»Oh, ich respektiere es sogar sehr.«

»Bist du sicher?«

»Ich bin davon überzeugt, daß es uns wie lästige Insekten zerquetschen könnte, und schon deswegen habe ich eine Menge Respekt.«

»Das meine ich nicht.«

»Ich weiß. Aber was mich betrifft: Eine andere Art von Respekt muß es sich erst noch verdienen.« Holly ging nun nicht mehr auf und ab, sondern wanderte umher. »Wenn es die Versuche einstellt, mich zu manipulieren, wenn es aufhört, mich zu erschrecken, wenn es mir Antworten gibt, die wahr klingen . . ., dann respektiere ich es vielleicht auch aus anderen Gründen.«

»Du wirst langsam seltsam«, sagte Jim.

»Ich?«

»Du bist so feindselig.«

»Bin ich nicht.«

Jim musterte sie und runzelte die Stirn. »Für mich sieht es ganz nach blinder Feindseligkeit aus.«

»Aggressiver Journalismus. Das Prinzip eines jeden modernen Reporters. Man befragt den Interviewpartner nicht, um ihn später den Lesern zu präsentieren – *man greift ihn an.* Derartige Journalisten haben bereits eine eigene Version der Wahrheit, die sie ungeachtet der *vollen* Wahrheit berichten wollen, und sie suchen nach Informationen, die ihre Perspektive bestätigen. Ich halte nichts davon und bin nie bereit gewesen, solche Methoden zu benutzen, und aus diesem Grund habe ich gute Stories und Beförderungen immer an Kollegen verloren. Aber heute nacht bin ich fest entschlossen, zum Angriff überzugehen. Es gibt allerdings einen großen Unterschied: *Mir* liegt etwas an der Wahrheit; ich will sie nicht verdrehen und meinen eigenen Bedürfnissen anpassen. Es geht mir darum, einige hieb- und stichfeste Fakten von deinem Außerirdischen zu bekommen.«

»Vielleicht kehrt er nicht zurück.«

»Er hat es versprochen.«

Jim schüttelte den Kopf. »Warum sollte er sein Versprechen halten, solange ihn hier journalistischer Zorn erwartet?«

»Hältst du es etwa für möglich, daß er mich *fürchtet*? Was für eine Art von höherer Macht wäre das?«

Die Glocken läuteten, und Holly zuckte heftig zusammen.

Jim erhob sich. »Sei ganz ruhig.«

Das Klimpern verstummte, ertönte erneut, verklang wieder. Beim dritten Läuten erschien ein dunkelrotes Glühen an einer Stelle der Wand. Es wurde heller, gewann einen orangefarbenen Ton und wuchs schlagartig, wie ein plötzliches Feuerwerk, über die ganze gewölbte Fläche. Das Klingeln wich neuerlicher Stille, und die Myriaden Funken verschmolzen zu den pulsierenden, amöbenhaften Formen, die Holly bereits kannte.

»Sehr effektvoll«, sagte sie. Das Licht verfärbte sich, und als es zu einem bernsteinfarbenen Glühen wurde, ergriff Holly die Initiative. »Wir möchten dich bitten, nicht mehr umständliche schriftliche Antworten zu geben, sondern direkt zu uns zu sprechen.«

Der Freund schwieg.

»Bist du bereit, zu uns zu sprechen?«

Keine Reaktion.

Holly sah auf den Block und las die erste Frage. »Bist du die höhere Macht, die Jim mit Rettungsmissionen beauftragt hat?«

Sie wartete.

Stille.

Sie versuchte es erneut.

Stille.

Hartnäckig wiederholte sie die Frage.

Der Freund blieb weiterhin stumm. Dafür meldete sich Jim. »Holly, sieh dir das an.«

Sie drehte sich um und beobachtete, wie er verdutzt auf seinen Schreibblock starrte. Er zeigte ihn ihr und blätterte durch die ersten zehn oder zwölf Seiten. Das gespenstische, wechselhafte Licht von den Wänden war hell genug, um die Schrift *des Freundes* zu erkennen.

Holly nahm den Block entgegen und las die erste Zeile: JA. ICH BIN DIE MACHT.

»Er hat bereits alle von uns vorbereiteten Fragen beantwortet«, sagte Jim.

Holly warf den Block durchs Zimmer. Er prallte ans Fenster auf der anderen Seite, ohne die Scheibe zu zerbrechen, und fiel dann zu Boden.

»Holly, jetzt gehst du zu . . .«

Sie unterbrach Jim mit einem scharfen Blick.

Das Licht tanzte etwas schneller durch den verwandelten Stein.

Holly wandte sich an *den Freund.* »Gott gab Moses die Zehn Gebote auf Steintafeln, ja, aber er hatte auch den Mumm, direkt zu ihm zu sprechen. Wenn sich Gott dazu herablassen kann, mit Menschen zu reden, so solltest du ebenfalls dazu in der Lage sein.«

Als *der Freund* schwieg, wiederholte sie die erste Frage auf der Liste. »Bist du die höhere Macht, die Jim mit Rettungsmissionen beauftragt hat?«

»Ja. Ich bin die Macht.« Die Stimme war ein weicher, wohltönender Bariton, und sie schien von allen Seiten zu erklingen, so wie das Läuten der Glocken. *Der Freund* schob sich nicht in menschlicher Gestalt aus der Wand, bildete auch kein Gesicht im Kalkstein; seine Stimme kam aus leerer Luft.

Holly stellte die zweite Frage auf der Liste. »Woher weißt du, daß den entsprechenden Personen der Tod droht?«

»Ich bin eine Wesenheit, die in allen Aspekten der Zeit lebt.«

»Was meinst du damit?«

»Vergangenheit, Gegenwart und Zukunft.«

»Kannst du in die Zukunft sehen?«

»Ich lebe *in der Zukunft, ebenso wie in Vergangenheit und Gegenwart.«*

Das Licht in den Wänden funkelte sanfter, als hätte das Wesen die neuen Bedingungen akzeptiert und sich wieder beruhigt.

Jim trat an Hollys Seite, legte ihr die Hand auf den Arm und drückte kurz zu. Seine stumme Botschaft lautete: »Gute Arbeit.«

Sie beschloß, im Hinblick auf die Fähigkeit, zukünftige Ereignisse vorherzusehen, keine Klarstellung zu verlangen. Holly befürchtete, daß sie dadurch vom Thema abkamen und erst zu den Fragen zurückkehren konnten, wenn das Wesen erneut die Mühle verlassen wollte. Sie blickte wieder auf die Liste. »Warum wolltest du, daß ausgerechnet jene Menschen gerettet wurden?«

»Um der Menschheit zu helfen«, erwiderte die Wesenheit sonor. Holly glaubte, einen Hauch Aufgeblasenheit zu hören, war sich je-

doch nicht ganz sicher. Die Stimme klang zu monoton, fast maschinenhaft.

»Jeden Tag sterben viele Männer, Frauen und Kinder, und die meisten von ihnen sind unschuldig. Warum hast du beschlossen, ganz bestimmte Personen vor dem Tod zu bewahren?«

»Sie stellen etwas Besonderes dar.«

»Was unterscheidet sie von anderen?«

»Wenn sie leben, leistet jede von ihnen einen wichtigen Beitrag zur positiven Weiterentwicklung der Menschheit.«

»Da soll mich doch der Schlag treffen!« platzte es aus Jim heraus.

Diese Antwort kam unerwartet. Sie schien ehrlich zu sein, aber trotzdem blieb ein Rest von Zweifel in Holly. Etwas war ihr aufgefallen: die Stimme *des Freundes* hörte sich irgendwie vertraut an. In ihr wuchs die Überzeugung, sie schon einmal gehört zu haben, in einem ganz anderen Zusammenhang, der nun die Glaubwürdigkeit der Wesenheit unterminierte – obwohl sie respekteinflößend klang. »Soll das heißen, du siehst die Zukunft nicht nur so, wie sie sein *wird*, sondern auch, wie sie sein *könnte*?«

»Ja.«

»Spielst du da nicht ein wenig Gott?«

»Nein. Ich kann nicht so klar sehen wie Gott. Aber ich sehe.«

Jim wirkte wieder wie ein glücklicher Junge, er beobachtete lächelnd die kaleidoskopartigen Lichtmuster und freute sich ganz offensichtlich über das, was er hörte.

Holly wandte sich von der Wand ab, durchquerte die Kammer, ging neben ihrer Tasche in die Hocke und öffnete sie.

Jim blickte ihr über die Schulter. »Was hast du vor?«

»Ich brauche das hier«, erwiderte sie und griff nach einem Notizbuch, in dem sie die Ergebnisse ihrer Ermittlungen festgehalten hatte. Sie stand auf, öffnete das kleine Buch und blätterte zu der Liste von Personen, die Jim vor dem Flug 246 gerettet hatte. Zu der im Kalkstein pulsierenden Wesenheit sagte sie: »Fünfzehnter Mai. Atlanta, Georgia. Sam Newsome und seine fünfjährige Tochter Emily. Weshalb sind sie wichtiger als alle anderen Personen, die an jenem Tag starben? Welchen Beitrag leisten sie zur Entwicklung der Menschheit?«

Keine Antwort.

»Nun?« drängte Holly.

»Emily wird eine berühmte Wissenschaftlerin und entdeckt ein Heilmittel für eine tödliche Krankheit.« Diesmal war eine gewisse Schwülstigkeit unüberhörbar.

»Was für eine Krankheit meinst du?«

»Warum glaubst du mir nicht, Holly Thorne?« Die förmliche Ausdrucksweise des Wesens erinnerte Holly an einen englischen Butler, aber unter der würdevollen Reserviertheit spürte sie den subtilen Trotz eines Kindes.

»Sag mir, welche Krankheit du meinst. Dann glaube ich dir vielleicht.«

»Krebs.«

»Welchen Krebs? Es gibt viele Arten.«

»Alle Tumore.«

Holly sah wieder auf ihr Notizbuch. »Siebter Juni. Corona, Kalifornien. Louis Andretti.«

»Er zeugt ein Kind, das zu einem großen Diplomaten wird.«

Was zweifellos besser ist, als an Schlangenbissen zu sterben, dachte Holly.

»Einundzwanzigster Juni«, fuhr sie fort. »New York City. Thaddeus ...«

»Er wird ein großer Künstler, dessen Werke Millionen Menschen Hoffnung geben.«

»Er schien ein netter Junge zu sein«, kommentierte Jim fröhlich. »Ich mochte ihn.«

Holly ignorierte diese Bemerkung. »Dreißigster Juni. San Francisco ...«

»Rachael Steinberg bringt ein Kind zur Welt, das erheblichen religiösen Einfluß auf die Menschen haben wird.«

Die Stimme ... Holly war sicher, sie schon einmal gehört zu haben. Aber wo?

»Fünfter Juli ...«

»Miami, Florida. Carmen Diaz. Sie bringt ein Kind zur Welt, das zum Präsidenten der Vereinigten Staaten wird.«

»Warum nicht gleich zum Präsidenten der ganzen Welt?« murmelte Holly und las im Notizbuch.

»Vierzehnter Juli. Houston, Texas. Amanda Cutter. Sie bringt ein Kind zur Welt, das der Menschheit Frieden schenkt.«

»Die Wiederkunft Christi wäre vermutlich zuviel verlangt, oder?« fragte Holly.

Jim war von ihr zurückgewichen. Er lehnte nun an der Wand zwischen zwei Fenstern; Lichtkaskaden strömten um ihn herum. »Holly, ich verstehe nicht ...«, begann er.

»Es ist einfach zuviel.«

»Was denn?«

»Na schön, das Wesen hat uns erklärt, es möchte nur besondere Personen retten.«

»Um der Menschheit zu helfen.«

»Ja, natürlich«, sagte Holly und sah zur Wand.

Und an Jim gerichtet: »Aber diese Menschen sind zu speziell, findest du nicht? Vielleicht bin ich zu kritisch, aber ... es wirkt übertrieben; die ganze Sache wird wieder banal. Niemand wird gerettet, um ein guter Arzt oder Geschäftsmann zu werden, der neue Industrien und zehntausend Arbeitsplätze schafft. Ehrliche und mutige Polizisten finden ebensowenig Erwähnung wie engagierte Krankenschwestern. Nein, die Geretteten – oder ihre Kinder – haben immer einen *globalen* Einfluß. Sie drücken der ganzen Welt ihren Stempel auf!«

»Ist das wieder aggressiver Journalismus?«

»Da hast du verdammt recht.«

Jim stieß sich von der Wand ab, strich das Haar mit beiden Händen aus der Stirn und musterte Holly. »Ich verstehe, was du meinst. Mir ist jetzt klar, warum du dabei an eine Folge von *Outer Limits* denkst. Aber laß uns doch einmal genau überlegen: Wir haben es mit einer einzigartigen und sehr außergewöhnlichen Situation zu tun. Eine extraterrestrische Wesenheit mit einer Macht, die uns fast göttlich erscheint, benutzt mich, um die Chancen der Menschheit zu verbessern. Findest du es nicht logisch, daß sie mich ausschickt, um wirklich *besondere* Personen zu retten anstatt irgendwelche Geschaftsleute oder Industrielle?«

»Oh, es ist logisch, ja«, bestätigte Holly. »Aber es klingt nicht wahr; für Lügen und Täuschungen habe ich einen ziemlich guten Riecher.«

»Hattest du aus diesem Grund so großen Erfolg als Reporterin?«

Unter anderen Umständen hätte Holly vielleicht über einen Außerirdischen gelacht, der den Menschen weit überlegen war und sich zu trivialem Gezänk herabließ. Aber einmal mehr nahm sie trotzigen Ärger in der Stimme des Wesens wahr, und sie hielt die Vorstellung eines überempfindlichen, rachsüchtigen Wesens mit gottartiger Macht für so beunruhigend, daß ihr Sinn für Humor zunehmender Nervosität wich.

»Wie paßt das zu einer höheren Macht?« fragte sie Jim. »Gleich verflucht mich das Wesen.«

Der Freund schwieg.

Holly konzentrierte sich wieder auf ihr Notizbuch. »Zwanzigster Juli. Steven Aimes. Birmingham, Alabama.«

Myriaden glühende Funken schwammen durch die Wände, und ihre Muster wirkten jetzt nicht mehr so anmutig und sinnlich. Wenn sie vorher das visuelle Äquivalent der ruhigsten Symphonie von Brahms gewesen waren, so versinnbildlichten sie jetzt das disharmonische Jaulen von schlechtem progressivem Jazz.

»Was ist mit Steven Aimes?« fragte Holly. Furcht vibrierte in ihr – und gleichzeitig erinnerte sie sich daran, daß sie sich schon einmal mit Willenskraft durchgesetzt hatte.

»Ich ziehe mich jetzt zurück.«

»Offenbar sind deine Gezeiten recht kurz«, bemerkte Holly.

Das bernsteinfarbene Licht verblaßte.

»Die Gezeiten im Raumschiff sind unregelmäßig und nicht immer gleich lang. Aber ich kehre zurück.«

»Was ist mit Steven Aimes? Er war siebenundfünfzig, nicht mehr der Jüngste – aber vielleicht noch immer in der Lage, irgendeinen berühmten Soundso zu zeugen. Warum hast du Steve gerettet?«

Die Stimme wurde tiefer, verwandelte sich aus einem Bariton in einen Baß. Und sie klang schärfer als vorher. *»Es wäre nicht klug von euch, die Mühle zu verlassen.«*

Darauf hatte Holly gewartet. Als sie diese Worte vernahm, kannte sie den Grund für ihre innere Anspannung.

Doch Jim schien verblüfft zu sein. Er drehte sich um, ließ den Blick über die Wände schweifen, beobachtete das nun dunkle Wogen und Wallen im Kalkstein. Vielleicht versuchte er, einen Eindruck von der biologischen Geographie des Wesens zu gewinnen, um ihm in die Augen sehen zu können. »Was soll das heißen? Wir verlassen die Windmühle, wann es uns gefällt.«

»Ihr müßt auf meine Rückkehr warten. Der Tod droht euch, wenn ihr geht.«

»Willst du der Menschheit nicht mehr helfen?« fragte Holly.

»Schlaft nicht.«

Jim trat an Hollys Seite. Durch ihre aggressive Haltung gegenüber *dem Freund* hatte sie eine Entfremdung zwischen sich und Jim geschaffen, aber diese Distanz schrumpfte nun wieder. Ironheart legte ihr wie schützend den Arm um die Schultern.

»Ihr dürft nicht schlafen.«

Dunkelrote Flecken glühten in den Kalksteinwänden.

»Träume sind Tore.«

Das blutige Schimmern erlosch.

Daraufhin stammte das einzige Licht von der Coleman-Laterne.

Dunkelheit folgte der schwindenden Präsenz *des Freundes,* und in der herankriechenden Finsternis war nur noch das leise Zischen der Gaslampe zu hören.

8

Holly stand am oberen Ende der Treppe und leuchtete mit der Taschenlampe in die Schwärze weiter unten. Vermutlich überlegte sie, ob man sie tatsächlich daran hindern würde, die Mühle zu verlassen – vielleicht mit Gewalt?

Jim saß auf seinem Schlafsack, beobachtete Holly und fragte sich, warum Glück und Erleuchtung neuerlicher Düsternis wichen.

Er hatte die Windmühle aufgesucht, weil es nach den bizarren und entsetzlichen Ereignissen im Schlafzimmer – sie lagen erst achtzehn Stunden zurück – unmöglich gewesen war, den dunklen Aspekt seines Mysteriums zu ignorieren. Vorher hatte er sich einfach treiben lassen, fügte sich dem inneren Zwang, der ihn mit Rettungsmissionen beauftragte, bewahrte bestimmte Menschen im letzten Augenblick vor dem Tod – ein verwirrter und dennoch mutiger Superheld, der Flugzeuge brauchte, um zu fliegen, der sich selbst um seine Wäsche kümmern mußte. Doch die zunehmenden Aktivitäten *des Feindes* – was auch immer er sein mochte –, die sich durch eine unheilvolle und energische Feindseligkeit auszeichneten, gestatteten Jim nicht mehr den Luxus der Unwissenheit. *Der Feind* versuchte, von einem anderen Ort – vielleicht aus einer anderen Dimension – die reale Welt zu erreichen, und er kam immer näher. Auf der Liste von Jims Prioritäten stand nicht etwa die Wahrheit über jene höhere Macht, die sein Handeln maßgeblich bestimmte; er glaubte, daß sie zur gegebenen Zeit alle Fragen beantworten würde. Nein, es ging ihm vielmehr darum, mehr über *den Feind* herauszufinden – um nicht nur Hollys Überleben zu gewährleisten, sondern auch sein eigenes.

Als er zur Farm gefahren war, hatte er erwartet, dem Guten ebenso zu begegnen wie dem Bösen, Freude und Furcht zu erfahren. Ganz gleich, welche Hinweise er bekam, indem er sich ins Unbekannte stürzte: er rechnete zumindest damit, seine Rettungseinsätze und die sich dahinter verbergende übernatürliche Kraft besser zu verstehen. Aber jetzt herrschte in ihm ein noch größeres

Chaos. Einige Dinge erfüllten ihn tatsächlich mit der erhofften staunenden Freude: das Klimpern im Stein, das wundervolle, fast göttliche Licht, mit dem sich *der Freund* manifestierte. Hinzu kam reine Verzückung angesichts der Offenbarung, daß er nicht nur gewöhnliche Menschen rettete, sondern besondere Personen, die bedeutungsvolle Beiträge zur besseren Entwicklung der Menschheit leisten sollten. Doch das Glück darüber wurde schon kurz darauf von Enttäuschung verdrängt, als er sich der Erkenntnis stellen mußte, daß *der Freund* entweder nicht die ganze Wahrheit sagte oder gar ständig log. Der kindliche Trotz des Wesens war in einem hohen Maße beunruhigend, und Jim wußte plötzlich nicht mehr, ob seine Missionen seit der Rettung der Newsomes im Mai wirklich dem Guten dienten.

Doch die Hoffnung war noch immer stärker als Furcht und Besorgnis. Zwar hatte sich ihm ein Splitter der Verzweiflung ins Herz gebohrt und führte dort zu ersten Eiterungen, aber diese geistige Infektion wurde von einem fragilen Optimismus in Grenzen gehalten, der nach wie vor im Zentrum seines Ichs verweilte.

Holly schaltete die Taschenlampe aus, kehrte von der offenen Tür zurück und nahm auf ihrer Luftmatratze Platz. »Ich weiß nicht. Vielleicht war es nur eine leere Drohung – aber das können wir erst feststellen, wenn wir versuchen, die Mühle zu verlassen.«

»Möchtest du?«

Sie schüttelte den Kopf. »Das hätte wohl kaum einen Sinn, oder? Alles deutet darauf hin, daß uns die Wesenheit überall erreichen kann – stimmt's? Ich meine, sie hat in Laguna Niguel Kontakt mit dir aufgenommen und dich mit Rettungsmissionen beauftragt. Sie sprach in Nevada zu dir und schickte dich nach Boston, um Nicholas O'Connor vor dem Tod zu bewahren.«

»Ich fühle sie gelegentlich in mir, ganz gleich, wo ich mich aufhalte. In Houston, Florida, Frankreich und England – sie begleitete mich, lenkte meine Schritte, ließ mich wissen, was geschehen würde, so daß ich den Aufgaben gerecht werden konnte.«

Holly wirkte erschöpft. Ihr hohlwangiges Gesicht war so blaß, daß der milchige Schein der Gaslampe nicht als Erklärung genügte, und dunkle Ringe zeigten sich unter ihren Augen. Sie senkte die Lider für einige Sekunden, rieb sich mit Daumen und Zeigefinger den Nasenrücken und schnitt eine Grimasse, als litte sie an Kopfschmerzen.

Jim bedauerte zutiefst, daß er sie in diese Angelegenheit verwikkelt hatte. Doch seiner Reue erging es ebenso wie Furcht und Verzweiflung – etwas anderes gesellte sich hinzu, nahm ihr die Schärfe. In diesem Fall handelte es sich um eine tiefe Zufriedenheit, die er mit Hollys Präsenz verband. Eine egoistische Einstellung, ja, aber es freute ihn trotzdem, daß sie bei ihm war, ganz gleich, was ihnen diese Nacht noch bescherte. *Ich bin nicht mehr allein,* dachte Jim.

Falten gruben sich tief in Hollys Stirn. »Das Wesen ist nicht auf die Bereiche in unmittelbarer Nähe des Teichs beschränkt, auch nicht auf mentale Kontakte über große Entfernungen hinweg«, sagte sie. »Die Kratzspuren in meiner Seite und die Manifestation an der Decke deines Schlafzimmers heute morgen deuten darauf hin, daß es überall erscheinen kann.«

»He, einen Augenblick«, warf Jim ein. »Wir wissen, daß *der Feind* imstande ist, über beträchtliche Distanzen hinweg zu materialisieren, aber es steht keineswegs fest, daß *der Freund* diese Fähigkeit teilt. *Der Feind* kam aus deinem Traum. *Der Feind* versuchte, die Schlafzimmerdecke zu durchdringen.«

Holly hob den Kopf und ließ die Hand sinken. Ihr Gesicht ähnelte einer Maske. »Ich glaube, sie sind miteinander identisch.«

»Wer?«

»*Freund* und *Feind.* Ich bezweifle, ob zwei Wesen in dem Raumschiff auf dem Grund des Teichs leben – wenn es dort tatsächlich ein Raumschiff gibt, was ich zumindest für möglich halte. Vermutlich haben wir es nur mit einem Wesen zu tun. *Freund* oder *Feind* sind zwei verschiedene Aspekte seiner Natur.«

Diese Bemerkungen legten Schlußfolgerungen nahe, die Jim so sehr erschreckten, daß er sie nicht akzeptieren konnte. »Das kann wohl kaum dein Ernst sein«, entgegnete er. »Warum behauptest du nicht gleich, die Wesenheit sei . . . verrückt?«

»Genau *das* meine ich. Sie leidet an ihrem Äquivalent einer gespaltenen Persönlichkeit, verhält sich einmal als *Freund,* dann als *Feind* – ohne sich des Wechsels bewußt zu werden.«

Allem Anschein nach fand Jims fast verzweifeltes Bedürfnis, sich *den Freund* als unabhängiges, durch und durch gutes Wesen vorzustellen, einen mimischen Ausdruck, denn Holly griff nach seiner rechten Hand, drückte sie kurz und fuhr rasch fort: »Der kindliche Trotz, die prahlerische Behauptung, Einfluß auf das Schicksal der ganzen Menschheit zu nehmen, das effektvolle Erscheinen, die Schwankungen zwischen zuckersüßem Wohlwollen und verdrießlichem Ärger, der Umstand, daß die Wesenheit ganz offensichtlich lügt und sich gleichzeitig für clever hält, außerdem bei manchen Gelegenheiten eine Geheimnistuerei ohne ersichtlichen Grund dafür – all das ergibt nur dann einen Sinn, wenn wir hier mit einem gestörten Bewußtsein konfrontiert sind.«

Jim hielt nach Fehlern in Hollys Argumentation Ausschau und fand keine. »Ich kann mir kaum vorstellen, daß ein Außerirdischer sein unvorstellbar komplexes Raumschiff viele Lichtjahre weit durch zahllose Gefahren fliegt, während er komplett übergeschnappt ist.«

»Vielleicht war das gar nicht der Fall. Vielleicht begann der Irrsinn erst *hier*. Vielleicht brauchte das Wesen sein Raumschiff gar nicht selbst zu steuern; vielleicht ist es vollkommen automatisiert. Vielleicht befanden sich Artgenossen an Bord, die es steuerten und inzwischen tot sind. Jim, es hat nie eine Mannschaft erwähnt, nur *den Feind*. Angenommen, du glaubst an seinen extraterrestrischen Ursprung: Hältst du es für glaubwürdig, daß nur zwei Individuen zu einer intergalaktischen Expedition aufbrachen? Vielleicht hat es die übrigen Angehörigen der Besatzung getötet.«

Hollys Spekulationen konnten durchaus der Wahrheit entsprechen – wie praktisch alles, das ihr in diesem Zusammenhang einfiel. Sie standen dem *Unbekannten* gegenüber, und in einem unendlichen Universum gab es unendliche Möglichkeiten. Jim erinnerte sich daran, einmal einen diesbezüglichen Artikel gelesen zu haben. Selbst viele Wissenschaftler glaubten, daß auch die fantasievollsten Dinge, die sich der menschliche Geist ausmalen konnte, irgendwo im Universum existierten, weil die Schöpfung durch ihre unendliche Natur nicht weniger flexibel und fruchtbar war als die Vorstellungskraft eines beliebigen Menschen.

Jim kleidete diese Überlegungen in Worte und fügte hinzu: »Mir fällt auf, daß du jetzt zu der Methode greifst, die du vorher strikt abgelehnt hast. Du gibst dir alle Mühe, die Wesenheit mit menschlichen Begriffen zu erklären, obgleich sie vielleicht so fremdartig ist, daß wir sie überhaupt nicht verstehen. Was veranlaßt dich zu der Annahme, daß eine fremde Spezies an ähnlichen geistigen Störungen leiden könnte wie wir, daß sie sogar das Phänomen der gespaltenen Persönlichkeit kennt? Das sind rein menschliche Konzepte.«

Holly nickte. »Ja, da hast du natürlich recht. Aber im Augenblick fallen mir keine besseren Erklärungen ein. Solange gegenteilige Beweise fehlen, muß ich von der Vermutung ausgehen, daß wir es mit einem irrationalen Wesen zu tun haben.«

Jim hob die freie Hand und erhöhte die Gaszufuhr in der Coleman-Laterne. Es wurde heller. »Himmel, mir läuft's dauernd kalt über den Rücken.«

»Ich werde die Gänsehaut überhaupt nicht mehr los.«

»Wenn die Wesenheit schizophren ist, wenn sie in ihrer Identität als *der Feind* zurückkehrt – was geschieht dann mit uns?«

»Darüber möchte ich lieber nicht nachdenken«, erwiderte Holly. »Falls sie uns intellektuell wirklich weit überlegen ist, falls sie aus einer langlebigen Spezies mit so großem Wissen stammt, daß die menschliche Geschichte daneben kaum mehr ist als eine *kurze* Kurzgeschichte im Vergleich mit einer tausendbändigen Enzyklopädie ..., dann kennt sie bestimmt Foltermethoden, die Hitler, Stalin und Pol Pot wie Lehrer einer Sonntagsschule wirken lassen.«

Jim dachte darüber nach, obgleich er versuchte, Hollys Worte zu ignorieren. Die Schokoladekekse der vergangenen Stunden lagen ihm plötzlich schwer im Magen.

»Wenn das Wesen zurückkehrt ...«, begann Holly.

»Um Himmels willen!« entfuhr es Jim. »Verzichte auf deinen aggressiven Journalismus.«

»Ein Fehler«, gestand Holly ein. »Obwohl eine gewisse Aggressivität sicher nicht schaden kann. Ich hab's nur ein wenig übertrieben. Wenn das Wesen zurückkehrt, verändere ich meine Vorgehensweise.«

Jim stellte überrascht fest, daß er die Theorie des Irrsinns bereits akzeptiert hatte. Kalter Schweiß brach ihm aus, als er daran dachte, wie sich *der Freund* verhalten möchte, wenn sie ihn in seine andere, dunkle Identität stießen. »Warum geben wir die Konfrontation nicht ganz auf?« schlug er vor. »Wir sollten uns ihm fügen, seinem Ego schmeicheln und vermeiden, Ärger in ihm zu wecken ...«

»Das hat keinen Zweck. Man kontrolliert den Wahnsinn nicht, indem man ihm nachgibt. Das verstärkt ihn nur. Eine Krankenschwester aus einem Institut für Geisteskranke würde uns bestimmt darauf hinweisen, daß man mit gefährlichen Patienten am besten zurechtkommt, indem man freundlich, respektvoll und *fest entschlossen* ist.«

Jim zog die rechte Hand zurück – sie war schweißfeucht. Er wischte sie an der Hose ab.

Eine unnatürliche Stille herrschte in der Mühle, als sei sie von einem Vakuum umhüllt, das keine Geräusche übertrug, versiegelt in einer gewaltigen Glasglocke, ausgestellt in einem von Riesen errichteten Museum. Unter anderen Umständen hätte die Lautlosigkeit vielleicht Unbehagen in Jim geweckt, aber jetzt begrüßte er sie.

Das allgemeine Schweigen bedeutete, daß *der Freund* schlief oder mit anderen Dingen beschäftigt war.

»Die Wesenheit *möchte* gut sein«, sagte er nach einer Weile. »Möglicherweise ist sie verrückt, in ihrer zweiten Identität gewalttätig und böse, wie Dr. Jekyll und Mr. Hyde. Aber als Dr. Jekyll möchte sie gut sein. Wenigstens diesen Pluspunkt haben wir.«

Holly dachte kurz darüber nach. »Na schön, das mag stimmen. Nun . . ., wenn sie zurückkehrt, werde ich versuchen, wahre Antworten von ihr zu bekommen.«

»Ein Punkt macht mir erhebliche Sorgen. Können wir von dem Wesen tatsächlich etwas erfahren, das uns hilft? Selbst wenn es uns die volle Wahrheit sagt . . ., wenn es verrückt ist, neigt es früher oder später zu irrationaler Gewalt.«

Holly nickte. »Wir müssen es trotzdem versuchen.«

Neuerliche Stille schloß sich an.

Jim warf einen Blick auf seine Armbanduhr: zehn Minuten nach eins. Mehr als eine Stunde nach Mitternacht. Er war nicht müde. Es bestand kaum die Gefahr, daß er einschlief, träumte und dadurch ein Tor öffnete, aber er fühlte sich physisch ausgelaugt. Zwar hatte er nur den Wagen gefahren und dann in der hohen Kammer gesessen oder gestanden, in Erwartung von Offenbarungen, aber seine Muskeln schmerzten so sehr, als habe er zehn Stunden lang harte körperliche Arbeit geleistet. Das Gesicht schien taub zu sein, und die Augen brannten. Extremer Streß konnte ebenso schwächen wie anstrengende physische Aktivität.

Er wünschte sich, daß *der Freund* nie zurückkehren würde. Es war kein müßiges, halbherziges Empfinden, sondern der intensive Wunsch eines Jungen, der hoffte, daß ein bevorstehender Besuch beim Zahnarzt ausblieb. Jim konzentrierte sein ganzes Selbst auf dieses Gefühl, als sei er wie ein Kind davon überzeugt, daß sich Wünsche tatsächlich erfüllen konnten.

Er entsann sich an ein Chazal-Zitat, das er häufig benutzt hatte, wenn es beim Literaturunterricht um die unheimliche Prosa von Poe und Hawthorne ging: *Äußerster Schrecken gibt uns die Gesten der Kindheit zurück.* Wenn er jemals wieder ein Klassenzimmer betrat, so gestatteten ihm die Erlebnisse in der alten Windmühle, beim Unterricht eine noch nachhaltigere Wirkung auf die Schüler zu erzielen.

Um ein Uhr fünfundzwanzig mißbilligte *der Freund* die Tugend des Wünschens, indem er plötzlich erschien. Diesmal kündigte er sich nicht mit leise läutenden Glocken an. Abruptes rotes Licht glühte in den Wänden, breitete sich schlagartig aus.

Holly stand auf.

Jim folgte ihrem Beispiel. In der Gegenwart dieses mysteriösen Wesens konnte er nicht mehr ruhig und entspannt sitzen. Er fürchtete viel zu sehr, daß es von einem Augenblick zum anderen mit gnadenloser Brutalität zuschlug.

Das Licht bildete einzelne Ströme, flutete durch die Wände und gewann einen bernsteinfarbenen Ton.

Der Freund sprach, ohne auf eine Frage zu warten: *»Erster August. Seattle, Washington. Laura Lenaskian, vor dem Ertrinken gerettet. Sie bringt ein Kind zur Welt, das ein großer Komponist wird und dessen Musik vielen von Problemen geplagten Menschen Trost spendet. Achter August. Peoria, Illinois. Doogie Burkette. Er wächst zu einem Krankenpfleger in Chicago heran, wo er vielen Patienten das Leben retten wird. Zwölfter August. Portland, Oregon. Billy Jenkins. Er wächst zu einem hervorragenden medizinischen Technologen heran, dessen Erfindungen die Behandlung von Kranken revolutionieren wird ...«*

Jim begegnete Hollys Blick und begriff sofort, was sie dachte – die gleichen Gedanken gingen ihm durch den Kopf. *Der Freund* war in einer gereizten Ich-zeig's-euch-Stimmung und nannte Einzelheiten, um seine extravaganten Behauptungen, das Schicksal der Menschheit zu beeinflussen, glaubwürdiger zu machen. Offenbar legte er großen Wert darauf, sie zu überzeugen. *Die Entität ist uns intellektuell so weit überlegen wie wir einer Feldmaus, aber trotzdem spielt unsere Meinung eine große Rolle für sie,* überlegte Jim. *Nun, daraus ergibt sich ein Vorteil für uns.*

Unterdessen fuhr das Wesen fort: *»Zwanzigster August. Mohavewüste, Nevada. Lisa und Susan Jawolski. Lisa wird ihrer Tochter Liebe und Zuneigung schenken und sie damit in die Lage versetzen, das ernste psychologische Trauma angesichts der Ermordung ihres Vaters zu überwinden und zur größten Politikerin in der ganzen Weltgeschichte heranzuwachsen. Susans Wirken wird zu einer Quelle der Erleuchtung und Vernunft für die Regierungspolitik. Dreiundzwanzigster August. Boston, Massachusetts. Nicholas O'Connor, vor der Explosion einer Starkstromstation gerettet. Er wächst zu einem Priester heran, der sein Leben den Armen in den Slums von Indien widmet ...«*

Der Versuch *des Freundes,* Hollys Kritik mit weniger grandiosen Versionen seines Eingreifens zu beantworten, war auf den ersten Blick als kindlich zu erkennen. Den Burkette-Jungen erwartete nicht die schwierige Aufgabe, die ganze Welt zu retten; er sollte nur zu einem guten Krankenpfleger werden. Nicholas O'Connor würde irgendwann den Beschluß fassen, den Notdürftigen zu helfen. Aber die anderen waren noch immer großartig und wiesen irgendwelche einzigartigen Fähigkeiten auf. Das Wesen sah nun die Notwendigkeit ein, die erhabene Geschichte glaubwürdiger zu präsentieren, doch es konnte sich nicht dazu durchringen, die Bedeutung seiner angeblichen Leistungen nennenswert zu schmälern.

Es gab noch etwas anderes, das Jim beunruhigte: die Stimme. Je länger er ihr lauschte, desto deutlicher wurde der Eindruck, daß er sie schon einmal gehört hatte, nicht in diesem Zimmer vor fünfundzwanzig Jahren, auch nicht in einem vergleichbaren Zusammenhang. Natürlich handelte es sich um eine angenommene Stimme, denn in seinem natürlichen Zustand besaß das Geschöpf sicher keine organischen Komponenten, die den menschlichen Stimmbändern ähnelten – seine biologische Struktur mußte völlig anders beschaffen sein. Der Bariton, den die Wesenheit wie ein Imitator in einer kosmischen Cocktailbar nachahmte, erinnerte Jim an jemanden, aber so sehr er auch nachdachte – der Name fiel ihm nicht ein.

»Sechsundzwanzigster August. Dubuque, Iowa. Christine und Casey Dubrowek. Christine bringt ein zweites Kind zur Welt, den größten Genetiker des nächsten Jahrhunderts. Casey wird eine außergewöhnlich gute Lehrerin, die das Leben ihrer Schüler nachhaltig beeinflußt und niemals in dem Ausmaß versagt, daß jemand Selbstmord begeht.«

Jim hatte das Gefühl, als sei ihm gerade ein Hammer an die Brust geprallt. Dieser verletzende Vorwurf, der ihm galt und sich auf Larry Kakonis bezog, erschütterte seinen Glauben an die grundsätzlich guten Absichten *des Freundes.*

»Verdammt, das war ein Schlag unter die Gürtellinie«, sagte Holly.

Die Boshaftigkeit der Wesenheit bestürzte Jim, weil er so sehr an ihr positives Werk glauben wollte.

Das funkelnde, bernsteinfarbene Licht wogte schneller durch die Wände, als freue sich *der Freund* über die Wirkung seiner letzten Bemerkung.

Tiefe Verzweiflung zitterte in Jim, und einige Sekunden lang zog er sogar die Möglichkeit in Betracht, daß die Wesenheit im Teich überhaupt nicht gut war, sondern das Böse an sich darstellte. Vielleicht sollten die Personen, die er seit dem fünfzehnten Mai gerettet hatte, der Menschheit nicht etwa helfen, sondern ihr schaden.

Vielleicht wuchs Nicholas O'Connor zu einem Massenmörder heran. Vielleicht wurde Billy Jenkins ein Bomberpilot, der überschnappte und einen Weg fand, alle Sicherheitsschranken des Systems zu neutralisieren, um einige Atombomben über einer Großstadt abzuwerfen. Vielleicht stand Susie Jawolski keine steile politische Karriere bevor; vielleicht wurde sie zu einer radikalen Aktivistin, die Bomben in den Konferenzzimmern von Aufsichtsräten versteckte und alle Andersdenkenden über den Haufen schoß.

Doch während Jim am Rand dieser schwarzen Schlucht taumelte, zeigte ihm sein Gedächtnis das Bild der jungen Susie Jawolski, ein Gesicht, das reine Unschuld symbolisierte. Es erschien ihm absurd, daß sie einen negativen Einfluß auf das Leben ihrer Familie und Nachbarn haben würde. Er *hatte* Gutes bewirkt, und das galt auch für *den Freund,* ob er verrückt war oder nicht – und selbst wenn er grausam sein konnte.

Holly wandte sich an das Wesen in der Wand. »Wir haben weitere Fragen.«

»Stellt sie mir. Ich höre.«

Holly blickte auf den Block, und Jim hoffte inständig, daß sie weniger aggressiv vorging. Er spürte, daß *der Freund* labiler war als bei den ersten Kontakten.

Holly holte tief Luft. »Warum hast du Jim als dein Instrument gewählt?«

»Er eignete sich.«

»Weil er auf der Farm lebte?«

»Ja.«

»Hast du jemals durch einen anderen Menschen gewirkt, um bestimmte Personen zu retten?«

»Nein.«

»Nicht ein einziges Mal in zehntausend Jahren?«

»Ist das eine Fangfrage? Willst du mich irgendwie hereinlegen? Glaubst du mir noch immer nicht, obwohl ich die Wahrheit sage?«

Holly sah Jim an, und er schüttelte den Kopf. Er hielt dies nicht für den geeigneten Zeitpunkt, um sich auf eine verbale Auseinandersetzung mit dem Wesen einzulassen. Vorsicht war nicht nur die Mutter der Porzellankiste, sondern auch ihre beste Hoffnung aufs Überleben.

Dann fragte er sich, ob das Wesen auch seine Gedanken lesen konnte. Vielleicht beschränkten sich die Fähigkeiten *des Freundes* nicht nur darauf, seinem Bewußtsein Botschaften zu übermitteln, die zukünftige Ereignisse betrafen. *Nein, unmöglich,* fuhr es ihm durch den Sinn. *Wenn es wirklich imstande wäre, unsere Gedanken zu erfassen, wüßte es jetzt, daß wir es für verrückt halten und versuchen, es nicht zu verärgern.*

»Entschuldige«, sagte Holly. »Es war keine Fangfrage. Wir möchten nur mehr über dich erfahren. Du faszinierst uns. Wenn wir Fragen stellen, die dich beleidigen ... Versuch bitte zu verstehen, daß keine Absicht dahintersteckt, nur Unwissenheit.«

Der Freund antwortete nicht.

Das Licht pulsierte langsamer im Kalkstein. Jim begriff, daß er zu falschen Schlüssen gelangen konnte, wenn er das Verhalten der Wesenheit auf der Grundlage von menschlichen Konzepten interpretierte, aber die veränderten Muster und das etwas trübere Leuchten schienen darauf hinzudeuten, daß *der Freund* grübelte. Er dachte über die letzten Worte Hollys nach und versuchte zu entscheiden, ob sie ehrlich gemeint waren oder nicht.

Schließlich erklang der Bariton erneut, diesmal deutlich sanfter. *»Stellt eure Fragen.«*

Holly sah auf den Block. »Wirst du jemals darauf verzichten, Jim weitere Aufträge zu geben?«

»Will er nicht mehr mit Rettungsmissionen beauftragt werden?«

Holly richtete ihren Blick auf Jim.

Während der vergangenen Monate hatte er viel durchgemacht, und deshalb überraschte es ihn, als er antwortete: »Wenn ich wirklich etwas Gutes bewirke, möchte ich weiterhin dein Werkzeug sein.«

»Das ist tatsächlich der Fall. Wie kannst du daran zweifeln? Aber ganz gleich, ob du meine Absichten für gut oder böse hältst – ich würde dich nicht freigeben.«

Der düsterer Klang dieses Hinweises verdrängte Jims Erleichterung darüber, daß er nicht das Leben zukünftiger Mörder und Diebe gerettet hatte.

»Warum ...«, begann Holly.

Der Freund unterbrach sie. *»Es gibt auch noch einen anderen Grund, warum ich Jim Ironheart gewählt habe.«*

»Und der wäre?« fragte Jim.

»Du hast eine Aufgabe gebraucht.«

»Ach?«

»Damit dein Leben einen Sinn bekommt.«

Jim verstand plötzlich. Er fürchtete sich noch immer vor der Wesenheit, aber gleichzeitig rührte es ihn, daß sie ihm helfen wollte.

Indem sie seiner zerstörten und leeren Existenz Bedeutung verlieh, rettete sie ihn ebenso wie Billy Jenkins, Susie Jawolski und all die anderen. *Ihnen drohte ein unmittelbarer Tod, mir ein langsames, qualvolles Sterben der Seele,* dachte Jim. Diese Auskunft des Wesens legte die Fähigkeit nahe, Mitleid zu empfinden. Und Jim wußte, daß er nach Larry Kakonis' Selbstmord Mitleid verdient hatte, als er irrationalen Depressionen zum Opfer fiel, immer tiefer in Verzagtheit versank. Das Mitgefühl beeindruckte Jim weitaus stärker, als er erwartet hätte. Tränen stiegen ihm in die Augen.

»Warum hast du zehntausend Jahre lang gewartet, um jemanden wie Jim zu wählen und durch ihn Einfluß auf menschliche Schicksale zu nehmen?« fragte Holly.

»Zuerst mußte ich mich gründlich mit der hiesigen Situation beschäftigen, Daten sammeln und analysieren. Erst dann konnte ich entscheiden, ob mein Eingreifen klug ist oder nicht.«

»Und diese Entscheidung nahm zehn Jahrtausende in Anspruch? Warum? Das ist mehr Zeit, als die bekannte und belegte Geschichte der Menschheit umfaßt.«

Keine Antwort.

Holly wiederholte die Frage.

Schließlich erklang erneut die Stimmes des Wesens. *»Ich gehe jetzt.«* Vielleicht wollte es nicht, daß man sein Mitleid für ein Zeichen von Schwäche hielt, denn es fügte hinzu: *»Wenn ihr versucht, die Mühle zu verlassen, droht euch der Tod.«*

»Wann kehrst du zuruck?« erkundigte sich Holly.

»Schlaft nicht.«

»Früher oder später müssen wir schlafen«, sagte Holly, als aus dem bernsteinfarbenen Licht ein dunkles Rot wurde, wodurch der Eindruck entstand, daß sich die Wände der hohen Kammer in Blut verwandelten.

»Schlaft nicht.«

»Es ist zwei Uhr mitten in der Nacht.«

»Träume sind Tore.«

Ärger blitzte in Hollys Augen. »Wir können nicht für immer wach bleiben, verdammt!«

Das Licht im Kalkstein erlosch.

Der Freund war fort.

Irgendwo lachten Menschen. Irgendwo erklang Musik, zu der Männer und Frauen tanzten. Irgendwo näherten sich Liebende mit rhythmischen Bewegungen der Ekstase.

Doch in der hohen Kammer, in der einst Korn gelagert hatte, verdichteten sich die Schatten des Unheils, und es herrschte eine ernste, bedrückte Stimmung.

Holly haßte es, hilflos zu sein. Während ihres ganzen Lebens als Erwachsene war sie eine Frau der Tat gewesen, obgleich viele ihrer Handlungen eine eher destruktive Wirkung gehabt hatten. Wenn sie keinen Gefallen mehr an einem bestimmten Job fand, kündigte sie einfach und sah sich nach einer neuen Tätigkeit um. Wenn eine Beziehung Probleme schuf oder auch nur uninteressant wurde, zerriß sie das Band der Partnerschaft. Sie wich häufig Schwierigkeiten aus – zum Beispiel ihrer Verantwortung als gewissenhafter Reporterin, als sie sich der Erkenntnis stellen mußte, daß der Journalismus ebenso dubios war wie alles andere; sie ging keimender Liebe, Verpflichtungen jeder Art aus dem Weg –, aber selbst das Ausweichen kam einem Handeln gleich. Jetzt stand ihr nicht einmal mehr diese Möglichkeit offen.

Zumindest einen guten Effekt hatte *der Freund* auf sie: Er zwang sie dazu, sich diesem Problem zu stellen.

Eine Zeitlang erörterten Jim und sie die jüngste Erscheinung der Wesenheit und nahmen sich dann die übrigen Fragen auf der Liste vor, änderten und erweiterten sie. Durch das letzte Gespräch mit *dem Freund* hatten sie einige interessante und vielleicht auch nützliche Informationen bekommen. Für das einschränkende *vielleicht* gab es einen guten Grund: sie wußten noch immer nicht, ob ihnen *der Freund* die Wahrheit sagte.

Um Viertel nach drei waren sie zu müde, um zu stehen, hatten aber auch bereits so lange gesessen, daß ihre Allerwertesten mit dumpfem Schmerz protestierten. Holly und Jim krochen in die Schlafsäcke, streckten sich nebeneinander aus und starrten an die gewölbte Decke.

Um nicht einzuschlafen, stellten sie die Gaslampe auf höchste Leuchtstärke. Sie sprachen leise miteinander, während sie auf die Rückkehr *des Freundes* warteten. Bei ihren Unterhaltungen ging es nicht um wichtige Dinge; sie brauchten nur etwas, um gedanklich beschäftigt zu bleiben. Es war schwierig, mitten in einem Gespräch einzuschlafen, und wenn das doch geschah ... Der andere würde es merken, weil eine Antwort ausblieb. Sie hielten sich an den Händen – Hollys rechte Hand ruhte in Jims linker. Falls jemand während einer kurzen Pause der Konversation dem Schlaf anheimfiel, so spürte es der Partner durch eine Lockerung des Griffs.

Holly rechnete nicht damit, daß es ihr übermäßig schwer fiele, auch weiterhin wach zu bleiben. In ihrer Collegezeit hatte sie die ganze Nacht über in Fachbüchern gelesen, wenn ihr am nächsten Tag eine wichtige Prüfung bevorstand; manchmal war sie ohne große Mühe sechsunddreißig Stunden lang auf den Beinen gewesen. Während der ersten Jahre als Reporterin, als sie noch geglaubt hatte, daß der Journalismus eine wichtige Rolle für sie spiele, arbeitete sie auch mitten in der Nacht an einer Story, grübelte über den Ergebnissen ihrer Recherchen, lauschte noch einmal aufgezeichneten Interviews oder feilte an Formulierungen.

Auch später schlug sie sich dann und wann eine Nacht um die Ohren, manchmal nur deshalb, weil sie gelegentlich an Schlaflosigkeit litt. Sie war von Natur aus eine Nachteule. Hier in der Windmühle darauf zu verzichten, die Augen zu schließen und zu schlafen – ein Klacks.

Erst vor knapp vierundzwanzig Stunden war sie in Laguna Niguel aus einem Alptraum erwacht – aber trotzdem spürte sie nun, wie sich ihr der Sandmann näherte. Sie hatte außerordentlich aktive Tage hinter sich, und hinzu kamen erhebliche persönliche Veränderungen, die ebenfalls an den Kräften zehrten. Und dann die Träume, die ihr des Nachts keine Ruhe schenkten.

Träume sind Tore.

Das Schlafen war gefährlich. Sie mußte unbedingt wach bleiben. Verdammt, sie sollte nicht so schrecklich müde sein, trotz der jüngsten Ereignisse und den mit ihnen einhergehenden Anspannungen. Holly versuchte, das Gespräch mit Jim fortzusetzen, obgleich sie immer wieder den Faden verlor und Mühe hatte, ihre eigenen Worte zu verstehen. *Träume sind Tore.* Sie fühlte sich wie von Drogen betäubt. Oder verdankte sie ihre Benommenheit *dem Freund*? Betätigte er nach der Warnung vor dem Schlaf einen narkoleptischen Schalter in ihrem Gehirn? *Träume sind Tore.* Sie kämpfte gegen die heranflutende Schwärze an, schaffte es jedoch nicht, sich aufzusetzen – oder die Augen zu öffnen. Ihre Lider waren geschlossen; das merkte sie erst jetzt. *Träume sind Tore.* Es regte sich keine Panik in ihr. Der Zauber des Sandmanns sorgte dafür, daß ihre Gedanken weiter zerfaserten, und gleichzeitig spürte sie, wie das Herz heftiger schlug. Ihre Finger lösten sich von Jims Hand. Bestimmt reagierte er gleich darauf und weckte sie, hinderte sie daran, tiefer in das warme Dunkel zu sinken, das sie mit wohltuendem Vergessen empfing. Aber sein Griff lockerte sich ebenfalls; auch er gab dem Bann des Sandmanns nach.

Holly trieb in Finsternis.

Sie glaubte sich beobachtet.

Ein Gefühl, das sowohl beruhigte als auch erschreckte.

Irgend etwas bahnte sich an. Holly war sich dessen ganz sicher.

Doch eine Zeitlang geschah nichts. Die Dunkelheit blieb form- und gestaltlos.

Dann begriff Holly, daß eine Mission auf sie wartete.

Nein, das konnte nicht stimmen. *Der Freund* beauftragte Jim, sonst niemanden.

Eine Mission. *Ihre* Mission. Eine eigene Mission stand ihr bevor. Und sie war sehr wichtig. Ihr Leben hing davon ab, ob sie der Aufgabe gerecht wurde. Auch Jims Leben. Die Existenz der ganzen Welt stand auf dem Spiel.

Doch die Dunkelheit zeigte keine Veränderungen.

Holly trieb. Es fühlte sich gut an.

Sie schlief und schlief.

Irgendwann in der Nacht begann sie zu träumen. Es handelte sich um einen besonders eindrucksvollen Traum – alle Bremsen des Schreckens waren gelöst –, aber er stand in keinem ersichtlichen Zusammenhang mit der Mühle oder *dem Feind.* Er erwies sich als weitaus schlimmer, entsetzte mit erbarmungslosen Details. Während der Visionen empfand Holly ein Grauen, auf das sie nichts vorbereitet hatte, nicht einmal die Schrecken an Bord der auseinandergebrochenen DC-10.

Kühle Fliesen. Sie liegt unter einem Tisch. Auf der Seite. Starrt über den Boden. Direkt vor ihr ein Stuhl aus Metallröhren und orangefarbenem Kunststoff. Unter dem Stuhl eine Mischung aus Pommes frites und einem Cheeseburger. Das Fleisch ist halb zwischen den beiden Hälften des Brötchens hervorgerutscht, liegt auf einem mit Ketchup beschmierten Salatblatt. Dann eine ältere Frau, die ebenfalls auf dem Boden liegt, den Kopf halb zu Holly gedreht. Sie sieht an den Stuhlbeinen vorbei, über die Pommes frites und den Cheeseburger hinweg, Überraschung zeigt sich in ihrem Gesicht, sie starrt und starrt, ohne zu blinzeln, und Holly stellt fest, daß ein Auge der alten Frau gar kein Auge mehr ist, sondern ein leeres Loch, aus dem Blut tropft. Oh, oh, es tut mir leid, so leid. Holly vernimmt ein gräßliches Geräusch, *Ra-ta-ta-ta-ta-ta-ta-ta,* sie erkennt es nicht, hört Menschen schreien, viele Menschen, *Ra-ta-ta-ta-ta-ta-ta-ta,* noch immer Schreie, aber nicht mehr so viele wie vorher, Glas zerbricht, Holz splittert, ein Mann, der wie ein Bär brüllt, wütend und zornig brüllt, *Ra-ta-ta-ta-ta-ta-ta-ta.* Holly weiß nun: Es sind Schüsse, und sie stammen aus einer automatischen Waffe. Sie möchte diesen Ort verlassen, dreht sich um, weil sie nicht an der alten Frau mit dem zerschossenen Auge vorbeikriechen will, doch, o Gott – hinter ihr liegt ein kleines Mädchen auf dem Boden, etwa acht Jahre alt, es trägt ein rosarotes Kleid, Lackschuhe und weiße Socken, ein kleines Mädchen mit weißblondem Haar, ein kleines Mädchen mit, ein kleines Mädchen mit, ein kleines Mädchen mit Lackschuhen, ein kleines Mädchen mit, ein kleines Mädchen mit, ein kleines Mädchen mit weißen Socken, ein kleines Mädchen mit, ein kleines Mädchen mit mit mit mit *mit nur einem halben Gesicht.* Der Rest ist eine blutige, zerfetzte Masse. Ein rotes Lächeln. Ein schiefes, erstarrtes Lächeln mit weißen Zahnstummeln. Schluchzen, Weinen, Schreie und *Ra-ta-ta-ta-ta-ta-ta,* es hört nicht auf, es geht immer weiter, was für ein schreckliches Geräusch: *Ra-ta-ta-ta-ta-ta-ta.* Holly setzt sich wieder in Bewegung, kriecht auf Händen und Knien, fort von der alten Frau und dem kleinen Mädchen mit dem zerschossenen Gesicht. Ihre Finger berühren warme Pommes frites, ein Brötchen mit heißem Fisch, öligem Senf, aber sie rutscht weiter, immer weiter, bleibt unter den Tischen, zwischen den Stühlen, und dann fühlt sie die kalte Feuchtigkeit einer vergossenen Coke, und als sie das Dixie-Duck-Bild auf dem nahen Pappbecher sieht, weiß sie plötzlich, wo sie sich befindet – sie ist in einem Dixie Duck Burger Palace, an einem Ort, den sie sehr gern besucht. Jetzt schreit niemand mehr, vielleicht haben sich die Leute daran erinnert, daß man in einem Dixie Duck nicht schreit, aber jemand schluchzt und stöhnt, und jemand anderes sagt immer wieder Bitte-bitte-bitte-bitte. Holly kriecht unter einem anderen Tisch hervor und sieht einen kostümierten Mann, der zwei oder drei Meter entfernt steht und ihr halb den Rücken zukehrt, und sie glaubt, das alles sei vielleicht nur ein Scherz, eine Art Halloween-Show. Aber bis Halloween dauert es noch eine Weile. Trotzdem trägt der Mann ein *Kostüm* aus Kampfstiefeln, wie man sie bei einem G.I. erwartet, eine Hose mit Tarnflecken, ein schwarzes Hemd und eine Mütze wie die Green Berets, aber diese ist schwarz, es muß ein Kostüm sein, denn er ist kein richtiger Soldat, kann kein richtiger Soldat sein, denn der dicke Bauch hängt ihm über den Gürtel, und er hat sich seit einer Woche nicht rasiert, Soldaten rasieren sich regelmäßig, er trägt nur die Sachen eines Soldaten. Ein Mädchen kniet vor ihm auf dem Boden, einer der Teenager, die im Dixie Duck arbeiten, das hübsche Mädchen mit dem roten Haar – es zwinkerte Holly zu, als es die Bestellung aufnahm, und jetzt kniet es vor dem Mann in der Soldatenkleidung, mit gesenktem Kopf, wie im Gebet, aber es sagt nur immer Bitte-bitte-bitte-bitte. Der Mann schreit etwas von der CIA und Bewußtseinskontrolle und geheimen Spionagegruppen, die vom Dixie Duck aus geleitet werden. Dann schreit er plötzlich nicht mehr und starrt eine Zeitlang auf das rothaarige Mädchen hinab, er mustert es stumm, und schließlich sagt er Sieh-mich-an, und das Mädchen antwortet nur Bitte-bitte-bitte-nicht, und er knurrt noch einmal Sieh-mich-an, und daraufhin hebt das Mädchen den Kopf und sieht ihn an, und er sagt Hältst-du-mich-etwa-für-blöd? Das Mädchen hat Angst, schreckliche Angst, und es sagt Nein-bitte-ich-weiß-überhaupt-nichts-davon, und der Mann sagt Du-weißt-ganz-genau-wovon-ich-rede, und er läßt die große Waffe sinken, zielt direkt auf das Gesicht des Mädchens, die Mündung ist nur ein oder zwei Zentimenter davon entfernt. Es sagt O-mein-Gott-o-mein-Gott, und er sagt Du-gehörst-zu-den-verdammten-Spionen, und Holly ist sicher, daß der Mann nun die Waffe beiseite legt und lacht, daß sich die anderen Leute nur tot gestellt haben und jetzt wieder aufstehen, daß der Geschäftsführer kommt und den Applaus für die Halloween-Show entgegennimmt, aber es ist gar nicht Halloween. Dann krümmt sich der Finger des Mannes um den Abzug, und das Mädchen verschwindet. Holly dreht sich um und kriecht in die Richtung zurück, aus der sie kommt, sie bewegt sich schnell und versucht zu fliehen, bevor der Mann sie bemerkt, denn er ist verrückt, ja, er ist wahnsinnig. Hollys Hände und Knie glitschen durch Pommes frites und vergossene Coke, als sie sich an dem kleinen Mädchen mit dem rosaroten Kleid vorbeischiebt, durch sein Blut, und sie betet zu Gott, daß der Verrückte sie nicht hört. *Ra-ta-ta-ta-ta-ta-ta-ta!* Aber offenbar schießt er in eine andere Richtung, denn die Kugeln schlagen nicht in ihrer Nähe ein, sie setzt den Weg fort, kriecht über einen Toten, Eingeweide quellen aus seinem aufgerissenen Bauch, sie hört jetzt Sirenen, die draußen heulen, Polizisten kommen, um dem Verrückten das Handwerk zu legen. Dann kracht etwas hinter Holly, ein Tisch stürzt um, und das Geräusch ist so nahe, daß sie sich umdreht und den Mann sieht, der Verrückte kommt direkt auf sie zu und weiß ganz genau, wo sie sich befindet. Sie klettert über eine erschossene Frau weg, und dann ist sie in einer Ecke, auf dem Schoß eines toten Mannes, in den Armen eines toten Mannes, und es gibt keinen Ausweg mehr, denn der Wahnsinnige nähert sich. Er wirkt so entsetzlich, so böse und grauenhaft, daß sie nicht beobachten kann, wie er sich nähert, sie will nicht sehen, wie er die Waffe auf sie richtet, so wie auf das rothaarige Mädchen, und deshalb dreht sie den Kopf zur Seite, blickt in das Gesicht des Toten ...

Holly erwachte aus diesem Traum, wie sie noch nie zuvor aus einem anderen erwacht war. Sie schrie nicht, und es steckte auch kein Schrei in ihrer Kehle fest. Statt dessen schnappte sie nach Luft, rollte sich zusammen, schlang die Arme um die Knie, bebte am ganzen Leib und keuchte aus reinem Abscheu.

Jim lag auf der Seite, mit dem Rücken zu ihr. Er hatte ebenfalls die Beine angezogen, nahm eine Art Fötusposition ein und schlief.

Als Holly wieder zu Atem kam, setzte sie sich langsam auf. Sie zitterte noch immer so heftig, daß sie glaubte, das Klappern ihrer Knochen zu hören.

Sie war froh, nach den längst verdauten Schokoladekeksen am letzten Abend nichts mehr gegessen zu haben. Andernfalls hätte sie sich jetzt übergeben.

Holly beugte sich vor und schlug die Hände vors Gesicht. Eine Zeitlang blieb sie stumm sitzen, bis aus dem Zittern ein Schaudern wurde, bis auch das Schaudern nachließ und sie nur noch fröstelte.

Als sie die Hände sinken ließ, sah sie Tageslicht hinter den schmalen Fenstern der hohen Kammer. Es handelte sich um ein trübes, graurotes Glimmen, nicht den grellen Glanz einer bereits hoch am Himmel stehenden Sonne, aber es kündigte einen neuen Tag an. Erleichterung durchströmte Holly, und sie begriff plötzlich, daß sie gar nicht damit gerechnet hatte, die Nacht zu überleben.

Sie warf einen Blick auf ihre Armbanduhr. Zehn Minuten nach sechs. Die Morgendämmerung hatte erst vor kurzer Zeit begonnen. Sie konnte höchstens zwei oder zweieinhalb Stunden geschlafen haben. Es war schlimmer als eine völlig schlaflose Nacht – Holly fühlte sich überhaupt nicht ausgeruht.

Der Traum. Vielleicht hatte *der Freund* seine telepathischen Fähigkeiten benutzt, um sie gegen ihren Willen einschlafen zu lassen. Und die ungewöhnliche Intensität des Alptraums deutete darauf hin, daß dieser gräßliche Gedankenfilm ebenfalls von *ihm* stammte.

Warum?

Jim murmelte leise und bewegte sich, blieb dann wieder still liegen, atmete ruhig und gleichmäßig. Wahrscheinlich träumte er etwas anderes, denn sonst hätte er gewimmert und geschrien, wie jemand auf der Folterbank.

Holly überlegte und fragte sich, ob ihr Traum einer prophetischen Vision gleichkam. Wies *der Freund* darauf hin, daß sie irgendwann einen Dixie Duck Burger Palace aufsuchen und dort durch verstreute Pommes frites und Blut kriechen würde, auf der Flucht vor einem Wahnsinnigen, der mit einer automatischen Waffe schoß?

Sie lebte in einer Gesellschaft, auf deren Straßen die Opfer der Drogenkriege lagen, in der es von vollkommen ausgerasteten Verrückten wimmelte, die jederzeit nach einem Revolver greifen und wild um sich schießen konnten. Vielleicht kam tatsächlich jemand von ihnen auf die absurde Idee, es gebe ein geheimes Spionagenetz, das von Burger-Restaurants aus geleitet wurde. Holly hatte viele Jahre lang in Zeitungsredaktionen gearbeitet und Stories gelesen, die nicht weniger tragisch und kaum seltsamer waren.

Nach etwa fünfzehn Minuten ertrug sie es nicht mehr, noch länger über den Alptraum nachzudenken. Die Analyse erleichterte es ihr keineswegs, die Schreckensvisionen hinzunehmen oder sie zu vergessen. Statt dessen nahm ihre Verwirrung immer mehr zu. Die Erinnerungsbilder des Massakers verblaßten nicht, wie es normalerweise bei einem Traum der Fall war; sie schienen sogar noch deutlicher zu werden. Holly versuchte nicht mehr, ihren Sinn zu verstehen.

Jim schlief, und sie spielte mit dem Gedanken, ihn zu wecken. Aber er brauchte die Ruhe ebenso dringend wie sie. Es fehlten Anzeichen dafür, daß *der Feind* seinen Traum als ein Tor benutzte – in den Kalksteinwänden und den Bodendielen veränderte sich nichts –, und deshalb beschloß Holly, ihn schlafen zu lassen.

Als sie sich im Zimmer umsah und die Wände betrachtete, fiel ihr Blick auch auf den Schreibblock, der vor einem Fenster auf dem Boden lag. Sie hatte ihn am vergangenen Abend fortgeworfen, als es *der Freund* zunächst ablehnte, zu ihnen zu sprechen, und darauf bestand, schriftlich Auskunft zu geben. Holly dachte plötzlich an die niedergeschriebenen Fragen auf dem Block und fragte sich, ob sie alle beantwortet waren.

So leise wie möglich stand sie auf und durchquerte den Raum. Ganz vorsichtig belastete sie die Dielen mit ihrem Gewicht, um zu verhindern, daß sie unter ihr knarrten.

Als sie sich bückte, um den Block aufzuheben, hörte sie etwas, das sie erstarren ließ. Ein dumpfer Herzschlag erklang, mit einem zusätzlichen Pochen.

Erneut starrte sie zu den Wänden, dann zur gewölbten Decke hoch. Das Licht von den Fenstern und der Gaslampe genügte, um zu erkennen, daß der Kalkstein auch weiterhin Kalkstein blieb, daß sich das Holz nicht in eine transparente Substanz verwandelte.

Bumm-Bumm-BUMM, Bumm-Bumm-BUMM ...

Ein leises Geräusch, das in der Ferne zu erklingen schien, als schlüge irgendwo in den braunen Hügeln jemand auf eine Trommel.

Aber Holly begriff sofort. Keine Trommel. Es war der dreifache Herzschlag, der die Manifestation *des Feindes* begleitete, so wie die Glocken, die – abgesehen vom letzten Mal – den Besuch *des Freundes* angekündigt hatten.

Sie lauschte, und das dumpfe Pochen verhallte.

Holly spitzte die Ohren.

Stille.

Erleichtert griff sie nach dem Block und stellte dabei fest, daß ihre Hände noch immer leicht zitterten. Das Papier war zerknittert, und es knisterte, als Holly über die Blätter strich.

Jims gleichmäßiger Atem – ein leises, stetiges Zischen, dessen Rhythmus unverändert blieb.

Holly las die Zeilen auf der ersten Seite und nahm sich dann die zweite vor. Es handelte sich um die gleichen Auskünfte, die *der Freund* später auch verbal gegeben hatte – obwohl es natürlich keine Antworten auf die improvisierten Fragen gab. Sie überflog die Seiten drei und vier, auf denen die Namen der Personen standen, die Jim vor dem Tod bewahrt hatte: Carmen Diaz, Amanda Cutter, Steven Aimes, Laura Lenaskian und so weiter. Blockbuchstaben beschrieben die zukünftigen großartigen Leistungen der Geretteten beziehungsweise ihrer Kinder.

Bumm-Bumm-BUMM ... Bumm-Bumm-BUMM ... Bumm-Bumm-BUMM ...

Holly hob ruckartig den Kopf.

Das Geräusch kam noch immer aus der Ferne, war nicht lauter als vorher.

Jim stöhnte leise im Schlaf.

Holly wollte ihn wecken und wich einen Schritt vom Fenster zurück, aber das unheilverkündende Pochen verklang wieder. *Der Feind* schien irgendwo in der Nähe zu sein, aber er hatte noch kein Tor im Traum des Schlafenden gefunden. Jim brauchte Ruhe und eine Gelegenheit, seine Kräfte zu erneuern – sonst klappte er irgendwann zusammen. Holly entschied erneut, ihn nicht zu stören.

Sie kehrte zum Fenster zurück, hielt den Antwort-Block ins Licht, sah auf die fünfte Seite – und spürte, wie sich ihre Nackenhaare aufrichteten. Ein kalter Schauer rann ihr über den Rücken.

Behutsam blätterte sie zu den nächsten Seiten, damit das Papier nicht lauter raschelte als unbedingt notwendig, ließ ihren Blick über die sechste, siebte und achte Seite schweifen. Dort zeigten sich die gleichen Zeilen. Deutlich erkannte Holly die krakelige Schrift *des Freundes,* mit der er seine Botschaften schrieb, als er seinen Worte-steigen-wie-durch-Wasser-auf-Trick benutzte. Aber diesmal waren es keine Antworten auf die vorbereiteten Fragen. Zwei verschiedene Bemerkungen wiederholten sich, ohne Satzzeichen, jeweils dreimal auf jeder Seite.

ER LIEBT DICH HOLLY
ER WIRD DICH TÖTEN HOLLY
ER LIEBT DICH HOLLY
ER WIRD DICH TÖTEN HOLLY
ER LIEBT DICH HOLLY
ER WIRD DICH TÖTEN HOLLY

Sie starrte auf diese wie zwanghaft wiederholte Mitteilung hinab und wußte, daß mit ›er‹ nur Jim gemeint sein konnte. Sie konzentrierte sich allein auf die fünf haßerfüllten Worte und versuchte, sie zu verstehen.

Und plötzlich glaubte sie, einen Sinn darin zu erkennen. *Der Freund* wies darauf hin, daß er sich in seinem Wahnsinn gegen sie wenden konnte. Vielleicht haßte er sie, weil sie Jim zur Mühle gebracht hatte, weil sie ihn veranlaßte, nach Antworten zu suchen, weil sie ihn von seinen Missionen ablenkte. *Der Freund* stellte die gesunde Hälfte der fremden Wesenheit dar. Wenn er Kontakt mit Jims Bewußtsein aufnehmen und ihn dazu bringen konnte, bestimmten Menschen das Leben zu retten – war dann die dunkle Seite, *der Feind,* in der Lage, solchen Einfluß auf ihn zu nehmen, daß er tötete? Vielleicht verzichtete der irrsinnige Persönlichkeitsaspekt darauf, noch einmal zu materialisieren, so wie Freitagnacht im Motel und gestern morgen im Schlafzimmer. Vielleicht wählte er Jim als Werkzeug gegen Holly. Vielleicht unterwarf er ihn völlig seinem Willen, um ihn in einen erbarmungslosen Killer zu verwandeln. Das hätte den kindlich-verrückten Faktor im Selbst der Wesenheit sicher mit Genugtuung erfüllt.

Holly schüttelte sich heftig, als wehre sie eine lästige Wespe ab.

Nein. Unmöglich. In Ordnung, Jim konnte töten, um unschuldige Menschen zu schützen. Aber er war bestimmt nicht imstande, jemanden umzubringen, den er liebte. Kein fremder Geist – ganz gleich, wie mächtig – hatte die Möglichkeit, seine wahre Natur zu unterjochen. Der Kern seines Ichs bestand aus Sanftmut, Güte und Herzlichkeit. *Er liebt mich,* dachte Holly. *Und diese Kraft ist stärker als alles andere, stärker auch als der Wahnsinn des fremden Wesens.*

Aber woher wollte sie das wissen? Sie verfiel in Wunschdenken. Sie mußte von einer gewaltigen mentalen Macht der Wesenheit ausgehen. *Wenn sie mich jetzt dazu auffordern würde, in den Teich zu springen, um dort zu ertrinken – vermutlich bliebe mir gar nichts anderes übrig, als dem Befehl zu gehorchen.*

Sie erinnerte sich an Norman Rink, an den Lebensmittelladen in Atlanta. Jim hatte mit seiner Schrotflinte achtmal auf den Mörder geschossen, selbst als er bereits tot war.

Bumm-Bumm-BUMM, Bumm-Bumm-BUMM ...

Nach wie vor weit entfernt.

Jim stöhnte erneut.

Holly wandte sich wieder vom Fenster ab, fest entschlossen, ihn zu wecken. Sie wollte gerade seinen Namen rufen, als ihr einfiel, daß *der Feind* vielleicht schon sein Denken und Fühlen bestimmte. Träume sind Tore. Es gab keinen Hinweis darauf, was *der Freund* damit meinte – oder ob diese Warnung nur Eindruck schinden sollte, so wie das Läuten der Glocken. Aber vielleicht bedeuteten diese drei Worte, daß *der Feind* in den Traum des Schlafenden und damit auch in sein Bewußtsein eindringen konnte. Vielleicht beabsichtigte *der Feind* diesmal nicht, aus der Wand zu materialisieren. Vielleicht ging es ihm darum, Jim völlig zu beherrschen, ihn als Mordinstrument zu verwenden.

Bumm-Bumm-BUMM, Bumm-Bumm-BUMM ...

Etwas lauter. Ein wenig näher?

Holly befürchtete, allmählich den Verstand zu verlieren. Sie wurde paranoid, schizoid, schnappte über – und dann war sie nicht besser dran als *der Freund* und seine andere Hälfte. Mit wachsender Verzweiflung versuchte sie, einen völlig fremden Geist zu verstehen, und je mehr sie über die verschiedenen Möglichkeiten nachdachte, desto seltsamer und verwirrender erschienen sie ihr. In einem unendlichen Universum ist alles möglich, kann jeder Alptraum greifbare Substanz gewinnen. In einem unendlichen Universum kam daher das Leben im wesentlichen einem Traum gleich. Wenn man in einer Situation, die mit unmittelbarem Tod drohte, über so etwas nachzudenken begann, versetzte man seiner psychischen Stabilität einen harten Schlag.

Bumm-Bumm-BUMM, Bumm-Bumm-BUMM . . .

Holly konnte sich nicht von der Stelle rühren.

Sie wartete.

Das dreifache Pochen verklang wieder.

Holly ließ den angehaltenen Atem entweichen und preßte sich neben dem Fenster an die Wand. Ihre Furcht galt jetzt nicht mehr dem Kalkstein, sondern in erster Linie Jim Ironheart. Sollte sie ihn wecken, wenn der sonderbare Herzschlag nicht zu hören war? Vielleicht weilte *der Feind* nur in seinem Traum – und damit in ihm –, wenn das Pochen erklang?

Innerlich hin und her gerissen, starrte sie auf den Block in ihren Händen. Einige Blätter waren zurückgerutscht und verdeckten den Blick auf die ER LIEBT DICH HOLLY / ER WIRD DICH TÖTEN HOLLY-Litanei. Statt dessen sah sie die Liste der Geretteten, daneben die prahlerischen Erklärungen *des Freundes,* mit denen er ihre Bedeutung beschrieb.

Sie las ›Steven Aimes‹ und dachte daran, daß *der Freund* während ihrer Gespräche nicht auf die Frage geantwortet hatte, warum dieser Mann vor dem Tod bewahrt worden war. Holly erinnerte sich deshalb an ihn, weil sein Alter – siebenundfünfzig – weit über das der anderen Personen hinausging. Die Worte unter dem Namen richteten ihr nicht nur die Nackenhaare auf, sondern formten eine Lanze aus Eis, die sie durchbohrte.

Jim – beziehungsweise die Wesenheit – hatte Steven Aimes nicht gerettet, weil ihm eine Zukunft als großer Diplomat, großer Künstler oder großer Arzt bevorstand. Er war nicht gerettet worden, weil er wichtige Beiträge für das Wohlergehen der Menschheit leisten würde. Die Erklärung bestand aus elf Worten, aus den schrecklichsten elf Worten, die Holly jemals gelesen hattey: WEIL ER WIE MEIN VATER AUSSIEHT, DEN ICH NICHT GERETTET HABE. Nicht ›wie *Jims* Vater‹ oder ›den *er* nicht gerettet hat‹, wie es die Wesenheit ausgedrückt hätte. MEIN VATER. DEN ICH NICHT GERETTET HABE.

Das unendliche Universum dehnte sich weiter aus, und nun entstand eine ganz neue Möglichkeit, offenbarte sich in den bedeutungsvollen Worten, die Steven Aimes Rettung kommentierten. Es ruhte kein Raumschiff auf dem Grund des Teichs. Es verbarg sich kein Außerirdischer auf der Farm, weder seit zehntausend Jahren noch seit zehn Tagen. *Der Freund* und *der Feind* existierten wirklich, aber sie waren nicht die Hälften, sondern jeweils das Drittel einer gespaltenen Persönlichkeit. Drei Teile, die eine Wesenheit bildeten, eine Wesenheit mit enormer, wundervoller und erschreckender Macht, eine Wesenheit, die einerseits göttlich anmutete und andererseits ebenso menschlich war wie Holly. Jim Ironheart. Jim, der als Zehnjähriger eine entsetzliche Tragödie erlebte. Jim, der das Trauma überwand, indem er Fantasievorstellungen von raumfahrenden Göttern entwickelte. Ein verrückter und gefährlicher Jim – der gleichzeitig gesund und liebevoll sein konnte.

Holly wußte nicht, woher die Macht stammte, die er zweifellos besaß, oder warum er sich gegen die Erkenntnis sträubte, daß sie in ihm wohnte und nicht etwa von einer extraterrestrischen Präsenz kam. Sie begriff nun, daß alles von ihm ausging, daß sich das Mysterium in ihm verbarg und nicht etwa im Teich, aber dadurch ergaben sich mehr Fragen als Antworten. Die Gründe dafür blieben ein Rätsel, aber wenigstens kannte Holly jetzt die Wahrheit. Später – wenn sie überlebte – bekam sie vielleicht Gelegenheit, die letzten Schleier von dem Geheimnis zu ziehen.

Bumm-Bumm-BUMM, Bumm-Bumm-BUMM ...

Näher. Aber nicht nahe.

Holly versteifte sich unwillkürlich und wartete darauf, daß sich das Pochen wiederholte und lauter wurde.

Jim bewegte sich im Schlaf. Er schnaufte und schmatzte leise, wie ein ganz gewöhnlicher Schläfer. Aber sein Bewußtsein bildete drei Persönlichkeiten. Mindestens zwei von ihnen verfügten über immense Fähigkeiten, und eine war in höchstem Maße gefährlich. Sie kam nun.

Bumm-Bumm-BUMM ...

Holly stand noch immer vor der Wand, den Rücken an kühlen Kalkstein gepreßt. Das Herz klopfte ihr bis zum Hals empor, und irgend etwas schnürte ihr die Kehle zu. Sie konnte kaum mehr schlucken.

Das dreifache Pochen verklang.

Stille.

Vorsichtig schob sich Holly an der gewölbten Mauer entlang. Kleine Schritte. Zur Seite. In Richtung der eisenbeschlagenen Tür. Sie wich nur weit genug von der Wand fort, um nach dem Trageriemen ihrer Handtasche zu greifen.

Je mehr sie sich der Treppe näherte, desto sicherer wurde sie, daß die Tür jeden Augenblick zufallen konnte, mit einem donnernden Krachen, das Jim weckte. Sie dachte daran, wie er sich aufsetzte und sie aus seinen blauen Augen ansah, aus Pupillen, die jede Wärme verloren hatten und frostig starrten. Schon zweimal hatte sie seinen eisigen Blick gespürt. Augen, in denen kaltes Feuer brannte.

Sie erreichte die Tür und trat rückwärts auf die oberste Stufe, beobachtete weiterhin den schlafenden Jim. Wenn sie auf diese Weise die Treppe hinunterging, ohne ein Geländer ... Irgendwann würde sie stolpern, fallen, sich ein Bein oder einen Arm brechen. Holly wandte sich von der hohen Kammer ab und eilte nach unten, achtete aber darauf, möglichst leise zu sein.

Das trübe Grau des Morgens kroch über die Fenster, aber im Erdgeschoß herrschte trügerische Dunkelheit. Holly führte keine Taschenlampe bei sich, und das Adrenalin in ihren Adern änderte nichts an der Finsternis. Vergeblich versuchte sie, sich daran zu erinnern, ob irgendwelche Dinge an der Wand standen. Wenn sie gegen etwas stieß und Geräusche verursachte, die Jim weckten ... Behutsam setzte sie den Weg fort, spürte dabei, wie ihr Rücken über die gewölbte Mauer strich. Der Zugang zur Vorkammer befand sich irgendwo auf der rechten Seite. Als sie nach links blickte, fiel es ihr schwer, die nach oben führende Treppe zu erkennen.

Sie tastete mit der rechten Hand über den Kalkstein, fühlte die Ecke und erreichte den kleinen, nischenartigen Raum. In der vergangenen Nacht war es hier völlig dunkel gewesen, aber jetzt drang das blasse Licht des Morgens durch die offene Tür.

Bedeckter Himmel. Ein angenehm kühler Augusttag.

Grau und unbewegt erstreckte sich der Teich neben der Mühle.

Insekten summten leise, es klang wie das statische Rauschen eines Radios, dessen Lautstärke man fast ganz heruntergedreht hatte.

Holly lief zum Ford und riß die Tür auf.

Ein Anflug von Panik erfaßte sie, als ihr die Autoschlüssel einfielen. Dann fühlte sie den Schlüsselbund in der Tasche ihrer Jeans; dort befanden sie sich, seit sie gestern das Bad im Farmhaus benutzt hatte. Ein Schlüssel für das Gebäude neben dem Schuppen, ein anderer für das Haus in Laguna Niguel, zwei für den Wagen – alle an einer schlichten Messingkette.

Holly legte Handtasche und Schreibblock auf den Rücksitz, nahm am Steuer Platz und ließ die Fahrertür offen – vielleicht hörte

Jim das Klacken. Sie war noch nicht in Sicherheit. Er konnte jeden Augenblick aus der Mühle stürmen, als willenloses Werkzeug *des Feindes* über den Kiespfad laufen und sie angreifen.

Ihre Hände zitterten, als sie den Schlüssel ins Zündschloß steckte. Sie zögerte kurz, drehte ihn, gab Gas und schluchzte fast vor Erleichterung, als der Motor aufheulte.

Mit einem jähen Ruck schloß sie die Tür, legte den Rückwärtsgang ein und steuerte den Ford am Teich vorbei. Die durchdrehenden Räder schleuderten Kies empor: kleine Steine schlugen mit lautem Hämmern ans Bodenblech.

Als Holly den breiten Bereich zwischen Farmhaus und Schuppen erreichte, wendete sie nicht etwa, sondern trat auf die Bremse. Sie starrte zur Windmühle, die sich nun auf der anderen Seite des Teichs befand.

Es gab kein Ziel für sie, das Geborgenheit versprach. Wohin sie auch floh – Jim würde sie finden. Er konnte in die Zukunft sehen, zumindest bis in einem gewissen Maß – und vielleicht zeigten ihm die Visionen so viele Einzelheiten, wie *der Freund* angedeutet hatte. Er konnte eine Trockenmauer in ein gräßliches, lebendes Monstrum verwandeln, Kalkstein zu einer transparenten Substanz metamorphieren und mit wogendem Licht füllen. Er konnte ein Ungeheuer in ihre Träume projizieren, in die Tür des Motelzimmers. Er konnte ihre Spuren verfolgen, sie finden, ihr eine Falle stellen. Er hatte ihr einen Platz in seiner von Wahn bestimmten Fantasiewelt gegeben, und wahrscheinlich wollte er nach wie vor, daß sie die ihr zugewiesene Rolle spielte. *Der Freund* in Jim – und Jim selbst – mochte bereit sein, sie gehen zu lassen. Aber die dritte Persönlichkeit – der mörderische Aspekt seines Ichs, *der Feind* – gierte nach ihrem Blut. Vielleicht hatte sie Glück. Vielleicht hinderten die zwei guten Aspekte in ihm den dritten daran, dominant zu werden, die Kontrolle zu übernehmen und mit der Jagd zu beginnen. Doch Holly bezweifelte das. Außerdem entsetzte sie die Vorstellung, während der nächsten Monate und Jahre darauf zu warten, daß sich eine Wand vorwölbte, einen Rachen bildete und ihr die Hand abbiß.

Ein weiteres Problem kam hinzu ...

Sie durfte Jim nicht im Stich lassen. Er brauchte sie.

Dritter Teil

DER FEIND

Von Kindesbeinen an
bin ich nicht gewesen,
wie andere waren.
Ich habe nicht gesehen,
wie andere sahen.

Allein, Edgar Allan Poe

Vibrationen in einem Draht,
Eiskristalle
in einem Herz, so hart.
Kaltes Feuer.

Die Kühle einer Seele:
Stahl, in Frost erstarrt,
finsterer Zorn, in Schwärze verharrt.
Kaltes Feuer.

Schutz vor
einem Leben in Not
vor Zwietracht und Tod:
Kaltes Feuer.

Das Buch Gezählten Leids

Der Rest des 29. August

1

Holly saß im Ford, starrte zur alten Windmühle und spürte eine Mischung aus Furcht und Freude. Die Freude verblüffte sie. Vielleicht ging die frohe Erregung auf den Umstand zurück, daß sie zum erstenmal in ihrem Leben etwas gefunden hatte, das einen Einsatz lohnte. Diesmal fehlte etwas Beiläufiges. Es handelte sich nicht um eine Bis-ich-mich-langweile-Verpflichtung. Hier und jetzt war sie bereit, ihr Leben zu riskieren, für Jim und jenen Mann, zu dem er als Gesunder werden konnte, für ihre gemeinsame Zukunft.

Selbst wenn er sie aus freiem Willen aufgefordert hätte, sich von ihm zu trennen, ihn nie wiederzusehen – sie wäre nicht bereit gewesen, ihn jetzt einfach seinem Schicksal zu überlassen. *Er ist meine Rettung,* dachte Holly. *Und ich bin seine.*

Die Mühle erhob sich wie ein Wächter unter dem aschgrauen Himmel. Jim erschien nicht in der Tür; vielleicht schlief er nach wie vor.

Es gab noch immer viele Geheimnisse im Geheimnis, aber einige Wahrheiten waren inzwischen schmerzhaft klar. Manchmal kam er zu spät, um jemanden zu retten – das galt zum Beispiel für Susie Jawolskis Vater. Der Grund: Er handelte nicht im Auftrag einer unfehlbaren göttlichen Macht oder eines allwissenden Außerirdischen; er war nur ein Mensch, wenn auch ein Mensch mit besonderen Fähigkeiten, und daher gab es Grenzen für ihn. Offenbar glaubte er, in Hinsicht auf seine Eltern versagt zu haben. Ihr Tod lastete als schwere Bürde auf seinem Gewissen, und er versuchte, Erlösung zu finden, indem er andere Personen rettete: WEIL ER WIE MEIN VATER AUSSIEHT, DEN ICH NICHT GERETTET HABE.

Holly verstand jetzt auch, warum *der Feind* sich nur bemerkbar machte, wenn Jim schlief. Er fürchtete sich vor dem dunklen Aspekt seines Selbst, vor der Verkörperung des Zorns, und deshalb unterdrückte er ihn, solange er wach war. In Laguna Niguel materialisierte *der Feind* in der Schlafzimmerdecke, während Jim schlief, und er existierte auch für einige Zeit nach seinem Erwachen. Aber als er durch die Decke im Bad brach, löste er sich wie das Traumbild auf, das er darstellte. Träume sind Tore, behauptete *der Freund*, und diese Warnung stammte direkt von Jim. Träume waren Tore, ja, aber nicht für finstere, den Geist kontrollierende Ungeheuer, sondern für das Unterbewußtsein; was sich in ihnen manifestierte, war nur allzu menschlich.

Holly verfügte über weitere Teile des Puzzles, aber sie wußte nicht, wo und wie sie ins Bild paßten.

Sie warf sich vor, am Montag nicht die richtigen Fragen gestellt zu haben, als Jim schließlich die Verandatür öffnete und sie in sein Leben einließ. Er hatte darauf bestanden, nur ein Instrument zu sein, ohne eigene Macht. Holly gab sich zu schnell damit zufrieden und verzichtete darauf, tiefer zu bohren, genauere Auskünfte zu verlangen. Ihre Interviewmethode war ebenso naiv gewesen wie die Jims, als sich ihnen *der Freund* zum erstenmal zeigte.

Sie erinnerte sich an ihren Ärger darüber, daß Jim die Antworten *des Freundes* sofort als wahr akzeptierte. Jetzt begriff sie, daß er *den Freund* aus den gleichen Gründen geschaffen hatte, die auch alle übrigen Opfer des Syndroms der multiplen Persönlichkeit veranlaßten, andere Identitäten zu entwickeln: um in einer Welt zurechtzukommen, die ihn verwirrte und erschreckte. Als hilfloser und furchterfüllter Zehnjähriger flüchtete er in Fantasien. Er erfand *den Freund* als magisches Wesen, als eine Quelle für Trost und Hoffnung. Als Holly *den Freund* aufforderte, sich logisch zu erklären, leistete Jim Widerstand, denn ihre Beharrlichkeit bedrohte ein Konzept, das ihm inneren Halt verlieh.

Aus ähnlichen Gründen hatte sie ihm am Montagabend nicht alle wichtigen Fragen gestellt: Jim war *ihr* Traum, den sie für die Stabilität ihres eigenen Ichs brauchte. Als traumhafter Held trat er in ihr Leben, rettete Billy Jenkins mit traumhafter Sicherheit und traumhaftem Elan. Erst zu jenem Zeitpunkt wurde ihr klar, daß sie dringend jemanden wie ihn benötigte. Anstatt ihn gründlich zu befragen, wie es die Pflicht eines guten Reporters gewesen wäre, begnügte sie sich mit dem Jim Ironheart, den er ihr beschrieb – aus unterbewußter Furcht davor, ihn zu verlieren.

Jetzt bestand ihre einzige Hoffnung darin, die ganze Wahrheit aus ihm herauszuholen. Wenn er gesund werden sollte, mußten sie verstehen, warum er diese besondere und bizarre Fantasiewelt geschaffen und im Namen Gottes übermenschliche Kräfte entwikkelt hatte, um sie zu erhalten.

Holly saß am Steuer, die Hände um das Lenkrad geschlossen, zum Handeln bereit – ohne zu wissen, worauf es jetzt ankam. Es gab niemanden, den sie um Hilfe bitten konnte. Sie brauchte Antworten, die sich in der Vergangenheit oder in Jims Unterbewußtsein verbargen, zwei Bereiche, die ihr derzeit verschlossen blieben.

Dann begriff sie plötzlich, daß Jim ihr bereits einige Schlüssel gegeben hatte, um die Tür zu seinen Geheimnissen aufzuschließen. Als sie New Svenborg erreicht hatten, begann er mit einer Besichtigungstour, die ihr zunächst wie ein Versuch erschien, die Weiterfahrt zur Farm hinauszuschieben. Doch jetzt stellte sie sich der Erkenntnis, daß er dabei die bisher wichtigsten Hinweise gegeben hatte. Jedes nostalgische Wahrzeichen bot Einblick in seine Vergangenheit und in die Rätsel der Gegenwart. Wenn sie in diesem Zusammenhang zusätzliche Informationen gewann, konnte sie ihm vielleicht helfen.

Jim sehnte sich nach Hilfe. Ein Teil von ihm wußte, daß er krank war, gefangen in schizophrenen Imaginationen, und er wollte in die Realität zurückkehren. Holly hoffte nur, daß er *den Feind* unterdrückte, bis sie Gelegenheit fand, auch die restlichen Fragen zu beantworten. Dem dunkelsten Aspekt seines Selbst lag nichts daran, daß sie einen Erfolg erzielte. So etwas mußte notwendigerweise seinen Tod zur Folge haben, und deshalb würde er Holly töten, sobald er eine Chance dazu bekam.

Wenn Jim und sie ein gemeinsames Leben führen, wenn sie *über*leben wollten, so lag ihre Zukunft in seiner Vergangenheit, und die Vergangenheit wartete in New Svenborg.

Holly drehte das Steuer nach rechts, fuhr über die Zufahrt zur Landstraße – und hielt erneut. Einmal mehr blickte sie zur Windmühle.

Jim mußte an seiner eigenen Heilung mitwirken. Sie konnte nicht einfach die Wahrheit herausfinden und anschließend versuchen, ihn davon zu überzeugen. Er mußte sie selbst entdecken.

Holly liebte ihn.

Und sie fürchtete ihn.

Die Liebe hatte inzwischen feste Wurzeln in ihr geschlagen, gehörte zu ihrer physischen Existenz wie Blut, Knochen und Sehnen. Aber fast jede Furcht ließ sich überwinden – indem man eine Konfrontation mit ihrer Ursache herbeiführte.

Ihr Mut erstaunte sie, als Holly über den Kiespfad zur Mühle fuhr. Dort betätigte sie dreimal die Hupe, wartete einige Sekunden und drückte erneut auf die Mitte des Lenkrads.

Jim erschien im Zugang der Mühle. Er trat in den grauen Morgen und blinzelte.

Holly öffnete die Tür und stieg aus. »Bist du wach?«

»Sehe ich wie ein Schlafwandler aus?« erwiderte er und näherte sich dem Wagen. »Was ist los?«

»Ich möchte nur ganz sicher sein, daß du wach bist, *vollkommen* wach.«

Jim blieb zwei oder drei Meter vor Holly stehen. »Ich schlage vor, wir öffnen die Kühlerhaube. Dann halte ich den Kopf darunter, und du hupst zwei Minuten lang, um mich von den letzten Resten der Benommenheit zu befreien. Meine Güte, Holly, was ist los?«

»Wir müssen miteinander reden. Steig ein.«

Jim runzelte die Stirn, ging um den Wagen herum und nahm auf der Beifahrerseite Platz. »Steht ein unangenehmes Gespräch bevor?«

»Ich glaube schon.«

Vor ihnen knarrten die Windmühlenflügel. Sie begannen damit, sich langsam und mit lautem Knirschen zu drehen; vermoderte Holzteile fielen herab.

»Hör auf«, wandte sich Holly an Jim. Sie fürchtete, daß die Bewegungen der Flügel *den Feind* ankündigten. »Ich weiß, daß dir nicht gefallen wird, was ich zu sagen habe, aber es hat keinen Sinn zu versuchen, mich abzulenken.«

Er gab keine Antwort, starrte fasziniert zur Mühle und schien Holly überhaupt nicht zu hören.

Die Flügel drehten sich schneller.

»Jim, verdammt!«

Schließlich drehte er den Kopf, ganz offensichtlich von der Mischung aus Furcht und Ärger in ihrer Stimme verwirrt. »Was?«

Die Windmühlenflügel schwangen herum, schneller und immer schneller, sie wirkten wie ein gespenstisches Riesenrad bei einem Volksfest der Verdammten.

»Zum Teufel auch!« stieß Holly hervor. Die drehenden Flügel weckten prickelndes Entsetzen in ihr. Sie schaltete in den Rückwärtsgang, blickte über die Schulter und steuerte den Wagen mit hoher Geschwindigkeit am Teich vorbei.

»Wohin fahren wir?« fragte Jim.

»Nicht weit.«

Die Windmühle nahm einen zentralen Platz in Jims Wahnvorstellungen ein, und deshalb hielt es Holly für angebracht, daß er sie nicht sehen konnte, während sie miteinander sprachen. Sie wendete, erreichte das Ende der Zufahrt und parkte so, daß sich die Landstraße vor ihnen erstreckte.

Dann kurbelte sie das Seitenfenster herunter, und Jim folgte ihrem Beispiel.

Als sie den Zündschlüssel drehte, erstarb das Brummen des Motors. Holly wandte sich Jim zu. Sie wußte nun, wie es um ihn stand; vielleicht verspürte sie gerade deshalb den Wunsch, seine Wangen zu berühren, ihm übers Haar zu streichen, ihn zu umarmen. Er weckte einen Mutterinstinkt in ihr, von dem sie bisher überhaupt nichts gewußt, dessen sie sich gar nicht für fähig gehalten hatte. Gleichzeitig spürte sie eine starke erotische Ausstrahlungskraft, die ebenfalls über ihre bisherigen Erfahrungen hinausging.

Und nicht nur das, dachte die Zynikerin in ihr. *Er stimuliert auch Selbstmordneigungen in dir. Lieber Himmel, Thorne, er hat praktisch damit gedroht, dich umzubringen!*

Aber er hatte ihr auch mitgeteilt, daß er sie liebte.

Warum mußte alles so kompliziert sein?

»Bevor ich beginne ...«, sagte sie. »Du sollst wissen, daß ich dich liebe.« Das war eine besonders dumme und naive Einleitung. Sie klang so falsch. Worte genügten nicht mehr, um ihr Empfinden zu beschreiben, denn das Gefühl ging tiefer, als sie es für möglich gehalten hätte. Außerdem betraf es nicht nur einen emotionalen Aspekt, sondern auch andere, wie zum Beispiel Furcht und Hoffnung. Trotzdem betonte Holly noch einmal: »Ich liebe dich wirklich.«

Jim griff nach ihrer Hand und lächelte mit aufrichtiger Freude. »Du bist wundervoll, Holly.«

Die Antwort bestand nicht aus einem *Ich liebe dich auch, Holly,* aber das belastete sie kaum. Sie hegte keine besonders ausgeprägten romantischen Erwartungen. So einfach war es nicht. Wenn man Jim Ironheart liebte, so verlor man sein Herz an den gequälten Max de Winter aus *Rebecca,* an Superman und Jack Nicholsen in einer beliebigen Rolle. Nein, es war nicht einfach – aber auch nicht langweilig.

»Weißt du, als ich gestern die Motelrechnung bezahlte und du mich vom Wagen aus beobachtet hast, dachte ich plötzlich daran, daß ich noch kein Ich-liebe-dich von dir gehört hatte. Ich wollte mit dir losfahren, mich dir ausliefern, obwohl du noch nicht die magischen Worte ausgesprochen hattest. Doch dann fiel mir ein, daß es mir ebenso erging. Ich versuchte wie du, eine gewisse Distanz zu wahren, mich mit Zurückhaltung zu schützen. Nun, diese Einstellung gebe ich jetzt auf. Ich wage mich auf das hohe Drahtseil, obwohl kein Netz darunter gespannt ist – weil du mir gestern nacht gesagt hast, daß du mich liebst. Ich hoffe nur, daß es ehrlich gemeint ist.«

Jim runzelte die Stirn.

»Du erinnerst dich nicht daran«, fuhr Holly fort, »aber du *hast* es mir gesagt. Das L-Wort bereitet dir einige Schwierigkeiten, vielleicht deshalb, weil deine Eltern starben, als du noch so jung warst. Vielleicht zögerst du, dich an jemanden zu binden, weil du fürchtest, die betreffende Person ebenfalls zu verlieren. Sofortige Psychoanalyse. Holly Freud. Wie dem auch sei: Du hast darauf hingewiesen, daß du mich liebst, und das werde ich dir gleich beweisen. Doch bevor ich richtig loslege, möchte ich dir folgendes mitteilen: Ich hätte nie geglaubt, jemandem so intensive Gefühle entgegenbringen zu können wie dir. Was ich gleich sagen werde, klingt hart und ist sicher schwer zu verdauen, aber du weißt jetzt, daß ich dich liebe.«

Jim starrte sie groß an. »Ja, in Ordnung, aber . . .«

»Du kommst später an die Reihe.« Holly hauchte ihm einen Kuß auf die Lippen und lehnte sich wieder zurück. »Hör mir erst einmal zu.«

Sie berichtete ihm von ihren Überlegungen, erklärte ihm, warum sie sich aus der Mühle geschlichen hatte, während er schlief – und warum sie zurückgekehrt war. Jim hörte mit wachsendem Zweifel zu, und sie kam seinen immer häufigeren Einwänden zuvor, indem sie ihm kurz die Hand drückte, einen Finger zu seinen Lippen hob oder ihn erneut küßte. Sie nahm den Schreibblock vom Rücksitz, und die Antworten der Wesenheit verblüfften ihn so sehr, daß er mehrere Minuten lang überhaupt keinen Ton von sich gab. WEIL ER WIE MEIN VATER AUSSIEHT, DEN ICH NICHT GERETTET HABE. Ihm zitterten die Hände, als er den Block hielt und auf diese unglaublichen Worte starrte. Er las auch die anderen überraschenden Botschaften, die sich auf mehreren Seiten wiederholten – ER LIEBT DICH HOLLY / ER WIRD DICH TÖTEN HOLLY –, und seine Hände bebten heftiger.

»Ich würde dir nie etwas antun«, sagte er mit brüchiger Stimme und blickte auf den Block. »Nie.«

»Ich weiß«, erwiderte Holly.

Auch Dr. Jekyll wollte sich nicht in den mörderischen Mr. Hyde verwandeln, dachte sie.

»Trotzdem glaubst du, daß dies hier von mir stammt, nicht vom *Freund.*«

»Ich bin ganz sicher, Jim.«

»Wenn *der Freund* diese Worte an dich gerichtet hat, und wenn *der Freund* mit mir identisch beziehungsweise ein Teil von mir ist, wie du glaubst, so müßte es eigentlich heißen: ›Ich liebe dich Holly.‹«

»Ja«, sagte sie sanft.

Jim sah vom Block auf und begegnete ihrem Blick. »Wenn du an die Ich-liebe-dich-Botschaft glaubst ... Hältst du dann auch die andere für echt, die Ich-werde-dich-töten-Warnung?«

»Nun ... Ich bin tatsächlich davon überzeugt, daß mich ein dunkler Aspekt in dir töten will.«

Jim zuckte so heftig zusammen, als hätte ihm Holly einen Schlag versetzt.

»*Der Feind* will meinen Tod. Er ist ganz versessen darauf, mich umzubringen, weil ich dir zeige, was hinter den jüngsten Ereignissen steckt, weil ich dich hierhergebracht habe, dich mit der Ursache deiner Fantasiewelt konfrontiere.«

Jim schüttelte langsam den Kopf.

»Genau diese Hilfe hast du dir erhofft«, fügte Holly hinzu. »Deshalb hast du mein Interesse geweckt, mich zu dir gelockt.«

»Nein, das stimmt nicht. Ich habe nie ...«

»Es ist die Wahrheit.« Es war außerordentlich gefährlich, Jim zu zwingen, sich der Realität zu stellen. Aber es gab keine andere Möglichkeit, ihm zu helfen. »Wenn du verstehen kannst, was geschehen ist, wenn du die Existenz von zwei anderen Persönlichkeiten akzeptierst, oder auch nur die Möglichkeit ihrer Existenz ... Dann leitest du vielleicht das Ende *des Freundes* und *des Feindes* ein.«

Jim schüttelte noch immer den Kopf, als er erwiderte: »*Der Feind* wird sich nicht friedlich zurückziehen.« Sofort blinzelte er, überrascht von diesen Worten und ihrer Bedeutung.

»Verdammt«, murmelte Holly und fröstelte. Jim hatte gerade ihre Theorie bestätigt – ob er es zugab oder nicht –, und außerdem wiesen die sieben Worte darauf hin, daß er seine absonderliche Fantasiewelt verlassen wollte.

Er war so blaß wie jemand, der gerade erfahren hatte, daß ein Krebsgeschwür in ihm wucherte. Es gab *tatsächlich* etwas Bösartiges in ihm, doch es betraf den Geist, nicht den Körper.

Eine leichte Brise wehte durch die offenen Seitenfenster des Wagens und erfüllte Holly mit neuer Hoffnung.

Das optimistische Gefühl dauerte jedoch nicht lange. Es verflüchtigte sich, als auf dem Block in Jims Händen folgende Botschaft erschien: DU STIRBST.

»Ich bin es nicht«, sagte Jim ernst, obgleich er vor wenigen Sekunden ein subtiles Geständnis abgelegt hatte. »Ich *kann* es nicht sein.

Weitere Worte bildeten sich auf dem Papier. ICH KOMME. DU STIRBST.

Holly gewann den Eindruck, daß sich die ganze Welt in eine Kirmes-Geisterbahn voller Gespenster und Phantome verwandelte. Ständig mußte man damit rechnen, daß irgend etwas aus dem Schatten sprang – sogar aus hellem Sonnenschein. Aber in diesem besonderen Fall bestanden die Ungeheuer nicht aus Pappmaché, sondern fügten echte Schmerzen zu, zerfetzten lebendes Fleisch und töteten, wenn sie Gelegenheit dazu fanden.

Holly ging von der Annahme aus, daß *der Feind* – ebenso wie *der Freund* – mit Unsicherheit auf festen Willen reagierte. Sie griff nach dem Block und warf ihn aus dem Fenster. »Zur Hölle damit. Ich lese den Blödsinn nicht mehr. Hör mir zu, Jim. Wenn ich recht habe, ist *der Feind* die Verkörperung deines Zorns über den Tod der Eltern. Deine Wut war so groß, daß sie den zehnjährigen Jim erschreckte, und deshalb verdrängte er sie aus seinem Innern, schob sie nach draußen und gab ihr eine andere Identität. Aber du bist ein einzigartiges Opfer des Syndroms der multiplen Persönlichkeit: Du hast die Macht, deinen anderen Identitäten eine echte physische Existenz zu geben.«

Jim begann zu ahnen, daß Holly recht haben konnte, aber trotzdem weigerte er sich strikt, sich mit der Wahrheit abzufinden. »Was soll das heißen? Daß ich eine Art sozial tolerierbarer Verrückter bin?«

»Du bist nicht verrückt«, versicherte ihm Holly rasch. »Geistig krank, ja, aber nicht in dem Sinne verrückt. Du sitzt in einem psychologischen Käfig, den du für dich selbst gebaut hast. Jetzt willst du heraus, aber dir fehlt der Schlüssel.«

Jim schüttelte den Kopf. Kleine Schweißperlen glänzten an seinem Haaransatz, und er war noch blasser als vorher. »Nein, das ist nur eine schöne Umschreibung. Wenn du wirklich recht hast, bin ich total übergeschnappt und sollte in einer Gummizelle sitzen, mit Beruhigungsmitteln vollgepumpt.«

Holly griff nach den beiden Händen des Mannes an ihrer Seite und hielt sie fest. »Nein. Hör auf damit. Du kannst einen Ausweg finden, ich bin völlig sicher. Du bist in der Lage, dich aus der Fantasiewelt zu lösen und wieder ganz du selbst zu werden.«

»Woher willst du das wissen? Bei Gott, ich . . .«

»Weil du kein gewöhnlicher Mensch bist«, fuhr Holly fort. »Du hast eine gewaltige Macht, tief in dir, und damit bist du in der Lage, viel Gutes zu bewirken. Sie stellt etwas dar, das anderen Menschen nicht zur Verfügung steht. Sie kann zu einer *heilenden* Kraft werden. Verstehst du? Du bist imstande, Glocken läuten, dreifache Herzschläge und Stimmen aus leerer Luft erklingen zu lassen. Du bist imstande, Wände in lebendes Fleisch zu verwandeln, Bilder in meine Träume zu projizieren und in die Zukunft zu sehen, um Männer, Frauen und Kinder zu retten. Mit solchen Fähigkeiten sollte es dir nicht sehr schwerfallen, dich selbst zu heilen.«

Entschlossene Ungläubigkeit zeigte sich auf Jims Gesicht. »Wie kann irgendein Mensch über eine solche Macht verfügen?«

»Keine Ahnung. Aber du hast sie.«

»Sie muß von einem höheren Wesen stammen. Um Himmels willen, ich bin doch nicht Superman!«

Holly hieb mit der Faust aufs Lenkrad. »Du bist Telepath, Telekinet und Tele-Wasweißich, verdammt! Na schön, du kannst nicht fliegen und hast keinen Röntgenblick. Du kannst keinen Stahl mit bloßen Händen verbiegen, bist auch nicht schneller als Gewehrkugeln. Trotzdem kommst du Superman näher als jeder andere Mensch. Du hast sogar noch bessere Fähigkeiten – zum Beispiel deine Gabe, in die Zukunft zu sehen. Vielleicht siehst du nicht alles, nur einzelne Fragmente zukünftiger Ereignisse, aber sie genügen dir, um zu handeln, um dem Schicksal ein Schnippchen zu schlagen.«

Hollys feste Überzeugung erschütterte Jim. »Woher habe ich diese Magie?«

»Ich weiß es nicht.«

»Womit dein Gebäude aus Spekulationen das Fundament verliert.«

»Da irrst du dich«, widersprach Holly verärgert. »Gelb hört nicht auf, gelb zu sein, nur weil ich keine Erklärung dafür weiß, warum das Auge verschiedene Farben wahrnimmt. Du *hast* die Macht. Du *bist* die Macht, nicht Gott oder irgendein Außerirdischer auf dem Grund des Mühlteichs.«

Jim zog die Hände zurück, blickte durch die Windschutzscheibe, beobachtete die Straße und das staubige, trockene Land dahinter, Offenbar fürchtete er sich davor, die enorme Kraft in seinem Innern zu akzeptieren – vielleicht deshalb, weil sie mit einer Verantwortung einherging, die er für zu groß hielt.

Holly spürte, daß er ihrem Blick auswich, weil ihn die Vorstellung einer geistigen Krankheit beschämte. Er war so stoisch, so stark und stolz auf seine Stärke, daß er die Vorstellung dieser Schwäche zurückwies. Sein Leben gründete sich auf die Prinzipien Selbstbeherrschung und Selbständigkeit, und in diesem Zusammenhang wurde die selbstauferlegte Einsamkeit zu einer Tugend, wie bei einem Mönch, der nur sich und Gott brauchte. Aber jetzt sagte ihm Holly, daß seine Entscheidung, zu einem eisernen Mann und Einzelgänger zu werden, keineswegs gut überlegt war, sondern auf dem verzweifelten Versuch basierte, mit einem emotionalen Chaos fertig zu werden, das ihn zu zerstören drohte. Mehr noch: sein Bedürfnis nach Selbstkontrolle hatte ihn über die Grenze des rationalen Verhaltens getragen.

Holly dachte an die Worte auf dem Block: ICH KOMME. DU STIRBST.

Sie startete den Motor.

»Wohin fahren wir?« erkundigte sich Jim.

Sie antwortete ihm nicht. Als sie den Ford zur Landstraße steuerte und nach rechts bog, in Richtung New Svenborg, fragte sie statt dessen: »Warst du als Junge etwas Besonderes?«

»Nein«, erwiderte Jim sofort und ein wenig zu scharf.

»Gab es überhaupt keine Hinweise auf spezielle Talente oder . . .«

»Nein, verdammt, nichts dergleichen.«

Seine plötzliche Nervosität, verraten durch Ruhelosigkeit und zitternde Hände, überzeugte Holly davon, daß sie eine Wahrheit berührt hatte. Er *war* etwas Besonderes gewesen, ein begabtes Kind. Als sie ihn darauf ansprach, begann er in jener Gabe den Keim der Macht zu sehen, die jetzt in ihm wohnte. Aber er wollte es nicht zugeben und schützte sich, indem er alles leugnete.

»An was hast du gerade gedacht?«

»An nichts.«

»Komm schon, Jim.«

»Wirklich an nichts.«

Es fielen Holly keine weiteren Fragen ein. Sie sagte nur: »Es stimmt. Du bist begabt. Die Macht stammt nicht von Göttern oder Außerirdischen, sondern von dir selbst.«

Jim gab einen Teil seines Widerstandes auf – vielleicht aufgrund der Gedanken, die ihm gerade durch den Kopf gegangen waren und die er nicht mit Holly teilen wollte. »Ich weiß nicht . . .«

»Es stimmt.«

»Vielleicht.«

»Es stimmt. Erinnerst du dich daran, daß *der Freund* behauptete, nach den Maßstäben seiner Spezies sei er nur ein Kind? Nun er *ist* ein Kind, ein ewiges Kind, für immer in jenem Alter gefangen, in dem du ihn geschaffen hast – als zehnjähriger Knabe. Das erklärt sein unreifes Gebaren, das Prahlen, den Trotz. *Der Freund* verhielt sich nicht wie ein zehntausend Jahre altes Kind, sondern wie ein zehnjähriger Junge.«

Jim schloß die Augen und lehnte sich zurück. Es schien ihn zu erschöpfen, über Hollys Ausführungen nachzudenken. Doch seine innere Anspannung war noch immer sehr stark; sie kam in den Händen zum Ausdruck, die er im Schoß zu Fäusten ballte.

»Wohin fahren wir, Holly?«

»Wir machen einen kleinen Ausflug.« Sie ließ nicht locker; während der Wagen an goldenen Feldern und Hügeln vorbeirollte, setzte sie Jim sanft unter Druck. »Aus diesem Grund manifestiert sich *der Feind* als eine Kombination aller Filmmonster, die jemals einen zehnjährigen Knaben erschreckt haben. Das Etwas, das ich in meinem Motelzimmer sah, war kein *reales* Wesen – das begreife ich jetzt. Es hatte keine biologische Struktur, die einen Sinn ergibt, wirkte nicht einmal wie eine extraterrestrische Lebensform. Es stellte vielmehr das entsetzlichste Ungeheuer dar, das sich ein Zehnjähriger vorstellen kann.«

Der Mann auf dem Beifahrersitz antwortete nicht.

Holly sah kurz zur Seite. »Jim?«

Seine Augen waren noch immer geschlossen.

Hollys Herz klopfte schneller. »Jim!«

Er richtete sich auf und hob die Lider, als er die Besorgnis in ihrer Stimme hörte. »Ja?«

»Um Himmels willen, schließ nicht so lange die Augen. Vielleicht wärst du eingeschlafen, und ich hätte es erst bemerkt, wenn . . .«

»Glaubst du etwa, ich kann mit *solchen* Gedanken schlafen?«

»Ich weiß nicht. Eines steht fest: Ich möchte kein Risiko eingehen. Halt die Augen offen, in Ordnung? Wenn du wach bist, gelingt es dir, *den Feind* zu unterdrücken. Er kommt nur ins Hier, wenn du schläfst.«

In der Windschutzscheibe formten sich Worte, von links nach rechts – wie die Computeranzeige im Cockpit eines Kampfflugzeugs. Die Buchstaben mochten etwa einen Zoll groß sein: TOT TOT TOT TOT TOT TOT.

Holly versuchte, sich ihre Furcht nicht anmerken zu lassen. »Zum Teufel damit«, sagte sie und schaltete die Scheibenwischer ein, als sei die Drohung nur lästiger Schmutz, der leicht entfernt werden konnte. Doch die Worte blieben, und Jim las sie mit offensichtlichem Grauen.

Sie kamen an einer kleinen Farm vorbei, und Holly nahm den Duft von frisch gemähtem Gras wahr.

»Wohin fahren wir?« fragte Jim erneut.

»Wir haben gerade mit einer Forschungsreise begonnen.«

»Und was erforschen wir?«

»Die Vergangenheit.«

»Ich halte das von dir beschriebene Szenario noch immer für absurd«, sagte Jim wie gequält. »Himmel, ich *kann* es dir nicht abnehmen. Auf welche Weise sollten wir beweisen, ob es stimmt oder nicht?«

»Wir fahren in den Ort«, erklärte Holly. »Und dort machen wir die gleiche Besichtigungstour wie gestern. Svenborg: Geheimnisse, Rätsel und Romantik. Was für ein Kaff! Aber *irgend etwas* verbirgt sich dort. Du hast mir verschiedene Dinge gezeigt; dein Unterbewußtsein wies mich darauf hin, daß wir dort Antworten finden können. Wir suchen sie gemeinsam.«

Neue Worte erschienen unter den ersten sechs: TOT TOT TOT TOT TOT TOT.

Holly wußte, daß die Zeit knapp wurde. *Der Feind* wollte ins Diesseits wechseln, sie zerfleischen, sie verstümmeln, sie gnadenlos zerfetzen, bevor sie Gelegenheit bekam, Jim von ihrer Theorie zu überzeugen – und er weigerte sich zu warten, bis Jim schlief. Sie war nicht sicher, ob er den dunklen Aspekt seines Selbst weiterhin unterdrücken konnte, während sie ihn zu einer Konfrontation mit der Wahrheit zwang. Vielleicht entstanden Risse im Kokon seiner Selbstbeherrschung; vielleicht wurden die beiden wohlmeinenden Identitäten von der Flutwelle aus Finsternis fortgespült.

»Wenn ich wirklich diese bizarre multiple Persönlichkeit hätte, Holly ... Müßten deine Schilderungen dann nicht genügen, um mich sofort zu heilen, um die drei Teile meines Bewußtseins zu einem hundertprozentigen Jim Ironheart zu verschmelzen?«

»Nein. Es ist erforderlich, daß du daran *glaubst*, bevor der Heilungsprozeß beginnen kann. Wenn du deinen anomalen geistigen Zustand akzeptierst, so hast du die Möglichkeit, die Gründe dafür zu verstehen – und dieses Verstehen ist der erste schmerzvolle Schritt zur Heilung.«

»Sprich nicht wie ein Psychiater mit mir. Oder hast du etwa Psychiatrie studiert?«

Er suchte nun in Ärger Zuflucht, trachtete danach, Holly mit einem eisigen Blick einzuschüchtern, so wie vor zwei Tagen, als er sich bemüht hatte, sie auf Distanz zu halten. *Es hat in seinem Haus ebensowenig geklappt wie hier,* dachte sie. *Meine Güte, manchmal sind Männer wirklich beschränkt.*

»Ich habe einmal einen Psychiater interviewt«, antwortete sie.

»Oh, großartig. Dadurch wirst du natürlich zu einer qualifizierten Therapeutin.«

»Vielleicht. Der Psychiater, mit dem ich damals sprach, war mindestens ebenso verrückt wie seine Patienten, und deshalb frage ich mich: Braucht man wirklich einen akademischen Grad?«

Jim holte tief Luft und ließ den Atem schaudernd entweichen. »Na schön. Angenommen, du hast recht und wir finden einen hieb- und stichfesten Beweis dafür, daß ich total übergeschnappt bin . . .«

»Du bist nicht übergeschnappt, sondern . . .«

»Ja, natürlich. Ich bin nur geistig krank und nicht in dem Sinne verrückt. Ich sitze in einem psychologischen Käfig. Nenn es, wie du willst. Wenn wir einen Beweis finden – was ich bezweifele –, was geschieht dann mit mir? Vielleicht lächle ich nur und sage: ›Oh, endlich geht mir ein Licht auf. Ich habe mir alles eingebildet, lebe in einer Fantasiewelt. Meine Güte, jetzt fühle ich mich viel besser. Laß uns zu Mittag essen.‹ Aber vielleicht passiert etwas anderes. Vielleicht . . . platze ich auseinander. Vielleicht explodiert eine Bombe in mir, die mich in eine Million Stücke zerreißt.«

»Ich kann nicht versprechen, daß dir die Wahrheit – wenn wir sie finden – Erlösung bietet, denn bisher hast du dein Heil darin gesucht, sie zu leugnen. Aber wir können nicht so tun, als sei alles in bester Ordnung. *Der Feind* haßt mich, und früher oder später wird er versuchen, mich zu töten. Du hast selbst davor gewarnt.«

Jim starrte auf die Worte in der Windschutzscheibe und schwieg. Ihm gingen die Argumente aus; möglicherweise ließ auch sein Widerstandswille nach.

Die Blockbuchstaben verblaßten und verschwanden.

Das mochte ein gutes Zeichen sein, ein Hinweis darauf, daß sein

Unterbewußtsein Hollys Theorie für glaubwürdig zu halten begann. Oder *der Feind* begriff, daß er sie nicht mit Drohungen einschüchtern konnte – und versuchte nun, sich einen Weg in die Realität zu bahnen, um über sie herzufallen.

»Wenn er mich umbringt, wirst du einsehen, daß er *tatsächlich* ein Teil von dir ist«, fuhr Holly fort. »Und wenn du mich liebst, wie du mir in der vergangenen Nacht durch *den Freund* mitgeteilt hast, was steht dir dann bevor? Wird dann der Jim zerstört, den ich liebe? Bleibt dir dann nur noch eine Persönlichkeit – die *des Feindes*? Ich glaube, darauf läuft es hinaus. Mit anderen Worten: Es geht hier nicht nur um mein Überleben, sondern auch um deins. Wenn du eine Zukunft haben möchtest, müssen wir dieser Sache auf den Grund gehen.«

»Vielleicht graben und graben wir, ohne etwas zu finden. Was dann?«

»Nun, dann graben wir eben noch etwas tiefer.«

Als sie öden Ort erreichten und den abrupten Übergang von ausgedörrtem braunem Land zu den dicht an dicht stehenden Häusern einer Pioniersiedlung erlebten, sagte Holly plötzlich: »Robert Vaughn.«

Jim hob überrascht den Kopf, aber der Grund dafür war nicht etwa Verwirrung angesichts dieser Bemerkung seiner Begleiterin. Er wußte sofort, was der Name bedeutete.

»Mein Gott!« stieß er hervor. »Die Stimme.«

»Die Stimme *des Freundes*«, fügte Holly hinzu und sah ihn kurz an. »Sie hat also auch für dich vertraut geklungen.«

Der Schauspieler Robert Vaughn hatte die Hauptrolle in der Fernsehserie *Solo für O.N.K.E.L.* gespielt und in vielen Filmen aalglatte Schurken dargestellt. Seine außerordentlich ausdrucksstarke Stimme konnte sowohl drohend als auch väterlich und beruhigend klingen.

»Robert Vaughn«, wiederholte Holly. »Aber warum? Weshalb nicht Orson Welles, Paul Newman, Sean Connery oder Fred Feuerstein? Es ist eine zu eigenartige Wahl, um keine Bedeutung zu haben.«

»Ich weiß nicht«, erwiderte Jim nachdenklich und hatte dabei das unangenehme Gefühl, daß er es wissen *sollte*. Er glaubte, nur die geistigen Hände ausstrecken zu müssen, um eine Erklärung zu finden.

»Glaubst du noch immer, daß *der Freund* ein Außerirdischer ist?«

fragte Holly. »Eine extraterrestrische Wesenheit würde eine unscheinbare Stimme wählen, oder? Warum sollte sie die eines bestimmten Schauspielers nachahmen?«

»Ich habe Robert Vaughn einmal gesehen«, sagte Jim, verblüfft von einer vagen Erinnerung, die sich in ihm regte. »Nicht im Fernsehen oder Kino, sondern als wahrhaftige Person. Vor langer Zeit.«

»Wo? Wann?«

»Ich ... ich ... weiß es nicht.«

Jim gewann den Eindruck, auf einem schmalen Landstreifen zwischen zwei tiefen Schluchten zu stehen. Nirgends gab es Sicherheit. Auf der einen Seite befand sich sein bisheriges Leben, gefüllt mit inneren Qualen und Verzweiflung – die Gefühle, die er zu verdrängen versuchte, die ihn manchmal überwältigt hatten, so wie während seiner spirituellen Reise mit der Harley durch die Mohavewüste, als er nach einem Ausweg gesucht hatte, und sei es der Tod. Auf der anderen Seite lag eine ungewisse Zukunft, die Holly zu beschreiben versuchte, eine Zukunft, in der ihn angeblich Hoffnung erwartete, obgleich er fürchtete, daß sie nur Chaos und Wahnsinn für ihn bereithielt. Und der schmale Boden unter ihm gab allmählich nach.

Er erinnerte sich an einen kurzen Wortwechsel zwischen Holly und ihm, als sie vor zwei Nächten Seite an Seite im Bett lagen, nachdem sie sich zum erstenmal geliebt hatten. *»Menschen sind immer viel ... komplexer, als man zunächst glaubt.«*

»Ist das eine Beobachtung – oder eine Warnung?« fragte Holly.

»Warnung?«

»Vielleicht gibst du mir zu verstehen, daß du nicht das bist, was du zu sein scheinst.«

Nach einer langen Pause erwiderte er: *»Ja, vielleicht.«*

Und nach einer langen Pause erwiderte Holly: *»Ich glaube, es ist mir gleich.«*

Jim zweifelte nun nicht mehr daran, daß es eine Warnung gewesen war. Eine leise Stimme in ihm flüsterte, daß sie mit ihrer Analyse recht hatte, daß die Wesenheit in der Mühle tatsächlich verschiedene Aspekte seines Selbst darstellte. Aber wenn er am Syndrom der multiplen Persönlichkeit litt, so glaubte er nicht, daß man seinen Zustand nur als geistige Störung bezeichnen konnte, wie Holly behauptete. Das Wort *Wahnsinn* erschien ihm weitaus angemessener.

Sie bogen auf die Main Street. New Svenborg wirkte seltsam

dunkel und bedrohlich – vielleicht deshalb, weil es hier eine Wahrheit gab, die Jim zwingen würde, von seinem schmalen mentalen Sims ins Chaos zu treten.

Er hatte einmal gelesen, daß nur Verrückte felsenfest von ihrer Rationalität überzeugt waren. Nun, in ihm gab es überhaupt keine unerschütterliche Sicherheit mehr, die ihm Trost gewährte. Der Wahnsinn, so vermutete er, bildete die Essenz der Ungewißheit, führte zu einer ebenso verzweifelten wie vergeblichen Suche nach Antworten, nach sicherem Terrain. Über dem wirbelnden Chaos gab es nur einen Platz, der mit Gewißheit lockte – er hieß Vernunft.

Holly parkte vor Handahls Apotheke am östlichen Ende der Main Street. »Ich schlage vor, wir beginnen hier.«

»Warum?«

»Hier haben wir zuerst gehalten, als du mir gestern Orte gezeigt hast, die für dich als Kind eine wichtige Rolle spielten.«

Holly stieg im Schatten einer der Magnolien aus, die auf beiden Straßenseiten wuchsen. Das Grün der Bäume wirkte angenehm, aber gleichzeitig verstärkte es die seltsame Disharmonie, die man überall spürte.

Als Holly die Eingangstür des im dänischen Stil errichteten Gebäudes öffnete, funkelten die Fensterscheiben an den schrägen Kanten, und eine Glocke läutete. Gemeinsam traten sie ein.

Jims Puls raste. Er glaubte nicht, daß in der Apotheke wichtige Ereignisse seiner Kindheit stattgefunden hatten, aber er spürte nun, daß sie den ersten Schritt zur Wahrheit darstellte.

Das Café und die Eisbar erreichte man durch einen Torbogen, und dort sah Jim einige Leute beim Frühstück. Direkt hinter der Tür befand sich der Zeitungsstand; Morgenzeitungen – größtenteils aus Santa Barbara – bildeten hohe Stapel. Hinzu kamen Zeitschriften und ein mit Taschenbüchern gefüllter Drehständer.

»Früher habe ich hier Taschenbücher gekauft«, sagte Jim. »Schon damals liebte ich Bücher, konnte gar nicht genug davon bekommen.«

Ein zweiter Torbogen führte in die Apotheke. Sie ähnelte den modernen amerikanischen Geschäften dieser Art, da sie mehr Kosmetika, diverse Schönheitsmittel und Produkte für die Haarpflege anbot als rezeptpflichtige Arzneien. Abgesehen davon wirkte sie fast idyllisch: Regale aus Holz anstatt aus Metall oder Kunststoff; der Tresen geschliffener Granit; ein angenehmer Duft, geschaffen von Kerzen aus Myrtenwachs, Kandiszucker, den Ausdünstungen von Zigarrentabak in der befeuchteten Vitrine hinter der Kasse;

ein Hauch Äthylalkohol und die speziellen Aromen verschiedener Pharmazeutika.

Zwar war es noch früh, aber der Apotheker stand selbst im Laden und war in die Rolle des Verkäufers geschlüpft. Corbett Handahl war ein stämmiger Mann mit breiten Schultern, weißem Schnurrbart und weißem Haar. Unter dem gestärkten weißen Kittel trug er ein hellblaues Hemd.

Er sah auf. »Jim Ironheart, bei allen Heiligen!« entfuhr es ihm. »Wie lange ist es her? Mindestens drei oder vier Jahre, nicht wahr?«

Sie schüttelten sich die Hände.

»Vier Jahre und vier Monate«, erwiderte Jim. *Seit dem Tod meines Großvaters,* fügte er fast hinzu und verschluckte diese Bemerkung rasch. Der Grund dafür blieb ihm ein Rätsel.

Corbett spritzte Reinigungsflüssigkeit auf den Granittresen, wischte ihn mit einem Putzlappen ab, musterte Holly und lächelte. »Wer auch immer *Sie* sind: Ich bin Ihnen zu ewigem Dank verpflichtet, weil Sie Schönheit in diesen grauen Morgen bringen.«

Corbett präsentierte sich als der perfekte Kleinstadt-Apotheker. Er war jovial genug, um wie ein ganz gewöhnlicher Mann zu wirken, obwohl er durch seine Tätigkeit zur Oberklasse in New Svenborg gehörte. Durch den Hang zum Scherzen wirkte er sofort sympathisch, und gleichzeitig strahlte er Kompetenz und Redlichkeit aus – man hatte das Gefühl, daß die von ihm hergestellten Arzneien in jedem Fall halfen. Die Einheimischen kamen nicht nur herein, wenn sie etwas brauchten; häufig besuchten sie ihn nur, um guten Tag zu sagen. Corbetts aufrichtiges Interesse an den Leuten im Ort förderte auch das Geschäft. Seit dreiunddreißig Jahren arbeitete er in der Apotheke, die er vor siebenundzwanzig Jahren von seinem verstorbenen Vater geerbt hatte.

Von Handahl ging gewiß keine Gefahr aus, aber trotzdem fühlte sich Jim plötzlich bedroht. Er wollte die Apotheke verlassen, bevor ...

Bevor was?

Bevor Handahl die falschen Worte aussprach. Bevor er zuviel enthüllte.

Aber *was* konnte er enthüllen?

»Ich bin seine Verlobte«, sagte Holly zu Jims Überraschung.

»Herzlichen Glückwunsch, Jim.« Handahl strahlte. »Du bist wirklich gut dran. Junge Dame, hoffentlich wissen Sie, daß seine Familie früher Ironhead – Eisenkopf – hieß, was ich für einen angemesseneren Namen halte. Ein ziemlich sturer Haufen.« Er zwinkerte und lachte.

»Jim führt mich durch den Ort und zeigt mir alles«, meinte Holly. »Eine Art sentimentale Reise, könnte man sagen.«

Handahl sah Ironheart an und runzelte die Stirn. »Ich hätte nicht gedacht, daß du New Svenborg so sehr magst, um sentimental zu werden.«

Jim zuckte mit den Schultern. »Einstellungen ändern sich.«

»Freut mich, das zu hören.« Handahl wandte sich wieder an Holly. »Als er bei seinen Großeltern wohnte, kam er häufig hierher, immer am Dienstag und Freitag, wenn neue Bücher und Zeitschriften von Santa Barbara eintrafen.« Er legte den Putzlappen beiseite und rückte Schachteln mit Kaugummi, Pfefferminz, Einwegfeuerzeugen und kleinen Kämmen zurecht. »Damals war Jim eine echte Leseratte. Liest du noch immer soviel?«

»Ja«, bestätigte Jim mit wachsendem Unbehagen und fürchtete sich vor den nächsten Worten des Apothekers. Aber er wußte noch immer nicht, warum irgendwelche Auskünfte Handahls eine so nachhaltige Wirkung auf ihn haben konnten.

»Deine Interessen waren ziemlich einseitig, wenn ich mich recht entsinne.« Und an Holly gerichtet: »Er gab sein Taschengeld für alle Science-fiction- und Gruselgeschichten aus, die ich ihm besorgen konnte. Nun, damals kamen zwei Dollar in der Woche einem kleinen Vermögen gleich. Immerhin kosteten normale Taschenbücher nur fünfundvierzig oder fünfzig Cents.«

Klaustrophobie senkte sich auf Jim herab, so dicht wie ein schweres Leichentuch. Die Apotheke erschien ihm schrecklich klein, bot kaum mehr genug Platz, und er verspürte nur noch den Wunsch, sie so schnell wie möglich zu verlassen.

Er kommt, dachte er in einem Anflug von Panik. *Er kommt.*

»Vielleicht lag es an seinen Eltern, daß ihn in erster Linie solche Sachen faszinierten«, sagte Handahl.

»Wie meinen Sie das?« Dünne Falten bildeten sich in Hollys Stirn.

»Ich kannte Jamie – Jims Vater – nicht besonders gut, aber an der Oberschule war ich nur eine Klasse unter ihm. Nichts für ungut, Jim, aber dein Vater hatte einige exotische Interessen. Nun, inzwischen hat sich die Welt geändert, und wahrscheinlich wirkten sie heute nicht mehr so ausgefallen wie damals in den fünfziger Jahren.«

»Exotische Interessen?« wiederholte Holly neugierig.

Jim sah sich in der Apotheke um und überlegte, aus welcher Richtung *der Feind* kommen, welcher Fluchtweg offen bleiben würde. Innerlich schwankte er zwischen einer akzeptierenden Haltung gegenüber Hollys Theorie und strikter Ablehnung. Derzeit war er völlig sicher, daß sie sich irrte. Es handelte sich nicht um eine Kraft, die aus seinem Innern stammte. *Der Feind* stellte ein separates, unabhängiges Wesen dar, ebenso wie *der Freund.* Er brachte Unheil und Verderben, während *der Freund* Gutes bewirkte. Und schlimmer noch: Er konnte jeden beliebigen Ort aufsuchen, sich jederzeit manifestieren. Er *kam* nun. Jim wußte, daß er kam – um sie alle zu töten.

»Nun«, sagte Handahl, »als Kind kam Jamie hierher – damals kümmerte sich mein Vater um den Laden – und kaufte die Pulp-Magazine, deren Titelseiten Roboter, Ungeheuer und halbnackte Frauen zeigten. Häufig sprach er davon, daß wir eines Tages Menschen zum Mond schicken würden, und deshalb hielten ihn viele Leute für ein wenig sonderbar. Aber er hat recht behalten. Es wunderte mich nicht, als ich hörte, daß er seinen Job als Buchhalter aufgab, eine Frau aus dem Showbusineß heiratete und sich seinen Lebensunterhalt mit einer Psycho-Nummer verdiente.«

»Psycho-Nummer?« Holly sah Jim an. »Ich dachte, dein Vater hätte bei Warner Brothers gearbeitet und deine Mutter sei Schauspielerin gewesen.«

»Ja«, erwiderte er halblaut. »Das stimmt auch – bis sie ihre Nummer entwickelten.«

Er hatte sie fast vergessen, und das verwirrte ihn. Wie konnte man so eine Nummer vergessen? Er besaß alle Fotos von den Gastspielreisen; viele davon hingen an den Wänden in seinem Haus. Er sah sie jeden Tag, ohne sich daran zu erinnern, daß sie zwischen den einzelnen Vorstellungen entstanden waren.

Er kam. Es dauerte jetzt nicht mehr lange.

Der Feind befand sich in unmittelbarer Nähe.

Jim wollte Holly warnen, brachte jedoch keinen Ton hervor.

Irgend etwas schien Lippen und Zunge gelähmt zu haben.

Das finstere Wesen kam.

Und es verhinderte, daß er Holly warnte. Es wollte sie überraschen.

Handahl rückte die letzten Schachteln zurecht. »Was mit ihnen geschah ... Eine Tragödie, eine echte Tragödie. Jim, als du damals hierhergekommen bist, um bei deinen Großeltern zu wohnen, warst du verschlossen und in dich gekehrt. Niemand bekam ein Wort aus dir heraus.«

Hollys Aufmerksamkeit galt vor allen Dingen Jim. Offenbar ahnte sie seine Verzweiflung.

»Im zweiten Jahr, nach Lenas Tod, stand es noch schlechter um ihn«, fuhr Handahl fort. »Er hatte ganz und gar die Sprache verloren, schien für den Rest seines Lebens stumm bleiben zu wollen. Erinnerst du dich, Jim?«

Holly hob erstaunt die Brauen. »Deine Großmutter starb im zweiten Jahr, als du elf warst?«

Ich habe ihr gesagt, daß sie seit fünf Jahren tot ist, dachte Jim. *Warum fünf Jahre, wenn die Wahrheit vierundzwanzig lautet?*

Das Wesen kam.

Er spürte es.

Es näherte sich.

Der Feind.

»Entschuldigt bitte«, sagte er. »Ich muß nach draußen, um frische Luft zu schnappen.« Hastig verließ er die Apotheke, blieb am Wagen stehen und keuchte.

Als er zurückblickte, stellte er fest, daß Holly ihm nicht gefolgt war. Durch das Schaufenster beobachtete er, wie sie sich weiterhin mit Handahl unterhielt.

Es kam.

Hör auf, Holly, fuhr es Jim durch den Sinn. *Sprich nicht mehr mit ihm. Flieh aus dem Laden.*

Es kam.

Jim lehnte sich an den Ford und dachte: *Ich fürchte Corbett Handahl, weil er mehr über mein Leben in New Svenborg weiß als ich.*

Bumm-Bumm-BUMM.

Es war da.

Handahl sah Jim verwundert nach.

»Ich glaube, er ist nie darüber hinweggekommen, was mit seinen Eltern geschah – und mit Lena«, sagte Holly.

Der Apotheker nickte. »Kein Wunder bei einer so schrecklichen Sache. Er war ein netter Junge; es brach ihm das Herz.« Bevor Holly Gelegenheit bekam, sich nach Lena zu erkundigen, fügte Handahl hinzu: »Wollen Sie mit ihm im Farmhaus wohnen?«

»Nein. Wir bleiben nur einige Tage hier.«

»Es geht mich eigentlich nichts an, aber ich finde es schade, daß soviel Land brachliegt.«

»Nun, Jim ist kein Farmer«, entgegnete Holly. »Und da sich niemand für das Anwesen interessiert . . .«

»Wie bitte? Junge Dame, die Leute stünden Schlange, wenn Jim bereit wäre, die Farm zu verkaufen.«

Holly blinzelte.

»Auf dem Gelände gibt es einen guten artesischen Brunnen«, erklärte Handahl. »Man hat also immer Wasser, in einem County, in dem es häufig daran mangelt.« Der Apotheker lehnte sich an den granitenen Tresen und verschränkte die Arme. »Und damit noch nicht genug. Wenn der alte Mühlteich voll ist, übt die Wassermasse einen solchen Druck auf die Quelle aus, daß sich der Zustrom verringert. Aber wenn man zu pumpen beginnt, um Getreide zu bewässern, verstärkt sich der Zustrom wieder. Auf diese Weise bleibt der Teich praktisch immer gefüllt, wie der magische Krug im Märchen.« Er neigte den Kopf zur Seite und musterte Holly. »Hat Jim Ihnen gesagt, er fände keinen Käufer für die Farm?«

»Nun, ich nahm an . . .«

»Tja, vielleicht *ist* er sentimental geworden«, brummte Handahl. »Vielleicht will er die Farm nicht verkaufen, weil er zu viele Erinnerungen damit verbindet.«

»Möglich«, entgegnete Holly. »Aber sicher sind es nicht nur gute.«

»Das stimmt wahrscheinlich.«

»Zum Beispiel der Tod seiner Großmutter«, sagte Holly und versuchte, wieder auf das eigentliche Thema zurückzukommen. »Sie starb . . .«

Ein rasselndes Geräusch unterbrach sie. Mehrere Flaschen mit Shampoo, Haarspray, Vitaminen und bunten Tabletten wackelten in den Regalen.

»Ein Erdbeben«, sagte Handahl und blickte besorgt zur Decke hoch, als fürchte er, sie könne jeden Augenblick einstürzen.

Die Behälter in den Regalen erzitterten noch stärker, und Holly wußte, daß sie nicht von einem Erdbeben bewegt wurden. Das Rasseln vermittelte ihr eine Warnung: Sie sollte Handahl keine weiteren Fragen stellen.

Bumm-Bumm-BUMM, Bumm-Bumm-BUMM.

Die gemütliche Welt der Apotheke brach auseinander. Einige Flaschen fielen, jagten wie Geschosse heran. Holly duckte sich, hob die Arme über den Kopf. Mehrere kleine Behälter sausten dicht über sie hinweg und trafen Handahl. Die Vitrine mit dem Luftbefeuchter hinter der Kasse vibrierte, und Holly ließ sich instinktiv zu Boden fallen. Es krachte laut, und einen Sekundenbruchteil später regnete es Glassplitter; sie schnitten dort durch die Luft, wo Holly eben noch gestanden hatte. Rasch stand sie wieder auf und eilte zum Ausgang. Hinter ihr stürzte die schwere Kasse vom Tresen, verfehlte sie nur um wenige Zentimeter und ersparte ihr dadurch ein gebrochenes Rückgrat. Bevor sich die Wände verwandelten, bevor sie zu pulsieren begannen und ein entsetzliches Monstrum gebaren, erreichte Holly die Tür, floh am Zeitungsstand vorbei auf die Straße und ließ Handahl in einem Chaos zurück, das er noch immer für die Folgen eines Erdbebens hielt.

Der dreifache Herzschlag pochte nun aus dem Bürgersteig unter ihren Füßen.

Jim lehnte am Wagen und zitterte am ganzen Leib. Sein aschfahles Gesicht zeigte den Ausdruck eines Mannes, der dicht vor einem Abgrund stand, in die dunkle Tiefe starrte und versuchte, den Mut zum Sprung zu finden. Er reagierte nicht, als Holly seinen Namen nannte, schien fast bereit zu sein, vor der finsteren Macht zu kapitulieren, die er seit vielen Jahren unterdrückt – und gleichzeitig genährt hatte. Jetzt brach sie hervor.

Holly riß ihn vom Wagen fort, schlang die Arme um ihn, schmiegte sich an ihn, wiederholte immer wieder seinen Namen, rechnete damit, daß der Gehsteig neben ihr explodierte und ein gräßliches Etwas nach oben sprang, daß ein alptraumhaftes und *reales* Monstrum Greifklauen, Tentakel und Krallen nach ihr ausstreckte ... Aber der dreifache Herzschlag verklang. Nach einer Weile hob Jim ebenfalls die Arme und drückte sie an sich.

Der Feind hatte sich zurückgezogen.

Aber er war nicht ganz fort, er gab ihr nur eine Gnadenfrist.

Der Gedenkpark von New Svenborg erstreckte sich neben den Tivoli-Gärten. Ein schmiedeeiserner Speerspitzenzaun trennte den Friedhof vom Park, und mehrere Zedern und Pfeffersträucher erweiterten die Barriere.

Jim ließ den Ford langsam über die Zufahrt rollen. »Hier«, sagte er schließlich und hielt.

Als er ausstieg, fühlte er fast die gleiche Platzangst wie in der Apotheke, obgleich er jetzt im Freien stand. Der schiefergraue Himmel schien sich den Grabsteinen entgegenzusenken, während die rechteckigen und quadratischen Tafeln wie uralte Knochen aussahen, die aus dem Boden ragten. Das trübe Licht verlieh dem Gras eine graugrüne Tönung. Das galt auch für die Bäume, die den

Eindruck erweckten, als könnten sie jederzeit umstürzen und Jim unter sich zermalmen.

Er ging um den Wagen herum, verharrte neben Holly und deutete nach Norden. »Dort.«

Sie nahm seine Hand, und er war ihr dankbar dafür.

Seite an Seite wanderten sie zum Grab seiner Großeltern. Es befand sich auf einer kleinen Anhöhe des ansonsten flachen Friedhofs. Ein einzelner breiter Gedenkstein aus Granit erhob sich hinter den beiden Grabstellen.

Jims Herz pochte heftiger, und das Schlucken fiel ihm schwer.

Er las den rechts eingemeißelten Namen: LENA LOUISE IRONHEART.

Widerstrebend sah er auf Geburts- und Todesdatum. Sie war als Dreiundfünfzigjährige gestorben. Vor vierundzwanzig Jahren.

So mußte man sich nach einer Gehirnwäsche fühlen, nach einer umfassenden Manipulation des Gedächtnisses, wenn man feststellte, daß bestimmte Erinnerungen nicht den Tatsachen entsprachen. Die eigene Vergangenheit erschien Jim wie eine nebelumhüllte Landschaft, nur erhellt vom gespenstischen und wechselhaften Licht eines Mondes, der immer wieder hinter dichten Wolken verschwand. Plötzlich konnte er nicht mehr so deutlich wie noch vor einer Stunde über die Kluft der Jahre blicken – und er zweifelte an jener Realität, die sich ihm mit klar erkennbaren Einzelheiten darbot. Vielleicht stellten sich die deutlichen Reminiszenzen als von Dunst und Schatten geformte Trugbilder heraus, wenn er gezwungen wurde, sie aus der Nähe zu betrachten.

Desorientiert und voller Furcht hielt er Hollys Hand.

»Warum hast du mich belogen?« fragte sie sanft. »Warum hast du behauptet, deine Großmutter sei erst vor fünf Jahren gestorben?«

»Ich habe nicht gelogen. Zumindest nicht ... bewußt.« Jim starrte so auf den Granit, als sei seine geschliffene Oberfläche ein Fenster in die Vergangenheit. Er versuchte, sich zu erinnern. »Ich entsinne mich daran, daß ich eines Morgens erwachte und von Lenas Tod wußte. Vor fünf Jahren. Ich wohnte damals in einem Apartment, unten in Irvine.« Er lauschte seiner eigenen Stimme, als gehöre sie einem anderen Menschen, und der hohle, dumpfe Klang ließ ihn schaudern. »Ich zog mich an ... fuhr nach Norden ... kaufte Blumen im Ort ... kam hierher ...«

Nach einer Weile, als Jim weiterhin schwieg, fragte Holly: »Fand an jenem Tag ein Begräbnis statt?«

»Nein.«

»Waren Trauergäste zugegen?«

»Nein.«

»Lagen frische Blumen auf dem Grab?«

»Nein. Ich erinnere mich nur daran, daß ich ... vor dem Grabstein niederkniete, mit den gekauften Blumen ..., daß ich weinte ... Ich habe ziemlich lange geweint, konnte die Tränen nicht zurückhalten.«

Bilder entstanden vor Jims innerem Auge: Personen, die zu anderen Gräbern gingen und ihn beobachteten, erst mit Anteilnahme, dann voller Verlegenheit, als ihnen das Ausmaß seines Kummers klar wurde, dann voller Unbehagen, als sie ein so intensives Leid an ihm sahen, daß man ihn für geistesgestört halten konnte. Er entsann sich an den emotionalen Orkan in seinem Innern, daran, daß er die mitfühlenden Blicke voller Zorn erwidert hatte. Er sehnte sich danach, den Boden aufzureißen und hineinzukriechen, ihn über sich wie eine Decke zuzuziehen, in dem gleichen Grab zu ruhen wie seine Großmutter. Aber er wußte nicht, *warum* er auf diese Weise empfunden hatte, weshalb nun ähnliche Gefühle in ihm entstanden.

Noch einmal sah er auf das Todesdatum – 25. September –, und jähe Angst schnürte ihm die Kehle zu.

»Was ist los?« Holly musterte ihn besorgt. »Sag es mir.«

»An jenem Tag kam ich mit den Blumen hierher, als ich morgens erwachte und wußte, daß meine Großmutter tot war. Am fünfundzwanzigsten September. Aber vor fünf Jahren, nicht vor vierundzwanzig. Der neunzehnte Jahrestag ihres Todes ... Und ich dachte, sie sei gerade erst gestorben.«

Sie schwiegen beide.

Zwei große Krähen segelten unter dem grauen, düsteren Himmel, krächzten und verschwanden hinter den Baumwipfeln.

»Ist es möglich, daß du Lenas Tod verdrängt hast und nicht bereit warst zu akzeptieren, daß sie vor vierundzwanzig Jahren starb?« fragte Holly schließlich. »Vielleicht konntest du dich erst neunzehn Jahre später damit abfinden – an dem Tag, als du mit den Blumen hierher kamst. Aus diesem Grund glaubst du dich daran zu erinnern, daß sie seit nicht ganz so langer Zeit tot ist. Du hältst den Tag für ihr Todesdatum, an dem du dich voll und ganz der Erkenntnis gestellt hast, daß sie nicht mehr lebt.«

Jim wußte sofort, daß Holly die Wahrheit zum Ausdruck brachte, aber ihre Erklärungen tilgten nicht das Unbehagen in ihm. »Mein Gott, Holly, ich *bin* verrückt.«

»Nein«, widersprach sie. »Du versuchst nur, dich zu schützen. Aus dem gleichen Grund hast du vieles von dem verdrängt, was der zehnjährige Jim Ironheart erlebte.« Sie legte eine kurze Pause ein und holte tief Luft. »Wie starb deine Großmutter?«

»Sie ...« Es verblüffte Jim, daß er sich nicht an die Ursache von Lena Ironhearts Tod erinnern konnte. Erneut wallten mentale Nebelschwaden heran. »Keine Ahnung.«

»Ich glaube, sie starb in der Mühle.«

Jim wandte den Blick vom Grabstein ab und sah Holly an, er spürte dabei eine alarmierte Anspannung, für die er keine Erklärung hatte. »In der Windmühle? Warum? Was geschah dort? Woher willst du das wissen?«

»Der Traum, von dem ich dir erzählt habe. Ich stieg die Treppe in der Mühle hoch, blickte durch das Fenster zum Teich und sah das Spiegelbild einer anderen Frau im Glas, das Gesicht deiner Großmutter.«

»Es war nur ein Traum.«

Holly schüttelte den Kopf. »Nein. Ich bin sicher, es handelte sich um eine Erinnerung, um eine deiner Erinnerungen, die du in mein Bewußtsein projiziert hast.«

Panik beschleunigte Jims Puls, aus Gründen, die ihm verborgen blieben. »Wie soll es eine meiner Erinnerungen gewesen sein, obwohl ich überhaupt nichts davon weiß?«

»Oh, du *weißt* Bescheid.«

Jim runzelte die Stirn. »Nein. Das stimmt nicht.«

»Das Wissen befindet sich in deinem Unterbewußtsein, und dort wird es dir nur zugänglich, wenn du träumst. Aber es existiert.«

Wenn Holly ihm gesagt hätte, daß der ganze Friedhof auf einem Karussell ruhte und daß sie sich langsam unter dem schießpulvergrauen Himmel drehten – er wäre ohne weiteres bereit gewesen, diese Behauptung als Wahrheit hinzunehmen. Aber er konnte sich nicht dazu durchringen, diese Erinnerung und ihren Bedeutungsinhalt zu akzeptieren. Er glaubte, durch einen Strudel aus Licht und Dunkelheit zu stürzen, Licht und Dunkelheit, Furcht und Zorn ...

»Aber in deinem Traum ...«, brachte er mühsam hervor. »Ich war in der hohen Kammer, als meine Großmutter die Treppe hochstieg?«

»Ja.«

»Und wenn sie dort starb ...«

»Bist du Zeuge ihres Todes geworden.«

Jim schüttelte heftig den Kopf. »Mein Gott, daran würde ich mich doch erinnern, oder?«

»Nein. Vermutlich hast du deshalb neunzehn Jahre gebraucht, um dich damit abzufinden, daß Lena nicht mehr lebt. Ich bin davon überzeugt, daß du zugegen warst, als sie starb. Es muß ein enormer Schock für dich gewesen sein, der eine langfristige Amnesie zur Folge hatte. Und die vermeintlichen Lücken in deinem Gedächtnis hast du mit immer neuen Fantasievorstellungen gefüllt.«

Eine leichte Brise kam auf, und irgend etwas knackte vor Jims Füßen. Er war plötzlich sicher, daß sich die knochige Hand seiner Großmutter aus dem Grab schob, um ihn zu packen. Aber als er zu Boden sah, fiel sein Blick nur auf einige welke Blätter, die leise raschelten, als der Wind sie übers Gras wehte.

Mit jedem Herzschlag, der wie das dumpfe Pochen eines Fausthiebs klang, wandte sich Jim weiter vom Grab ab, versessen darauf, zum Wagen zurückzukehren.

Holly legte ihm die Hand auf den Arm. »Warte.«

Er riß sich los, stieß sie fast beiseite. Einige Sekunden lang starrte er sie finster an. »Ich möchte fort von hier.«

Holly ignorierte seine Worte und hielt ihn erneut fest. »Wo ist dein Großvater? Wo liegt er begraben?«

Jim deutete auf die zweite Grabstelle. »Dort. Neben Lena.«

Dann sah er die andere Hälfte des Gedenksteins. Er war nur auf die rechte Seite konzentriert gewesen, auf das verblüffende Todesdatum seiner Großmutter, und erst jetzt merkte er, daß auf der linken eine entsprechende Angabe fehlte. Er las Henrys Namen, zur gleichen Zeit eingemeißelt wie der Lenas: HENRY JAMES IRONHEART. Hinzu kam das Geburtsdatum. Aber nirgends stand, wann er gestorben war.

Der stahlgraue Himmel senkte sich weiter herab.

Die Bäume neigten sich näher, ragten jetzt schräg in die Höhe.

»Hast du nicht gesagt, daß er acht Monate nach Lena starb?« erklang Hollys Stimme.

Jims Gaumen war völlig trocken. Er konnte kaum genug Speichel sammeln, um zu sprechen, und die Worte lösten sich als heiseres Flüstern von seinen Lippen. Er hörte sich an wie Sand, der über Wüstensteine strich. »Was willst du von mir, zum Teufel? Es stimmt. Er starb ... acht Monate später ... am vierundzwanzigsten Mai des nächsten Jahres ...«

»Und die Todesursache?«

»Ich . . . erinnere . . . mich . . . nicht.«

»Eine Krankheit?«

Hör endlich auf! Sei still!

»Keine Ahnung.«

»Ein Unfall?«

»Ich . . . ich glaube . . . er erlag einem Schlaganfall.«

Große Teile seiner Vergangenheit waren Dunstschwaden innerhalb eines dichten Nebels. Jim begriff nun, daß er kaum etwas darüber wußte. Er lebte einzig und allein in der Gegenwart. Ihm fielen die großen Löcher in seiner Erinnerung erst jetzt auf, weil er bisher nie *versucht* hatte, sich an bestimmte Dinge zu erinnern.

»Warst du der nächste Verwandte deines Großvaters?« fragte Holly.

»Ja.«

»Ich nehme an, dann hast du dich um sein Begräbnis gekümmert, oder?«

Jim zögerte und runzelte die Stirn. »Ich glaube . . . ja.«

»Aber wieso fehlt das Todesdatum am Grabstein? Hast du vergessen, es hineinmeißeln zu lassen?«

Er starrte auf die leere Stelle im Granit, tastete verzweifelt in eine ebenso leere Stelle seines Gedächtnisses. Ihm fiel keine Antwort ein, und er fühlte sich elend. Er wollte sich irgendwo zusammenrollen, die Augen schließen und schlafen, für immer. Sollte etwas anderes an seiner Stelle erwachen . . .

»Oder liegt Henry hier gar nicht begraben?« fügte Holly hinzu.

Die Krähen flogen wieder vor der Asche des ausgebrannten Himmels, krächzten, kamen herab, schlugen kalligraphische Botschaften mit den Flügeln, ebensowenig deutbar wie die flüchtigen Erinnerungen, die durchs dunklere Grau von Jims Bewußtsein tanzten.

Holly steuerte den Wagen um die Ecke und in Richtung der Tivoli-Gärten.

Nach dem Besuch in der Apotheke hatte Jim zum Friedhof fahren wollen. Einerseits fürchtete er sich vor dem, was er dort finden mochte, und andererseits war er fest entschlossen, sich dem Rätsel seiner eigenen Vergangenheit zu stellen und die betreffenden Erinnerungen der Wahrheit anzupassen. Die Erfahrungen versetzten ihm einen harten emotionalen Schlag, und jetzt hatte er es nicht mehr so eilig damit herauszufinden, ob ihn weitere Überraschungen erwarteten. Er überließ das Steuer Holly, und sie glaubte, daß er weitaus glücklicher sein würde, wenn sie aus dem Ort gefahren wäre, nach Süden, wenn sie nie wieder New Svenborg erwähnen würde.

Zu den Tivoli-Gärten gab es keine Zufahrt. Sie ließen den Wagen am Straßenrand stehen und gingen den Rest des Weges zu Fuß.

Schon nach wenigen Metern stellte Holly fest, daß der hochtrabende Name tatsächlich einer Parodie gleichkam. Die angeblichen Gärten wirkten noch weniger einladend als am vergangenen Tag. Der düstere Eindruck, den sie nun gewann, konnte nicht nur auf den bedeckten Himmel zurückgeführt werden. Das Gras war in langen Sommerwochen halb verdorrt – in jedem mittelkalifornischen Tal konnte es ziemlich heiß werden. Kletterpflanzen wickelten ihre dünnen Ranken ungehindert um die Rosen, deren Blütenblätter traurig herabhingen. Andere Blumen wirkten verwelkt, und die beiden Parkbänke mußten dringend gestrichen werden.

Nur die Windmühle befand sich in einem guten Zustand. Sie war größer und beeindruckender als die Mühle auf der Ironheart-Farm, mindestens sechs Meter höher; darüber hinaus verfügte sie über einen Rundbalkon.

»Warum sind wir hier?« erkundigte sich Holly.

»Diese Frage solltest du an dich selbst richten«, erwiderte Jim. »*Du* wolltest unbedingt nach New Svenborg.«

»Stell dich nicht dumm, Schatz.«

Holly wußte, wie gefährlich es war, Jim weiterhin unter Druck zu setzen – sie verhielt sich wie jemand, der immer wieder mit dem Fuß gegen einen Karton mit Dynamit stieß. Aber früher oder später würde er ohnehin explodieren. Wenn sie überleben wollte, mußte sie Jim zu dem Eingeständnis zwingen, daß *der Feind* aus ihm selbst kam – bevor jene finstere Identität vollständig die Kontrolle über ihn an sich riß. Einmal mehr hatte sie das außerordentlich unangenehme Gefühl, daß die Zeit knapp wurde.

»Gestern hast du die Route bestimmt und mir diesen Ort gezeigt«, sagte Holly nach einer Weile. »Angeblich wurde hier einmal ein Film gedreht.« Sie lauschte dem Echo der letzten Worte und hob ruckartig den Kopf. »He, einen Augenblick ... Hast du Robert Vaughn bei *dieser* Gelegenheit gesehen? Spielte er eine Rolle in dem Film?«

Jims Gesicht zeigte Verwirrung, und Falten fraßen sich ihm in die Stirn, als er seinen Blick durch den kleinen Park schweifen ließ. Schließlich ging er zur Windmühle, und Holly folgte ihm.

Zwei wetterfeste Gedenktafeln säumten den mit Fliesen ausgelegten Pfad vor dem Zugang der Mühle. Das bedruckte Papier ruhte in schräg angebrachten, wasserdichten und von Plexiglas bedeckten Schaukästen. Die Tafel auf der linken Seite, vor der sie zuerst stehenblieben, gab allgemeine Hintergrundinformationen über Windmühlen und schilderte, daß sie im Santa Ynez Valley von Anfang 1800 bis weit ins zwanzigste Jahrhundert Korn gemahlen, Wasser gepumpt und elektrischen Strom produziert hatten. Es folgte ein historischer Überblick in Hinsicht auf die erhaltene Mühle weiter vorn, die man treffend New-Svenborg-Mühle nannte.

Die Hinweise waren ausgesprochen langweilig, und Holly wandte sich nur deshalb der zweiten Tafel zu, weil sie noch immer dazu neigte, Fakten zu sammeln – eine Eigenschaft, die sie zu einer leidlichen Journalistin gemacht hatte. Ihr Interesse erwachte sofort, als sie die Überschrift sah. DIE SCHWARZE WINDMÜHLE: BUCH UND FILM.

»Sieh dir das an, Jim.«

Er trat zu ihr.

Ein Foto zeigte den Schutzumschlag eines Romans: *Die schwarze Windmühle* von Arthur J. Willot. Die Illustration basierte offenbar auf der New-Svenborg-Mühle. Holly las den Text mit wachsendem Erstaunen. Willot hatte im Santa Ynez Valley gewohnt – in Solvang, nicht in New Svenborg – und viele Romane für junge Erwachsene verfaßt. Bis er 1982 im Alter von achtzig Jahren starb, publizierte er insgesamt zweiundfünfzig Bücher. In seinem besten und erfolgreichsten Werk ging es um eine alte Windmühle, in der es spukte. Ein Junge fand heraus, daß die Geister in Wirklichkeit Außerirdische waren, deren Raumschiff seit zehntausend Jahren auf dem Grund des Mühlteichs lag.

»Nein.« Jim sprach leise, aber trotzdem erklang Zorn in seiner Stimme. »Nein, das ergibt keinen Sinn. Das kann einfach nicht sein.«

Holly erinnerte sich an eine ganz bestimmte Szene des Traums, in dem sie mit Lena Ironheart in einem Körper gewesen war. Als sie darin das Ende der Treppe erreichte, sah sie einen zehnjährigen Jim, der die Fäuste ballte, sich zu ihr umdrehte und sagte: »Ich habe Angst. Hilf mir. Die Wände, die *Wände*!« Vor ihm stand eine gelbe Kerze auf einem blauen Teller. Erst jetzt fiel ihr wieder ein, daß sie daneben ein Hardcover-Buch mit buntem Schutzumschlag bemerkt hatte. Der gleiche Umschlag war auf dem Foto abgebildet: *Die schwarze Windmühle.*

»Nein«, wiederholte Jim und wandte sich von der Tafel ab. Besorgt beobachtete er einige vom Wind gestreichelte Bäume.

Holly las weiter und stellte fest: Vor fünfundzwanzig Jahren, als der zehnjährige Jim Ironheart in den Ort gekommen war, wurde *Die schwarze Windmühle* verfilmt. Die New-Svenborg-Mühle stellte dabei einen der wichtigsten Drehorte dar. Trickspezialisten schufen einen seichten, aber recht überzeugend wirkenden Mühlteich, und die spätere Umgestaltung in einen kleinen Park wurde von der Produktionsgesellschaft bezahlt.

Jim drehte sich langsam um die eigene Achse, runzelte die Stirn, sah zu Bäumen und Büschen, blickte in eine Düsternis, die der bedeckte Himmel nicht vertreiben konnte. »Etwas kommt.«

Holly bemerkte nichts und glaubte, daß Jim sie nur von der Gedenktafel ablenken wollte. Er sträubte sich gegen die Bedeutung der Informationen, und deshalb versuchte er, ihre Aufmerksamkeit auf etwas anderes zu richten.

Der Film mußte ein Flop gewesen sein, denn Holly hatte nie etwas davon gehört. Vielleicht handelte es sich um eine B-Produktion, die nirgends Schlagzeilen machte, abgesehen von New Svenborg. Und dort erregte sie nur Aufsehen, weil das Buch von einem Bewohner des Tals stammte. Der letzte Textabschnitt nannte unter anderem die Namen der fünf wichtigsten Schauspieler und verzichtete auf Angaben über den Erfolg – beziehungsweise Mißerfolg – im Kino. Von den ersten vier Namen kannte Holly nur M. Emmet Walsh, einen ihrer Lieblingsschauspieler. Der fünfte Darsteller war ein zu jenem Zeitpunkt junger und unbekannter Robert Vaughn.

Sie sah zu der großen Mühle auf.

»Was geschieht hier?« fragte sie laut, beobachtete den schieferfarbenen Himmel und betrachtete dann wieder das Schutzumschlagfoto des Willot-Buchs. »Zum Teufel auch, was geschieht hier?«

»Der Feind«, brachte Jim mit vor Furcht zitternder Stimme hervor, in der gleichzeitig eine gespenstische Sehnsucht Ausdruck fand. »Er kommt.«

Holly folgte Jims Blick und bemerkte eine Bewegung am anderen Ende des Parks. Etwas schien sich durch den Boden zu graben und kam näher, hinterließ dabei eine breite Spur aus aufgeworfener Erde und hielt direkt auf sie zu.

Die junge Frau wirbelte zu Jim herum und griff nach seinem Arm. »Hör auf!«

»Er kommt«, flüsterte er und riß die Augen auf.

»Jim, *du* bist es, niemand sonst.«

»Nein ... nicht ich ... *der Feind.*« Es klang so, als sei er halb in Trance.

Holly sah, wie das Etwas den Pfad erreichte; dicker Beton knirschte und barst.

»Jim, verdammt!«

Er starrte entsetzt auf den sich nähernden Killer, doch Holly glaubte, in seinen Zügen auch einen Hauch Genugtuung zu erkennen.

Eine der beiden Parkbänke stürzte um, als sich der Boden darunter emporwölbte.

Der Feind war nur noch zwölf Meter entfernt. Nichts schien ihn aufhalten zu können.

Holly packte Jim am Hemd und schüttelte ihn, um seinen Blick einzufangen. »Ich habe den Film als Kind im Kino gesehen. Wie hieß er noch? *Invasion vom Mars* oder so ähnlich. Die Außerirdischen öffneten im Sand verborgene Türen und saugten ihre Opfer hinab.«

Nur noch neun Meter trennten sie vom *Feind.*

»Sollen wir auf diese Weise sterben, Jim? Soll uns etwas umbringen, das eine Tür im Sand öffnet und uns nach unten saugt? Irgendein Filmungeheuer, das einen zehnjährigen Jungen entsetzte?«

Noch sechs Meter.

Jim schwitzte und schauderte. Er schien Holly überhaupt nicht zu hören.

Sie schrie ihn jetzt an. »Willst du mich *und* auch dich umbringen? Willst du Selbstmord begehen wie Larry Kakonis, einen Schlußstrich ziehen, einfach aufhören, stark zu sein? Willst du dich von deinem eigenen Alptraum überwältigen lassen?«

Noch vier Meter.

Drei.

»Jim!«

Zwei.

Nur noch ein Meter.

Holly hörte ein lautes, gieriges Grollen im Boden, hob den einen Fuß und trat Jim so fest sie konnte ans Schienbein, um seine Trance zu durchbrechen. Er gab einen schmerzerfüllten Schrei von sich, als sich der Rasen unter ihnen hob, und Holly beobachtete entsetzt die aufplatzende Erde. Doch die Bewegungen hörten abrupt auf, als Jims Stimme verklang. Es entstand kein großes Loch im Boden. Nichts schob sich nach oben, um sie zu verschlingen.

Holly bebte am ganzen Leib und wich von dem kleinen Hügel zurück, der sich unter ihnen gebildet hatte.

Jim starrte sie entgeistert an. »Ich war es nicht. Ich kann es nicht gewesen sein.«

Jim saß auf dem Beifahrersitz des Wagens und ließ Kopf und Schultern hängen.

Holly umfaßte das Lenkrad mit beiden Händen und stützte die Stirn dagegen.

Der Mann neben ihr blickte aus dem Seitenfenster und beobachtete den Park. Die breite Maulwurfsspur existierte noch immer, führte unter einem rissigen, geplatzten Betonpfad hinweg. Die Bank lag auf der Seite.

Jim konnte einfach nicht glauben, daß jenes Etwas im Boden nur ein Produkt seiner Einbildung gewesen war, ein Hirngespinst, das allein durch Vorstellungskraft eine reale Existenz gewann. Er hatte sich immer streng unter Kontrolle gehalten, ein spartanisches Leben geführt, in dem es nur Platz für Bücher und Arbeit gab, nicht für irgendwelche Laster und Ausschweifungen – *sieht man einmal von einer erschreckend gegenwärtigen Vergeßlichkeit ab,* fügte er in Gedanken hinzu. Es fiel ihm deshalb so schwer, Hollys Theorie zu akzeptieren, weil sie einen wilden und gewalttätigen Teil seines Selbst postulierte, den er nicht zu kontrollieren vermochte und der die einzige echte Gefahr darstellte.

Er war über gewöhnliche Furcht hinaus. Er schwitzte und schauderte nicht mehr. Primordiales Entsetzen hielt ihn in einem festen, eisigen Griff.

»Ich bin es nicht gewesen«, wiederholte er.

»Doch, du warst es.« Holly glaubte, daß Jim sie fast umgebracht hatte, aber sie erwies sich als erstaunlich sanft. Ihre Stimme klang nicht etwa scharf, sondern deutete Zärtlichkeit an.

»Du bist noch immer auf dem Trip der gespaltenen Persönlichkeit«, erwiderte Jim.

»Ja.«

»Es war also meine dunkle Seite?«

»Ja.«

»In Gestalt eines riesigen Wurms oder so«, sagte Jim und versuchte vergeblich, ätzenden Sarkasmus zum Ausdruck zu bringen. »Aber du hast doch gesagt, daß sich *der Feind* nur dann manifestiert, wenn ich schlafe, und diesmal habe ich nicht geschlafen. Woraus folgt: Selbst wenn ich *der Feind* bin – wie kann ich dann das Ding im Park gewesen sein?«

»Neue Regeln. In deinem Unterbewußtsein wächst die Verzweiflung. Du kannst jene Persönlichkeit nicht mehr so einfach unterdrücken wie vorher. Je mehr du dich der Wahrheit näherst, desto aggressiver wird *der Feind*, um sich zu schützen.«

»Wenn ich es gewesen bin – wieso erklang dann nicht der dreifache Herzschlag?«

»Er diente nur dazu, um Eindruck zu schinden, so wie die Glokken, mit denen sich *der Freund* ankündigte.« Holly hob den Kopf und sah Jim an. »Du hast darauf verzichtet, weil keine Zeit dafür blieb. Ich habe den Text der Tafel gelesen, und du wolltest mich so schnell wie möglich daran hindern. Du brauchtest ein Ablenkungsmanöver – und eines sage ich dir, Schatz: Du gibst dich nicht mit kleinen Dingen ab.«

Jim sah wieder aus dem Fenster, blickte zur Mühle und der Hinweistafel mit den Informationen über *Die schwarze Windmühle.*

Holly legte ihm die Hand auf die Schulter. »Der Tod deiner Eltern bereitete dir einen tiefen Schock. Du hast nach einer Möglichkeit gesucht, aus der Realität zu fliehen. Ein Schriftsteller namens Arthur Willot bot dir eine Fantasiewelt an, die deinen Bedürfnissen gerecht wurde. Und seitdem lebst du darin, manchmal mehr, manchmal weniger.«

Jim konnte es ihr gegenüber nicht zugeben, daß er sich *tatsächlich* nach Verstehen sehnte, daß er kurz davor stand, seine Vergangenheit aus einer Perspektive zu sehen, die alle Geheimnisse und Rätsel entschleierte und ihnen einen klaren Sinn gab. Wenn selektive Amnesie, sorgfältig konstruierte falsche Erinnerungen und selbst multiple Persönlichkeit keine Anzeichen von Wahnsinn darstellten, sondern dazu dienten, ihm inneren Halt zu geben, wie Holly behauptete – was geschah dann, wenn er diesen Halt verlor? Wenn er die Wahrheit über seine Vergangenheit entdeckte, sich jenem Etwas stellte, vor dem er als Kind geflohen war – bestand dann die Gefahr, daß ihm die Wahrheit *diesmal* den Verstand raubte? Wovor hatte er damals die Flucht ergriffen?

»Weißt du«, sagte Holly leise, »wichtig ist nur, daß du dich beherrscht hast, bevor uns *der Feind* erreichte, bevor es uns angreifen konnte.«

»Die Schmerzen in meinem Schienbein sind kaum zu ertragen«, entgegnete Jim und schnitt eine Grimasse.

»Gut.« Holly lächelte und startete den Motor.
»Wohin fahren wir jetzt?« fragte Jim.
»Wohin wohl? Zur Bibliothek.«

Holly parkte am Rand der Copenhagen Lane, vor dem kleinen viktorianischen Gebäude, in dem die Bibliothek von New Svenborg untergebracht war.

Sie spürte eine gewisse Zufriedenheit darüber, daß ihre Hände nicht zitterten, daß ihre Stimme ruhig klang, daß sie den Wagen mühelos auf der richtigen Fahrbahnseite hielt. Nach dem Zwischenfall im Park wunderte sie sich darüber, daß sie nicht der Hysterie anheimfiel. Sie war purem Entsetzen ausgesetzt gewesen – einem intensiven Schrecken, der von keinem anderen Gefühl gelindert wurde. Das Grauen lauerte noch immer in ihr, hatte sich nur in eine dunkle Ecke zurückgezogen, bereit dazu, jederzeit hervorzuspringen und sie erneut zu packen. Aber sie hielt an der Entschlossenheit fest, ihre Angst vor Jim zu verbergen; er war noch weitaus schlimmer dran als sie. *Sein* Leben offenbarte sich immer mehr als ein Durcheinander aus Lügen. Er brauchte jemanden, auf den er sich stützen, der ihm helfen konnte.

Als sie über den Pfad zum Eingang des Gebäudes gingen, bemerkte Holly, daß Jim hinkte und den Rasen beobachtete, als rechne er damit, daß sich erneut etwas zu ihnen grub.

Du solltest besser darauf verzichten, noch einmal den Feind *erscheinen zu lassen,* dachte sie. *Sonst hast du zwei schmerzende Schienbeine.*

Doch als sie die Tür passierte, fragte sie sich, ob noch einmal ein fester Tritt genügen würde, um die dunkle Seite seines Ichs zurückzudrängen.

Im holzvertäfelten Foyer wies ein Schild darauf hin, daß sich die Sachbücher im Obergeschoß befanden. Ein Pfeil deutete zur Treppe auf der rechten Seite.

An die kleine Eingangshalle schloß sich ein Flur an, der zu zwei großen Zimmern mit langen Regalen führte. In der linken Kammer standen Lesetische mit Stühlen und ein langer Schreibtisch aus Eichenholz.

Dort saß eine Frau, die einer Werbung für das Leben auf dem Land gleichkam: makellose Haut, glänzendes kastanienfarbenes Haar, nußbraune Augen. Sie sah wie fünfunddreißig aus, aber wahrscheinlich war sie zwölf Jahre älter.

Auf dem Namensschild stand: ELOISE GLYNN.

Am vergangenen Tag, als Holly die Bibliothek betreten wollte, um die so bewunderte Mrs. Glynn kennenzulernen, hatte Jim behauptet, vielleicht lebe sie gar nicht mehr und sei schon vor fünfundzwanzig Jahren ›ziemlich alt‹ gewesen – obwohl sie gerade erst vom College gekommen war, um ihre erste Stelle anzutreten.

Im Vergleich mit anderen Entdeckungen empfand Holly diesen Umstand kaum als Überraschung. Jim hatte einfach gelogen, weil er nicht wollte, daß sie der Bibliothek einen Besuch abstattete. Seine derzeitige Miene deutete darauf hin, daß ihn Eloise Glynns Jugend ebenfalls nicht verblüffte. Ihm mußte gestern klar gewesen sein, daß er log – obwohl ihm der *Grund* für die Lüge sicher unverständlich blieb.

Die Bibliothekarin erkannte Jim nicht. Entweder war er eines der Kinder gewesen, die keinen bleibenden Eindruck hinterließen, oder er hatte die Wahrheit gesagt, als er meinte, er habe diesen Ort zum letztenmal vor achtzehn Jahren aufgesucht.

Eloise Glynns Munterkeit erinnerte Holly an die Sportlehrerin aus ihrer Zeit an der Oberschule. »Willot?« wiederholte sie. »O ja, wir haben hier eine ganze Wagenladung von Willot-Büchern.« Sie stand ruckartig auf. »Ich zeige sie Ihnen.« Sie kam um den Schreibtisch herum, ging mit langen Schritten und führte die beiden Besucher durch den Flur in ein anderes großes Zimmer. »Sie wissen sicher, daß er hier im Tal wohnte. Starb vor etwa zehn Jahren. Aber zwei Drittel seiner Werke werden noch immer gedruckt.« Eloise blieb vor der Sektion für junge Erwachsene stehen, breitete die Arme aus und deutete auf zwei jeweils einen Meter lange Regale mit Willot-Titeln. »Artie Willot war ein sehr produktiver Schriftsteller, so fleißig, daß Biber beschämt den Kopf senkten, wenn er vorbeikam.«

Sie sah Holly an, und ihr Lächeln wirkte ansteckend. Holly schmunzelte ebenfalls. »Wir interessieren uns für *Die schwarze Windmühle*.«

»Das ist einer seiner beliebtesten Romane. Ich kenne keinen Jungen, der nicht davon begeistert war.« Eloise streckte einfach die Hand aus und sah kaum hin, als sie ein Buch aus dem Regal nahm und es Holly reichte. »Für Ihren Sohn?«

»Nein, für mich. Die Gedenktafel in den Tivoli-Gärten hat mich darauf aufmerksam gemacht.«

»Ich habe es gelesen«, warf Jim ein. »Holly ist neugierig darauf.«

Sie kehrten in den Hauptraum zurück, nahmen dort an einem Ecktisch Platz, schlugen das Buch auf und lasen die ersten beiden Kapitel.

Holly berührte Jim immer wieder – an der Hand, an der Schulter, am Knie – und versuchte, ihm Trost zu spenden, ihn zu besänftigen. Irgendwie mußte sie sein geteiltes Ich lange genug stabilisieren, um ihm die Wahrheit zu zeigen und dadurch den Selbstheilungsprozeß einzuleiten. Dafür gab es nur ein geeignetes Instrument: Liebe. Holly glaubte fest daran, daß jedes Zeichen der Zuneigung – Berührung, ein Lächeln, ein liebevoller Blick – wie Klebstoff wirkte, der seine Persönlichkeitssplitter zusammenhielt.

Der Roman war gut und überzeugend geschrieben. Und er enthielt so erstaunliche Enthüllungen über Jim Ironhearts Leben, daß Holly immer schneller las, die Absätze überflog, bestimmte Stellen flüsterte und mit wachsender Ungeduld nach weiteren Offenbarungen suchte.

Der Protagonist hieß Jim, nicht Ironheart, sondern Jamison. Jim Jamison lebte auf einer Farm, und dort gab es einen Teich und eine alte Windmühle. Angeblich spukte es in der Mühle, aber nach einigen gespenstischen Erlebnissen fand Jim heraus, daß sich keine Geister manifestierten, sondern eine außerirdische Wesenheit, deren Raumschiff auf dem Grund des Teichs ruhte. Sie zeigte sich Jim als sanftes Licht, das in den Wänden der Mühle glühte. Die Kommunikation zwischen Jim und dem Extraterrestrier fand mit Hilfe von zwei Schreibblöcken statt: einer für Jims Fragen, der andere für die Antworten des fremden Wesens. Es stellte sich ihm als Geschöpf aus reiner Energie vor, und es weilte auf der Erde, ›UM ZU BEOBACHTEN, ZU LERNEN UND DER MENSCHHEIT ZU HELFEN‹. Es bezeichnete sich als DER FREUND.

Holly hielt den Finger auf die entsprechende Stelle und blätterte durch den Rest des Buches. Sie wollte herausfinden, ob *der Freund* die Schreibblöcke bis ganz zum Schluß verwendete, um sich dem Jungen mitzuteilen. Das war tatsächlich der Fall. In der Geschichte, auf die sich Jim Ironhearts Fantasiewelt gründete, erklang nie die Stimme des Außerirdischen.

»Deshalb hast du es zunächst für unmöglich gehalten, daß *dein* Außerirdischer sprechen kann. Aus diesem Grund warst du skeptisch, als ich vorschlug, auf die Blöcke zu verzichten.«

Jim fand nicht mehr die Kraft, Einwände zu erheben. Mit wortlosem Staunen starrte er auf das Buch.

Seine Reaktion weckte Hoffnung in Holly. Auf dem Friedhof war er so entsetzt gewesen – sie erinnerte sich an Jims leeren, eiskalten Blick –, daß sie zu zweifeln begonnen hatte, ob er seine phänomenale Kraft nach innen richten und sich damit heilen konnte.

Im Park hatte sie einige schreckliche Sekunden lang geglaubt, daß seine dünne Hülle der Rationalität zerbrach und geballten Wahnsinn freisetzte. Aber er blieb er selbst, und jetzt schien Neugier die Furcht zu besiegen.

Eloise Glynn hatte ein anderes Zimmer aufgesucht, um Bücher zu sortieren. Niemand sonst befand sich in der Bibliothek.

Holly konzentrierte sich wieder auf das Buch und las noch schneller. Mitten in der Geschichte, bei der zweiten Begegnung zwischen Jim Jamison und dem Außerirdischen, erklärte das fremde Wesen, es sei eine Entität, die ›IN ALLEN ASPEKTEN DER ZEIT‹ lebte, in die Zukunft sehen konnte und das Leben von Menschen retten wollte, denen der Tod drohte.

»Da soll mich doch der Schlag treffen«, murmelte Jim.

Von einem Augenblick zum anderen formte sich vor Hollys innerem Auge eine so detaillierte Vision, daß sie die Realität der Bibliothek vollkommen verdrängte. Sie sah sich selbst, nackt an eine Wand genagelt, in einer gräßlichen Parodie auf die Kreuzigung. Blut tropfte von Händen und Füßen (eine Stimme flüsterte: *stirb, stirb, stirb*), und sie öffnete den Mund, um zu schreien, aber ihrer Kehle entrang sich kein Laut, statt dessen krochen Dutzende von Kakerlaken zwischen den Lippen hervor, und sie begriff, daß sie bereits tot war (*stirb, stirb, stirb*), in ihrem halbverwesten Leichnam wimmelte es von Würmern und Käfern . . .

Das entsetzliche Bild verschwand ebenso plötzlich, wie es entstanden war, und sie kehrte jäh in die Bibliothek zurück.

»Holly?« Jim musterte sie besorgt.

Ein Teil von ihm hatte ihr diese schauderhafte Vision geschickt – daran konnte überhaupt kein Zweifel bestehen. Doch der Jim, den sie nun ansah, war nicht dafür verantwortlich. Das finstere Kind in ihm, der haßerfüllte, mörderische *Feind*, setzte nun eine neue Waffe ein.

»Alles in Ordnung«, erwiderte Holly möglichst ruhig. »Es ist alles in Ordnung.«

Aber in ihrem Innern herrschte Aufruhr. Die grauenhafte Szene desorientierte sie und ließ Übelkeit in ihr entstehen.

Es kostete sie erhebliche Mühe, ihre Aufmerksamkeit wieder auf *Die schwarze Windmühle* zu richten.

Der Mann, den Jim Jamison retten sollte, so erklärte *der Freund*, war Kandidat für die Wahl des nächsten amerikanischen Präsidenten. Er würde bald Jims Heimatstadt besuchen und dort einem Mordanschlag zum Opfer fallen. Das fremde Wesen wollte ihn retten, weil ›ER ZU EINEM GROSSEN STAATSMANN UND FRIEDENSSTIFTER WIRD, DER DIE WELT VOR EINEM VERHEERENDEN KRIEG BEWAHRT‹. *Der Freund* mußte seine Präsenz auf der Erde geheimhalten, und deshalb sollte Jim Jamison die Pläne des Attentäters vereiteln. ›DU WIRST IHM EINE RETTUNGSLEINE ZUWERFEN, JIM.‹

Der Roman erwähnte keine böse extraterrestrische Präsenz. *Der Feind* ging allein auf Jim Ironhearts Fantasie zurück, symbolisierte seinen eigenen Zorn und Selbsthaß, und er trennte diese Empfindungen vom bewußten Ich, um sie zu kontrollieren.

Innere Statik knisterte, als eine zweite Vision durch Hollys Gedanken flutete, so intensiv, daß sie die reale Welt fortschob. Sie lag in einem Sarg, tot und sich gleichzeitig ihres Zustands bewußt. Würmer fraßen in ihr (*stirb, stirb, stirb*), sie nahm den abscheulichen Gestank ihres verwesenden Körpers wahr, sah ihr halbverfaultes Gesicht als Spiegelbild am Sargdeckel. Sie hob knochige Fäuste, trommelte an dickes Holz und hörte deutlich, wie das Pochen durch die Erde darüber hallte . . .

Wieder die Bibliothek.

»Um Himmels willen, Holly, was ist los?«

»Nichts.

»Holly?«

»Nichts«, wiederholte sie. Es wäre ein Fehler gewesen, zuzugeben, daß sie sich von der neuen Taktik *des Feindes* erschüttert fühlte.

Sie überflog den Rest des Buches.

Zum Schluß des Romans, nach der Rettung des zukünftigen Präsidenten der Vereinigten Staaten, wich *der Freund* in die Stille des Teichs zurück und wies Jim an, die Begegnung mit ihm zu vergessen, sich nur daran zu erinnern, daß er den Politiker aus eigener Initiative vor dem Tod bewahrt hatte. Wenn jemals eine verdrängte Erinnerung an das fremde Wesen zurückkehrte, ›SO SOLLST DU MICH FÜR EINEN TRAUM HALTEN, FÜR EINE WESENHEIT, DIE DIR IM TRAUM ERSCHIEN‹. Als die Präsenz des Wesens zum letztenmal aus der Wand verschwand, verflüchtigten sich auch die Botschaften auf dem Schreibblock und hinterließen keine Spuren des Kontakts mehr.

Holly schloß das Buch.

Eine Zeitlang schwiegen sie beide und starrten stumm auf den Schutzumschlag.

Um sie herum gab es Tausende von Epochen, Orten, Menschen und Welten – vom Mars über Ägypten bis zum Irgendwo. Sie verbargen sich zwischen den Buchdeckeln wie heller Glanz unter dem angelaufenen Metall einer Messinglampe. Holly fühlte fast, daß sie nur darauf warteten, durch den Blick eines Lesers zum Leben zu erwachen, zu einer neuen Existenz zu finden, die aus schimmernden Farben, scharfen Gerüchen und köstlichen Aromen bestand, aus Lachen, Schluchzen und Schreien. Bücher waren verpackte Träume.

»Träume sind Tore«, wandte sie sich an Jim. »Und jeder Roman kommt einer Art Traum gleich. Arthur Willots Traum von Abenteuer und dem Kontakt mit einer außerirdischen Wesenheit hat dir ein Tor geöffnet, durch das du aus deiner Verzweiflung fliehen konntest. Du fühltest dich für den Tod deiner Eltern verantwortlich, und jener Traum gab dir Gelegenheit, dich von dem niederschmetternden Gefühl des Versagens zu befreien.«

Jim war unnatürlich blaß gewesen, seit ihm Holly den Block mit den Antworten *des Freundes* gezeigt hatte: ER LIEBT DICH HOLLY / ER WIRD DICH TÖTEN HOLLY. Jetzt kehrte ein wenig Farbe in sein Gesicht zurück. Er starrte noch immer ins Leere, und Sorge haftete an ihm fest wie Schatten an der Nacht, aber offenbar gewöhnte er sich langsam an die Vorstellung, daß Lügen den größten Teil seines Lebens bestimmten.

Was *den Feind* in ihm verunsicherte, was seinen Widerstandswillen verstärkte.

Eloise Glynn war in den Hauptraum zurückgekehrt und saß nun wieder an ihrem Schreibtisch.

Holly sprach noch etwas leiser, als sie fortfuhr: »Aber *warum* solltest du dir in Hinsicht auf den Verkehrsunfall, dem deine Eltern zum Opfer fielen, irgendwelche Vorwürfe machen? Und wie kannst du als zehnjähriger Junge ein so starkes Verantwortungsgefühl entwickelt haben?«

Jim schüttelte den Kopf. »Ich weiß es nicht.«

Holly erinnerte sich an die Auskünfte von Corbett Handahl und legte die Hand auf Jims Knie. »Denk nach, Schatz. Kam es zu dem Unfall, als deine Eltern mit ihrer Psycho-Nummer unterwegs waren?«

Jim zögerte und runzelte die Stirn. »Ja . . . unterwegs.«

»Du hast an der Reise teilgenommen, nicht wahr?«

Er nickte.

Holly entsann sich an das Foto, das Jims Mutter in einem glitzernden Kleid zeigte, seinen Vater und ihn selbst im Smoking. »Du warst an der Nummer beteiligt?«

Einige seiner Erinnerungen stiegen auf wie die Lichtringe im Teich. Die wechselhaften Emotionen in Jims Gesicht konnten nicht gespielt sein. Es erstaunte ihn tatsächlich, aus der Dunkelheit seiner Vergangenheit in erstes Licht zu treten.

Holly spürte, wie ihre Aufregung zunahm. »Welche Rolle hast du dabei gespielt?« fragte sie.

»Es war eine Art . . . Bühnenmagie. Meine Mutter nahm Objekte von den Zuschauern. Mein Vater arbeitete mit mir zusammen, und wir . . . Ich hielt die Gegenstände, erweckte den Anschein, mentale Eindrücke zu empfangen, und erzählte den Leuten Dinge über sie, die ich gar nicht wissen konnte.«

»Du hast nur den Anschein erweckt?« wiederholte Holly.

Jim blinzelte. »Vielleicht auch nicht. Seltsam, an wie wenig ich mich selbst dann erinnere, wenn ich mir Mühe gebe.«

»Es war kein Trick. Du hattest wirklich die Fähigkeit. Deshalb begannen deine Eltern mit der Psycho-Nummer. Du *warst* ein begabtes Kind.«

Jim strich mit den Fingerkuppen über den Schutzumschlag des Buchs. »Aber . . .«

»Aber?«

»Es gibt noch immer soviel, das ich nicht verstehe . . .«

»Oh, mir geht es ebenso, Schatz. Aber wir kommen der Wahrheit näher, und das ist sicher ein gutes Zeichen.«

Ein innerer Schatten fiel auf Jims Züge.

Holly wollte verhindern, daß sich seine Stimmung wieder verdüsterte. »Komm.« Sie griff nach dem Buch und trug es zum Schreibtisch der Bibliothekarin. Jim folgte ihr.

Die lebhafte Eloise Glynn zeichnete gerade ein Poster und benutzte dabei Dutzende von Buntstiften. Die eindrucksvollen Darstellungen zeigten Jungen und Mädchen, gekleidet als Raumfahrer, Höhlenforscher, Seeleute, Akrobaten und Entdeckungsreisende. Die Buchstaben der Überschrift waren bereits mit Bleistift gezeichnet worden und warteten darauf, mit bunter Farbe gefüllt zu werden: DIES IST EINE BIBLIOTHEK. KINDER UND ABENTEURER SIND WILLKOMMEN. FÜR ALLE ANDEREN BLEIBT DER ZUTRITT VERBOTEN!

»Hübsch«, sagte Holly und deutete auf das Poster. »Sie geben sich wirklich Mühe bei Ihrem Job.«

»Es hält mich davon ab, meine Zeit in Kneipen zu vertrödeln«, erwiderte Eloise Glynn, und ihr offenes Lächeln gab einen deutlichen Hinweis darauf, warum sie die Sympathie aller Kinder genoß.

»Mein Verlobter hat häufig lobend über Sie gesprochen«, fügte Holly hinzu. »Nach fünfundzwanzig Jahren erinnern Sie sich vielleicht nicht mehr an ihn.«

Eloise musterte Jim nachdenklich.

»Ich bin Jim Ironheart, Mrs. Glynn.«

»Oh, natürlich erinnere ich mich! Sie waren ein ganz besonderer Junge.« Die Bibliothekarin stand auf, beugte sich über den Schreibtisch und umarmte Jim kurz. Als sie ihn wieder losließ, wandte sie sich an Holly. »Sie heiraten also meinen Jimmy? Das ist wundervoll! Seit ich hier tätig bin, habe ich viele Kinder kennengelernt, und ich kann nicht behaupten, mich an alle zu erinnern – obwohl wir hier in einem kleinen Ort leben. Aber Jimmy stellte wirklich etwas Besonderes dar. Er war einzigartig.«

Holly hörte erneut, daß Jim alle Science-fiction- und Gruselgeschichten verschlungen hatte, die er damals bekommen konnte. Während des ersten Jahres in New Svenborg war er verschlossen und in sich gekehrt gewesen, und im zweiten Jahr, nach dem plötzlichen Tod seiner Großmutter, brachte er überhaupt kein Wort mehr über die Lippen.

Holly nutzte diese günstige Gelegenheit, um auf den Kern der Sache zu kommen. »Wissen Sie, Mrs. Glynn, wir sind unter anderem hier, um festzustellen, ob wir uns auf der Farm niederlassen sollen, zumindest für eine Weile . . .«

»Das Leben in diesem Ort ist angenehmer, als man zunächst glauben mag«, erwiderte Eloise. »Sie würden sich hier sehr wohl fühlen, das garantiere ich Ihnen. Da wir gerade dabei sind: Ich möchte Ihnen gleich zwei Leserausweise ausstellen!« Sie setzte sich und zog eine Schublade auf.

Als sie zwei Vordrucke nahm und nach einem Kugelschreiber griff, sagte Holly: »Allerdings gibt es da ein Problem. Für Jim warten hier ebenso viele schlechte wie gute Erinnerungen, und Lenas Tod ist die schlimmste.«

»Nun, ich war erst zehn – knapp elf – als sie starb«, warf Jim ein. »Und vielleicht habe ich einige der damaligen Ereignisse absichtlich vergessen. Ich weiß nicht mehr genau, unter welchen Umständen meine Großmutter den Tod fand. Möglicherweise erinnern Sie sich daran . . .«

Holly kam zu dem Schluß, daß er doch etwas als Interviewer taugte.

»An die Einzelheiten entsinne ich mich nicht mehr«, antwortete Eloise. »Ich schätze, niemand weiß, warum sie damals mitten in der

Nacht die alte Mühle aufsuchte. Ihr Großvater Henry meinte, seine Frau sei manchmal dorthin gegangen, um Abstand zu gewinnen. Die Mühle war ein ruhiger und friedlicher Ort, wo sie ein wenig strickte und nachdachte. Natürlich befand sich das Gebäude damals in einem besseren Zustand. Trotzdem ... Es erschien seltsam, daß sie dort um zwei Uhr nachts stricken wollte.«

Während die Bibliothekarin von Lenas Tod erzählte – ihre Schilderungen bestätigten, daß Hollys Traum aus Jims Erinnerungen stammte –, spürte Holly eine Mischung aus kalter Furcht und Übelkeit. Eloise Glynn hatte keine Ahnung, daß Lena damals nicht allein in der Mühle gewesen war; vielleicht wußte niemand davon.

Jim ist ebenfalls dort gewesen, fuhr es Holly durch den Sinn.

Und nur Jim überlebte.

Sie sah ihn an und stellte fest, daß ihm wieder die Farbe aus dem Gesicht wich. Seine Wangen waren jetzt nicht einfach nur blaß, sondern so grau wie der Himmel draußen.

Eloise wollte die Einträge auf dem Vordruck vervollständigen und bat Holly um ihren Führerschein. Der ehemaligen Journalistin lag gar nichts an dem Leserausweis, aber sie kam der Aufforderung trotzdem nach.

»Ich glaube, damals überstanden Sie den Schmerz und das Gefühl des Verlustes in erster Linie mit Hilfe von Büchern, Jim«, sagte die Bibliothekarin. »Sie haben sich von der Außenwelt abgekapselt und *ständig* gelesen. Vermutlich verwendeten Sie Ihre Fantasie wie ein Beruhigungsmittel.« Sie reichte Holly Führerschein und Leserausweis und fügte an ihre Adresse gerichtet hinzu: »Jim war ein außergewöhnlich intelligenter Junge. Er konnte so sehr in einer Geschichte aufgehen, daß sie real für ihn wurde.«

Ja, dachte Holly. *Ich weiß.*

»Als er in den Ort kam und ich hörte, daß er nie eine richtige Schule besucht hatte und von seinen Eltern unterrichtet worden war ... Das ist schrecklich, dachte ich. Nun, ihre Nachtklub-Vorstellungen zwangen sie natürlich dazu, ständig auf Achse zu sein ...«

Holly erinnerte sich an die vielen Fotos in Jims Arbeitszimmer: Miami, Atlantic City, New York, London, Chicago, Las Vegas ...

»... aber es war nicht annähernd so schlimm, wie ich zuerst annahm. Wenigstens hatten sie in ihrem Sohn großes Interesse für Bücher geweckt, und das kam ihm später zugute.« Eloise sah Jim an. »Vermutlich haben Sie Ihren Großvater nicht nach den Hintergründen von Lenas Tod gefragt, weil Sie ihm Kummer ersparen wollten. Aber er ist bestimmt nicht so empfindlich, wie Sie glauben. Und natürlich weiß er mehr als alle anderen.« Eloise richtete den Blick wieder auf Holly. »Stimmt etwas nicht?«

Holly begriff, daß sie völlig erstarrt stand, den blauen Leserausweis in der einen Hand, reglos und statuenhaft – wie eine der Personen, die in den Bücherwelten darauf warteten, zu neuem Leben erweckt zu werden. Einige Sekunden lang fand sie nicht die Kraft, Antwort zu geben.

Auch Jim war so verblüfft, daß es ihm die Sprache verschlug. Sein Großvater lebte noch? Wo befand er sich jetzt?

»Nein«, erwiderte Holly schließlich. »Es ist alles in Ordnung. Ich mußte nur gerade daran denken, wie spät es schon geworden ist . . .«

Das Knistern und Rauschen mentaler Statik, und dann eine Vision: Hollys abgehackter Kopf schrie; die abgeschnittenen Hände krochen wie große Spinnen über den Boden; der enthauptete Leib zuckte in Agonie, wand sich hin und her; sie war tot und doch lebendig, und das Entsetzen gewann ein schier unerträgliches Ausmaß . . .

Holly räusperte sich und zwinkerte verwirrt. Eloise Glynn musterte sie neugierig. »Äh ja, spät, ziemlich spät. Henry erwartet uns vor dem Mittagessen, und es ist schon zehn. Ich habe ihn noch nicht kennengelernt.« Ihre Zunge schien sich von ganz allein zu bewegen; sie hatte keine Kontrolle mehr. »Ich freue mich auf die Begegnung.«

Es sei denn, er *war* vor vier Jahren gestorben, wie Jim gesagt hatte – in dem Fall lag ihr nichts daran, ihm gegenüberzutreten. Doch Mrs. Glynn schien keine Spiritistin zu sein, die munter vorschlug, Tote zu beschwören, um ein wenig mit ihnen zu plaudern.

»Er ist ein netter Mann«, sagte Eloise. »Wahrscheinlich gefiel es ihm nicht, die Farm nach dem Schlaganfall zu verlassen, aber zum Glück ist er nicht so schlimm dran wie andere. Meine Mutter – Gott segne sie – konnte nach ihrem Schlaganfall weder gehen noch sprechen, war auf einem Auge blind und so durcheinander, daß sie nicht einmal ihre eigenen Kinder erkannte. Der arme Henry ist wenigstens noch im Vollbesitz seiner geistigen Kräfte, soweit ich weiß. Er kann sprechen und ist drüben in Fair Haven Anführer der Rollstuhlbande, wie ich hörte.«

»Ja«, sagte Jim mit hohler, hölzerner Stimme. »Das habe ich ebenfalls gehört.«

Eloise lächelte. »In Fair Haven fehlt es ihm an nichts. Ich finde es wirklich gut, daß Sie ihn dort untergebracht haben, Jim. Es ist keine Schlangengrube wie so viele andere Pflegeheime heutzutage.«

In einer öffentlichen Telefonzelle blätterte Holly durch die Gelben Seiten und fand die Adresse des Instituts Fair Haven am Rand von Solvang. Sie fuhren Richtung Südwesten durchs Tal.

»Ich erinnere mich daran, daß er einen Schlaganfall bekam«, sagte Jim. »Er lag im Krankenhaus, in der Intensivstation, und ich besuchte ihn dort. Zu jenem Zeitpunkt hatte ich ihn schon seit ... dreizehn oder mehr Jahren nicht mehr gesehen.«

Das überraschte Holly, und ihr Blick schuf eine Hitzewelle aus Scham, in der Jim zu verdorren schien. »Dreizehn Jahre lang bist du deinem Großvater ferngeblieben?«

»Es gab einen Grund dafür ...«

»Welchen?«

Eine Zeitlang starrte Jim auf die Straße, brummte dann aus Verärgerung und Abscheu. »Keine Ahnung. Es gab einen Grund, aber ich entsinne mich nicht mehr daran. Wie dem auch sei: Ich kehrte nach Henrys Schlaganfall zurück, als er im Krankenhaus mit dem Tod rang. Verdammt, ich erinnere mich daran, daß er starb!«

»Ganz deutlich?«

»Ja.«

»Du erinnerst dich daran, daß er tot im Bett lag, daß alle Kontrollmonitore gerade Linien zeigten?« fragte Holly.

Jim runzelte die Stirn. »Nein.«

»Erinnerst du dich daran, daß ein Arzt den Tod deines Großvaters feststellte?«

»Nein.«

»Erinnerst du dich daran, Vorbereitungen für das Begräbnis getroffen zu haben?«

»Nein.«

»Wieso erinnerst du dich dann so deutlich daran, daß Henry starb?«

Jim grübelte darüber nach, während Holly den Ford durch Kurven lenkte, vorbei an kleinen Hügeln, auf denen vereinzelte Häuser standen, vorbei an Pferdeweiden, von weißen Zäunen umgeben und so grün wie Bilder von Kentucky. In diesem Teil des Tals war die Vegetation üppiger als in der Nähe von New Svenborg. Doch der Himmel gewann ein noch dunkleres Grau, und in den Wolken zeigten sich blauschwarze Tönungen – sie sahen aus wie Blutergüsse.

»Wenn ich mich jetzt darauf besinne, ist alles verschwommen«, erwiderte Jim schließlich. »Ich sehe nur vage Bilder ... keine echten Erinnerungen.«

»Bezahlst du Henrys Aufenthalt in Fair Haven?«

»Nein.«

»Hast du seinen Besitz geerbt?«

»Wie kann ich ihn geerbt haben, wenn er noch lebt?«

»Bist du vielleicht eine Art Vermögensverwalter?«

Jim wollte widersprechen, als er sich plötzlich an eine Anhörung erinnerte, an einen Richter ... Die Aussage eines Arztes. Ein Rechtsanwalt, der den alten Mann vertrat und bestätigte, daß Henry zurechnungsfähig war und den Enkel Jim Ironheart beauftragte, sich um sein Eigentum zu kümmern.

»Um Himmels willen, ja«, sagte Jim. Es schockierte ihn, daß er nicht nur lange zurückliegende Ereignisse vergessen hatte, sondern auch eine erst vier Jahre alte Vergangenheit. Als Holly auf einer geraden Strecke einen langsamen Lastwagen überholte, schilderte er ihr seine allmählich erwachenden Erinnerungen an die realen Geschehnisse. »Wie ist das möglich? Wie kann ich auf diese Weise leben? Wieso zeigt mir mein Gedächtnis eine Pseudo-Wirklichkeit, die nie existierte?«

»Um dich zu schützen«, kommentierte Holly und kehrte auf die rechte Fahrbahn zurück. »Ich wette, du erinnerst dich an alle Einzelheiten deiner Tätigkeit als Lehrer, an die Schüler, die du im Laufe der Jahre kennengelernt hast, an deine Kollegen ...«

Sie hatte recht. Während sie sprach, kehrte Jim ins Klassenzimmer zurück. Es bereitete ihm überhaupt keine Schwierigkeiten, Details in den Archiven seines Gedächtnisses zu finden; nur wenige Tage schienen ihn von seiner Zeit als Lehrer zu trennen.

»... weil jenes Leben keine Drohung für dich bereithielt. Es war sinnvoll und friedlich. Du verdrängst nur die Dinge in die fernsten Winkel deiner Erinnerung, die mit dem Tod deiner Eltern, Lena Ironhearts und den Jahren in New Svenborg in Zusammenhang stehen. Henry Ironheart gehört dazu, und deshalb verbannst du ihn aus deinem Gedächtnis.«

Der Himmel wirkte wie ein blau-rot angeschwollener Bluterguß.

Jim sah Krähen, die unter den Wolken segelten – mehr Vögel, als er vom Friedhof aus gesehen hatte. Vier, sechs, acht. Sie folgten dem Wagen, flogen nach Solvang.

Sonderbarerweise entsann er sich an den Traum, der ihn nach

der Rettung von Billy Jenkins in Portland – nach der ersten Begegnung mit Holly – heimgesucht hatte. In jenem Traum glaubte er sich von einem Schwarm großer schwarzer Vögel über ein Feld gejagt. Sie kreischten um ihn herum, schlugen mit den Flügeln, trafen ihn mit krummen, skalpellscharfen Schnäbeln.

»Das Schlimmste steht uns noch bevor«, sagte er.

»Was soll das heißen?«

»Ich weiß es nicht.«

»Meinst du das, was wir in Fair Haven erfahren werden?«

Weit oben glitten die Krähen in hohen, kalten Luftströmungen.

Jim wußte nicht, welche Bedeutung seine Worte hatten, als er erwiderte: »Etwas Finsteres kommt.«

2

Das Pflegeheim Fair Haven präsentierte sich als großes, U-förmiges und einstöckiges Gebäude am Rande von Solvang. In der Architektur fehlte jeder dänische Einfluß. Das Haus wirkte wie ein Bauwerk von der Stange, war funktionell und nicht hübscher, als es sein mußte: cremefarbener Putz, einfache Dachpfannen, kastenförmig, Wände ohne irgendwelche Verzierungen. Aber es schien sich in einem guten Zustand zu befinden, und man hatte die Mauern frisch gestrichen. Die Hecken waren beschnitten, der Rasen gemäht, die Gehsteige gefegt.

Der Ort gefiel Holly. Sie wünschte sich fast, dort zu leben, vielleicht als Achtzigjährige, jeden Tag vor dem Fernseher zu sitzen oder Schach zu spielen, ohne größere Sorgen als die Frage, wohin sie am vergangenen Abend das Gebiß gelegt hatte.

Die Flure im Innern – ihr Boden bestand aus Vinylfliesen – erwiesen sich als breit und gut gelüftet. Im Gegensatz zu vielen anderen Pflegeheimen roch es nicht nach Patienten, die weder Harn noch Stuhl zurückhalten konnten und von gleichgültigem Personal sich selbst überlassen wurden. Holly nahm auch kein starkes Deodorant wahr, das über einen solchen Geruch hinwegtäuschen sollte. Die Zimmer, an denen sie und Jim vorbeikamen, sahen einladend aus: Breite Fenster gewährten einen weiten Blick über den Garten. Einige alte Männer und Frauen lagen in ihren Betten oder saßen zusammengesunken in Rollstühlen, und manche Gesichter zeigten stummen Kummer. Es handelte sich um die unglücklichen Opfer von Schlaganfällen oder der Alzheimer-Krankheit* im letzten Stadium. Sie waren in Erinnerungen und innerer Qual gefangen, unterhielten kaum mehr Beziehungen zur Außenwelt. Alle anderen schienen fröhlich zu sein. Holly hörte das Lachen von Patienten – eine Seltenheit in solchen Instituten.

Die leitende Krankenschwester erklärte, Henry Ironheart wohne schon seit über vier Jahren in Fair Haven.

Sie führte Holly und Jim ins Büro der Verwalterin Mrs. Danforth, die ihren Dienst erst nach Henry Ironhearts Einlieferung angetreten hatte. Sie war mollig, gepflegt und auf eine zurückhaltende Art und Weise zufrieden – Holly verglich sie mit der Frau eines Pfarrers, der sich um eine fromme Gemeinde kümmerte. Zwar wußte sie nicht, warum sie etwas überprüfen sollte, das Jim bereits bekannt sein mußte, aber sie sah trotzdem in den Unterlagen nach und stellte fest, daß Henry Ironhearts Monatsrechnung regelmäßig per Scheck von einem gewissen James Ironheart in Laguna Niguel bezahlt wurde.

»Es freut mich, daß Sie endlich gekommen sind, um ihn zu besuchen, und ich wünsche Ihnen einen angenehmen Aufenthalt«, sagte Mrs. Danforth mit vorsichtiger Kritik daran, daß der Enkel seinen Großvater in den vergangenen Jahren nie besucht hatte. Gleichzeitig verzichtete sie auf direkte Vorwürfe, an denen Jim Anstoß nehmen konnte.

Sie verließen das Büro und blieben in einer Ecke des Hauptflurs stehen, abseits der Krankenschwestern und Patienten in Rollstühlen.

»Ich kann ihm nicht einfach so gegenübertreten«, preßte Jim hervor. »Nicht nach so langer Zeit. Ich fühle mich . . . innerlich verkrampft. Mein Güte, Holly, ich habe Angst.«

»Warum?«

»Keine Ahnung.« Seine Verzweiflung grenzte an Panik, und Jims Blick war so beunruhigend, daß Holly ihm auswich.

»Hat dich Henry jemals schlecht behandelt, als du klein warst?«

»Nein, das kann ich mir kaum vorstellen.« Er versuchte, durch die dichten Wolken der Erinnerung zu sehen, und schüttelte dann den Kopf. »Ich weiß es nicht.«

Es widerstrebte Holly, Jim allein zurückzulassen, und deshalb bat sie ihn darum, sie zu begleiten.

* Alzheimer-Krankheit: Demenz vom Alzheimer-Typ; progrediente diffuse Hirnatrophie, die mit einem Maximum zwischen dem 50. und 60. Lebensjahr bevorzugt bei Frauen auftritt. – Anmerkung des Übersetzers.

Aber Jim beharrte darauf, daß sie zuerst gehen solle. »Frag ihn nach den Dingen, auf die es ankommt. Damit wir diesen Ort verlassen können, wenn wir nicht mehr hierbleiben wollen – falls es unangenehm oder schlimm wird. Bereite ihn auf die Begegnung mit mir vor. Bitte, Holly.«

Holly erklärte sich schließlich einverstanden – um zu verhindern, daß Jim von einer Sekunde zur anderen floh. Doch als sie beobachtete, wie er auf den Hof trat, um dort zu warten, bedauerte sie es, ihn aus den Augen zu verlieren. Wenn er der dunklen Seite seines Ichs erlag, wenn es *dem Feind* gelang, ins Hier und Jetzt zu wechseln . . . dann konnte ihm niemand helfen, dem gestaltgewordenen Zorn zu widerstehen.

Henry Ironheart befand sich nicht in seinem Zimmer, und eine freundliche Krankenschwester führte Holly zu ihm. Sie deutete auf einen Tisch im gemütlich eingerichteten Aufenthaltsraum. An der gegenüberliegenden Wand stand ein Fernseher; fünf oder sechs alte Leute verfolgten das Programm.

Henry spielte Poker mit seinen Freunden. Insgesamt vier Personen saßen an dem Tisch, der so beschaffen war, daß er Rollstühlen genügend Platz bot, und keiner von ihnen trug die sonst üblichen Pyjamas oder Trainingsanzüge. Holly sah zwei gebrechlich anmutende ältere Männer neben Henry – einer trug eine weite Hose und ein rotes Polohemd, und bei dem anderen fiel ihr ein weißes Hemd samt Fliege auf – und eine verschmitzt wirkende Frau mit schneeweißem Haar und in einem rosaroten Kostüm. Die gegenwärtige Runde neigte sich gerade ihrem Ende entgegen, und auf der Tischmitte hatten sich hohe Stapel aus blauen Kunststoffchips gebildet. Holly wollte die Spieler nicht unterbrechen und wartete. Mit dramatischen Gesten zeigten sie ihre Karten, und die Frau – sie hieß Thelma – jubelte laut, strich den Gewinn ein und lächelte hämisch, als die Männer gutmütig ihre Ehrlichkeit in Frage stellten.

Schließlich trat Holly näher und stellte sich Henry Ironheart vor, ohne sich als Jims Verlobte zu bezeichnen. »Wenn Sie einige Minuten Zeit für mich haben – ich würde gern mit Ihnen sprechen.«

»Lieber Himmel, Henry!« entfuhr es dem Mann im Polohemd. »Sie könnte deine Enkelin sein!«

»Er war schon immer ein alter Perverser«, kommentierte der Mann mit der Fliege.

»Ich bitte dich, Stewart«, sagte Thelma und wandte sich an Mr. Fliege. »Henry ist durch und durch Gentleman und war nie etwas anderes.«

»Mein Güte, Henry, bis heute abend bist du bestimmt wieder verheiratet!«

»Was bei dir gewiß nicht der Fall sein wird, George«, kommentierte Thelma. »Was mich betrifft . . .« Sie zwinkerte bedeutungsvoll. »Eine Heirat muß nicht unbedingt dazugehören.«

Sie lachten, und Holly sagte: »Offenbar habe ich nicht die geringsten Chancen.«

»Thelma bekommt praktisch immer, was sie will«, erwiderte George.

Holly beobachtete, wie Stewart nach den Karten griff und sie mischte. »Ich möchte Sie nicht stören.«

»Oh, keine Sorge«, entgegnete Henry. Nach dem Schlaganfall lallte er ein wenig, aber Holly konnte ihn ohne Schwierigkeiten verstehen. »Wir legen einfach eine Toilettenpause ein.«

George hob den Kopf. »Wenn wir in unserem Alter die Toilettenpausen nicht aufeinander abstimmen, säßen nie mehr als zwei von uns am Tisch.«

Die anderen lenkten ihre Rollstühle durchs Zimmer. Holly zog sich einen Stuhl heran und nahm neben Henry Ironheart Platz.

Er war nicht mehr der so vital wirkende und kräftige Mann, den sie letzten Abend auf dem Foto im Wohnzimmer des Farmhauses gesehen hatte, und unter anderen Umständen wäre es vielleicht sehr schwer gefallen, ihn als Jims Großvater zu erkennen. Durch den Schlaganfall war die rechte Körperhälfte geschwächt, wenn auch nicht gelähmt, und die meiste Zeit über preßte er den entsprechenden Arm an die Brust – wie ein Tier, das die verletzte Pfote zu schonen versuchte. Er hatte stark abgenommen, und sein Gesicht wirkte fast ausgezehrt, obgleich die Haut eine gesunde Farbe zeigte. Die Muskeln in der rechten Wange waren auffallend schlaff, und dadurch sahen die Gesichtszüge irgendwie schief aus.

Henrys Erscheinungsbild und seine Artikulationsprobleme hätten in Holly sicher Niedergeschlagenheit darüber geweckt, was den Menschen an seinem Lebensende erwartete – wenn nicht die Augen dieses alten Mannes gewesen wären. Darin kam eine starke, ungebeugte Seele zum Ausdruck. Außerdem – trotz seiner Behinderung sprach er wie ein sehr intelligenter und humorvoller Mann, der dem Schicksal auf keinen Fall die Genugtuung geben wollte zu verzweifeln. Wenn überhaupt, so verfluchte er seinen unzulänglichen Körper nur, wenn ihn niemand hörte und sah.

»Ich bin mit Jim befreundet«, sagte Holly.

Henrys Lippen deuteten ein schiefes ›Oh‹ an, das auf Überraschung hinwies. Zunächst schien er nicht zu wissen, was er darauf antworten sollte, doch dann fragte er: »Wie geht es ihm?«

Holly entschied sich für die Wahrheit. »Nicht besonders gut. Er hat große Probleme.«

Henry wandte den Blick von ihr ab und betrachtete die Pokerchips auf dem Tisch. »Ja«, sagte er leise.

Holly hatte sich ihn fast als ein menschliches Ungeheuer vorgestellt, das Kinder mißhandelte und zumindest teilweise für Jims Flucht vor der Realität verantwortlich war. Doch diese Beschreibung traf auf Henry nicht zu.

»Ich wollte Sie kennenlernen und mit Ihnen reden, weil Jim und ich mehr sind als nur Freunde. Ich liebe ihn, und er erwidert meine Gefühle. Ich hoffe, daß uns ein langes gemeinsames Leben bevorsteht.«

Überrascht beobachtete sie Tränen, die aus Henrys Augen rannen und in den Falten des alten Gesichts winzige Perlen bildeten.

»Es tut mir leid. Ich wollte Sie nicht aus der Fassung bringen.«

»Nein, schon gut.« Henry wischte die Tränen mit der linken Hand fort. »Ich muß mich entschuldigen ... Dafür, ein alter Narr zu sein.«

»Das sind Sie ganz bestimmt nicht.«

»Ich dachte nur ... Wissen Sie, ich war ziemlich sicher, daß Jim für immer allein bleiben würde.«

»Warum?«

»Nun ...«

Es schien ihm Kummer zu bereiten, etwas Negatives über seinen Enkel zu sagen, und damit tilgte er alle Bilder aus Holly, die ihr irgendeine Art von Tyrannen zeigten.

Sie ahnte, worauf er hinauswollte. »Er neigt dazu, andere Menschen von sich fernzuhalten. Meinen Sie das?«

Henry nickte. »Selbst mich. Die ganzen Jahre über habe ich ihn mit der ganzen Kraft meines Herzens geliebt, und ich weiß, daß er mich ebenfalls liebt, auf seine eigene Art und Weise – obwohl es ihm immer Mühe bereitete, seine Gefühle zu zeigen, obwohl er es *nie* sagte.« Als Holly ihm eine Frage stellen wollte, schüttelte Henry plötzlich den Kopf, und in seinem Gesicht zeigte sich so intensives Leid, daß die junge Frau einen zweiten Schlaganfall befürchtete. »Weiß Gott, es ist nicht allein seine Schuld, nein, bestimmt nicht.« Emotionaler Aufruhr verstärkte das Lallen in seiner Stimme. »Ich muß es zugeben – ein Teil der Distanz zwischen uns geht auf mich zurück. Ich hätte nie solche Vorwürfe gegen ihn erheben dürfen.«

»Vorwürfe?«

»Wegen Lena.«

Ein Schatten aus Furcht strich über Hollys Herz und verursachte Schmerzen, wie man sie bei Angina pectoris bekommt.

Sie blickte zum Fenster, durch das man auf den Hof sehen konnte. Jim wartete offenbar auf der anderen Seite. Holly fragte sich, was er jetzt dachte, was er empfand ...

»Wegen Lena?« wiederholte sie. »Das verstehe ich nicht.« Eine Lüge.

»Heute erscheint mir unverzeihlich, was ich damals dachte, wie ich mich verhielt.« Henry zögerte, sah in die Ferne, in die Vergangenheit. »Damals war er so seltsam, überhaupt nicht mehr das Kind, das wir kannten. Bevor Sie auch nur hoffen können, mich zu verstehen, müssen Sie folgendes wissen: Nach Atlanta wurde er immer sonderbarer und kapselte sich vollständig von der Umwelt ab.«

Bei diesen Worten dachte Holly sofort an Sam und Emily Newsome, die Jim in Atlanta gerettet hatte – und an Norman Rink, auf den er die Schrotflinte achtmal abfeuerte, in blinder Wut. Aber Henry meinte wahrscheinlich einen anderen Vorfall, der wesentlich länger zurücklag.

»Sie wissen nicht über Atlanta Bescheid?« fragte er und reagierte damit auf Hollys unübersehbare Verwirrung.

Ein seltsames Geräusch erklang und alarmierte sie. Einige Sekunden lang konnte sie es nicht identifizieren, und dann begriff sie, daß es von Vögeln stammte: Sie krächzten und zirpten so laut, als glaubten sie ihre Nester bedroht. Es befanden sich keine Vögel im Zimmer; vermutlich tönte das Kreischen vom Dach durch den Kaminschornstein. Nach einer Weile verklang es allmählich.

Holly konzentrierte sich wieder auf Henry Ironheart. »Atlanta? Nein, davon weiß ich nichts.«

»Das dachte ich mir. Ich wäre sehr überrascht gewesen, wenn Jim Ihnen davon erzählt hätte – selbst wenn er Sie liebt. Er spricht nie darüber.«

»Was geschah in Atlanta?«

»Es passierte in einem Restaurant namens Dixie Duck ...«

»O mein Gott«, hauchte Holly und erinnerte sich sofort an den schrecklichen Traum.

»Allem Anschein nach wissen Sie wenigstens etwas davon«, sagte Henry. Dumpfe Pein glänzte in seinen Augen.

Sie spürte, wie ihr Gesicht zu einer Grimasse der Gram wurde.

Ihr Mitgefühl bezog sich nicht etwa auf Jims Eltern, auch nicht auf Henry, der die beiden sicher sehr geliebt hatte – es galt dem Mann, der draußen wartete. »O mein Gott.« Und dann brachte sie keinen Ton mehr hervor. Sie fühlte einen dicken Kloß im Hals, und auch aus ihren Augen lösten sich Tränen.

Henry streckte eine fleckige Hand aus, und Holly griff danach, sammelte Kraft und versuchte, den Schock zu überwinden.

Das Läuten von Glocken drang aus dem Lautsprecher des Fernsehers, der an der gegenüberliegenden Wand stand. Signalhörner erklangen in der TV-Show.

Jims Eltern waren keineswegs durch einen Verkehrsunfall ums Leben gekommen. Er hatte diese Geschichte erfunden, um nicht die schreckliche Wahrheit erzählen zu müssen.

Hollys letzter Traum stellte keine prophetische Vision dar. Es handelte sich vielmehr um eine weitere Erinnerung Jims, in ihr Bewußtsein projiziert, als sie beide schliefen. Sie hielt sich dabei erneut in einem fremden Körper auf, doch diesmal teilte sie nicht mit Lena den Körper, so wie vor zwei Nächten, sondern mit Jim: Ein Spiegel hätte ihr bestimmt das Gesicht eines zehnjährigen Jungen gezeigt. Das Grauen des Restaurants kehrte nun mit überaus deutlichen Bildern zurück, die Holly nicht aus ihrem Gedächtnis verdrängen konnte, und sie schauderte heftig.

Einmal mehr blickte sie zum Fenster, sah nach draußen und hielt vergeblich nach Jim Ausschau. Sie machte sich große Sorgen um ihn.

»Seine Eltern traten mehrere Tage lang in einem Klub von Atlanta auf«, sagte Henry. »Sie wollten in Jimmys Lieblingsrestaurant zu Mittag essen, das er bereits von einem anderen Besuch in Atlanta kannte.«

Hollys Stimme vibrierte, als sie fragte: »Wer war der Mörder?«

»Ein Wahnsinniger. Das ist es ja gerade. Es steckte überhaupt keine Bedeutung dahinter. Nur ein Amokläufer, der wild um sich schoß.«

»Wie viele Menschen starben?«

»Eine Menge.«

»Wie viele, Henry?«

»Vierundzwanzig.«

Holly dachte an den jungen Jim Ironheart in jenem Inferno, stellte sich vor, wie er über Leichen hinwegkroch, schmerzerfüllte und entsetzte Schreie hörte, wie er Blut und Erbrochenes roch, Galle und Urin, wie er von Kugeln zerfetztes Fleisch sah. Erneut hörte sie die automatische Waffe – *Ra-ta-ta-ta-ta-ta-ta-ta* –, das Bitte-bitte-bitte-bitte der jungen Kellnerin. Nur ein Traum, ja. Aber das Grauen gewann darin ein schier unerträgliches Ausmaß. Der vom Zufall bestimmte Schrecken und die Grausamkeit des Menschen, in einem einzigen Erlebnis komprimiert – eine unvorstellbare Qual. Selbst ein Erwachsener hätte viele Jahre und vielleicht sogar ein ganzes Leben gebraucht, um sich davon zu erholen. Ein zehnjähriger Knabe konnte mit so etwas unmöglich fertig werden. Für ein Kind war es vielleicht notwendig, aus der Realität dieser Erfahrung zu fliehen und in einer Fantasiewelt Zuflucht zu suchen, um nicht ganz und gar den Verstand zu verlieren.

»Nur Jimmy überlebte«, sagte Henry. »Wenn die Polizei einige Sekunden später eingetroffen wäre, hätte es ihn ebenfalls erwischt. Die Beamten erschossen den Mann.« Er schloß die Finger etwas fester um Hollys Hand. »Sie fanden Jim in einer Ecke, auf Jamies Schoß, auf dem Schoß seines Vaters, in den Armen seines Daddys, von ... von seinem Blut besudelt.«

Holly entsann sich an das Ende des Traums ...

... und es gibt keinen Ausweg mehr, denn der Wahnsinnige nähert sich. Er wirkt so entsetzlich, so böse und grauenhaft, daß sie nicht beobachten kann, wie er sich nähert, sie will nicht sehen, wie er die Waffe auf sie richtet, so wie auf das rothaarige Mädchen, und deshalb dreht sie den Kopf zur Seite, blickt in das Gesicht des Toten ...

... und sie erinnerte sich daran, daß sie plötzlich erwachte und voller Abscheu nach Luft schnappte.

Wenn ihr Zeit genug geblieben wäre, einen Blick in das Gesicht zu werfen, so hätte sie bestimmt Jims Vater erkannt.

Erneut klang das Kreischen durch den Aufenthaltsraum, noch lauter diesmal. Zwei alte Leute gingen zum Kamin, um festzustellen, ob Vögel hinter der Luftklappe des Schornsteins festsaßen.

»Vom Blut seines Vaters bedeckt«, wiederholte Henry leise. Inzwischen waren viele Jahre vergangen, aber es konnte kein Zweifel daran bestehen, daß ihm die Gedanken an jenes Ereignis noch immer heftigen seelischen Schmerz bereiteten.

Der Junge hockte damals nicht nur auf dem Schoß seines toten Vaters, sondern mußte auch gewußt haben, daß irgendwo die Leiche seiner Mutter lag, daß er zur Waise geworden war.

Jim saß auf einer Redwood-Bank im Garten des Pflegeheims Fair Haven. Niemand befand sich in der Nähe.

An diesem Tag im späten August erreichte die jahreszeitlich bedingte Dürre ihren Höhepunkt, und deshalb wirkten die dunklen Regenwolken ungewöhnlich. Doch Jim hatte das Gefühl, daß sie keine Nässe brachten, sondern die Asche eines kalten Feuers. Späte Sommerblumen wuchsen in Beeten und neigten sich halb über die Pfade, aber ohne hellen Sonnenschein trübten sich ihre bunten Farben. Die Bäume erzitterten, als fröstelten sie in der leichten Brise. Etwas kam. Etwas Dunkles schlich heran.

Jim klammerte sich an Hollys Theorie fest. Er dachte immer wieder daran, daß sich nur dann etwas manifestieren konnte, wenn er es wollte. Er brauchte nur die Kontrolle über sich zu wahren, um jede Gefahr zu bannen.

Trotzdem fühlte er, daß etwas kam.

Etwas.

Er hörte das Krächzen der Vögel.

Das Kreischen verklang.

Nach einer Weile ließ Holly Henry Ironhearts Hand los, holte ein Papiertaschentuch hervor, betupfte die Augen und putzte sich die Nase. Als sie ihrer Stimme wieder vertrauen konnte, sagte sie: »Jim gibt sich die Schuld am Tod seiner Eltern.«

»Ich weiß. Das war von Anfang an der Fall. Er sprach nie darüber, aber sein Verhalten machte deutlich, daß er sich verantwortlich fühlte, daß er sich für einen Versager hielt – weil er seine Eltern nicht gerettet hatte.«

»Aber warum? Er war doch erst zehn Jahre alt, ein kleiner Junge. Er hätte überhaupt nichts gegen einen Mann mit einer automatischen Waffe unternehmen können. *Weshalb* fühlt er sich schuldig?«

Für einige Sekunden wich der Glanz aus Henrys Augen. Die bereits schiefen Gesichtszüge verzerrten sich noch mehr und vermittelten tiefe Trauer.

»Ich habe oft versucht, mit ihm darüber zu reden«, erwiderte er schließlich. »Ich nahm ihn auf den Schoß, umarmte ihn und sprach leise auf ihn ein, so wie auch Lena. Aber er war zu verschlossen, blieb weiterhin eingekapselt, wies nie darauf hin, warum er so heftige Vorwürfe gegen sich selbst erhob, warum er sich . . . haßte.«

Holly sah auf ihre Armbanduhr.

Jim war schon zu lange allein.

Aber sie konnte Henry Ironheart nicht ausgerechnet jetzt unterbrechen. Sie spürte deutlich, daß nun die wichtigste Offenbarung bevorstand.

»All die Jahre lang habe ich darüber nachgedacht«, fuhr der alte Mann fort. »Und vielleicht weiß ich nun, warum Jim damals auf diese Weise empfand. Aber als ich zu verstehen begann, war er bereits erwachsen, und schon vor langer Zeit hörten wir auf, über Atlanta zu sprechen. Um ganz ehrlich zu sein: Es herrschte praktisch nur noch Schweigen zwischen uns.«

»Was begannen Sie zu verstehen?«

Henry legte die schwache rechte Hand in die starke linke und starrte auf knotige, von den Fingerknöcheln gebildete Höcker. Er wirkte unsicher und schien sich zu fragen, ob er ihr das anvertrauen sollte, was er jemandem anvertrauen mußte.

»Ich liebe ihn, Henry.«

Er sah auf und begegnete ihrem Blick.

»Vorhin haben Sie vermutet, daß ich hierhergekommen bin, um zu erfahren, was sich in Atlanta abgespielt hat – weil Jim nicht darüber sprechen will«, sagte Holly. »Das stimmt in gewisser Weise. Aber es gibt auch noch andere Gründe, die mich zu Ihnen führen. Jim verweigert mir den Zugang zu einigen Bereichen seines Lebens. Er liebt mich wirklich, Henry, daran zweifle ich nicht, doch er errichtet auch Barrieren, die mich fernhalten sollen. Wenn ich ihn heirate, wenn es wirklich dazu kommt, möchte ich alles über ihn wissen – andernfalls haben wir nie die Chance, glücklich zu werden. Geheimnisse sind kein geeignetes Fundament für ein gemeinsames Leben.«

»Da haben Sie natürlich recht.«

»Erklären Sie mir, warum sich Jim für schuldig hält. Dieses Gefühl bringt ihn allmählich um, Herny. Wenn es für mich irgendeine Hoffnung geben soll, ihm zu helfen, so brauche ich Ihr Wissen.«

Der alte Mann seufzte und rang sich zu einer Entscheidung durch. »Was ich Ihnen jetzt sagen werde, klingt vielleicht wie abergläubischer Unsinn, aber es ist die reine Wahrheit. Ich schildere Ihnen nur die wichtigsten Dinge, denn wenn ich Einzelheiten hinzufüge, erscheint alles noch seltsamer. Meine Frau Lena hatte eine besondere Gabe. Ich nehme an, man könnte sie als Vorahnung bezeichnen. Sie war nicht imstande, in die Zukunft zu sehen und festzustellen, welches Pferd ein Rennen gewinnt oder was im nächsten Jahr geschieht. Nein, nichts in dieser Art. Aber manchmal . . . Nun, wenn man sie zu einem Picknick einlud, das am nächsten Sonntag stattfinden sollte, erwiderte sie plötzlich, daß es in einer Woche wie bei der Sintflut regnen würde. Und das war dann tatsächlich der Fall. Oder wenn eine Nachbarin ein Kind erwartete ... Lena sprach dann von dem Ungeborenen als ›er‹ oder ›sie‹, obgleich sie überhaupt nicht wissen konnte, ob es sich um einen Jungen oder ein Mädchen handelte – und sie behielt immer recht.«

Holly spürte, wie die letzten Stücke des Puzzles an den richtigen Platz rutschten. Als Henry ihr einen Sicher-halten-Sie-mich-jetzt-für-einen-alten-Narren-Blick zuwarf, nahm sie seine rechte Hand und drückte sie beruhigend.

Er musterte sie einige Sekunden lang. »Haben Sie bei Jim etwas Sonderbares erlebt, etwas, das Ihnen wie Magie erschien?«

»Ja.«

»Dann wissen Sie vielleicht, worauf ich hinauswill.«

»Ja, vielleicht.«

Erneut ertönte das Krächzen. Die alten Leute vor dem Fernseher reduzierten die Lautstärke des Apparats, sahen sich um und versuchten herauszufinden, woher die Geräusche kamen.

Holly blickte wieder zum Fenster. Nirgends zeigten sich Vögel. Aber sie ahnte, warum sich ihr plötzlich die Nackenhaare aufrichteten: Das Kreischen stand in einem direkten Zusammenhang mit Jim. Sie erinnerte sich daran, daß er auf dem Friedhof einige Krähen beobachtet und während der Fahrt nach Solvang immer wieder zum Himmel aufgesehen hatte.

»Unser Sohn Jamie ähnelte seiner Mutter«, fuhr Henry fort, als hörte er die Vögel überhaupt nicht. »Manchmal *wußte* er bestimmte Dinge. Nun, er war noch begabter als Lena. Nachdem Jamie Cara geheiratet hatte, als sie nach einiger Zeit schwanger wurde, sagte Lena eines Tages: ›Das Kind ist etwas Besonderes. Der Junge wird ein echter Magus.‹«

»Magus?«

»Jemand, der spezielle Fähigkeiten hat, so wie sie auch Lena und Jamie besaßen. Ein Magier. Ein wahrer Zauberer. Schließlich kam Jim zur Welt, und als er vier war, begann er damit, uns zu ... erstaunen. Einmal berührte er meinen Kamm, den ich beim Frisör gekauft hatte, und er beschrieb mir den Laden, obwohl er ihn überhaupt nicht kannte; damals lebte er zusammen mit Jamie und Cara in Los Angeles.«

Henry legte eine kurze Pause ein und atmete mehrmals tief durch. Das Lallen wurde immer stärker, und sein rechtes Lid sank herab – das Sprechen schien ihn ebenso anzustrengen wie körperliche Arbeit.

Ein Krankenpfleger trat auf den Kamin zu, leuchtete mit einer

Taschenlampe in den Schornstein, beobachtete den Rauchfang und die Luftklappe, suchte nach irgendwelchen Vögeln.

Holly hörte jetzt nicht nur das Kreischen, sondern auch das Schlagen von Flügeln.

»Wenn Jimmy Gegenstände zur Hand nahm, *wußte* er, woher sie stammten, berichtete sogar von ihren Besitzern«, sagte Henry. »Natürlich wußte er nicht alles, nur dies und das. Er konnte irgendein persönliches Objekt berühren, den Namen des Besitzers nennen und hinzufügen, womit er sich den Lebensunterhalt verdiente. Und wenn er dann einen anderen Gegenstand nahm ... Vielleicht wäre er nur in der Lage gewesen, die Namen der Kinder jener Person zu nennen und festzustellen, wo sie zur Schule gingen. Aber *irgend etwas* erfuhr er immer, wenn er sich Mühe gab.«

Der Krankenpfleger – gefolgt von drei Patienten, die ihm ihre Hilfe anboten – wandte sich vom Kamin ab, runzelte die Stirn und sah zu den Belüftungsschlitzen der Klimaanlage hoch. Das zänkische Kreischen hallte noch immer durchs Zimmer.

»Lassen Sie uns auf den Hof gehen«, schlug Holly vor und stand auf.

»Warten Sie«, brachte Henry mühsam hervor. »Erst möchte ich Ihnen auch noch den Rest erzählen.«

Um Himmels willen, Jim, dachte Holly. *Halt noch ein oder zwei Minuten lang aus.*

Widerstrebend setzte sie sich wieder.

»Jims besondere Begabung war ein Geheimnis der Familie, ebenso wie Lenas und Jamies Talent«, fuhr Henry fort. »Wir wollten nicht, daß alle Welt davon erfuhr. Wir wollten nicht, daß neugierige Leute kamen, uns als Monstren oder was weiß ich bezeichneten. Aber Cara ... Sie wünschte sich so sehr, im Showbusineß tätig zu sein. Jamie arbeitete damals bei Warner Brothers – dort lernten sie sich kennen –, und er versuchte, den Wunsch seiner Frau zu erfüllen. Sie beschlossen, mit Jimmy auf Tournee zu gehen, ihn als Wunderkind vorzustellen, das über magische Kräfte verfügte. Bestimmt würde niemand vermuten, daß er tatsächlich übernatürliche Fähigkeiten hatte. Bei ihren Vorstellungen erweckten sie den Anschein, als steckten geschickte Tricks dahinter. Sie zwinkerten, forderten das Publikum heraus, sie zu entlarven – obwohl alles *real* war. Nun, sie verdienten ziemlich viel Geld damit, und es kam auch der Familie zugute, weil sie jeden Tag zusammensein konnten. Schon vor den Reisen standen sie sich sehr nahe, und später wurden sie praktisch unzertrennlich. Keine Eltern haben ihr Kind mehr geliebt als Jamie und Cara ihren Sohn Jim – und er erwiderte diese Liebe. Sie bildeten eine Einheit, und es erschien uns unvorstellbar, daß sie jemals voneinander getrennt werden könnten.«

Krähen segelten am grauen Himmel.

Jim saß noch immer auf der Redwood-Bank und beobachtete sie.

Einige Wolken im Osten verschlangen die Vögel, doch dann kehrten sie plötzlich zurück.

Eine Zeitlang kreisten sie weit oben.

Die dunklen, gezackten Konturen am wie verbrannt wirkenden Himmel formten ein Bild, das aus einem Gedicht von Edgar Allan Poe zu stammen schien. Als Junge hatte er Poe sehr verehrt und sich die makabersten Reime eingeprägt. Morbidität konnte faszinierend sein.

Das Kreischen verstummte plötzlich. Die anschließende Stille kam einem Segen gleich, aber seltsamerweise erschreckte sie Holly noch mehr als das laute Krächzen.

»Jimmys Macht wuchs«, fuhr Henry Ironheart mit belegter Stimme fort. Er rutschte im Rollstuhl auf die andere Seite, wobei ihn die geschwächte rechte Körperhälfte behinderte. Zum erstenmal zeigte er Ärger darüber. »Als Sechsjähriger konnte Jim eine auf dem Tisch liegende Münze allein mit der Kraft seiner Gedanken bewegen, sie hin und her schieben, sie auf die Kante stellen. Als Achtjähriger war er imstande, sie in der Luft schweben zu lassen. Als Zehnjähriger vollbrachte er das gleiche Kunststück mit Schallplatten oder Büchsen. Ich habe nie etwas Erstaunlicheres gesehen.«

Wenn Sie wüßten, wozu Jim als Fünfunddreißigjähriger fähig ist …, dachte Holly.

»Bei den Vorstellungen zeigten sie so etwas nie«, sagte Henry. »Sie setzten die übliche Nummer fort und nahmen persönliche Gegenstände von Zuschauern entgegen. Jim berichtete dann Dinge, die von den Betreffenden als außerordentlich verblüffend empfunden wurden. Schließlich wollten Jamie und Cara ihr Repertoire mit Levitationen erweitern, aber sie wußten noch nicht, wie sie das fertigbringen sollten, ohne die Wahrheit zu enthüllen. Sie besuchten das Dixie Duck in Atlanta – und damit endete alles.«

Nein, nicht alles, fuhr es Holly durch den Sinn. *Damit endete das Licht. Damit* begann *die Dunkelheit.*

Sie begriff nun, warum ihr die Stille mehr zusetzte als das Kreischen der Vögel. Das Krächzen kam dem Zischen einer brennenden Lunte gleich, die langsam zur Bombe hin brannte. Solange dieses Geräusch erklang, ließ sich die Explosion verhüten.

»Deshalb glaubte Jim vermutlich, daß es ihm möglich gewesen sein sollte, seine Eltern zu retten«, fügte Henry hinzu. »Allein mit der Kraft des Willens konnte er Einfluß auf feste Gegenstände nehmen, sie bewegen. Er gab sich die Schuld, weil er die Kugeln nicht im Lauf der automatischen Waffe festgehalten, weil er den Abzug nicht irgendwie blockiert und den Wahnsinnigen daran gehindert hatte, Jamie und Cara und all die anderen zu erschießen ...«

»Hätte er das geschafft?«

»Ja, vielleicht. Aber er war nur ein entsetzter kleiner Junge. Um die Münzen, Schallplatten und Dosen aufsteigen zu lassen, mußte er sich konzentrieren. Und dazu blieb ihm keine Zeit, als der Verrückte schoß.«

Holly entsann sich an das gräßliche Geräusch: *Ra-ta-ta-ta-ta-ta-ta-ta ...*

»Als wir ihn von Atlanta hierherholten, sprach er kaum, nur ab und zu ein Wort. Er mied unseren Blick. Etwas starb in ihm, als seine Eltern ums Leben kamen, und wir konnten die Leere in ihm nicht einmal mit Liebe füllen. Er verlor auch seine besonderen Fähigkeiten. So schien es jedenfalls. Nie wieder erstaunte er uns damit, Objekte zu bewegen, und nach einigen Jahren fiel es manchmal schwer sich vorzustellen, daß er als kleiner Junge so seltsame Dinge hatte bewerkstelligen können.«

Trotz seiner Fröhlichkeit hatte Henry Ironheart zu Beginn des Gesprächs wie der achtzig Jahre alte Mann ausgesehen, der er war. Jetzt wirkte er noch weitaus älter.

»Jim verhielt sich so seltsam nach der Tragödie in Atlanta«, sagte Henry. »Er wurde unnahbar, und Zorn brodelte in ihm ... Manchmal fürchtete ich mich, obwohl ich ihn liebte. Und später ... Gott möge mir verzeihen. Ich dachte, er ...«

»Ich weiß«, warf Holly ein.

Es zuckte in Henrys schlaffem Gesicht, und er bedachte Holly mit einem scharfen Blick.

»Ihre Frau«, sagte sie. »Lena. Die Umstände ihres Todes.«

»Sie wissen viel«, erwiderte der alte Mann, und seine Stimme klang noch etwas undeutlicher.

»Zuviel«, bestätigte Holly. »Eigentlich komisch. Mein ganzes Leben lang habe ich zuwenig gewußt.«

Henry sah wieder auf seine fleckigen Hände hinab. »Wie konnte ich glauben, daß ein zehnjähriger – wenn auch verhaltensgestörter – Knabe in der Lage sein sollte, Lena die Treppe in der Mühle hinunterzustoßen? Immerhin liebte er sie, von ganzem Herzen. Erst viele Jahre später wurde mir klar, wie grausam ich zu ihm gewesen bin, wie gefühllos und dumm. Zu jener Zeit gab er mir nicht mehr die Chance, mich zu entschuldigen für das, was ich getan und . . . gedachte hatte. Er verließ die Farm, um das College zu besuchen – und kehrte nie zurück. Dreizehn Jahre lang blieb er fern, bis ich den Schlaganfall bekam.«

Das stimmt nicht ganz, überlegte Holly stumm. *Jim kam noch einmal hierher, neunzehn Jahre nach Lenas Tod, um Blumen auf ihr Grab zu legen.*

»Wenn ich eine Möglichkeit fände, ihm alles zu erklären, wenn er mir doch noch eine Chance dazu gäbe . . .«

»Er ist hier«, sagte Holly und erhob sich erneut.

Ein schweres Gewicht aus Furcht zerrte an Henrys Gesicht, ließ es noch ausgemergelter erscheinen. »Hier?«

»Ja. Um Ihnen die Chance zu geben, die Sie sich erhoffen.« Holly atmete tief durch. »Möchten Sie, daß ich Sie zu ihm bringe?«

Weitere Krähen flogen herbei, und jetzt kreisten acht von ihnen am Himmel.

Einmal mitten in der Nacht, so trübe,
während ich dachte, schwach und müde,
an seltsame Dinge, in des Vergessens Grabe . . .
Während ich döste und fast schlief,
ein Klopfen an der Tür mich rief,
ein leises Pochen, dumpf und tief.

»›Nimmermehr, sprach der Rabe‹«, flüsterte Jim den wahrhaftigen Vögeln zu, nicht denen in Poes Gedicht.

Er hörte ein leises, rhythmisches Knarren, wie von einem sich drehenden Rad, und er vernahm auch Schritte. Als er aufsah, bemerkte er Holly, die den Rollstuhl seines Großvaters über den Weg zur Bank schob.

Vor achtzehn Jahren war er aufgebrochen, um das College zu besuchen, und während dieser Zeit hatte er Henry nur einmal gesehen. Zunächst hatte Jim ihn ab und zu angerufen, aber schließlich verzichtete er auch darauf und fand sich damit ab, daß kein Kontakt mehr existierte. Wenn Briefe kamen, warf er sie ungeöffnet fort. Er erinnerte sich nun daran – und auch an das Warum.

Jim wollte aufstehen, aber die Beine gaben unter ihm nach, und daraufhin blieb er sitzen.

Holly ließ den Rollstuhl vor der Bank stehen und nahm dann neben Jim Platz. »Alles in Ordnung?«

Er antwortete nicht und vermied es, seinen Großvater anzusehen. Statt dessen beobachtete er die Krähen, die unter den aschgrauen Wolken segelten.

Der alte Mann brachte es ebenfalls nicht fertig, den Blick auf Jim zu richten. Er betrachtete die Blumenbeete und erweckte den Eindruck, als sei er nur nach draußen gekommen, weil ihn die Blüten interessierten.

Holly wußte, daß es nicht einfach sein würde. Ihr Mitgefühl galt beiden Männern, und sie wollte alles versuchen, sie einander näherzubringen.

Zuerst mußte sie das dichte Unkraut der letzten Lüge jäten, die Jim ihr – vielleicht sogar bewußt – erzählt hatte. »Es gab keinen Verkehrsunfall, Schatz«, sagte sie und legte ihm die Hand aufs Knie. »Deine Eltern kamen nicht ums Leben, während sie auf der Straße unterwegs waren.«

Jim wandte sich von den Vögeln ab und musterte Holly mit nervöser Erwartung. Sie sah deutlich, daß er sich nach der Wahrheit sehnte und sie gleichzeitig fürchtete.

»Es geschah in einem Restaurant . . .«

Jim schüttelte langsam den Kopf.

». . . in Atlanta, Georgia . . .«

Er wiederholte die Geste des stummen Leugnens, doch seine Pupillen weiteten sich.

». . . im Dixie Duck«, sagte Holly.

Die Erinnerung explodierte mit der Wucht einer Granate in ihm, und Jim beugte sich ruckartig vor, als müsse er sich erbrechen. Doch er würgte nicht. Statt dessen ballte er die Fäuste, schnitt eine Grimasse des Schmerzes und gab leise, unartikulierte Laute des Kummers und Entsetzens von sich.

Holly schlang ihm den Arm um die gebeugten Schultern.

Henry Ironheart sah sie an. »O mein Gott!« stieß er hervor, als er plötzlich begriff, in welchem Ausmaß sein Enkel die damaligen Ereignisse verdrängt hatte. »O mein Gott.« Als aus Jims gequältem Stöhnen ein Schluchzen wurde, starrte Henry Ironheart wieder auf die Blumen, auf seine fleckigen Hände, auf die Füße, auf die Räder des Rollstuhls, irgendwohin, um nicht Hollys Blick zu begegnen. Doch schließlich sah er auf. »Er bekam eine Therapie«, sagte er und versuchte, für seine Schuld zu sühnen. »Wir wußten, daß er eine Therapie brauchte. Wir brachten ihn mehrmals zu einem Psychiater in Santa Barbara, gaben uns alle Mühe. Aber der Spezialist – er hieß Hemphill – meinte, mit Jim sei alles in Ordnung. Nach sechs Sitzungen behauptete er, Jim sei völlig gesund. Er hielt es nicht für nötig, die Behandlung fortzusetzen.«

»Was wissen solche Leute schon?« erwiderte Holly. »Wie hätte Hemphill helfen können, obwohl er den Jungen überhaupt nicht kannte, ihn nicht liebte?«

Henry Ironheart zuckte so heftig zusammen, als habe sie ihn geschlagen. Aber Hollys Bemerkung war gar nicht als eine Verurteilung seiner damaligen Entscheidung gemeint.

»Nein«, fügte sie rasch hinzu und hoffte, daß er ihr glaubte. »Es geht mir um folgendes: Es wundert mich nicht, daß ich weiter kam, als es Hemphill jemals möglich war. Weil ich Jim liebe. Nur Liebe ermöglicht ihm die Heilung.« Sie strich Jim übers Haar. »Du hättest sie nicht retten können, Schatz. Damals war deine Macht nicht annähernd so groß wie heute. Du hast nur durch Glück überlebt. Glaub mir, Jim. Hör auf mich und glaub mir.«

Einige Sekunden lang schwiegen sie, jeder von ihnen in Schmerz gefangen.

Holly stellte fest, daß noch mehr Krähen unter den grauen Wolken kreisten, etwa ein Dutzend. Sie wußte, daß Jim die Vögel hierher lockte – das Wie blieb ihr allerdings rätselhaft –, und ihre Präsenz erfüllte sie mit wachsendem Unbehagen.

Sie griff nach Jims Hand, um ihm Trost zu spenden. Nach einer Weile schluchzte er nicht mehr, doch die Fäuste waren weiterhin fest geballt und so hart wie Stein.

»Dies ist Ihre Chance«, sagte sie zu Henry. »Erklären Sie ihm, warum Sie sich von ihm abwandten, warum Sie . . . was auch immer getan haben.«

Der alte Mann räusperte sich und tastete mit der rechten Hand nervös zum Mund. Ohne Jim oder Holly anzusehen, begann er: »Nun, zunächst einmal müssen Sie . . . die damalige Situation verstehen. Einige Monate nach Jimmys Rückkehr aus Atlanta wurde im Ort ein Film gedreht . . .«

»Die schwarze Windmühle«, warf Holly ein.

»Ja. Er las die ganze Zeit über ...« Henry unterbrach sich und schloß die Augen, als wolle er auf diese Weise Kraft schöpfen. Als er die Lider wieder hob, richtete er den Blick auf Jims geneigten Kopf und schien bereit zu sein, ihm in die Augen zu sehen. »Du hast die ganze Zeit über gelesen, dich in der Bibliothek durch ein Regal nach dem anderen gearbeitet. Der Film veranlaßte dich dazu, dir auch das Willot-Buch vorzunehmen. Eine Zeitlang wurde es ... Himmel, ich weiß nicht. Du warst regelrecht besessen davon, Jim. Du hast über jenen Roman gesprochen und dabei zumindest einen Teil deiner Verschlossenheit aufgegeben, und deshalb ermutigten wir dich, bei den Dreharbeiten zuzusehen. Weißt du noch? Kurze Zeit später erzähltest du uns von einer außerirdischen Präsenz im Teich und in der Windmühle, so wie sie das Buch und der Film schilderten. Zuerst dachten wir, es sei nur ein Spiel.«

Henry schwieg.

Die Stille dauerte an.

Die Anzahl der Vögel war auf etwa zwanzig gewachsen.

Sie krächzten nicht, segelten völlig lautlos am Himmel.

Holly richtete ihre Aufmerksamkeit wieder auf Henry. »Doch dann begannen Sie, sich Sorgen zu machen.«

Der alte Mann hob eine zittrige Hand zum faltigen und zerfurchten Gesicht. Er wollte nicht etwa die Müdigkeit fortwischen, sondern Jahre abstreifen, um die Vergangenheit deutlicher zu erkennen. »Du hast immer mehr Zeit in der Mühle verbracht, Jim, manchmal den ganzen Tag. Und auch den Abend. Ab und zu, wenn wir mitten in der Nacht aufstanden, um ins Bad zu gehen, sahen wir Licht in der Mühle, um zwei oder drei Uhr morgens. Und dann lagst du nicht in deinem Bett.«

Henry legte jetzt häufigere Pausen ein. Er war nicht müde. Es widerstrebte ihm nur, jene längst begrabenen Erinnerungen in Worte zu kleiden.

»Bei solchen Gelegenheiten gingen Lena oder ich nach draußen zur Mühle und holten dich zurück. Oft hast du uns dann von *dem Freund* erzählt. Du warst so sonderbar, daß wir nicht wußten, wie wir uns verhalten sollten, und deshalb ... unternahmen wir nichts. Nun, in jener Nacht, als Lena starb ... Ein Gewitter zog heran ...«

Holly erinnerte sich an den Traum.

... böiger Wind weht, als sie über den Kiespfad eilt ...

»... Und Lena weckte mich nicht. Sie ging allein nach draußen, in die hohe Kammer ...«

... sie steigt die Kalksteintreppe hoch ...

»... Ein ziemlich starkes Gewitter, aber für gewöhnlich erwachte ich nicht einmal, wenn es laut donnerte ...«

... Blitze flackern, als sie an dem Fenster vorbeikommt, und durch die Scheibe sieht sie etwas im Teich ...

»... Ich schätze, du hast dort wie üblich gelesen, im Licht einer Kerze ...«

... weiter oben ertönen seltsame Geräusche, und ihr Herz klopft schneller, als sie Stufe um Stufe hinter sich bringt, neugierig und gleichzeitig besorgt ...

»... Schließlich weckte mich ein Krachen ...«

... sie erreicht das obere Ende der Treppe und sieht den Jungen. Er hat die Hände an den Seiten zu Fäusten geballt, steht neben einem blauen Teller mit einer gelben Kerze. Auf dem Boden liegt ein Buch ...

»... Ich bemerkte, daß Lena nach draußen gegangen war, und als ich aus dem Schlafzimmerfenster blickte, sah ich mattes Licht in der Mühle ...«

... der Junge dreht sich zu ihr um und ruft: Hilf mir. Ich habe Angst. Die Wände, die Wände!

»... Und ich glaubte, meinen Augen nicht trauen zu können, denn die Windmühlenflügel drehten sich, selbst damals hatten sie sich schon seit zehn oder fünfzehn Jahren nicht mehr gedreht, der Mechanismus war blockiert ...«

... bernsteinfarbenes Licht glüht aus den Wänden, in den Tönungen von Eiter und Galle; der Kalkstein wölbt sich vor, und sie begreift plötzlich, daß sich etwas Lebendiges *und Monströses daraus hervorschieben will ...*

»... Aber sie drehten sich wie die Propeller eines Flugzeugs, ich streifte rasch die Hose über und eilte nach unten ...«

... Furcht und eine unheilvolle Aufregung erklingen in der Stimme des Jungen, als er sagt: Es kommt, und niemand kann es aufhalten!

»... Ich griff nach der Taschenlampe und lief nach draußen in den Regen ...«

... die gewölbte Fläche aus Steinblöcken und Mörtel platzt wie die schwammige Membran eines Insekteneis. Eine Gestalt bildet sich in der schleimigen Masse, die Verkörperung von Jims Zorn auf die Welt und ihre Ungerechtigkeit, fleischgewordener Haß, seine eigene Todessehnsucht, so intensiv und finster, daß sie zu einer separaten, von ihm unabhängigen Wesenheit wird ...

»... Ich erreichte die Mühle und konnte einfach nicht glauben, daß sich die alten Flügel drehten, wusch, wusch, wusch!«

An dieser Stelle endete Hollys Traum, aber ihre Vorstellung

fügte eine wahrscheinliche Schlußsequenz hinzu. Die Manifestation *des Feindes* entsetzte Lena, und sie gelangte zu dem verblüffenden Schluß, daß sich der Junge die fremde Präsenz in der Mühle nicht nur eingebildet hatte. Sie war so überrascht und erschrocken, daß sie nach hinten taumelte, die lange Wendeltreppe hinunterfiel und sich dabei nirgends festhalten konnte, weil es kein Geländer gab. Irgendeine Stufe brach ihr das Genick.

»... Ich betrat die Mühle ... fand sie am unteren Ende der Treppe, reglos, den Kopf unnatürlich weit zur Seite gedreht ... tot.«

Henry unterbrach sich und schluckte krampfhaft. Während seiner Schilderungen sah er Holly nicht an, sondern hielt den Blick auf Jims gesenkten Kopf gerichtet. Das Lallen in seiner Stimme ließ nach, als sei es sehr wichtig für ihn, den Rest so deutlich wie möglich zu erzählen.

»Ich ging die Treppe hoch und fand dich in der hohen Kammer, Jimmy«, fuhr er fort. »Weißt du noch? Du hast neben der Kerze gesessen, das Buch so fest umklammert, daß ich es erst einige Stunden später aus deinen Händen lösen konnte. Und du gabst keinen Ton von dir.« Die Stimme des alten Mannes zitterte nun. »Gott verzeih mir ... Ich dachte nur an Lena, an meine tote Lena. Und du warst so seltsam, sogar noch sonderbarer mit dem Buch und deinem Schweigen. Ich glaube, ich ... drehte durch. Ich hielt dich für verantwortlich. Ich dachte, du hättest einen ... Anfall bekommen und Lena die Treppe hinuntergestoßen.«

Es schien zuviel für ihn zu sein, weiterhin zu seinem Enkel zu sprechen. Henry wandte sich an Holly. »Im Jahr nach Atlanta war er eigenartig, gar nicht mehr der Junge, den wir kannten. Er schwieg die meiste Zeit über, wie ich schon sagte, doch tief in ihm wohnte ein Zorn, den kein Kind in diesem Ausmaß empfinden sollte. Manchmal fürchteten wir uns davor. Er zeigte ihn nur im Schlaf, wenn er träumte ... Des Nachts hörten wir ihn schreien, und wenn wir durch den Flur in sein Zimmer gingen ... Er trat um sich, schlug auf die Matratze und das Kissen ein, zerrte an den Laken ... Ja, wenn er schlief, fand seine Wut ein Ventil, und dann mußten wir ihn wecken.«

Henry seufzte und sah auf seine krumme rechte Hand, die schlaff im Schoß ruhte.

Holly spürte, daß sich Jim nicht entspannte. Seine Fäuste blieben geballt und hart.

»Du hast nie versucht, Lena oder mich zu schlagen, Jimmy, nein, du warst ein guter Junge – solche Probleme gab es nicht mit dir. Aber damals in der Mühle ... Ich habe dich gepackt und geschüttelt, Jimmy. Ich wollte dein Eingeständnis, daß du Lena die Treppe hinuntergestoßen hattest. Es gibt keine Entschuldigung dafür, daß ich mich auf diese Weise verhielt – abgesehen vielleicht von meinem Kummer über Jamie und Cara, und nun auch Lena. Alle starben um mich herum, und nur du bliebst übrig, ein seltsamer Junge, so verschlossen und eingekapselt, daß ich es mit der Angst zu tun bekam. Und so gab ich dir die Schuld, obwohl es weitaus besser gewesen wäre, dich in die Arme zu nehmen. In jener Nacht wandte ich mich gegen dich – und begriff meinen Fehler erst viele Jahre später, als es zu spät war.«

Die Vögel bildeten nun einen dichten Schwarm und flogen direkt über ihnen.

»Nein«, sagte Holly leise zu Jim. »Bitte nicht.«

Bis er reagierte, konnte sie nicht wissen, ob ihm diese Enthüllungen halfen oder seinen Zustand noch verschlimmerten. Wenn er nur deshalb Vorwürfe gegen sich erhob, weil Henry damals ein ausgeprägtes Schuldbewußtsein in ihm geweckt hatte, so sollte es ihm eigentlich nicht sehr schwer fallen, damit fertig zu werden. Wenn er sich verantwortlich fühlte, weil *der Feind* aus der Wand gekommen war und Lena so sehr erschreckt hatte, daß sie das Gleichgewicht verlor und die Treppe hinunterstürzte – auch darüber müßte er eigentlich hinwegkommen. *Aber wenn sich* der Feind *ganz aus der Wand gelöst und Lena* gestoßen *hat* ..., dachte Holly.

»Während der nächsten sechs Jahre habe ich dich wie einen Mörder behandelt, bis du zum College gegangen bist«, sagte Henry. »Als du nicht mehr auf der Farm gewohnt hast ... Nun, im Laufe der Zeit wurde mir klar, daß ich mich dir gegenüber völlig falsch verhalten habe. Du hattest niemanden, an den du dich wenden konntest, um Trost zu finden. Deine Eltern lebten nicht mehr, ebensowenig deine Großmutter. Häufig suchtest du den Ort auf, um dir Bücher zu besorgen, aber der Mistkerl namens Ned Zacca hinderte dich daran, mit den anderen Jungen zu spielen. Er war ein ganzes Stück größer als du und ließ dich nie in Ruhe. Nur in Büchern fandest du Frieden. Ich habe dich mehrmals angerufen, aber du nahmst nie ab. Ich habe dir Briefe geschrieben, die du wahrscheinlich nie gelesen hast.«

Jim saß wie erstarrt, rührte sich nicht.

Henry Ironheart richtete seine Aufmerksamkeit wieder auf Holly. »Schließlich kehrte er zurück, kurz nach dem Schlaganfall.

Er saß neben mir, als ich in der Intensivstation lag. Ich konnte nicht richtig sprechen, konnte ihm nicht das erklären, was ich ihm erklären *wollte*. Die falschen Worte kamen mir über die Lippen, ergaben überhaupt keinen Sinn . . .«

»Aphasie«, warf Holly ein. »Eine Folge des Schlaganfalls.«

Henry nickte. »Nun, während meines Aufenthalts im Krankenhaus versuchte ich einmal, ihm das zu sagen, was ich seit dreizehn Jahren wußte: daß er kein Mörder war, daß ich ihm gegenüber sehr grausam gewesen bin.« Neue Tränen quollen ihm aus den Augen. »Aber als ich darüber sprach, hörte es sich völlig falsch an. Für Jimmy klang es so, als nannte ich ihn einen Mörder, als fürchtete ich mich vor ihm. Er ging, und jetzt sehe ich ihn zum erstenmal wieder, nach mehr als vier Jahren.«

Jim hielt den Kopf noch immer gesenkt.

Die Hände zu Fäusten geballt.

An was erinnerte er sich nun? Nur er wußte, was damals in der Mühle geschehen war.

Holly erhob sich, viel zu nervös, um weiterhin auf Jims Reaktion zu warten. Eine Zeitlang stand sie vor der Bank und wußte nicht, wohin sie gehen sollte. Schließlich nahm sie wieder Platz und legte wie vorher die Hand auf Jims Faust.

Sie blickte gen Himmel.

Noch mehr Vögel. Jetzt etwa dreißig.

»Ich habe Angst«, sagte Jim leise, und dann herrschte wieder Stille.

»Nach jener Nacht hielt er sich von der Mühle fern und sprach nie wieder vom *Freund* oder dem Willot-Buch«, sagte Henry. »Zuerst sah ich ein gutes Zeichen darin und glaubte, daß er die Besessenheit überwunden habe – er wirkte weniger seltsam. Doch später . . . Ich fragte mich, ob er vielleicht seinen einzigen Trost verloren hatte.«

»Ich habe Angst davor, mich zu erinnern«, murmelte Jim.

Holly wußte, was er meinte: Eine letzte, seit langer Zeit versteckte Erinnerung wartete darauf, aus einem dunklen Winkel des Gedächtnisses geholt und akzeptiert zu werden. Sie betraf den Tod seiner Großmutter. War sie durch einen Unfall gestorben, oder hatte sie *der Feind* – und damit er selbst – umgebracht?

Sie konnte den Anblick des geneigten Kopfes und der geballten Fäuste nicht mehr ertragen, wich auch der Mischung aus Schuld, Kummer und Schmerz in Henrys Gesicht aus, sah noch einmal nach oben – und stellte fest, daß die Vögel kamen. Es waren mehr als dreißig, wie schwarze Messer, die durch den grauen Himmel schnitten. Sie flogen noch immer in großer Höhe, hielten jedoch direkt auf den Hof zu.

»Jim, nein!«

Henry starrte zu den Wolken hoch.

Jim hob ebenfalls den Kopf, aber es ging ihm nicht darum festzustellen, was nun geschah. Er *wußte,* was sich anbahnte. Er sah auf, um sein Gesicht scharfen Schnäbeln und langen Krallen darzubieten.

Holly verließ ihren Platz auf der Bank, um ein besseres Ziel zu bieten. »Jim, um Himmels willen: Erinnere dich endlich! Finde dich mit der Wahrheit ab.«

Sie hörte das Kreischen der sich rasch nähernden Vögel.

»Selbst wenn *der Feind* deine Großmutter tötete . . .« Holly schob die Hände hinter Jims Kopf, drückte ihn an ihre Brust und schirmte ihn ab. »Irgendwie kommst du darüber hinweg. Du kannst wieder ganz du selbst werden.«

Henry Ironheart stieß einen überraschten Schrei aus, und eine halbe Sekunde später jagten die Vögel heran, schlugen mit den Flügeln, sausten davon, kehrten zurück und versuchten, an Holly vorbeizugelangen, Jim zu erreichen, ihm die Augen auszuhacken.

Holly spürte weder Schnäbel noch Krallen, aber sie wußte nicht, wie lange sie noch damit rechnen konnte, verschont zu werden. Die gefiederten Geschöpfe waren *der Feind,* der sich nun auf eine ganz neue Art und Weise manifestierte – und *der Feind* haßte sie ebensosehr wie Jim.

Die Vögel segelten über den Hof, stiegen wieder zum Himmel hoch wie Blätter im Aufwind.

Henry Ironheart war zutiefst erschrocken, jedoch unverletzt. »Gehen Sie ins Haus zurück!« schrie Holly.

»Nein«, erwiderte er und streckte hilflos die Hand nach Jim aus. Sein Enkel ignorierte ihn.

Als Holly den Mut fand, wieder nach oben zu blicken, begriff sie sofort, daß die Vögel nicht aufgegeben hatten. Sie segelten nun durch die faserigen Ränder der grauen Wolken, und ein zweiter Schwarm gesellte sich ihnen hinzu. Es waren jetzt insgesamt fünfzig oder sechzig, dunkel und zornig, hungrig und schnell.

Holly bemerkte mehrere Personen an den Fenstern des Pflegeheims, an den gläsernen Schiebetüren. Zwei Krankenschwestern traten nach draußen, sie benutzten dabei jene Tür, durch die Holly zuvor den Rollstuhl geschoben hatte.

»Bleiben Sie im Haus!« rief sie ihnen zu und wußte nicht genau, ob den beiden Unbeteiligten ebenfalls Gefahr drohte.

Jims Zorn richtete sich gegen ihn selbst – und vielleicht auch gegen Gott, weil er den Tod zuließ –, aber vielleicht war die Wut in ihm stark genug, um auch Unschuldige in Mitleidenschaft zu ziehen. Hollys Warnung klang offenbar alarmierend, denn die beiden Krankenschwestern kehrten tatsächlich ins Gebäude zurück.

Erneut sah Holly auf. Der große Schwarm näherte sich.

»Jim«, sagte sie drängend, hielt seinen Kopf in beiden Händen, blickte ihm tief in die wunderschönen blauen Augen, in denen nun das kalte Feuer des Selbsthasses brannte. »Nur noch ein Schritt, nur noch eine Erinnerung.« Nur wenige Zentimeter trennten sie von seinem Gesicht, aber Holly bezweifelte, ob er sie sah. Er starrte *durch* sie hindurch wie in den Tivoli-Gärten, als sich das Ungeheuer im Boden zu ihnen grub.

Die heranfliegenden Vögel kreischten dämonisch.

»Jim, verdammt! Was in jener Nacht mit Lena geschah, ist vielleicht keinen Selbstmord *wert*!«

Das Flattern und Krächzen wurde fast ohrenbetäubend laut. Einmal mehr drückte Holly Jims Gesicht an die Brust, und wieder leistete er keinen Widerstand, als sie ihn schützte. Das gab ihr neue Hoffnung. Sie neigte den Kopf und schloß die Augen so fest wie möglich.

Die Vögel kamen: seidene Federn; glatte, kalte Schnäbel, die vorsichtig pickten und suchten; Krallen, die sanft kratzten, dann nicht mehr ganz so behutsam, ohne jedoch blutende Wunden zu verursachen; die Geschöpfe flatterten gierig umher, zirpten und krächzten, tasteten, sprangen, hüpften, glitten über Hollys Rükken, ihre Beine, schoben sich zwischen die Schenkel und über den Oberkörper, versuchten immer wieder, das Gesicht zu erreichen, das zwischen ihren Brüsten ruhte – und dort Haut zu zerfetzen, um Krallen tief in lebendes Fleisch zu bohren, um zu *töten*. Die Angreifer waren überall, und die ganze Zeit über vernahm Holly das Kreischen, so schrill wie die Schreie wahnsinniger Frauen in psychopathischem Zorn. Es ertönte direkt in ihren Ohren, ein wortloses Verlangen nach Blut, Blut, Blut, und dann spürte sie plötzlichen Schmerz, als ihr ein Vogel den Ärmel und auch die Haut darunter aufriß.

»Nein!«

Die Vögel stiegen auf und zogen sich wieder zurück. Holly merkte zuerst gar nicht, daß sie fort waren, denn ihr pochendes

Herz und ihr zischender Atem klangen genauso wie das donnernde Schlagen der Flügel. Schließlich hob sie den Kopf, öffnete die Augen und sah, daß die Vögel in einer weiten Spirale zum bleifarbenen Himmel aufstiegen, wo ein weiterer dunkler Schwarm wartete – zweihundert, vielleicht noch mehr.

Sie richtete den Blick auf Henry Ironheart. Blut tropfte aus mehreren tiefen Kratzern in den Händen des alten Mannes. Während des Angriffs hatte er sich im Rollstuhl zusammengekauert, und nun beugte er sich wieder vor, streckte die gesunde linke Hand aus und rief den Namen seines Enkels.

Holly sah in Jims Augen. Er saß nach wie vor auf der Bank vor ihr, aber gleichzeitig weilte er an einem anderen, fernen Ort. Höchstwahrscheinlich befand er sich in der Mühle, war in jene stürmische Nacht zurückgekehrt und beobachtete seine Großmutter unmittelbar vor ihrem fatalen Sturz, eingefroren in der Zeit, unfähig dazu, den Erinnerungsfilm um ein Bild weiterzudrehen.

Die Vögel kamen zum drittenmal.

Sie waren noch weit entfernt, dicht unter den Wolken, aber der Schwarm hatte inzwischen eine solche Größe erreicht, daß die rhythmisch schlagenden Flügel wie das Grollen eines Gewitters klangen. Das Kreischen kam den Stimmen der Verdammten gleich.

»Jim, du hast die Möglichkeit, den gleichen Pfad zu beschreiten, für den sich Larry Kakonis entschied. Wenn du Selbstmord begehen willst, kann ich dich nicht daran hindern. Aber wenn *der Feind* es nicht mehr auf mich abgesehen hat, wenn es ihm nur noch darum geht, dich zu töten – glaub nur nicht, daß ich dadurch mit dem Leben davonkomme. Wenn du stirbst, so bedeutet das auch meinen Tod. Dann werde ich Larry Kakonis' Beispiel folgen und mich umbringen. Wenn es im Diesseits keine Zukunft für uns gibt, werde ich zusammen mit dir in der Hölle schmoren!«

Der Feind fiel in Form zahlloser Vögel über Holly her, und erneut drückte sie Jims Gesicht an die Brust. Doch diesmal verzichtete sie darauf, den Kopf zu senken und die Augen zu schließen. Ungeschützt blieb sie im Mahlstrom aus Flügeln, Schnäbeln und Krallen stehen, blickte in kleine, glänzende, pechschwarze Augen, die nie zwinkerten, die so feucht und tief wirkten wie das Spiegelbild der Nacht auf dem Meer, jedes einzelne so gnadenlos und grausam wie das Universum, wie die elementare Erbarmungslosigkeit im menschlichen Herzen. Als Holly in diese Augen starrte, wußte sie, daß sie in den geheimsten und dunkelsten Teil von Jims Ich sah, den sie auf eine andere Art und Weise nicht erreichen konnte. Sie sprach seinen Namen, rief und schrie nicht, richtete keine flehentlichen Bitten an ihn, brachte weder Furcht noch eigenen Zorn zum Ausdruck. Ganz sanft nannte sie seinen Namen, immer wieder, mit all der Zärtlichkeit und Liebe, die sie für ihn empfand. Die Vögel prallten so heftig gegen sie, daß Flügel brachen; Schnäbel öffneten sich und kreischten ihr direkt ins Gesicht; Krallen zupften drohend an Kleidung und Haar, ohne zu zerreißen, ohne sich in ihre Haut zu bohren – eine letzte Chance zur Flucht. Die Geschöpfe versuchten, sie mit den Augen einzuschüchtern, mit den kalten, gleichgültigen Augen hungriger Raubtiere. Aber Holly ließ sich davon nicht beeindrucken, wiederholte Jims Namen, offenbarte ihm ihre Liebe, sprach pausenlos auf ihn ein, bis ...

... bis die Vögel verschwanden.

Sie kehrten nicht zum Himmel zurück wie vorher. Sie lösten sich einfach auf. Im einen Augenblick umhüllten sie Holly mit flatternden Schwingen und lautem Krächzen, und im nächsten existierten sie nicht mehr.

Holly hielt Jim einige weitere Sekunden lang umarmt, dann ließ sie ihn los. Er wirkte noch immer wie in Trance, und sein Blick reichte ins Leere.

»Jim«, sagte Henry Ironheart beschwörend und streckte einmal mehr die Hand nach seinem Enkel aus.

Jim zögerte kurz, glitt dann von der Bank und sank vor dem alten Mann auf die Knie. Er nahm die fleckige Hand und küßte sie.

Jim blickte nicht zu Holly oder Henry auf, als er sagte: »Großmutter sah, wie *der Feind* aus der Wand kam. Das war noch nie zuvor geschehen; er manifestierte sich zum erstenmal.« Seine Stimme kam wie aus weiter Ferne. Ein Teil von ihm schien nach wie vor in der Vergangenheit zu weilen und das entsetzliche Ereignis noch einmal zu erleben, dankbar dafür, daß es für ihn nicht ganz so schrecklich war, wie er befürchtet hatte. »Sie sah ihn und erschrak so sehr, daß sie zurücktaumelte, fiel und die Treppe hinunterstürzte ...« Er preßte sich die Hand seines Großvaters an die Wange und fügte hinzu: »Ich habe sie nicht umgebracht.«

»Ich wußte, daß dich keine Schuld trifft, Jim«, erwiderte Henry Ironheart. »Mein Gott, ich wußte es.«

Der alte Mann musterte Holly, und in seinen Augen glänzten tausend Fragen nach Vögeln, Feinden und Dingen in Wänden. Aber er mußte sich gedulden und noch eine Zeitlang auf die Antworten warten – so wie Holly gewartet hatte. Und auch Jim.

3

Während der Fahrt durch die Berge und dann nach Santa Barbara saß Jim zurückgelehnt auf der Beifahrerseite und hielt die Augen geschlossen. Er schien tief und fest zu schlafen. Holly zweifelte nicht daran, daß er den Schlaf dringend brauchte – seit fünfundzwanzig Jahren hatte er keine echte Ruhe gefunden.

Sie fürchtete sich nicht mehr vor seinen Träumen. *Der Feind* war fort, ebenso wie *der Freund*; in Jims Körper gab es nur noch eine Person. Es existierten keine Tore mehr, durch die etwas Fremdes und Bedrohliches ins Hier und Heute gelangen konnte.

Eigentlich lag ihr nichts daran, zur Mühle zurückzukehren, obwohl dort noch einige Sachen von ihnen lagen. Sie hatte auch genug von New Svenborg und der Bedeutung jenes Ortes in Jims Leben. Sie sehnte sich nach einer Stadt, die keiner von ihnen kannte – wo ein neuer Anfang stattfinden konnte, unbeeinflußt von der Vergangenheit.

Als sie unter dem aschgrauen Himmel durch eine verdorrte Landschaft fuhr, setzte sie alle Mosaiksteine zusammen und betrachtete das komplette Bild . . .

Ein enorm begabter Junge – noch weitaus begabter, als er selbst ahnt – überlebt das Massaker im Dixie Duck, entrinnt dem Tod jedoch mit geborstener Seele. In dem verzweifelten Bemühen, sich wieder normal zu fühlen, benutzt er Arthur Willots Roman, um sich in eine Fantasiewelt zu flüchten. Mit seinen besonderen Fähigkeiten erschafft er *den Freund* als Verkörperung seiner besten Absichten, und *der Freund* beauftragt ihn mit einer Mission.

Aber der Junge ist so voller Zorn, daß *der Freund* allein nicht genügt, um ihn zu heilen. Er braucht eine dritte Persönlichkeit, in die er alle negativen Empfindungen projizieren kann, seine Finsternis, vor der er sich so sehr fürchtet. Daraufhin entsteht *der Feind,* als Ausschmückung der von Willot erfundenen Geschichte. Allein in der Windmühle, führt er aufregende Gespräche mit *dem Freund* und verarbeitet die Wut, indem er *den Feind* erscheinen läßt.

Doch eines Tages kommt Lena Ironheart zum falschen Zeitpunkt in die hohe Kammer. Sie ist entsetzt, taumelt zurück, stürzt die Treppe hinunter und bricht sich das Genick.

Jim ist derart schockiert darüber, was *der Feind* allein durch seine Präsenz anrichtet, daß er die Fantasiewelt – und damit auch *Freund* und *Feind* – vergißt, so wie Jim Jamison die Begegnung mit der außerirdischen Präsenz vergaß, nachdem er das Leben des zukünftigen Präsidenten der Vereinigten Staaten gerettet hatte. Fünfundzwanzig Jahre lang unterdrückt er die beiden anderen Identitäten, verdrängt damit sowohl seine besten als auch schlimmsten Eigenschaften und führt ein relativ ruhiges, normales Leben, weil er nicht wagt, die stärkeren Gefühle zu wecken.

Er unterrichtet, findet in seiner Tätigkeit als Lehrer zumindest eine gewisse Erfüllung – bis Larry Kakonis Selbstmord begeht. Daraufhin hat er wieder den Eindruck, daß seiner Existenz jeder Sinn fehlt. Mehr noch: er glaubt, Kakonis gegenüber ebenso versagt zu haben wie in bezug auf seine Eltern und auch Lena. Unterbewußt wünscht er sich in das mutige und erlösende Abenteuer Jim Jamisons zurück, doch dazu muß er *den Freund* befreien.

Doch als er *den Freund* freigibt, erwacht auch wieder *der Feind*. Nach den vielen Jahren der Unterdrückung ist sein Zorn noch stärker geworden, noch schwärzer und bitterer, geht mit seiner enormen Intensität über alles Menschliche hinaus. Von *dem Feind* droht noch mehr Unheil als vor fünfundzwanzig Jahren. Er ist ein durch und durch mörderisches Wesen, das nur töten und zerstören will.

Jim war also ein typisches Opfer des Syndroms der multiplen Persönlichkeit. Mit einer wichtigen Ausnahme: er schuf keine anderen menschlichen Identitäten, sondern fremde Wesenheiten, um Aspekte seines Selbst zu verkörpern – und er hatte die Macht, ihnen substantielle Gestalt zu geben. Er ließ sich nicht mit Sally Field vergleichen, die Sibylle spielte und sechzehn verschiedene Personen in sich vereinte. Jims Ich bestand aus drei Teilen, und einer davon war ein Mörder.

Holly schaltete die Heizung ein. Die Temperatur betrug gut zwanzig Grad, aber sie fröstelte trotzdem. Die Wärme aus den Belüftungsschlitzen blieb ohne Einfluß auf die Kühle in ihr.

Holly betrat ein Motel in Santa Barbara, und die Digitaluhr hinter dem Empfangstresen zeigte 1:11 nachmittags. Während sie das Formular ausfüllte und dem Angestellten ihre Kreditkarte reichte, schlief Jim weiterhin im Ford.

Kurze Zeit später kehrte sie mit dem Schlüssel nach draußen zurück, weckte ihn und führte ihn ins Zimmer. Er war so benommen, daß er sich kaum seiner Umgebung bewußt wurde, wankte zum Bett, streckte sich aus und schlief sofort wieder ein.

Holly ging zu den Automaten am Pool, kaufte Limonade, Eis und Schokolade.

Anschließend zog sie im Raum die Vorhänge zu, knipste eine Nachttischlampe an und legte ein Handtuch darüber, damit sie nicht so hell strahlte.

Sie zog einen Stuhl heran, nahm neben dem Bett Platz, trank Limonade und knabberte an einem Schokoladenriegel, während sie Jim beobachtete.

Das Schlimmste war vorbei. Die Fantasiewelt hatte sich vollständig aufgelöst; Jim befand sich nun wieder in der kalten Realität.

Holly überlegte, welche Nachwirkungen sich ergeben mochten. Sie kannte Jim nur mit seinen Wahnvorstellungen und wußte nicht, wie er ohne sie sein würde. War er dann ein optimistischerer Mann – oder jemand, der sich Depressionen hingab? Besaß er jetzt noch immer übermenschliche Kräfte? Er hatte diese Macht nur genutzt, um an seiner falschen Version der Wirklichkeit festzuhalten und das innere Gleichgewicht zwischen Licht und Finsternis zu wahren. Vielleicht war er jetzt nur noch so begabt wie vor dem Tod seiner Eltern ... Vielleicht beschränkten sich die speziellen Talente darauf, eine Büchse schweben zu lassen und Münzen mit Gedankenkraft zu bewegen, mehr nicht. Doch die bedrückendste Frage lautete: *Liebt er mich jetzt noch?*

Jim schlief nach wie vor, als es Zeit zum Abendessen wurde.

Holly besorgte sich mehr Schokolade. Ein weiterer Kalorienschub. *Himmel, ich werde so dick wie meine Mutter, wenn ich mich nicht am Riemen reiße!*

Jim schlief. Es wurde zehn, dann elf. Mitternacht.

Holly spielte mit dem Gedanken, ihn zu wecken, entschied sich dann aber dagegen. Er ruhte wie in einem Kokon und wartete darauf, aus dem alten Leben in ein neues geboren zu werden. Eine Raupe brauchte Zeit, um sich in einen Schmetterling zu verwandeln. Darin bestand Hollys Hoffnung.

Irgendwann zwischen Mitternacht und ein Uhr schlief sie auf dem Stuhl ein. Diesmal träumte sie nicht.

Jim weckte sie.

Sie sah auf, blickte ihm in die wundervollen Augen, die im trüben Licht der zugedeckten Lampe nicht kalt wirkten, aber immer noch geheimnisvoll.

Er beugte sich über den Stuhl und schüttelte sie sanft. »Wach auf, Holly. Wir müssen los.«

Sofort streifte sie die Reste der Müdigkeit ab und richtete sich auf. »Wohin?«

»Scranton, Pennsylvania.«

»Warum?«

Jim griff nach einem Stück Schokolade, strich das Papier beiseite und biß hinein. »Morgen nachmittag um fünfzehn Uhr dreißig wird ein rücksichtsloser Schulbusfahrer versuchen, einen Bahnübergang kurz vor einem Zug zu überqueren. Sechsundzwanzig Kinder werden sterben, wenn wir nicht rechtzeitig zur Stelle sind.«

Holly erhob sich. »Du weißt alles, die ganze Sache, nicht nur einige wenige Einzelheiten?«

»Natürlich«, erwiderte Jim mit vollem Mund und lächelte. »Ein Kinderspiel für mich. Immerhin habe ich übernatürliche Kräfte.«

Sie lächelte.

»Eine wichtige Aufgabe erwartet uns, Holly«, fuhr Jim fröhlich fort. »Superman? Zum Teufel auch, warum vergeudete er seine Zeit mit einem Job als Reporter, obwohl er soviel Gutes hätte bewirken können?«

»Das habe ich mich oft gefragt«, erwiderte Holly. Erleichterung und Liebe vibrierten in ihrer Stimme.

Jim gab ihr einen Schokoladenkuß. »Ein Paar wie uns hat die Welt noch nicht gesehen, Schatz. Natürlich mußt du noch einiges lernen: Kampfsport, den Umgang mit Waffen und andere Dinge. Aber bestimmt wirst du zu einer guten Partnerin. Ich bin ganz sicher.«

Sie schlang die Arme um Jim, drückte sich fest und mit ungetrübter Freude an ihn.

Das Leben hatte einen Sinn.